中国历代通俗演义

民國通俗演義 中

蔡东藩　许廑父 ●著

中国书籍出版社
China Book Press

图书在版编目（CIP）数据

民国通俗演义：全3册/蔡东藩著 . —北京：中国书籍出版社，
2015. 10
（中国历代通俗演义）
ISBN 978 - 7 - 5068 - 5236 - 4

Ⅰ. ①民⋯ Ⅱ. ①蔡⋯ Ⅲ. ①章回小说 – 中国 – 现代 Ⅳ. ①
I246. 4

中国版本图书馆 CIP 数据核字（2015）第 249865 号

民国通俗演义　（中）

蔡东藩　许廑父　著

图书策划	武　斌　崔付建
责任编辑	刘　娜
责任印制	孙马飞　马　芝
出版发行	中国书籍出版社
地　　址	北京市丰台区三路居路 97 号（邮编：100073）
电　　话	（010）52257143（总编室）　（010）52257153（发行部）
电子邮箱	chinabp@ vip. sina. com
经　　销	全国新华书店
印　　刷	阳谷毕升印务有限公司
开　　本	880 毫米 ×1230 毫米　1/32
字　　数	986 千字
印　　张	45.5
版　　次	2016 年 1 月第 1 版　2021 年 2 月第 2 次印刷
书　　号	ISBN 978 - 7 - 5068 - 5236 - 4
总 定 价	980.00 元（全十一卷）

第五十六回

贿内廷承办大典　结宫眷入长女官

却说袁世凯既承认为帝，紫城里面，热闹得什么相似。

由总统府传出消息，称说袁皇帝登极期间，便是民国五年一月一日。那时一班趋炎附热的官儿，及鬻贱贩贵的商人，都伸着项颈，睁着眼珠，希望那升官发财，有名有利。还有一千九百九十三个国民代表，统以为此番进京，佐成帝业，就使不得封侯拜相，总有一官半职，赏给了他；或另有意外金钱，作为特赐，于是朝朝花酒，夜夜笙歌，镇日在八大胡同中，流连忘返。全国代表，如是如是，几令国民羞杀。哪知一声霹雳，震响天空，政府中颁发命令，叫他各归故里，仍安本业。新妇已经登堂，还要媒人何用。看官！你想各代表到了京都，已将半月，所得川资，统已向楚馆秦楼中，花费了去，而且还有酒债饭债，及各种什物债，满望将来名利双收，了清债务，偏偏要他回里，他们统变做妙手空空，连回去的盘费，统是无着，哪里还好偿债？大家才知道着了道儿，叫苦不迭，至此方知，真是笨伯。没奈何吁告同乡，替他设法。还是杨度、孙毓筠等，脚力稍大，向办理国民会议局中，支出二万元款子，分给代表，每人百元，才得草草摒挡，溜出京城，回乡过年去了。只所有欠项，始终未曾还清，仍是酒店饭店，及各什物店中的晦气，这且休表。

且说帝位已定，明令送颁，一面用压制法，一面用笼络法，计匝旬间，除无关帝制外，约有好几道命令，小子也不胜抄录。节述如下：

十二月十三日申令，此次改变国体，全出国民公意，如有好乱之徒，造谣煽惑，勾结为奸，当执法以绳，不少宽贷。

十五日策令，封黎元洪为武义亲王。黎固辞，申令不许。

十六日申令，清室优待条件，永不变更，将来制定宪法，继续有效。（因清室内务府咨照参政院，赞成袁氏称帝，乃有此令。）

同日申令，特任溥伦为参政院院长。（黎已封王，故改任清宗室溥伦以示羁縻。）

同日申令，关于立法院议员选举事宜，迅速筹办，准于来年以内召集。

同日教令，修正政事堂组织令，凡大总统发布之命令，由政事堂奉行，政事堂钤印，国务卿副署。（与清制内阁奉上谕同。）

同日批令，蒙古章嘉呼图克图等，奏请正位，实属倾诚爱国，深堪嘉尚，著交蒙藏院传奖。

十八日策令，特任冯国璋为参谋总长，未到任以前，著唐在礼代理，（因冯氏劝进较后，特欲调入京都，免生异志。）

同日申令，旧侣及耆硕数人，均勿称臣。

同日申令，满、蒙、回、藏待遇条件，继续有效。

十九日申令，著政事堂饬法制局将民国元年以来法令，分别存留废止，悉心修正，呈请施行。

同口批令，代理国务卿陆征祥等，奏请准设大典筹备处，已悉。

二十日申令，徐世昌、赵尔巽、李经羲、张謇为嵩山四友，颁给嵩山照影各一帧。

二十一日策令，特封龙济光、张勋、冯国璋、姜桂题、段芝贵、倪嗣冲为一等公，汤芗铭、李纯、朱瑞、陆荣廷、赵倜、陈宧、唐继尧、阎锡山、王占元为一等侯，张锡銮、朱家宝、张鸣岐、田文烈、靳云鹏、杨增新、陆建章、孟恩远、屈映光、齐耀琳、曹锟、杨善德为一等伯，朱庆澜、张广建、李厚基、刘显世为一等子，许世英、戚扬、吕调元、金永、蔡儒楷、段书云、任可澄、龙建章、王揖唐、沈金鉴、何宗莲、张怀芝、潘矩楹、龙觐光、陈炳焜、卢永祥为一等男，李兆珍、王祖同为二等男。

同日策令，特任陆征祥为国务卿，仍兼外交总长。

二十二日策令，追封赵秉钧为一等忠襄公，徐宝山为一等昭勇伯。

同日申令，永远革除太监等名目，内廷供役，改用女官。

二十三日策令，特封刘冠雄为二等公，雷震春为一等伯，陈光远、米振标、张文生、马继增、张敬尧为一等子，倪毓棻、张作霖、萧良臣为二等子，林葆怿、饶怀文、吴金标、王金镜、鲍贵卿、宝德全、马联甲、马安良、白宝山、昆源、施从滨、黎天才、杜锡钧、王廷桢、杨飞霞、江朝宗、徐邦杰、李进才、吕公望、马龙标、吴炳湘为一等男，吴俊升、王怀庆、吴庆桐、冯德麟、王纯良、李耀汉、马春发、胡令宣、莫荣新、谭浩明、周骏、刘存厚、叶颂清、张载阳、张子贞、刘祖武、石星川为二等男，石振声、何丰林、臧致平、吴鸿昌、王懋赏、唐国谟、方更生、张仁奎、陈德修、殷恭先、周金城、李绍臣、康永胜、常德盛、张殿如、马福祥、张树元、李长泰、许兰洲、朱熙、孔庚、方玉普、马龙潭、裴其勋、朱福全、隆世储、方有田、陈树藩、陆裕光、杨以德为三等男。（又予一、二等轻车都尉世职，共七十余人，名不备录。）

这数令颁发出来，朝野注目，统说新天子登基在即，所以有此布置，就是老袁心中，也以为恩威并济，内外兼筹，布置得七平八稳，可以任所欲为了。惟筹备大典处，是筹备登极大典，相传于十一月初二日，即已密行设立，至十九日始见发表，尚是掩耳盗铃的计策。起初严守秘密，未敢动用国帑，左支右绌，办理为难。当有二姨太黄氏，与三姨太何氏，首先发起拟将家人私蓄拨出若干，作为筹备处的资本金。统计袁氏妻妾十六人，子十五人，女十四人，每人助一万元，可得四十五万元。他日皇帝登极，各得优先利益，仿佛如前清幕吏，先垫款项，称为带肚子一般。皇帝家中，亦沿此习，确是一段笑史。袁氏正室于夫人，与次子克文，三女淑顺，本未曾赞同帝制，且以为此等恶习，不应出自帝家，因此不愿入股。此外当一致赞成，当下凑集四十二万元，开手筹办，但须觅一亲信可靠的人物，充作处长，方免舞弊。女眷们的金钱，来处不易，所以格外审慎。这消息传达出去，即有人运动斯缺，情愿承认。看官道是何人，就是皇帝伯伯的爱侄儿，名叫乃宽。

他既与老袁认作叔侄，当然如骨肉至亲，无所嫌避，所以出入府中，无论袁氏姬妾，尽得相见。且因他语言柔媚，体态殷勤，容易得人欢心，往来无间，此次即至二姨太、三姨太前，乞求推荐，愿先献番佛十万尊，作为孝敬。看官试想，两位姨太太，只携出了二万元，拼入优先股，今复得了十万元，除二万外，还有八万元好处，哪有不允之想？好一场赚钱生意。当下满口承认，即夕向老袁进言道："大典筹备处，已有四十余万元凑集，不日可开办了。但处长一席，总须择一心腹人，方可胜任。"老袁接口道："这个自然。"二姨太便道："据妾想来，莫如御侄乃宽。"三姨太又道："他本是同宗，办事又向来勤谨，真是所举得人了。"可见金钱之魔力。老袁笑道："卿等慧眼，想必不错，我便叫他任事罢。"次日，即召乃宽入内，令为大典筹备处处长。乃宽自然受命，拜谢鸿恩，一面复潜向两姨太处，申鸣谢恻。曾拜倒石榴裙下否？任事以后，第一件是筹办皇帝的龙袍，第二件是筹办后妃的象服。此时京城里面的绸缎绣货庄，要算是山东巨宦开设的瑞蚨祥。该肆闻信，料是一场大主题，忙到筹备处设法运动，兜揽生意。处长袁乃宽亲与商议，先将回扣议妥，这一着最是要紧。然后与议龙袍的做法。先是袁皇帝授意乃宽，服制尚红，大约是火德主政的意思。乃宽便仰承圣意，拟用着赤金线，盘织龙衮，且通体须缀饰明珠，嵌入金钢钻，还要一顶平天冠，四周垂旒，每旒约用东珠一串，冠檐须缀饰绝大珍珠，才见光彩夺目。这两种代价，由店主人估算起来，差不多要五六十万元。乃宽暗想，现在只有四十万元，连一件龙袍的价值，还是不敷，如何好再办别种服饰？眉头一皱，计上心来，当下与店主人商量，教他垫款包办，一俟皇帝发极，算清账目。店主人乐得应允，便双方订约，再由店中恭绘衮冕格式，呈入御览。老袁很是合意，即嘱他照式织制。并限于阳历年终取用，该店奉旨承办，日夜赶制。

　　此外一切用品，但把要紧的物件，购办起来。不到数日，已将四十万元用罄。那时筹备处尚未正式批准，急得乃宽没法，只好再请教二姨太。二姨太究竟女流，一时想不出什么法儿，仍嘱乃宽代筹。乃宽道："非请财神爷上台，这事恐办不了。"二姨太笑着道："我知道了，你放心去罢。"_{财神大名，应该知道。}乃宽退出后，不到两日，即由财神爷承认五百万元。既而筹备处正式成立，五百万果然拨到。袁皇帝又密与财神爷商妥，此后一切经费，归他筹拨，待登位后，愿把首揆一席，酬答丰功。_{财神拜相，恐非所长。}财神爷颇也乐允。袁皇帝嘉慰非常，复命将前清三殿，募工修筑，也归袁乃宽一手承办。乃宽连得美差，感激无地，自不消说。

惟女官令下，一班妇女请愿团，也想去攀龙附凤，_{龙可攀，凤不许附，却也为难。}显扬门楣，_{恐怕是要倒楣。}但一时无门可入，未免望洋兴叹，空存这富贵的念头。独有安女士静生，本是请愿团的领袖，更兼腹中有点文墨，口才又很过得去，曾充某女校校长，_{资格完全，回应四十九回。}闻到此令，不禁大喜道："佳运来了。新朝挑选女官长，舍我其谁？"于是淡扫蛾眉，往朝至尊，名刺上镌入妇女请愿团长，及某女校校长头衔，呈递进去。适袁皇帝办公无暇，令诸皇妃招待。那安女士不慌不忙，从容步入，见了各位皇妃，请安跪拜，无不如仪。诸皇妃虽备选六宫，究竟还是候补资格，未曾经过这般恭维，此时见安女士巧言令色，般般可人，遂格外谦恭，待以客礼。安女士固辞未获，勉强旁坐，彼问此答，真个舌上生莲，令人爱羡。渐渐说到女官一事，安女士据实禀陈，竟效毛遂自荐。诸皇妃道："这事须经过睿断，我等未敢做主，但得宸衷首肯，似汝才调，当然可作女官长，何患不成？"安女士道："天下未必无才女，如臣妾的菲材，恐未必上邀睿赏哩。"诸皇妃道："且待禀明后，再行通报。"安女士拜谢而退。

次日又去进谒，诸皇妃欢迎如昨，且与语道："昨夜已替你禀陈，御意拟召你接谈，方可酌夺施行。"安女士道："何时得蒙召见？"诸皇妃道："便在今夕，我等当为介绍人，不过须略待时刻，请少安毋躁便了。"安女士重复拜谢。待至天晚，竟蒙诸皇妃赐给晚餐。可谓富贵逼人来。餐毕，又过了两句钟，老袁才入室休息，诸妃即带着女士晋谒老袁，安女士三跪九叩，从容尽礼。老袁问了数声，应对无不称旨，便面谕道："你可出外待命罢。"越日，即密令心腹，调查安女士履历，所有请愿团长及某校长的头衔，的确无讹，并且都中人士，有口皆碑，遂据实禀复。老袁尚在迟疑，无非怕她是革命党。又经诸姬妾从旁怂恿，乃特选入宫，命为侍从女官长。这安女士得充是选，即日入内，提起全副精神，趋承意旨。除袁皇帝外，无论皇后妃嫔，及皇子公主等，一入安女士眼中，便能识他心性，揣摩迎合，靡不中彀。因此入值府中，上和下睦，差不多如家人妇子一般。袁皇帝即命她招选女官，定额一百二十人。安女士仗着材能，即恭拟招选女官章程，进呈睿鉴，当蒙批准，因将章程宣布，厘分八条，胪列如右：

（一）须身家清白，及品谊纯正。（二）年龄在十四岁以上，二十五岁以下。（三）略具姿色，又体质健全，无其他暗疾者。（四）未出室及未受聘之闺女。（五）或孀妇而未经生育者。（六）无烟酒赌博诸嗜好。（七）三年后即开放出宫，其有愿留者听。（八）三年期满后，由女官长奏请皇上，择尤优奖。

这章程颁布后，女界争先恐后，群来报名。安女士又增订新例，凡欲应选诸妇女，当报名时，须预缴银币十元，如不合格，此款不得索还，能合格当选，还要各缴一百元，叫做入宫费，这乃是安女士理财的妙法，好坐取这一、二万元，饱入私囊。又订定每月俸给，女官长月俸，计洋四百元，还有公费百元；女官分一、二、三、四等阶级，一等月俸二百元，四等六十元。安女士又有特别好处，按照八五成发给，余银也自己享受了。至若女官的膳餐费，衣服妆饰费，统要女官长经理，每月开具细账，向庶务处支领，免不得要浮报若干。统计安女士进账，实属不少，不过每月孝敬皇妃，却也要耗去一半。各皇妃爱她敏慧，都向老袁处说项，老袁晓得什么，还是自诩知人。小子有诗咏安静生道：

> 几生修得到官廷，福至应教心独灵。
> 纵使皇纲悲短命，绣囊已贮万钱青。

岁月将阑，登极期日近一日，不料外面的鼙鼓声，竟动地而来。欲知何处兴兵，且至下回续叙。

　　本回专叙大典筹备处，及女官长二事，而于承认帝位后种种措置只汇叙一段，不复详说，阅者得毋嫌其太略乎？曰非略也。各种命令，具见明文，不特政府公报，记载特详，即如各处新闻纸，亦备列无遗，海内人士，无不闻知。独宫廷秘幕，非经揭述，鲜有识其隐者。观袁乃宽之谋得筹备处长，及安静生之乞得女官长，无在非打通内线，才得如愿。袁皇帝亦幸而短命耳？否则内嬖外宠，贻祸无穷，其不至覆国者几希。

第五十七回

云南省宣告独立　丰泽园筹议军情

却说京城里面，正演那大登殿的戏剧，那时江西、四川、广东诸省，却也有几个江湖草寇，羡慕老袁，曲为摹仿，悬着好几块皇帝招牌，居然称孤道寡起来。江西有两个草头王，一个是南康县人邱宝龙，一个是万年县人雷葆福。四川的草头王叫做王虎林，原籍广东香山县；还有他同帮李半仙，是羽客出身，遥应王虎林，组织保皇会，就在香山县中，拣一僻静所在，高搭仙棚，号召徒众，瞎闹了好几天。官兵奉了大将军令，前来搜剿，杀得这班草头王，东窜西逃，结果是捉到断头台，陆续毕命。*皇帝下台，大都如此，袁皇帝何尚未悟？*只有李半仙闻风逃走，不知去向。*究竟是个羽士，有点法术？*这本是么么小丑，不足挂齿。但也由老袁想做皇帝，引出这班草头王来。老袁闻着，暗想他无拳无勇，也想自称皇帝，真似癞蛤蟆想吃天鹅肉，令人忍笑不禁。*哪里及得来你。*

接连又有上海民党联络海军学生陈可钧，夺得黄浦江口的肇和兵舰，驶入江心，开起炮来，攻击制造局。海军司令李鼎新急督领海琛兵舰，放炮还击，党众势不能敌，只好窜去。独陈可钧无从奔逃，当被拿住，枪毙了事。另有一部民党，从陆路进攻制造局，也被护军使杨善德派兵防堵，不能得手。民党完全失败，李鼎新受谴议处，杨善德蒙奖叙功。陆海军官弁，又保举了好几人。袁皇帝以为平乱有余，毫不足虑，就是海外的华侨，及各项留学生，并海内反抗帝制的各种联合会，联电到京，诘责政府，老袁全不在意；甚且半途搁沉，未曾送达总统府中，连袁氏也未曾过目。到了十二月二十三日，忽由政事堂接到云南密电，翻阅以后，自国务卿下，统不胜惊愕起来。看官道是何电？乃是一篇严问老袁，差不多似哀的美敦书。其文云：

> 北京大总统钧鉴：自国体问题发生后，群情惶骇。重以列强干涉，民气益复骚然，全谓大总统两次即位宣誓，皆言恪遵约法，拥护共和，皇天后土，实闻此言，亿兆铭心，万邦倾耳。记曰："与国人交，止于信。"又曰："民无信不立。"今失言背誓，何以御民？比者代表议决，吏民劝进，推戴之诚，虽若一致，然利诱威迫，非出本心，而变更国体之原动力，实发自京师，其首难之人，皆大总统之股肱心膂，盖杨度等六人所倡之筹安会，煽动于前，而段芝贵等所发各省之通电，促成于继，大总统知而不罪，民惑实滋。

查三年十一月四日申令，有云：

> "民主共和，载在《约法》，邪词惑众，厥有常刑，嗣后如有造作谰言，紊乱国宪者，即照内乱罪从严惩办"等语。今杨度等之公然集会，朱启钤等之秘密电商，皆为内乱重要罪犯，证据凿然，应请大总统查照前项申令，立将杨度、孙毓筠、严复、刘师培、李燮和、胡瑛等六人，及朱启钤、段芝贵、周自齐、梁士诒、张镇芳、雷震春、袁乃宽等七人，即日明正典刑，以谢天下。更为拥护共和之约言，涣发帝制永除之明誓，庶几民嚣顿息，国本不

摇。尧等夙蒙爱待，忝列司存，既怀同舟共济之诚，复念爱人以德之义，用敢披沥肝胆，敬效忠告，伏望我大总统改过不吝，转危为安，否则此间军民，痛愤久积，非得有中央拥护共和之实据，万难镇劝。以上所请，乞以二十四小时答复，谨率三军，翘企待命。开武将军督理云南军务唐继尧，云南巡按使任可澄叩。

政事堂以事关重大，不敢隐匿，只好转呈袁皇帝。袁皇帝览毕，却也皱起眉来，半晌才道："日前曾接云南各种电呈，并没有反叛形迹，这道密电，莫非乱党假冒不成？"便召入国务卿陆征祥，嘱咐道："你可用政事堂名义，电询云南，是否假冒才是。"陆征祥应命而出，即拟电拍发，大旨说是"顷悉来电，与前三日致统率办事处参谋部及本堂电，迥不相同，本堂决不信云南有此事，想系他人捏造代发，请另具邮书，亲笔署名"云云。电发后，竟没有复电到来。政事堂中，尚眼巴巴的望着邮音，谁知他已宣布独立，竖起讨袁旗帜来了。

小子于五十三回，曾说蔡锷遣王伯群至滇，密告唐继尧准备起义，拥护共和，唐遂遍谕军人赶紧预备，专待蔡锷到来，协力讨袁。适前江西都督李烈钧由日本至香港，亦有密电约唐，令他举事。唐亦复电相邀，请作臂助。十二月十七日，李偕熊克武、龚振鹏、方声涛到滇，与唐晤谈竟夕。越日，即在忠烈祠会议，巡按使任可澄，及军官黄毓成、赵复祥，罗佩金、邓大中、杨蓁、董鸿勋、黄永社等，统到会场，当由唐继尧邀同李烈钧，入会开议，讨论军事、财政、外交诸大端。计划已定，只有蔡锷未到，尚是按兵不动。又过两天，那蒙犯霜露、历经艰险的蔡将军，竟由海登陆，直抵云南。小子叙述至此，恐看官又要动疑，上文五十四回中，不曾叙过老袁密计，两路防备么？*紧呼前文，笔法严密。*难道蔡将军有飞行术，竟能凭空到滇，得免网罗？这是看官最要的疑问，由小子答述出来。

原来蔡锷先到日本，参政戴戡亦与他有密约，踵迹东来，还有殷承瓛、刘云峰、杨益谦三人，与蔡锷向系故交，自遭民党嫌疑，遁迹东洋，此次悉行会晤，遂想迁道入滇。无如驻日公使陆宗舆，奉袁密令，随时侦查。蔡乃赴日本医院治病，且常寄函政府，报告民党行踪。至濒行时，预拟寄袁书十余通，密交契友，托他隔日一发，自与戴、殷、刘、杨四人登舟赴滇，不但老袁被他瞒过，连陆宗舆也无从觉察。及舍舟登陆，道经蒙自，恐刺客当路，各化装为窭人子，徒步偕行。忽前面遇一大汉，彪形虎躯，状极凶悍，猝问蔡锷道："你等到哪里去？"蔡锷诡言途次遇盗，银钱行李，俱被劫去，拟归龙州故里。言未毕，那大汉竟厉声道："你得毋为蔡锷么？"锷不动声色，力辩非是，暗中却取出手枪，枪栝一响，大汉即应声而倒。忽刺斜里又闪出数人，跳跃而前，锷又连发数枪，戴戡等亦出枪助击，约毙数人，只剩一人返身欲奔，被蔡锷追上一步，把他擒住。那人长跪乞饶，具言受袁密令，不得已来此。蔡锷笑道："饶便饶汝，但汝须传语老袁，此后勿再行此鬼蜮手段。"那人方拜谢去讫。既而阿迷县知事张一鹏，闻蔡入境，也想讨好中央，设法图蔡，可巧南防师长刘祖武，已接唐督来电，嘱他欢迎蔡锷，锷亦因刘是旧部，急往与会，两下相见，欢然道故，并就防营中宴叙一宵。翌晨，由刘军护送入省。张一鹏计不得逞，方才无事。

蔡锷既到省城，唐、任以下，出城郊迎，父老士女，争集道旁，欢声雷动。至入城后，略叙寒暄，即由蔡锷问及军备。唐继尧道："已预备多日了，专俟君来，以便举义。"蔡锷又问道："饷械可备就否？"唐继尧道："除本省库款及兵械外，南洋华侨，愿助款六十万元，安南也有若干枪炮运来，统共核算，足供半年。"蔡锷道："袁氏叛国，中外同愤，半年以内，当可除袁，惟事不宜迟，请早日宣布独立罢。"唐继尧道："海外饷械，明后日即可到齐，我等就在阳历年内，举起义旗，可好么？"蔡锷答言甚好。唐继尧乃请他休息一两天，才议行军事宜，蔡锷许诺。次日，由南洋运到华侨助款六十万元，并由安南运来枪炮多种，二十二日晚间，开全体大会，议定起义手续，先由唐、任两人名义，电迫袁氏取消帝制，诛除祸首。当下拟好电稿，于二十三日拍发，限他二十四小时答复。哪知复电到来，尚是假惺惺的问他真伪，于是决计讨袁，即于二十五日，宣告云南独立，复邀同贵州护军使刘显世，联名通电各省云：

　　各省将军、巡按使、护军使、镇守使、师长、旅长、团长、各道尹公鉴，并请转各报馆鉴：

　　天祸中国，元首谋逆，蔑弃约法，背食誓言，拂逆舆情，自为帝制。卒召外侮，警告迭来，干涉之形既成，保护之局将定。尧等忝列司存，与国体戚，不忍艰难缔造之邦，从此沦胥，更惧绳继神明之胄，夷为皂圉。连日致电袁氏，劝戢野心，更要求惩治罪魁，以谢天下。所有原电，迭经通告，想承鉴察。何图彼昏，曾不悔过，狡拒忠告，益煽逆谋。

　　夫总统者，民国之总统也，凡百官守，皆民国之官守也，既为背叛民国之罪人，当然丧失元首之资格。尧等深受国恩，义不从贼，今已严拒伪命，奠定滇黔诸地，为国婴守，并檄四方，声罪致讨，露布之文，别电尘鉴。更有数言，涕泣以陈诸麾下者，阋墙之祸，在家庭为大变，革命之举，在国家为不祥。尧等夙爱平和，岂有乐于兹役？徒以袁氏内罔吾民，外欺列国，有兹干涉，既濒危亡，苟非自今永除帝制，确保共和，则内安外攘，两穷于术。尧等今与军民守此信仰，舍命不渝，所望凡食民国之禄，事民国之事者，咸激发天良，申兹大义。若犹观望，或持异同，则事势所趋，亦略可豫测。尧等志同填海，力等戴山，力征经营，固亦始愿所在，以一敌八，抑亦智者不为。麾下若忍于旁观，尧等亦何能相强，然量麾下之力，亦未必摧此土之坚，即原麾下之心，又岂必欲夺匹夫之志？长此相持，稍更岁月，则鹬蚌之利，真归于渔人，而萁豆之煎，空悲于轹釜。言念及此，痛哭何云。而尧等则与民国共生死，麾下则犹为独夫作鹰犬，坐此执持，至于亡国，科其罪责，必有所归矣。今若同申义愤，相应桴鼓，可拥护者为固有之民国，比岂不惊，所驱除者为民国之一夫，天人同庆。造福作孽，在一念之危微，保国复宗，待举足之轻重。敢布腹心，惟麾下实图利之。唐继尧、蔡锷、任可澄、刘显世、戴戡暨军政全体同叩。

通电既布，乃更议组织军队，前提及出师名义，或拟用共和军，或拟用滇、黔联合军，或拟用中华民国第一军，或拟用靖难军。独蔡锷起身说道："此次举义，系国民放逐独夫，不应沿用'共和'二字，至若其他各名称，非旗帜暗昧，即范围太隘。窃思军人以救国为天职，此时讨袁，仍不外一救国问题，或直称救国军，否则或称护国军，亦无不可。"唐继尧道："不如'护国'两字罢。"大众齐声称善。蔡锷又道："军队出发，必须有一统率机关，这名义却也要紧。"各军官道："应该称元帅府，或临时元帅府。"唐继尧道："'元帅'二字，名目太尊，似应缓待贤能，不若径称总司令。"蔡锷鼓掌赞成。唐继尧又道："鄙人不材，忝膺重任，好容易经过两年，今蔡公来滇，正是鄙人卸肩的日子，鄙人情愿督师出征，这将军一席，仍让蔡公复任。"蔡锷摇首道："锷来此地，欲保障真正共和，为诸同胞谋幸福，并非为自己谋名利。唐公此举，转予外人口实，疑锷来攫取此席，锷哪里承受得起，只好从此告别了。"唐固让德可风，蔡尤立言正大。言已，抽身欲行。唐继尧连忙挽住，且语道："公不愿为，继尧愿让李君。"李烈钧忙道："蔡公尚不肯受任，烈钧更不敢受了。"蔡锷又道："今日起义，目的在推倒袁政府，他事且慢慢计议。惟与唐公相约，阃以内专属唐公，阃以外属锷与李君分任罢。"唐继尧尚欲有言，军官齐声道："唐将军请勿过谦，还是从蔡公议为是。"唐乃承认下去，随即续议各军组织法及任务分配，分道进行。议定如下：

中华民国护国第一军总司令，归蔡锷担任，出发四川，进图湘、鄂。

中华民国护国第二军总司令，归李烈钧担任，出发广西，进图粤、赣。

中华民国护国第三军总司令，归唐继尧担任，防守云南本省。

先是云南有二师一旅，警备队四十营，至此统编作陆军，共计七师，分隶三军。第一、第二两军，各率三师，还有一师属第三军，兵额不足，另设征兵局，添募新军。又各师均编成梯团，一梯团的兵力，约与混成旅相同。第一、第二两军，各设四梯团，第三军设六梯团，各设司令参谋等官，俾专责成。一面布告人民，各安本业，一面照会各国领事，切实保护侨民，从前各项条约，继续有效。惟自帝制发生后，袁政府与各国所订条约等件，均不承认；且各国官民，如赞助袁政府，及战时禁制品，即当视同仇敌，没收该物。那时各国领事，接收照会，大都默认无言。二十七日，第一军总司令部，已经组成。自总司令蔡锷以下，总参谋长，用了罗佩金，参议处长就任殷承瓛，外如秘书李曰垓，副官长何鹏翔等，统系滇中名流。当日下动员令，饬第一梯团长刘云峰，率领所部，向四川进发去了。

警信迭达中史，老袁也惶急起来，忙就总统府内的丰泽园，作军事会议厅，连开御前会议，召集文武官属，筹议南征。大家都想望登极，领太平宴，奏朝天子乐，哪个肯出去打仗，便纷纷献议道："云南一省地方，僻处偏陲，能成什么大事？但教湘、蜀各省，集兵阨守，令他无路可出，自然束手待毙，不到数旬，便可平定了。"<small>太看得容易。</small>老袁道："话虽如此，恐他讹言煽惑，摇动邻省，倒也不可不防。"大家复道："癸丑一役，长江南北，统被传染，尚且数旬可平，区区唐继尧怕他什么！"<small>狃胜而骄，便是败象。</small>老袁道："蔡锷也到云南，这人却不可轻视，他托言养疴日本，前几天还有书函寄来，谁知他瞒得我好，竟潜往云南。昨寄电陆宗舆，叫他问明日本医院，据言已于十数日前，回国去了。你道他有这般诡谋，岂非是大患么？"<small>言下非常懊怅。悔已迟了。</small>经大众慰数语，方电命驻岳陆军第三师长曹锟，率师赴湘，据守要塞，候令征滇，旅长马继增，带领第六师的第十一旅，由鄂赴岳，与曹换防；并电饬四川将军陈宧，速派得力军队，固守叙州，力拒滇兵北上。还有最紧的一着，是谕饬邮政电报各局，凡自云南发出的函电，或与云南事互相关系，均严行搜查，不准拍发。<small>老袁此策，以为可禁止煽惑，不知消息不灵，反致隔阂，兵贵神速，讵宜出此？</small>一面再令政事堂，迭驳云南通电，逐渐加严。二十六日的电文，语意尚含规劝，略说"政见不同，尽可讨论，为虎作伥，智士不为，且列强劝告，并非干涉，总统誓言，亦视民意为转移，现既全国赞成君宪，云南前日，亦电表赞同，奈何出尔反尔，有类儿戏"等语。二十七日的电文，归咎蔡锷，说他"潜行至滇，胁诱唐继尧，唐应速自悔罪，休为宵小所惑"云云。到了二十九日，方颁发明令，谓："据参政院奏称，唐、任等有三大罪：（一）构中外恶感，（二）背国民公意，（三）诬国家元首，均着即行褫职，并夺去爵位勋章，听候查办。蔡锷行踪诡秘，诗张为幻，亦着褫职夺官，并夺去勋位勋章，由该省地方官勒令来京，一并听候查办。"另派张敬尧带领第七师，自南苑赴鄂，巩固鄂防；并加张子贞将军衔，暂代督理云南军务，刘祖武少卿衔，代理云南巡按使，令他排击唐、任，自相攻击的意思。

哪知张子贞、刘祖武两人，已在唐将军麾下，效力讨袁。张任将军署内的总参谋长，刘任第三军第四梯团司令官，不但不受袁令，并且声罪致讨，略言"袁氏妄肆更张，僭称帝制，民情不顺，列强干涉，丧权辱国，亿兆痛心，本省举义，势非得已。子贞等忝总师干，心存爱国，近接京电，欲饵以利，要知子贞等为国忘身，既非威所能胁，亦岂利所可诱。"云云。老袁料不可遏，又运动英使朱尔典，转嘱驻滇英领事葛夫，规劝云南取消独立，并嘱托法使康悌，由安南妨害云南边防。两使言语支吾，始终不肯效力，气得老袁火星透顶，说不尽的忿恨。正在短叹长吁，忽由袁乃宽呈进龙袍一件，展将开来，却是五花六色，格外鲜妍，他又不禁转怒为喜，连声叫好。好象小儿得着新衣。乃宽便进谀道："登极期已到了，月朔即要改元，如何年号尚未颁布？"老袁道："年号是已经拟定了，可恨这云南无故倡乱，反弄得我动静两难呢。"乃宽道："这也何妨。"老袁皱着眉，摇着头，半晌才说出数语来。正是：

　　不如意事常八九，可与人言无二三。

未知所说何词，且看下回续述。

云南举义，拥护共和，其致中央一电，已足褫袁氏之魄，嗣复通电各省，益足诛袁氏之心。而老袁含糊对付，先由政事堂迭发三电，尚未敢明言其非，及滇军出发，不得已下令褫职，倘或自反而缩，亦何至迁延若此？一则堂堂正正，一则鬼鬼祟祟，以视癸丑一役，其情形殊不相同。盖彼时之袁氏，虽有叛国之心，而无叛国之迹，至此则心迹俱彰，欲掩无自。宜乎一夫作难，而全局瓦解也。然袁氏之心苦矣，袁氏之心苦，而其术亦愈穷矣。

第五十八回

庆纪元于夫人闹宴　仍正朔唐都督誓师

却说袁氏叔侄，谈及登位事，老袁愀然道："我本拟改元登极，但据目前情势，只好暂从缓议。云南事我却不怕，但恐外交一方面，又惹起什么交涉，不得不慎重将事哩。"乃宽道："圣明洞鉴万里，臣侄非常钦佩，惟为了云南小丑，延迟大典，一恐叛徒玩视，愈长嚣陵，二恐改元无期，致多窒碍。试想云南辽远，劳动六师，就使一举荡平，也非数旬不可，那时明诏改元，转与历数未合，这却还求鉴察呢！"老袁道："我正为此事打算，想不出什么妥当法儿，现在也顾不得许多了，且改了元再说。"乃宽道："登极呢？"老袁道："这……这事且从缓办。"乃宽道："改了元，怎么不登极？"老袁道："我自有我的意见，你不必多言。"无非是贼胆心虚。乃宽唯唯而退。

越宿，便是阳历除夕，早晨已过，并没有什么改元登极的消息，一班定策佐命的功臣，都往政事堂探听，也不见有何等举动，连国务卿陆征祥，都猜不透老袁的意思，大众乃回去午餐了。待至未牌以后，方颁出改元的申令道：

据大典筹备处奏请建元，著以民国五年，改为洪宪元年。

各官僚见了此令，复统去探问袁乃宽，曾否元旦登极？乃宽又将老袁所嘱，略述一遍，众情又未免诧异，但也不便入内申请，只好啧啧私议罢了。

是夕，总统府中，照例守岁，老袁召集家人子女，共聚一堂，开团圞宴，叫做合家欢筵席。并因翌日改元，预表庆贺。当时候补皇妃，候补皇子皇孙，及候补皇女等，全体列席。中央设着两座，两旁依次陪侍。花团锦簇，玉绕珠环，小子叙至此处，爰将袁家眷属，一一指名，略载履历，借供看官闲览，胪述如下：

袁家姬妾

（一）闵氏朝鲜人，系闵氏养女，相传其本姓金氏，寄养朝鲜王妃母家，小名碧蝉。（二）黄氏绰号小白菜，与袁同里，系豆腐肆中黄氏女。（三）何氏系苏州商人女，小名阿桂。（四）柳氏小名三儿，系天津韩家班名妓，见四十八回。（五）洪氏即洪述祖妹，见四十六回。袁氏第五妾，名红红，亦勾栏中人，袁任鲁抚时，红红与仆私，为袁所杀，故不列入。（六）范氏与袁同里，系袁氏乳媪女，小名凤儿。（七）叶氏扬州人，父叶巽，候补河南知县。父殁家落，女鬻诸绅家，转赠袁为妾。（八）贵儿系盛氏婢女，小名贵儿，亦扬州人，姓名未详。（九）（十）大小尹氏初为第六妾洪氏使女，系同胞姊妹，籍贯未详。（十一）汪氏与袁同里，系榜人女。（十二）周氏本杭州名妓，能诗，别号忆秦楼。（十三）虞氏本袁家侍婢，小名阿香，姓氏未详。（十四）洪氏系洪述祖侄女，小名翠媛，与第五妾洪氏，有姑侄之称。

袁家子

（一）克定于夫人所出。（二）克文闵氏所出，或谓系黄氏子。（三）克良黄氏所出。（四）克端何氏所出。（五）克权第六妾洪氏所出。（六）克桓柳氏所出。（七）克齐何氏所出。（八）克轸叶氏所出。（九）克玖同上。相传与黎黄陂女结婚，即此子。（十）克坚（十一）克安（十二）克度（十三）克相（十四）克捷（十五）克和生母均未详。

袁家女

（一）淑贤闵氏所出，能诗工画，适张氏子。（二）淑顺何氏所出，适沈而寡，留居母家。（三）淑婉叶氏所出，所适未详。（四）淑贞柳氏所出，字杨氏子。（五）淑芳生母未详。（六）淑兰叶氏所出，相传以此女字宣统帝。（七）淑缇（八）淑瑾（九）淑珍（十）淑梅（十一）淑芸（十二）淑玲（十三）淑英（十四）淑□生母均未详。

附克定长子名家融系世凯长孙，余孙六人从略。

老袁坐了首位，左盼右顾，除长女淑贤，三女淑婉，已经适人外，其余统共列席。独于夫人尚未到来，当命人三请四邀，尚是足迹杳然。等到酒已数巡，还是虚左以待，老袁不觉懊恼，令婢仆等再行催逼。于夫人方缓步行来，甫至席间，即闻老袁厉声道："你有什么公干，捱到此时才来？"于夫人道："为什么大惊小怪？皇帝未曾做得，先摆起架子来了。须知你我是患难夫妻，就使你做皇帝，也不能向我呵斥哩。"老袁闻这数语，越觉愤不可遏，便怒气勃勃道："你这黄脸婆子，不中抬举，我若登了大位，先将你贬入冷宫。"于夫人也愤着道："你是个没良心人，不顾夫妻旧谊，倒也罢了，就是我袁家祖宗，世受清室厚恩，你也曾受清爵禄，官居极品，不思竭力报效，反乘着南军革命，逼清退位，妄思为帝，祖宗有灵，恐不容你，清朝的列祖列宗，如或有知，更不容你。你还要朝称皇帝，暮称皇帝，来吓我么？"借于夫人口中，痛骂老袁，令人浮一大白，然亦有据而谈，并非全体捏造。老袁听了，竟立起座来，把袖一卷，几欲以老拳相饷。于夫人又接着道："我已早知有今日了。你是姬妾满前，儿孙绕膝，还要我这老东西何用，我还是早死了罢。"说着时，已是涕泪满面，并欲拼着老命，向老袁前撞将过去。亏得众位候补皇妃，两边分劝，力为调解，才免争殴。于夫人负气自去，老袁恨恨不止，阖座为之不欢。就是不祥之兆。

洪姨乃献谀贡媚，举酒劝袁，周姨等相继把盏，老袁不忍拂意，勉勉强强的再饮数觚。怎奈闷酒入肚，最易致醉，更兼时逾夜半，禁不住睡眼朦胧，洪姨扶他入室，和衣安寝。复出室令撤酒肴，一面召入袁乃宽，密商了好多时，复与大众筹划一番，多半称为妙策，只克文、淑顺默不一言。乃宽去后，转眼间天已破晓，由洪姨手取龙袍，搀起老袁，替他穿着。老袁就醉梦中惊醒，问及何事？洪姨诡言："天气骤寒，应加重袭。"老袁含糊道："何不扶我去睡？"洪姨又诡词相应，当命侍从舁入肩舆，扶袁登舆而去。

向来袁在府中，常以肩舆代步，此时老袁醉梦尤酣，还道是照常往来，无甚惊异。到了居仁堂，才觉醒了一半，开眼四瞧，但见国务卿以下，统已排班鹄立，伺候登基。堂上摆着一个宝座，两旁是檀香雕成的龙形，互相蟠绕，正中是红缎绣成的龙形，作为披垫，返顾自身，也已穿着一件赤龙遍体的帝服，不觉诧为异事。又向头上一摸，尚未戴着冕旒，却不禁暗笑起来，慢腾腾的下了肩舆，复觉背后有人随着，回头一瞧，乃是恭奉帝冕的御侄儿，当下微笑道："你们为什么演这把戏？"语未毕，忽听"皇帝万岁"的声浪，喧集一堂，绕梁不绝。那时不便承认，又不便不承认，只好向大众，说了几句套话，无非是"德薄能鲜，容待异日"等语。话才说完，大众复叫起"皇帝万岁"来，接连是六君子、十三太保，拥到老袁面前，恭请升座。御倅儿且跪进帝冕，老袁却不敢接受，只走到宝座前面，踌躇片时，又徐徐的踱至座后，再徐徐的踱至座前，如是三次，乃决定意见，面谕群僚道："正朔虽颁，登极尚须择吉，尔等且静待后命罢！"究竟不敢登台。群僚乃鼓舞而散。

只御倅儿尚是随着，返至内室，再行诘问，才知是洪姨所为。可巧洪姨邀同诸妾，打扮得花枝招展，前来谒贺，老袁便笑语道："你等想册作妃嫔么？但此举未免太早了。"洪姨道："妾等特来朝贺，几曾见改元以后，尚未登极的天子么？"老袁道："你等晓得什么？"洪姨道："妾却有点分晓，陛下所虑，无非为了外交的关系，其实此事何足介怀。我袁家做皇帝，与他何干？况陛下做的是中国皇帝，不是想做外国皇帝，更觉与他无涉。今日为元旦令辰，妾等就此朝贺罢！"言毕，拥袁入座，就一同跪下，也是三呼万岁，满口臣妾。引起这位袁皇帝乐不可支，便垂拱南面，实受他三跪九叩首大礼。是谓骄其妻妾。群姬朝毕，袁皇帝兴味盎然，当即下令，改称总统府为新华宫，府内收文处，改作奏事处，府内总指挥处，改作大内总指挥处，复拟规复坛庙制度，并将袁氏历代祖茔，改为陵寝等情，饬大典筹备处敬谨议行。

看官记着，这是中华民国五年第一日，袁皇帝既自建年号，改为洪宪元年元旦，是已与民国断绝关系，论起理来，就是背叛民国。国民并未服从帝制，应该仍用民国正朔。断制谨严，好似洪钟震响。适云南军政府，也于是日成立，罢除将军巡按使名义，合并军巡两署，略照民国元二年旧制，组成都督府。都督一职，由大众公推，仍举了唐继尧，当由公民赵蕃等通电全国，其辞云：

北京各堂处部院局所，各省将军巡按使，都统办事长官，巡阅使，护军使，镇守使，全国各报馆商会鉴：袁氏谋覆民国，《约法》上之谋叛罪，业已成立，当然丧失总统资格。在新总统未经举定以前，云南公民，公举唐公继尧为云南都督，奉民国之正朔，守民国之疆土。昨闻电传伪令，尚有特任督理云南军务，及云南巡按使字样，当然认为无效。唐公与民国共存亡，吾滇千七百余万人，誓与唐公共生死，此为吾滇真确民意，不容元恶假借，合电奉闻。

唐继尧既任云南都督，当即偕蔡锷、李烈钧等，率领全军，于民国五年正月朔日，亲至校场，祭告天地，正式誓师。当由唐继尧亲读誓文，文云：

维中华民国五年元旦，继尧等谨以牺牲酒醴，昭告昊天后土。而誓于师曰：呜呼！民贵君轻，万邦是式，贼仁残义，一夫可诛。矧国是之久成，何逆谋之可宥？鲁连蹈海，尚耻帝秦，管宁适辽，不甘臣魏，岂有国步方艰，群情望治，遂乃妄侈边幅，效井底之蛙鸣，夷我华宗，戴冢中之枯骨者哉？粤自武昌首义，中土云从，五族一家，亿姓同德，扫除专制，创建共和，应世界之文明，为友邦所承认。乃者袁逆世凯，谋叛民国，复兴帝制，黄屋大纛，遽兴非分之思，砺山带河，无复未寒之约。移钟簴于反掌，家天下局势已成，输岁币以寻盟，小朝廷面目安在？急子孙万世之私计，误国家百年之远图。

本都督服役民国，作镇滇疆，痛国家之将沉，恨独夫之不剪。爰整义旅，恭行天讨，击祖逖渡江之楫，誓清中原，问新莽指斗之枹，能持几日。嗟尔有众，尚其弼予！

呜呼！尔惟克奋厥武，实乃无疆之休，予亦允报汝功，永有不次之赏。嗟尔有众，尚钦念哉！

誓文读毕，全军统呼"民国万岁！"声彻山谷。比皇帝万岁之声，多寡何如？及唐都督等返至督署，父老人民，及男女学生，齐集督署门首，手持鲜花，庆祝共和，复三呼"民国万岁！"真个是众志成城，大将军何等威武！义声载道，小百姓共表同情。眼见得人心不死，正气犹存，我中国一座锦绣江山，不容那袁氏并吞下去，这且不必细说。还有一道讨袁的檄文，也是民国五年元日所发，用着云南护国军名义，历数袁世凯十九大罪，小子欲叙述檄文，先口占一绝云：

> 揭破阴谋使共知，欲欺人处究难欺。
> 试看布檄宣袁罪，一纸书同十万师。

欲知檄文中如何说法，且至下回说明。

于夫人闹宴一出，虽未免含着醋意，而受清厚恩数语，却是名正言顺，直使老袁无可置喙。老袁之制造民意，作奸售伪，且不能信于其妻，况他人乎？况全国国民乎？迨至被舁登堂，第绕龙座三匝，始终不敢登座，毋乃为黄脸婆数言，有以夺其气而怵其心欤？厥后闻洪姨言，又激起侈念，迭发数种改制之命令，憧憧往来，朋从尔思，可愤亦可悲也。惟袁氏改元，而民国正朔，应归云南护国军接收，故于唐继尧之正朔誓师，直接叙入，不敢少漏，看似寻常补叙，而用笔实寓有深意，阅者当于夹缝中求之可也。

第五十九回

声罪致讨檄告中原　构怨兴兵祸延邻省

却说唐继尧既正式誓师，复作了一篇讨袁的檄文，布告天下。这檄文中列着十九大罪，把袁世凯的隐情，和盘托出，比那陈琳讨曹操，骆宾王讨武曌，尤觉淋漓尽致，令人叫绝。小子特详录如下：

> 维中华民国五年元旦，云南中华民国护国军军政府，都督唐继尧、第一军司令官蔡锷、第二军司令官李烈钧檄曰：盖闻辅世之德，笃于忠贞，长民之风，高于仁让。
>
> 使枭声雄夫，野心狼子，逞城狐之凶姿，弄僭窃之高位，则我皇王孝孙，并世仁让，谊承先烈，责护斯民。哀恫郁纡，成兹愤疾，大义敦敕，谁能任之？国贼袁世凯粗质曲材，赋性奸黠，少年放僻，失养正于童蒙，早岁狂游，习鸡鸣于燕市，积其鸣吠之长，遂入高门之窦。合肥小李，惊其谲智，谓可任使，稍加提擢，遂蒙茸泽，身起为雄。不意其浮夫近能，浅人侈志，昧道懵学，聘驰失轸，遂使颠踬东国，覆公餗以招虎狼；狡诈兴戎，缺金瓯以羞诸夏。适清廷昏昧，致稽刑戮，犹包藏秽毒，不知愧耻，殚其暮夜之劳，妄窃虎符之重，黄金横带，卖屏主于权门，黑水滔天，引强敌以自重。虽奸逆著明，清廷知戒，犹潜伏羽势，隐持朝野。

降及辛亥，皇汉之义，如日中天，浩气飏飞，喷薄宇宙，风云滂沛。集兴武汉之师，士马精妍，远响东南之鼓，造黄龙而会饮，纳五族于共和，大势垒集，指日可期。天不佑华，诞兴贼子，蠢彼满室，引狼自庇。袁乃凭借旧资，攀援时会，伪作忠良，牢笼将卒，胁逼孤寡，夺据朝权，复伪和民声，迷夺时贤，虚结鬼神，信誓旦旦，懦夫惧戒，过情奖许。维时南军渠帅，实亦豁达寡防，堕彼奸计，倒持太阿，縻此凶逆。迨大邦既集，势威益专，遂承资跋扈，肆行凶忒，贿通魁蜮，棋布阴谋，毒害勋良，摇惑众志，造作威福，淆撼国基，背法畔民，破败纲纪，癸丑之役，遂有讨伐之师。

天未悔祸，义声失震，曾不警省，益复放横，骄弄权威，胁肩廊庙。是以小人道长，凶德汇征，私托外援，滥卖国权。弑害民会，私更法制，纵兵市朝，威持众论，布散金璧，诱导官邪，冀以其积威积恶之余，乘世风颓靡廉耻灭没之后，得遂其倒行逆施，僭登九五之欲。故四载以还，天无常经，国无常法，民无定心，官无定制，丹素不终朝，功罪不盈月，游探骄兵，睚眦路途，贪官污吏，黩乱朝野，以致庶政败弛，商工凋敝，尤复加抽房亩，朝夕敛征，假辞公债，比户勒索，淫刑惨苛，民怨沸腾，凶焰所至，道路以目，此真世道凌夷之秋，天人闭隐之会，四凶所不敢为，汤武所不能宥者矣。

维皇汉九有，奠安东陆，时流漂荡，越在迍邅。缅维祖德，孰敢怠荒？复我邦家，义取自拯。故辛亥之役，化私为公，志在匡时，道维共济。袁乃睥睨神器，妄欲盗窃，内比奸邪，既多离德，外遂羼隙，甘为犬豚。是以四郊多垒，弗知惭悚，海陆空虚，弗思整训，财用匮竭，弗事劝徕，健雄失养，弗兴学艺，室如悬磬，野无青草。犹复养病外蒙，削国万里，失驭东鲁，屡堕岩疆，遂使满、蒙多离散之民，青、徐有包羞之妇，扼我封疆，揕我心腹，皇皇大邦，苟为侮戮，日蹙百里，媚兹一人。觉我侠士雄夫，所怒目切齿，惊惧忧危，而不可一朝居者也。夫天道健乾，义惟精一，在德则刚，制行为纯，故土不贰节，女不贰行，廉耻之失，谥曰贱淫，四维不张，国乃灭亡。

自民族国家，威灼五陆，雄风所扇，政骛其公，国竞以群，是以乾德精刚，宜充斥里闾，洋溢众庶，旁魄沉瀣，蔚为骏雄，故辛亥之役，黜君崇民，扬公尊国，所以高隆人格，发扬众志，义至精而理至顺，故虽旧德老成，去君不失忠，改官不降节。袁氏身奉先朝，职为臣仆，华山归放，仅及四纪，载瞻陵阙，犹宜肃恭，故主犹存，天良安在？顾蕨然以槽枥余生，不自揣量，妄欲以其君之不可者而自为其可，是何异饰马牛之骨，扬溲勃之灰，以加臬乎吾民，以淫污乎当世，而令我令公先德，皆为其贱淫，白璧黄金，尽渲其瑕秽。此尤我元戎巨帅，良将劲卒，硕士伟人，所同羞共愤，深恶痛绝，而不能曲为之宥者也。汇此种种，袁氏之恶，实上通于天，万死不赦。军府奉崇大义，慨念民生，谨托我黄祖威灵，恭行天罚，辄宣兹义辞，告我众士，招我同德。今将历数其罪，我国民其悉心以听！

夫国为重器，神严尊悼，复载所同。建国之始，义当就职南京，明其所受，袁乃顾影自惭，妄怀畏惧，阴纵部兵，称变京邑，用以要吓国人，迁就受职，使国权出于遥授，玩视国家之尊严，其罪一也。

活佛称异，势等毛羽，新国既成，鼓我朝锐，相机挞伐，举足可定。袁乃瞻顾私权，妄怀疑忌，全国请讨，置不听从，迁延养敌，废时失机，授他邦以蹈隙纵刃之间，失主权于外力纠纷之后，遂使巨蜒蜓蟑，弃此南金，万里边城，跃马可入，贻宗邦后顾之殷忧，损五族雄飞之资望，其罪二也。政体更新，荡涤瑕秽，私门政习，首宜改选，故内阁部首，须获议院同意，所以树公政之基，明众共之义；袁乃病其严责，阴图放佚，于第一次内阁联翩去职之后，尽登婥宠，嗾使军警，围逼议员，索责同意，用以示威国人，开武力政治之渐，使民意机关，失其自由宣泄之用，其罪三也。

国有大维，是曰法纪，信守不立，谥为国难，乱政亟行，于焉作俑，故侵官败法，为世大诟；袁为元首，尤宜凛遵，乃受事未几，即不依法定程序，滥用政府威权，诬杀建国勋人张振武，使法律信用，失其效能，国宪随以动摇，政本因而销铄，其罪四也。

国宪之立，系以三权，共和之邦，主权在民，立法之府，谊尤尊显，地方三级，制实虚冗，建国除秽，亦既罢斥。袁乃急欲市恩，妄复旧制，不俟公决，辄以令行，使议院立法，失其尊严，国权行使，因以紊乱，其罪五也。

财政担负，直累民福，外债侵逼，尤伤国权，议案成立，特事严谨，众院赞可，宪尤著明；袁乃私立外约，断送盐税，换借外赀二千五百万镑，厉民害国，不经众院，暧昧挥霍，不事报闻，蔑视通宪，为逆已甚，其罪六也。

国有元首，政俗式凭，行系国华，止为民范；袁乃知除异己，不自爱重，阴遣死士，狙杀国党领袖宋教仁，以元首资格，为谋杀凶犯，既辱国体，又诒外讪，国家威严，因以扫地，其罪七也。

共和之国，建础为公，民意所在，亦曰神圣，百尔职司，义宜退听，国会初立，人民望治；袁恐政制严明，不获周逞，乃私拨国帑，肥养爪牙，收买议员，笼络政客，用以陷辱国会，迷夺众情，使议政要区，化为捣乱之场，法案迁延，借作独裁之柄，其罪八也。

元首登选，国有常经，揖让讴歌，盛德固尔，抑共和定疑，国宪崇废，悉于是觇，世法懔懔，斯为第一；袁于临时任满正式更选之际，鄙夫患失，至兵围国会，囚逼议员，使强选总统，以就己名，致元首尊官，成于劫夺，共和大宪，根本动摇，国是益以危疑，后进难乎为继，其罪九也。

国民代表，职司立法，非还诉民意，毋得断阕；袁于总统既获，复虑旁掣，喜恩反噬，遽为枭獍，乃假托危词，罗织党狱，滥用行政权，私削议员资格，用以鸩杀国会，并吞立法部，使建国约法，由是推翻，元首生身，等于孽子，其罪十也。

国家组织，法系严明，苟非选民，焉能造法？袁于戕杀国会之后，妄以私意召集官僚，开政治会议，约法会议，冒称民意，更改约法，摹拟君主，独揽大权，使民国政制，荡然无存，澔澔新邦，悬为虚器，其罪十一也。

民国肇造，本以图存，时风所迁，民强则兴，发挥群能，腾达众志，公私权利，宜获敬尊；袁乃倒行逆施，黜民崇吏，既吞立法，复尽灭各级地方议会，密布游探，诬扳党狱，良士俊民，任意捕杀，人民权利，全失保障，致群生股栗，海内寒心，毒吏得以横行，民业日以凋敝，民力壮盛，有如捕风，国势颓隳，益以卑下，其罪十二也。

国局始奠，海内虚耗，财用竭蹶，义宜根本整理；袁乃专事虚缘，日以借债政策，利诱他邦为私托外援之计，断送利权，绝不顾惜，逐鹿争臭，垄集庙朝，遂妄以北中二部，横断铁道，分许外人，惹起国交之猜疑，增益宗邦之危难，其罪十三也。

欧陆战争，义以严守中立，及时奋进；袁乃内骄外谀，折冲无状，既反复狼狈，贻羞东鲁，复徘徊雌伏，巽立要盟，失满、蒙矿权，至于九处，承他邦意旨，发布誓言，辱国辱民，倾海不涤，其罪十四也。

民族虎争，领土强食，外债毒国，既若饮鸩，竭泽厉民，何异自杀？袁于欧战既发，外货猝断，乃专事掊克，内为恶税，房亩烟赌，一再搜括，复先后发行内国公债，额逾万万，按省配摊，指额求盈，小吏承旨，比户勒索，等于罚锾，致富户惊逃，闾里嗟怨，国民信爱，斲伤无余，神州陆沉，殷忧可畏，其罪十五也。

生利致用，民贵有恒，纵博浪游，谥曰败子，盗贼充斥，此为厉阶，修政明刑，首宜致谨；袁乃纵容粤吏，复弛赌禁，使南疆富庶之区，负群盗如毛之痛，苛政猛虎，同恶相济，清乡剿杀，无时或已，政以福民，今为陷阱，其罪十六也。

烟害流离，久痼华族，张皇人道，仅获禁约，奋厉阋绝，犹惧不亟；袁乃餂其厚获，倚以箕敛，宠登劣吏，设局专卖，重播官烟，飞扬淫毒，失信害民，辱国贻讥，其罪十七也。

民权政治，积流成海，国家公有，炳若日星，世室旧家，且凛兹盛谊，汲汲改进，华族后起，方发皇古训，追踪世法，断脰流血，久而后得，大义既伸，近则不忠，乔木既登，返则不智；袁乃身为豪奴，叛国称帝，监谤饰非，怓然求是，狐假虎威，因以反噬，使凶德播流，戾气横溢，妖孽丧邦，甘为祸首，其罪十八也。

易象系天，筮曰无妄，圣学传经，谊唯存诚，故忠信笃敬，保为民彝，衍为世德；袁乃机械变诈，崇事怪诡，貌为恭谨，潜藏祸谋，秘电飞词，转兴众口，涂乌引鹿，指称民意，欺世盗名，载鬼盈车，背食誓言，日月舛忤，使道德信义，全为废词，民质国华，尽量消失，其罪十九也。

维我当世耆德，草野名贤，或手握兵符，风云在抱；或权领方牧，虎步龙骧；或道系乡间，鹤鸣凤翙，细瞩理伦，横流若此，起瞩国家，悲悯何如？凡属衣冠之伦，幸及斯文未丧，等是邦家之主，胡堪义愤填膺。谯彼昏逆，洵堪发指，修我矛戟，盍赋同仇？书到都府，勋耆便合聚众兴师，都邑子弟，各整戎马，选尔车徒，同我六师，随集义麾，共扶社稷。昆仑山上，谁非黄帝子孙？涿鹿中原，合洗蚩尤兵甲。军府则总摄机宜，折冲内外，张皇国是，为兹要约。曰：凡属中华民国之国民，其恪遵成宪，翊卫共和，誓除国贼，义一；改造中央政府，由军府召集正式国会，更选元首以代表中华民国，义二；罢除一切阴谋政治所发生，不经国会违反民意之法律，与国人更始，义三；发挥民权政治之精神，实行代议制度，尊重各级地方议会之权能，期策进民力，求上下一心全力外应之效，义四；采用联邦制度，省长民选，组织活泼有为之地方政府，以观摩新治，维护国基，义五。建此五义，奉以纲维，普天率土，罔或贰心。军府又为军中之约曰：凡兹官吏，粤若军民，受事公朝，皆为同德。义师所指，戮在一人，元恶既除，勿有所问。其有党恶朋奸，甘为逆羽，杀无赦！为间谍，杀无赦！抗义行，杀无赦！故违军法，杀无赦！如律令。布告天下，迄于满、蒙、回、藏、青海、伊犁之域。

檄语煌煌，钲鼓阗阗，云南护国三大军，次第组成。除唐督留守外，第一军总司令蔡锷，先向四川进发，第二军总司令李烈钧，亦向广西进发，分道扬镳，为国效力去了。写得有声有色。袁世凯迭闻警耗，料知非口舌所能平定，乃决计用兵进攻，即于一月四日，再开军事会议，首划定戒严区域，次规定攻击方略。戒严区域，分为三等，列表如下：

（一）紧急区　自百色、泗城经兴义、威宁及泸州、宁远，定为紧急区。

（二）临时区　自桂林经贵阳及重庆，定为临时区。

（三）预备区　由雷、琼、经辰、沅、荆、襄及汉中，定为预备区。

攻击方略，亦分作三路，照上例表明：

（一）由湖南进兵　用马继增为司令官，带领第六师，由湖南经贵州向滇进攻，以常德为根据地，并发飞机两架，由秦国镛统带，赴军候用。

（二）由四川进兵　用张敬尧为司令官，带领第七师，由川入滇，以重庆为根据地，并饬王鹦统带飞机四架，赞助军机。以上两路，特任第三师长曹锟为总司令，统辖川、湘两军，马、张以下，均归节制。

（三）由广西进兵　用龙觐光为总司令，召集粤、桂军，由广西百色县，向滇进击，以南宁为根据地。

筹议已定，又下一申令，略说"唐继尧、蔡锷等，权利薰心，造谣煽乱。予以薄德，忝受推戴，惟有速戡反侧，聊谢国人"云云。越日，再电饬近滇各省一体严防。又越日，令龙济光、张勋、冯国璋、陆荣廷、段芝贵、赵倜、汤芗铭、李纯、倪嗣冲等，简选精锐，听候调用。又越日，令曹锟率第三师全部，及第七师一旅，速即入川。马继增率本部继进，所有岳州防务，另派第二师一部接管。应五十七回。再命湖北将军王占元，就汉口设立军事运输局，督办军需，接济征滇军队。

老袁意中，以为着着筹备，非常严密，偌大云南，不值一扫。哪知曹锟所率的第三师，就是民国元年，袁避南来嗾令变乱的军士。当时焚都市，劙妇女，几闹得不可收拾，老袁反格外优待，不特未加惩处，反且密行超迁。他们骄淫成习，毫无纪律，自奉令入川后，沿途经过湘、鄂诸境，仍是淫杀抢掳，任所欲为。曹锟亦不能禁止，坐视骚扰，肃政厅据实弹劾，总算由老袁特颁军约，号令军前，但也只是官样文书，掩人耳目罢了。兵不可玩，玩则不震。一月十日，参政院代行立法院，复奏请速正大位，借弭内乱等情。老袁令大典筹备处复议，一面遣农商总长周自齐，出使日本。名目上是庆贺日皇加冕，赍赠高等勋章，暗中却馈送一份大礼，作为承认帝制的交换品。不意周自齐方衔命登程，那日使馆中，竟发出一个照会，递至外交部，害得老袁色沮神丧，魂散魄销，正是：

　　卖国且难逢受主，比邻竟尔拒行人。

毕竟照会中有何说话，请看官接阅下回。

　　阅云南檄文，义正词严，不得目为太过。盖袁氏之欺民久矣，一经檄告，方令全国人民洞烛其私，所有种种伎俩，俱表襮无遗。足令后之好欺者，引为炯戒，亦有关世道之文也。袁氏决计兴师，种种筹画，缜密之至，清康熙帝平三藩之策，无以过之。然卒至于挠败者，由人心之已去，而兵气之不扬故也。况沿途所经，任情焚掠，以是行军，安往不败？要之袁氏成于欺，而亦败于欺。孟子有言：以德行仁者王，以力假仁者霸，德不必问，至若以力假仁，亦且未逮，何王霸之足云！

第六十回

泄秘谋拒绝卖国使　得密书发生炸弹案

却说周自齐奉命出使，本受老袁密嘱，要他联络日本，愿将从前中日悬案的第五款，再予让步，作为承认帝制的交换品。相传密嘱中有七种条件：（一）是将吉林割归日本，（二）是将奉天司法权让与日本，（三）是将津浦铁路北段，割归日本，（四）是将天津、山东沿海权，划归日本，（五）是聘日本人为财政顾问，（六）是聘日本人教练军队，（七）是中国枪炮厂，由中日合办。这七种条件，差不多是三国时候的张松，把益州地图献与刘备的模样。丧心病狂，一至于此！巧值日使日置益，仍到京都，复回原任。他本与老袁密商，订有口头契约，特地归国，向政府说明，大隈内阁，颇有承认交换的意思。因此日置益复任后，转语老袁，袁即遣周自齐为专使，赍送一份大礼券，献与日本政府。日置益已探悉行期，即于一月十四日，邀自齐至使署，备了盛馔，把酒饯行，宾主尽欢而散。自齐即遣农商视察团，先日启程，自己亦召集随员，正要东渡。不意十六日辰刻，由外交部接到日使照会，略云：

> 现因有若干之情，致日本天皇不便于此际接待中国专使，故帝国政府请中国政府，将周专使自齐之行期，暂为展缓，特此知照。

陆征祥接着照会，慌忙禀达老袁。看官！试想皇皇钦命的专使，被他半路撵回，这是国际上少有的怪事，就是老袁就任元首后，也是破题儿第一遭。老袁看了照会，几半晌说不出话来，惊疑了好一歇，方向陆征祥道："这……这是何故？"征祥道："闻得外人议论，却有三说：一说是俄日协约，正在磋议，无暇接待我国的专使。"老袁摇首道："恐未必为此。"我也说是不确。征祥复道："第二说是日皇离京，不便招待。"老袁又道："此语越离奇了。"甚是，甚是。征祥接着道："第三说是大隈被刺，国中恐有他变，所以却回我使。"老袁道："日本新闻纸中，却亦载着此事。据言本月十二日，大隈至丰明殿中，陪宴俄太公，宴毕归邸，途经山次町，猝遭弹击，幸尚未中。照此看来，大隈并未受伤，昨今两日东京新闻，也没有记着内变消息，如何拒却我使哩？"袁氏心目中只防日本，故于日本报纸，格外留意。征祥道："现在日本国中，也分党派，有几个是赞成陛下，有几个是首鼠两端的。"老袁怅然道："外交事真难办得很，我国明明自主，并不受外人节制，偏偏我要改革国体，他竟出来瞎闹。暗指五国警告。看他照会上面，还说是友好邻邦，并非干涉中国内政。为什么出年以来，投递各使馆文件，只为了洪宪元年四字，尽被却还？日使日置益，且说是总好商量，但教日本承认帝制，各国亦自然照行。今乃拒绝我国的专使，显是前后不符，自相矛盾，别国还不必怪他，日本真欺我太甚呢。"你要欺人，人亦欺你，这是人事循环，何必懊恨。借老袁口中，补出却还文件，及日使面允事，都是省文之法。征祥连声称是。老袁又道："你且去邀了日置益来，看他何说。"

征祥应命而去，即备柬去请日使。日使只说就来，偏偏待了一日，未见足音。翌日，复由老袁着人往邀，又是"就来"两字，做了回话手本，好容易盼到薄暮，才见日置益乘轩而来，既至新华宫，昂然直入。老袁与他相见，正要开口诘问，但见日置益已觉着脸儿，淡淡的说着道："秘密、秘密，好似鸣锣击鼓一般，这样叫做秘密，我今日才得领教了。"老袁听着，几乎摸不着头脑，只好还问日置益，要他说明。日置益道："袁大总统，你既要我国帮忙，与我订定条约，彼此应各守秘密，为什么英、法诸国，均已知晓呢？"老袁被他一诘，不由的发怔起来。日置益又道："英、法、美、俄、意五国，将中日秘密结约，与前此密谈的话儿，统探听得明明白白，竟向我国政府提出质问。袁总统，你想我国政府，还是承认呢？还是不承认呢？"句句要他自答，然是厉害。老袁听了许多冷语，才道："我处是严守秘密，并未曾走漏风声。"日置益又冷笑道："照总统说来，简直是要归咎他人了。现在我国政府，已不想什么权利，所以请总统不必费心，周使不必过去。"这数句话，说得老袁愧愤交并，无词可答，只目炯炯的望着日置益。形容尽致。日置益又道："本使拟效忠总统，费了一番跋涉，坏了若干唇舌，徒落得一事无成，这正叫做画饼充饥哩。"老袁才嗫嚅的说道："贵使替我尽力，我是很感激的，但事体已办到这个地步，好歹总请帮忙。"日置益不俟说罢，便摇着首道："这事莫怪！本使已爱莫能助了。"言至此，即出座告别，掉头自去。

老袁送出日使，只好饬止周自齐，但一时想不出那走漏秘密的原因。看官，你道这种密约，究竟是何人泄漏呢？古人说得好："天下无难事，总教有心人。"今人说得好："天下无难事，总教现银子。"当袁氏求好日使秘密进行的时候，日使屡至总统府，不防法使康悌氏，冷眼相窥，已料有特别事故。至日置益无端回国，又无端复任，接连是袁氏派遣周自齐，蛛丝马迹，约略相寻，十成中已瞧料五六。螳螂捕蝉，黄雀随后。只没有探听虚实，总不能凭空揣摩。凑巧自己使馆中，有一个华人方璟生，当差有年，遂传召进来，嘱他暗中侦探。且说是得着实据，就使耗费数万金钱也不足惜。方璟生得此美差，自然惟命是从，竭力报效。这是中国人的坏处，然此次探出秘密，反保全若干权利，却是反恶为善。他有两个莫逆的朋友，都在总统府办事，一是内史沈祖宪，一是内尉勾克明，当下就折柬相邀，请他到宅中小酌。沈、勾两人自然到来。三人入席狂饮，你一杯，我一盏，相续不已，真个是酒逢知己，千杯嫌少。饮至兴酣耳热，渐渐的谈到帝制，又渐渐的谈到赚钱的法儿。沈、勾两人，只恨是所入有限，不敷挥霍。那时方璟生便顺流使篙，竟将法公使嘱托事件秘密告诉，要他两人代为效劳，将来总有若干金酬谢。两人听到金银两字不觉垂涎，明知此事由老袁预嘱，不便宣布，但要想发点大财，正好乘此进行，管什么预嘱不预嘱呢。总是银钱要紧。于是共同商酌，先索重资。方璟生以十万为约，两人才承认而去。

惟沈、勾两人，虽俱在总统府当差，沈是职司外事，若要探悉秘密，还须仰仗勾克明，勾又与沈酌定，办成此事，须要二八分赃，沈亦含糊答应。看官道勾是何人？他是袁府中乳媪的儿子。乳媪死后，只遗一儿，伶仃孤苦。老袁大发慈悲，将他收作家奴。待勾已长成，模样儿很是俊俏，性情儿又很伶俐，无论什么事件，但教他去办理，无不合老袁心理。老袁很是宠爱，就与他取名克明。居然排入皇子行。至帝制将成，特别加赏，竟封他一个内尉的职衔。那时新华宫中的秘密文件，勾克明多半知晓，有时却交勾收管，勾颇慎密行事，未生歹心。偏此次热心利欲，又受那方、沈二人的怂恿，竟暗将中、日秘密草约，偷录一份，邀同沈祖宪回报方璟生。方璟生得着密件，喜从天降，急忙取出中法银行的纸币，约莫有一大卷，仔细检点，足足十万金。三人分起肥来，勾得十分之七，沈得十分之二，方只取了一成，总算是一注意外财。勾、沈喜气盈腮，收了此款，洋洋去讫。方璟生入报法使只称这次用费不下三四十万金，还算不辱使命，才得将此项底稿窃取出来。法使见了中日草约，极口赞他灵敏，所有用费悉听开销。方璟生又赚了二三十万的法币，面团团作富家翁了。能赚外人的金银，我亦赞他灵敏。

惟法使既探出秘密，忙去通知英、美、俄、意四公使。四公使也留意此事，只恨无从窥探，今既得法使报告，哪有不喜之理？法使道："自欧战开手，我等协约国，曾有战事以内，不得与别国私行订约。日本政府，也曾愿入协约国团体，为何与中国秘密订约？"美使道："日本政府向来主张暗度金针，我国虽尚守中立，未曾加入协约团体，但日本如此举动，本使也很不赞成。况袁世凯想行帝制，定要生出内乱，内乱一生，我等通商诸国，各有妨碍，不如赶紧去质问他罢。"各国之质问日本，具有绝大理由，法、英、俄、意固为协约上起见，美未加入协约，暗中却嫉视日本，故作者借笔下一一演述，俾看官一一接洽。大众同说道："我等先去质问日使，看他怎么对答？"说罢，便相偕至日本使馆，向日置益诘问起来。日置益不便承认，只推说未曾与闻，五公使冷笑而出，竟公同拍电去问那日本政府。日本政府领袖大隈伯，正因途中被刺，尚未拿住刺客。默料被刺缘由，多半为日本民党，反对政府默助老袁，所以有此暗杀行为。忽又接到五公使电文，便勃然变计，致电日使，叫他拒绝袁氏专使周自齐，一面电复五公使，否认中日秘约。可怜这踌躇满志的袁皇帝，陡遭这种打击，害得一场空欢喜，且一时想不出那泄漏秘密的叛徒，徒在室中叹息罢了。

谁知不如意事，竟相接而来新华宫中，跑进了段芝贵，见了老袁，也不及施礼，只叫了一声陛下，何不叫御乾爹？便从袖中掏出一封密信来。老袁接入手中，信面上署着姓名，乃是袁瑛密呈张作霖。急忙启视，系约张克日举义，共讨袁逆等情。看官！你想老袁方惊疑未定，看了此书，能不惊上加惊，疑中生疑？便顾着段芝贵道："你去叫了袁乃宽来，怎么生出这种逆子，还要潜匿不报。"段芝贵领命去了。

不一时，乃宽趋入，面上已带着几分灰色，行至老袁座旁，就扑通跪下，磕头请示。老袁恨恨道："袁瑛是你的爱子么？他去结连奉天将军张作霖，要来图我，你莫非纵子为恶，坐视不言？"袁瑛、张作霖履历，借此叙明。乃宽闻到此语，已吓得浑身发颤，仿佛似浇冷水一般，口中勉强答道："臣……臣侄并未知晓。"说到"晓"字，猛觉头上碰着一物，慌忙一摸，那物已随手落下，拾来细瞧，就是一纸逆书，分明是亲儿手笔，那时无可抵赖，只好拼作老头皮，向地毯上接连乱捣，且满口说着该死。胡不遄死？老袁复道："你的爱子，可曾在家否。"乃宽一面碰头，一面流涕道："逆子向来游荡，镇日不在家中，臣侄恐他闯祸，时常着人找寻。有时寻了回来，严加训斥，他总是不肯遵行。这几天内，又许久不见他面了，谁料他竟胆敢出此。若疑臣侄与子同谋，臣侄就使病狂，也不至丧心若此。试想陛下恩遇，何等高深，正愧无自报称，难道还敢大逆不道么？"说着时，竟鼻涕眼泪，一股脑儿迸将出来。可与言妾妇之道。

老袁见他这副形容，怒气已平了三分，便掉转脸色道："我也料你未必知情，但我既与你联宗，简直如家人父子一般，今乃闹出这种大事，传将出去岂非是一场大笑话？你去赶紧追问，休得再事纵容！"乃宽忙磕头谢恩，并面奏道："这等逆子，应该重惩。臣侄若寻着了他，立刻拘住送案，惟恐他避迹远飏，急切无从追获，还求陛下电饬近畿，一体严拿，休使漏网。"老袁愀然道："你难道还不知我的用意？我想保全袁家脸面，所以令你追问，你快回去照办。畿辅一带，你自去拍发密电，叫他缉获罢。"乃宽听了，越觉感激涕零，又碰了几个响头，起身驰去。

　　原来袁瑛字仲德，系乃宽次子，他与乃父宗旨不同，故自号不同，平时尝隐嫉老袁，蓄谋革命，外面却不露声色。有时随父入宫，拜谒老袁，竟以族祖相呼，至谒见老袁妻妾，也称她为族祖母及族庶祖母，彬彬有礼，屡蒙奖赏。其实他想借此入手，刺杀老袁。偏是老袁防卫甚严，无从下手，他竟怀着一不做二不休的心思，暗暗布置，确是袁氏同宗，厉害与袁相似。一面电致各省，令他外溃，一面运动京内模范军，令他内变。怎奈天不做美，奉天将军张作霖，竟将原函封寄段芝贵，托他告发，遂致密谋失败。老袁既打发乃宽出室，又加了一层疑团，暗想外交上的泄漏，尚未查出何人，接连又是这场逆案，莫非宫内的吏役，统是叛徒不成？左思右想，愈觉危险。可巧门外响了一声，不由的吓了一跳，亟令左右出视，返报是寂静无人。老袁不信，遍令搜查，谁知不查犹可，一经查勘，却查出一桩绝大的危险品来。看官，道是何物？乃是铁皮包裹，埋在地中的大炸弹。袁氏未该绝命，所以查出炸弹。这一案非同小可，闹得新华宫里，天翻地覆。你也掘我也爬，等到宫里宫外，尽行搜勘，竟得了大小炸弹，好几十枚。那时大家诧异，不但袁皇帝惊疑得很，就是一班皇娘妃子及太子公主等，统吓得魂飞天外。彼此忘餐废寝，只恐还有炸弹埋着，半夜爆裂。

　　好容易过了一宵，忽由天津邮局，寄来一函，外面写着"袁大总统亲启"，书内却有一篇绝妙好词，略云：

　　　　伪皇帝国贼听者！吾袁氏清白家声，乌肯与操、莽为伍，况联宗乎？余所以腼颜族祖汝者，盖挟有绝大之目的来也。其目的维何？即意将手刃汝，而为我共和民国，一扫阴霾耳。不图汝防范谨严，余未克如愿，因以炸弹饷汝，亦不料所谋未成，殆亦天助恶奴耶？或者汝罪未满盈，彼苍特留汝生存于世间，以待多其罪，予以显戮乎？

是未可料。今吾已脱身远去，自今而后，吾匪惟不认汝为同宗，即对于我父，吾亦不甘为其子。汝欲索吾，吾已见机而作，所之地址，迄未有定。吾他日归来，行见汝悬首都门，再与汝为末次之晤面。汝脱戢除野心，取消帝制，解职待罪，静候国民之裁判，或者念及前功，从宽末减，汝亦得保全首领。二者惟汝自择之！匆匆留此警告，不尽欲言。

老袁阅毕，怒不可遏，又欲促召袁乃宽。巧值乃宽进来，奏称逆子袁瑛，已由天津警察厅拘住，即日解京来了。正是：

　　昨日搜宫忙未罢，来朝绑子戏重排。

欲知老袁如何答话，且看下回便知。

　　中国既为民主国，则袁氏之为总统，不过一民国代表，其实一民国公仆耳。袁氏可以欺民，则沈、勾诸人，何不可欺袁氏？同一主仆名义，无惑乎其效尤也。袁乃宽甘作华歆，而其子袁瑛，偏欲作祢正平，是又一绝大怪事。然吾宁取袁瑛，不欲取乃宽。袁瑛犹知大义，乃宽直一小人而已矣。

第六十一回

争疑案怒批江朝宗　督义旅公推刘显世

却说袁乃宽入奏新华宫，正值老袁盛怒，听了袁瑛被拘的禀报，无名火越高起三丈，顿时怒目鹰视，恨不将那爱侄乃宽，也一口儿吞他下去。乃宽瞧着，就知道另有变故，慌忙跪下磕头。老袁用足蹴着道："你的逆子，真无法无天了。我与他有什么冤仇，竟要害死我全家性命。"说到"命"字，便掷下一纸，又向外面指示道："你瞧你瞧！"乃宽掉头一望，见外面堆着数十枚炸弹，复将纸面一瞧，便是那亲子寄袁世凯书。这一吓，几把乃宽的三魂六魄，统逃得不知去向。好一歇，答不出话来，仿佛是死人一般；描绘尽致。忽咬牙切齿道："教子不严，臣侄亦自知罪了，待逆子拘到，同至陛下前请死。"老袁厉声道："你也自知罪名么？若非念同宗情谊，管教你满门抄斩。"写尽虎威。言毕，起身入内。

乃宽此时，也不知怎样才好，转思跪在此地也是无益，因即爬了起来，匆匆返家。一入家门，便大嚷道："坏了，坏了，祸及全家了。"那家人莫名其妙，过来问明底细，都被他呵斥了去，自己奔入卧室，躺在床上，不知流了若干眼泪。待至晌午，妻妾们请他午餐，也似不见不闻，忽觉外面有人语道："二少爷回来了。"他也不及问明，陡从床上爬起，趿着双履，三脚两步的走了出去。既至厅前，正值袁瑛当面，他口中只说"逆子"两字，手中已伸出巨掌，向袁瑛劈面击去。

袁瑛见来势甚猛，闪过一旁，巧巧巨掌落空，几乎扑跌地上，亏得仆役随着，将他扶住。只听袁瑛高声道："要杀要剐，由我自去，一身做事一身当，与你老子何涉！"这数语，气得乃宽暴跳如雷，正要再击第二掌，那袁瑛已转身自行。乃宽忙连叫拿着，一面追出门首，但见外面立着警察数名，好几个将袁瑛拦住。又有一警吏模样，走到乃宽面前，行礼请安，复呈上名刺，由乃宽匆匆一瞧，具名是天津警察厅长杨以德，点清警察厅长姓名，用笔不直。当下吩咐警吏道："你休使逆子远飏，快与我送至新华宫去，我就来了。"警察诺诺连声，押着袁瑛先行。乃宽即穿好双履，趋上马车，随至新华宫来。

转眼间已到宫门，见袁瑛等已是待着，当即下车跑入，突被侍卫阻住，他又吓得面如土色。进出都不得自由，无怪吓杀。但听侍卫传旨道："今上有命，着你将令郎袁瑛，送交军政执法处便了。"乃宽不知是好是歹，只得遵旨带领袁瑛，径至军政执法处。此时处长系雷震春，闻得袁瑛拘到，即传命处内人员，把袁瑛收禁，乃父无辜，任他归去。乃宽得了此信，好似皇恩大赦，踉跄归家。放心一大半。

原来袁氏姬妾，素爱乃宽，自袁瑛发生逆案，都为乃宽捏一把冷汗。适见老袁负气入内，料他是迁怒乃宽，此时欲劝不敢，不劝又不忍，毕竟洪姨伶牙俐齿，竟挺身向前道："陛下为了袁瑛，气坏龙体，殊属不值。他本是个无知竖子，也未敢胆大若此，据妾想来，定是受乱党唆使，想借此搅乱龙心。今已拘到，但把他收禁起来，已足断绝乱党导线。若讲到乃宽身上，想必未曾知情。陛下既待他厚恩，索性加恩到底，渠非木石，宁有不格外图报吗？"说得委婉动人。老袁佯笑道："你敢是为乃宽做说客么？"这一语，打动洪姨心坎，几急得粉颊生红，一时说不下去。适背后有人接口道："妾意是乃宽不当办，就是他逆子袁瑛，也不必急办。"进一步说法，比洪姨又过一筹。

洪姨听着，乃是忆秦楼周氏声音，料她来作后劲，暗暗喜欢。猛闻得老袁道："你等串同一气，来帮乃宽父子，莫非是与他同谋不成？"这句话更加沉重，几令人担当不起。哪知周姨竟转动珠喉，从容答道："妾闻雍齿封侯，汉基乃定，陛下今日，正当追效汉高，借定众心。试思陛下延期登极，无非为外交方面，借口内变，时来牵制，今云南肇乱尚未荡平，复生宫中的变案，越加滋人口实。陛下待至何时，方得登基呢？若陛下疑妾等同谋，妾等已蒙陛下深恩，备选妃嫱，现成的富贵不要享受，还去寻那杀头的勾当么？"语语打入老袁心坎，亏作者描绘出来。老袁听了，不禁点首，便改怒为喜道："女苏秦，依你该如何办法？"周姨道："妾已说过了，乃宽不当惩办，袁瑛也不必急办。"伏一笔愈妙。老袁沉思一会，想不出另外妙法，竟从了女苏秦计策，转嘱左右，俟乃宽拘子到来，令他转解军政执法处，一面传语雷震春，只收禁袁瑛一人。雷震春也已喻意，所以奉旨照行。

隔了三四天，步军统领江朝宗，奉了密令，往拘沈祖宪、勾克明。密令中也不说出犯罪情由，朝宗只道他是袁瑛同党，忙带了似虎似貔的军役，跑至沈、勾两人寓中，巧巧两人俱未外出，一并捉住，并由军役严搜，查出盟单一纸，内列姓名，多系内外军政两界要人。朝宗徼功性急，查有数人寄住交通次长麦信坚宅内，便不分皂白竟转至麦家，指名索犯。麦次长无可如何，只好令他带去。还有司法次长江庸弟尔鹗，名单上也曾列着，索性乘着便道，统行逮捕，一股脑儿带至步军统领衙门，亲自讯问。卤莽可笑。沈、勾二人先行上堂，当由朝宗坐讯道："你等为何唆使袁瑛，叫他谋为不轨？"两人莫名其妙，便向他转诘道："江统领！你如何诬我唆使袁瑛？我等与袁瑛简直是素不相识呢。"朝宗复掷下盟单，令他自阅。两人阅罢，递交朝宗，齐声道："名单上列着的，统是我两人旧交，称兄道弟，联为异姓骨肉，原是有的，但并未列着袁瑛姓名，为何凭空架害？"朝宗道："你两人的拜把弟兄，何故有这般么样多呢？"沈祖宪先冷笑道："今上并未有旨，禁止我等交结朋友，且试问你为官多年，难道是独往独来的？平日我与你亦时常会面，彼此也称兄道弟，不过名单上面，尚未列着大名罢了。"朝宗被他一驳，不觉怒气上冲，便道："你等藐我太甚，我且带你等至军政执法处，看你等如何答辩？"沈、勾二人又齐声道："去便去，怕他什么！"朝宗遂下座出堂，领着沈、勾诸人，竟至军政执法处，拜会雷震春。

　　这时候的雷处长，早已问过袁瑛，袁瑛供由克端主使，所有从前往来书信，也非自己手笔。这种供词，吓得震春瞠目无言，只好仍令收禁。看官曾阅过前回，克端是袁家四公子，系老袁爱姜何氏所生，面似冠玉，肤如凝脂，并且机警过人，素为老袁所爱。平时尝语人道："此子他日，必光大袁氏门闾。"嗣是克端特宠生骄，暗中已寓着传位思想，有时且入对老袁，诉说各弟兄短处，因此克定以下，屡遭呵责，甚至鞭挞不贷。克定正恐青宫一席被他攘夺，所以时时戒备，平居阴蓄死士，作为护符。袁瑛出入宫中早已瞧在眼里，此时便信口乱供，索性闹一回大乱子。幸震春颇具细心，饬令还禁，免他胡言瞎闹。新华宫内，不生喋血之祸，还亏老雷保全。

　　正在打定主意，偏江朝宗领着若干人犯，奔至军政执法处来。两下相见，朝宗即欲将罪犯交清，归雷讯办。雷震春道："你可曾问出主乱的人么？"朝宗就将盟单取出作为证据。震春看了一遍，便道："他是结盟弟兄，并不是什么乱党，况且袁瑛姓名并未列着，怎得牵东拉西？"朝宗道："今上有密旨拘讯，你怎得违旨不究？"震春道："密旨中如何说法？"朝宗道："是从电话传来，叫我速拘沈、勾二人。"震春道："你敢是听错了?"朝宗道:"并没有听错。"震春道:"今上既嘱你速拘两人,你拘住两人便了,为何又拘了若干名?"朝宗道:"名单上列着诸人,如何不立即往拿?否则都远飏去了。"震春微哂道:"这是你的大勋,我且不便分功。"朝宗道:"我只有逮捕权,讯办权握在你手,彼此同是为公,说什么有功不有功?"震春用鼻一哼道:"你且去奏闻今上,交我未迟。"朝宗不觉性急道:"这是关系重大的案件,你既身为处长,应该切实讯明,方好联衔奏闻,候旨处决。"震春仍是推辞,朝宗只管紧逼,顿时恼动了雷震春,"啪"的一掌,不偏不倚,正中江朝宗的嘴巴。不枉姓雷。朝宗吃了这个眼前亏,怎肯干休,也一脚踢将过去。以脚还拳的是少林宗派。于是拳足互加,竟在军政执法处,演出一出《王天化比武》来了。幸亏朱启钤、段芝贵相偕趋入,力为解开。朝宗尚喧嚷不休,段芝贵带劝带问道:"江宇兄!朝宗字宇澄。今上叫你传询沈、勾两人,你为何在此打架?"

朝宗气喘吁吁道:"兄弟正拘到这班罪犯,要他讯办,偏他左推右诿,我只说了一两句话儿,他便给我一个嘴巴,两公到来正好,应该与评论曲直。这种大逆不道的罪犯,应否由我速拘?应否由他速办?他敢是与逆犯同谋,所以这般回护吗?"朱启钤道:"这是两案,不是一案。"朝宗闻这一语,方有些警悟起来,便道:"如何分作两案?"朱启钤道:"沈、勾一案,是为外交上泄漏嫌疑,并非与袁瑛相关。"朝宗发了一回怔,复嚷道:"就是我弄错了,也不应敲我嘴巴。"雷震春不禁狞笑道:"我又未奉主子密令,不过据理想来,定然是不相牵连,所以劝你禀明主子再行定夺,你偏硬要我讯办,还要唠唠叨叨,说出许多话儿。我吃朝廷俸禄,不吃你的俸禄,要你来训斥我吗?给你一掌,正是教你清头呢。"应该击掌。朝宗还要再嚷,朱、段两人,复从旁婉劝,且代雷震春陪了一个小心，朝宗方悻悻自去。剩下沈、勾等人，由段芝贵密语雷震春，嘱他略行讯问，如无实证，不如释放了案，免兴大狱。震春允诺，当即送客出门。

是夕招集沈、勾等，略问数语，沈、勾两人，推得干干净净，便于翌晨释出，只袁瑛尚在羁中。一场大狱，化作冰销，都人士纷纷疑议，莫衷一是。又越日，见《亚细亚报》载着道：

> 沈、勾一案，与袁四无涉。沈、勾系有人诬指其有嫌疑情事，遂行传询，并非被捕。现已讯无他，故即于昨日释出。至袁四公子，素有荒唐之目，时与刘积学相往来，其致函某将军煽乱一事，查系刘某笔迹。迨经执法访缉刘某，早已远飏。既无佐证，故政府对于袁四亦不复究，但均与犯上作乱者不同。

《亚细亚报》名为御用报，这种词调为袁氏讳，已可想而知。小子已于上文中叙述大略，谅阅者自能洞悉，无俟晓晓了。总结一段。

且说云、贵两省，地本毗连，自唐继尧调镇云南，贵州亦归他兼领，只有巡按使龙建章，留任省城，实行管辖地方政务。会护军使刘显世通好云南，联名讨袁。他得了这个风声，料想兵戈一动，危在旦夕，自己又力不能制，只好筹一离身的法子，遂电呈政府，托言归视母疾，请假三月。也是一个好法儿。偏经政府电复，责他有意规避，应付惩戒，且督令出省视师，巡按使一职，暂由刘显潜署理云云。那时龙建章已预备行装，接了复文，便将计就计，把印信交与刘显潜，自借出巡为名，竟跑出省城，飘然径去。政务厅长及黔中、镇远两道尹，闻龙出走，也相继远飏，顿时贵阳城里，风声鹤唳，草木皆兵。军警两界，合电政府暨各省，请另行召集国民会议，表决国体。袁政府不加答辩，只饬令署理巡按使刘显潜，会同护军使刘显世，派兵分防，静待援军。两刘本系弟兄，老袁此策，还想把官爵利禄，诱他归诚。显世以滇兵未到，黔兵甚孤，一时未便独立，就拍发密电到京，要求兵费三十万，情愿率兵攻滇。老袁得电后，自幸密谋已遂，竟复电允准。哪知刘显世计中有计，想把袁政府的军费，取来讨袁。即以其人之财，还治其人之身。既接复音，遂按兵不动，专待军费汇来。

是时云南护国军第一梯团长刘云峰，带领第一支队长邓太中，第二支队长杨蓁，已入四川境内。川军司令伍祥祯，与滇有约，不战自退，刘军遂分两路进攻，直逼叙州。伍祥祯步步退却，眼见得叙州一城，被刘军占领了。总司令蔡锷，闻叙州已经得手，便命第四梯团长戴戡率着步兵一营，炮兵一队，亟向贵阳进发，联络刘显世会同北征，自率第二梯团长赵又新、第三梯团长顾品珍，随后继进。刘显世正望滇军到来，既与戴戡相晤，自然欣慰异常。可巧袁氏允准的军费，亦接连汇到，并接蔡锷军电，已至黔境威宁，于是军威既壮，声讨乃彰。当由公民一千七百余人，公推刘显世为都督，宣布黔省独立。

刘显世接受都督印信，布告全省道：

为布告事！迩以袁氏背叛国家，窥窃神器，逞其凶焰，举兵逼黔。我父老昆弟，愤其僭窃，痛其凶残，以大义相责，重任相托。本都督顾念国家，关怀桑梓，不忍四方豪俊，无限头颅心血铸造之邦，沦于奸人之手。重以逆军溯湘流而上，咄咄逼人，亡国破家，迫于眉睫。爰于一月二十七日，宣告独立，所有各种文告，业已印发在案。

当滇省宣布罪状，唤起国民救亡之初，本都督本于个人之良心，应即立举义旗，共讨叛贼。徒以战端一启，黔当其冲，仓卒举兵，颇难运转；且意袁氏向非至愚，一经忠告，或能悔祸，故不惜双方调处，委曲求全。何图凶心不死，逆焰愈张。曹锟等率师东下，着着进行，希图一逞。曹兵残暴，邦人所知，赣宁之役，淫掳烧杀，无所不至。倘使兵力集中，立即乘虚攻我，以达其分道进兵之计划，即令我以善意开门揖入，彼岂肯长驱直捣进薄滇边，不疑我捣其后耶？则蟠踞我城垣，迫散我军队，掳掠我金粟，荼毒我人民，城社邱墟，宁复顾惜？故无论如何，断未有逆军入境，而不糜烂地方，亦决无听其来黔，蹂躏境土之理。惟查逆军情状，多所迟回，此不第直壮曲老之势，可以预决，即就其众叛亲离言之，亦决无可畏。

袁氏纵其二三鹰犬，伪造民意，帝制自为。中外同羞，天人共愤，沿江各省，相约枕戈。或以时机未熟，虚与委蛇，或与逆师杂居，尚虞投鼠，云集响应，指顾间事。袁氏亦自知罪恶通天，为众所弃，杯弓蛇影，处处筹防，决不能抽提一军，以作曹兵之后，且从而分调畿辅重兵，麇集大江南北，以防各省之景从，情见势绌，亡无日矣。夫顺逆既分，胜负可决。黔惟有保守疆土，整备兵戎，以待联合各省义师，共诛独夫，巩固民国，以图生存于大地而已。所有地方治安，本都督自应率属，共负完全保护之责。各色人等，务望各安本业，勿得稍事纷扰，自召虚惊。为此通令，仰各该官长等立即出示，晓谕人民，一体知照。

布告既颁，即日委任戴戡为中华民国护国第一军右翼总司令，联合滇军，共归蔡锷节制，率兵北伐。于是护国第一军部下分作两翼，右翼为黔军，左翼为滇军。小子有诗咏道：

桴鼓声传远迩闻，滇黔共起讨袁军。

试看义旅联镳日，民意原来顺逆分。

滇黔既联合出兵，川湘边境顿时大震。究竟孰胜孰败，且至下回再详。

袁氏生平专喜秘密，故人亦即以秘密报之。袁瑛也，沈祖宪也，勾克明也，无在非以密谋报袁，转令老袁无所措手，亦只可模糊了事。江朝宗反欲张皇，而雷震春竟批其颊，雷其可为袁氏之知己乎？至若刘显世之请求军费，还而讨袁，计诚巧矣，吾谓亦从老袁处学来。袁惯以密谋饴人，人即密谋饴袁，报施之巧，无逾于此。故圣人言治国齐家，必以诚意为本云。

第六十二回

侍宴乞封两姨争宠　轻装观剧万目评花

却说滇、黔两军，联络北伐，黔军司令官戴戡，由遵义直趋重庆。驻师松坎，并遣第一团长王文华，第三团长吴哕鸾，分攻湘境，牵制袁军。滇军总司令蔡锷，自威宁通道毕节，直达永宁。永宁为川南要塞，系四川第二师长刘存厚驻守地。刘原驻泸州，四川将军陈宧，闻刘有暗通滇军消息，特调驻永宁，至滇军一到，刘果弃了永宁，退至纳溪。途次接蔡锷来书，劝他即日起义，一同讨袁。他遂自称护国军四川总司令，通电各省，声明独立情状，略云：

> 袁氏不遵约章，悖戾民彝，昔当鼎革之时，即欲拥兵肆逞。同人本天下为公，乃概付以治权，冀其出精白不贰之忱，宏兹国脉。何图掌国以来，言夫内政，则征敛如此；言夫外交，则败辱如彼。任官吏辄引其所昵，选总统竟临之以兵；甚至立法权揽为己有，暗杀案实主其谋。妨功害能，殄民败国，综其暴戾，罄竹难书。同人惧摇国本，犹复沉吟不发，冀补救于将来，乃彼独夫天夺其魄，恣乱日厉，竟敢假民意以推翻共和，挥党徒而谋兴帝制。蝇营狗苟，上下若狂，劝进之电，出于宫闱，选举之场，设于军府，势威利诱，无丑不陈，中外腾讥，群情愤激，卒召强邻之干涉，将陷民命于沦胥。凡有血气之伦，莫不

仰天兴叹。

滇黔首义，一檄遥传，薄海同钦，景从恐后。存厚不敏，外审大势，内问良知，痛此危亡，中心欲裂。爰整其旅，环甲出征，联合滇黔，挥旗北伐。誓拟盟成白马，重整五色之旗，行看痛饮黄龙，一扫群凶之焰。公等或为望重当时之俊彦，或系首造民宪之元勋，同领师干，身关治乱。岂于此日，遂负初心，宁以爵赏之羁，尽入奸雄之彀？呜呼！挥戈讨逆，事不同于阋墙，拨乱扶危，义实系乎救国。倘袁氏能及时徒窜，还我共和，则本府当卷此旌旗，不为已甚，皇天后土，实式凭之。

是时防泸司令冯玉祥，正进援叙州，泸城空虚，刘存厚遂乘隙攻泸。会玉祥自叙州败还，竟率师截击，玉祥遁去，部兵多半投降。适值蔡锷部下，第二梯团支队长董鸿勋，亦率队到来，两军会合，并力攻泸，一夕即下，于是川南一带，也入护国军范围了。这是陈宦速变之力。

袁世凯本拟于阴历元旦，即阳历二月三日。或阴历正月初四日，实行登极，阴历正月初三日立春，当时有大地回春，万象更新之义，故诹吉于初四日。偏是西南警报络绎传来，又害得踌躇莫决，暗地愁烦。每日除阅视公文外，就与几位候补妃嫔，围坐宫中，小饮解闷。各位美人儿，还道他从容寻乐，定由诸事顺手，可以指日登极。所有候补妃嫔的资格，当然好正式册封。不过同辈中共有十数人，将来沐封时，总不免有一二三等阶级，阶级一定，反致高下悬殊，令人不平，因此大家一喜一忧，各自盼望荣封，免落人后。洪、周二姨，愈加着急。无非特宠。

某夕，洪姨见老袁微醉，含着三分喜色，便乘间进言道："陛下封赏群僚，凡各省将军巡按使，沐有五等勋爵，首列公侯，次为子男。如妾等入侍巾栉，亦已有年，独未得仰邀封典，徒令向隅。古人说的帝泽如春，还求陛下矜察!"老袁笑道："各省将军巡按使，统是外人，不得不先行加封，免他怨望。你等是一家人，何必这般性急，待我登极后，册封未迟。"周姨向袁一笑道："陛下此言，总不免厚外薄内呢。"一唱一和，总是二人起头。老袁也笑道："你等要我加封，何妨自拟封号。"周姨道："册封妃嫔，系何等大事，我等妇人女子，怎能自拟封号？就使拟议起来，得蒙陛下恩准，也不啻自封一般。试问各省将军巡按使，所有公侯伯子男荣典，还是陛下所定，还是他自行拟就，奏请陛下照封呢？若是他拟就请封，便似汉朝的韩信，请封假齐王的故事了，恐陛下未必照准，他亦未敢如此。所以妾等想沐荣封，总须陛下颁赐名位，方为正当办法。"老袁又笑道："女苏秦又引经据典，前来辩论了。""女苏秦"三字，回应前回。周姨答道："妾据理辩论，并非为个人争此虚荣，实为全体姊妹行正名定分哩。陛下果怜妾等相随多年，俯如所请，姊妹们都尽沐隆恩，怎止妾一人被泽呢？"假公济私，娓娓动听。

老袁道："要我加封，却也不难，但须有两种分别。"周姨问两种分别的理由，老袁捻着微髭道："有生子与不生子的分别。如已生子，应照母以子贵的古例，加封为妃，若未曾生子，只好封作贵人罢了。"周姨听到此语忽然变色，蛾眉渐蹙，蜻领低垂，一双俏眼中，几乎要流出泪珠儿来。洪姨瞧着，已料她未曾生子，所以变喜为愁，现出许多委屈的样子，当即代作调人道："方今时代，与往古不同，陛下亦须变通办理。妾意封妃问题，应以随侍陛下的年数为定。年份较浅，名位或稍示等差，生子不生子，似不必拘泥呢。"

语至此，忽有两人起座道："妾等入府，不过两三年，但床上的呱呱小儿何莫非陛下一块肉？若使如洪姨太的议论，似于理上说不过去，还请陛下三思！"皇帝尚未曾做得，床头人已争论不休。洪姨视之，乃是十四、十五两姨。十五姨本是洪姨侄女，见第六十回。她竟也来争宠，不禁恼动洪姨，竟呼她小名道："翠媛，你好休了！你得随侍陛下，还亏我一人作成，今日幸蒙上宠，便想将我抹煞，与我争论起来，就是你的血块儿，哼哼，我也不必明说了。"翠媛此时也变羞成怒，反唇相讥道："谁不知你是红姨太，不过你侍陛下，我也侍陛下，没有什么红白的分别。你得封妃，难道我不得封妃吗？并且我的儿子，不是陛下生的，是哪个生的？"前时原是姑侄，此时已是平等，应该大家同封。香姨即十四姨。亦从旁插嘴道："俗语说得好，有福同享，洪姨也乐得大度，何必损人利己哩。"洪姨闻言，竟将嘴唇皮一抿，向她冷笑道："你今日尚得在此侍宴，总算是我的大度，否则连宫门外面，也轮你不着站立了。"又是一段隐语。老袁听双方争执，越说越不成话儿，急忙出言拦阻道："你等休得相争，我自有处置。一经登极，便当正式册封，不致无端分级，你等且放心罢！"大家方才无言，仍旧团坐陪宴。

看官！你道十四、十五两姨究竟有何秘史，令洪姨作为话柄呢？相传香姨自婢女当选，平日侍奉老袁，曲尽殷勤，但老夫少妇，感及枯扬，总不免惹人议论。香姨又起居未谨，尝与某卫士攀谈，事经洪姨察悉，密禀老袁，老袁疑信参半，托词戒备深宫，饬侍卫夤夜巡查。不到数日，果见某卫士蛰伏宫外，立刻鸣枪，将他击仆，捆缚起来，一面禀报老袁。老袁说是匪党唆使，即命枪毙，并拟斥逐香姨。洪姨又代她缓颊，阿香才得保全，未几即生一子，得宠如故。至若翠媛入侍，也由洪姨介绍，洪姨本欲增一心腹厚己势力，不防翠媛暗怀妒意，竟与乃姑夺宠。那洪姨懊恨不及，竟想得一策，嘱使婢仆捏造蜚言，只说翠媛诱通皇嗣，将有聚麀的嫌疑。这话传入袁耳，遂诫诸子不许擅入，并且密诘翠媛，翠媛自誓无他。后来翠媛生子，状类老袁，老袁才得放心。洪姨媒孽侄女犹且如此，安知香姨之事，不由洪姨撮弄。然老袁纳妾甚多，恐亦难免作元绪公。这是洪宪宫闱中的轶闻，小子有闻必录，所以叙入略迹，证明洪姨的话柄。究竟是实是虚，小子不敢臆断，且俟他日有暇，往问白头老宫人便了话体叙烦。

且说忆秦楼周氏，自伤无嗣，始终郁郁不乐。老袁见她玉容惨淡，泪眼模糊，转不禁怜惜起来。撤宴以后，即携住她的玉手，同赴寝室。袁氏平日，向有几口烟癖。每吃烟时，必至洪、周两姨房中，领略那福寿膏滋味。周姨既随老袁入房，当然取出烟具，给他过瘾。老袁一面吃烟，一面向周姨道："你也太多心了，我未曾正式册封，不过预先拟议，姑作此论。他日实行，自当妥行定夺，断不使你受屈的。"周姨凄然道："妾已想定主意，情愿媵妾终身，无论什么妃嫔，什么贵人，妾一概不敢领赐了。"妒意如绘。说着时，眼波儿又红了一圈。老袁忙劝慰道："你的福命很佳，忆自我得你后不久即出山任事，被选总统，可见你命实旺夫，安知日后不生贵子？常言道：'后来居上'，似你的福命，恐不止一妃嫔呢。"向爱妾拍马，总算善处宫闱。周姨瞅了老袁一眼，佯作笑容道："这是妾平日梦中，也未敢妄想哩。今日陛下登基，乞封为妃，尚不可得，他日上有皇后，下有储君，恐不免去作人彘，还有什么侥幸？"说到此句，喉中又哽噎起来，几乎说不成词。老袁道："你休担忧，我总不许人欺你，就是我册封诸姨，也不使你居人下。想你到此间，执掌内部书札，勤劳得很，即就此劳绩论来，也理应晋封。倘得天赐麟儿，那更是可庆可贺了。"周姨闻此，仍默不一言。老袁已吸毕福寿膏，自觉精神骤增，脑力充足，拈着须想了一会，便语周姨道："你且去磨墨展毫，待我手定几条内规，传与后人，你等便好安心了。"周姨奉命照行，当请老袁入座，递过纸笔。老袁即信手疾书，但见上面写着，"内训大纲"四大字，继即另行分条，逐项写下云：

第一条　母后不得佐治嗣帝，垂帘听政。

第二条　生前严禁册立储贰，且废除立嫡立长成例，但择诸皇子中有才德者，使承大统。如欲传某子，先书某名，藏诸金匮石室中，封固严密，俟其升退后，由顾命大臣于太庙中，当众启视。

第三条　诸皇子不得封王，更不许参预政治，第厚给财赀，俾享毕生安闲之福。

第四条　椒房之亲，不得位列要津。

老袁写罢，便掷笔向周姨道："你瞧！有这规条，皇后、皇太子，都无从欺负你们，你能产下麟儿，果使福慧双全，那时凭我手中，写就名字，岂不是就好传位，你不是好做皇太后么？"你既痴心，还要代周姨妄想，真是一片邯郸梦境。周姨才转悲为喜，吐出娇媚的声音道："这还须效华封三祝，颂祷陛下，多福多寿多男子，贱妾方得叨恩哩。"不脱经史。老袁听了，也不觉兴会神来，随即拥着一枝解语花，同入罗帏，演一套龙凤呈祥的好戏。等到兴阑意倦，俱栩栩入睡乡中，去做皇帝梦、皇后梦去了。

翌日，老袁起床，取了手订的内训大纲，出示大公子克定。克定看到第二条，大为拂意，即欲出言反对。老袁先已窥着，便嘱道："这种条规，为后世子孙计，并非专指汝等言，我胸中自有成竹，你不必多疑。"对妾、对子，总不脱一欺字。克定方才无语，快快自去。老袁也往政事堂，与国务卿等商议朝事，且不必说。

惟周姨暗地心欢，满望登极届期，皇妃的位置总是拿稳，且享了几年快乐，再图后福。好容易盼到阴历过年，仍未得登极消息。越宿为阴历元旦，不过照例筵宴。又到了初四日，依旧寂静过去，她又禁不住烦恼起来。

黄昏岑寂，坐对孤灯，正在百感交乘的时候，忽有一人牵动珠帷翩然直入。仔细一瞧，乃是女官长安静生。当下欠身邀坐，安恭谨从命，两下里谈述琐事，甚觉投机。彼此胸中，俱含有几个文字，自然格外投契。继且各叙近怀，周姨未免叹息。安女士忽问道：“妃子爱观新剧否？”周姨道：“这是我生平第一嗜好，从前看过谭鑫培、梅兰芳等戏剧，犹觉印入脑中，至今未忘，端的是好戏哩。”安女士道：“明日前门外同乐园中，敦请梅兰芳登台，演《黛玉葬花》新剧，妃子何不往观，借遣愁闷？”周姨摇首道：“恐怕不便。”安女士道：“妃子深居简出，外人本来罕见，若改装往观，谁识芳颜？宫内也无人敢说。明日下午，臣妾愿随妃子一行，可好么？”未免逢恶。周姨笑道：“这也是暗渡陈仓的好计，我就与你同去。”安女士随即告别。

次日午餐毕，安女士即入会周姨，替她改装，扮做女官模样，潜导出宫。侍卫等见是女官，也不去查问，由她自去。两人乘舆偕行，转瞬间即至同乐园。园中已经开演，看客甚众，几乎无处容足，安女士入与园主商量，赁一包厢。园主与安女士，本有一点认识，且知她为女官长，不得不殷勤款待，遂与他客熟商，并让一特别包厢，导引入内，才有坐地。看了好几出，方见梅伶发场，一种神采，射将过来，几与忆秦楼斗艳。既而曼声度曲，袅袅动人，没一句不中调，没一字不合拍，惹得周姨目注神驰，低声喝彩。一时上下座客，也连声叫好，哄动全园。周姨密语安女士道：“梅伶色艺与年俱增，较前日又有进步，我当出资重赏。”安女士不便旁阻，只好赞成，遂替周姨召过按目，由周姨取出纸币，约有数百元，慨然给付，令赏梅伶。老袁筹款维艰，反令爱妾好行其德，真是百姓晦气，梅伶交运。

梅伶演戏既毕，亟趋前叩谢。座客皆为瞩目，互相私议道："偌大女官，能有这般阔绰？莫非新华宫中，纯是金银么？"忽有一人遥视良久，才掉头语座客道："这是袁皇帝的宠妃，怪不得有此挥霍。"座客听到此语，益觉惊异，并问他如何相识？那人便道："我曾于万牲园中一睹芳姿，友人告我是袁氏宠姬，所以认识。此次改装女官，想是掩人耳目呢。"座客再问那人姓名？那人不肯吐实，只说是在部中当差。也恐多言贾祸。于是一传十，十传百，就是园主与各伶人，也都闻知，共至周姨前长跪叩安。周姨知瞧破行踪，忙即摇手麾去，一面挈安女士衣袖，抢步出园，仍坐原舆回宫。耗去了数百元，还要累得惊慌，真是何苦？为此一事，都下传作新闻，各报章相率登载，连御用报亦采入新闻栏。老袁瞧着报语，大致说是新华宫宠妃，与女官长偕行观剧，竟不由的动起愤来，立召安女士入问。正是：

博得皇妃偿意愿，哪堪天子动猜嶷。

未知安女士如何答复，下回再行说明。

当滇、黔起义以后，四川护军使刘存厚，亦起而响应。正战鼓鼙輶之时，忽插入宫中数段轶闻，欲急反缓，好似锣鼓声中，接入金樽檀板，令人不可捉摸。此为用笔变换处，亦为叙事拗折处。若以实事论，则全回以洪、周二姨为主，而注重者尤为周姨，洪最狡黠，而周姨又济之以才，几玩老袁于股掌之

上。老袁亦幸而不得为帝耳，若使为帝，宫闱中不知
惹出若干衅隙，袁氏且覆宗矣。先圣谓女子小人为难
养，诚哉是言！

第六十三回

洪宠妃卖情庇女党　陆将军托病见亲翁

　　却说安静生奉召入觐，偷眼一瞧，见袁皇帝面带怒容，慌忙屈着双膝，俯伏座前。老袁掷下御用报，叫她自阅，安女士已瞧过新闻栏，心下早经明白，不待再阅报章，便磕头道："臣妾正来请罪，日前周妃欲观新剧，由臣妾随着同去，未曾奏闻圣上，还乞恩恕！"老袁叱道："你为何这般荒唐？须知宫府内外，防范宜严，我任你为女官长，正因你年龄较长，见识较多，不致什么轻率，就使周姨等要你同去，你也应代为谏阻，谏阻不从，可来告我，为什么不顾名誉，竟尔妄行？你想是该不该呢？"周姨要去看戏，恐你也阻她不住。安静生被他一诘，无可答辩，只好靠着地毡，碰头不已。老袁又道："看你也不配做女官长，你与我滚出去罢！"安静生不敢多嘴，只称谢恩，慢慢地立将起来，转身自去。侍卫等暗瞩花容，已是青一阵，白一阵，不胜变态了。如见其人。

　　早有人通报周姨。周姨已料定老袁要来诘责，忙去邀了洪姨，在房待着。果然老袁发放了安静生，即刻走至周姨卧室中来。周姨起身迎接，洪姨亦起随后面，待老袁坐定，两人左右侍立，但见老袁目视周姨道："你好、你好！"周姨佯作不解，垂首无言。老袁又哼着道："梅兰芳的戏剧，究竟如何？想你眼帘中还留着哩。"洪姨即在旁接入道："她正为了此事，与妾商量，恐惹动主上怒意，要来请罪。妾以为陛下近日，政躬多事，区区失检，亦未必遽触天威。"说至"威"字，已闻老袁接口道："你看得这般轻易，须知宫眷轻出，易失名誉，各报中已传作笑柄了。还说是区区失检么？"洪姨道："今日失检，尚属不妨。"老袁问是何因？洪姨道："陛下若已登极，妾等俱沐封为妃，那时宫禁森严，原不能自由出入呢。"还是她的理长。老袁道："你又来强辩了。我想这事起因，总是由安静生巴结讨好，我且先把她撵出，省得你们被哄，有玷闺箴。"不能制服姬妾，却把别人出气。说至此，周姨已扑的跪下，抽着珠喉道："妾情愿受罪，若说由安静生怂恿，未免冤枉了她。"竭力为安女士庇护，何其多情？洪姨亦随即跪下道："妾愿为周妹乞恩，并愿为安女士乞恩，此次恕她初犯，下次若再轻出，妾亦连坐受罚。"老袁见她两人哀吁，心儿也就软了，便转嘱周姨道："以后休要如此！我今日看洪姨面上，饶了你罢。"周姨复吁请道："妾蒙陛下赦罪，感激万分，只安女士已撵去否？"说着，将头枕在老袁膝上，呜呜咽咽的哭将起来。好一个娇儿模样。老袁俯首一瞧，见她乌云般的灵蛇髻，光滑得很，一阵阵油香扑鼻，把胸中留着的余怒，都薰得不知去向。当下伸开两手，把两姨扶起，口中连声说着道："算了，算了。"洪姨又道："现在女学尚未发达，所有当选的女官，统不过粗识之无，毫无学问，自奉陛下命令，在宫中开设女校，由安女士为校长，指导有方，各女官才稍有进步，今日若把她撵出，不惟各女官没人督率，且亦没人教导，为此种种障碍，所以求陛下格外优容，惟须下一禁令，此后自女官长以下，不准私出，有犯必惩，那便足惩前毖后了。"面面圆到，善于饰辞。老袁点首，随即踱出房外，自行申禁去了。

周姨致谢洪姨，正在彼此谦逊，那安女士已跑了进来，泥首称谢。两姨将她扶住，方才起身，复谈了半小时，安始告退。是日即接奉禁令，略言"宫中执役女官，无故不准自由外出，犯者严惩不贷，女官长一同坐罪"云云。各女官出入不便，未免怨恨安女士，但因安女士得有内援，势力雄厚，大家无法可施，也只得暗地讪谤罢了。安女士经此小挫，格外勤谨，每日传集女官，挨次分派，使有专责，夜间十二时后，必亲率各女官归寝。寝室系蟹形式筑就，东西对峙，门户相望，外面护着铁栅栏，由安女士手编号次，不得乱居。至逼近铁栅的居室，安自住着，亲司管钥，众入即锁，众出乃启，真是严肃得很。老袁偶往巡察，见她布置周密，井井有条，颇喜她因过知奋，温语嘉奖，从此安女士的权力，比从前更加巩固了。也好算只功狗。

　　惟安女士本有良人，曾住居前门外东茶食胡同薛家湾，姓张名景福，夫妻爱情颇深，从前禁令未下，不妨自由进出，每当暇时，免不得回去敦伦，此次申严宫禁，只好长住宫中。徐娘半老，未免有情，她竟想出一策，密请洪妃，为乃夫谋一宫中庶务司核账员一席。洪妃替她说项，竟如所请。这叫做妻荣夫贵。嗣是夫妻聚首，日夕相见，夜阑人静好合鸳俦，真个是怨女旷夫，各得其所了。未始非老袁仁政，但可惜只及安女士，未能普遍鸿恩。

　　一夕，安女士亲自夜巡，遥见有一男一女，喁喁私语。正要出言呵责，那男子已飞奔而去，只剩女子一人，急切无从奔避，站立一旁。安女士走近遍视，乃是女官中的金翠鸿，当下便唤她入室，私自讯问。翠鸿不能尽讳，只说是与侍从武官，向订姻好，现为宫中同事，所以相见谈心，恳女官长格外垂怜，幸勿举发等语。安女士佯作嗔怒道："这却不便，明日请你出宫。"翠鸿跪下哀求，愿罚三月俸金。安女士沉吟半晌，方道："我也不为已甚，但你须谨慎小心，一露破绽，连我俱要坐罪了。"投鼠本须忌器，况又有三月俸金，可入私囊，乐得秘密了事。翠鸿拜谢去讫。隔了月余，翠鸿忽抱病在床，委顿不起，安女士已瞧破机关，也不去问明底细，便令她请假养病，移居别室调治，经旬乃瘳。看官！你道她是什么病症呢？原来翠鸿是妓女出身，运动得选，充入女官，入值以后，巧遇侍从某官，与有旧好，遂不免偷寒送暖，倚翠偎红，安女士得贿卖放，两人仍私续旧欢，未几有娠，设法堕胎，遂至成病。病愈后，益感激安女士，格外报效，事极秘密，无人知觉。安女士也暗自欣幸。银钱到手，安得不喜？

　　既而宫中又出一奇闻，女官沈畹兰，竟自缢身亡。安女士闻着，慌忙奏闻，有旨令她督殓，舁葬郊外。各女官半多惊哗，连安女士也为叹息。看官听着！沈畹兰系天津女师范学校卒业生，年甫及笄，貌既出群，才亦迈众，为人又极和蔼，自应征女官时，得居首选，入宫承值，上下翕然。老袁亦爱她秀慧，特别宠遇，不到一月，即将自己的出纳账目，令她管核。为这一着，遂令绝世芳姝，送入枉死城中，做了冤鬼。

　　先是老袁出纳，由洪姨掌管，每月用途极繁，多至数十万金。洪姨从中侵蚀，约可得百分的二三，无端被沈夺去，心殊不甘，但未便显然反对，只好设计中伤。常言道："明枪易躲，暗箭难防"，沈女官执掌的铁匣，骤失去钞票二百余元，那时捕风捉影，无从觅获，洪姨诬她监守自盗，竟嗾袁密饬心腹，搜检沈箧，果然原封不动，几如原额。沈女官无从辩冤，没奈何悬梁毕命。老袁只疑她畏法自尽，哪知种种陷害，统是洪姨一人所为。洪姨复得任原差，可怜那沈女官无故遭冤，死得不明不白，徒落得埋骨荒邱，衔恨地下罢了。塞翁得马，安知非祸，沈女官亦如是尔。小子未曾入新华宫，偏述及各种秘闻，看官或疑我杜撰，其实小子统有依据。试看近人所编《新华春梦记》，及《洪宪宫闱秘史》，统已详列无遗，就是新华宫中的故役，自袁氏死后统已出宫，讲将起来，多说是有些确凿，看官也不必疑猜呢。

话分两头。且说袁皇帝日思登极，择定阴历元旦，或正月初四日，举行大典，偏值西南警报，络绎到京，不得已顺延过去。嗣闻湖南西境，如晃州、沅州一带，统被黔军攻入，着着进行，不禁惊愕道："刘显世是真反了。"你道他是假反？遂令第八师长李长泰，抽调劲旅，自津门南下，一面令湖南将军汤芗铭，立派军队，协同马继增一军，相机痛剿。又命唐尔锟督理贵州军务，褫去刘显世官职，听候查办。嗣复特任龙觐光为临武将军，兼云南查办使，速由粤西入滇，除带领所部外，即在南宁招兵十营，借扩军额，并饬广西将军陆荣廷，赶紧募兵二十营，助龙攻滇，饷械均由中央接济。

小子叙到此处，又要把袁氏心理，推测一番。滇、桂本属毗连，就是滇省护国第二军，亦指定从桂进发，袁皇帝欲分道攻滇，应该将桂边一路，责成陆荣廷，如龙觐光等，只好备作后援，何故前后倒置，舍近求远呢？原来陆荣廷初入戎行，不过一寻常弁目，自经岑春煊督粤，方将他拔擢起来。民国肇造，陆任都督，粤西偏安。至癸丑一役，岑春煊曾为大元帅，与袁反抗，赣、宁失败，岑亦他避。老袁与岑有隙，遂忌及荣廷，只因桂省僻处西南，关系尚小，所以仍命镇边，未曾调动。不意滇事发生，川、湘、贵三路，变作要塞，倘或陆荣廷与滇通谋，岂非又增一敌？为此特任龙觐光攻滇，但命陆募兵协助。揭出老袁意思，标识特详。还有一着布置，龙子运乾，系陆荣廷女夫，彼此是儿女亲家，当然不致龃龉，既可借龙制陆，复可借龙劝陆，实是当日无上的妙计。计策固好，谁知偏不如所料。

龙觐光拟全拨粤军，奋力攻滇，可奈民党中人，都因滇、黔起义，相率遥应。前粤督陈炯阴，邀同柏文蔚、林虎、钮永建、熊克武、龚振鹏、谭人凤、李根源、冷遹、耿毅等，癸丑之变，多已见过。在南洋新嘉坡，设一总机关部，派军入粤，进攻惠州。粤军自顾不遑，哪里还好调拨？不过广东将军龙济光，是龙觐光弟兄，骨肉至亲，不得不极力腾挪，当派陆军第二旅第三团长李文富为先锋，虎门要塞司令黄恩锡为前敌司令，率军四千人，陆续出发。龙觐光自带卫队数十名，潜乘广利兵轮，至北海登岸，经过廉州，直抵南宁。南宁即粤西省会，将军陆荣廷，就此驻扎。前清以桂林为省会，民国始移至南宁。

　　龙觐光已入省城，并未见荣廷出迎，至投刺入见，尚在客厅中坐候多时，好容易盼到主人，还是缓步进来，差不多有重病模样。当下行过常礼，略叙寒暄，但闻荣廷低声道："兄弟近日，适患心疾，昼不得安，夜不得眠，害得精神困惫，几难支持，亲翁此来，有失远迎，幸勿见罪！"龙觐光道："曾否延名医诊治？"荣廷道："医生亦诊过数次，可奈服药少效。"心病还须心药医，岂寻常医生可以疗治？龙觐光道："目下滇、黔谋变，粤西正当要冲，兄弟奉命西行，全仗亲翁协助，偏偏尊体违和，如何是好？"他正为你生病。荣廷答道："弟正为此事烦躁，益觉寝馈不安，添了好几分贱恙，医生说须静心调养，方可渐瘥。亲翁来得正好，一切军事，好凭大才调度，弟可向中央请假数旬。"觐光道："粤东亦有乱事，军队只堪自顾，兄弟带来的兵士，不过三四千名，奉中央命令，饬在此处招添十营，且闻亲翁处亦令招募，想亲翁总也接洽呢。"荣廷半晌才答道："命令是已经接到了，只因有病在身，不能亲募，现已托王巡按使代理，亲翁若有教言，请直接与他面谈罢。"说着，用手扪心，并皱着两眉，似有无限的痛苦。那时觐光不便多谈，只好起座告别道："亲翁且自休养，弟且到王巡按处，商议军情便了。"急惊风碰着慢医生，真也没法。荣廷也不挽留，随送出厅。觐光用手相拦，请他不必远送，荣廷也即止步，只道了"简慢"两字。待觐光出门，即展颜入内，自不消说。

觇光转至巡按使署，巡按使王祖同忙即迎入，两下晤谈，述及募兵办法。王祖同道："粤西硗瘠，公所深知，欲要募兵，先需军费。前日陆将军召弟商议，委弟筹款垫发，且令弟代行招募，弟正为此事踌躇呢。"又是一个为难。觇光见他支吾情状，不由的躁急道："救兵如救火，不容迟缓，况政府已有明令，饷械由中央接济，尊处能筹款垫付，不消几日，便可由中央汇到，一律给还了。"王祖同道："兄弟也这般想，但急切提不出这种现款，也是没法，昨已驰电达京，催解汇款去了。"觇光道："募兵已有地点么？"祖同道："已借军械局开办。"觇光道："我且去一观，何如？"祖同说了"奉陪"二字，便与觇光一同出署，至局所中巡视一周。但见临武将军行辕，已经设着，觇光便就此寄居，祖同自行返署。

看官道这陆、王二人，究竟是什么意见呢？原来陆氏宗旨，是完全的保障共和，反对帝制，且已接着岑春煊及梁启超等密函，劝他联络滇、黔，勉图独立，他已怦怦欲动，只因饷械未足，不便冒昧举事，并且长子裕勋，在京为官，一或发难，未免投鼠忌器，所以托词心疾，请假养疴。独王祖同是骑墙人物，袁氏曾命他会办军务，监察老陆，他持着中立态度，两面敷衍。此次对付觇光，也是这番手段。最好是这种手段。觇光在局募兵，起初是京款未到，只好静坐以待，及款已汇至，赶紧招募。偏桂人不甚踊跃，每日来局报名，多不过百人，少仅数十人，任你龙将军如何劝导，也一时不能成军。忽一日，由贵来电，龙济光已击退乱党，解惠州围，中央加封济光为郡王。插入粤事，较省笔墨。觇光也为心喜，当即发电道贺，并商令酌拨粤军，由海道来南宁，以便即日赴滇等语。嗣得复电，略言"惠州虽然得捷，乱党仍然蔓延，随在需防，无兵可拨，赴滇军请自行募足"云云。于是觇光无援可恃，且又不便久留，只好把新募各兵，检点起来，约得四千名，加入前时带去的粤军，共计得八千人。新旧合组，得二十营，号称一万二千，分作五路。令李文富为前锋，率兵千五百名，由百色进发。黄恩锡率兵千五百名，间道出广南，会合李军，进攻剥隘，再令粤西军官张耀山、吕春绾，各率兵两千，作为前后两路的援应。并令侄儿体乾，统领两军，称为第三第四队。又另遣朱桂英率兵千人，入窥黔边，牵制黔军援滇。觐光仍驻节南宁，满望着旗开得胜，马到成功。小子有诗叹道：

　　士甘焚死不封侯，气节销磨一代羞。
　　争说两龙跨粤海，为何甘作顺风牛？

觐光既遣发各军，当然奏报中央，欲知后事，且看下回。

　　上半回是叙述内情，缴足上回文字，下半回是叙述外事，暗启下回文字。观内情之蒙蔽，已知袁氏之难乎为帝，观外事之溃散，尤知袁氏之不能为帝。洪姨爱姬也，而欺之，陆荣廷，良将也，而亦欺之，余如安女士之朋比为奸，王巡按之模棱两可，更不必问。内外交构，何事可成？故本回虽显分两撅，而暗中却自有相对外，是在阅者之静心体察可耳。

第六十四回

暗刺明讥冯张解体　邀功争宠川蜀鏖兵

　　却说袁皇帝接到龙觐光奏章，披阅以后，深喜他实心效忠，不负委任，桂边一路，似可无忧；川、湘一带，已是大兵迭发，当亦不致有意外情事；惟江宁将军冯国璋，前曾调他来京，任为参谋总长，偏他请假养疴，相隔数月，尚未到任。老袁愈觉生疑，特派遣蒋雁行，南赴江宁，调查防务，临行时且有密言相嘱。

　　蒋衔命南下，与冯相见，谈了许久，冯只管无情无绪，淡淡的答了数声，有几语简直不答。雁行因奉着主命，未便敷衍过去，便进言道："极峰意见，要上将出任行军总司令，因未得尊意赞成，所以嘱弟转达。"无非要老冯离任。国璋哑然失笑道："我去岁入京觐见，谈及帝制问题，总统誓不承认，且言国人相逼，当挂冠航海，往游伦敦。目下欧战虽剧，伦敦尚是无恙，总统何不前往，还要兴什么大军？授什么总司令呢？"国璋入觐，借他口中补叙，并补述袁氏前言，以证其欺。雁行道："往事也不必重提了。但上将与总统相知有年，也应助他一臂，借尽友谊。"国璋道："我正为友谊相关，始终不敢背弃，无如抱病未瘳，力不从心，还请代达总统，求他原谅！"陆既称病，冯亦如是，真是一个病夫国。雁行又道："总统亦系念贵体，特遣兄弟前来探望，并嘱令代阅防务，俾上将安心休养，早日告瘥，得以销假视事。"国璋笑答道："多谢总统盛意，

近日一切政务，也多委王镇守使代理，今又得足下代劳，兄弟
不胜感激哩。"说罢，即呵欠了好几声。雁行料不便多言，遂
即退出。向镇守使王廷桢处，会叙多时。至回寓后，即将冯国
璋言动情形，叙入电稿，寄达中央。

　　隔了一天，即由政事堂传出申令，因冯国璋尚在假中，着
王廷桢暂行代理。是电一传，与冯交好的疆吏，多疑老袁将免
冯职，致起违言。即后文所谓河间系。山东将军靳云鹏、江西将
军李纯，电袁留冯，略谓"冯保障东南，关系大局，不应无故
调动"等情。于是老袁改了初念，另派佐命功臣阮忠枢，至
徐州来说张勋。张勋自任长江巡阅使后，以徐州为盘踞地，逍
遥河上，花酒耽情，除宠妾小毛子外，复纳一个女优王克琴，
端的是风流大帅，洪福齐天。惟他有一种特别的性格，终身不
忘故主宣统帝，东海等人应输他一筹。所以袁氏要想登极，他虽
阳示赞同，暗地里实是反对。滇、黔发难，竟上书直谏老袁，
内有大不忍四则，能言人所未言，小子因胪述如下：

　　（甲）纵容长子，谋复帝制，密电岂能截乱？国本因
而动摇，不忍一。
　　（乙）赣、宁乱后，元气亏损，无开诚公布之治，辟
奸佞尝试之门，贪图尊荣，孤注国家，不忍二。
　　（丙）云南不靖，兄弟阋墙，寡人之妻，孤人之子，
生灵堕于涂炭，地方夷为灰烬，国家养兵，反而自祸，不
忍三。
　　（丁）宣统名号，依然存在，妄自称尊，惭负隆裕，
生不齿于世人，殁受诛于《春秋》，不忍四。

　　这四大不忍等语，呈将上去，袁皇帝却容受得住，并不加
责。亏他耐得住。他知张大帅的性质，并非袒护滇、黔，不过

系念故主，聊发牢骚，但教好言抚慰，虚名笼络，仍可受我约束，不致生变。因此派遣阮忠枢，来与张大帅商叙军情。张勋接入，便开口道："老斗，你来做什么？"阮字斗瞻，张大帅一经开口，他肖性情。忠枢道："闻大帅新纳名姝，特来贺喜。"张勋道："你怎么知道？"忠枢笑道："上海滩上第一个名伶，被你选取了来，已收尽江南春色，全国统已知晓，小弟也有耳目，难道不闻不知么？"张勋道："照你说来，你简直到此，来敲我几台喜席。我这里有酒有肉，任你吃、任你喝，可好么？"豪爽得很。忠枢道："这是蒙大帅的赏赐，还有何说？但小弟还有特别要求，未知大帅肯赏光么？"张勋道："你且说来！"忠枢笑道："要请贵姨太太出见，赏光一套西皮调，给我恭听，那是格外承情了。"张勋笑道："老斗，你又来胡闹了。闲话少说，我吩咐厨役，备些可口的菜蔬，与你畅饮。你若有暇，请在此多逛几天，多年老友，难得常聚哩。"忠枢说声叨扰。张勋便嘱咐左右，传语厨子去讫。

两人又闲谈了一时，外面已搬进酒肴，由张勋邀客入座，豪饮起来。酒至半酣，忠枢用言挑着道："长江一带，幸亏大帅坐镇雍容，才保无事。"张勋不待说毕，便接入道："百姓并不要造反，只外面的革命党，里面的袁项城，统是无风生浪，瞎闹一场，所以国家不能太平。"忠枢道："项城也只望太平哩。"张勋哈哈大笑道："你是十三太保中的领袖，怪不得有这般说。项城世受清恩，前时投入革党，赞成共和，硬逼故帝退位，已是铸成大错。此次要重行帝制，谅亦有些悔意了。但现成的宣统皇帝，尚在宫中，何不请他出来，再坐龙庭？他今朝要自做皇帝，哼哼，恐怕有些为难呢！"快人快语，如闻其声。忠枢闻言，不觉面上一红，勉强答应道："这也是出自民意，项城不能强辞，就是大帅前日，也曾推举项城，难道是贵人善忘吗？"以矛攻盾，却也能言。张勋顿时变色道："他屡次给我密函，要我向他劝进，我的秘书，也向我说着，不如顾全旧谊，休与反对，我才叫他写了几句，电复了事。横直将来人多意多，总有几个硬头子，出来反抗，我老张也不是真呆，何苦与他结怨。现在云南、贵州，已创起什么护国军，竟不出我所料。项城想我出去打仗，我为了项城的事情，惹人怨骂，还要我兜掉面子，向外国人赔礼，我已吃尽苦楚，此番不来上他的当了。"尽情出之，好似并剪哀梨。忠枢听说，尚未回答，张勋又道："我所以说了四大不忍，呈将进去，叫项城自去反省。"忠枢趁势探着道："云南、贵州的变事，大帅还是反对，还是赞成哩？"张勋道："我去赞成他做什么？我只晓得整顿军备，保卫地方罢了。"这两语亦太自夸。忠枢又进一步道："大帅高见，很足钦佩，但云、贵既已倡乱，应该如何对付，方得平和？"张勋沉着脸道："他闹他的云、贵，我守我的徐州，干我甚事？"又是快语。忠枢知不可喻，不得已据实相告道："项城本意，也不要调动大帅，不过想抽调军队，并添设长江上游巡阅使，敢问大帅意下如何？"张勋佯笑道："我料你是贵忙得很，断不至无因至此。你去回报项城，长江上游巡阅使，他欲要设，尽管去设，我老张不来多嘴，但恐增设一人，也是无益，若要抽调军队，我的兵士，素不服他人节制，调往他处，非但无益，反恐有损呢。"忠枢至此，已晓得张勋用意，不必再与多谈，便又借贺喜为名，敬了张勋数杯。张勋亦回敬数杯，随即吃过了饭，撤席散坐。

是夕，复呼枭喝卢，极尽豪兴，最后仍央请张大帅，唤出新姬，果然是绝世尤物，倾国倾城，惹得这位阮钦使，也不禁目眩神迷，魂飞色舞。待王姨太太道了万福，转身进去，那时才对着张大帅道："大帅真好艳福，小弟一无所赠，未免惶愧得很。"说至此，即从怀中取出钞币十张，约得百元，双手奉上道："这便代作赠物罢。区区不腆，幸转送香闺，祈请赏收!"张勋道:"又要老友破钞,谨代小妾道谢。"于是分手归寝。翌日起床,阮忠枢即拟辞别张勋,吃过早点,眼巴巴望着张勋出来。偏是望眼将穿,杳无消息,待至午餐,方见张大帅登堂陪客,忠枢有事在心,也不多饮,便于席间辞行,草草毕席,即告别出署,回京复命去了。也是一番空跑,犹幸得见艳姬,还算有些眼福。

老袁已遣阮南下,想不至虚此一行,便在统率办事处内,添设临时军务处,遥领军政,实行指挥。当拟组织征滇第二军,令张勋、倪嗣冲各出十营;驻鲁第五师,出步兵一团,防兵一营;驻陕军出一混成旅;驻奉第二十及第二十七第二十八师,各出一混成旅;余由他省选调骑兵数营,合成一师,限月终拔往战地。正在筹划的时候,那阮忠枢已回来了,当下听他禀报,已知张勋不肯从命,很是懊怅。再电致奉天、山东各省,陆续接复,多半是"防务吃紧,兵不敷用,职守所在,碍难遵命,否则本省有变,不负责任"云云。老袁急得没法,乃将调兵的政策,变为募兵,调兵已非善策,募兵更属无谓。拟由直隶、山东、河南三省,募兵二万,听候调遣,一面电催赴敌各军,速行进击,并调四川、两湖军队,协同接济。统计自正月中旬,至三月上浣,袁军运到川、湘,差不多有十万人。看官欲晓明大略,且由小子一一叙来:

在川各军

(一)曹锟军,即第三师,约八千五百人。(二)张敬尧军,即第七师,约六千人。(三)李长泰军,即第八师,约七千八百人。(四)周骏军,即四川第一师时,嗣改编为第十五师,约六千人。(五)伍祥桢军,即第四混成旅,约四千人。(六)冯玉祥军,即第十六混成旅,约四千人。

在湘各军

（一）曹锟军，即第三师之一部，约二千人。（二）马继增军，即第六师，约万人。（三）唐天喜军，即第七混成旅，约四千人。（四）李长泰军，即第八师之一部，约三千人。（五）范国璋军，即第二十师，约四千人。（六）张作霖军，即第二十七师，约三四千人。（七）倪毓棻军，即安武军十五营，约三四千人。（八）王金镜军，即第二师，约四千人。（九）胡叔麒军，即湖南混成旅，约四千人。（十）卢金山军。系湖北独立旅，约四千人。

这十万大军，云集川、湘，总有几个效忠袁氏的将吏，拼着了命，与护国军争个胜负，好博得几个勋章、几等勋位。只是滇、黔军乘着锐气，杀入川、湘，或合攻、或分攻。川路自叙州起，经泸州、重庆、万县、夔州，直达湖北的宜昌。湘路自沅州起，经麻阳、芷江等县，直趋宝庆、常德，战线延长，约有二千多里。总司令曹锟，先行筹防，分檄各路兵将，择要驻守，十万军中，已去了五成。尚有五万名作为战兵，大约自川中进攻，计二万人，自湘中进攻，计三万人。五万袁军压川、湘，当时已传遍天下，气焰亦可谓不弱。滇、黔两军，统共不过三万名，与袁氏战兵相比例，尚不及半数。曹锟因老袁催逼，乃简率精锐，会合冯玉祥、张敬尧各军，兼程前进，直指叙、泸，另檄第六师长马继增，驻扎湘西，抵御黔军。

此时云南护国第一军总司令蔡锷，早已由黔入川，闻曹锟等尽锐前来，急令刘云峰、赵又新、顾品珍等，分头拦截，那知来兵很是凶勇，凭你如何截击，总是抵挡不住；并且顾左失右、得此失彼，眼见得主客异形、众寡不敌，一阵阵的向后退去。刘、赵、顾三人无可如何，只得向总司令处告急。蔡锷闻报，踌躇一番，默想曹、张各军，用着全力，来攻叙、泸，若要与他死战，徒伤士卒，无济于事，且弹药等件，亦只能暂支目前，未能持久，计不如变攻为守，以逸待劳，一面联合粤西，调出李军，并力北向，再决雌雄，也为未晚。此即兵法所谓避实二字。乃即令刘、赵、顾各军，且战且退，自己亦退入永宁，准备固守。

曹锟遂分兵大进，自克綦江，冯玉祥克叙州，张敬尧克泸州，纷纷向中央告捷。四川形势，顿时大变。黔督刘显世，闻滇军撤归，也为一惊，亟檄总司令戴戡，调还一旅，驻守黎平。那时马继增跃跃欲逞，拟乘势攻入黔境，与川军并奏奇功，当下发令进兵。行了半日，因天色已晚，驻营辰州，到了夜半，除巡兵未睡外，余皆安寝。待至天晓，全营统已早餐，秣马厉兵，待令即发。不意这位马师长，竟长眠不起，由阎罗王请去作先锋了。小子有诗咏马继增道：

> 未曾前敌即身亡，暴毙营中也可伤。
> 自古人生谁不死，甘心助逆死无光。

毕竟马继增如何致毙，且至下回表明。

冯、张两人，宗旨不同，而其不满袁氏也则一。本回借冯、张之口，讥讽袁氏，足令袁氏，无颜对人，而张大帅粗豪率直，描摹口吻，尤觉逼肖，岂其尚有张桓侯之遗风欤？《民国演义》中有此人，亦足生色矣。夫以冯、张之为袁氏心腹，犹离心若此，彼川、湘一带之十万师，宁皆能效忠袁氏耶？不过凭一时之勇气，直入叙、泸，转眼间即已告馁，乃知师直为壮，曲为老，一时之强弱成败，固不足以概全体也。

第六十五回

龙觐光孤营受困　陆荣廷正式兴师

却说马继增到了辰州，过了一夕，竟尔长眠不起，由队官等上前相呼，已是魂入冥乡，寂无声响了。大家惊讶不已，细检尸体，但见满身青黑，也不知是什么病症，大约是中毒身亡，一时无从究诘，只好飞电中央，另简主帅。为此一番转折，湘、黔两造，各按兵不动。

惟龙觐光所遣各军，攻入滇边，应六三回。前锋李文富，先抵剥隘。剥隘系由桂入滇的要塞，滇兵驻守，只有两连，现时步兵编制法，步兵以十四人为一棚，三棚为一排，三排为一连，四连为一营。闻得敌军骤至，慌忙对仗，一面向总司令处求援。总司令李烈钧方驻扎土富州，距剥隘尚数百里，未免鞭长莫及。李烈钧到了此时，尚未出滇境一步，也不免迟滞。剥隘孤兵，敌不住李文富军，勉强对仗，伤毙军官一人，部众溃散。李文富据剥隘，即向龙觐光处报捷。龙体乾亦潜入滇境，联结土司，围蒙自，占个旧，也自然飞递捷书。觐光连得捷报，喜欢的了不得，当即连电奏捷。老袁一再嘉奖，又颁给几个勋位勋章，作为赏赐。于是龙觐光以下，无不踊跃，乘势杀入云南，搏个你死我活。觐光也移驻百色，指挥进攻，几乎有灭此朝食的气势。哪知背后的广西省内，已是一声霹雳，响彻西南，险些儿把个龙将军，弄得不能进，不能退，把他龙筋龙脉，要抽将出来。

看官！可记得广西将军陆荣廷么？荣廷因病乞假，并函致长子裕勋，南来侍疾。裕勋得信，当然禀闻老袁，即拟南下。老袁也即照准，且命人伴送途中，慰他寂寞。到了汉口，裕勋竟得着急症，医治不及，霎时身亡，假惺惺的袁皇帝，反连电粤西，极表哀悼。专用此种手段，何其忍心？荣廷明知此事，由老袁预嘱同伴，将子毒死，但已不能重生，只好以假应假，复电称谢。自是决计独立，先向中央要求军饷百万，快枪五千支，自告奋勇，督师征黔。老袁如数发给，且授为贵州宣抚使，令他即日赴黔，相机剿抚，一面饬第一师长陈炳焜，暂代陆职，护理军务。荣廷既接京电，拟召集军事会议，决定行止，可巧来了梁启超，与荣廷晤谈起来，所有讨袁政策，很表同情。梁本受蔡锷密托，特地来见荣廷，做一个说客，应前回联合粤西语。不期荣廷已决心举义，无待多言，哪得不喜出望外，当下邀入陈炳焜，与他密商。炳焜豪爽得很，简直是请陆独立，不必迟疑。于是召集全师，公议军事。

陆荣廷为主席，把助袁、助滇两事，宣告出来，待众解决。炳焜先起座道："袁氏欺人欺己，得罪全国，已不足责。即为将军代计，今日助袁为逆，对国不忠；公子裕勋，被袁无故毒毙，不思报复，对子不慈；岑云帅岑春煊字云阶。为将军故主，他已屡函劝勉，不闻相从，对主不义。将军今日，如即独立，尚可改过为功，否则军民解体，恐将军也成为民国罪人了。"荣廷怃然道："陈师长责我甚当，我就指日独立，自改前非，为问众弟兄可赞成否？"说声甫毕，但见大众统已起立，自第二师长谭浩明，及旅长莫荣新、马济以下，没一个不拍掌赞成。荣廷遂向天宣誓道："皇天后土，鉴临廷等，一德一心，驱逐国贼，保卫民生，如有违异，饮弹而死。"陈炳焜等应声道："谨如陆将军言。"是谓同德，是谓同心。宣誓已毕，即下动员令，饬马济率游击队六千，星夜前赴百色，托名攻滇，暗断龙军的后路，又亲率十二营，往扎柳州，阳言攻黔，其实欲取道桂林，进逼湖南。

龙觐光尚睡在梦里，檄令李文富等进攻土富州。李烈钧已密接桂军消息，令第一梯团司令官黄开儒，率军前敌，与桂军约就夹攻。又由滇督唐继尧，拨遣第三梯团司令官黄毓成，绕道黔境，由兴义出泗城，潜入西林，攻击龙军右面。三路议定，一齐动手。马济密嘱营长黄自新，先至龙军，佯称助战。龙觐光不知有诈，调赴军前。那时李文富等与黄开儒对垒交锋，两下里排成阵势，你枪我炮，互相冲击，正在难解难分的时候，忽龙军阵内，跃出黄自新一军，倒转枪枝，扑通扑通的几声，将龙军击了数十名。龙军顿时哗噪，自乱队伍，滇军趁势攻入，杀得龙军七零八落。李文富等连忙收兵，且战且退，不意后面喊声大起，炮弹随来。粤西旅长马济，复带了一支生力军，前来攻击。看官！你想此时的李文富、黄恩锡等，还能支持得住么？亏得龙觐光接闻军警，自率亲军援应，总算保全了一半，狼狈回营。当下飞调龙体乾还援。体乾弃了个旧，急至百色，谁知张耀山、吕春绾两军，统已心变，不服约束，自率所部回粤西。桂人回桂，理之当然。剩得体乾身旁，只有数十个亲随，入百色营。

此时百色附近，已是密密层层，布满敌兵。营内只有一二千名残卒，眼见得保守不住，龙觐光满面愁容，一筹莫展，既见体乾，竟洒着泪道："我与你要死在此地了。可恨陆亲家背我，连电求援，并无复信。"你果死了，倒不愧袁氏忠臣。体乾也含着泪道："何不叫兄弟发一急电，向他丈母哀请？只说我辈死在目前，全仗援救。妇人总有爱惜儿女的心思，若得他转告老陆，我等才得有命哩。"觐光道："我一时神志慌乱，竟忘怀了。惟运乾不在军中，你赶紧电告运乾，叫他转电陆夫人，设法救我才是。"体乾立即照行，果然驰电到粤，不消两日，已接复电，说是："陆妻谭氏，已向陆说情，当有好音相报。"觐光稍稍放心，敌兵也不来紧逼。双方停战数日，方来了陆子裕光，传达父命，要龙军缴械投诚，才令滇、桂两军罢战。觐光急得没法，只好应允，但恳留卫队驳壳枪三百支。裕光以未奉父命，不肯勉从。那觐光顾命要紧，没奈何下令各军，缴出机关枪四十架，炮十四尊，步枪五十支，现银二十万元，军官遣回原籍，兵丁另行改编，直隶马济部下。于是贪功争宠的临武将军，遂俯首敌前，做了一位降将军了。蛟龙失水遭虾戏。

袁皇帝尚未闻悉，正为了洪姨生日，开筵庆贺。洪姨购得一副绝精巧的麻雀牌，统是羊脂白玉制成，大小厚薄，不差分毫，所刻的花纹字迹，乃是京内著名美术家宋小坡手笔，价值约五千元以上，此日正拟试新，各姬妾席终入局，又万金一底的麻雀。洪姨赌运不佳，只管输去，看看要输至两底，老袁从外趋入，见洪姨所负过巨，便笑语道："我替你翻它转来。"洪姨乃让袁入座，自立在旁，约莫叉了一圈，一副都碰和不成，累得洪姨愈加着急，从旁说道："我道皇帝的财运，总是好的，谁意反比我不如哩。"老袁闻言，急得面红耳赤，要想做副大牌，反负为赢，偏偏牌风不佳，手气又是甚恶，顿时懊恼异常，口中呶呶不已。后来得了一副全万子，将要做成，只少九万一张，凑巧对面竟打了一张九万，他不禁拍手道："和了和了，这遭好翻本了。"哪知右旁坐着汪姨嘻嘻的笑道："且慢！我也是和了。"老袁还道她是顽话，至摊牌一瞧，果然是一幅平和，巧巧不先不后，被她拦去，便是帝制不成之兆。顿气得双目突出，胡须倒竖，把手中的牌尽行掷去，几乎击得粉碎。正在拍案狂呼，忽见一女官入奏道："外边有紧急公文，请万岁爷出阅！"老袁听了，乃起身外出，复至办公室，由秘书长呈上电文，说是广西发来，已经译出，随即瞧着，其文云：

前大总统袁公惠鉴：痛自强行帝制，民怨沸腾，云、贵责言，干戈斯起，兵连祸结，徂冬涉春，国命阽危，未知所届。远推祸本，则由我公数年来，殃民秕政，种怨毒于四民。近促杀机，则由我公数月来，盗国阴谋，贻笑侮于万国。查约法第四十六条，有总统对于国民负责任之规定，失政犯宪，万目具瞻，厉阶之生，责将谁卸？

云、贵既扶义以兴，势无返顾，我公犹执迷不悟，何术自全？荣廷奉职岩疆，保安是亟，启超历游各地，蒿目滋惊。因念辛亥之役，前清以三百年之垂统，犹且不忍于生民涂炭，退为让皇，今我公徒以私天下之故，不惜戕亿万人之生命，以麋国家于亡，以较胜朝，能无颜汗？

况事终无成，徒见傻笑，名为智者，顾若此乎？荣廷等以数年来共事之情好，不忍我公终以祸国者自祸，谨沥诚奉劝，即日辞职，以谢天下。荣廷等当更任力劝云、贵同日息兵，则公志既可以自白，而国难亦可以立纾矣。事机安危，间不容发，务乞以二十四小时赐复，俾决进止，不胜沉痛待命之至！陆荣廷、梁启超、陈炳焜、谭浩明、莫荣新、马济、王祖同。

老袁览毕，气愤填胸，好似痰迷心窍，半晌说不出话来。到了神志渐清，才旁顾秘书长道："国务卿等到哪里去了？"秘书长道："早已归去，现在已过夜半哩。"老袁自阅金表，已一点多钟，乃踱出办公室，仍然入内，见里面也已散局，惟洪姨尚怏怏的留着，便启口问道："你在此做什么？"洪姨道："妾在此待着陛下，替妾还赌债哩。"老袁道："输了若干？"洪姨道："约四五万元。"老袁道："四五万元，值什么大事？你难道取不出么？"洪姨装娇撒痴，定要老袁代还。老袁道："算了罢，明日由我账内支付，我现在烦躁得很，你不要再向我絮聒了。"说罢,便挈着洪姨入房就寝,是夕无话。

次日至办公室,无非邀了国务卿及六君子、十三太保等,取示电文,会议对付粤西的法儿。有主战的,有主和的,发言盈廷,日中未决。还是老袁主议道:"电文中虽列着王祖同,但我料祖同必不负我,大约是陆荣廷等,背地列入,现且先礼后兵,电致王祖同,叫他劝止荣廷,他能就此罢休,我也不去多事呢。"陆征祥道:"郡王龙济光,与陆有亲戚关系,也应叫他转劝为是。"老袁点首道:"这也是要着,快拟定电稿,分途拍发罢。"当下召入秘书长,拟就电文,略说是"四川、湖南,俱已击破逆军,一部叛徒,虚言护国,济什么事?因亟劝告陆荣廷等,毋从乱党,免贻后悔"等语。自己叛国,还且他人为叛徒,仿佛一只跐犬。老袁亲自鉴定,即日寄去。

是夕,才接到龙觐光军报,知已失败。又于次日开御前会议,大众都游移不定,左丞杨士琦,仍主张和解。老袁道:"我与他和解,他不肯依我,如何是好?"大众听了,统面面相觑,不发一言。忽外面又呈入急电,由老袁瞧阅,系是王祖同的复奏,内称"陆已独立,无可挽回,请中央善自处置"云云。老袁阅罢,便宣示大众道:"事已至此,料不能和平解决了。我的意见,只好责成龙济光罢。"遂不待大众议定,即致电龙济光,令严行戒备,先守后战,且须转饬肇罗镇守使李耀汉,分兵扼险,节节设防。一面令江西将军李纯,派兵拒守桂、赣交界;一面令湖南将军汤芗铭,移屯精锐,至永州把守,严拒桂军。且檄冯国璋、倪嗣冲等调兵入湘,借厚兵力。计划已定,会议复散。

是日为三月十六日,先一日已报广西独立,各省连接通电。第一电是广西军官,公推陆荣廷为都督,宣布正式独立;第二电是由陆荣廷出名,劝告各省协同讨袁。小子分录如下:

广西军官通电

民国成立，四载于兹，元首固无变更国体之权，人民应负拥护共和之责。乃袁氏伪造民意，帝制自为，吸吾脂膏，以供运动，禁吾言论，以遂阴谋，正气摧残，群邪竞进，大信全失，邦本动摇。我同胞艰苦缔造之中华民国，竟断送于袁氏之手，凡有血气，罔不痛心。比者滇、黔起义，全国风从，事尚可为，责无旁贷。炳焜彷徨瞻顾，欲罢不能，当经会议表决，即日宣布广西独立，公推我上将军为广西都督。事关民国存亡，应请都督力膺艰巨，督饬进行，誓歼民贼，以维国本。除通电京省各机关外，谨此电闻！陈炳焜、谭浩明、莫荣新暨军民全体同叩。

广西都督通电

自帝制发生，人心大惑，无信不立，荣廷早虑国家危亡，顾念改革以来，民力凋残，邦基杌陧，万不欲一夫作难，再致同室操戈。迩自滇中首义，黔阳从风，长江、川、湘，雷动响应，国民真意，昭若日星。袁氏宜幡然悔罪，削除伪号，尊重民意，以张四维，乃竟包藏祸心，离间将士，以金钱为买命之法，以名器为佣奴之酬。猛虎斑羊，蝇营狗苟，玩五族于股掌，希万世之帝王。此而可忍，宁谓有人？及今不图，其何能国？兹我三省父老兄弟，枕戈以待，投袂奋兴，洒涕中原，瞻言马首。荣廷虽身起草茅，尚知纲纪，不得不率此旧部，完我初心，誓除专制之余腥，重整共和之约法。除联合云、贵声罪致讨外，敬告各省文武忠勇志士，协心戮力，诛彼独夫，载宣国威。庶内慰四年死义之英魂，外固万国缔交之大信。仗兹正气，弹压河山，无任呕心沥血，传檄以闻！都督陆荣廷叩。

是时陆荣廷尚在柳州行营，应上文。省会中一切规画，统由陈炳焜代理，当改将军署为都督府。照会各国领事，谓所有交涉，仍照条约办理，并收管梧州、南宁、龙州等处海关。外人也未闻相拒，且说他理由充足，行为正当，啧啧有羡词。惟檄文传到百色，百色军民，硬迫龙觐光宣读。觐光战栗失色，勉勉强强的读完檄文，才保无事，但自己总未免心虚，不得已函达荣廷，乞全蚁命，放他回粤。荣廷乃遥馈赆仪，并饬马济派兵，护送出境。还有巡按使王祖同，自知留居不便，也请求回籍，荣廷也就准请，由他自去。随即拍电粤东，寄去一封哀的美敦书。正是：

> 声讨聿彰民意显，国家为重戚情轻。

欲知书中内容，请看官续阅下回。

粤西独立，为袁氏帝制之一大打击。当护国军小挫之时，帝制妖孽，余焰复张，非陆荣廷之起为后劲，滇、黔其曷自支持乎？但粤西地瘠民贫，陆之迟回审慎，不敢轻身发难者，尚欲求一自全之策。至长子被毒，梁启超、陈炳焜等，先后进言，方决计独立，是陆之铤而走险者，亦何莫非袁氏激之也。予昔读《春秋》，至楚灵王败于乾谿，自叹曰："余杀人子多矣，能无及此乎？"袁氏毋乃类是。至若本回中插入聚赌一段，一以叙袁家之极奢，一以验袁氏将败，虽非独立标目，而内蠹外讧之情形，已可极见，袁氏之不腊也宜哉！

第六十六回

埋伏计连败北军　警告书促开大会

却说陆荣廷既通电各省，声明讨袁，复任梁启超为总参谋，先贻书粤东，劝龙济光一同举义。书中大意，差不多似哀的美敦书，文云：

> 广东龙上将军、张巡按使同鉴：张巡按即张鸣岐。前大总统袁世凯谋逆叛国，神人共愤，自滇、黔首义，湘、蜀奏功，舆情所趋，昭然可见。本都督曾会同本军总参谋联名电劝袁氏退位，以谢天下，乃袁氏怙恶不悛，顽勿见答，今已徇军民之请，出师讨贼。粤、桂比邻，谊同唇齿，伏望两公董率所属，载歌同胞，不胜欣幸。军机迫切，乞以十二小时赐复为盼。两广护国军总司令陆荣廷，总参谋梁启超。

看官！你想龙济光方受封郡王，威阔得很，哪里肯就依老陆，平白地将郡王衔丢去海外？因即悬搁不复。陆荣廷待了一日，杳无复音，便下令东指，逾柳江，入浔江，驰抵梧州。命第一师第二旅长莫荣新为先锋，进临肇庆；第二师长谭浩明，直趋钦、廉，是为攻粤兵；再命团长秦步衢，率第一师中的步兵一旅，炮兵一营，会同黔军，进逼衡州，是谓攻湘兵；又檄云南第二军总司令李烈钧，统领全师，径行北伐。珠江流域，鼓声渊渊，大有叱咤风云的状态了。<small>也叙得如火如荼。</small>云南护国第一军总司令蔡锷，闻粤西已经出师，东顾无忧，遂亲督左翼军，再入川境，进攻叙、泸。适张敬尧等驻守泸州，纵兵淫掠，难民相率逃避，沿途委顿，不堪寓目。蔡锷出资抚恤，并遗书张敬尧道：

> 两军争点，其目的在共和、帝制二端。共和死，则同胞为帝制人民，帝制死，则同胞享共和幸福。无论谁胜谁负，苟无民何以为国？今贵军挟其势力，蹂躏群黎，吾窃为阁下所不取。矧迩来中外报纸，咸记载贵军野蛮，吾为阁下计，正宜一雪此耻，胡反加之厉乎？且也帝制未成，先屠百姓，自今以往，世界上又曷贵有皇帝耶？公身为大将，不思整饬军纪，但知媚兹一人，已属罪不容死，况更虐我同胞，人将不食尔馀矣。谨率义旅，北向待命，公如不悛，速决雌雄！

敬尧得书，又羞又怒，当即调集各军，与滇军决一死战，且令侦骑四出，探悉滇军行踪，准备截击。未几，即有警报络绎前来，江安、南川相继失守，敌锋已到纳溪了。敬尧即督兵往援。途次来了一个土匪头目，自言姓名，叫做卢叫鸡，愿投麾下，作为前锋。敬尧召入，细诘一番，所有沿途地势，无不洞晓，并如滇军情形，亦说得如指掌。敬尧大喜，遂命为向导，慰劳有加。卢叫鸡奉命拜谢，即引敬尧军前行。约经数十里，但见前面层山叠嶂，险恶异常，天色又将薄暮，敬尧颇有畏心，传令军士缓进。军士方拟小憩，忽由卢叫鸡返禀道："此山系纳溪间道，若越过此岭，不过十里，便到纳溪，大帅何不乘此前进，掩袭敌营，包管此夜可荡平敌军了。"敬尧道："你说虽是，但山势重复，倘遇他变，如何对付？"<small>却也乖</small>

觉。卢叫鸡道："此路连土著乡民，尚少知晓。不瞒大帅说，叫鸡是个失业游民，平时尝窜迹山林，所以识此行径呢。"敬尧道："我军冒险前进，全仗你为耳目，成功应加重赏，否则不堪设想，你自问可有把握否？"卢叫鸡道："如或有失，就使叫鸡身为齑粉，也偿不了全军性命哩。"敬尧方才相信，惟暗中密嘱前队，注意卢叫鸡，休使脱逃，并嘱咐各军须要小心，不要躁率。自己仍停留山下，待前军得手，方定行止。亏有此着。

　　卢叫鸡便引军先行，一队一队的走进山口，已觉崎岖得很，入后愈进愈险，天色又昏黑起来，亏得各军携有火具，随手爇着，还能辨出路径。只北军不惯山行，走了一程，已是气喘交作，不胜困惫，正要择地休息，蓦闻炮声一响，四面八方，统是敌军杀来。各军料知中计，叫苦不迭。前队的队长，急将卢叫鸡捆住，麾兵倒退。可奈枪弹雨下，无从躲避，军士不是倒毙，便是受伤，还有陨崖坠谷的兵士，不计其数。忽听山上大叫道："北军听着！今日你等到此，已经走入绝地，本可一鼓就歼，但你我都是同胞，不应自相残贼，且助纣为虐的张敬尧，未曾入山，被他幸逃性命，特借你等口传，叫他速即悔过，免遭诛戮，你等亦休得再来。这次恕你，下次是不能留情了。"也学诸葛孔明擒纵之法。言毕，枪声渐止。各军士才得抱头鼠窜，回出山口，向外一望，并不见张敬尧踪迹，只剩数十百个尸骸，东倒西仆，大众统惊诧得很，只因死里逃生，已算万幸，还有何心顾及？匆匆的奔回泸州去了。

　　看官！道这种尸骸，是哪里来的？原来蔡锷知张军入山，急密遣劲卒，绕出间道，抄截张敬尧的归路。偏敬尧生得乖巧，起初是不肯随入，后闻山中炮声震响，料有他变，忙麾军退还，至滇军抄出山前，燃炮轰击，只打死张军后队百余名，张敬尧早已遁去，追赶不及，也收兵回营。纳溪守兵，闻张军败绩，自然不战而降，惟张敬尧奔回泸州，检集残兵，已伤亡大半，队官绑入卢叫鸡，恼得张敬尧怒眦欲裂，拍案痛詈道："狗强盗！你敢勾通逆军，来算计我吗？"卢叫鸡大笑道："我虽是个强盗，不似你狐群狗党，专知帮着袁贼，屠戮川民。蔡司令拥护共和，邀我相助，我感他热忱爱国，是以前来诈降，满望诱你入险，送你归天，谁知你还阳寿未绝，逃出天网，只晦气了同胞若干人。我已拼死而来，杀死了我，倒可流芳百世，省得人人骂我为盗魁呢。"蔡锷计遣卢叫鸡，即从卢口中说明。敬尧大怒，喝令左右乱刀齐下，霎时间砍成肉泥。*卢系叙、泸间巨匪，作孽已多，该受身报，惟美名反借是以传，一死可无遗憾。*

　　寻闻纳溪又失，忙向各处乞援。冯玉祥派兵驰至，还有伍祥祯军，也闻信赶到。敬尧乃会军固守，静待蔡军到来。蔡锷得卢叫鸡死信，很是叹息，即进兵直指泸州，将至城下，遥见前面深沟高垒，状颇坚固，急切料难攻入，乃挥兵少退，择险驻营。休息一天，得綦江出兵消息，他将营务交代刘云峰，暂行主持，自率轻兵五百人，前往掩袭。沿江一带，统是路转山回，不胜拗曲，他恐忙中有错，即向土民问讯，凑巧有一矍铄老翁，移步进前，当即下马婉询，并用好言抚慰。那老人自述姓王，名思孝，年已七十有奇，且云："北军近据綦江，骚扰得很，强买民间什物，奸淫良家妇女，小民怨苦得很，今得护国军到来，或者得重见天日了。"蔡锷道："此间与綦江相通，何处最为要道？"老人道："莫若松坎。"蔡锷道："松坎距此，约若干里？"老人道："不过十余里了。"蔡锷复问及路径，老人道："小民愿为前导。"蔡锷道："老翁尚健行么？"老人道："十余里路程，怕什么！"蔡锷大喜，便令老人前行，自率军后随，约一小时，即到了松坎，两旁皆山，只中间留一小径，可通行人。山上大松丛杂，蔽日干霄，就使埋伏千人，一时也无从窥悉。蔡锷语老人道："地号松坎，果然名实相符，但我军因留驻此间，老翁不如归休，免得多劳。"老人道："此处最便伏兵，倘或北军前来，即可掩杀过去，任他千军万马，也是死多活少了。"此老顾知兵法。蔡锷不胜惊异，还疑他是北军间谍，不由的迟疑起来。老人道："小民愿在军前，看将军杀贼哩。"说至此，便散步登山，甫上山腰，向綦江一面眺着，隐隐见有北军旗帜，飘动途中。老人忙抢下道："北军来了。"蔡锷也上冈一望，果然有大队北军，迤逦而来，急忙传令五百人，左右埋伏，俟有口令，即行杀下。各兵俱遵令四伏，蔡锷自与老人，据冈倚树，兀坐望着。

綦江军奋勇来前，势甚飘忽，不一时已入径中，蔡锷即引吭高呼，宣达口号。一声呼毕，顿时枪声交作，喊杀连天。蔡锷也无暇顾及老人，即下山指挥，麾攻敌众。綦江兵虽有数千，到了窄径中间，好似鼠斗穴中，无从展技，前队逃避不及，尽被击毙，后队急忙退还，也已一半伤亡，剩了几百个长脚兵，一哄儿逃回綦江。蔡锷也不追赶，检查军士，五百个一人不少，只受伤了数十名，且夺得机关枪十余架，令军士带归。只有老人王思孝，不知去向，四处寻觅，方见他奄卧林间，额上泠泠血出，竟中弹毙命了。想是老命，应绝此地。蔡锷不觉流泪，并向他下拜道："王翁、王翁！我得你立了战功，你为我死在战地，英灵未泯，随我归家，我总不令你虚死哩。"军士亦相率掩泣，随即由蔡锷嘱咐，舁着尸首，返至原处，查明家属，令他领尸，且出洋数百元，作为抚恤。蔡锷又沽酒亲奠，且拜且泣，乡民皆为动容，统说老人有福，得邀将军祭奠，死有余荣了。

蔡锷辞别老人家眷，驰回营中。刘云峰等接着，叙及战事，统是欢慰异常。翌日早起，蔡锷令军士饱餐，进扑泸城，敬尧也驱军出来，一场鏖战，互有杀伤。次日再战，两军互击一阵，蔡锷勒兵退后，作佯败状。冯、伍两军，乘胜追去，张军恐蹈故辙，不敢前行，只慢慢儿的随着后面。但见前军踊跃得很，霎时间已隔数里，远远有一丛林，那前军已趋入林间去了。张军知是不妙，代为前军担忧，果然炮声骤发，枪声继起，一片鼎沸声，从林间遥应过来。那时张军只好驰救，赶至林前，望将进去，顿令人心惊胆落。看官！道是何故？原来冯、伍二军，已被蔡锷军诱入垓心，四面围住，团团攻击，眼见得冯、伍军要同归于尽。张军一声呐喊，用机关枪猛击过去，方冲开蔡军一角，冯、伍各军，乘隙逃出，已只剩了一半。蔡军又拼力还攻，连张军也抵敌不住，转身逃回。有几百个晦气的兵士，也中弹丧命。好容易驰入泸城，统是狼狈不堪，连声叫苦。张敬尧经此一挫，尚望曹锟派兵救应，哪知曹军扎住綦江，为了松坎一役，多已气夺，不敢出援。敬尧无法，命尽毁城中大厦，开了旁门，率兵逃去。自己不能守城，徒借居民出气，是何居心？蔡锷挥军薄城，城门已经大开，百姓均伏道欢迎。护国军一拥而入，惟蔡锷亲自下骑，慰劳泸民，且因民多露宿，即出资分给，令暂买芦席，圈棚为屋，借免风寒。一面煮粥赈饥，百姓始稍免冻馁了。应该有此仁政，但较诸张军，已不啻天渊之隔。

泸城一下，川省复震，免不得有急电到京，老袁也觉惊惶。嗣又接湖广警报，李烈钧攻入湖南，陆荣廷攻入广东，顿时惊上加惊，愁上加愁。接连是日本公使日置益，又提出外交意见书，送达外交部，书中大意，说是"奉本国政府训令，因中国内乱蔓延，北京政府既无平乱能力，滇、桂、黔方面，又系维持共和，不得视为乱党，本国政府，现已承认为交战团体"等语。未几，又有英、法、俄、美各公使，陆续至外交部，请老袁速即取消帝制，免得久乱。

老袁正应接不遑，忽来了一道长电，急忙令秘书照译。起首二语，是"为速行取消帝制，以安人心事"。老袁见了，忙令译末尾数码，一经译出，顿令一位阴鸷险狠的袁皇帝，挫闪了腰，扑塌一声，向睡椅上奄卧下了。看官！你道这电是何人发来？原来是江苏将军冯国璋、山东将军靳云鹏、江西将军李纯、浙江将军朱瑞及徐州将军张勋。这五位将军，本是大江南北的重要人物，平时又是袁氏心膂，此次为了帝制问题，已不免有些解体，老袁很为注意，陡然来了这道电文，哪得不令他丧气？秘书员见老袁躺倒，还疑他是昏晕过去，偷眼一瞧，只见他睁着双眼，竖起两眉，拳头又握得很紧，越发令人惊怕。他又不敢呼唤，但密令左右去请太子。不一刻，克定进来，走近老袁椅前，老袁忽挺身坐起道：“你……你好！你一心一意的劝我为帝，你好将来承袭，我听了你，费尽心机，反惹出这种祸祟。现在人心已变，西崩东应，叫我如何下台呢？”克定支吾道：“目下只有滇、黔、桂三省，起兵为逆，想也没甚要紧。”老袁道：“你不看五将军电文么？”克定乃转至案前，见秘书所译，约有原文一大半。看了一遍，也吓得不敢作声。也只有这些胆量。老袁又道：“你快去请了段芝泉来。”克定闻得段芝泉三字，暗想自己是他的对头，就使去请，如何肯来，便嗫嚅道：“恐……恐他未必肯来哩。”老袁道：“曹锟、张敬尧有密电前来，统说要起用老段，目今事已急了，只好请他出来罢。”克定不敢多嘴，没奈何硬着头皮，去请段祺瑞，果然闭门不纳，紧称挡驾，于是怏怏而返，仍旧来见老袁。老袁长叹道：“多年交谊，一旦销磨，统是由儿辈淘气哩！”谁叫你听儿子语？克定道：“徐老伯尚在天津，不如去请他罢。”老袁道：“快去！快去！”克定奉命趋出，竟向天津去讫。

老袁再阅五将军警告，看他语意，似乎帝制不撤，也要仿滇、黔、桂三省，宣告独立。这一急非同小可，不得不申召群僚，大开御前会议。除六君子、十三太保外，所有国务卿以下，如各部总长等，统共与会。老袁先取出五将军电文，晓示大众，随即唏嘘道："照五将军来电，是要我取消帝制，我本没有帝王思想，只因群情所迫，勉强出此。想欺人。今既有人不服，我也似不应拘执哩。"言未已，见朱启钤、梁士诒已出奏道："陛下如取消帝制，是威信俱堕，示人以弱了。臣等不敢从命。"说至"命"字，又有人抗声道："自帝制发生以来，愚意已暗抱悲观，不过京中人望，多表赞成，怎敢妄参异议？目今西南大势，十去八九，总统悔祸，虑及大难，计惟下令罪己，严惩首要，或足收拾人心，挽回万一。倘帝制取消，党人尚不肯罢兵，是曲在党人，不在总统。即如各国公使，也无从援为话柄，助逆畔顺，变乱自可立平了。大总统前日，尝谓宁牺牲子孙，救国救民，奈何恋恋这帝位呢？"袁廷中有此说论，却是难得，但也只顾到一半。袁总统闻言一瞧，乃是署教育总长的张一麐，随淡淡的答道："仲仁，一麐字。你去岁曾劝阻帝制，我悔不从你的话呢。"晓得迟了。梁士诒等本欲与辩，奈老袁已有悔意，未便哓哓力争，惟说出"陛下慎重"四字，总算是最后良策。老袁又沉吟起来，到了散会，仍然未决。是夕满腹踌躇，眼巴巴的望着徐东海，替他解决一切。待至次日巳牌，尚未见克定转来，惟外面呈入一书，当即披览，看了第一句，已不免惊讶得很。正是：

　　破晓方回皇帝梦，展书惊得圣人言。

究竟书中写着何词，且到下回再说。

　　自护国军起义后，与袁军交绥，多半从略，独于蔡锷督师入蜀，连败张敬尧等，详述靡遗。盖一以嘉蔡之首义，二以见蔡之多才，民国中有此英雄，庶不愧为伟人耳。且滇、黔、桂发难于先，五将军警告于后，而袁氏智尽能索，不得已有取消帝制之议。再造共和，微蔡公之力不至此。若张一麐辈，虽抗直有声，要不过一成败论人之见，作者且不没其直，况蔡公乎？《春秋》之义在褒贬，吾知作者之意，亦此物此志云尔。

第六十七回

撤除帝制洪宪消沉　怅断皇恩群姬环泣

却说袁世凯展阅来书，看了第一句，即不免惊疑。看官！道是什么奇谈？原来是一封信。

慰庭总统老弟大鉴：总统下加入老弟二字，真是奇称。

老袁暗想道："为何有这般称呼？"正要看下，忽见克定趋入道："徐伯伯来了！"老袁把书信放下，连忙道一"请"字。克定即至门外传请，须臾，见徐世昌趋入，老袁忙起身相迎。徐世昌向前施礼，慌得老袁赶紧拦阻，且随口说道："老友何必客气，快请坐罢！"世昌方才入座。老袁也坐了主席。便道："你在天津享福，我在这里受苦，所以命克定前来邀请，烦你老友替我设法才是。"世昌道："不瞒总统说，世昌年已老了，既没有才力，又没有权势，只好做个废民罢了，还有何心问世？今因大公子苦口相邀，世昌不忍拂情，所以来此一行，乘便请安。若为政局起见，请总统转询他人，世昌不敢与闻。"乐得推诿。老袁笑答道："菊人，你我是患难故交，今复惠然肯来，足见盛情，还要说什么套话？好歹总替我想个法儿，凡事总可商量的。"世昌才说道："他事且不必论，现在财政如何？"开口即说财政，到底是老成人语。老袁皱着眉道："不必说了。现在各省的解款，多半延宕，所订外国借款，又被乱党煽惑，停止交付，总之由我做错，目下只仗老友挽回哩。"世昌未便急答，却从案上一望，但见有一叠信纸摊着，大约有十多张，便问老袁道："这是何人书信？"老袁道："我倒忘记了。我只看过一句，叫我做总统老弟，想是有点来历哩。"说着，便起身取下，与世昌同阅。

世昌瞧着第一句，也是惊异，入后乃洋洋洒洒，历揭老袁行事的错处，且为老袁想了三策，上策是避位高蹈；中策是去号践盟；下策是将王莽的渐台、董卓的郿坞，作为比例；末后是说从前强学会中，彼此饮酒高谈，坐以齿序，我为兄，你为弟，交情具在，因此忠告。统篇约有一万字，好似苏东坡、王荆公的万言，署名乃是康有为。原来就是文圣人。两人看罢，由徐世昌偷瞧老袁，面上似不胜愠色，便道："这等书呆子，也不必尽去睬他，但世昌却有一言相质，究竟总统是仍行帝制呢，还是取消帝制？"老袁半晌才答道："但能天下太平，我亦无可无不可。"你亦想学圣人么？世昌道："总统如果随缘，平乱谅亦容易，但须邀段芝泉出来帮忙，他是北洋武人的领袖，或还能镇压得定呢。"老袁摇首道："我已去请他过了，他不肯来，奈何？"世昌道："他的意思，无非是反对帝制，若果把帝制取消，我料他非全然无情。"老袁道："别人去请，恐是无益，我又不便亲邀，若老友能代我一行，那是极好的了。"世昌想了一会，方起身道："我且去走一遭罢。"老袁道："全仗老友偏劳。"

世昌自去，老袁在室中待着，见克定复趋入道："徐老伯如何说法？"老袁道："他要我取消帝制，现在去邀请段芝泉了。"克定道："帝制似不便取消哩。"老袁道："楚歌四面，如何对待？"克定道："不如用武力解决。"老袁哼了一声道："靠你几个模范军，有什么用处？我自有主见，不必多言。"克定乃退。既而徐世昌转来，说是段芝泉已有允意，惟必须撤销帝制，方肯出来效力。老袁沉着脸道："罢！罢！我就取消帝制罢。明日要芝泉前来会议，我总依他便是。"世昌应了一声，又辞别出去。

翌晨再开会议，徐世昌先至，段祺瑞亦接踵到来，余如国务卿等统已齐集。只六君子、十三太保，却有一大半请假。想是无颜再至。老袁也不欲再召，只把取消帝制的理由，约略说明，言下很有愧容。世昌道："大总统改过不吝，众所共仰，似无容疑议了。"大众统俯首无词，老袁道："菊人、芝泉统是我的老友，往事休提，此后仍须借着大力，共挽时艰。"段祺瑞道："大总统尚肯转圜，祺瑞何敢固执，善后事宜，惟力是视便了。"老袁乃命秘书长草拟撤销帝制命令，一面散会，一面邀徐、段两人，及王式通、阮忠枢留着。俟命令已经拟定，再令四人善为润色。段本是个武夫，阮又是个帝制派中的健将，两人不来多嘴，全凭那靳轮老手徐世昌及倚马长才王式通，悉心研究，哪一句尚未妥适，哪一字还须修改，彼此评议了好多时，方才酌定。随将草稿呈袁自阅，但见稿中写着：

> 民国肇建，变故纷乘，薄德如予，躬膺巨艰。忧国之士，怵于祸至之无日，多主恢复帝制，以绝争端而策久安。癸丑以来，言不绝耳，予屡加呵斥，至为严峻。自上年时异势殊，几不可遏，佥谓："中国国本，非实行君主立宪，决不足以图存，倘有葡、墨之争，必为越、缅之续。"遂有多数人主张恢复帝制，言之成理，将士吏庶，同此悃忱，文电纷陈，迫切呼吁。予以原有之地位，应有维持之责，一再宣言，人不之谅。嗣经代行立法院议定，由国民代表大会，解决国体，各省区国民代表，一致赞成君主立宪，并合词推戴。中国主权，本于国民全体，既经国民代表大会，全体表决，予更无讨论之余地，然终以骤

跻大位，背弃誓词，道德信义，无以自解，掬诚辞让，以
表素怀。乃该院坚谓元首誓词根于地位，当随民意为从
违，责备弥周，已至无可诿避，始以筹备为词，藉塞众
望，并未实行。及滇、黔变作，明令决计从缓，凡劝进之
文，均不许呈递，旋即提前召集立法院，以期早日开会，
征求意见，以示转圜。越掬越臭。

予本忧患余生，无心问世，遁迹洹上，理乱不知。辛
亥事起，谬为众论所推，勉出维持，力持危局，但知救
国，不知其他。中国数千年来，史册所载帝王子孙之祸，
历历可征。予独何心，贪恋高位？乃国民代表，既不谅其
辞让之诚，而一部分之人民，又疑为权利思想，性情隔
阂，酿为厉阶。诚不足以感人，明不足以烛物，实予不
德，于人何尤？辜我生灵，劳我将士，以致中情惶惑，商
业凋零，抚衷内省，良用蹇然。屈已从人，予何惜焉？代
行立法院转陈推戴事件，予仍认为不合事宜，着将上年十
二月十一日，承认帝位之案，即行撤销，由政事堂将各省
区推戴书，一律发还参政院代行立法院，转发销毁。呜呼
痛哉！

所有筹备事宜，立即停止，庶希古人罪已之诚，以洽
上天好生之德，洗心涤虑，息事宁人。盖在主张帝制者，
本图巩固国基，然爱国非其道，转足以害国，其反对帝制
者，亦为发抒政见，然断不至矫枉过正，危及国家。务各
激发天良，捐除意见，同心协力，共济事艰，使我神州华
胄，免同室操戈之祸，化乖戾为祥和。总之万方有罪，在
予一人。终不脱皇帝口吻。今承认之案，业已撤销，如有扰
乱地方，自贻口实，则祸福皆由自召，本大总统本有统治
全国之责，亦不能坐视沦胥而不顾也。仍自称大总统，未免
厚颜。方今闾阎困苦，纲纪凌夷，吏治不修，真才未进，

言念及此，终夜以兴。长此因循，将何以国？嗣后文武百官，务当痛除积习，黾勉图功，凡应兴应革诸大端，各尽职守，实力进行，毋托空言，毋存私见。予惟以综核名实，信赏必罚，为制治之大纲。我将吏军民，尚其共体兹意！此令。

老袁瞧毕，好一歇方道："算了罢！明日颁发便了。"徐、段诸人，统行退出。老袁又把这稿底，瞧了又瞧，暗想把这种文字，宣布出去，分明是自己坍台，但若捺住不发，将来大众离心，连总统都做不成。目下火烧眉毛，只好暂顾眼前，再作计较，乃咬定牙龈，将这命令交与秘书，携往印铸局排印。忽有一书呈入，当即启阅，乃是克定手笔，略云：

自筹安会发生，以迄于今，已历七阅月。此七阅月中，呕几许心血，绞几许脑力，牺牲几许生命，耗费几许金钱，千回百折，始达到实行帝制之目的。兹以西南数省称兵，即行取消帝制，适足长反对者要挟之心。且陛下不为帝制，必仍为总统，则今日西南各省，既不慊于陛下为帝，而以独立要挟取消帝制者，安知他日若辈不因不慊于父为总统，而又以独立要挟取消总统乎？窃恐其得步进步，或无已时也。料得正着。今为陛下计，不如仍积极进行之为愈。且西南各省，虽先后反抗，而北方军民，则固相安无事。陛下苟于此际正位，即使西南革党，兴兵北犯，然地隔万里，纵旷日持久，未必能直捣幽燕。况军力之强弱各殊，主客之劳逸迥别，胜败之结果，尚在不可知之数乎？就令若辈不肯归化，亦不过以长江或黄河南北，为鸿沟已耳，则陛下纵不能统一万方，亦胡不可偏安半壁哉？较今兹自行取消帝制，孰得孰失，何去何从，愿陛下熟思之。

老袁览到此书，又不禁动了疑心，便独自一人，踱入内厅，背着了两只手，在那厅室中打着磨旋，好似镬沿上的蚂蚁一般。蓦闻背后有人道："万岁爷有请！"急忙回视，乃是女官长安静生，便道："你不要叫我万岁爷，仍叫我大总统。"安静生道："万岁自万岁，总统自总统，为什么做了万岁，又做总统呢？"*却是奇怪。*老袁道："你晓得什么？你传何人的命令，敢来请我？"安静生道："皇后娘娘及妃子等，统请皇上入内，有事相禀。"老袁乃随她进去。

一入内室，但见一后十四妃，均聚集一堂，黑压压的立着。洪姨先抢前一步，运着娇喉，向老袁道："陛下为什么要取消帝制？须知妾等朝盼夕望，刚刚有些望着了，哪知陛下反半途拆桥哩。"说着那泪珠儿已淌了下来。老袁瞧着，不由的心中一酸，好像万把钢刃，穿入心房，一时说不出苦楚。周姨又上前道："取消帝制的命令，已宣布么？"老袁方逼出一语道："已交到印铸局去了。"洪姨带哭带呼道："安女官长，你快传出去，叫侍卫去收回成命。"安静生口虽应诺，却亦不敢径行。于夫人亦启口道："前日我曾说过，皇帝是不容易做的，你等都想做什么妃嫔，反说我是黄脸婆，不中抬举，今日我这黄脸婆，已被你等抬举得够了，这个叫我国母，那个叫我皇娘，忽地儿又要取消这等名目，我的黄脸儿，却没处藏躲呢。"*看官*，听到此语，几疑于夫人何故变志，也想做皇后娘娘？原来徐东海夫人，及孙宝琦夫人，曾寄寓京师，与于夫人尝相往来。当是年阴历元旦，入宫贺年，居然行叩安礼，于氏亦觉得光荣无比，渐渐的热中起来，今又闻要取消帝制，自然怏怏异常，所以有此夹七夹八的话儿。*富贵迷人，煞是厉害。*洪姨听了，益觉胆大，催安静生去取回命令。安静生尚呆呆站着，老袁也拿不定主意，便嘱安静生道："你叫侍卫去取，只说是篇中文字，尚有误处，须再加改正，方好排印哩。"安静生才奉命去了。不一时已将原稿取到，呈与老袁，老袁藏在袋中，默默坐着。各姬妾等破涕为笑，又在老袁前说长论短，老袁也无心听及，只管对人发怔。转瞬间已是天晚，姬妾等陪他夜膳，他也食不甘味，胡乱的吃了一顿。

食毕，又去过那老瘾，才吸数口，忽由安静生传入道："外面有徐世昌求见。"老袁忙即出来，见了世昌，但闻他开口道："世昌特来辞行，翌晨要仍往天津去了。"^{突如其来。}老袁道："你既承认帮忙，为何又要他去？"世昌道："总统好变卦，难道不准世昌变卦么？"老袁知他语中有因，便道："我明日准发取消帝制令，老友不必多疑。"世昌道："闻得山东、浙江、湖南等省，统有独立消息，若要仍行帝制，恐不到两日，都发生变端了。"老袁愈加着急，忙从袋中掏出稿纸，交与左右，令印铸局连夜排印，一面语世昌道："这国务卿一职，仍请老友复任。"世昌道："陆子欣也没甚误事，否则改用段芝泉。"老袁不待说完，便道："我意已定，请你勿辞。芝泉呢，任他作参谋总长便了。"世昌起座道："且至明日再议。"老袁点首，世昌复去。

老袁退入内室，各姬妾复来问讯，老袁凄然道："我到手的帝位，不料竟成泡影，我是德薄能鲜，无容多说了，你等也福命不齐，做了几十日的皇帝家眷，殊不值得。但我虽然不得为帝，总还好做大总统，倘或天缘辐辏，将来仍好恢复帝制，可惜我年老了，恐此生不能如愿了。"^{自知将死。}言毕，竟泪下数行。各姬妾等见他状态颓丧，语言凄楚，无不掩面涕泣，就是能言舌辩的洪、周两姨，至此也不便再劝，空落得泪珠满面，变成了带雨梨花。^{一场空欢喜，却是难受。}大家哭了一场，陆续的溜入房中，各自归寝。老袁也随择一室，做总统梦去了。

次日为三月二十二日，颁示取消帝制命令，并废止洪宪年号，仍称中华民国五年，收回洪宪公债，改为五年公债，谕禁各省官吏，不得再称皇帝圣上，自称臣仆奴才，一面解国务卿陆征祥兼职，仍令徐世昌复任，且就政事堂中，再开联席会议。徐、段等均来列席，筹议了小半日，始决定善后办法三条：

（一）电知驻外各公使，将帝制撤销事件，转告各国政府；驻京外使，由外交部次长曹汝霖面达。

（二）责令警厅谕示国民。

（三）通令各省大吏，销毁推戴书及代表名册，并征求其最后意见，限二十四小时答复。

三条件外，又召集代行立法院，开临时会，即以次日为会期。这代行立法院中的参政员，本有三派，一为帝制派，二为非帝制派，三为中立派。自帝制派得势，第二派多挂冠辞去，院中人数，已去了三分之一。至帝制撤销，第一派又无颜出席，所以二十三日开会，不过寥寥数人，未能如额，仍然散去。延至二十五日，再行召集，帝制派大半不到，惟非帝制派，却有好几人到会，勉强凑成个半数。徐世昌代表老袁，出席演述，略言："时局危急，务请各参政为国宣劳，筹议善后。"说至此，忽惹起一片喧嚷声，不是骂洪宪功臣，就是说共和蟊贼，大家瞎闹一场。经院长溥伦及梁士诒、王印川、陈汉第、江瀚、汪有龄、施愚、胡钧等，竭力维持，才算静了小半日，议了三案：（一）是咨请政府撤销国民代表大会公决的君主立宪案；（二）是取消参政院为国民代表大会总代表名义案；（三）是咨请政府恢复帝制中修改的民国法令案。

三案议定，天已日昃，徐世昌出了院门，回报老袁，并请退还推戴书。老袁乃令朱启钤照行，将推戴书缴还代行立法院。自己懊闷得很，复检出宫中帝制文件，共有八百四十通，一股脑儿塞入炉中，付祝融氏收藏，再令袁乃宽检出各项御用品，也一并销毁。最后拟烧到新制的万岁牌，被乃宽双手抢住，不肯付火，还算保全。此外如价值五六十万元的衮龙袍，价值四十万元的檀香宝座，价值六十元的登极御袜等，统留贮后宫，作为袁皇帝的纪念品。可怜自民国四年十二月三十一日起，至五年三月二十二日止，统共八十三日，闹了一场屋里皇帝的大梦。小子有诗叹道：

> 一纸官书示百僚，新华王气黯然销。
> 早知世态沧桑变，何苦当时梦帝朝。

这八十三日的皇帝梦中，所有费用，核算起来，煞是惊人，待小子下回申明。

徐、段心中，只反对帝制，并非深恨老袁，故袁氏有撤销帝制之命，而两人即联翩登台，盖未知帝制撤销后之尚有余波也。袁克定作书阻父，颇有先见之明，但楚歌四逼，以项羽之勇，尚且自刎乌江，宁袁氏得偏安燕、蓟乎？袁氏撤销帝制，其死速，袁氏不撤销帝制，其死愈速，且恐不止一死而已，故有为袁氏计，谓撤销帝制为非策者，亦谬论也。观老袁之踌躇未决，取回成命，而其后卒决计宣布者，亦职是故耳。群姬何知大计？自不免以一哭了之，然老袁之死期，已于此兆矣。

第六十八回

迫退位袁项城丧胆　闹会场颜启汉行凶

却说帝制时代的费用，原定额数系六千万元，大典筹备处，约二千万元，登极犒军，约一千万元。余如收买国民代表，津贴请愿代表，贿嘱各地报馆，补助各处机关，以及各处联络，各种运动，总数为三千万。欲要问他财政的来源，无非是内外借款，救国储金，各项税则，以及中国、交通两银行的资本金。总言是民脂民膏。看官！你想大好的中华民国，无端生出帝制问题来，空令百姓加了无数负担，真是何心？是可忍，孰不可忍。到了帝制不成，大典筹备处，已将二千万元报销用尽，就是三千万元的杂费，也差不多是要合讫了。惟犒军费一千万，拨作川、湘、桂军饷，总算是易一用途，但尚且不敷甚巨。老袁撤销帝制，一大半为财政困难，无法久持，所以忍痛中断，并非全为五将军警告，及徐、段两人要求，看官想亦洞鉴呢。再加论断。闲话休提。

且说徐世昌既复任国务卿，段祺瑞亦接奉命令，任为参谋总长，一文一武，携手登台。第一着便是调和南北，当下由二人发起，邀入副总统黎元洪，联名拍电，分致蔡锷、唐继尧、陆荣廷诸人。略谓："帝制取消，公等目的已达，务望先戢干戈，共图善后。"哪知此电拍去，似石沉海，绝不见复。惟各省大吏，奉到二十四小时答复公文，还算次第呈词，多主和平。应上文。江苏将军冯国璋，且谓"撤销帝制，系现时救急良法，嗣后长江一带，可保无虞"云云。徐、段等稍稍安心。嗣复想了一策，因前时有康有为书，曾劝老袁取消帝制，此时帝制已罢，正好复函通问，并请他转劝梁启超顾全大局，首创和议，且令梁转告蔡锷，商议和解条件。从两代师生入手，也算苦心。和款共六条：

（一）滇、黔、桂三省，取消独立；

（二）责令三省维持治安；

（三）三省添募新兵，一律解散；

（四）三省战地所有兵，退至原驻地点；

（五）即日为始，三省兵不准与官兵交战；

（六）三省各派代表一人来京筹商善后。

这六条和议传达粤东，康将原文电梁，梁亦将原文电蔡，蔡锷正进兵叙州，与西医汤根、鲁特，磋商停战事宜。汤、鲁二人，系由四川将军陈宦嘱托，浼他调停。蔡允停战一星期，嗣接到议和转电，不愿相从，乃径电黎、徐、段三人道：

北京黎副总统、徐国务卿、段总长鉴：奉来电，敬谂起居无恙，良慰远系。迩者国家不幸，至肇兵戎，门庭喋血，言之痛心。比闻项城悔祸，撤销帝制，足副喁望，逖听下风，曷胜钦感。惟国是飘摇，人心罔定，祸源不靖，乱终靡已。默察全国形势，人民心理，尚未能为项城曲谅，凛已往之玄黄乍变，虑日后之覆雨翻云，已失之人心难复，既堕之威信难挽。若项城本悲天悯人之怀，为洁身引退之计，国人轸念前劳，感怀大德，馨香崇奉，岂有涯量？公等为国柱石，系海内人望，知必有以奠定国家，造福生民也。临电无任惶悚景企之至。锷叩。

徐、段等接到此电，料他未肯就绪，再电令龙济光与陆荣廷婉商。龙正为粤东一带，党人蜂起，防不胜防，又闻桂军逼粤，焦急得很。应六六回。一奉中央命令，当即电告陆荣廷，说得非常恳切，并浼陆出作调人。陆本无和意，不得已转告滇、黔，滇督唐继尧，黔督刘显世，均不肯照允，且言："如欲求和，应由中央承认六大条件。"也是六条。这六大条件，却非常严厉，由小子开述如下：

（一）袁世凯于一定期限内退位，可贷其一死，但须驱逐至国外。

（二）依云南起义时之要求，诛戮附逆之杨度、段芝贵等十三人，以谢天下。

（三）关于帝制之筹备费及此次军费约六千万，应抄没袁世凯及附逆十三人家产赔偿。

（四）袁世凯之子孙，三世剥夺公权。

（五）袁世凯退位后，即按照约法，以黎副总统元洪继任。

（六）文武官吏，除国务员外，一律仍旧供职。但军队驻扎地点，须听护国军都督之指命。

看官！你想这六条要求，与中央开出的六条款约，简直是南辕北辙，相差甚远，有什么和议可言？还有最要的声明，说是"袁氏一日不退位，和议一日不就范"云云。那老袁取消帝制，已是着末一出，若还要他辞去总统，就使护国军入逼京畿，他也是不肯承认的。天下事有进无退，老袁退了一步，便要驱他入瓮，正不出大公子所料。

滇、黔既协商定议，遂电复陆荣廷，陆即电龙，龙即电北京。徐、段入报老袁，老袁又吃了一大惊，连忙转问徐、段，再用何法维持。徐、段沉吟一会，想不出什么良策，只好虚言劝慰，说了几句通套话，告别出来。老袁暗暗着急，想了一夜，复从无法中想出两法，一是嘱参政院长溥伦，要他运动参政，合词挽留；一是再派阮忠枢南下，运动冯、张，要他联合各省，一体拥护。谁料溥伦奉了密令，去向各参政商量，各参政多半摇头，不肯再蹈前辙。阮忠枢到了江宁，与冯密商，冯国璋也是推诿，转身跑到徐州，张辫帅颇肯效力，奈电询各省，只有朱家宝、倪嗣冲两人复电照允，他省是不置一词。于是袁氏两策，尽归失败。葫芦里的法儿，只可一用，第二次便无效了。老袁焦急得很，又召集那班帝制元勋，解决最后问题。帝制派人，复提出挞伐主义，要老袁继续用兵，一面联络倪嗣冲、段芝贵等，教他上书决战，自请出师。那老袁又胆壮起来，密电总司令曹锟等道：

> 蔡、唐、陆、刘、梁，迫予退位，予念各将士随予多年，富贵与共，自问相待不薄，望各激发天良，共图生存。万一不幸，予之地位，不能维持，尔等身家俱将不保。现时乱军要求甚苛，政府均未承认，各将士慎勿轻信谣传，堕人术中，务必准备军务，猛奋进攻，切切！特嘱。

这密电方拍发出去，外面又来了好几条密电，一电是四川将军陈宧发来，一电是湖南将军汤芗铭发来，统是主和不主战。至是冯国璋一电，比汤、陈两人所说，更进一层，略云：

> 南军希望甚奢，仅仅取消帝制，实不足以服其心。就国璋愚见，政府方面，须于取消而外，从速为根本的解决。从前帝制发生，国璋已信其必酿乱阶，始终反对，惟

间于谗邪之口，言不见用，且恐独抒己见，疑为煽动。望
政府回想往事，立即再进一步，以救现局。再进一步，便是
要老袁退位。

老袁迭阅各电，料想武力难持，没奈何再电冯、陈，嘱他
极力调停。冯电尚无复音，忽接到龙济光电文，乃是请命独
立。看官！独立两字，是反抗政府的代名词，哪里有宣布独
立，还要请命中央，这真是奇怪得很呢。我也称奇。看官不必
惊异，由小子叙述出来，便晓得龙郡王独立的苦心。

原来粤东方面，是革命党的生长地，前时陈炯明攻入惠
州，被龙军击退，应六三回。他哪里就肯罢休，索性把新加坡
总机关内的人物，尽行运出，来攻粤东，名目亦叫做护国军，
总司令推戴黄兴。还有一派革命军，乃是孙文手下的老同志，
也乘着热闹，进攻粤境。两派分道长驱，你占一城，我夺一
邑，几把那粤东省中，割得四分五裂，就中最著名的约有数
路，除陈炯明外，有徐勤军，有魏邦屏军，有林虎军，有朱执
信军，有邓铿军，有叶夏声军，有何海鸣军，有李耀汉、陆兰
卿军，有梁德、李华、刘少廷、梁廷桂、陈少怀、何克夫、林
幹材、周其英、刘华良、叶谨各军，真是云集影从，数不胜
数。既而团长莫擎宇，独立潮、汕，镇守使隆世储，道尹冯相
荣，独立钦、廉。四面八方，陆续趋集，把一个天矫不群的老
龙王，逼得死守孤城，好像个瓮中鳖罐里鳅。还有陆荣廷率师
压境，急得老龙无法摆布，只好哀告陆荣廷，求他顾念姻亲，
放条生路。陆荣廷也觉不忍，但叫他脱离中央，速即独立，包
管保全位置，并一族的生命财产。龙乃与鸦片专卖局长蔡乃煌
熟商，暂行独立。这蔡乃煌系老袁私人，老袁曾派为苏、赣、
粤专卖鸦片委员，筹款运动帝制，是民国四年四月中事。此时又
嘱他监制老龙，他就替老龙想出一法，令向老袁处请训，一面

由龙、蔡联衔，密请老袁速派劲旅，来粤协防。老袁得了请命独立的电文，颇也惊疑，转思龙济光定有隐情，径批了"独立拥护中央"六字。"独立"以下，加"拥护中央"四字，确与龙王针锋相对。

方才写毕，请兵的电文亦到，乃电令驻沪第十师，速行援粤，另调南苑第十二师赴沪接防。这电不能隐讳，旅沪粤民，先自鼓噪，拟阻止沪军赴粤，免得沪上空虚。粤中军民，也不愿客军入境，群起违言。四月四日，寄碇广州的宝璧、江大两兵舰，竟驶附民军，投入魏邦屏部下。魏邦屏遂统率舰队，驰抵海珠，预备攻城。城内人民，相率惊慌，呼请龙氏独立。军队亦高悬旗帜，上面写着，"听候将军龙济光、巡按使张鸣岐宣布独立"等字样。适袁氏批复独立的六字诀，也从京颁到，龙济光即于四月六日宣布独立，其布告云：

> 为布告事。现据广东绅商学各界，全体公呈，粤省连年灾患，地方已极凋零，近来各省多已反对袁氏，宣布独立。粤省危机四伏，糜烂堪虞，各界全体，为保持全省人民生命财产起见，集众公议，联请龙上将军，为广东都督，以原有职权，保卫地方，维持秩序，此系拥护共和，天经地义，请即刚断执行等情。查阅来呈，持议甚题，本都督身任地方，自以维持治安为前提，刻经通电各省各机关各团体，及本省各属地方文武官，即日宣布独立，所有各地方商民人等，及各国旅粤官商，统由本都督率领所属文武官，担任保护，务须照常安居营业，毋庸惊疑。如有不逞之徒，假托民军，借端扰害治安，即为人民公敌，分明是指斥民军。本都督定当严拿重办，以尽除莠安良之责。其各同心协力，保卫安宁，有厚望焉！特此布告。

看这布告，并没有一字罪及老袁，不过是维持自己的职位，暂借这"独立"两字，掩人耳目罢了。魏邦屏闻龙已独立，驶回北江，嗣闻龙济光空言独立，毫无举动，且把寻常逮捕的国事犯，一个儿未曾释放，料他全是假意，哄骗民军，于是驰书质问，是否真诚独立？旋得答复，只说是："陆、梁来粤，当卸职他去。"魏邦屏似信非信，分电各处护国军，商议进止。陈炯明、朱执信等，统说老龙多诈，非勒令龙军缴械，不便与和。独护国军总司令徐勤，系梁启超同学，得梁来电，声言龙果独立，当和平对待，不必再用武力等语。梁之来电，仍是顾着陆氏姻亲。于是徐勤出为调人，作书致龙，商议善后事宜。龙济光即令顾问官谭学夔，及警察厅长王广龄，电邀徐勤，到海珠警察署，面议一切，词甚诚恳。徐勤放胆前行，到了海珠，谭、王两人果来欢迎，延至署内，即由王广龄笑语道："此次独立，确出至诚，我当以全家性命，作为保证。"只要你的性命，不必牵及全家。徐勤答道："龙都督果出至诚，尚有何言。"王即电达督署，报称徐勤已到，当时即得复电，略云"徐君已至，着王厅长优待，务出至诚。现已在巡按署内设招待所，专待陆、梁诸公。徐君能早日来署，尤表欢迎"云云。徐勤即托王电复，说是"由陆、梁诸公到后，当同来谒见，畅聆雅教"等语。未几，由粤城内外官绅，陆续至海珠探问，力求徐勤维持治安，转檄护国军罢兵，免致地方糜烂。徐勤遂拟定函电数十通，分发各路，并电促陆、梁即日来粤。

待了两天，陆荣廷派了代表汤叡，乘轮至海珠，并传述梁意，浼徐勤为代表。徐勤倒也允诺，谭、王两人与汤晤谈，备极殷勤，自不消说。晚间汤、徐共寝一室，汤睿密语徐勤道："今日险极，几与君不能相见。"徐勤惊问何故？汤叡道："我乘轮到此，路过海珠炮台，台上忽发开花炮四门，向我舰轰击，伤我水手一人，我舰上大声质问，方闻台官答言，疑是江大轮船到此，所以开炮误击。徐君！你想危险不危险呢？"你的生命，还有一天好活。徐勤尚未答复，汤睿道："我看龙济光鬼鬼祟祟，总有些靠他不住。我的友人，或劝我即行离省，不必与他会议，我想奉命前来，无论好歹，总须冒险一行，徐君以为如何？"然而死了。徐勤道："我亦这般想。今日闻龙济光部下各统领，如贺文彪、梁永桑、蔡春华、潘斯凯、颜启汉等，秘密会议，决定推戴龙济光，拟置我死地。我想眼见是真，耳闻是假，且此次会议，关系两粤生灵，若只知顾己，不知顾人，还是回去享福，何必出来问事呢。"宅心正大，所以得生。汤睿答了一个"是"字，随即就寝。

次日为四月十二日，两方代表，就在警察署内，会集议事。看官记着！这就叫做海珠会议。特别点醒。时至巳牌，商会团长岑伯铸、李戒欺、陈子贞、王伟、吕仲明等，共到会所，汤睿、徐勤二人，也携手入会。谭学夔、王广龄，时已在场接待，招呼很是周到。过了片刻，但见警卫军统领贺文彪、潘斯凯、蔡文华、何福桥等，带着卫队，携械而来，接着是浓眉大眼的颜启汉，也领了卫卒十名，荷枪入场。颜是主谋行凶，故特笔提出。数统领都面带杀气，映入汤、徐二人的眼中，也觉有些不妙，嗣经谭、王等替他介绍，不得不勉与周旋。

王广龄复推举汤、徐为主席，汤睿乃起立道："兄弟奉陆、梁二公的命令，特地来此，联络两粤感情。今龙督既已独立，又得各绅商各统领，共保治安，诚为万幸，兄弟实无任欣慰。"汤已说毕，徐勤继起道："兄弟此次到来，只计公安，不问艰险，座中诸公，想亦见谅。若使今日帝制已成，周自齐卖国条件，统已实行，我国已变成高丽，还要会议什么？且或我等军舰到省，水陆并举，彼此交争，此地已变作瓦砾场，也没有诸公高会的地点。今得免此二害，与诸公相见一堂，岂非幸事？弟于昨日已通电各路护国军，即行停战，共决和平，在座绅商统领，均志存公益，如有宏谋伟论，幸即赐教。"语未已，贺文彪、潘斯凯齐声道："两方既和平解决，护国军当然取消，应编入我警卫军内，请徐先生转达护国军，速即照行。"徐勤尚未开口，颜启汉即接入道："贺、潘两君所说，很是正当，应请徐君入室修函。"一面说，一面即展开巨手，将徐勤扯入耳房。徐勤正要答辩，适有一卫卒持名刺入，口称将军请代表赴署。徐勤乘势出室，蓦闻枪声一响，弹子飞射过来，慌得徐勤无从躲避，竟向地下躺倒，直挺挺的卧着。小子有诗叹道：

> 拼将生命作牺牲，会所居然起变争。
> 怪底人心蛇蝎似，枪声一起可怜生。

未知徐勤性命如何，且至下回续表。

　　有袁世凯之为主，即有龙济光之为臣，袁好诈，龙亦奸诈，袁好杀，龙亦好杀，袁以好诈好杀而致败，故取消帝制之不足，且群起而攻之，龙岂未之闻，尚欲以好诈好杀，快一时之意志耶？海珠会议，颜启汉诱入汤、徐，竟尔举枪相向，非龙氏使之而谁使之欤？呜呼袁皇帝！呜呼龙郡王！

第六十九回

伪独立屈映光弄巧　卖旧友蔡乃煌受刑

却说徐勤仆倒地上，那弹子向身上擦过，险些儿击入腰膂，他却装着死尸，僵卧不动，但闻外面枪声四起，闹成一片，顿时呼喝声、哀号声，乱做一团糟。徐勤开眼偷觑，从烟尘缭乱中，仔细认明，觉身旁已无一人，他想此时不走，更待何时，当下爬将起来，拟从外闯出；偏外面尸体枕藉，桌椅颠倒，满地都是碍足物，料知一时难走，索性转身入内，向楼上暂避。楼上是警察寝处，留有衣服等件，他是情急智生，即将身上长衣脱卸下来，把袋中的文件尽行毁去，一面换得警察制服，穿在身上。改装毕，听外面已无喧声，他便轻轻的走向楼下，适遇一仆登楼，还道他是警吏，也不去细问，即让他下楼，三脚两步的趋至门口，见汤睿、谭学夔等尸身，血肉模糊，尚是摆着，他也顾不得伤心洒泪，竟一溜烟的跑出；行至海边，长堤上统插"颜"字旗帜，亏得身着警服，没人盘诘。到了长堤尽处，巧遇一只快船，也不暇问明底细，竟跃入舟中，慨畀舟子数十金，飞渡过江，*恍如子胥离楚，遇着渔父模样。*竟奔向香港去了。*命不该绝，总有救星。*翌日，得海军司令谭学衡电文，才识当场伤毙的人数，文云：

梧州探投陆都督、梁任公台鉴：今日海珠会议，汤君觉顿、*汤睿字觉顿。*舍弟学夔，当场受枪殒命。王君协吉、

王广龄字协吉。吕君清吕仲明名清。受重伤，随后亦毙。当
经力请龙、张两公，终始维持，毋使广东糜烂，均盼台从
星夜来粤，安筹善后办法。全粤幸甚。学衡叩。

陆、梁二人接到此电，当然愤怒交迫，下令讨龙，正要发
兵东下，突来了广东巡按使张鸣岐替龙剖辩，把海珠一场惨
变，统推在蔡乃煌、颜启汉身上。陆荣廷即问道："龙济光到
哪里去了？"大约到龙宫里去。张鸣岐道："龙督本在署中，候
汤、徐两君会议，不料蔡乃煌、颜启汉等，暗地设谋，拟害
汤、徐，待龙督闻知，即派兵弹压，已不及了。"何人相信。梁
启超接入道："龙济光的用意，简直要害我两人，偏汤、徐两
君做了替身，徐君幸得脱逃，汤觉顿竟致毙命，还有王警长、
谭顾问、吕会长等也同时遇难。坚白兄，张字坚白。你想王、
谭两君，是他的麾下，不过主张和平，便一股脑儿死在会场，
这老龙还有天理么？我等非诛逐龙济光，如何对得住汤君？就
是王、谭、吕诸人，也对他不住呢。"理直气壮。张鸣岐忙答辩
道："龙督实未与闻，现在专待两公到粤，和解粤局，断无异
心。"梁启超冷笑道："我等还想多活几天，保障共和，休再
用老法欺我。"张鸣岐又道："两公如不见信，鸣岐情愿为质，
可好么？"竭力为龙帮忙。梁启超亦道："你休做第二个王协吉，
着了龙王的道儿。"张鸣岐还要再辩，陆荣廷道："龙济光如
无歹心，须要依我六款。"鸣岐即请陆宣示，荣廷道："第一
条，须交出蔡乃煌、颜启汉；第二条，须分调警卫军出省；第
三条，须整顿龙军军律，解散侦探；第四条，是我若来粤，寓
所由我自择，龙须到我处会谈，我不往龙处；第五条，龙军将
来，一半留龙自卫，一半须随护国军征赣；第六条，我军到
粤，龙须让出东园，俾我军驻扎。这六条如果见从，我就不去
驱逐老龙，若有一条不依，我也顾不得亲戚关系了。且与他争

个高下，看他还能害我么？"总还顾着戚谊。鸣岐道："且先去电问，何如？"陆即允诺。

当自电陈六款，迫龙遵约，旋得复电，说是："悉如陆命，惟善后条件，请张面决。"张乃与陆、梁两人，协议善后，共有四款：（一）是查办海珠祸首，以明心迹；（二）是由陆、梁至粤，维持粤局；（三）是电请护国军总司令徐勤，通饬各路护国军，暂停进行，静待解决；（四）是严办土匪，保护地方。四款议定后，彼此依约办理。

张鸣岐方回粤去，不期粤东的独立，尚未就绪，浙江的独立，又闹出一番笑话。原来广东独立的消息，传到浙中，浙江将军朱瑞，及巡按使屈映光，亟向中央请兵，巩固浙防，一面将城内屯兵两旅，调驻城外。旅长童保暄，本是辛亥革命的发起人，朱瑞恐他为变，所以将他调出。还有叶焕华一旅，亦令移驻，无非是防童联络，所以一体迁移。是时驻沪第十师，本拟调粤，因浙事吃紧，由袁政府改令赴浙。且南苑第十二师，航海南来，亦有直接赴浙的消息。应上回。浙人大哗，纷纷电阻。那时有志共和的童旅长，复跃然奋起，入城见朱，请即独立。朱瑞集众会议，参谋长金华林，师长叶颂清，均反对童说，就是旅长叶焕华，也说是独立非宜。童保暄道："今日不独立，恐他日无暇独立了。"朱瑞道："本将军的意见，不必独立，也不必不独立，就是中立了罢。"此策却好，其难如愿何？大众才退。

隔了一天，童保暄探得军署密谋，拟诱他入署，置诸死地，他乃想出先发制人的计策，号召二十三团、二十四团，乘着四月十一日夜间，潜行入城，直攻军署。军署守卫，猝不及防，竟一哄儿散去。童保暄抢步当先，趋入署中，左右四顾，不见一人，一直跑进内室，将楼上楼下，尽行找寻，不但毫无人影，连鬼都没有了。看官！你道这将军朱瑞，及全署人员，统从哪里逃去？原来朱瑞乖巧得很，自闻桂、粤独立，早已防有他变，先将家眷运往上海，只自己留住署中，此次辕门遇警，即忙换了便服，走至后院，觑定墙角空隙处，有一枯树，便攀援上去，一脚跨到墙头，复解下腰带，挂在树梢，用手握住带端，把身子缒了下去，等到脚踏实地，便放开两腿，向北逸去。还有署中人役，正要入报将军，见朱瑞正在逾墙，大家也学了此法，次第出走。比军令还要灵捷。童保暄四觅无着，知已远飏，复转身出来，移兵至师长署，叶颂清也早走了。再往寻参谋长金华林，旅长叶焕华，统已不知去向。大难来时各自飞。乃复赴巡按使署，巡按使屈映光，倒还从容不迫，出来相迎，见面扳谈，却很是赞成独立，并极力褒奖童保暄，愿推他为都督。又是一种做品，比朱瑞高出一筹。保暄推让道："都督一席，当然推举屈公，如保暄资轻望浅，怎能胜任？今日此举，无非是舆情趋向，不得不然呢。"屈映光道："且集众公举便了。"当下召集长官，共同推举，结果是老屈当选。屈仍避去都督字样，只自称巡按使兼浙军总司令，与童会衔，电知各处镇守使吕公望、张载阳、周凤岐等。于是宁、绍、嘉、湖、台等处，也即日宣告与袁政府脱离关系。谁知老屈的私意，也是模仿龙郡王，当时晓谕人民，比龙王还要圆滑，他说是：

　　为出示晓谕事。照得省城十一夜，军民拥至军署，要求独立，将军失踪，本使为军政绅商学各界，以浙江地方秩序相迫，已于今日决定以浙江巡按使兼浙军总司令，维持全省秩序，主任军民要政。除总司令部人员另行组织外，所有在省文武机关部署，一律照常办事，不准擅离职守。传谕所属，一体遵照！

据这告示，连"独立"两字，都不敢说出，可知屈映光是全然作伪哩。果然一道密奏，电达九重，极陈不得已的苦衷，并乞鉴宥云云。他是两面讨好，总道是绝对妙法，可以安然无事，突来了宁台镇守使周凤岐急电，略言："省城、宁、绍，先后独立，人心欢忻，秩序井然。今公复沿旧称，群情迷惑。宁、绍众志成城，誓死讨逆，万无反覆余地，务即明白赐复，凤岐等当严阵以待。"老屈接阅后，已是惊惶不定，忽闻北京政事堂中，又颁发一道申令，其文云：

> 据浙江巡按使屈映光电称："四月十一日夜四时，突有军民，拥至军署，将军失踪，当经密派警队防护本署。次早军官士绅，以地方秩序关系，强迫映光为都督，誓死不从，往复数四，午后旋有各机关官长暨绅商领袖，合词吁恳，最后即请以巡按使名义兼浙江总司令，借以维持地方秩序，固辞不获，于今日下午，始行承诺，以维军民而保治安。现在人心已定，秩序如恒"等语。该使职略冠时，才堪应变，军民翕服，全浙安然，功在国家，极堪嘉奖。着加将军衔，兼署督理浙江军务。当此时势艰危，该使毅力热心，顾全大局，既已声望昭彰，务当始终维持，共策匡定，本大总统有厚望焉。此令。

这道申令，竟将老屈的秘密奏闻，和盘托出，直令老屈无从自解。恐怕由老袁使乖。凤岐等遂通电各省，攻讦老屈道：

> 屈以巡按使兼总司令，布告中外，非驴非马，惊骇万状。论屈在浙四载，唯知竭民脂膏，以固一己荣宠，旋复俯首称臣，首先劝进。滇、黔事起，各省中立，独屈筹饷括款，进供恐后。祸害民国，厥罪甚深。若复戴为本省长官，实令我三千万浙人，无面目以见天下。且通电输诚，

伪命嘉奖，既誓死于独夫，奚忠诚于民国。反侧堪虞，粤事可鉴。宜速斥逐，勿俾贻祸。

屈映光连接这种文件，真是不如意事，杂沓而来。可巧商会中请他赴宴，他正烦恼得很，递笔写了一条，回复出去。商会中看他复条，顿时哄堂大笑。看官！道是什么笑话？他的条上写着道："本使向不吃饭，今天更不吃饭。"莫非是学张子房一向辟谷？这两句传作新闻，其实他也不致这样茅塞，无非是提笔匆匆，不加检点罢了。忠厚待人。

是时浙省官绅，正组织参议会，共得二十六人，正会长举定王文卿，副会长举定张翘、莫永贞，四月十四日，在都督府开成立大会。屈映光乘机与商，托他代为斡旋。正副会长等，乃请他正式独立。屈尚沉吟未决，会接粤中来电，龙都督与粤西联盟，居然主张北伐，声讨老袁。那时屈映光才放大了胆，将巡按使的名目，革除了去，竟自称为都督了。

小子于浙事略行叙过，又要述及粤事。粤督龙济光，自承认陆荣廷条件，本应逐条照行，偏颜启汉闻风先遁，匿迹沪上。蔡乃煌又是济光旧友，一时不忍下手。第一条先难履约。他只有虚声北伐，自明真正独立的态度。陆、梁因六大条件，无一履行，遂统兵进至肇庆，迫龙遵约。龙又束手无策，只得仍央恳张鸣峻，偕谭学衡同行，往见陆、梁。陆荣廷道："坚白屡来调停，总算顾全友谊，但据我想来，粤督一席，子诚济光字。已做不安稳，不如另易他人，请岑西林即岑春煊。来上台罢。"张鸣岐道："他事总可商量，惟欲他交卸粤督，总难如命。"袁不肯舍总统，龙亦不肯舍粤督，两人心理又同。陆荣廷道："子诚号令，已不能出广州一步，难道许多民军，肯归他节制么？"张鸣岐道："粤中民军，尽可受广西节制，惟广东都督，仍令子诚挂名，这事可行得么？"梁启超从旁笑着道："这叫做儿戏都督，坚白兄果爱子诚，也不应叫他做个傀儡呢。"陆荣廷又道："坚白，他既承认我六大条件，应该即行，否则惟力是视，也无庸再说了。"_{斩钉截铁。}张鸣岐告辞道："且与子诚熟商，再行报命。"陆复顾谭学衡道："海珠惨变，令弟遭难，君何不立索仇人，为弟报冤？古人有言：'兄弟之仇，不反兵而斗'，难道此言未闻么？"_{应该诘责。}谭学衡无词可答，只好唯唯退去。

张、谭二人去后，陆荣廷即令莫荣新率军五千，进抵三水。三水离广州不远，警报连达省城，龙济光知不能了，没奈何与张鸣岐同至肇庆，双方再行协议，决定五款：（一）广东暂留龙为都督；（二）肇庆设立两广总司令部，举岑春煊为总司令；（三）处蔡乃煌死刑；（四）从速实行北伐；（五）各地民军，自岑入粤，设法抚绥，并自三水划清防界，以马口为鸿沟，西南以上，归魏邦屏、李耀汉、陆兰清防守，西南以下，归龙分派巡船防守，彼此均不得逾越，免致冲突。陆、梁又齐声道："这五条协约，是即日就要履行的。我等为亲友关系，竭力为君和解，你不要再事抵赖呢。"说得龙济光满面羞惭，没奈何喏喏连声，告别而去。

一入省城，即与谭学衡密谈数语，学衡会意，便调了军士数百名，直至蔡乃煌寓所闯将进去。乃煌莫名其妙，尚与那新纳的箨室，对饮谈心，备极旖旎，猛见了谭学衡，知是不佳，急忙起身欲遁。哪经得谭学衡的武力，一把抓住，仿佛与老鹰攫鸡相似。可怜这个蔡老头儿，生平未尝吃过这个王法，吓得浑身乱颤，带抖带哭道："这……这是为着何事？"谭学衡也不与细说，一径拖出门外，交与军士，自己随押出城，行至长堤，喝一声道："快将杀人造意犯，捆绑起来，送他到地狱中去。"蔡乃煌才知死在目前，当向谭学衡道："我不犯什么大罪，就是罪应处死，也要令我一见子诚，如何你得杀我？"问你何故设计杀人？谭学衡道："你还说没有大罪么？往事不必论，就是现在海珠会议，你与颜启汉等通谋，害死多人，我弟学夔，也死在你手，问你该死不该死呢？"乃煌不禁大哭道："龙济光卖友保身，谭学衡替弟复仇，总算我蔡乃煌晦气，一股脑儿为人受罪，我不想活了六七十岁，反在此地处死呢。"谁叫你做到这般？语尚未毕，已被军士缚在柱上，一声怪响，枪弹洞胸，蔡乃煌动了几动，便一道魂灵，驰归故乡去了。

堤上观看的行人，统说是这个贪贼，应该枪毙，并没有一个爱惜。蓦地里来了一位美人儿，行至乃煌身旁，总算哭了几声老头儿，老杀坯，后经军士说明，才晓得这个俏女郎，就是与乃煌对饮的美妾，还不过与乃煌做了半月夫妻。小子有诗咏乃煌道：

> 享尽荣华逞尽刁，长堤被缚泪潇潇。
> 贪夫一死人称快，只有多情泣阿娇。

乃煌处死后，龙济光即遵约北伐。欲知一切情形，容待下回分解。

本回以粤事为主体，而浙事附之。盖粤、浙先后独立，屈之举动，正以龙为师，故时人有粤、浙二光之目。济光、映光，似衣钵之相传，此作者之所以因粤及浙，连类并叙，非特为时日之关系已也。且朱、屈为故友，而屈负朱窃位，龙、蔡亦为故友，而龙杀蔡求和。朱非不可逐，蔡非不可杀，但朱去而屈继，蔡死而龙生，友道其尚堪问乎？要之假公济私，见利忘义，系近代一般人心之污点。二光固有光矣，鉴于二光者，盍亦为之反省耶？

第七十回

段合肥重组内阁　冯河间会议南京

却说龙济光既联络桂军，应该遵约北伐，当委段尔源为广东护国军第一军司令，马存发、李鸿祥为广东护国第二、第三两军司令，扬言北伐。其实他的本心，仍然拥护中央，不过为陆、梁所迫，没奈何反抗老袁，虚张声势哩。实是舍不掉郡王衔。惟粤省独立，闽防吃紧，浙省独立，江防吃紧。老袁拟调的第十师，及第十二师，只能顾守江防，不能分管闽防，乃别调海陆各军，令海军总长刘冠雄统率南来。海军用海容、海圻两兵舰装载，陆军无船可乘，竟将天津寄泊的招商局轮船，扣住数艘，如新康、新裕、新铭、爱仁等船，强迫装兵，由津出发。行至浙江温州洋面，正值大雾迷蒙，茫不可辨，新裕商轮，向南行驶，不知如何与海容相撞，碰损机具。不到二十分点，全舰沉没，计死团长、团副各一人，兵士七百四十名，机师、水手、伙夫二十四名，损失军饷十万元，机关炮四架，山炮六尊，弹药五十万颗，军衣军械无数。余舰到了福州，与福建护军使李厚基布置防务，闽省少安。

刘冠雄电奏中央，备陈新裕沉没状，老袁不胜叹息，默思天意绝人，万难再战，只好再请徐、段二公，商议良策。徐、段仍提出冯、陈两人，要他东西协力，调停和议。应六八回。当下申电冯、陈，不到两日，得陈宧复电，略言："与蔡锷电商，先将总统留任一节，提作首项，已由蔡锷允达滇、黔，俟有成议，再行报命。"独冯国璋并无电复。原来江苏沿海，民党往来甚便，沪上一隅，华洋杂处，尤为党人混迹地。陈其美系民党翘楚，自袁氏称帝，已由日本来沪，设立机关，潜图革命。虽与护国军宗旨不同，但推翻袁氏的意思，总是相合。独提出陈其美，为下文被刺张本。

起初百计促冯，逼他独立，冯却寂然不动，但也未尝嫉视党人。陈知独立无望，遂派同志混入镇江，谋刺要塞司令龚青云。会机谋被泄，徒落得扰攘一宵，仍然退去；转至江阴，逐走旅长方更生，居然宣布独立，推举尤民为总司令，萧光礼为要塞司令。尤民本绿林出身，专事敲诈，不知抚恤，江阴人民，大起恐慌，连电江宁，向冯求救。冯国璋忙派兵往援，人民也群起逐尤，内应外合，任你尤民臂粗拳大，也只得推位让国，弃城远飏。萧光礼已闻风先走了。冯正恨老袁疑忌，绝不谅他拥护的苦心，几乎要与袁决裂，偏中央屡次发电，哀恳他竭力调停，他又顾念旧情，害得忐忑不定。嗣又得徐、段电文，略言："四川将军陈宦，已向蔡锷提出议和条件，仍戴袁为总统。"于是顺风使帆，依方加药，即提出调停意见八条：（一）应遵照清室遗言，交付袁氏组织共和政府全权，使仍居民国大总统地位；（二）慎选议员，重开国会，但须排除激烈分子；（三）惩办祸首；（四）各省军队，须以全国军队按次编号，不分畛域，并实行征兵制；（五）明定宪法，宪法未定以前，用民国元年约法；（六）照民国四年冬季的将军、巡按使，一概仍旧；（七）滇事发生后，所有派至川、湘各军一律撤回原地；（八）大赦党人。这八大纲通电传出，尚未接复，忽闻陈宦电达中央，说是蔡锷电商滇、黔，唐、刘未能满意，不由的愤愤道："袁项城专会欺人，今徐菊人、段芝泉，也来欺我么？"遂电致政事堂，劝袁退位。略云：

国璋耿直性成，未能随时俯仰，他人肆其谗构，不免浸润日深，遂至因间生疏，因疏生忌，倚若心腹，而秘密不尽与闻，责以事功，而举动复多掣肘。减其军费，削其实权，全省兵力四分，统系不一。设非平日信义能孚，则今日江苏已为粤、浙之续矣。顾国璋方以政府电知川省，协议和平，用意既复略同，敢弗赞助，以故力任调人，冀回劫运。乃报载陈将军致中央电，声明蔡锷提出条件后，滇、黔于第一条未能满意，桂、粤迄未见复，而此间接到堂转陈电，似将首段删去。值此事机危迫，尤不肯相见以诚，调人暗于内容，将何处着手？现虽照电川省，商论开议事宜，双方未得疏通，正恐煞费周折。默察国民心理，怨诽尤多，语以和平，殊难餍望，实缘威信既隳，人心已涣，纵挟万钧之力，难为驷马之追，保存地位，良非易易。若察时度理，已见无术挽回，毋宁敛屣尊荣，亟筹自全之策，庶几令闻可复，危险无虞，国璋不胜翘切待命之至。

国务卿徐世昌，接到冯电，暗想道："这遭坏了，华甫也有变志了。"急忙入报老袁。老袁亦惶急万分。徐世昌道："现在事已燃眉，还请总统放宽一步，挽回大局。"老袁皱着眉道："难道我真个退位不成？"世昌道："并非退位问题，但请总统规复内阁制，并用几个新党人物，或尚能调停就绪，也未可知。"老袁道："除要我退位外，总请老友替我做主，我已心烦意乱，不知所从了。"世昌即草拟阁员：陆军蔡锷、内务戴戡、农商张謇、教育汤化龙、司法梁启超、财政熊希龄，递交老袁酌阅。老袁虽然不愿，也只好略略点首。世昌乃出发各电，待至两日，一无复音。再电请熊希龄、张謇、伍廷芳、唐绍仪、范源濂、蔡元培、王正廷、王宠惠等到京，商组内阁。哪知一班名流电复世昌，统是要老袁退位，余无别言。世昌不禁长叹道："项城、项城，你搅到这个地步，叫我如何收拾呢？"遂筹思一会，入见老袁，略将外来各电，叙述一二，继复进言道："据我看来还是要芝泉组织内阁，芝泉是军阀中人，且与冯华甫很是莫逆，将来或战或和，较有把握，请总统即日照行。"老袁道："你既要芝泉出场，我亦不能不依，但你不可他去，一切善后方法，仍应替我商酌呢。"世昌道："谨遵钧命，我总在京便了。"**把圈儿套与别人，不愧老练。**老袁乃召入段祺瑞，嘱他组阁。段再三推让，经世昌从旁力劝，方允暂认。遂于四月二十一日，公布政府组织令，委任国务卿担任政务，称为责任内阁。越日，任段为国务卿，组织阁员。陆军由段自兼，外交仍任陆征祥，财政改任孙宝琦，内务改任王揖唐，海军仍任刘冠雄，交通改任曹汝霖，教育改任张国淦，农商改任金邦平，司法仍任章宗祥。各部总长，发表出来，都人士仍称为帝制内阁。什么叫做帝制内阁呢？看官试想！这部长中所列八人，哪一个不是帝制派，而且财政、交通两部统属梁士诒党系。**财神始终得势。**至若军务全权，仍操诸统率办事处，未曾交与段氏。段氏登台，不过取消政事堂，恢复国务院，改机要局为秘书厅，易主计局为统计局，修正大总统公文程式，总算是恢复国体的表示。此外目的，惟调停南北，主张和议罢了。但冯、段究系故交，段既为内阁领袖，冯应格外帮忙，为此一着，遂创出南京大会议来。当由冯国璋首先发起，通电各省道：

> （上略）滇、黔、桂、粤，意见尚持极端，接洽且难，遽云开议。现就国璋思虑所及，筹一提前办法，首在与各省联络，结成团体，各守疆土，共保治安，一面贯通一气，对于四省与中央，可以左右为轻重，然后依据法律，

审度国情，妥定正当方针，再行发言建议，融洽双方。我辈操纵有资，谈判或易就绪。若四省仍显违众论，自当视同公敌，经营力征。政府如有异同，亦当一致争持，不少改易。似此按层进步，现状或可望转机，否则沦胥迁就，愈滋变乱。一旦土崩瓦解，省自为谋，中央将孤立无援，我辈亦相随俱尽矣。看此两语，仍然是拥护中央。

牖见如此，特电奉商。诸公或愿表同情，或见为不可，均望从速电复。临电激切，无任翘企！

电文去后，未曾独立的省份陆续电复，均表同情。冯乃再就前日提出的八大纲，略加变更，仍分八条：（一）总统问题，仍当暂属袁总统，俟国会召集，再行解决；（二）国会问题，应提前筹办，慎定资格，严防流弊；（三）宪法问题，以民国元年约法为标准，视有未合事件，应斟酌修改，便利推行；（四）经济问题，当由中央将近来收支情形，明白宣布。滇、黔二省，筹办善后，亦宜声明需用实数，设法匀拨；（五）军队问题，南北各军，均调回旧驻地点，所有两方添招军队，一律遣散，借抒财力；（六）官吏问题，凡所有官制官规，均应暂守旧章，免致纷乱；（七）祸首问题，杨度等谬论流传，逼开战祸，应先削除国籍，俟国会成立后，宣布罪状，依法判决；（八）党人问题，由政府审查原案，咨送国会讨论，俟得同意，宣告大赦，方免抵触法律，贻祸将来。

以上八问题电达各省，均无异议。惟旅沪二十二行省公民，如唐绍仪、谭延闿、汤化龙等，集得一万五千九百余人，抗议反对，于第一条尤驳斥无遗。冯国璋欲罢不能，竟至蚌埠见倪嗣冲，筹商了大半夜，又邀倪同至徐州，会晤张勋。倪、张本拥戴老袁，遂与冯国璋联络一气，发起南京会议，由徐州通告各省，略云：

川边开战以来，今已数月，虽迭经提出和议，顾以各省意见，未能融洽，迄无正当解决。当此时机，危亡呼吸，内氛时伏，外侮时来，中央已无解决之权，各省咸抱一隅之见，谣言传播，真相难知。而滇、黔各省，恣意要求，且有加无已，长此相持，祸伊胡底？国璋实深忧之。曾就管见所及，酌提和议八条，已通电奉布，计达典签。惟兹事体重大，关系非浅，往返电商，殊多不便。爰亲诣徐府，商之于勋，道出蚌埠，邀嗣冲偕行。本日抵徐，彼此晤商，斟酌再四，以为目今时局，日臻危逼，我辈既以调停自任，必先固结团体，然后可以共策进行。言出为公，事求必济，否则因循以往，国事必无收拾之望。兹特通电奉商，拟请诸公明赐教益，并各派全权代表一人，于五月十五日以前，齐集宁垣，开会协议，共图进止，庶免纷歧而期实际。勋等筹商移晷，意见相同，为中央计，为国家计，谅亦舍此更无他策。诸公有何卓见，并所派代表衔名，先行电示，借便率循，无任盼祷。张勋、冯国璋、倪嗣冲印。

张、冯、倪三人，既发起南京会议，并电达中央，随即分手，订定后会。倪回蚌埠，冯归南京。是时广东方面，已在肇庆地点，设立两广司令部，举岑春煊为都司令，梁启超为总参谋，李根源为副参谋。岑自香港至肇庆，即日誓师北伐，有"袁生岑死，岑生袁死"等语。一面组织军务院，遥奉副总统黎元洪为民国大总统，兼陆海军大元帅。院设抚军，即以唐继尧、刘显世、陆荣廷、龙济光、岑春煊、梁启超、蔡锷、李烈钧、陈炳焜诸人充任。又由各抚军公推唐为抚军长，岑为副抚军长，于五月八日通告军务院成立。

适值浙督屈映光辞职，公举嘉湖镇守使吕公望继任。吕就职后，明目张胆，誓讨袁氏，任周凤岐、童葆暄为师长，列入护国军。与屈迥不相同。檄至粤东，军务院遂依着条例，请他就抚军职，于是滇、黔、两粤及浙江，并力讨袁。老袁闻知，又添了好几分愁恨，急召杨度、朱启钤、周自齐、梁士诒、袁乃宽等，密谋抵制。帝制要人，始终相倚。席间惟闻纸笔声，并没有什么谈论，后来转将所拟底稿，尽付一炬。越秘密，越坏事。看官！道是什么密计？他不过电达外使，令转告各国政府，勿遽承认南军团体，一面向未曾独立各省，催他速至南京，解决时事。各处新闻纸，探出原电，即登载出来。秘密何用？文云：

　　各省将军、巡按使、都统、护军使、镇守使鉴：接广东电开："革命首领宣告南方独立各省已组织成立新政府，以广州为首都，以黎元洪为大总统，及陆海军大元帅，废除北京政府。其宣告中并为设立军务院，定明权限，并兼理外交、财政、陆军各行政事务。云南都督唐继尧被举为军务院主任，岑春煊为副主任"各等语。查北京政府始而临时，继而正式，几经法律手续，始克成立，全国奉行，列邦承认，岂少数革命首领，所能废除？首都问题，系由国家议会决定，奠定业已数年，有约各国，驻使所在地点，载诸约章，国际关系最切，对内对外，岂少数革命首领，所能擅易？大总统地位，由全国人民代表，按照根本大法选举，全国元首，五族拥戴，又岂少数革命首领，所能指派？且黎公现居北京，谨守法度，又岂肯受少数革命首领之指派？广东距京数千里，强假黎之虚名，而由唐、岑等主其实权，不啻挟为傀儡，侮蔑黎公，莫此为甚。凡此种种，违背共和，划除民意，实系与国家为仇，国民为敌。政府方欲息事宁人，力谋统一，而少数革命首领，窃据一隅，以共和为号召，乃竟将共和原理，国民公意，一概蹂躏而抹煞之。此而可忍，国将不国。谁生厉阶，至今为梗。尊处如有意见，望迳电南京，请冯、张、倪三公，会同各省代表，并案讨论。院处电。

这电自五月十日发出，转眼间已是望日，南京会议，期限已届，各省代表，先后到宁，共得二十余人。计开：

　　直隶代表刘锡钧、吴焘。　奉天代表赵锡福、刘恩洪。
　　吉林代表张恕、戴艺简。　黑龙江代表李莘林。
　　山西代表崔廷献、李骏。　山东代表孙家林、丁世峄。
　　河南代表毕太昌、叶济。　湖南代表陈裔时。
　　湖北代表冯簋、杨文恺。　江西代表何恩溥、程用杰。
　　福建代表贾文祥。　　　　安徽代表万绳栻。
　　热河代表夏东骁。　　　　察哈尔代表何元春。
　　绥远代表熊开光。　　　　上海代表赵禅、王滨。
　　徐州代表李庆璋。　　　　蚌埠代表裴景福。

还有中央特派员蒋雁行，及海军司令饶怀文、参谋长师景文等，也一律与会。惟陕西因乱未复，四川路远，所派代表张联棻、张轸援二人，均在途未至。五月十七日，南京会议第一次举行，由冯国璋主席，各省代表，统行列座，除蒋雁行并非代表，只能旁听外，各代表均有发言权。冯即宣言第一条总统问题，赞成冯说的，不过十分之二三，反对冯说的，却有十分之三四，其余各守中立态度，既不反对，又不赞成。论辩了好几时，第一争终不能通过。冯国璋不便强迫，只好说是改日再议，代表等当然散席。李庆璋、裴景福两人，即电达张、倪，竟尔告急。隔了一天，蚌埠倪将军，亲自带兵三营，直抵江宁。正是：

> 全局已经成瓦解，将军还欲挟兵来。

欲知倪嗣冲到会情形，且从下回叙明。

冯、段两人，遭袁氏之疑忌，至于途穷日暮，再请他登场，重演一出压台戏，非谚所谓急时抱佛脚者耶？冯、段不念旧恶，犹为袁氏竭力帮忙，一组内阁，一开会议，平心论之，未始非友道可风。然内则帝尊具存，外则人心已涣，徒恃一二人之笔舌，亦安能骤事挽回？昔人有言："小人之使为国家，菑害并至，虽有善者，亦无如之何矣。"况冯、段乎？而倪、张更无论已。

第七十一回

陈其美中计被刺　陆建章缴械逃生

却说倪嗣冲带兵至宁，意欲仗着兵力，迫胁各省代表，仍承认袁世凯为大总统。五月十九日，开第二次会议，倪昂然莅会，代表安徽，出席宣言道："总统退位问题，关系全局安危，倘或骤然易位，恐怕财政、军政两方面，必有危险情事发现出来，所以愚见仍推戴袁总统，请他留任为是。"言甫毕，山东代表丁世峄起言道："倪将军的高见，鄙人非不赞成，但自袁总统热心帝制，种种行为，大失信用，即袁总统也自知错误，已有去意，难道中国除了袁总统，便没人维持大局么？"颇有胆识。倪嗣冲闻言变色道："项城下台，应请何人继任？"丁世峄尚未及答，与丁偕来的孙家林，便从旁答言道："自然应属副总统，何消多问。"明白爽快。倪怒目视丁、孙两人道："你两人是靳将军派来么？靳将军拥护中央，竭诚报国，为何派你二人到来？你二人莫非私通南军，来此捣乱不成？"不如你意，便硬指他犯上作乱。丁、孙两人正要答辩，那湖南代表陈裔时，已起立道："古人有言，君子爱人以德，倪将军毋太拘执，应请三思！"湖北代表冯賮、江西代表何恩溥等，亦应声道："敝代表等也有此意。"倪嗣冲见反对多人，怒不可遏，竟投袂奋臂道："袁总统离位一日，中国便捣乱一日，我只知挽留袁总统，若有异议，就用武力解决。"全是蛮话，试思袁总统尚然在位，何故扰乱至此，劳你会议耶？丁世峄、孙家林等冷笑道："既须凭着武力，何用开此会议哩？"冯国璋时在主席，睹这情形，恐惹出一场争闹，遂出为调人道："诸君不必徒争意气，须知能战然后能和。今南方五省，已极端反抗中央，就使项城退位，他也必有种种要求，继任的总统，恐也难一律应诺，将来仍不免相争。国璋始终主和，但欲和平解决，亦应先准备武力，免令南方轻觑，要挟不情。各代表诸公，以为何如？"这一席话，才引出燕、奉、吉、豫、热、夏诸代表同声赞成。冯复议及兵力、财力二问题，燕、奉、吉、豫等代表，或愿出若干兵队，或愿认若干军饷，余代表多托词推诿。山东、江西、两湖各代表，且默不一言。冯国璋料难裁决，乃宣告散会，越宿再议。

次日复齐集会场，各代表多主和不主战，冯、倪也不便力辩。至提及总统问题，大众拟付国会表决，冯却游移两可，倪独不以为然。越日，再开第四次会议，仍无结果。徐州代表李庆璋，倡言南中虽然独立，并非自外中国，既为和平解决起见，不如令他派遣代表，同到此处议决，方期一劳永逸。这数语颇得多数赞成，遂由李主稿电达独立各省，静候复音。至散会后，他竟随着倪嗣冲扬长去了。不数日，即有张辫帅一篇通电，其文云：

　　据散处代表回徐报告，此次江宁之会，业经各代表次第宣言，知各省军民长官，多数以拥护中央、保存元首为宗旨，是退位问题，已属无可讨论。仍是你一人自说。且由冯上将军主张，欲求和平，非先以武力为准备不可，所有应备军旅饷项，并经各代表预先分别担任，敌忾同仇，可钦可敬。乃鲁、湘、鄂、赣诸代表，多方辩难，展转波折，故甚其辞，显见受人播弄，暗中串合，故与南方诸省，同其声调，必非该本长官所授本意。况靳、汤、王、李诸将军，公忠国体，威信久孚。或军当困难，百折不回，或地处冲繁，一心为国，勋处屡接来电，莫不慷慨淋漓，令人起敬。而该代表竟敢擅违民意，妄逞词锋，实属害群之马，允宜鸣鼓而攻。虽现在电致南方各省，令派代表到宁与议，复电能否依从，尚难遽定，而我方内容，有不可不加整饬，以求一致。诚以退位问题，关系存亡，非特总统人才，难以胜任，即以外交军政财政而论，险象尤难罄述。如果国本轻摇，必沦胥俱尽。即使南方各省，果派代表到宁与议，亦当一意坚持，推诚相告，如不见听，即以兵戈。倘内容不饰，先馁其词，则国家之亡，有可立待。用此通电布告，愿我同胞，共相切磋。设有非此旨者，即以公敌视之可也。临电迫切，无暇择言。勋印。

张辫帅虽有此电，各省长官，仍然徘徊观望，不甚赞成。山东、两湖等省，且潜图独立，云、贵、两粤等，更不消说，简直是置诸不理罢了。惟当南京会议期间，却有一个革命党魁被刺上海，相传由袁皇帝贿嘱刺客，赴沪设法，用了若干心力，才得报功。究竟被刺的是何人？行刺的又是何人？待小子叙了出来，便有分晓。

小子于前文中，曾说过沪上一带，多藏着民党踪迹，就中首领，要算陈其美。从前肇和兵舰的变动，与镇江、江阴的独立，都由他一人指使，不但袁政府视为仇敌，就是南京上将军冯国璋，也加意防备，随时侦探密查。陈其美却不肯罢休，仍拟伺隙进行，只因资财支绌，未免为难。凑巧党人李海秋介绍两个阔客，一个叫做许谷兰，一个叫做宿振芳，统说是煤矿公司的经理。这煤矿公司，牌号鸿丰，曾在法租界赁屋数幢，暂作机关，形式上很是阔绰。两人与陈见面后，约谈了好几个时辰，真个彼此倾心，非常亲昵。嗣后常相过从，联成知己。陈有时与他晤谈，免不得短叹长吁，两人问他心事，他遂和盘托出，一一告知。两人顺口道："我等虽是商人，却也怀着公义，可惜所有私蓄，都做了公司的股本了。现在未知公司的股单，可否向别人抵押？如有此主顾，那就好换作现银，帮助民军起义呢。"陈其美不禁跃然道："两君为公忘私，真足令人起敬。我且与日商接洽，若可暂时作抵，得了若干金，充做军饷，等到成功以后，自当加倍奉还。"天下有几个卜式，陈其美何不小心？两人唯唯告别。

过了数日，陈已与日商洋行议定押款，即至鸿丰煤矿公司，与许、宿两人面洽。两人并不食言，约于次日送交股单，亲至陈寓签字。陈以午后为期，两人允诺，随邀陈入平康里，作狎邪游。由许、宿两人，作了东道主，他即坐了首席，开怀畅饮，猜拳行令，赌酒听歌，直饮到月上三更，方才回寓。这是送往阎家的饯行酒。翌日起床，差不多是午牌时候，盥洗既毕，便吃午餐，餐后在寓中守候，专待许、宿到来。俄听壁上报时钟，已咚咚的敲了两下，他暗中自忖道："时已未正了，如何许、宿两人，尚未见到？难道另有变卦么？"又过了二十分钟方有侍役入报道："许、宿二公来了。"陈忙起身出迎，但见两人联袂趋入，即含笑与语道："两君可谓信人。"一语未毕，忽觉得一声怪响，震入脑筋，那身子便麻木不仁，应声而倒。等到怪声再发，那陈其美已魂散魄荡，驰入鬼门关去了。许、宿二人见已得手，一溜烟跑出门外，急向原来的汽车，一跃而上，开足了汽，好似风驰电掣一般，逃窜去了。是时陈寓内的侍役，闻声出视，见陈已僵卧地上，用手一按，已无气息，但见脑浆迸裂，尚是点滴不住，仔细瞧着，脑壳已被枪弹击破，弹子从脑门穿出，飞过一旁，圆溜溜的摆着，赶忙出外睁望，那凶手已不知去向，于是飞报党人，四处邀集。大家见陈惨死，不免动了公愤，一面购棺敛尸，一面鸣捕缉凶，好容易拿住许、宿两犯，由法捕房审讯，许、宿语多支吾，毫无实供。嗣经再三鞫问，许供由南京军官嘱托，宿供由北京政府主使，究竟属南属北，无从讯实，结果是杀人抵罪，把许、宿问成死刑罢了。南北统不免嫌疑。

袁世凯闻陈已刺死，除了一个大患，自然欣慰，不意陕西来一急电，乃是将军陆建章及镇守使陈树藩联衔，略说是：

> 秦人反对帝制甚烈，数月以来，讨袁讨逆各军，蜂起云涌。树藩因欲缩短中原战祸，减少陕西破坏区域，业于九日以陕西护国军名义，宣言独立，一面请求建章改称都督，与中央脱离关系。建章念总统廿载相知之雅，则断不敢赞同，念陕西八百万生命所关，则又不忍反对。现拟各行其是，由树藩以都督兼民政长名义，担负全省治安，建章即当遄返都门，束身待罪，以明心迹。

老袁瞧到此处，把电稿抛置案上，恨恨道："树藩谋逆，建章逃生，都是一班负恩忘义的人物，还要把这等电文，敷衍搪塞，真正令人气极了。"你自己思想，能不负恩忘义否？嗣是忧愤交迫，渐渐的生起病来。小子且把陕西独立，交代清楚，再叙那袁皇帝的病症。

原来陕西将军陆建章，本是袁皇帝的心腹，他受命到陕，残暴凶横，常借清乡为名，骚扰里闾。见有烟土，非但没收，还要重罚，自己却私运鲁、豫，贩售得值，统饱私囊。陕人素来嗜烟，探知情弊，无不怨恨。四月初旬，郃阳、韩城间，忽有刀客百余名，呼聚攻城，未克而去。既而党人王义山、曹士英、郭坚、杨介、焦子静等，据有朝邑、宜川、白水、富平、同官、宜君、洛川等处，招集土豪，部勒军法，举李岐山为司令，竖起讨袁旗来，陕西大震。陆建章闻报，亟饬陕北镇守使陈树藩往讨。树藩本陕人，辛亥举义，他与张钫独立关中，响应鄂师。民国成立，受任陕南镇守使，驻扎汉中。至滇、黔事起，陆建章恐他生变，调任陕北，另派贾耀汉代任陕南。树藩已逆知陆意，移驻榆林，已是怏怏不悦，此次奉了陆檄，出兵三原，部下多系刀客，遂进说树藩，劝他反正。树藩因即允许，乃自称陕西护国军总司令，倒戈南向，进攻西安。

陆建章又派兵两营，命子承武统带，迎击树藩。甫到富平，树藩前队，已见到来，两下交锋，约互击了一小时，陕军纷纷败退。树藩驱兵大进，追击至十余里，方收兵回营。承武收集败兵，暂就中途安歇一宵，另遣干员夤夜回省，乞请援军。哪知时至夜半，营外枪声四起，吓得全营股栗，大众逃命要紧，还管什么陆公子。陆承武从睡梦中惊醒，慌忙起来，见营中已似山倒，你也逃，我也窜，他也只好拼命出来，走了他娘。偏偏事不凑巧，才出营门，正碰着树藩部下的胡营长，一声喝住。那承武的双脚，好似钉住模样，眼见得束手受擒，被胡营长麾下的营弁活捉了去，捉住一个豚犬，没甚希罕。当下牵回大营。陈树藩尚顾念友谊，好意款待，只陆建章闻着消息，惊惶的了不得，老牛舐犊。急遣得力军官，往陈处乞和，但教家人父子，生命财产，保全无碍，情愿把将军位置，让与树藩，且将所有军械，一概缴出。陈树藩总算照允，便于五月十五日，带着陆承武，竟入西安。陆建章出署相迎，一眼瞧去，承武依然无恙，树藩却格外威风，前后左右，统有卫军护着，比自己出辕巡阅，还要烜赫三分。

看官！你想此时的陆建章，已是余威扫地，不得不装着笑脸，欢迎树藩。曾否自知惶愧？树藩乐得客气，下马直前仍向陆建章行了军礼。建章慌忙答让，彼此握手入署，承武亦随了进去。两下坐定，树藩将兵变情形，略述一遍，并言："胡营长冒犯公子，非常抱歉。"陆建章也婉词答谢。树藩复道：

"现在军心已反对中央，将军不如俯顺舆情，改任都督，与南方护国军联同一气，维持治安，树藩等仍可受教。"建章迟疑半晌，方道："我已决计让贤，此处有君等主持，当然不至扰乱了。"始终不肯背袁，也算好友。树藩道："将军既不愿就职，公子尽可任事。"建章道："儿辈无知，恐也不胜重任呢。"树藩方提及缴械问题，由陆建章允行，约于十七日照办。树藩退出，到了十七日，树藩复带兵至将军署，先与陆建章议定电稿，拍致北京，小子已录载上文，毋容赘说。电既发出，然后由建章出令，饬所部军队，一齐缴械，归陈军接受。缴械已毕，树藩仍委陆承武为护国军总司令，并编自己部属为二师，用曹士英为第一师长，李岐山为第二师长，自称陕西都督兼民政长，布告全省，宣言独立，秦中粗安。

陆建章收拾行装，共得辎重百余辆，即于五月二十日挈领全眷，退出西安。陈树藩派兵护送，才出东门，不意陈军中有一弁目瞧着若干辎重，未免垂涎起来，当下自语同侪道："这等辎重，都是本省的民脂民膏，今被陆将军捆载了去，他好安享后福，我陕民真苦不胜言哩。"为这一句话儿，顿时激动全体，大家喧呼道："何不叫他截留？他是来做将军，并不是来刮地皮，如何有这许多行李呢？"陆建章虽然听着，也只好装聋作哑，由他喧闹。偏是卫队数十名，闻言不服，竟与陈军争执起来。陆建章喝止不住，但听陈军齐呼道："兄弟们快来！"一语才毕，大众一拥而上，把所有辎重百余辆，抢劫一空。还有陆氏的妻妾子女，也被他东牵西扯，任意侮弄。所戴的金珠首饰，统已不翼而飞。陆建章叫苦不迭，就是几十名卫队，也自知众寡不敌，只好袖手旁观，任他劫掠。小子有诗叹道：

> 悖入非无悖出时，临歧知悔已嫌迟。
> 小惩大诫由来说，到底贪官不可为。

欲知陆建章如何启行，且至下回续叙。

　　陈其美之被刺沪上也，全属袁政府之辣手，与宋渔父、林颂亭诸人，惨遭狙击，万众含悲，同可痛惜者也。陆建章为袁氏爪牙，加虐秦民，得赃累累。至树藩独立，彼为保全身家计，乃愿缴械辞官，若辈之目的，唯一金钱而已，金钱到手，余不足恤，或谓其为袁效忠，尚非确论。至于退出西安，辎重被劫，妻妾子女，亦受侮辱，眼前报应如此其速，奈何世之见利忘义者，尚沉迷而不之悟乎？揭而出之，为军阀戒，办著书人之苦心也。

第七十二回

好迁怒陈妻受谴　硬索款周妈生嗔

却说陆建章出城被劫，数年蓄积，一旦成空，又累得妻妾子女，抛头露面，无端受辱，真是哑子吃黄连，说不出的苦楚。还亏陈树藩得知此信，忙饬兵官到来，夺还若干辎重，畀他启行，才得惘惘登程，挈眷去讫。

袁世凯闻陕西独立，不得不发兵对付，可奈中央已无兵可遣，无饷可筹，所有中、交两银行，已被梁财神任意提用，现款殆尽。五月十二日，且有两行钞票，停止兑现的阁令。京中金融，大起恐慌，不但银币无着，连铜币也无从兑换，商民怨声载道，统归咎段国务卿，其实都是梁财神的计策。他因两行纸币，充塞街衢，倘或群来兑现，势必无从应付，所以先发制人，密拟停止兑现的命令，迫段盖印。段祺瑞明知不便，但上受袁制，下被梁迫，阁员又多半梁党，均附梁议，没奈何盖印颁行。当时都下相传，称为段内阁的经济政策。<small>为梁受谤，似不能不替段鸣冤。但段既出组责任内阁，如何仍用帝制余孽？自诒伊戚，不得辞咎。</small>

自此令发布，袁政府的信用，越觉扫地，一切调遣，多不奉命。老袁没法，不得不从外面着想，饬倪嗣冲转调倪毓棻军，自湘移陕，<small>应五九回。</small>倪嗣冲复电遵行。既而山东将军靳云鹏，迭致警电，一电说民党吴大洲等，入据周村，自称护国军山东都督，一电说革命党居正等，入据潍县，自称东北军总司令。着末又有一电，是劝老袁即日退位，免致糜烂等语。老袁忧愤益迫，遂令靳速即来京，面陈鲁事，将军一缺，命张怀芝暂行代理。是时段芝贵已出任奉天将军，袁复调他入鲁，为严剿计。一方面是待交卸，一方面是要启行，断非一日两日，可以照办，而且全国警电，纷达京师，不是痛骂，就是劝退，害得老袁又气又愁，急成一种尿毒症，每遇小便，非常痛苦，延医服药，毫不见效。虽是忧愤成疾，然未始非平时渔色所致。

徐世昌系念朋情，入府探疾，袁与详述病源，徐即推荐前御医陈莲舫，劝袁召治。袁即如言召陈，至陈入京诊视，略言："脏腑伏毒，已是有年，今适暴发，为祸甚烈，些须药石，恐难奏功。"袁复乞问良方，陈医士乃写了数语，呈袁自阅。看官！道是什么方法？他说："现时救急良方，只有每次溲溺后，须用人口吮咂，舐去毒液。当未吮咂时，先用清水麻油漱口，除去口中热毒，方可吮含，徐徐舐去毒液，或可稍奏微效。"老袁点首无语。待陈医退出，即召众姜入室，令之如法施行。众姜都有难色，你看我，我看你，大家不发一言。有爱情者，其如此乎？令人一叹。老袁不禁懊恼起来，便道："你等太没良心，难道坐视我死么？"众姜仍然无语。此时洪、周两姨，何亦反舌无声？老袁顾着众姜，较量一番，又开口道："还是汪姨、香儿、翠媛三人罢。"何不叫洪、周两姨充役。三姜听到此语，都快快不悦，奈又不好推辞，只得勉强应命。每遇老袁溲溺，由三姜轮流吮咂。其味何如？舌舐稍重，老袁即痛彻肺腑，呻吟不已。有时痛到极处，且乱挞三姜，三姜无从呼冤，只把那陈医士的姓名，背地呼骂，稍稍泄忿。过了半月，老袁的尿毒症，果然少瘥，三姜私相庆幸，得免污役。五月二十三日，轮着翠媛值差，自昼至夜，不劳吮咂。老袁因她逐日辛苦，加意温存，傍晚即在翠媛室中，闲谈一切，且就与翠媛共桌晚餐。

方两人对酌时，由安女官长送入电报一则，呈与老袁。老袁不瞧犹可，瞧了一遍，不觉怒发如雷，提起手中杯盏，向女官长掷了过去。安女士把头一偏，那杯子豁喇一声，跌得粉碎。翠媛莫名其妙，急忙起座，至老袁座侧，来阅电文。哪知老袁复随携一碗，向翠媛掷来。翠媛赶紧躲闪，已是不及，左额角间，被碗擦过，顿时皮破血流，痛不可耐。安女士时已溜出，传呼婢媪，趋入数人，一见翠媛受伤，忙取了创伤药，替她敷上，且乘便就翠媛腰间，扯出白方巾，代为包裹。扎束方就，被老袁瞧着，尚怒向婢仆道：“我尚未死，你等便用了白布，与她缠首，莫非要咒我死么？”语已，竟起身四觅，得了一个门闩，左敲右击，把婢仆打得落花流水，方释手出室。可怜婢仆等无端受扑，多半头青肤肿，怨苦连声。惟转念老袁平日，待遇下人，尚属宽仁，此次忽尔反常，好似疯狂一般，又不由的猜疑起来。反常则死，此即袁氏死征。于是出室探查，侦得老袁高坐内厅，面含愠色，究不知为着何事？

待过了一小时，忽来了一个命妇，约有三四十岁，踉跄入厅，跪谒老袁，大家从外遥望，见这命妇非别，乃是于夫人的义女，四川将军陈宧字二庵的正室。迭布疑团，令人莫测。原来陈宧生平，与正妻不甚和协，所以就职入川，只令二三姬妾随行，把正妻撇在京中。惟陈妻素性笃实，凤承于夫人宠爱，视同己女，因此时常入宫，聊慰岑寂，或至数日始返。宫中眷属，竟呼她为大小姐，各无闲言。此次老袁传召，自然奉命前来，一入内厅，仰见义父尊容，已觉可怕，不禁跪下磕头。老袁愤愤道：“你知二庵近况否？”上文特书陈宧表字，便为此语埋根。陈妻答称未知。老袁厉声道：“他已与西南各省的乱党，同一谋逆了。”你叛民国，莫怪人家叛你。陈妻惊讶失措，支吾答道：“他……他受恩深重，当不至有此事，想系传闻错误的缘故。”老袁不待词毕，便从袖中取出一纸，掷向地上，并呵叱

道："你尚为乃夫辩护么？他有电文在此，你去一瞧！"陈妻
拾起电文，两手微颤，紧紧捧阅，但见上面写着：

北京国务院统率办事处鉴：宦以庸愚，治军巴蜀，痛
念今日国事，非内部速弭争端，则外人必坐收渔人之利，
亡国痛史，思之寒心。川省当滇、黔兵战之冲，人民所受
痛苦极巨，疮痍满目，村落为墟。忧时之彦，爱国之英，
皆希望项城早日退位，庶大局可得和平解决。宦既念时局
之艰难，又悚于人民之呼吁，因于江日即五月三日。径电
项城，恳其退位，为第一次之忠告，原冀其鉴此忱悃，回
易视听，当机立断，解此纠纷。乃复电传来，则以妥筹善
后之言，为因循延宕之地。宦窃不自量，复于文日即十二
日。为第二次之忠告，谓退位为一事，善后为一事，二者
不可并为一谈，请即日宣告退位，示天下以大信。嗣得复
电，则谓已交由冯华甫在南京会议时提议。是项城所谓退
位云者，决非出于诚意，或为左右群小所挟持。宦为川民
请命，项城虚与委蛇，是项城先自绝于川，宦不能不代表
川人，与项城告绝。自今日始，四川省与袁氏个人，断绝
关系。袁氏在任一日，其以政府名义处分川事者，川省皆
视为无效。至于地方秩序，宦有守土之责，谨当为国家尽
力维持。新任大总统选出，即奉土地以听命，并即解兵柄
以归田，此则区区私志，于私于公，以求无负者也。皇天
后土，实闻此言，谨露布以闻！中华民国五年五月二十二
日四川都督陈宦印。

陈妻阅毕，无词可答，禁不住流下泪来。妇女们惯作此腔。
老袁又道："我改元洪宪时，他未尝独立，今我已取消帝制，
他却独立起来，我不晓得他是什么用意？难道我的总统位置，

他不肯承认吗？别人与我反对，还属可恕，你夫的功名富贵，统是我亲手拔擢，今竟宣布独立，太属负恩，我恨不手刃了他，泄我忿恨。现在他居四川，我不能拘他到京，只有将你为质，你若自己要命，即应发电至川，令他即日到来，束身归罪，否则你夫一日不来，你一日不得卸责。"言至此，即叫入女官道："你把她牵了出去，幽禁别室，休得放走！"女官领命，即将陈妻扶出，引至一间僻室中，令她居住。陈妻无奈，只好央告女官，通报于夫人，从旁解劝。女官倒也应允，遂向于夫人报告。于夫人颇出了一惊，立呼侍婢吩咐道："你快去传语陈夫人，只说是：我甚挂念，本拟代为缓颊，因我与老头儿不睦，恐难为力，不如转求洪姨太太罢。"皇后势力，不及妃子，这是古今通病。侍婢奉了主命，复去告知陈妻，陈妻复转托女官，向洪姨求情。洪姨一闻此事，便道："你放她回去罢了！"女官道："这……这事恐不便擅行呢。"洪姨道："有我担当，怕他什么！"毕竟要算红姨太。女官方应声而出，竟将陈妻释归。

　　翌日，洪姨竟报闻老袁。老袁怒道："你敢破坏我法令么？"洪姨却含笑道："妾闻罪不及孥，古有明训，就使陛下晋位为帝，亦当效法前王，况仍为民国元首呢？"老袁又怒道："我已有令，不准你等再称陛下，及万岁爷等名词，如何你又犯禁？"洪姨复笑道："古称皇帝为元首，今亦称总统为元首，元首可以并称，陛下亦何不可并呼？"老袁听了，颇属有理，便稍稍开颜道："你可为善辩了。"无非喜她恭维。洪姨又道："陈夫人伉俪不睦，人所共知，陈宦独立，夫人哪得与闻？陛下以为锢住了她，可以牵制陈宦，妾料陈宦闻妻受罪，方且感激不遑，陛下奈何为宦杀妇，令宦暗笑？"舌上生莲，我也佩服。老袁不觉点首，只口中尚大骂陈宦，闹个不休。洪姨复劝慰数语。老袁乃至办公室，召集段祺瑞等，商议四川事宜。结局是免去陈职，令周骏督理四川军务，曹锟督办四川防务。张敬尧帮办四川防务，当即拟定命令，盖印发出，然后还宫。

一入宫中，忽来了一个老婆子，说是从湖南到来，有要事面陈总统。老袁急忙召见，那老婆子便大模大样的走了进来，一见老袁，但把双手捧合，作了敛衽的模样，一面道了"总统万福"四字。老袁就询问道："湘老可好？"老婆子旋答言："仰托洪福。"两语说毕，便呈上一函，由老袁亲自展阅。小子乘老袁阅书，无词可述的时候，就把那老婆子的来历，略叙数言。

这位老婆子姓周，乃是湘南名士王闿运的家人，朝侍案，暮荐枕，名义上唤做主仆，实际上不啻夫妻。王闿运表字湘绮，自称湘绮老人，前时在京，老袁曾令为国史馆长，后来选任参政，亦列入大名。惟他是前清老翰林，脑筋中尚怀着清恩，有心复辟，凡老袁一切举动，却是未曾赞成。尝戏撰总统府对联，上联云："民犹是也，国犹是也，何分南北？"下联云："总而言之，统而言之，什么东西！"确是妙句。这联语脍炙人口。到了帝制发生，他即乞假还乡，与这位周妈妈，消磨那清闲岁月。后来老袁强奸民意，凡政绅军商各界，无不有请愿书，独者硕遗老，尚付阙如．老袁想到王闿运身上，意欲借重大名，列表劝进，遂密电湖南将军汤芗铭，嘱他与王关说。王索代价洋三十万元，方能从命。*一定十万，此老也会敲竹杠。*汤芗铭以索价太奢，不敢做主，电复老袁，请示办法。老袁竟愿如所请，立电汤如数拨给，准就应解公款项下扣除。汤急切不能筹垫，勉强挪凑，只得十余万元，乃与王磋商，先付半数，余俟项城登极后，一并交清。王允如约，惟索得债券而去。后来帝制取消，王恐是款无着，即向汤处催索。汤谓帝制无成，当然废约。王不甘割舍，竟遣周妈入京，函致老袁，直接索款。哪知这位汤将军，早已报称全缴，并未言止给半数。

　　老袁看了王函，不免惊疑，便语周妈道："是款据汤将军报告，早已如数交清，奈何来函所称，还有一半未缴？难道是汤将军捏词虚报，还是你家主人，与我恶作剧么？"周妈道："这又奇了。我家老王，若已如数收清，还要遣老妇来做什么？倘谓我老王另有别情，何不将已交半数，一并赖去呢？"语有芒刺。老袁急易说道："既如此，待我电询汤将军，俟有复音，再行核夺。我与你主人多年老友，你在此闲逛数天，尽属无妨。"周妈方才称谢，老袁即命女官引导周妈，送至洪姨处住宿，并传语优礼相待。

　　周妈一见洪姨，也不暇施礼，便道："这位好姐姐，仿佛天仙一般，想是几世修来，才得住此。"洪姨也笑语相答，周妈又说短论长，语多滑稽，引人解颐，但鄙俗中却带着三分风雅，不似那《石头记》中的刘姥姥，一味粗鲁，想其受教于湘绮也久矣。因此洪姨与她叙谈，倒也不觉讨厌，且反引她至各处游玩。她到一处，赞一处。竟称新华王气，比众不同，惟见了袁氏姬妾，年纪较长的呼做嫂嫂，年纪较轻的呼做姐姐，各姬妾听她语无伦次，不禁暗笑，但由老袁传嘱优待，自然不敢怠慢，就是遇着于夫人，也以平辈相处。于夫人素来忠厚，周妈妈又悉本天真，两下相谈，颇称莫逆。自是日间与各人会叙，说也有，笑也有，娓娓不倦，又善谈乡曲遗闻轶事，耐人清听。夜间住在洪姨室中，安安稳稳的过了数日。

　　巧值老袁至洪姨室内，面目间很是懊丧，洪姨正欲启问，周妈却先开口道："汤将军有否复音？"老袁沉着脸道："他已独立了，我去问他，他简直没有答复。"湖南独立事，即从老袁口中带叙。周妈道："我家老王事，当如何裁处？"老袁道："无论此款是否交齐，就是有一半未缴，我事已完全失败，你主人何必斤斤计较？"周妈道："咦！大总统此语，未免欺人了。我家老王，前日列名劝进，不过敦促成事，并非担保成功。今日帝制不成，大总统就要食言，倘或竟登大宝，我老王能要求例外的权利么？况日前的请愿书，乃是大总统授意，并非我老王干请，大总统言出必行，怎忍反汗？今汤将军已经独立，总统更可晓得汤氏的心思，他得做将军，想总是总统的特恩，这且悍然不顾，昧金事更不必说了。且老妇住在宫中，未悉外间情事，今闻湖南独立，致起忧疑，我家老王，年越八旬，平时出入，必须老妇扶持，此次特遣老妇来京，本是万不得已，不料省中竟有变端，他不知急得什么相似，还乞大总统即日付款，俾老妇归遗老人，想老王也深感厚情呢。" 不愧广长舌。老袁踌躇多时道："你既眷念主人，即欲回去，我亦不便强留，惟所索款项，现时尚难报命，容俟他日汇寄。"周妈道："老妇跋涉长途，来此取款，若徒手空回，如何对付老王？这事务求原谅！"老袁始终不肯，周妈再三固请。老袁不耐噪聒，忿然作色道："我不给你主人款项，你将奈何？"周妈道："不给我款，宁死不去。"老袁道："你不肯去，我便逐你。"周妈道："你要逐我，我也弗怕。"老袁道："我将杀你，你可怕么？"周妈至此，不能再忍，竟厉声道："你要杀我，请你就杀，你要我主人劝进，许给若干金银，今我主人遣我来索，你不但靳款不付，反欲将我杀死，哼哼！你的手段，也算太辣了。你未做皇帝，就有这般威虐，他日做了皇帝，我湖南人统要灭族了。你既有此杀人手段，何不向西南各省，把什么唐继尧，什么蔡锷等，杀个净尽，得遂你愿？今乃欲甘心老妇，把我杀死，岂不是小题大做，欺软怕硬么？"说至此，更放声大哭，且哭且语，自言老王给我入京，使我一副老皮囊，葬身异地，真正可怜。老袁面前，只可用此手段对付。洪姨见她泼辣情状，恐闹得不成话儿，只得从旁解劝，婉言排解，老袁含怒出去。一生威福，反不行于老妇。

　　众姬妾闻声走视，见周妈箕踞地上，尚是啼哭不止，大家做好做歹的劝了一回，方才收泪，且语诸姬道："我在王家多年，曾见你总统的族祖袁甲三，与我老王为忘形交，老王至袁家饮宴。彼时总统尚是小孩子，嬉憨跳掷，何等活泼？我老王摩顶笑道：'此儿他日必大贵。'不意今日果做了总统，且欲改做皇帝，众位嫂嫂姐姐们，试想袁、王两家，何等交情？就是老妇今日，受命前来，要向袁总统借若干万金，他亦应即日照付，何况是欠款不缴哩？"似有至理。众姬妾也不好与辩，无非说是再待数日，当拟缴清。周妈乃转悲为喜，复阅两三天，仍与洪姨商议，乞她筹划。洪姨本司老袁家账，没奈何支出纸币数万元，并给现银若干，畀作川资，周妈方告别南归。小子有诗此事道：

　　　　拼生争得巨金回，老妇居然一使才。
　　　　我为名流犹叹惜，累名毕竟自贪财。

　　周妈南归以后，究竟湖南曾否独立，且俟下回说明。

　　　　本回宗旨，在川、湘独立，却用陈妻、周妈两事掩映成文，此为旁敲侧击之法，所以避上文西南各省之重复，而别开生面，令人悦目者也。然陈妻之得释，由洪姨遣之，周妈之得款，亦由洪姨付之，洪姨太之势力，至于如此。幸袁氏不得为帝，且即病死耳，否则洪姨不为吕、武，亦将为赵飞燕、杨玉环之流亚，袁氏虽欲不亡，亦不可得也。人第知袁氏之误由于六君子、十三太保，不知尚有一红姨太。阅者试前后参观，乃知哲妇倾城，其为祸固不亚宵小也已。

第七十三回

论父病互斗新华宫　托家事做完皇帝梦

却说湖南将军汤芗铭，与四川将军陈宧，本皆袁氏心腹，只因云、贵义师，直逼境内，不得不变计求安。陈于五月二十二日，宣布独立，汤犹在却顾中。是时零陵镇守使望云亭，已早与桂军联合，在永州宣告独立，自称湘南护国军总司令，且有电致汤，劝他速定大计，毋容瞻徇等语。汤正焦急万分，适宣慰使熊希龄到省，两下商议，想出一策，联名电达中央，要求撤退北军，免延战祸。老袁复电照准，既而又有悔心，仍令北军驻湘，且调倪毓棻军，回防湘境，另派雷震春赴陕。倪至岳州，汤执前说力争，倪不得入，乃率兵退去。五月二十四日，湘西镇守使田应诏，又在凤凰厅独立，自称湘西护国军总司令。于是汤芗铭为势所迫，不得已宣布独立，劝袁退位。第一电拍致老袁，其词云：

> 北京袁前大总统钧鉴：前接冯上将军通电，吁请我公敝屣尊荣，诚见我公本有为国牺牲之宣言，信我公之深，爱我公之挚，以有此电。循环三复，怦怦动心。国事棘矣，祸机丛伏，乃如万箭在弦，触机即发，非可以武力争也。武力之势力，可以与武力相抗，今兹之势力，乃起于无丝毫武力之人心。军兴以来，徧国中人，直接间接，积极消极，殆无一不为我公之梗阻。芗铭武人，初不知人心

之势力乃至于此，即我公亦或未知其势力之遽至于此。既已至此，靖人心而全末路，实别无他术，出乎敛屣尊荣之上。我公所谓为国牺牲者，今犹及为之，及今不图，则我公与国家同牺牲耳。议者谓我公方借善后之说，以为延宕之计，诚不免妄测高深。顾我公一日不退，即大局一日不安，现状已不能维持，更无善后之可言。湘省军心民气，久已激昂，至南京会议，迄无结果，和平希望，遥遥无期，军民愤慨，无可再抑。兹于二十九日，已徇全湘众民之请，宣布独立，与滇、黔、桂、粤、浙、川、陕诸省，取一致之行动，以促我公引退之决心，以速大局之解决。芗铭体我公爱国之计，感知遇之私，捧诚上贡，深望毅然独断，即日引退，以奠国家，以永令誉。曾任干冒，言尽于斯。汤芗铭叩。

第二电更加愤激，直欲与老袁开战。其词云：

自筹安会发生，枢府大僚，日以叛国之行为，密授意旨，电书雨下，怵诱兼至，傀儡疆吏，奴隶国民，畴实使然？路人共见。芗铭忍尤含垢，眦裂冠冲，以卵石之相悬，每徘徊而太息。天佑中国，义举西南，正欲提我健儿，共襄大举，乃以瘠牛全力，压我湖湘，左掣右牵，有加无已。现已忍无可忍，于本日誓师会众，与云、贵、粤、桂、浙、陕、川诸省，取一致之行动。须知公即取消帝制，不能免国法之罪人。芗铭虽有知遇私情，不能忘国家之大义。前经尽情忠告，电请退位息争，既充耳而不闻，弥拊心而滋痛。大局累卵，安能长此依违？将士同胞，实已义无反顾。但使有穷途之悔悟，正不为其豆相煎，如必举全国而牺牲，惟有以干戈相见。情义两迫，严阵上言。汤芗铭叩。

看官！你想陈宦、汤芗铭两人，受袁之恩，算得深重，至此尽反唇相讥，恩将仇报，哪得不气煞老袁？老袁所染尿毒症，至此复变成屎毒症，每届饭后，必腹痛甚剧。起初下浊物如泥，继即便血，延西医诊视，说他脏腑有毒，唉以药水，似觉稍宽。越日，病恙复作，腹如刀刺，老袁痛不可耐，连呼西医误我，隆裕以腹疾致死，老袁亦以腹疾亡身，莫谓无报应也。乃另聘中医入治。中医谓是症乃尿毒蔓延，仍当从治尿毒入手，老袁颇以为然，亟命开方煎服。服了下去，肠中乱鸣，亟欲大解，忙令人扶掖至厕，才行蹲坐，北方大小便，皆至厕所。忽觉一阵头晕，支持不住，一个倒栽葱，竟堕入厕中。侍役连忙扶起，已是满身污秽，臭不可近。各姬妾闻报往视，闻着一大阵臭气，连掩鼻都不来及，哪里还敢近前？独第八姜叶氏，不嫌腌臜，急替他换易衫裤，并用热水揩洗。老袁抚叶氏臂，呼呼叹息道："你平时沉默寡言，至今能独任劳苦，不怕臭秽，我才知你的心了。"叶氏之心，至此才知，无怪受人矇蔽，始终未能瞧破。叶氏为之泣下，老袁亦洒了几点痛泪。

至扶入寝室后，精神委顿不堪，闭目静卧、似寐非寐。但觉光绪帝与隆裕太后，立在面前，怒容可怖；倏忽间，变作戊戌六君子；又倏忽间，变作宋教仁、应桂馨、武士英、赵秉钧等；又倏忽间，变作林述庆、徐宝山、陈其美等；后来有无数鬼魂，面血模糊，统要向他索命的模样。这是心虚病魔，并非真个有鬼。他不觉大叫一声，吓得冷汗遍体，及启目四瞧，并无别人，只有叶氏在旁侍着，并低声问明痛苦，当即答言道："我不过精神恍惚，此外还没有什么痛楚，但你也很困乏了，如何不去休息？她们如何并不见来？"叶氏道："姊妹们都来过了，见陛下安睡，不敢惊动，所以退去。"老袁道："你何故未退?"叶氏忍着泪道:"天下可无妾,不可无公,妾怎忍退休?"老袁不禁欷歔道:"可惜我平日待卿,未尝稍厚,今日自觉愧悔哩。"

言未已,见闵姨进来,自思许多姬妾,惟闵氏资格最老,而且性情浑厚,从不闻她争论,只自己得了新欢,往往忘却旧爱,此时回溯生平,也觉抱歉得很。闵姨却近前婉询,很是殷勤,反惹起老袁许多怅触,便与语道:"你随我多年,好算是患难夫妻,今日我已病剧,恐怕要长别了。"闵姨道:"陛下何出此言?疾病是人生常事,静养数日,自然复原,何必过虑!"老袁道:"我年已望六,死不为夭,但回忆从前,诸多错误,就是待遇卿等,也觉厚薄不均。我死后,卿等幸勿抱怨。"闵姨呜咽道:"妾到此已二十多年,一衣一食,无不蒙恩,怎敢再生异想?但愿陛下逐渐安康,妾仍得托庇帷帘。万一不幸,妾……妾也不愿再生呢。"为下文自尽伏笔。说到末句,已是涕泪满颐,语不可辨。老袁此时,益觉悲从中来,痰喘交作。经叶、闵两姨,替他抚胸捶背,方略略舒服,蒙眬睡去。

既而诸子陆续入室,请安问疾,见老袁委顿情状,多半掩面涕泣。闵、叶两氏,恐惊扰老袁,嘱诸子退至外寝,静心待着。诸子退后,克文见乃兄形态,似乎不甚要紧,且面上亦并无泪容,不由的懊恼道:"阿兄!你知父病从何而起?"克定道:"无非寒热相侵,因有此病。"克文摇首道:"论起病源,兄实祸首。"克定沉着脸道:"我有什么坏处?"克文道:"父亲热心帝制,都由阿兄怂恿起来,今日帝制失败,西南各省,纷纷独立,连日接到电报,都是明讥热刺,令人难堪,你想阿父年近花甲,怎能受此侮辱?古语有云:'忧劳所以致疾',况且郁愤交集,怎能不病?"克定道:"我曾禀告父亲,切勿取消帝制,他不从我,遂致西南革党,得步进步,前日反对我父为帝，今日反对我父为总统，他日恐还要抄我家、覆我族哩。我父自己不明，与我何干！"好推得干净。克文冷笑道："兄不自己引咎，反要埋怨老父，可谓太忍心了。试思我父曾有誓言，决不为帝。为了阿兄想做太子，竭力撺掇，遂至我父顾子情深，竟背前誓。弟前日尝谏阻此事，不敢表示赞同，今日阿父抱病，弟亦何忍非议我父，致背亲恩。公义私情，各应顾到，兄奈何甘作忍人哩。"

是时克端亦在旁座，他与克定素有芥蒂，亦勃然道："大哥素无骨肉情，二哥说他什么？"克端性暴，故口吻如此。克定被二弟讥嘲，顿觉恼羞成怒，便大声道："你两人算是孝子，我却是个不孝的罪人，你等何不入请父前，杀死了我？将来袁氏门楣，由你等支撑，袁氏家产，也由你等处分，你等才得快意了。"克文尚未答言，克端已喧嚷道："皇天有眼，帝制未成，假使我父做了皇帝，大哥做了太子，恐怕我等早已就死。"克定不待说毕，竟恶狠狠的指着道："你是什么人，配来讲话？"克端也不肯少让，极端相持，几乎要动起武来。猛听得内室有声，指名呼克定入内。克定闻是父音，方才趋入，但听床内怒骂道："我尚未死，你兄弟便吵闹不休，你既害死了我，还要害死兄弟么？"说着，喘咳不止。克定见这情形，只好伏地认罪。待至老袁喘定，又指斥了数语，并召诸子入室，约略训责，挥手令退。

嗣是病势逐日加重，起初还传谕秘书厅，遇有紧要文件，必呈送亲阅。到六月初二三日，病不能兴，连文件亦不愿寓目。急得袁氏全眷，没一个不泪眼愁眉，就是向不和爱的于夫人，亦念着老年夫妻的情谊，镇日里求神拜佛，虔诚祷告，并愿减损自己寿数，假夫天年。虽是迷信，但也是一片至诚，可见老年人总尚足恃。各房姨太太，只与诸公子商量，不是请中医，就是请西医，结果是神佛无灵，医药无效，老袁不言亦不食，昏昏然如失知觉，鼾眠了一两天。到了六月五日辰刻，忽觉清醒起来，传命克定，速请徐东海入宫。克定即令侍卫往请，不一刻，东海到来，趋就病榻，老袁握住徐手，向他哽咽道："老友！我将与你永诀了。"徐东海尚强词慰藉，老袁长叹道："人生总有一死，不过我死在今日，太不合时。国事一误再误，将来仗老友等维持，我也顾不得许多了。只我自己家事，也当尽托老友，愿老友勿辞！"徐答道："我与元首系总角交，虽属异姓，不啻同胞，如有见委，敢不效劳。"老袁道："我死在旦夕，我死后，儿辈知识既浅，阅历未深，全赖老友指导，或可免辱门楣。"徐又答道："诸公子多属大器，如或询及老朽，自当竭尽愚忱，以报知己。"老袁闻言，命侍从召诸子齐集，乃一律嘱咐道："我将死了，我死后，你等大小事宜，统向徐伯父请训，然后再行。须知徐伯父与我至交，你等事徐伯父，当如事我一样，休得违我遗嘱！"诸子皆涕泣应命。老袁又顾徐东海道："老友承你不弃，视死如生，应受儿曹一拜。"徐欲出言推让，那克定等已遵着父命，长跪徐前。徐急忙挽起克定，并请诸子皆起。老袁道："一诺千金，一言百系，想老友古道照人，定不负所托呢。"

言至此，微觉气喘起来，好一歇不发一声。徐东海起身欲辞，老袁亟阻住道："老友且坐！我尚有许多事情，拟托老友，幸勿却去！"徐乃复坐。袁命诸子退出，令传召各姬妾入室，各姬妾依次毕集。去了一班，又来一班，东海老眼，恐被他惹得昏花了。老袁复指语道："这是我平生好友，我死后，你等有疑难情事，尽可请命老友，酌夺施行。如你等不守范围，我老友得代为干涉，诸子中有欺负你等，你等亦可禀白我友，静待解决，慎勿徒事争执，惹人笑谈！"既托诸子，又托诸妾，念念不忘家属，乌肯努力为公？只老徐无缘无故，代挑许多担子，却也晦气。各姬妾闻了此语，相对痛哭，老袁也不胜哽咽，连老徐也凄切起来。约过一二刻，老袁又命诸妾退出，悄语东海道："你看她们何如？"徐随口贡谀道："统是幽娴贞重的福相。"老袁微哂道："君太过奖了，这十数姬妾中，当有三种区别，周、洪二氏最号聪明，然性太阴刻，不足载福；你亦晓得么？闵氏、黄氏、何氏、柳氏，随我多年，当不至有他变，但性质庸柔，免不得受人欺弄，我颇为深虑；范氏、贵儿及尹氏姊妹，尚不脱小家气象，幸各有所出，将来或依子终身，不致中途改节；下至阿香、翠媛两人，年纪尚轻，前途难恃，我拟命我妇拿她回籍，加意管束，但我妇是否允负责任，她两人是否肯就钤制，这倒是一桩大难事，还乞老友开导我妇，曲为保全。"谁叫你年已望六，还要纳此少艾？徐亦随口允诺。

老袁又道："我徧观诸姬中，惟第八妾叶氏，秉性纯良，得天独厚，且子嗣亦多，他日或得享受厚福。"徐即答道："元首鉴别，当然不谬。"老袁复道："老友！我死后，各姬妾等能相安无事，不必说了，万一周、洪两妾，生风作浪，凌逼他姬，还乞老友顾念旧情，代为裁处。似老友的威望，不怕她不慑服呢。"说着，又牵住徐衣，泣语道："老友！我死后，我诸子必将分产，或将酿成绝大的争剧，我宗族中，没人能排难解纷，这事非老友不办。抑强扶弱，全仗大力。"徐嗫嚅道："这……这事却不便从命！"老袁瞿然道："老友！你的意思，我也晓得了，我当立一遗嘱，先令儿辈与老友面证，将来自不致异言。"语至此，命侍从取过纸笔，由老袁倚枕作书，且写且歇，且歇且写，好容易才算成篇，递交徐手。徐见上面写着：

> 予初致疾，第遗毒耳，想是熟读《三国演义》，尚记得刘先主遗嘱，故摹仿特肖。不图因此百病丛生，竟尔不起。予死后，尔曹当恪守家风，慎勿贻门楣之玷。对于诸母及

诸弟昆无失德者，尤当敬礼而护惜之。须知母虽分嫡庶，
要皆为予之遗爱，弟昆虽非同胞，要皆为予之血胤，万勿
显分轩轾也。夫予辛苦半生，积得财产约百数十万磅，尔
曹将来啜饭之地，尚可勿忧竭蹷，果使感情浃洽，意见不
生，共族而居，同室而处，岂不甚善？第患不能副予之期
望耳。万一他日分产，除汝母与汝当然分受优异之份不计
外，其余约分三种：（一）随予多年而生有子女者；（二）
随予多年而无子女者；（三）事予未久而有所出及无所出
者，当酌量以与之。大率以予财产百之十八之六依次递
减。至若吾女，其出室者，各给以百之一，未受聘者，各
给百之三。若夫仆从婢女，谨愿者留之，狡黠者去之。然
无论或去或留，悉提百之一，分别摊派之，亦以侍予之年
份久暂，定酬资之多寡为断。惟分析时，须以礼貌敦请徐
伯父为中证。而分书一节，亦必经徐伯父审定，始可发生
效力。如有敢持异议者，非违徐伯父，即违余也。则汝侪
大不孝之罪，上通于天矣。今草此遗训，并使我诸子
知之！

徐捧读毕，便向老袁道："甚好、甚好。"老袁又召入克
定等，令徐宣读草嘱，俾他听受。于是用函封固，暂置枕畔，
俟弥留时，再行交掷。老袁至此，已有倦容，徐亦告退，约于
翌晨再会。

适段国务卿等，也入内问病，袁已不愿多谈，由克定代述
病状，袁第点首示意。徐、段等遂相偕退去。嗣是老袁鼾睡至
晚，昏沉不省人事，是夕于夫人以下。统行陪坐，等到夜半
时，袁又苏醒转来，见于夫人在侧，乃与语道："此后家事，
赖汝主持，我因汝生平忠厚，恐不能驾驭全家，已将大事尽托
徐东海了。"复顾众姬妾道："你等切须自爱！"再顾诸子道：

"我言已具遗嘱中。但我身后大殓，不必过丰，惟祭天礼服，不应废除。死欲速朽，何用此服？治丧以后，亟应带领全眷，扶柩回籍，葬我洹上，大家和睦度日，不宜再入政界，余事悉照遗嘱中履行。"诸子均伏地受命。老袁略饮汤水，复沉沉睡去。既而鸡声报晓，又不觉呻吟起来，忽瞪目呼道："快！快！"说了两个"快"字，觉得舌已木强，话不下去。克定听了，料已垂危，急命左右请徐、段入宫。不一时，段已到来，由老袁挣出最简单的声音，带喘带语道："可……可照新约法请黄陂代任，你快去拟了遗令来。"段慌忙趋出，徐亦赶到，见老袁脸上，大放红光，睁着眼，嘘着口，动了好一回嘴唇，方叫出"老友"两字。又歇了半响，才作拱手模样，又说了"重重拜托"四字。徐不觉垂泪道："元首放心罢！"旋听老袁复直声叫道："杨度，杨度，误我误我。"两语说毕，痰已壅上，把嘴巴张噏两次，撒手去了。时正六月六日巳刻，享寿五十八岁。后来黄克强有一挽联，邮寄京师，联语云：

> 好算得四十余年天下英雄，陡起野心，
> 假筹安两字美名，一意进行，
> 居然想学袁公路。
> 仅做了八旬三日屋里皇帝，伤哉短命，
> 援快活一时谚语，两相比较，
> 毕竟差胜郭彦威。

老袁已死，全眷悲号，忽有一人大踏步进来，顿足道："迟了迟了！"究竟此人为谁，容至下回表明。

　　阅此回，可为世之多妻者鉴，并为世之多子者鉴，且为世之贪心不足，终归于尽者鉴。为人如袁世

凯，可为富贵极矣，而不能长保其妻孥，至于弥留之
际，再三嘱托老友，彼于热心帝制时，岂料有如此下
场耶？夫不能治家，焉能治国？只知为私，安能为
公？袁氏一生心术，于此回总揭之，即可于此回总评
之。然人之将死，其言也善，观其种种悔悟，不可谓
非良心之未死，然已无及矣。呜呼！袁氏固一世之雄
也，而今安在哉。

第七十四回

殉故主留遗绝命书　结同盟抵制新政府

却说新华宫中的人物，正在哀号的时候，突有人入内来探望，自悔来迟，这人非别，便是国务卿段祺瑞。段已拟定遗命，想呈交老袁亲阅，不意袁已长逝，因此惊呼，当下递与徐世昌，请他酌夺。徐即忙取视，见遗令中云：

> 民国成立，五载于兹，本大总统忝膺国民付托之重，徒以德薄能鲜，心余力绌，于救国救民之素愿，愧未能发摅万一。溯自就任以来，蚤作夜思，殚勤擘划。虽国基未固，民困未苏，应革应兴，万端待理，而赖我官吏将士之力，得使各省秩序，粗就安宁，列强邦交，克臻辑洽，折衷稍慰，怀疚仍多。方期及时引退，得以休养林泉，遂吾初服，不意感疾，浸至弥留。
>
> 顾念国事至重，寄托必须得人，依《约法》第二十九条大总统因故去职，或不能视事时，副总统代行其职权，本大总统遵照约法宣告，以副总统黎元洪代行中华民国大总统职权。副总统恭厚仁明，必能弘济时艰，奠定大局，以补本大总统之阙失，而慰全国人民之望。所有京外文武官吏以及军警士民，尤当共念国步艰难，维持秩序，力保治安，专以国家为重。昔人有言："惟生者能自强，则死者为不死"，本大总统犹此志也。此令。

徐已瞧罢，便道："说得圆到，就这样颁发出去便了。但现在是元首绝续的时候，须赶紧戒严，维持大局要紧。一面通知副总统，即日就任，免生他变。"段即答道："这原是最要的事情，我就去照办罢。"言毕趋出。徐又劝止大众的哭声，准备棺殓，于是由袁克定做主，立召袁乃宽入内，命办理治丧事宜。乃宽唯唯从命，又是一种美差。当下遵了遗嘱，用祭天冕服殓尸。生不获端委临朝，死却得穿戴而去，老袁也可瞑目。自于夫人以下，统是哭泣尽哀，闵姨更带哭带诉，愿随老袁同去，旁人总道是一时悲感，不甚注意。待送殓已毕，徐回寓暂息，袁乃宽觅购灵枢，急切办不到上等材料，嗣向市肆中四处寻找，方得阴沉寿器一具，出了重价，购得回来。谁知前河南将军张镇芳，却进献了一具好棺材，说是百余年陈品，不知从何处采来？经克定再四审视，果与乃宽所购的材料，优劣不同。但只死了一人，却备着两口棺木，似觉预兆不祥，克定心中，很是怏怏，忽有人入报道："大姨太太殉节了！"克定等不胜惊讶，克文更昏晕过去，好容易叫醒克文，才大家趋入闵姨房中，但见闵姨僵卧榻上，玉容不改，气息无存。枕旁置有一函，由克定取出，匆匆展阅，乃是一纸绝命书，其词云：

　　于后及诸姊妹公鉴：碧蝉闵姨名，见前。无状，当今上升退之日，不能佐理丧务，分后及诸姊妹之劳，竟随今上而去，蝉虽死，亦弗能稍赎罪戾。然在蝉自揣，确有不可不死之势与理。忆今上在日，嫔妃满前，侍女列后，虽一饮一食，一步一履，悉赖人料量而承应之。今兹鼎湖龙去，碧落黄泉，谁与为伴？形单影只，索然寡欢，安得不凄然泪下者乎？蝉年甫及笄，即随今上，频年以来，早经失宠，然既邀一日雨露之恩，即当竭终身涓涘之报，无如毕生愿望，迄未克偿。辄尝自矢，蝉纵不能报效于生前者，终当竭忠于死后，兹果酬蝉素志矣。

夫在天愿为比翼鸟，在地愿为连理枝，蝉当日读白香山长恨之歌，未尝不叹明皇与玉环，其爱情何如是之深且挚。蝉何人斯，既极愚陋，且又失宠，敢冀非分想哉？不过欲追随今上于地下者，聊尽侍奉之职务已耳。何况今上升遐，吾后与诸姊妹，讵忍以其龙章凤姿之体，消受夜台岑寂之况味？又岂无其人，与蝉有同志而欲接踵而去耶？然今蝉已着祖生先鞭矣，匪惟尽一己之义务，且为吾诸姊妹之代表，此后凡调护扶持之责任，尽属之于蝉一人，蝉纵极鲁钝，或不致有负委托也。即有继蝉而来者，窃恐不落蝉后，此着即蝉胜诸姊妹处也。零涕书此，罔知所云，尚乞矜而鉴之！

克定览到是书，忍不住一腔悲怀，泪如泉涌，就是于夫人及众姬妾，也不胜哀恸，比哭老袁时尤加凄惨，克文竟哭晕了好几次。袁氏诸子，要算克文最为大雅，且相传系闵姨所出，故特笔摹写。时适徐东海复行入内，得悉是耗，料知高丽姨太，定有特别苦衷，所以一死明志，及详问死状，知是吞金自尽，不禁称叹道："好一个贤妇！好一位节妇！"应该赞叹。待与克定、克文相见，又劝慰了好多语。克定凄然道："我正因有两具灵柩，恐致不祥，果然复出此变。"徐随答道："袁门中有此义妇，令人钦敬，不特令尊泉下，有人侍奉，且将来《列女传》中，亦应占入一席，岂不是千古光荣吗？但身后殓葬，亦须格外完备，好在寿具适另有购就，上品选制，足慰烈魂。据老朽想来，怕不是令尊有灵，阴为调遣么？"克定道："伯父有命，敢不敬从。"当将所购寿具，作为闵姨的灵柩，并用妃嫔礼为殓，停丧新华宫内偏殿中。自是大典筹备处，改作袁氏治丧所，挂灵守孝，唪经吹螺，另有一番排场。惟副总统黎元洪，即于六月七日就任，一切礼仪，因在前总统新丧期内，多半从略。黎既就职，迭下数令云：

元洪于本月七日就大总统任，自维德薄，良用兢兢。惟有遵守法律，巩固共和，造成法治之国，官吏士庶，尚其共体兹意，协力同心，匡所不逮，有厚望焉！此令。

现在时局颠危，本大总统骤膺重任，凡百政务，端资佐理。所有京外文武官吏，应仍旧供职，共济时艰，勿得稍存诿卸！此令。

民国肇兴，由于辛亥之役，前大总统赞成共和，奠定大局，苦心擘画，昕夕勤劳，天不假年，遘疾长逝，追怀首绩，薄海同悲。本大总统患难周旋，尤深怆痛，所有丧葬典礼，应由国务院转饬办理人员，参酌中外典章，详加拟议，务极优隆，用符国家崇德报功之至意！此令。

这三令联翩递下，当由各省将军、巡按使复电到京，并表贺忱，就是独立各省各都督亦一律电贺。陕西都督陈树藩，且即日取消独立，并请政府优礼袁氏，敬死恤生，这也是令人莫测的情态，小子特录述如下：

国务院段国务卿、各部总长公鉴：

鱼电奉悉。袁大总统既已薨逝，陕西独立，应即宣布取消。树藩谨举陕西全境，奉还中央，一切悉听中央处分。维持秩序，自是树藩专责，断不敢稍存诿卸，贻政府西顾之忧。抑树藩更有请者，独立虽得九省，而袁大总统之薨逝，实在未退位以前，依其职位，究属中华共戴之尊,溯其勋劳,尤为民国不祧之祖。何前倨而后恭?所有饰终典礼,拟请格外从丰,并议订优待家属条件,以慰袁总统不能明言之隐,以表我国民犹有未尽之思。此外关于大局一应善后事宜,恳随时电示遵行,至深感祷!陕西都督兼民政长陈树藩叩。

次日,四川都督陈宧,亦取消独立,有电到京云:

国务院转呈黎大总统钧鉴:

  川省前因退位问题,与项城宣告断绝关系。现在钧座既经就职,宧谨遵照独立时宣言,应即日取消独立,嗣后川省一切事宜,谨服从中央命令,除通告各省外,伏乞训示祗遵!陈宧叩。

还有广东都督龙济光,于十三日电达中央,内称粤东独立,已于六月九日取消,其文云:

北京国务院段相国钧鉴:

  我公总秉国钧,再造共和,旋乾转坤,重光日月。济光已于青日,率属开会庆祝,上下胪欢,军民一致,即日取消独立,服从中央命令,惟粤省党派纷歧,诸多困难,俟部署周妥,再电驰陈。龙济光叩。

政府连接各电,甚为欣慰,特授陈树藩为汉武将军,督理陕西军务,兼署巡按使,并优奖龙济光,说他"具有世界眼光,急谋统一,热诚爱国,深堪嘉慰,该省善后事宜,统由该上将悉心筹划,妥为办理"等语。看官听着!这三省独立,原非本意,不过楚歌四逼,未便久持,没奈何暂时独立。此时袁死黎继，段氏执政，所以立即取销，讨好政府，但也由段氏素有威权，所以得此效果。

惟帝制派尚蟠据国都，南方各省，仍处反对地位，一时未能统一。外面如张勋、倪嗣冲等，始终服从袁氏，正拟即日联合私党，自请出兵十万，开赴前敌，适因政局已变，方才改图。当由张辫帅深谋远虑，自思黎、段当国，定有一番变革，为自己地位计，不得不预先防患，绸缪未雨。乃即想出一法，把江宁会议的各省代表，截住归路，邀他暂留徐州，特开会议。这真叫做当道。可惜川、鄂、湘、赣、鲁、闽等处代表，从别路归省，无从拦阻，惟直隶、奉天、吉林、黑龙江、河南、山西数省，以及京兆、热河、察哈尔等代表，被他邀住，另有徐州镇守使张文生、徐海道尹李庆璋、安徽军署参谋长万绳栻三人，也同在会。

六月九日，便在徐州军署会议，当由张勋主席，朗声宣言道："现在政局新更，黄陂继任，中央政见，或因或革，未可预知。但世事纠纷，尚无定局，我辈身总师干，不能坐视，所望同心协力，共保治安。南北不可不统一，中央不可不拥护，就是前清皇室，及袁大总统身后一切，均宜请新政府实心优待，不得侮慢。愚见如此，诸君以为何如？"各代表齐声赞成。张勋又道："既承列位赞同，不可不开列大纲，与众共守。"各代表又共答道："即求指教。"张勋随命秘书员，草录十大纲，传示众览。看官！你道是什么十大纲，请看小子抄写出来：

（一）尊重优待前清皇室各条件。念兹在兹，不愧清室忠臣。

（二）保全袁总统之家属生命财产，及身后一切荣誉。袁氏小站练兵，张曾为其部属，此条顾全袁族，亦不失为信义。

（三）要求政府，依据正当手续，速行组织国会，施行完全宪政。名目甚大。

（四）催促独立各省，取消独立，倘若固执成见，仍以武力解决。始终以武力吓人。

（五）绝对抵制迭次倡乱一般暴烈分子，参预政权。无非排除异己。

（六）严整兵备，保卫各本省区地方治安。意与第四条相同。

（七）抱持正当宗旨，维持国家秩序，设有用兵之处，军旅饷项，通力合筹。结党自固。

（八）嗣后中央设有弊政，并为民害者，务当合电力争，以尽忠告。干涉政治之动机。

（九）固结团体，遇事筹商，对于国家前途，务取同一态度。补前二条之不足。

（十）俟国事稍定，联名电请中央减政，罢除苛细杂捐，以苏民困。此与第三条所述，同一取悦人心，实非会议本旨。

各代表等本无成见，乐得随声附和，共表赞成。张勋大喜道："诸君统热心为国，见谅鄙忱，鄙人当感佩不置，此次回省，应请转达贵将军贵都统，互守此约，幸勿背盟！"各代表又喏喏连声。散会后，由张勋盛筵饯行，并分赠贶仪，欢然送别，各代表鼓舞而去。醉酒饱饭，自然快意。

此次会议，时人称为七省同盟，就是直、皖、晋、豫及关东三省，称作七省。所有特别区域，不计在内。张勋因会议告成，乐不可支，亟通电各省，详述会议情形，及录示十大纲，要求同意，这便是武人干政的滥觞。从此军阀风潮，播及全国，稍有变动，即关大局，北京的大总统，好似傀儡一般，不似那袁总统得势时，一呼百诺，远近风从了。小子有诗叹道：

武夫当道势汹汹，一国三公谁适从。

尽说晚唐藩镇祸，谁知今日又重逢。

是时有一位大员，匍匐奔丧，比张辫帅的情谊，还要加添数倍。看官！道是谁人？且至下回再说。

闵姨自甘殉节，虽其中有特别苦衷，不得已而出此策，然烈妇殉夫，古今传为美谈，袁氏何修而得此妾乎？然闵姨生长高丽，有此烈性，以视吾国人之朝秦暮楚，反复无常者，殊不可同日语，揭而出之，所以风世也。（绝命书见近刊《秘史》，未知是否的笔。即如上回之隶氏遗嘱，亦从《秘史》中采来，著书人有见必录。是真是伪，待诸确查。）张勋不忘清室，并不忘袁氏，小忠小义，亦觉可风，但观其拥兵定卫，挟党联盟，启武夫干政之风，攘家国统治之柄，毋乃所谓跋扈将军耶？民国中有是人，欲其安定也难矣。

第七十五回

袁公子扶榇归故里　李司令集舰抗中央

却说袁氏治丧，已有数日，大小男妇，都在灵前伴着，并
不缺少一人。突来了一个麻冕葛衣的大员，奔入灵前，抚棺大
恸，连呼帝父不置。大众统是惊讶，及留神谛视，却是面熟得
很，原来就是奉天将军段芝贵。久违了。段自奉老袁命，由奉
调鲁，正拟积极进兵，大为君父效力，应七二回。偏途次得着
凶耗，惊得形神沮丧，急忙星夜进京。到了新华宫，即向治丧
所索取麻冕葛衣，到灵前悲号一番，几乎比袁氏诸子，还要哀
戚数倍。后来闻及大丧典礼，已由政府特派曹汝霖、王揖唐、
周自齐敬谨承办，才无异言。义儿的义字上，并可加一孝字。曹
汝霖、王揖唐、周自齐三人，本是帝制派中首领，又适充大丧
典礼承办员，自然恭拟典章，务极隆备。先定丧礼条目十三
条，次定奠祭事项八条，列表如下：

关于前大总统丧礼议定条目：
（一）各官署军营军舰海关下半旗二十七日，出殡日
下半旗一日，灵榇驻在所亦下半旗，至出殡日为止。
（二）文武官吏，停止宴会二十七日。（三）民间辍乐七
日，及国民追悼日，各辍乐一日。（四）文官左臂缠黑纱
二十七日。（五）武官及兵士，于左臂及刀柄上，缠黑纱
二十七日。（六）官署公文封面纸面，用黑边，宽约五

分，亦二十七日。（七）官署公文书，盖用黑色印花二十七日。（八）官报封面，亦用黑边二十七日。（九）自殡奠之后一日起，至释服日止，在京文武各机关，除公祭外，按日轮班前往行礼；京外大员有来京者，即以到日随本日轮祭机关前往行礼。（十）各省及特别行政区域，与驻外使馆，自接电日起，择公共处所，由长官率同僚属，设案望祭凡七日。（十一）出殡之日，鸣炮一百零八响，官署民间，均辍乐一日；京师学校，均于是日辍课。（十二）新华公府置黑边素纸签名簿二本，一备外交团签名用，一备中外官绅签名用。（十三）军队分班，至新华门举枪致敬。

前大总统大丧典礼奠祭事项：（一）每日谒奠礼节，均着大礼服，不佩勋章，左臂缠黑纱，脱帽三鞠躬。（二）祭品用蔬果酒馔，按日于上午十时前陈设。（三）在京文武各机关，及附属各机关，每日各派四员，由各该长官率领，于上午九时三十分，齐集公府景福门外，十时敬诣灵筵前分班行礼。（四）单内未列各机关，有愿加入者，可随时赴府知照，亦于每日分班行礼。（五）外省来京大员，暨京外员绅谒奠者，可随时赴府签名，于每日各机关行礼时，另班行礼。（六）外宾及蒙、藏、回王公等谒奠者，即由外交部蒙藏院不拘时日，先期赴府知照，届时仍由外交部蒙藏院派员接待，导至灵筵前行礼。（七）清室派员吊祭时，应由特派接待员接待。（八）除各机关每日谒奠外，其各机关中如另有公祭者，先期一日赴府知照，另班上祭。

典仪既定，新华宫内吊客，日必数起，克定等终日应酬，几无暇晷。惟洪、周二姨已密议析产，商诸徐公。徐命克定略分现银，令她自行处置，才算无事。到了六月二十日左右，克定拟遵照遗嘱，扶柩回籍，当由恭办丧礼处，择定二十八日启行，先期发出通告云：

为通告事：本月二十八日，举行前大总统殡礼，所有执绋及在指定地点恭选人员，业经分别规定办法，合亟通告，俾便周知。

计开

（甲）赴彰德人员。

（一）大总统特派承祭官一员。

（二）文武各机关长官及上级军官佐。

（三）文武各机关派员。

（四）其他送殡人员。

（乙）送至中华门内人员。

（一）外交团。

（二）清皇室代表。

（丙）送至车站人员。

（一）国务卿、国务员暨其他文武各机关长官。

（二）文武各机关各派简任以下人员四员。

（丁）在中华门内恭送人员。

文武各机关人员，及绅商学各界。（不拘人数，在中华门内，指定地点恭送。）

附服式：凡执绋官员，均服制服，无制服者，准服燕尾服，均用黑领结黑手套。有勋章大绶者，均佩勋章，带大绶，左臂暨刀剑柄，均缠黑纱。其余各文武及绅商，准用甲种大礼服，及军常服，或乙种礼服，学生制服，均缠黑纱于左臂。

　　自经此通告后，京内外政界诸公，除馈赠厚赙外，又致送诔词挽联，计数日间，竟达千余件。语中命意，不是夸张功绩，就是颂祷将来，还要拍马。却也无甚可述。惟筹安会中首领杨皙子，独措词微妙，言人未言。首联云："共和误民国，民国误共和，百世而后，再平是狱。"对联云："君宪负明公，明公负君宪，九泉之下，三复斯言。"这两联用竟丈贡缎，极品京墨，写染出来，真足令灵帏生色，冠绝一时。老袁有知，恐要骂他嚼舌。

　　承办丧礼员等，日夜筹备，凡纸车纸马纸船纸亭等类，以及一切仪仗，色色办到，专待届期启榇。至若袁氏家眷，更忙碌不了，所有宝贵物品，紧要箱笼，均收拾停当，编列号次，逐渐登载簿记中，就是一丝一缕，也没有遗失，纷扰数天，方得蒇事。还有一班女官，由袁克定嘱咐统行遣归，女官等亦摒挡行李，俟送柩出宫，才拟回去。安女士静生，因蒙死皇帝特宠，及各妃嫔厚爱，免不得依依难舍，一双俏眼中，泪珠儿已不知流了多少。刻画尽致，不肯放松一人，真是史公书法。

　　转眼间已是六月二十八日了，是日早晨，新华宫外，已是人山人海，拥挤不堪。到了辰牌，各项驺从舆卫，统已到齐，一队又一队，一排又一排，统执着器仗，舁着亭舆，鱼贯而行。就中凤旌凤翣，仙幡宝幢，锦幛花圈，彩幄香橱，都是异样鲜明，特别工致，差不多与赛会相似。所经诸地，断绝交通，前后左右，悉有军队荷枪拥护。行过了好几万人，方见皇子皇孙等，引柩前来，一片麻衣，弥望无际。后面有一极大的灵舆，用了花车装载，接连又是一柩，就是闵姨棺木，两旁护从的人物，多且如蚁。各外交团及清室代表，并国务卿以下文武各官，都坐着摩托车，在后恭送。最后的便是袁家女眷，及袁氏女戚，与女官婢媪等数百人，有坐汽车的，有坐马车的，有坐骡车的，多半是淡装素抹，秀色可餐，这也毋庸细表。最注目的，是一个御干儿，追随灵柩，泣涕涟涟，而且满身缟素，与外此送殡人员，异样不同，提出另叙，词笔亦令人注目。旁观统启猜疑，间有晓得他的历史，方说是义重情深，不愧孝子。既到车站，站长已备好专车，将所有锦幛花圈，一齐收集，悬挂车上，然后妥奉灵榇，安置车内。一班送殡人员，均鞠躬告退，惟特派承祭官蒋作宾，及各机关派往奠殡的官吏，与感情较深的袁氏亲友，也陆续登车。外如箱笼行李等物，尽行搬上，好容易安排停当，才吹起汽笛，传放汽管，准备开车。女官侍从等，至此也下车折回，霎时间轮机转动，似风掣电驰一般，南赴彰德去了。

袁家事从此收场，再表那承先启后的黎政府。黎素性长厚，就职时，中外颇庆得人，独帝制派栗栗危惧，蠢然思动，意欲推倒了他，巩固自己地位。一时人心浮动，讹言百出，在京官吏纷纷移家天津，亏得段祺瑞竭力镇定，暂保无恙。至川、陕、粤取消独立，中央势力加厚一层。段氏不为无功。惟西南军务院抚军长唐继尧，电达政府，要求四大条件：（一）系恢复民国元年公布的旧约法；（二）召集民国二年解散的旧国会；（三）惩办帝制祸首十三人；（四）召集军事会议，筹商善后问题。副抚军长岑春煊，又通电中央及各省，略言"抚军长所言四事，系南中独立各省一致的主张，如政府一律照办，本院当克日撤销"云云。唐绍仪、梁启超等，更推阐四议，说得非常痛切，非常紧要。即如河南将军赵倜，南京将军冯国璋等，亦先后电京，力请恢复旧约法，召集旧国会。

偏偏政府不理，杳无举动，于是旧议员谷钟秀、孙洪伊等，在上海登报广告，自行召集会员，除前时附逆外，所有各省议员，限期六月三十日以前，齐集上海，定期开会。约旬日间，议员到沪，已达三百人，这消息传达北京，段国务卿不便悬宕，乃致电南方各省，及全国重要各机关云：

黄陂继任，元首得人，半月以来，举国上下，所龂龂致辩争者，约法而已。然就约法而论，多人主张遵行元年约法，政府初无成见，但此项办法，多愿命令宣布，以期迅捷，政府则期期以为未可。盖命令变更法律，为各派法理学说所不容，贸然行之，后患不可胜言。是以迟回审顾，未敢附和也。或谓三年约法，不得以法律论，虽以命令废之而无足议，此不可也。三年约法，履行已久，历经依据，以为行政之准，一语抹煞，则国中一切法令，皆将因而动摇，不惟国际条约，关系至重，不容不再三审慎，而国内公债，以及法庭判决，将无不可一翻前案，如之何其可也？或又谓三年约法，出自约法会议，约法会议，出自政治会议，与议人士，皆政府命令所派，与民议不同，故此时以命令复行元年约法，只为命令变更命令，不得以变更命令论，此又不可也。

三年约法，所以不餍人望者，谓其起法之本，根于命令耳。而何以元年约法，独不嫌以命令复之乎？且三年约法之为世诟病，佥以其创法之始，不合法理，邻于纵恣自为耳，然尚经几许咨诹，几许转折，然后始议修改，而今兹所望于政府者，奈何欲其毅然一令，以复修改以前之法律乎？此事既一误于前，今又何可再误于后？知其不可而欲尤而效之，诚不知其可也。如谓法律不妨以命令复也，则亦不妨以命令废矣。今日命令复之，明日命令废之，将等法律为何物？且甲氏命令复之，乙氏又何不可命令废之？

可施之于约法者，又何不可施之于宪法？如是则元首每有更代，法律随为转移，人民将何所遵循乎？或谓国人之于元年约法，愿见之诚，几不终日，故以命令宣布为速。抑知法律争良否，不争迟速，法而良也，稍迟何害？

法不良也，则愈速恐愈无以系天下之心，天下将蜂起而议其后矣。纵令人切望治，退无后言，犹不能不虑后世争乱之源，或且舞法为奸，援我以资为先例。是千秋万世，犹为国史增一污痕，决非政府所敢出也。总之复行元年约法，政府初无成见，所审度者复行之办法耳。诸君子有何良策，尚祈无吝教言，俾资考镜。祺瑞印。

又致上海国会议员电云：

上海议员诸君鉴：约法问题，议论纷纭，政府未便擅断，诸君爱国俊彦，法理精邃，必能折衷一是，敢希详加讨论，示以周行，无任企盼！

这两电发表后，南方各省极端反对，唐绍仪、梁启超覆电辩论，略云：

三年约法，绝对不能视为法律，此次宣言恢复，绝对不能视为变更。今大总统之继任，及国务院之成立，均根据于元年约法，一法不能两容，三年约法若为法，则元年约法为非法。然三年约法，非特国人均不认为法，即今大总统及国务院之地位，皆必先不认为法，而始能存在也。

段祺瑞仍然未允，只拟修正约法，参加手续，或仿行约法会议办法，或参照南京参议院成例，由各省长官派选委员三人，或指选该省国会议员三人，组织修正约法委员会。正在筹议举行，忽上海海军，宣告独立，推李鼎新为总司令，传檄远近道：

自辛亥举义，海上将士，拥护共和，天下共见。癸丑之役，以民国初基，不堪动摇，遂决定拥护中央。然保守共和之至诚，仍后先一辙，想亦天下所共谅。洎乎帝制发生，滇南首义，筹安黑幕，一朝揭破。天下咸晓然于所谓民意者，皆由伪造，所谓推戴者，皆由势迫。人心愤激，全国㑋扰，南北相持，解决无日。战祸迫于眉睫，国家濒于危亡。海上诸将士，佥以丁此奇变，徒博服从美名，当与护国军军务院联络一致行动，冀挽危局。正在进行，袁氏已殒，今黎大总统虽已就职，北京政府，仍根据袁氏擅改之约法，以遗令宣布，又岂能取信天下，餍服人心？其为帝党从中挟持，不问可知。我大总统陷于孤立，不克自由发表意见，即此可以类推。是则大难未已，后患方殷。今率海军将士，于六月二十五日，加入护国军，以拥护今大总统保障共和为目的，非俟恢复元年约法，国会开会，正式内阁成立后，北京海军部之命令，断不承受，誓为一劳永逸之图，勿贻姑息养奸之祸！庶几海内一家，相接以诚，相守以法，共循正轨而臻治安矣。特此布闻，幸赐公鉴！海军总司令李鼎新、第一舰队司令林葆怿、练习舰队司令曾兆麟叩。

这海军向分三队，就是第一舰队、第二舰队、及练习舰队。第一舰队与练习舰队，同泊沪滨，所以同时独立。只第二舰队，尚泊长江各埠，未曾与闻。但第一舰队势力最强，军舰亦最多，一经独立，惹起全国注目，这一着有分教！

海上洪波方作势，京中大老已惊心。

欲知海军独立以后，如何处置，请看官续阅下回。

本回叙袁氏丧礼，将送殡各节，依据官报，择要撮录，见得袁氏虽死，气焰犹生，帝制派之从中主持，不问可知矣。夫袁氏一生之目的，莫过于为帝，而袁氏一生之大误，亦莫甚于为帝。小言之，则有背盟之咎，大言之，则有畔国之愆。其得保全首领，死正首邱，尚为幸事。乃后起之政府，反盛称其功绩，加厚其饰终典礼，是奖欺也，是助畔也，何以为民国训乎？段虽非帝制派人，要亦未免为苏味道。袁家约法，犹欲维持，非经西南各省之抗争，与上海海军之独立，则以暴易暴，不知其非，犹是一袁家天下也。呜呼袁氏！呜呼民国！

第七十六回

段芝泉重组阁员　龙济光久延战祸

却说海军第一舰队与练习舰队，同时独立，这警报传达中央，段国务卿未免惊心，亟电致南京将军冯国璋及淞沪护军使杨善德，令他设法调停，挽回此举。哪知冯、杨二人，已接李鼎新等密函，请守中立，两不相犯。冯本请恢复旧约法，当然与海军同志。杨虽为段氏爪牙，但孑身处沪，前后被逼，也只好置身局外，作壁上观。段盼望回音，并不见答，偏国会议员二百九十九人，却联电国务卿道：

> 元年《约法》，与三年《约法》之争，端在先决二者孰为法律。如以三年《约法》为法律，当然不能以命令废止。惟查《临时约法》，为民国之所由成，议会总统，皆由兹产出，其效力至尊无上。在国会既成立以后，宪法未制定以前，如欲有所增修，依《临时约法》五十五条，及《国会组织法》十四条之规定，当由国会议员三分之二以上之提议，并经国会议员五分之四以上之出席，出席议员四分之三以上之可决，而后其所增修者，乃为合法，乃得有效。三年约法会议，其组织及程序，既与《临时约法》五十五条所载不符，则其所增修者，自不得称之为法律，实属违宪之行为。是《临时约法》，本来存在，原无所谓恢复，今日以命令废止三年《约法》，乃使从前违宪

之行为，归于无效，更无所谓以命令变更法律。

现在各省尚未统一，调护维持，惟有一致遵守成宪，否则甲以其私制国法，转瞬乙又以其私制而代甲，循环效尤，人持一法，视成宪为土苴，国法前途，何堪设想。请公坚持大义，力赞大总统，毅然以明令宣告，不依法律组织之约法会议所议决之《中华民国约法》，及其附属之《大总统选举法》，《国民会议立法院组织法》，均与民国元年《临时约法》《国会组织法》，并民国二年宪法会议制定之《大总统选举法》相违背，当然不生效力。此后凡百庶政，应与国人竭诚遵守真正国法，以固邦基而符民意。根本既决，大局斯安。特此电复。

段祺瑞接到此电，也有转意，并非畏惮议员，实仍是畏惮海军。乃入与黎总统商议，主张恢复约法。黎本反对袁制，只因段氏登台，挟有权力，一切规划，不得不归他取决，所以沉机观变，未尝独断独行，既闻段氏有心规复，哪有不允之理，便于六月二十九日，连下数令道：

（一）共和国体，首重民意，民意所寄，厥惟宪法。宪法之成，专待国会。我中华民国国会，自三年一月十日停止以后，时越两载，迄未召复。以致开国五年，宪法未定，大本不立，庶政无由进行，亟应召集国会，速定宪法，以协民志而固国本。宪法未定以前，仍遵用元年三月十一日公布之《临时约法》，至宪法成立时为止。其二年十月五日，宣布之《大总统选举法》，系宪法之一部，应仍有效。此令。

（二）兹依《临时约法》第五十三条续行召集国会，定于本年八月一日起，继续开会。此令。

（三）民国三年五月一日以后，所有各项条约，均应继续有效，其余法令，除有明令废止外，一切仍旧。此令。始终不肯尽废袁制。

（四）国民会议，业经续行召集，所有关于立法院国民会议各法令，应即撤销。此令。

（五）国会业经召集，内务部所属之办理选举事务局，应即改为筹备国会事务局，迅速筹备国会事务。此令。

（六）参政院应即裁撤，此令。

（七）平政院所属之肃政厅，应即裁撤，此令。

（八）特任段祺瑞为国务总理，此令。

数令迭下，全国人士欢呼雷动，争颂黎、段两人的功德，似乎民国共和，从此再造，当再不至似袁皇帝时代，有名无实了。嗟我国民，哪有这般幸福？惟段祺瑞受命组阁，再任国务总理，应该将旧有部员，酌量参换，方足一新面目，动人观听。换汤不换药，终属无益。他想老成硕望，莫如东海，当此新旧交替，遗大投艰的时候，正应向他妥商，免致再误。当下命驾至徐寓中，投刺求见。徐正为袁氏帮忙，闹得精疲力乏，卧床静养，忽闻祺瑞到来，料有要事相商，不便相拒，乃起身出室，迎段入厅。彼此闲谈数语，便由段述及组阁事情。徐答道："芝泉！你也任事多了，此次再出组阁，谅有特别把握，何必问我！"

段又说道："论起今日的资望，莫如我公，公若肯出来组阁，祺瑞当面达总统，荐贤自代。"徐笑道："我为袁氏，惹人讥骂，难道尚不够揶揄么？今日若再出任事，不是冯妇，就是冯道了。"段复道："世上的议论，能有几语公正，如要面面讨好，连一事都不能做了。"徐即随口阻住道："芝泉，你的好意，我很感佩，但我已决定了心，誓不再做民国官吏。"<u>隐以总统自任。</u>段祺瑞听到此语，料已不便再劝，乃另提出一班人物，与徐东海密商起来。段说一姓名，徐答一"好"字，或答称"也好"。及段说出"许世英"三字，徐点首道："隽人是我的旧僚，与你也是莫逆，这人颇靠得住的，或令长内务，或令长交通，想总能胜任呢。"<u>隽人即许世英字，徐之称许，为公耶？为私耶？</u>段复说了多人，徐也不加评论，但总说一个"好"字，便算通过。至段问及行政要件，徐拈须半晌道："目前的要策，第一件是固结北洋团体，第二件是保守中央威信，第三件是解释民党宿嫌，三事并举，国家或尚能安静哩。"段拱手道："辱承指教，敢不如命。"说罢，便告辞而去。到了次日，即由黎总统下令道：

> 兼署外交总长交通总长曹汝霖、内务总长王揖唐、海军总长刘冠雄、司法总长兼署农商总长章宗祥、教育总长张国淦，呈请辞职。曹汝霖、王揖唐、刘冠雄、张国淦、章宗祥准免本职，此令。
>
> 特任唐绍仪为外交总长，许世英为内务总长，陈锦涛为财政总长，程璧光为海军总长，张耀曾为司法总长，孙洪伊为教育总长，张国淦为农商总长，汪大燮为交通总长，此令。
>
> 特任国务总理段祺瑞兼任陆军总长，此令。

此令下后，段内阁又复成立。总计此九部中，除陆军一席，向归段氏占有外，其余各部人员，分作三派，一民党，二官僚，三中立派，当时称为混合内阁。惟唐绍仪、孙洪伊、张耀曾，尚在南方，未即就职，于是外交由陈锦涛兼署，司法由张国淦兼署，教育由次长吴闿生权代。<u>教育一事，视若虚设，未</u>

免舍本逐末。嗣因汪大燮不愿入阁，上呈固辞，乃改任许世英为交通总长，孙洪伊为内务总长，范源濂为教育总长。阁员既已凑齐，专俟国会开会，咨请追认，内外都无异言。段复从事外政，改定各省军民长官名称，武称督军，文称省长。所有署内组织及一切职权，暂仍旧制，惟另加任命，特请黎总统任定如下：

奉天督军张作霖。兼署省长。

吉林督军孟恩远，省长郭宗熙。

黑龙江省长毕桂芳。兼署督军。

直隶省长朱家宝。兼署督军。

山东督军张怀芝，省长孙发绪。

河南督军赵倜，省长田文烈。

山西督军阎锡山，省长沈铭昌。

江苏督军冯国璋，省长齐耀琳。

安徽督军张勋，省长倪嗣冲。

江西督军李纯，省长戚扬。

福建督军李厚基，省长胡瑞霖。

浙江督军吕公望。兼署省长。

湖北督军王占元，省长范守佑。

湖南督军陈宦。兼署省长。

陕西督军陈树藩。兼署省长。

四川督军蔡锷。兼署省长。

广东督军陆荣廷，省长朱庆澜。

广西督军陈炳焜，省长罗佩金。

云南督军唐继尧，省长任可澄。

贵州督军刘显世，省长戴戡。

甘肃省长张广建。兼署督军。

新疆省长杨增新。**兼署督军。**

嗣是颁爵条例、文官官秩令及惩办国贼条例、附乱自首特赦令、纠弹法，均即废止。又将政治犯一律释放，并特赦前川督尹昌衡，俾复自由。所有统率办事处，军政执法处，亦尽行撤销。海内人民，喁喁望治。其时川、粤、湘、鲁各省，尚在未靖，又经过一番措置，才得平安。小子只有一支秃笔，不能并叙，只好依次叙来。

先是陈宦独立四川，袁世凯命重庆镇守使周骏，督理四川军务，另用王陵基镇守重庆。周奉命后，尚按兵不动，至袁逝世，他反出兵西上，进逼成都，自称四川将军，旋复改称蜀军总司令，委任王陵基为先锋。王率前队抵龙泉驿，成都戒严。周一面迫陈出省，一面截陈归路，陈不禁大愤，将与决战。绅商急电政府，请禁周、陈冲突，免祸生灵。政府乃任蔡锷督川，调陈宦督湘，周骏还任。陈、周犹相持不下，蔡锷已自叙州起程，先电致二人，劝他息争。略云：

> 二君之不惜兵连祸结者，乃为争川督一席，抑何所见之小也？窃谓吾侪生于斯世，当以国是为前提，不应存自私自利之见。某今衔命入川，盖收拾未了之局，俟部署既定，则自请辞职，或于二君中推毂一人，以承斯乏，不过累公稍候时日耳。用特驰电奉告，即请解甲息兵，如或不然，锷虽不愿效龌龊官僚口吻，以违抗中央命令相责，而扰乱治安之咎，锷当声罪致讨，务希从速裁夺，锷秣马厉兵以待，惟二君鉴之！

陈宦得书，即日束装就道，出省自去。周骏心尚未死，竟乘虚入踞成都，自称都督，且欲撤去四川护国军招讨右司令兼兵工厂总办杨维官职。杨本陈宦部下，闻着这个消息，竟举兵相抗，与周军战于城外，杨兵败溃。统是权利思想，中国其能靖乎？蔡锷旧病复发，不便督师，因虑周骏猖獗，乃檄罗佩金、刘存厚两军，分道进攻。刘军先至城下，周骏自知不敌，方偕王陵基退出成都。存厚入城，维持秩序，川民乃定。越日，罗佩金亦到。又越数日，蔡锷亦带兵到来，成都父老相率欢迎。锷慰劳有加，力疾视事，川人始共庆更生了。仍为蔡锷生色。

　　还有粤东变乱，亦无非为权利起见，前时龙济光宣告独立，本非真心，后来取消独立，仍然仇视滇、桂各军。滇军司令李烈钧方由肇庆出北江，驻扎韶关，粤军闭关锁渡，屡与滇军龃龉，几开战衅。龙济光袒护自己军队，且调兵添防，并就观音山左右，密伏地雷，一意挑战。看官！你想这个李司令，哪肯容忍过去？当下派兵前敌，力攻源潭，一场鏖斗，战败粤军。李复联约桂军司令莫荣新，自西路攻克三水，彼此会师观音山，拟与龙王决一最后的胜负。龙济光颇也惊惶，亟电告政府，托词李烈钧反抗中央，出兵图粤。政府正嘉许龙王，当然袒护，但又不便得罪李烈钧，乃特授他勋二位，并上将衔，令即来京候用，一面令龙济光暂署广东督军，俟陆荣廷到任，才得交卸。政府虽似苦心，实已显露形迹。而且还有特别调剂，陈宦未赴湘任以前，着陆荣廷就近往湘，暂署督军。汤芗铭为湘人所逐，令即卸任，派往广东查办。不能辨别功罪，乃东调西换，一何可笑？这种政策，多是掩耳盗铃。看官！试想滇、桂各军，如何肯服？袁政府之失权，便由此种酿成。于是仍进攻观音山，相持不懈。粤中士民，日夜不安，到处吁请，各愿去龙安粤。唐绍仪、梁启超、温宗尧、王宠惠等，统隶粤籍，有志保乡，遂急电政府道：

　　　　龙济光督粤三年，假国权为修怨，纵兵士为虎狼，视生命财产如草芥，以刀锯斧钺为儿戏。综计三年之中，其倾人之家，灭人之门，寡人之妻，孤人之子，直无十百千万之数可言，但闻哀哭诅咒之声不绝。袁氏既倚为爪牙，粤民遂无从呼吁。日者义师之起，滇、黔、桂、浙，皆以讨袁为唯一之名，惟吾粤民，则以去龙为切身之事。

方民军之起于四方，计此贼可歼于一鼓，盗亦有道，竟假独立为护符。人望太平，又复原心而略迹。然桂军同一独立，治乱之势悬殊，桂则秩序井然，人民康乐，粤则间里几尽邱墟，村邑至绝薪米。推求其故，盖龙济光知结不解之怨于人民，遂集全省之兵以自卫，乃使州县患匪，省城患兵，要其督粤三载，惟守观音一山。此山而外，虽举广东全省，化为灰烬，人民化为虫沙，固非该督所惜也。天幸袁殒，人庆昭苏，粤民茹痛之深，本难复忍须臾，徒以大总统就职之始，不忍遽以一隅为言。

且计该督腥闻于天，必为大总统烛照所及，因是隐忍，伫待后命。不意该督知难久安于其位，又以取消独立，取媚中央，一面大捕党人，复萌故智。近更横挑战祸，染血韶州。以该督三年所造孽，即令从此痛惩前非，人已不共戴天。该督且变本加厉，用敢迫切电陈，务乞将该督立予罢斥，解粤民之倒悬，仁惠既遍于一省，使贪虐者知儆，视听实动夫万方。倘蒙赏其知兵，师长之席固众，若或多其治绩，他省不难量移。万一论其取消独立之功，则有勋章诸等具在，粤民虽不敢望大总统伐罪以救民，大总统亦何忍驱粤民以示德？昔者所谓国家用人自有权衡一语，本为专制作威作福之言，已违自我民视民听之义。况以该督罪迹昭著，敢请派人遍询妇孺，除彼所亲一二狐鼠之外，但有举其毫发微末之功者，则诬罔之刑，某等所不敢避。此实千夫所指，咸以该督为寇仇，当蒙一线

之仁，早出粤民于水火。大总统以共和为帜，当不以民意
为嫌，仪等无凭借可言，敢先以哀词上请，无任翘企待援
之至！

政府接到此电，大费踌躇，不期湖南军民，又拒绝陈宦，
自举刘人熙为督军，请政府下令特任。那时大总统黎元洪，与
国务总理段祺瑞，左右为难，也只好开起阁议来了。小子有诗
叹道：

> 自古佳兵号不祥，干戈在握即强梁。
> 东崩西应成常事，从此朝纲渐不纲。

毕竟湘、粤两省，如何处置，且看下回叙明。

恢复旧《约法》，召集旧国会，并举袁氏恶制，大
略更张，不可谓非段合肥之政绩。惟组织阁员，始终
不离一调剂性质，民党居三之一，中立派居三之一，
袁氏旧僚亦居三之一。政见不同，必有倾轧之虑。段
氏更事已久，宁见不及此，而仍组此不伦不类之内阁
耶？夫天下未有不任劳任怨，而可以当大事者，段氏
第愿任劳，不敢任怨，故撮举三派而混合之，示无左
袒之意，讵知将来冲突，万不能免。始基不慎，后患
随之，此中外政法家言，所由以政党内阁为职志也。
他若周、陈之争，龙、李之争，无非视政府之模棱，
乃敢侥幸以图逞。迨至乱事粗平，而人民已受祸不浅
矣。且曲者未见所谓曲，直者亦未见所谓直，曲直不
明，但凭武力为解决，则后之强有力者，几何不挟权
生变耶？故我尝为段氏谅，而又不禁为段氏惜。

第七十七回

撤军院复归统一　开国会再造共和

却说黎总统与段总理召集阁员，会议湘、粤乱事，各阁员或主张激烈，或主张调停，或主张先湘后粤，或主张先粤后湘，嗣经段总理以粤乱方殷，不如促陆荣廷速赴粤任，解决粤事，湖南督军一缺，暂从军民所请，归刘人熙署理。黎总统也以为然。议定后，随即下令，饬陆荣廷即日赴粤，特任刘人熙署湖南督军，兼湖南省长。

原来湖南将军汤芗铭，当宣告独立时，曾由乃兄汤化龙，与民党议立五大条件：（一）民党承认汤芗铭为都督；（二）汤先拨军队三营或五营，交民党接收；（三）设民政府管理民政全权，民政长由民党公推；（四）组织北伐军总司令，由民党推任；（五）军事厅长由民党推任。

这约由化龙署押，转告芗铭接洽，芗铭并无异言。至袁氏死，芗铭即日背约，取消独立，绝不关照民党。民党如欧阳振声、赵恒惕、唐蟒、覃振等，本是署约中人，当然动了公愤，奋起逐汤。汤窜往岳州，由湖南护国军第一军总司令曾继梧代理都督，维持地方秩序。嗣闻政府令陈宧督湘，军民仍然不服。政府又命陆荣廷暂代，陆此时虽到衡州，终因事涉嫌疑，不肯赴任，并且自衡返桂。湖南军民，乃自推选刘人熙，请政府任命，政府勉强照允，自称留后者，即许为留后，湘事不无相类。湘祸少纾。后来改任谭延闿为督军，倒也相安无事。惟陆荣廷返驻桂林，因闻帝制派尚蟠踞京中，煽惑政府，祖龙抑李，一时不便赴粤，只好托词告病，逐日延捱。此公大约喜病。就是岑春煊、唐继尧等，亦为祸首未惩，时有违言，政府不得已，命谴罪魁，特下申令道：

> 自变更国体之议起，全国扰攘，几陷沦亡，始祸诸人，实尸其咎。杨度、孙毓筠、顾鳌、梁士诒、夏寿田、朱启钤、周自齐、薛大可，均着拿交法庭，详确讯鞫，严行惩办，为后世戒。其余一概宽免。此令。

看官！你想帝制派中的要人，差不多有几十个，当时远近闻名，系六君子、十三太保。就是西南各省的要求，也请戮杨度、段芝贵等十三人，以谢天下。乃政府命令，只有八名，如袁乃宽、段芝贵等，均不在列，显见得政府用心，不过敷衍了事；并且逮捕令下，罪犯均已出京，一个儿都没有拿着，转眼间便成悬案；又转眼间且彼此无罪，仍好出头。这是中国近来的弊政，怪不得人心思乱，至今未了呢。慨乎言之。但西南各省诸首领，已是得休便休，不愿坚持到底，乃决议撤销军务院，由抚军长唐继尧、副长岑春煊、政务委员长梁启超及抚军刘显世、陆荣廷、陈炳焜、吕公望、蔡锷、李烈钧、戴戡、刘存厚、罗佩金、李鼎新等，一并联名，布告全国。其词云：

> 帝制祸兴，滇黔首义，公理所趋，舆情一致，桂、粤、浙、秦、湘、蜀，相继仗义，其时因战祸迁延，未知所届，独立各省，前敌各军，不可无统一机关，爰暂设军务院，为对内对外之合议团体，其组织条例第十条规定，本院俟国务院依法成立时撤销。今约法国会，次第恢复，

大总统依法继任，与独立各省最初之宣言，适相符合。虽国务院之任命，尚未经国会同意，然当国会闭会时，元首先任命以俟追认，实为约法所不禁。本军务院为力求统一起见，谨于本日宣告撤废，其抚军及政务委员长外交专使军事代表，均一并解除。国家一切政务，静听元首政府与国会主持。为此布告天下，咸使闻知。

军务院既宣告撤销，复将布告原文，电达北京。黎总统与段总理，自然欣慰，当由黎总统即日复电云：

　　承电示撤销军院，爱国之忱，昭然若揭。溯自帝制议兴，波诡云谲，输贽造意，缘法饰非，举国皆喑，莫前发难。滇黔首义，薄海从风，合议机关，应时成立，披云见日，再缔共和，则是军院诸公，大有造于民国也。项城长逝，责在藐躬，猥承诸公拥护之殷，提撕之切，约法国会，获慰初心。虽幸免乎愆尤，犹自惭其濡滞，诸公乃主持正论，践履前盟，举重光之日月，还我国民，挈百战之山河，归诸政府。从此民有常轨，国无曲师，藩祸不兴，邻氛自戢，则是军院诸公，尤大有造于后世也。

　　共和国家，匹夫有责，同舟共济，端赖群材。元洪忧患余生，久夷权位，布衣归老，于愿已偿，只以《约法》所推，责任攸寄。思与诸公左提右挈，宏济艰难，推诚以结邦交，虚己以从舆论，一日在位，万民具瞻。

　　方今财政拮据，吏治霍靡，内忧外患，纷至沓来，补救之难，百倍畴曩。尚望不我遐弃，相与有成，毋以收拾军队，为天职已完，毋以召集国会，为人心已定，毋可恢复《约法》，为遂跻法治，毋以惩办祸首，为永绝官邪。率此临事而惧之心，或收通力合作之效，此则元洪早作夜思，愿与诸公共勉者也。

军务院既已撤销，一切善后事宜，仍希随时电告，共筹结束。其有奇材懋绩，为国贤劳者，并希胪举事实，借备延揽。元洪印。

这复电中的大意，是从交际上着笔，并非正式公文。至七月二十一日，始颁正式命令道：

据唐继尧、岑春煊、梁启超、刘显世、陆荣廷、陈炳焜、吕公望、蔡锷、李烈钧、戴戡、李鼎新、罗佩金、刘存厚等寒日电称：军务院已于七月十四日宣告撤废，其抚军及政务委员长、外交专使、军事代表均一并解除。国家一切政务，静听元首政府国会主持各等语。慨自改革以来，迭经变故，矩矱不立，丧乱弘多，法纪凌夷，民生涂炭，本大总统继任于危疑震撼之际，遵行元年《约法》，召集国会，组织责任政府，力崇民意，勉任艰虞。该督军等顾念时危，力阐大义，撤销军务院及抚军等职，纳政务于一轨，跻国势于大同。义闻仁声，皦如日月，千秋万世，为国之光。惟念大局虽宁，殷忧未艾，宜如何栽培元气，收拾人心，永绝乱源，导成法治。补苴罅漏，经纬万端。来日之难，倍于往昔。所期内外在官，各深兢惕，同心协力，感致祥和，以成未竟之功，益巩无疆之业，本大总统有厚望焉。此令。

自是南北统一，北京政府算有代表全国的资格了。惟粤东方面，龙、李交争，尚且未息，各督军多承政府意旨，归咎李烈钧，隐袒龙济光，张勋、倪嗣冲专电通告，尤斥李烈钧违令横行，请加声讨。无非党同伐异。政府乃一再电桂，催陆赴粤，陆至此亦不能再延，乃约同省长朱庆澜，相偕赴任，电告政府，指日启行。于是黎总统又下令道：

> 迭据各方报告，广东纷扰，祸尤未已，生灵涂炭，外人复有烦言。长此迁延，靡知所届。龙济光未交卸以前，责在守土，自应约束将士，保卫治安。李烈钧统率士卒，责有攸归，着即严勒所部，即日停兵。该省督军陆荣廷，省长朱庆澜，现已星夜赴任，龙济光应将各项事宜，妥速预备交代，此后如再有抗令开衅情事，定当严行声讨，以肃国纪。此令。

令下后，复派萨镇冰为粤闽巡阅使，令他选调兵舰驶赴粤海，查办一切，并驻泊沙面等处，保护侨商。其实是震慑龙、李，隐示中央威力，教他知难而退。哪知龙济光尚不肯离粤，镇日里守住观音山，与李血战。陆荣廷到了肇庆，闻着消息，又复称病逗留，只遣朱庆澜到粤。朱亦颇有戒心，待至萨镇冰已到沙面，方启行至粤，先与萨会叙一番，然后携手入城。龙济光不便抗拒，只好迎入，将民政一部分，划归朱庆澜接管，一面索请巨款，但说是解散军队，必须先拨恩饷，方好办理。好容易筹了一宗款子，交给了他，方才把督军印信，付与朱庆澜，自己带了若干亲兵，向琼崖而去。阿堵物到手，才肯动身，这是现今军阀第一条秘诀。李烈钧闻龙已离粤，也即退兵，惟陆尚未肯到省，由朱庆澜饬人赍送印信，才行接收，粤事也就此作一结束。

小子于川、粤、湘三省，已经叙毕，就乘便叙入山东省了。山东民军，分作两党，吴大洲自称护国军，居正称东北军总司令，七二回中曾已提及，但两军势力，均属有限，不过占据了几个县城，与川、湘、粤情形不同。

自张怀芝奉袁氏命，署理山东将军，本思效忠袁氏，把民军逐出境外，可巧袁死黎继，由政府电令停战，双方静候解决，吴大洲、居正两人乃按兵守候。偏张怀芝乘他不备，袭夺民军所据的长山、安邱、临朐等县。民军大愤，一面质问政府，一面招集党人，将与张怀芝死战。吴大洲部下，约七八千人，居正部下，约一万四五千人，并运到飞机两架，声焰甚盛。张怀芝料不能平，始派员与他议和，各不相犯。延至八月中旬，由国务院派出陆军中将曲同丰，驰往山东，会同张怀芝等办理军事善后事宜。曲同丰与民军商议，改编军制，归隶中央，办理粗有眉目，即回京复命去了。

是时留沪各议员，已齐集京师，重开国会，八月一日，举行国会第二次常会开会礼，先期二日，由两院通告，并订定礼节如下：

（一）八月一日午前九时，参众两院议员，各服礼服，齐集众议院。

（二）午前十时，两院议员，入礼场就席。

（三）赞礼员引大总统及国务员入礼场就席奏乐。

（四）主席宣告开会，并致开会词。

（五）大总统暨国务员致颂词。

（六）赞礼员报告向国旗行三鞠躬礼，在场者咸行礼如仪。

（七）主席宣告开会式礼成词。

（八）主席宣告大总统宣誓。

（九）大总统宣誓奏乐。

（十）主席宣告退席。

（十一）摄影散会。

是日，参议院议员，共到一百三十八人，众议院议员，共到三百十八人。参议院中，仍由王家襄、王正廷为正副议长，众议院中，仍由汤化龙、陈国祥为正副议长，临时公推王家襄为主席。黎总统及国务总理兼陆军总长段祺瑞，财政总长兼外交总长陈锦涛，交通总长兼内务总长许世英，教育总长范源濂，农商总长张国淦，海军总长程璧光，同时莅会。黎总统依照民国二年公布之大《总统选举法》第四条，郑重宣誓。誓云：

> 余以至诚遵守宪法，执行大总统之职务。

誓毕，全体欢呼，连称中华民国万岁，中华民国国会万岁，中华民国大总统万岁。睹群情之雀跃，复旦重光，瞻胜令之鸾旗，共和无恙。观者如堵，望慰云霓；国是再安，心倾中外。燕云之气象又新，鲸海之波涛不沸。

是谓国会开幕的第二次，就是民国再造的第一日。极力表扬，隐寓厚望。午后同拍一影，然后散会。政府即改定公文程式，并停止觐见大总统礼，另订觐见礼八条，由国务院呈准施行，所有谒见礼如下：

（一）特任简任各职之晋见大总统，均用谒见礼。

（二）谒见员诣大总统府时，须先向承宣司递职名束，束用大名片，居中直行写职衔及姓名，背面并写姓名履历，由承宣官入启，俟大总统临延见室，再行导入。

（三）谒见员入延见室，应向大总统行一鞠躬礼。大总统延坐询答毕，谒见员兴辞，行一鞠躬礼退出。

（四）谒见均用常私服，但初次晋见者，须着燕尾服，曾得勋章者，并佩带勋章。

（五）大总统传见，及因公请见，或介绍请见者，均用谒见礼。

（六）荐任职以下，除大总统传见者外，均无庸谒见。

（七）满王公世爵，及蒙、回、藏汗王公等之晋见者，均用谒见礼。

（八）凡谒见员预请示期，或临时请期，经大总统定期或改期，或派代见，或免谒见，承宣司均应随时通知谒见员。

至若公文程式，亦从简单，分作十三项类别，一是大总统令，二是国务院令，三是各部院令，四是任命状，五是委任令，六是训令，七是指令，八是布告，九是咨，十是咨呈，十一是呈，十二是公函，十三是批。大致仿民国元年定例，与袁氏后改的程式，繁简不同，无非是惩戒帝制，规复共和的用意。就是参议院中，亦照旧《约法》办理，于八月十四日开议各案。黎总统便提出国务总理，咨请同意，两院接到来咨，免不得有一番手续了。正是：

　　元首有心筹总轴，议员依样画葫芦。

欲知两院是否同意，请至下回看明。

　　军务院撤销，南北始归统一，两院重行开会，民国乃见中兴。当时海内人士，喁喁望治，交颂黎、段功德，黎以长厚称，段以勤练著，未始非足与有为者。但帝制派之罪魁，不闻捕戮，龙、李两人之互哄，未别是非。中央之目的在苟安，外省之目的在自固，盖犹是过渡时代，非致治时代也。如病痛然，不去其酿毒之源，但塞其流毒之口，将来必有溃决之一日。识者于黎、段当国，再造共和之日，盖已料其有初鲜终矣。

第七十八回

举副座冯华甫当选　返上海黄克强病终

却说两院议员，因接黎总统咨文，商及国务总理问题，当照例投票取决。众议院议员，已到四百十四人，投票检视，得四百另七票同意，当然通过。复交参议院解决，亦得大多数赞成，于是总揆一席，仍属段祺瑞接任。所有阁员，除农商总长张国淦，调任黑龙江省长，改由谷钟秀继任外，余均照前列单，咨请两院追认，两院也多数通过。内阁一律就绪。孙洪伊、张耀曾，先后莅京供职，惟唐绍仪一再告辞，始终不至，暂归财政总长陈锦涛兼理。直至十一月中旬，方特任伍廷芳为外交总长。外省长官，只直隶添一曹锟为督军，朱家宝专任省长，这且慢表。

且说民国再造，中外胪欢，转瞬间已近双十节，应援照民国元、二、三年旧例，举行国庆典礼。民国四年，袁氏曾停止国庆典礼，故本届举行，特别提叙。黎总统系军阀出身，注重武事，先期数日，特谕参谋、陆军两部，在南苑举行阅兵式，其余一切事件归各部筹议云云。各部乃援照元年公布国庆日大典，除大阅外，如放假休息、悬旗结彩、追祭、赏功、停刑、恤贫、宴会等项，均各照办。届期一律举行，概仿元年故事，毋庸细述。

惟赏功一节，系随时论事，按照目前有功人物，分级酬庸。黎总统以创造民国应推孙、黄为首功，特授孙文大勋位，黄兴勋一位。蔡锷、唐继尧、陆荣廷、梁启超、岑春煊，再造民国，各授勋一位。荫昌、曹锟、刘显世、王占元、吕公望、柏文蔚、吴俊陞、张敬尧、胡汉民，各授勋二位。<small>新旧并容，似嫌夹杂。</small>罗佩金、戴戡、朱庆澜、张怀芝、朱家宝、任可澄、陈炳焜、陈树藩、李根源、李长泰、周文炳、钮永建、陈炯明，各授勋三位。<small>朱家宝第一称臣，受此勋位时，曾知愧否？</small>李厚基、孟恩远、毕桂芳、张广建、王廷桢、刘存厚、熊克武，各授勋四位。段祺瑞、王士珍、冯国璋，各给一等大绶宝光嘉禾章。唐绍仪、马安良、曹锟、朱家宝、张作霖、阎锡山、陆荣廷、唐继尧、杨增新、姜桂题、蒋雁行，各授一等大绶嘉禾章。田文烈、齐耀琳、李纯、戚扬，各给二等宝光嘉禾章。蔡锷、郭宗熙、李根源、罗佩金、任可澄、程克均，各给二等大绶嘉禾章。赵倜、倪嗣冲、刘显世，各给二等嘉禾章。戴戡、沈铭昌、胡瑞霖、田中玉、潘矩楹、汪步端，各给三等嘉禾章。还有陈锦涛等一班阁员，或给二等宝光嘉禾章，或给二等大绶嘉禾章，或给二等嘉禾章，独张勋得给二等大绶宝光章。此外如萨镇冰、徐树铮、汤化龙、庄蕴宽、董康、周树模、贡桑诺尔布、孙宝琦、江朝宗等，均给二等嘉禾章，谭延闿等给三等宝光嘉禾章。又颁赏各等文虎章，人数众多，述不胜述。另有两令，系抚恤死难诸人，其文云：

> 自民国肇兴以来，患难相乘，义烈之士，蹈死不悔，糜躯断脰，前仆后继，再造玄黄，力回阳九。兹值国庆，宜慰忠魂，着陆军部查明五年以来死难将士各职名，及其后裔，各议所以抚恤之。此令。

> 前中国银行总裁汤觉等，奔走国事，惨遭海珠之变，着陆军部查明该次会议与难诸人，从优议恤。此令。

清室代表世续、载涛，及各国驻京公使，均至总统府祝贺。黎总统各赠给勋章，且授世续勋一位，大家欢声道谢，无不惬意。自黎总统就任以来，好算这一次是普天同庆，最称热闹了。<small>如此数语，见得极盛难继。</small>

嗣是行政机关，与立法机关，相辅而行，不但国会开议，把重要议案，磋磨了好几次。就是各直省长官，亦奉政府命令，于十月一日，召集省议会议员，开议各省事宜，内外毕举，规模备具。惟副总统一席，尚未选定，应该早日补选，当经两议院提及，借符法制。小子曾就两议院议事日程，凡关系选举副总统案，汇录如下：

十月十二日，参议院议事日程：

提议选举副总统案。（议员蓝公武提出。）

提议请咨众议院定日期选举副总统案。（议员宋渊源提出。）

提议定期组织选举会选举副总统案。（议员刘光旭提出。）

同日众议院议事日程：

请依法速行补选副总统案。（议员陈纯修等提出。）

请议定日期，咨行参议院选举副总统案。（议员覃寿公等提出。）

请速组织总统选举会，补选副总统案。（议员仇玉斑等提出。）

请两院会合组织总统选举会补选副总统案。（议员米观玄等提出。）

议员呼声愈高，副总统产出乃速，当时全国人士，私下推测，得合副总统资格，不过寥寥数人。若论起老资格来，要算是段祺瑞、冯国璋，至讲到新资格上，要算是岑春煊、唐继尧。但岑、唐虽有再造民国的功劳，究不敌段、冯两人的势力，因此一般舆论，已料得副座当选，非段即冯了。待至十月二十四日，两院乃联合开会，续商选举副总统日期，择定在十月三十日，当下组织总统选举会，议决下列各条：

（一）以宪法会议议场，为总统选举会会场。

（二）总统选举会，以宪法会议议长为主席，以宪法会议副议长为副主席。

（三）两院各抽签八人，为开票检票发票员。

（四）开票时准人参观，参观人适用旁听规则。

（五）另设写票所，唱名写票。

原来民国宪法，未曾议定，此次重开国会，议员视此为重要事件，因即组织宪法会议，逐日筹商。适副总统问题发生，乃即就宪法会议中，作为选举场。届期投票，两院会合，共到七百二十四人。及票已投毕，开箧检视，冯国璋得五百二十票，最居多数，当即选冯为副总统，由选举会咨照黎总统算作决定。黎总统电达冯国璋，并仍令兼江苏督军。国璋当即就职，直任不辞。望之久了，如何肯辞？于是内自总理，外自督军，统传电道贺。小子曾闻冯受任后，电复段总理道：

> 段总理鉴：卅电奉悉。国璋自维能力，保障一隅，收效已仅，若重其负荷，胜任亦未易言。谬承两院公推，竟以此职见属，邦基再造，国步方平，责望者怀有加无已之心，受宠者切名实难副之惧。所幸密勿经纬，寄之我公，大总统力与其成，国务员相助为理，国璋菲材备位，亦得勉竭庸愚，彼此勖共济之迈征，内外本一心相维系。寰区

底定，会有其时，区区所引为荣誉者，固在彼不在此也。远辱赐贺，悚愧交并，复贡悃忱，尚希垂察！国璋印。

看官听着！冯、段两人都是北洋派的领袖，自从李鸿章总督直隶，创立北洋武备学堂，储养人材，备作将弁，冯、段统是北洋武备学生，段且游学德国很有学识。

至袁世凯练兵小站，多用北洋武备学生为军官，段与冯均得充选，两人本是同学，当然沆瀣相投，自是左提右挈，依次积功，相继擢为统领。冯生长河间，应属直派，段生长合肥，应属皖派，只因同学北洋，遂浑称为北洋派。北方人士，呼段为虎，拟冯为狗，无非以学识上的关系，隐示区别。民国成立，两人行事，迭见上文，段常在内，冯常在外，感情还算融洽。至袁氏去世，黎氏继任，定策首功，当推段氏，段亦未免以此自诩，目空一切，且因自己职居总揆，对于副总统一席，亦不甚介意。独冯氏联络长江各省，自植势力，且与民党亦晋接周旋，未尝失好，那民国第二次的副总统，遂由冯氏运动成熟，安然到手，段似反退居人后了。插入此段，为后文冯、段相忌伏笔。

贺电未终，悲电又起，勋一位陆军上将黄兴，竟于十月三十一日，病殁沪上。当黎黄陂就任时，首先招请孙、黄诸人，出为佐理。黄已于五月上旬，由美利坚东渡，返至上海。曾在虹口东洋旅馆，召集同志，秘密会议，誓死不再认袁为总统，愿恢复民国《约法》，请黎副总统继任，重行组织人才内阁。未几，袁即病死，黎电相邀，黄不欲遽入，仍寓沪待时。到了国庆纪念日，拟与同志会集味莼园，共申庆祝。早起散步，忽觉耳鸣目眩，支持不住，口鼻中忽喷出热血，竟致晕仆。长子一欧方侍侧，亟忙掖起，立延德医调治。医生用药剂灌入，才得救醒。味莼园遂不果行。午后，得京师来电，授他勋一位，他却喟然道："我奔走革命二十年，也是为国服务，算不得什么大功，今黎总统畀我勋位，我难道就此实受么？"乃就病榻间，口授一欧属稿，拍电政府，婉词却谢。嗣复得中央电复，请勿固辞。

越数日，病似渐瘳，又越数日，病复丛起，肝部膨胀，夜不能眠。旋觉皮肤上发现一种黄色，医士谓胆汁流入血管，颇为难医。俄而失血不止，至三十日，病势愈剧。适孙文、唐绍仪均来探视，他已自知不起，便语两人道："我与二公交好多年，此番恐要长别了。但不知我死以后，民国前途，究竟如何？看来政海暗潮，迭起未已，距太平日子，尚远得多哩。二公才望，本出我上，还望极力维持，补我遗憾，我死亦瞑目了。"死不忘国，好算有心人。孙、唐两人，含泪应诺，更劝慰了数语，随即告别。越日辰刻，又咯血无算，复招医士，投服药水，终不见效。迭延数医，谓已无可疗治，一欧不觉大恸。徐闻榻上有声道："人生总有一死，你也不必过哀，且留此一腔热泪，为同胞哭，才算克强有子了。"言已，喘息不止。延至午后四时，竟尔逝世，享年四十三岁。克强尚有老母，与妻室及二三四诸子，寓居日本长崎，当由一欧电召归国，一面电讣中央政府，及各省军民两长。黎总统即日下令道：

> 勋一位陆军上将黄兴，缔造共和，首兴义旅，数冒艰险，卒底于成，功在国家，薄海同瞩。乃以积劳遘疾，浸至不起，本大总统患难与共，夙资匡辅，骤闻溘逝，震悼尤深。着派王芝祥前往致祭，特给治丧费二万元，所有丧殡事宜，由江苏省长齐耀琳，就近妥为照料，并交国务院从优议恤，以示笃念殊勋之至意。此令。

是令下后，江苏省长齐耀琳，即派员赴沪，襄理丧仪。远近吊客，不下数千人。到了十一月十日，中央特派员王芝祥，已衔命南来，至黄宅致祭。翌晨，设奠灵前，献爵礼毕，由司礼官代读祭文。其词云：

　　维中华民国五年十一月十一日，大总统黎元洪，特遣王芝祥致祭于克强上将之灵前曰：呜呼！王纲解纽，海水横飞，国威不振，民命安归？天挺人豪，乘时而起，奋戈一麾，天日为靡。当其愤激，嚼齿皆空，云翻阵黑，血染波红。积二千年，专制余毒，一旦廓清，还归敦朴。江汉收功，金陵坐镇，文雅彬彬，施于有政。天不悔祸，国境再骚，四方豪杰，跂望旌旄。今者告宁，万邦咸喜，不有元勋，孰臻上理？方期举国，酬报丰功，云何疢疾，遽殒英雄。八表震惊，空巷走哭，矧在葭莩，夙同茵毂。抚今追昔，悲感百端，临风陨泪，绕室盘桓。牲帛椒浆，敬奠毅魂，灵爽式昭，永护民国。呜呼哀哉！尚飨！

　　读毕焚帛，致祭员奠爵告退，孝子匍匐谢宾。这种普通仪制，不必细表。越宿，王芝祥回京复命，谁知京中复接东瀛急电，又闻得一位再造共和的伟人，在日本福冈医院，也一病身亡了。小子有诗叹道：

　　才经湘水赋招魂，日上扶桑倏又昏。
　　偏是伟人多短命，人生天道两难论。

　　究竟何人相继逝世，待至下回再表。

　　段合肥之功绩，不在倒袁，而在拥黎，黎黄陂之得以安然就职，不生他变者，全由段氏一人之力。厥后更张弊政，统一南方，亦无非段氏所造成。以功绩言，副总统一席，应属段氏无疑，乃偏选出冯河间，岂虎能咥人，而狗尚秉义乎？迨经著书人从中揭出，乃知冯之得选副座，有由来也。民国无论何事，莫不由运动得来。若不运动，就令尧、舜复生，无由为元首，周、孔复出，无由为总揆，其下焉者更不待言矣。若夫创造民国之首功，应推孙、黄两人，黄克强生平行谊，容有未满人意之处，但视濒死时以国家为念，殆学未纯而志有足嘉者欤？特志其殁，亦隐寓悼惜之意，录及祭文，未始非借此阐扬也。

第七十九回

目断乡关伟人又殁　衅开府院政客交争

　　却说日本福冈医院，突有一人病逝，电讣到京，这人为谁？就是再造民国的蔡松坡。蔡本为四川督军，为什么东往日本呢？说来也觉话长，由小子撮要叙述。

　　自蔡督四川后，川民渐安，但署中一切文件，已棼如乱丝，不得不认真料理，虽有罗佩金帮办，究竟不能不自行部署，又况军民两长，统归一身兼管，更觉忙碌得很，因此积劳过度，所有喉痛心疾，接连复发。适小凤仙自京致书，拟履行前约，愿来川中，他不免惹起情肠，增了若干愁闷，我是个多愁多病身，怎当你倾国倾城貌。踌躇了一夜，方裁笺作答道：

　　　　自军兴以来，顿膺喉痛及失眠之症，今兹督川，难却
　　　黄陂盛意，故勉为其难，俟各事布置就绪，即出洋就医。
　　　尔时将挈卿偕行，放浪重洋，饱吸自由空气，卿姑待之！

　　是书发后，过了数日，病愈沉重，自觉不支，乃电达政府，请假就医，并荐罗佩金自代。政府准如所请，当即束装启行，航行至沪。沪上军商学各界，闻他到来，相率开会欢迎。渠因喉痛失音，未能到会，遂作书婉谢，惟居沪上寄庐中养疴，或至虹口某医院治疾，所有访客，一概挡驾。时梁任公亦自粤到沪，被他闻知，却立刻拜会。相见时，仍执弟子礼甚

恭。任公道："你也太过谦了，此地非从前学校可比，何妨脱略形迹。"松坡道："一日为师，终身为父，这是从古到今，相传不易的名言。锷略读诗书，粗知礼义，岂可效袁项城一流人物，漠视这张四先生么？"述此数语，为学生听者！任公亦对他微笑，且密与语道："你在此地养病，还须谨慎要紧。帝制余孽，往来南北，他们恨我切骨，幸勿遭他毒手。"松坡又答道："这是弟子所最注意的。自到上海后，除赴医院诊治外，镇日里杜门不出，谢绝交游，就是寻常食品，亦必先行化验，然后取食，想当不致有意外危险。且弟子留此数日，万一医治无效，决拟至日本一行。那东京的医院，较此地似靠得住哩。"任公徐答道："这也好的，似你膂力方刚，正是经营四方的时候，千万珍重，为国自爱。"松坡太息道："锷已过壮年，所有些须功业，统是先生一手造成，目下诸症百出，精神委顿，恐将来未必永年，不但有负国家，并且有负先生，为之奈何？"语中已寓将死之兆？

任公听了，不禁凄然，半晌才道："松坡，你如何作这般想？疾病是人生所常有的，如能安心休养，自可渐痊，奈何作此颓唐语？"松坡欲言未言，饮过了几口清茶，才答道："锷到沪已约一旬了，起初医生亦说是可治，不出两旬，可收效果，怎奈这几天间，喉间似有一物，嚅嚅欲动，每届饮食，艰难下咽，就是语言亦很觉为难，到了夜间，终夕不能安枕，想是血枯津竭的绝症，如何能持久哩！"言毕，起身欲行。任公复劝勉数语，两下作别。

越日，任公正欲回视，巧值电话传来，略言："锷拟东渡，决于今晚动身。"任公乃即往寄庐，叙谈了好多时。是夕，即送他下船，再三叮嘱而别。两"别"字前后相应，这一别是长别了。任公返寓后，过了五六天，接得蔡书，内言就医福冈医院，尚有效验，倒也稍稍放心。哪知到了十一月八号，竟由福岗医院来电，译将出来，乃是"蔡松坡于本日下午四时去世"十二字，这一惊非同小可，往外探问，已是传遍全沪，无论官商学界，统觉悲感得很。后来调查松坡寓日，病状依然，至日本国庆日天长节，就是我国十月三十一日，是日扶桑三岛，全体庆祝，举行提灯大会，松坡因侨寓无聊，特与二三友人，入市邀游，颇称尽兴。到了傍晚，接着上海急电，知是黄兴逝世，不由的顿足呼天道："我中国又弱一个了。"自是愁闷益增，病亦愈剧。至十一月八日上午，势已垂危，东医束手，他闻病院外演试飞机，竟勉强起床，扶役夫肩，缓步出门。

适飞机从空中驶过，翱翔自得，几似大鹏振翅，扶摇直上，望了一会，忽觉眼花缭乱，头痛异常，他即倚着役夫肩上，闭了双目，休息片时，复睁起病眼，向西遥望，欷歔说道："中华祖国，从此长离，就使驾着飞机，恐也不能西归了。"凄楚语不忍卒读。说毕，返身入内，卧床无语。延至下午四时，奄然长逝，年仅三十七岁。

越二日，由黎总统下令道：

　　勋一位上将衔陆军中将蔡锷，才略冠时，志气弘毅。年来奔走军旅，维持共和，厥功尤伟。前在四川督军任内，以积劳致疾，请假赴日本就医，方期调理可瘳，长资倚畀，遽闻溘逝，震悼殊深。所有身后一切事宜，即着驻日公使章宗祥，遴派专员，妥为照料，给银二万元治丧。俟灵榇回国之日，另行派员致祭；并交国务院从优议恤，以示笃念殊勋之至意。此令。

自经此令一下，全国均已闻知，相传小凤仙尚在京师，得此噩耗，悲恸终日，誓不欲生。鸨母再三劝解，哭声乃止。到了次日，凤仙闭户不出，至午后尚是寂然。鸨母大疑，排闼入室，哪知已香消玉殒，物在人亡。案上留有绝命书，语极悲惨，略谓："妾与蔡君，生不相聚，死或可依。或者精魂犹毅，飞越重洋，追随蔡君，依依地下，长作流寓伴侣。如或不能，妾愿化恨海啼鹃，望白云苍莽中，是我蔡郎停尸处，夜夜悲鸣罢了。"这数语传达都门，脍炙人口。究竟这小凤仙曾否殉义，绝命书是真是假，小子一时也无从确查，只好人云亦云，留作一场佳话。如果实有此事，岂不是红粉英雄，有一无二，从前绿珠、关盼盼等，也应出小凤仙的下风了。不肯下一断语，是史笔阙疑之法。

还有一段奇梦，出诸松坡友人的口中，谓系松坡生前自述：癸丑年间，二次革命，黄、李等相继失败，松坡虽未曾与事，心中却郁郁不乐，时常借着杯中物，痛饮解闷。某日，醉后假寐，恍惚身入宫阙，有一人衮冕辉煌，高坐堂上，既见松坡，竟下阶相迎，向他长揖。松坡急忙还礼，忽背后被人一拍，痛不可忍，回头顾视，背后立着两人，一似乞丐模样，一似和尚模样，不由的惊讶起来。迨询及姓名，答称为李铁拐、唐玄奘，且由唐玄奘自述"西行取经，备尝艰苦，此行将返京城，恐被孽龙夺去，现闻君腰下，佩有神剑，特乞拐仙介绍，求君除害安民"云云。松坡性本任侠，慨然照允，便与二人同出。返顾宫阙，倏忽不见，他也莫名其妙，掉头径去。约数十步，但见前面一带，统是云雾迷离，不可测摸，耳中闻得风涛澎湃，骇地震天。料知前途险恶，不易过去，正拟问明前导二人，借定行止，不意两人又不知去向。空中却现出一团红云，云端里面，飞出一条火龙，口喷赤霞，惹得满天皆赤。说时迟，那时快，松坡拔剑在手，奋身上跃，得登龙背。龙犹矫首仰视，被松坡用剑拟喉，正要刺入，突觉"豁喇"一声，身似坠下，惊醒转来，乃是南柯一梦。松坡细思梦境，不知主何朕兆。至袁氏称帝，护国军起，方觉梦有奇验。龙应袁氏，衮冕即帝服，下阶相迎，是袁氏任松坡为军事顾问官，唐玄奘应唐继尧，李拐仙应李烈钧。西行取经，恐被龙夺，是唐、李学取欧化，有志共和，几为袁氏破坏的隐兆。经松坡拔剑乘龙，龙乃被制，已见得帝制无成了。松坡奇梦已验，料无他虞，哪知身即坠下，亦兆死征。所以倒袁功成，松坡也即归天，这可见冥冥中间，未始没有定数呢。<small>可作新闻一则。</small>

后来《国葬法》颁行，第一条中，载着中国人民，为国家立有殊勋，身故后，经大总统咨请国会同意，或国会议决，准予举行国葬典礼。黄兴创造民国，蔡锷再造民国，均与第一条相符，当由国会议决，应予举行国葬典礼，乃由黎总统指令内务部，着查照《国葬法》办理，内务部遵即照办。十二月五日，蔡公灵柩回国，道经沪上，各界相率往奠，素车白马，竞集沪滨。中央亦派员致祭，比那黄上将治丧时，更觉拥挤。<small>两人相较，蔡似过黄一筹。</small>生不虚生，死犹不死。及返乡归葬，依《国葬法》例，设立专墓，高树穹碑，迭镌生前功绩，垂光身后。黄上将返葬时，亦照此办法，不必细表。

且说段祺瑞主持国柄，拥护黄陂，表面上似两相融洽，无甚嫌隙，哪知内部却罩着黑幕，惹起暗潮，遂令府院两方面，无端生出恶感来。

内务总长孙洪伊，籍隶天津，北洋军官，非亲即友，他本为同盟会健将，与孙、黄诸人，一鼻孔儿出气，所以平时议论，慷慨激昂，对于"共和"两字，尤主张积极进行。民国初造，两院成立，他因亲友推选，入为众议院议员，嗣复组织进步党，反对帝制。袁氏欲望正炽，时由他连电驳斥，且有一篇泣告北方同乡父老书，说得淋漓惨澹，差不多似击筑的高渐离，弹筝的李龟年，一面奔走南北，游说黎、冯，劝他早自定计，切勿承认帝制。黎、冯两人颇加信从。至共和再造，黎氏继任，他遂入为阁员，按日里在总统府，参预庶政，每当总统见客，必侍坐黎侧。黎宽厚待人，就使有言逆耳，也常容忍过去，独他偏越俎抗谈，雌黄黑白，旁若无人，因此大小人员，无不侧目。这是孙氏病根。有时当国务院会议，他也直遂径行，与段总理时有龃龉，段未免介意。可巧国务院秘书长，乃是段氏高足徐树铮。

树铮铜山人，尝在日本士官学校毕业，年少气盛，自称为文武才，段亦目为大器，引作高弟。洪宪以前，他已厕入段门，预议军事，不过政变无多，不堪表现。及袁氏称帝，乃劝段洁身自去，段遂辞职。滇、黔倡义，犹阴为段划策，密嘱曹锟、张敬尧诸将帅迁延观变。曹、张依训而行，免不得多方延宕。就是陕西独立也由他嗾使出来，他与陆建章素有嫌隙，遂乘此借公济私。后来击毙陆建章亦伏于此。袁既病死，黎、段登台，拔茅连茹，弹冠相庆，徐遂入任为院秘书长。那时长才得展，视天下事如反掌，今朝陈一议，明朝献一策，都中段意。段即倚作臂助，甚至内外政策，均惟徐言是从。国务院中，尝称他为总理第二。挟权自恣，误段实多。偏遇着一个孙洪伊，也是个眼高于顶的朋友，闻徐树铮势倾全院，心中很是不平，凡遇院中公牍，送府用印，孙辄吹毛索瘢，见有瑕疵可指，当即驳还，或间加改窜，颁行出去。看官！你想这矫矫自命的徐秘书，怎肯低首下心，受那孙总长的批评？积嫌越深，衔怨愈甚。

一日，国务院又开会议，孙洪伊入参国政，又来作抵掌高谈的苏季子，正在说得高兴，突有一人出阻道："孙总长！你不要目中无人哩。须知智士千虑，不无一失；愚夫千虑，也有一得，难道除公以外，便不足与议么？"

孙瞧将过去，正是这位徐秘书长，便冷笑道："足下的大材，我很佩服，但此处是阁员会议，俟足下入阁后，再来参议未迟。"徐树铮被他一嘲，不由的愤愤道："树铮不才，忝任国务院秘书，也总算是国家命吏，并非绝对无言论权。况且国体共和，无论何等人民，均得上书言事，孙总长平日，自命维新，奈何反效专制时代，禁人旁议呢？"棋逢敌手。孙洪伊哼了一声道："足下既有伟大的议论，何妨先向总理陈明，俟总理提出会议，果可利国利民，我等无不赞成。足下既免埋才，又免越职，怕不是一举两得么？"徐树铮听了，即易一说道："孙总长！你教我等不可越俎，你如何自行越俎呢？"孙洪伊忙问何事？树铮道："你勾通报馆，泄漏院中秘密，尚说不是越俎吗？"孙洪伊勃然道："你有什么证据？"树铮微哂道："证据不证据，你不必问我，你自思可有这事么？"洪伊怒上加怒，便向段总理道："总理如何用此狂人？若再纵容过去，恐总理也要失望了。"段总理本信任徐树铮，闻了此言，面色顿变。各阁员睹这形态，连忙出为排解。那孙、徐两人，还是互相丑诋，喧嚷不休。这时段总理也忍耐不住，竟沉着脸道："这里是会议场，并不是喧闹场，孙总长也未免自失体统了。"责孙不责徐，左袒可知。言毕，拂袖自去。阁员劝出孙洪伊，才得罢争。

越日，段总理负气入府谒见黎总统，述及孙、徐冲突事。黎总统淡淡答道："孙总长原太性急，徐秘书亦未免欺人。"袒孙之意，亦在言外。段总理见语不投机，更增怅闷，便信口答道："孙总长是府中要人，树铮不过一院内委员，总统如以树铮为欺人，不但树铮可去，就是祺瑞亦何妨辞职。"明是要挟。黎总统听到此语，忙道："国家多故，全仗总理主持，如何为他两人，弃我自去呢？"段复道："祺瑞本无心再出，不过为势所逼，暂当此任。现在南北统一，大局稍平，阁员中不乏人才，总统可择贤代理，何必定需祺瑞，祺瑞也暂得息肩了。"黎总统道："我也并不愿做总统，无非为国家起见，望总理不必多心。"段又无情无绪的答了数语，即行告退。

　　黎总统经此波折，心下很是不安，当召国务员入商。交通总长许世英，以此事必需调人，非请徐东海出来，恐难就绪。黎总统颇也首肯。适徐已返居辉县，即日遣使，写了一封诚恳的手书，敦促来京。凑巧段氏意思，不谋而合，也去函请徐东海。使节相望，不绝于道。这位三朝元老徐世昌，因顾着双方友谊，不忍坐视，遂自辉县起程，乘着京汉铁路，直达京师，一至正阳门，但见府院中人，已在车站两旁，欢迓行旌。正是：

　　　　朝局又将成水火，都人胜似望云霓。

　　徐东海入京后，能否排难解纷，且至下回分解。

　　　　蔡松坡为推翻袁氏之第一人，即为再造共和之第一功，较诸黄克强之奔走革命，劳苦相等，而诣力实过之。黄少成而多败，蔡少败而多成，其优劣已可见一斑。即两人生平行谊，黄多缺憾，而蔡亦少疵，设令天假之年，使得展其骥足，保卫国家，未始非人民之福。乃年未强仕，即闻谢世，盗跖寿而颜子夭，古今殆有同慨欤？著书人于黄、蔡之殁，特从详述，铭其功也。彼夫孙、徐二人交争，无非意气用事，孙似有志而其质未纯，徐似有才而其心未正，两不相下，激成衅隙，而府院暗潮，遂由是酿成之。麟凤死而狐鼠生，华夏其何日靖乎？

第八十回

议宪法致生内讧　办外交惹起暗潮

却说徐东海入京以后，先谒黎总统，次见段总理。黎尚隐示通融，段却不甘退让。经徐苦口调停，方由段说出一言，先要孙洪伊免职，方令徐树铮辞差。太要顾全面目。徐东海再入总统府，与黎商及。黎似觉为难，徐喟然道："不照这么办法，恐祸起萧墙，势且波及全国，总统不如通权达变，暂歇风潮为是。"黎总统毕竟长厚，也就承认下去。于是十一月二十日，下令免孙洪伊职，越日，徐树铮始呈上辞职书，奉令照准，改任张国淦为秘书长。国淦自内务解职，令为黑龙江省长，他不愿就任，辞职留京，乃命继徐树铮后任。

树铮名虽去职，实仍在段氏幕中，段仍信任不疑。看官道是何因？小子前叙孙、徐冲突时，徐曾责孙泄漏机密，这也非凭空诬陷，最关重要的是中美实业借款一案。

自中国、交通两银行，停止兑现后，商民怨声载道，吁请筹款维持。孙乃立主兑现，请黎总统速筹良法。黎与段熟商，段因国库如洗，只好从缓，偏黎已先入孙说，定要段设法筹款。看官！你想天下有几个点石成金的吕祖师，毁家纾难的楚令尹？国家没有的款，只好向外人商量，当由段总理委任财政总长陈锦涛，问各国乞贷。幸有美国资本团，愿贷美金五百万元，期限三年，利息六厘，每百元实收九一，以烟酒公卖税为抵押品。当由驻美华使，遵承中国财政总长委托全权的电报，代表政府，签立合同，一面由陈锦涛至两议院中，开秘密会议，要求通过。不料北京某报馆，偏已探悉底细，将中美借款合同，登载出来。

看官！你道彼此借贷何故要守秘密呢？原来民国二年曾有英、法、德、俄、日五国银行团与中国政府订定草约，此后政治借款，应归本团承借。应第二十四回。前时已惹起许多纠葛，此次向美国借款，恐五国啧有烦言，所以慎守秘密。向外借款，还有许多顾忌，真正可怜。偏被报章揭出，无从隐饰，段、陈诸人，已疑由孙洪伊泄漏机关，恐滋外议。果然不到两天，英、法、俄、日四国银行团提出抗议书质问财政部。经陈锦涛商诸段总理，据理答复，略言"此项借款，专供中国银行准备兑现的用途，本无政治性质。且民国二年的契约乃中国政府与五国银行团所缔结，今只四国银行团，系与德国分离的别一团体，敝政府不能承受抗议"云云。还亏德国久战未和，尚有借口之资。四国银行团，尚未肯干休，段总理已将所借美款，划存中国银行，作为准备金，交通银行，尚是向隅。惟与外人交涉，还须笔舌，越觉迁怨孙洪伊，自从孙免职离阁，才出了胸中恶气。徐树铮是多年心腹，怎肯教他离开？这且慢表。

且说参众两院中，因草订民国宪法，连日会议，彼是此非，免不得又生党见。这是中国人特性。就中分作两大派，一派叫做宪法研究会，一派叫做益友社。有几个喜新厌故的人物拟加入主权、教育、国防神圣、省制、陆海军各问题，已审议了好几次，终因党见不同未曾议决。至十二月八日又复开议，为了省制大纲互起龃龉。直隶议员籍忠寅主张守旧，湖北议员刘成禺主张维新，彼此相持不下，竟互动手脚，就会议场中，打起架来。刘成禺一方面，人众势强，籍忠寅一方面，人少势弱，强的原是逞威，弱的也不甘退步。起初还是抛墨盒、掷笔杆，文绉绉的举动；后来骂得起劲，闹得益凶，竟扭成一团，拳打足踢，好像不共戴天的样儿。何苦乃尔？徒惹人笑。结果是籍忠寅、刘崇佑、陈光焘、张金鉴等，被殴受伤，害得皮破血流，痛不可耐，愤愤的出了会议场，做了一篇大文章，竟向总检察厅提起公诉，一面请政府咨行议会，查明曲直，依法惩办。

一事未了，一事又生。京城里面有自称公民孙熙泽等，发起宪法促成会，宣布意见书，并通电各省，无非说"两院议员，会议多日，并无成效，徒闻滋闹"等语。参议员闻这消息，因他毁损名誉，扰乱国宪，要求政府速即禁止。司法总长答称，已令总检察厅彻查，议员等犹有违言。只因阳历岁阑十二月二十五日，又是云南起义纪念日，曾经两院议定，总统公布，照例放假休息，悬旗宴贺。叙笔不漏。大家既要祝庆，又要贺年，闲暇中间，带着几分忙碌，自然把公事暂搁。转眼间已是民国六年了，各省督军省长及各特别区域都统等，于五年残腊，联名电告政府，由副总统兼江苏督军领衔，其文云：

　　民国建元，于今五载，中经变故，起伏无端。国势日危，民生日蹙，政务日以丛脞，已往之事，今不复道。

　　自此次之国体再奠，天下望治更切，以为元首恭己，总揆得人。议会重开，惩前毖后，必能立定国是，计日成功。乃半岁以来，事仍未理而争益甚，近日浮言胥动，尤有不可终日之势。国璋等守土待罪，忧惶无措，往返商榷，发为危言，幸垂察之！我大总统谦德仁闻，中外所钦，固无人不爱戴，自继任后，尤无日不廑如伤之怀，思出民于水火。然而功效不彰，实惠未至，虽有德意，无救倒悬。推原其故，在乎政务久不振。政务久不振，在乎信任之不专。前因道路传闻，府院之间，颇生意见，旋经国璋电询，奉大总统复示，谓："虚己以听，负责有人"，是我大总统亦既推心置人腹中矣。皇天后土，实闻此言，国璋等咸为国家庆。以我总理之清心沉毅，得此倚畀，当可一心一德，竟厥所施。今后政客更有飞短流长，为府院间者，愿我大总统、我总理立予摒斥。

国璋等闻见所及，亦当随时参揭，以肃纲纪而佐明良。任贤勿贰，去邪勿疑，然后我大总统可责总理以实效，总理乃无可辞其责。有虚己之量，务见以诚，有负责之名，务征其实，献可替否，此国璋不敢不推诚为我大总统告者也。自内阁更迭之说起，国璋等屡有函电，竭力拥护，一则虑继任乏人，益生纷扰，陷于无政府；一则深信我总理之德量威望，若竟其用，必能为国宣劳，收拾残局，非徒空言拥护也。现在大总统既表虚己之诚，正总理励精图治之会，目下所急待施设者，军政财政外交诸大端，皆宜早定计划，循序实行。

国璋等拥护中央，但求有令可奉，有教可承，事势苟有可通，无不竭力奉宣，以举统一之实。此大方针，非我总统不能定，阁员与总理共负责任，得此领袖，理宜协恭。近如中行兑现，实轻率急切，致陷穷境。前事之师，可为鉴戒。阁员必有一贯之主张，取钧衡于总理，勿以一部所主管，或迁就乎阁员。阁员苟有苦衷，不妨开示，公是公非，当可主持。孰轻孰重，尤当量衡。国璋等赤心为国，不恤乎他，此维持内阁之真意，不能不掬诚为我总理告者也。

国会为国家立法机关，关系何等重大，举凡一切动作，必惟法律是循，始足以餍众望。此次两院恢复之初，原出一时权宜之计，其时政潮鼎沸，国事动摇，但期复我法规，故未过存顾虑。国璋极冀宪法早定，议政得平，不衰近功，不逞客气，予政府以可行之策，为国家立不敝之规，则此逾期再集绝而复续之国会，虽有未洽，天下之人，犹或共谅。不意开会以来，纷哎争竞，较胜于前，既无成绩可言，更绝进行之望。近则侵越司法，干涉行政，复议之案，不依法定人数，擅行表决。于是国民信仰之心，为之尽坠。谓前途殆已无所希冀，诟仇视之，不独国会自失尊严，即国璋等前此之主张恢复者，亦将因是而获戾。况《临时约法》，于自由集会开会闭会一切，无所牵掣，要须善用之耳。苟或矜持意气，专事凌越，则蓄意积愤，必有溃决之一日，甚且累及国家，国璋心实危之。我大总统我总理，至诚感人，望将此意为两院议员等切实警告，盖必自立于守法之地，而后乃能立法。设循此不改，越法侵权，陷国家于危亡之地，窃恐天下之人，忍无可忍，决不能再为曲谅矣。此国璋等对于国会之意见，不敢不掬诚入告者也。总之我总统能信任总理，然后总理方有负责之地。总理能秉持大政，然后国家方有转危之机。国会能持大经，巩固国基，则国存，国会乃有所附丽，否则非国璋等之所敢知，伏祈我大总统、我总理兼察之。

看这等电文，原是持之有故，言之成理。但国会中的议员，方在意气相凌，怎肯和衷协议？就是段总理自信太深，也不免偏徇阿私、党同伐异。黎总统遇事优容，段意尚厌未足。民国六年一月一日，即免浙江督军兼省长吕公望本职，特任杨善德为浙江督军，齐耀珊为浙江省长。这道命令，虽由黎总统颁发，暗中却仍由段氏主张。杨善德素属段系，段长陆军部，极力援引，因得任松沪镇守使，嗣复擢松江护军使，倚若长城。适值浙江新任警察厅长傅其永，赴厅受事，各警察多半反对，致起风潮，甚至延及军队。督军吕公望无术镇驭，情愿辞职，段遂荐善德为浙江督军，破浙人治浙的旧习。松沪护军使一缺，遂由护军副使卢永祥升任。卢亦段氏麾下的健将，浙人尚思抗杨，杨带着北军第四师，昂然南来，如入无人之境，一番大风潮，霎时平定，这真所谓兵威所及，如风偃草了。浙人无故逐吕，乃致段派乘间而入，木朽蛀生，非自取而何？

且说中美借款，由四国银行团抗议，就中的主动力，乃是日本国。日本自欧战发生后，极想趁这机会，扩张势力，做一个亚洲大霸王。原是个好机会，无怪东人。每遇中国交涉格外留意，所以中美借款合同甫经订定，即邀集英、法、俄三国，同来抗问。中政府亦知他来意，特令交通银行出面，也向日本兴业、朝鲜、台湾三银行，订借日金五百万元，仍说是准备兑现。三银行却也照允，当即签定合同，利息七厘五分，三年为限。英、法、俄何不抗议？外如吉长铁路案，兴亚实业借款案，厦门设立警察案，郑家屯交涉案，种种发生，闹得舌敝唇焦，终归他得我失。

一、吉长铁路案，是由吉林至长春的铁路。前清末年，曾与日人订立借款自筑的约章，至是日人独要求改订，将该路归他代办。交通部没法拒绝，只好与他订约，即以本路财产及收入，担保借款限期四十年偿清，路权已一半让去了。二、五年九月间，财政、农商两部，向日商兴亚公司借款五百万元，以安徽太平山，湖南水口山两矿为担保，约三个月内交款。嗣经国会反对，原约担保一层，不生效力，当由财政部另提担保品，与日商开议。日商不肯照允，经财政部承认赔偿，另给兴亚公司洋三十万元，方得改约。无端耗去三十万元，可谓慷慨。且仍订明两山开矿时，如需借外款，该公司得有优先权。但此约的丧失，也不算少了。三、厦门系福建商埠，日人居然设立警察派出所，夺我行政权，叠经福建交涉员，向他交涉，终未撤退。及外交部照会日使，他却答称厦门设警，无非行使领事裁判权，与行政无涉，不得目为违约。外交部接到复文，以商埠居民，原归外国领事裁判，无从辩驳，没奈何延宕了事。四、至郑家屯一案，龃龉多日，事缘中日军警，互生冲突，日商吉本，受伤殒命，日本即自由增兵，要挟多端。外交部费尽心力，才得商定五类：（一）申斥第二十八师师长；（二）军官依法处罚；（三）出示告谕军人，礼遇日本侨民；（四）由奉天督军表示歉忱；（五）给与日商恤金五百元。五款全体实行，日本始允将郑家屯派添各兵撤回。这案自民国五年八月为始，直至六年一月终旬，彼此和平解决，方保无事。

中日交涉各案，稍有头绪。那驻京德使辛慈，忽赍交一个通牒，内言德政府准于二月一日以后，采用海上封锁政策。所有中立国轮船，不得在划定禁制区域内，自由航行，否则一切危险，概不负责等语。外交部得了此牒，忙呈报总统、总理为这一事，大费周折，又惹起府院冲突的暗潮。中国宣告中立，已历三年，彼时袁氏热心帝制，无暇对外，所以守着旁观态度。至黎氏继任，又为了内政问题，扰攘半年，也不遑顾及外事。但华工寄居外洋，往往受外人雇用，充当军役，或在外国商轮办事，一入战线，动被德国潜艇，用炮击沉，华人却也死得不少。此次德国复欲封锁海上，遍布潜艇，依万国公法上论将起来，德国实不应出此。美国曾向德国抗议数次，段总理乃亦欲仿行。黎总统秉性优柔，尚不欲与德构衅，经段总理再三怂恿，乃令外交部酌定复文，向德抗议。略云：

查贵国从前依潜航艇战策，敝国人民生命，损害甚非浅鲜。兹复更行滥用，欲实行采用新潜艇战策，危及敝国人民之生命财产，实属蹂躏国际公法之本义。若承认此项通牒，其结果将使中立诸国间，及中立诸国与交战诸国间之正当通商，悉被侵犯，而导专横无道之主义于国际公法上。故敝国政府，关于二月一日宣言之新策，特对贵国政府提及严重之抗议。且为尊重中立国之权利，维持两国之亲善关系，期望贵国政府，勿实行此新战策。若事出望外，此抗议竟归无效，使敝国不得已而断绝两国现存之外交关系，实属可悲。然敝国政府之执此态度，全为增进世界之和平，保持国际公法之权威起见，幸贵国熟审之！

公文去后，德国竟置诸不理，于是欲罢不能，只好再进一步，与德绝交。先由国务院中，特设外交委员会，除国务院全体及各部所派中立办事员均列席外，再邀陆征祥、夏诒霆、汪大燮、曹汝霖诸人，一同会议。巧值梁启超到京，主张绝德，著有意见书，段亦邀他入会取决行止。梁善口才，详陈绝德与不绝德的利害，洋洋洒洒，颇动人听，各会员多半赞成。散会后，段总理入告黎总统，黎始终持重，不肯骤允。段总理道："前次抗议书中，已有抗议无效、断绝国交的预言，他至今不复，若非决定绝交，岂不令他藐视么？"此说甚是。黎总统迟疑半晌道："且商诸副总统，何如？"未免迂拘。段总理道："既如此说，当即发电，邀他到京面决为是。"黎总统点首无言，段即退出，拍电邀冯，速即北来。

是时与德宣战诸协约国闻中国有绝德消息，都来劝诱。且云："中国曾加入协约国，将来改正关税，收回领事裁判权、缓付赔款诸问题均可磋商。"因此段总理意愈坚决。各政党复组织外交商榷会、国际协会外交后盾会等，讨论大体。两院议员亦设一外交后援会研究绝德问题。会冯副总统亦自宁到京与黎、段协商，大略以绝德为是。黎总统颇有动意，偏总统府中的秘书长饶汉祥劝黎维持中立，不可绝德。饶本黎总统心腹，黎很信任，遂不愿与德绝交。三月四日，段总理进见总统，请电令驻协约国公使，向驻在国政府磋商与德绝交后条件。黎总统支吾道："这……这事须经国会通过，方好举行。"段总理道：“现尚非正式绝交，不过向各国探明意旨，何必定要国会同意呢？”黎总统默然不答，恼动了段总理，不别而行，竟驰向天津去了。小子有诗咏段氏道：

> 直道何曾不足彰？过刚毕竟露锋芒。
> 一麾竟向津门去，盛气凌人乃尔狂。

段既出京赴津，一面令人赍呈辞职书，害得黎总统又着急起来。但看官且不要心焦，容小子暂时收憩，待至下回再详。

“意气”二字，是极端坏处，看本回所叙，皆意气之为厉，闹得内外不安，府院之冲突未已，而国会之党争起，国会之党争未休，而府院之冲突又生。国家公器也，乃挟私求逞，闹成一团糟，抑何可笑？无论孰是孰非，即此龃龉之迭出，已非治平气象，况对外怯而对内勇，其状态更属可鄙。家不和必败，国不和必倾，读此回，不禁为民国前途危矣！

第八十一回

绝邦交却回德使　攻督署大闹蜀城

却说国务总理段祺瑞，主张绝德，黎总统不肯照允，他遂负气退出，竟往天津，且遣人赍呈辞职书。黎总统未免惊惶，当即派员挽留。不意教育总长兼署内务总长范源濂，也居然送入辞职书来。显见是段氏嫡派。黎总统益加忧虑，乃亟延冯副总统入府，商议挽回的法子。应前回冯氏入京。冯国璋道："总统若要挽留段总理，除非与德绝交，否则国璋亦想不出什么良法。"黎总统尚沉吟未决，可巧派遣留段的委员回府复命，报称段总理已决计南归，不愿再来任事。国璋听了，不禁微笑。旁观者清。黎总统向国璋道："他不肯再来，奈何？"国璋道："总统若依他计策，管叫他即日来京。"黎总统徐徐道："恐怕未必。"国璋道："国璋愿赴津一行，劝他回来，但请总统决意绝德便了。"黎总统尚是默然。国璋道："依愚见想来，我国尽可与德绝交；非但无害，且有大利。"黎总统道："利从何来？"国璋道："德犯众怒，已成公敌。就是与他联盟的意大利，亦加入协约国，对德宣战。古人说得好：'寡不敌众'。看来德国总不能持久的。这可见中国与他绝交，将来决不致有害。若从利益上起见，是现在协约各国，已允我修改各种条约，岂非是一种大利么？"黎总统道："改约的事情，果真靠得住吗？"国璋道："且待段总理回京，再去探询协约各国政府；如果实行承认，始提出照会，与德绝交。"黎总统道：

"既这般说，请台驾一行，留回段总理便了。"国璋当即退出，即乘专车赴津。

到了晚间，果然两人同回，相偕至总统府，投刺进见。黎总统也即出迎，免不得与段总理周旋一番。段亦谦逊数语，当下发电各国，令各使探问明白。寻得各使复电，略言"驻在国政府，大致承认：如果我国实行绝德，将来各种条约，可望修改"云云。于易黎、段两人才表同情。冯国璋即日回宁。惟当时内外士绅，尚多异议，国会议员，如曹振懋、唐宝锷、丁世峰等有对德抗议的质问书；马君武等且通电各省，反对绝德；外如张勋、倪嗣冲、王占元诸督军，统电请政府维持中立。还有孙文、唐绍仪、康有为、姚文栋、温宗尧等也迭电政府国会，不应与德绝交。他如顺直省议会，奉天、上海、天津、山东、广东等各商会，暨他种商学团体，均电请仍守中立。段总理绝不为动，一意向前进行。特于三月九日，在迎宾馆开宴，延请议员，疏通意见。议员等多半聪明，乐得见风使帆，隐表同意。这是三酉儿好处。

到了翌午，参众两院各开秘密会。段总理及财政总长陈锦涛、教育总长兼内务总长范源濂、司法总长谷锺秀、外交部参事伍朝枢等，先至众议院，报告外交经过情形，并述对德绝交的宗旨，请议员表示赞助。众议员经讨论后，投票表决，同意票得三百三十一张，不同意票只八十七张，得大多数赞成，表示通过。段总理复至参议院，登堂报告，仍如前说。适值夕阳西下，不及投票，乃约于次日表决。越宿参议院投票，有一百五十票是同意，只三十五票不同意，也算大多数通过。绝德案已经决定。正拟草定照会，提交德使，凑巧德使辛慈，着人赍送照会至外交部，但见上面写着"本公使于本日即三月十日。午后七时，接奉帝国政府训令，着以下列复文，传达中华民国政府。"文曰：

中华民国抗议德国新近宣告之封锁政策，而附以威吓；帝国政府，曷胜骇异。盖其他各国，仅仅提出抗议，中德邦交，素号亲睦；且中国于封锁区域以内，并无航业利益，则德之政策，于中国毫无影响。乃今于抗议之外，独附威吓之辞，以增抗议之力量，是尤不能不令人惊诧也。民国政府之抗议书中，谓："华人因战事而丧失生命者，已属不少"云云。然须知民国政府，绝未尝以关于此种损失之事实及申诉通知帝国政府，而就帝国政府所得报告，则知华人之丧失生命者，仅受人雇用，于前敌开掘战壕，及充当其他军役之辈。盖若辈已不啻为战斗员，因以冒此危险也。帝国政府尝一再抗议运送华工赴欧，充当军役，是德国即在此次战事中，亦未尝不示中国以友谊；而帝国政府，即因顾全此友谊故，以此种威吓为非出自正轨，因望民国政府，改正其见解。帝国政府，愿于中国之航业利益，力加注意。以此之故，德国今虽不能于敌人宣告封锁之后，取消其政策，而禁制实行无限制之潜艇战争，然已准备磋商民国政府关于保护华人生命财产之特别愿望。帝国政府以如此对待友邦者，盖谨依其平日见解，以如中国若与德断绝友谊，则将失却一真挚之友，而陷于纠结不解之局也。

末后，复附列一行道，"本公使既将帝国政府的通牒，传达贵国政府，倘贵国欲提出保护航业的问题，本公使已由帝国政府授权，得与磋商一切"云云。当由外交部递呈段总理。段以德国照会，虽有保护航业的示意，但封锁战略仍然不肯取消，是我国提出抗议，终归无效，只好与他绝交，不必迟疑。黎总统此时，已将全权授与段总理，当然不再阻挠。段乃令外交部缮定照会，请黎总统盖过了印，并附发德使护照，送他出境。照会中的内容，大略说是：

关于德国施行潜水艇新计划一事，本国政府本注重世界和平，及尊重国际公法之宗旨，曾于二月九日，照达贵公使提出抗议。并经声明，万一出于中国愿望之外，抗议无效，迫于必不得已，将与贵国断绝现有之外交关系等语在案。乃自一月以来，贵国潜艇行动，置中国政府之抗议于不顾，且因而致多丧中国人民之生命。至三月十日，始准贵公使照复，虽据称贵政府仍愿议商保护中国人民生命财产办法，惟既声明碍难取消封锁战略，即与本国政府抗议之宗旨不符，本国政府视为抗议无效，深为可惜。兹不得已，与贵国政府断绝现有之外交关系，因此备具贵公使并贵馆馆员暨各眷属离去中国领土所需之护照一件，照送贵公使，请烦查收为荷。至贵国驻中国各领事，已由本部令知各交涉员一律发给出境护照矣。须至照会者。

照会去后，再电令驻德公使颜惠庆，向德政府索取护照，克日归国。并由黎总统布告全国道：

此次欧战发生，我国严守中立，不意接本年二月二日德国政府照会，德国新定之封锁计划，使中立国商船，从是日起，在限定禁线内行驶，诸多危险等语。当以德国前此所行攻击商船之方法，损害我国人民生命财产，已属不少；今兹潜艇作战之计划，危害必更剧烈。我国因尊崇公法，保护人民生命财产起见，遂向德国提出严重抗议，并声明如德国不撤销其政策，我国迫不得已，将与德国断绝现有之外交关系。在我国深望德国或不至坚持其政策，仍保持向来之睦谊。不幸抗议已逾一月，德国之潜艇攻击政策，并未撤销，各国商船，多被击沉，我国人民因此致死者，已有数起！昨十一日据德国正式答复，碍难取销其封锁战略，实出我国愿望之外。兹为尊崇公法保护人民财产计，自今日始，与德国断绝现有之外交关系，特此布告。

同日复下一通令道：

现在我国已与德国断绝现有之外交关系，所有保护德国侨民及其他应办事宜，着各该管官署查照现行国际公法惯例，迅筹办法，颁布施行。此令。

为这一令，国务院中遂组织国际政务评议会，研究外交关系事项。正会长就是国务总理段祺瑞，副会长乃是外交总长伍廷芳。并函聘王士珍、陆征祥、熊希龄、孙宝琦、汪兆铭、汪大燮、曹汝霖、周善培、魏宸组、陆宗舆、张嘉森、夏贻霆、刘崇杰、丁士源、伍朝枢、张国淦等，为会中评议员。所应研究事件，共分七则：（一）处置国内德侨；（二）对于协约国应提条件；（三）华工招募；（四）物料供给；（五）关税改正；（六）巴黎经济同盟条文；（七）议和大会中各问题。各会员方共同讨论，逐条采行。

德使辛慈，已卸旗回国；各埠领事，亦相继出境。于是天津、汉口德租界，即令地方官收回。还有津浦北段铁路管理权，及在上海、厦门、广州等处德国商船，均先后归华官收管；就是供职路矿的德国工程师，亦一体解职。惟普通侨民，暂许仍旧侨居；德华银行，暂听照常营业。独上海法租界中，有一德人所办的同济医工大学，教育部拟收回自办。哪知法人先行逞强，由法租界工部局，勒令解散，把德人驱遣出境。看官可知租界的规例吗？租借权虽归外人，土地权仍属我国，所有德校处置，应由我国办理。经外交部援据法例，向法使抗议，法使不肯照允。只论强弱，不问公法。乃由教育部派员到沪，与该校董事协商善后办法。当将该校迁入吴淞中国公学旧址，由部另任校长，仍留德人为教员，照常开学。既已绝交，还要留住教员，也可不必。既而财政部复发出通告，停付欠德各款，将应解款项，暂存中国银行，俟欧战了结，再行定夺。偏英法各国，复出来反对，主张此款应存外国银行，又惹起一番交涉。而且驻京的荷兰公使，来一照会，自言受德使委托，所有在华利益，暂由本使代管。且中德虽已绝交，尚未宣战，不能适用待遇敌人的法例，遂将德国所有利益没收。那时段总理迭遭刺激，转滋懊恼，索性提出宣战问题，欲加入英法各国协约团，实行抗德。一来可满足协约国的希望，二来可免荷兰公使的牵掣，倒也是个贯彻始终的主张。惟黎总统以与德绝交，已属太甚；再拟宣战，更觉不情。因此决计缓进，不从段请。自是府院的意见，复致相左，免不得又生冲突，激成嫌隙。这是黎菩萨过柔之误。

正在双方龃龉的时候，忽来了四川警电，报称川、滇两军寻衅鏖斗的事情，当由黎总统下令：着四川督军罗佩金，及川军第二师师长刘存厚，一律来京。看官！你道川乱何故发生？原来罗佩金署督四川，威望不及蔡锷，且所部滇军，驻扎川境，尝与川军有嫌。政府因川事平靖，电饬罗佩金裁撤各军。罗即拟将川、滇兵队酌量裁遣。师长刘存厚、周道刚、钟体道、陈泽霈、熊克武等暗地不服，意欲乘此逐罗，免不得反客为主。刘更跋扈异常，居然率领所部，径入成都，只说罗督军意分厚薄，遣派不均，来与罗督评理。罗佩金亦不甘坐让，饬阻刘军入城。刘军哪肯从命，一哄进去，竟向督军署扑来。说时迟，那时快，督军署内竟发出大炮，轰击刘军。刘军开枪还击，遂闹成一片兵祸，把省城作为战场。可怜成都居民，茫无头绪，骤闻各种枪炮声，已吓得魂飞天外。突然间一弹飞来，将墙壁间击成窟窿，又突然间飞入数弹，碰着人体，顿时血肉模糊，昏晕倒地。既而东圮西倒，南毁北焚。爆裂声、倾塌声与男女哀号声，并作一片。何罪至此！那两边的丘八老爷，还是兴高采烈，拼命相争。百姓都死，丘八老爷恐也难独生。嗣经商民举出代表，吁请休战，方才停了一两天。罗刘各电致中央，争辩曲直。黎总统尚欲笼络两人，特任罗佩金为超威将军、刘存厚为崇威将军，叫他即日来京。另命省长戴戡暂行兼代四川督军，刘云峰为暂编陆军第二师长，更派王人文为四川查办使，张习为查办副使，赴川查办。一面下令申告道：

> 四川自军兴以来，兵队增多，饷需支绌。上年叠经电商暂署督军罗佩金，酌定裁遣各军办法去后，本年三月，据川军师长刘存厚、周道刚、钟体道、陈泽霈、熊克武等电称，罗署督编遣军队，支配饷械，主客各军，显分厚薄等情。续据罗署督电称，刘存厚、陈泽霈收束军队，有意迟延。正拟派员查办间，即据罗署督电称刘存厚围攻督署，刘存厚则谓罗署督开炮攻击所部。并据各方电告，省城连日枪炮猛烈，人民生命财产，损伤甚巨。着派王人文、张习驰往彻查。川民叠经兵祸，疮痍未复，又遭此次重变，本大总统实痛于心，该查办使务须秉公据实查复，勿得稍存偏徇。在未经查复以前，责成戴兼督严饬在省川、滇各军官长，约束所部，勿论如何，不准再滋事端。其省外各军，各有维持地方之责，不准擅离防守。倘敢故违，军律具在，政府无所偏倚，即决无所姑息。所有此次被难商民，并着该省长迅即查明，妥为抚辑，勿任失所！此令。

　　王人文、张习两人，奉命登途。尚未到川，罗佩金已遵令交卸，将印信交与戴戡。可见罗直刘曲。戴戡即日就职，函商刘存厚，请他退兵出城。刘存厚仍然不睬，还是拥兵图逞，蟠踞城中。戴乃不得已电达政府，据实报告。小子有诗叹道：

　　　　尽说军人贵服从，如何同境不相容？
　　　　武夫跋扈从兹始，肇祸原来是滥封。

　　政府接得戴电，应该如何办理，且至下回说明。

　　与德绝交一事，自日后观之，似为段祺瑞之先见。然我国亦未尝得沾大利，徒令府院冲突，酿成他日之各种战衅，是岂不可以已乎？段失之太刚，黎又失之太柔，当断不断，反受其乱，吾不能不为黎氏咎焉。若夫川省之兵祸，曲在刘而不在罗，黎乃欲调停了事，至欲笼以虚名，无分彼此。试思刘之目的何在？乃欲以"将军"二字，敛彼野心得乎？况无罪者加赏，有罪者亦赏，是徒亵名器，益启武夫玩视之渐。尾大不掉，适滋国忧，虽曰观过知仁，而总统失权之弊，盖自此始矣。

第八十二回

托公民捣乱众议院　请改制哗聚督军团

却说黎政府接到川电，才知刘存厚拥兵自逞，不服命令。只好变软为刚，将他免职示惩，随即下令云：

> 前因川、滇两军在成都省城冲突，叠由院部电饬双方停止争斗。兹据戴兼督电称，刘存厚于中央停止争斗之命，置若罔闻，仍攻督署等语。崇威将军刘存厚，着即免职，听候查办。所有在省川、滇各军，责成该兼督严饬各该管官长，即日开拔出城，分别驻扎，恪遵前令，不得再滋事端。倘仍延抗，军法具在，定惟该管官长等是问。此令。

此令下后，才闻刘存厚有退兵消息。王、张两查办使，得安抵川境，实行调查，报告川民被难情形，由黎总统拨款赈济，且不必细表。惟外部兵祸，似觉少纾，内部纠葛，又闻迭起。财政总长陈锦涛，入陈总统，讦发次长殷汝骊，因炼铜厂事，有代人请托情弊。黎总统方拟核办，忽由炼铜厂商人柴瑞周等，具禀国务院，声言陈总长令渠借垫股款，并勒写字据等情。当派夏寿康、张志潭查办。复称事涉嫌疑，不无可议。因将陈锦涛、殷汝骊一并免职，交法庭依法审办。殷汝骊已逃匿无踪，只陈锦涛到案候质，留置看守所。接连又是交通总长被控案。交通部直辖津浦铁路管理局，曾向华美公司购办机车，局长王家俭、总务处长童益临，纳贿舞弊，哄动京中，经交通部查明，将他撤差。总长许世英自请失察处分，情愿免职。黎总统尚欲挽留，嗣经国务院派员查复，该局确有弊混等情，且与许总长亦涉嫌疑，因呈报黎总统。黎乃准许辞职，先将局长王家俭，及前副局长盛文颐，并交法庭审理。总检察厅且传讯许世英，亦将他羁住看守所。陈、许同时被押，可谓无独有偶。司法总长张耀曾，动了兔死狐悲的观念，竟劾检察长杨荫杭，及检察官张汝霖未得完全证据，遽传讯许世英等，实属违背职务，污损官绅，于是许世英遂得释放，连陈锦涛也保释出来。究竟官官相护。惟财政、交通两席，暂由财政次长李思浩，及交通次长权量代理。嗣复提出李经羲，拟任为财政总长。经国会投票通过，老大的云南故督，又俨然出台来了。为后文伏笔。

　　国务总理段祺瑞把阁务视若轻闲，惟一心一意的对付外交，定要与德宣战。当下电召各省督军，及各特别区域都统赴京会议，解决宣战问题。山西督军阎锡山、河南督军赵倜、山东督军张怀芝、江西督军李纯、湖北督军王占元、福建督军李厚基、吉林督军孟恩远、直隶督军曹锟、安徽省长倪嗣冲、察哈尔都统田中玉、绥远都统蒋雁行、晋北镇守使孔庚等，奉召亲行，陆续晋京。此外各省，亦均派代表到会。四月二十五日，特开军事会议，由段总理主席极言对德问题，非战不可。各督军都统等统是雄赳赳的武夫，素奉段为领袖，段要绝德，大家均已赞成，段要战德，何人再来反对？孟恩远首先起座，呼出"赞成"二字，随后便大家附和，"赞成、赞成"的声音，震动全院。推孟出头，为废国会张本。段祺瑞自然欣慰，俟散会后，即去报知黎总统。黎很是不乐，但又不便当面驳斥，只好淡淡的答道："宣战不宣战，总须由国会议决，若但凭军人主张，何必虚设此国会呢？"段祺瑞道："提交国会，是应当的手续，总统宜即日咨行。"黎总统呆了半晌，才道："请总理代拟咨文便了。"满腹牢骚。段也不复再言，竟退出总统府，直至国务院，嘱秘书拟定咨文，赍送府中盖印。黎总统约略一瞧，文中有"本大总统为促进和平，维持公法，保护人民生命财产起见，认为与德国政府，有宣战必要"等语，不禁自笑道："什么叫做必要？我国的内哄，尚是未平，难道还想与外人构衅么？"话原不错，但受人胁制奈何？说至此，愤愤的检取印信，向纸上盖讫，掷付来人。那来人接手后，便赍送众议院去了。

众议院接到咨文，免不得议论纷纷。有一大半是不主战的。次日由议员秘密讨论，无非是主战的少，不主战的多。结果是由议长宣言，俟两日后，开全院委员会，审查这种宣战案情。哪知这风声传将出去，顿有许多请愿书，似雪花柳絮一般，飘飘的飞入院中。有的是署着陆海军人请愿书，有的是署着五族公民请愿团，有的是署着政学商界请愿团，还有北京学界请愿团、军界请愿团、商界请愿团、市民请愿团，迷离惝恍，阅不胜阅。当由院中役夫，收拾拢来，一股脑儿掷入败字篓中。请愿团化作纸团儿，中国各种团体，也应如此处置。到了五月十日，众议院开会审查，甫经召集，门外忽啸聚数千人，各持一小旗帜，写着各种"请愿团"字样。每团有数十代表，手持传单，一拥入院，见了议员，便将传单分给。议员见他们无理取闹，不愿接收；或接单稍迟，他们即伸出如梃的手臂，似钵的拳头，向议员面前，猛击过来。议员急忙躲闪，身上已被捶数下。人必自侮，然后人侮之，试看上文集议宪法时，同是议员，尚且彼此互殴，何怪他人乘间侮弄。霎时间院中秩序，被他们捣乱。

还是议长汤化龙，有些胆量，索性向前语众道："诸位都是爱国的志士，既已有志请愿，应该公同研究，如何动起蛮来？况我等为了宣战一案，方在审查，并未倡议反对，奈何便得罪列位呢？”言未已，只听一片哗声道：“但将宣战案通过，我等自然罢休。”汤化龙又朗声道：“诸君是来请愿，并不是来决斗；就使今日是决斗问题，也应守着秩序，举出代表，何必劳动许多人员。”这数语理直气壮，说得大众无可辩驳。乃当场选出六人，作为全体代表，进见议长。汤化龙接入后，六人各呈名片：一是赵鹏图，一是吴光宪，一是刘坚，一是白亮，一是张尧卿，一是刘世钧。化龙一一瞧毕，便问道：“诸君有何见教？”赵鹏图应声道：“闻贵院今日开会，是解决宣战问题。目下与德宣战，乃是万不得已的情形，要战便战，何待审查？今日如通过宣战案，是贵院俯顺舆情，我辈无不悦服，否则恐多不便。”白亮、吴光宪复接入道：“如不通过此案，应请议长声明，不许议员出院。”这种要挟，还是袁世凯一人教之。汤化龙不觉微晒道：“我却没有这般权力，惟列位既已到此，请入旁听席，少安毋躁，静待我等解决。”六人方才无言，退至旁听席坐下。

　　化龙即命将全院委员会，改作大会，自己退入后室，凭着电话，传入国务院。请国务总理、内务总长、司法总长，速即莅院弹压，国务院中复词照允。好容易捱过两小时，才见兼署内务总长范源濂乘舆到来，又阅两小时，国务总理段祺瑞，始偕巡警总监吴炳湘率领警察百名，荷枪至院。是何濡滞也？是时天已薄暮，夜色凄其，门首各种请愿团，尚是喧扰不休，声声口口的讥骂议员。段祺瑞看不过去，当令吴炳湘婉言晓谕，仍然无效。乃借院中电话，招集马队，仗了马上威风，将各请愿团陆续赶散。赵鹏图等六代表，也坐不安稳，溜了出去。待院内安静如初，差不多将二三更天了。议员有数人受伤，先行返寓，还有日本新闻记者，亦被误殴致伤，由警察总监吴炳湘派警送回。段总理、范总长也相继归去，议长议员等一并散归，翌日奉黎总统令云：

> 据内务部呈称："本月十日，众议院开全院委员会，
> 有多数请愿团麇集院门，发布印刷品，致有议员被殴情
> 事。当即严令警察厅驰往解散，并将滋事之人查究"等
> 语。著司法部交该管法庭从速检察，依法究办，并责成内
> 务部随时饬警，妥为保护，毋得稍涉疏懈！此令。

司法总长张耀曾接到此令，眼见得办理为难，竟上呈辞
职。又有外交总长伍廷芳，及农商总长谷钟秀、海军总长程璧
光，均提出辞职书，陆续送呈总统府中。看官听着！这几位总
长，乃是国民党中要人，与段总理感情，本不甚融洽。当时得
入阁任事，亦由段氏自欲罗才，特地化除畛域，采用几个异派
的人物。但黎总统亦曾加入国民党，党同道合，自然沆瀣相
投；就是众议院的议员，一半入国民党籍，他的党旨，不愿与
德宣战，所以反对段氏，隐表同情。此次各种请愿团，胁迫议
院，明明由主战派指使，无拳无勇的司法部如何办理？且因党
见未合，不能不辞职求去。伍、谷、程三总长无非因同党关
系，致有连带辞职的举动，偏黎总统并不批答，镇日里延宕过
去。那提出辞职的总长，也不到国务院，乐得自由数天。统是
心心相印。

只有这位段总理，自信甚深，硬要达到宣战目的，今朝催
众议院开会，明朝催众议院议决。众议院寂然不动，挨过了七
八天，始由议员褚辅成倡议，略谓："国务员已多数辞职，此
案且从缓议，俟内阁全体改组，再行讨论未迟。"当经多数表
决，咨复国务院。看官！你想段总理望眼将穿，恨不得即日宣
战，偏经国会牵掣，不能由他做主，他如何不忿？如何不恼？
当下与督军团密商，设法泄恨。三个缝皮匠，比个诸葛亮，况

有二十余人会议此事，应该想出一个绝妙的法儿。他不从宣战上着想，偏从宪法上索瘢，因即拟定一篇改制宪法的呈文，由吉林督军孟恩远领衔，赍交总统府。其文云：

窃维国家赖法律以生存，法律以宪法为根本，故宪法良否，实即国家存亡之枢。恩远等到京以来，转瞬月余，目睹政象之危，匪言可喻，然犹无难变计图善。惟日前宪法会议二读会通过之宪法数条，内有众议院有不信任国务员之决议时，大总统可免国务员之职或解散众议院，惟解散时须得参议院之同意；又大总统任免国务总理，不必经国务员之副署；又两院议决案与法律有同等效力等语，实属震悚异常。查责任内阁之制，内阁对于国会负责；若政策不得国会同意，或国会提案弹劾，则或令内阁去职，或解散国会，诉之国民；本为相对之权责，乃得持平之维系。今竟限于有不信任之决议时，始可解散。夫政策不同意，尚有政策可凭，提案弹劾，尚须罪状可指。所谓不信任云者，本属空渺无当，在宪政各国，虽有其例，究无明文。内阁相对之权，应为无限制之解散，今更限以参议院之同意，我国参众两院，性质本无区别，回护自在意中；欲以参议院之同意，解散众议院，宁有能行之一日？是既陷内阁于时时颠危之地，更侵国民裁制之权，宪政精神，澌灭已尽。且内阁对于国会负责，故所有国家法令，虽以大总统名义颁行，而无一不由阁员副署。所以举责任之实际者在此，所以坚阁员之保障者亦在此。任免总理，为国家何等大政，乃云不必经国务员副署，是任命总理时，虽先有两院之同意为限制，而罢免时则毫无牵碍，一惟大总统个人意旨，便可去总理如逐厮役。试问为总理者，何以尽其忠国之谋，为民宣力乎？且以两院郑重之同意，不惜牺牲于命令之下，将处法律于何等，又将自处于何等乎？至议决案与法律有同等效力一层，议会专制口吻，尤属显彰悖逆，肆无忌惮。夫议员议事之权，本法律所赋予，果令议决之案，与法律有同等效力，则议员之于法律，无不可起灭自由，与"朕开口即为法律"之口吻，更何以异？

国家所有行政司法之权，将同归消灭，而一切官吏之去留，又不容不仰议员之鼻息。如此而欲求国家治理，能乎不能？况宪法会议近日开会情形，尤属鬼蜮，每一条文出，既恒阻止讨论，群以即付表决相哗请，又每不循四分之三表决定例，而辄以反证表决为能事。以神圣之会议，与儿戏相终始，将来宣布后谓能有效，直欺天耳。

此等宪法，破坏责任内阁精神，扫地无余，势非举内外行政各官吏，尽数变为议员仆隶，事事听彼操纵，以畅遂其暴民专制之私欲不止。我国本以专制弊政，秕害百端，故人民将士，不惜掷头颅，捐血肉，惨澹经营，以构成此共和局面。而彼等乃舞文弄墨，显攫专制之权，归其掌握，更复何有国家？以上所举，犹不过其荦荦大者。

其他钳束行政，播弄私权，纰缪尚多，不胜枚举。如认此宪法为有效，则国家直已沦胥于少数暴民之手；如宪法布而群不认为有效，则祸变相寻，何堪逆计？恩远等触目惊心，实不忍坐视艰辛缔造之局，任令少数之人，倚法为奸，重召巨祸，欲作未雨之绸缪，应权利害之轻重，以常事与国会较，固国会重；以国会与国家较，则国家重。今日之国会，既不为国家计，是已自绝于人民，代表资格，当然不能存在。犹忆《天坛草案》初成、举国惶骇时，我大总统在鄂督任内，挈衔通电，力辟其非，至理名言，今犹颂声盈耳。议宪各员，具有天良，当能记忆，何竟变本加厉，一至于此。惟有仰恳大总统权宜轻重，毅然独断，如其不能改正，即将参众两院，即日解散，另行组织。俾议宪之局，得以早日改图，庶几共和政体，永得保障，奕世人民，重拜厚赐。恩远等忝膺疆寄，与国家休戚相关，兴亡之责，宁忍自后于匹夫？垂涕之言，伏祈鉴察！无任激切屏营之至！

呈文上的署名，除领衔的孟恩远外，就是王占元、张怀芝、李厚基、赵倜、倪嗣冲、李纯、阎锡山及田中玉、蒋雁行等。又有浙江代表赵禅，奉天代表杨宇霆，黑龙江代表张宣、张发宸，陕西代表瞿寿湜，甘肃代表吴中英，热河代表冯梦云，湖南代表张翼鹏，新疆代表钱桐，江苏代表师景云，贵州代表王文华，云南代表叶荃，共得二十二人。一面递呈国务总理，及通电各省，这一场有分教：

苍狗白云多变幻，红羊浩劫又侵寻。

欲知黎总统曾否照准，且待下回分解。

有袁世凯之胁迫议会，勾结军阀，而段祺瑞乃欲踵而效之。彼请愿团之捣乱议会，果谁使之乎？督军团之纠劾议会，果谁使之乎？夫议会之一切举动，固不足尽满人意，然武夫专制之为祸，较甚于议会之专制。兵犹火也，不戢将自焚也，袁氏且毒人自毒，段智不袁若，乃亦起而效尤，宁非大误，国家多难，杌陧不安，顾尚堪一误再误耶？吾观段氏之所为，吾尤不能无憾于袁氏矣。

第八十三回

应电召辫帅作调人　撤国会军官甘副署

却说督军团递入呈文，待了两日，未见批答下来，料知黎总统不肯照允，遂向总理处告辞，陆续出京。行到天津，复在督军曹锟署内，开了一次秘密会议。适徐州张勋，亦有密电到津，邀各军长等同赴徐州。各军长又复南下，与张辫帅晤谈竟夕，彼此订定密约，方才散归，静听中央消息。葫芦里卖什么药。才隔两天，即闻黎总统下令，免国务总理兼陆军总长段祺瑞职，着外交总长伍廷芳，暂行代理国务总理；陆军次长张士钰，代理陆军部务。一个霹雳，响彻中原，各军长正防这一着，准备与中央翻脸，方拟传电质问，忽由总统府发出通电，略云：

> 段总理任事以来，劳苦功高，深资倚畀，前因办事困难，历请辞职，叠经慰留，原冀宏济艰难，同支危局。
>
> 乃日来阁员相继引退，政治莫由进行，该总理独力支持，贤劳可念。当国步阽危之日，未便令久任其难，本大总统特依《约法》第三十四条免去该总理本职，由外交总长暂行代署，俾息仔肩，徐图大用，一面敦劝东海出山，共膺重寄。其陆军总长一职，拟令王聘卿继任。执事等公忠体国，伟略匡时，仍冀内外一心，共图国是，本大总统有厚望焉！

这道电文，颁发出来，各军长统皆愕然。看到电文的署名，除黎总统外，就是代理国务总理伍廷芳副署，大众更觉惊哗。未几即接到段祺瑞通电，略言"卸职出京，暂寓天津，惟调换总理命令，未经祺瑞副署，将来地方及国家，因此生何影响，祺瑞概不负责"云云。看官阅此，应知他言中寓意，明明是教外省督军质问中央，诘他违法。于是长江巡阅使张勋，首先拍电，谓："此令由伍廷芳副署，不合法律。"此外各省军长，亦如张勋所言，陆续电诘。张非段派，乃首驳黎氏，无非欲收渔人之利。就是国会议员，亦不得不提出质问。聊复尔尔。当经伍廷芳依据约法，兼引民国以来任免总理的先例，通电解释，并向议会答复。议会中原是虚与委蛇，不再穷诘；惟各军长怎肯罢休，自然坚持到底，还要龃龉，申请黎总统收回成命。黎总统如何肯从，但将各军长电文置诸高阁，特派王士珍为京津一带临时警备总司令，江朝宗、陈光远为副司令，戒备非常。

正在内外争持的时候，突接宁夏护军使马福祥来电，报称"擒获伪'皇帝'吴生彦，即日正法"等语。原来吴生彦为甘肃匪首，也艳羡皇帝二字的美称，因即纠众千余，骚扰甘蒙边境。诈称为清室后裔达儿六吉，自号统绪皇帝。把"光绪""宣统"二年号，凑合成名，可发一噱。封党徒卢占魁为大元帅，兴兵恢复。幸由马福祥所部军队，闻风剿捕，斩获百人。贼众究系乌合，纷纷骇散。伪皇帝与伪大元帅，一筹莫展，只有乱窜一法，结果是无处奔避，被官军四面兜拿，擒至护军使辕门。讯明情实，赏给几个卫生丸，送他归阴。袁氏想做皇帝，尚难成事，何况吴生彦。但亦袁氏引带出来，故特叙及。黎总统接得捷电，自然放心。惟伍廷芳系由黎氏任命，作为临时总理，未经国会通过同意，自未得继续下去；再加各军长交相诘难，廷芳也觉不安，屡向黎总统处告辞。黎总统焦思苦虑，想出一个老成重望的人物，请令上台。欲知他姓甚名谁，就是新命财政总长李经羲。

经羲系清傅相李鸿章从子，年已老朽，不堪大用。黎独追溯从前，谓祺瑞父尝从故军门周盛传麾下，周本淮军将领，隶属李氏，李氏为北洋系军阀旧家，借他余威，或可弹压北洋军人，免他滋扰。*婚媾尚且反噬，遑论旧谊？* 适值李经羲奉命至津，正好畀他重任，维持危局。当下转咨国会，拟任李经羲为国务总理，请求同意。国会议员与黎氏通同一气，自然不致两歧，不过手续上总须投票，方可表决。等到开瓯检票，自得多数同意，复告政府。黎总统便即下令，特任李经羲为国务总理，一面派员赴津，迎李入京。李经羲未肯遽允，复书辞谢，再经黎总统手书敦勉，经羲仍然模糊作答，不即启行。惹得黎总统望眼将穿，非常焦灼。

不意督军团的手段，煞是厉害，一声爆裂，首发淮上。安徽省长倪嗣冲，居然通电各省，宣告独立。略言"群小怙权，扰乱政局，国会议员，乘机构煽，政府几乎一空。宪法又系议院专制，自本日始，与中央脱离关系"云云。

这电为民国六年五月二十九日拍发，越日，即扣留津浦铁路火车，运兵赴津，颇有晋阳兴甲的气象。嗣是奉天督军兼省长张作霖、陕西督军陈树藩、河南督军赵倜、省长田文烈、浙江督军杨善德、省长齐耀珊、山东督军兼署省长张怀芝、黑龙江督军兼署省长毕桂芳、帮办军务许兰洲、直隶督军曹锟、省长朱家宝、福建督军李厚基、山西督军阎锡山、第二十师师长范国璋、绥远旅长王丕焕、第七师师长张敬尧、第八师师长李长泰等，依次哗噪，与那倪嗣冲异口同声，倡言独立。那时苦口婆心的黎菩萨，真弄到魔障重重，没法摆布了。代理国务总理伍廷芳等，又统是无拳无勇，不能救急。没奈何再使秘书劳神，撰了数千百言，电发出去，劝告督军团，并派员分往宣慰。看官！你想这班督军团，手拥强兵，气焰极盛，岂是区区笔舌，所得挽回？当下独立各省，均派干员至天津，设立各省军务总参谋处，即用雷震春为总参谋，将设临时政府、临时议会。风声日紧一日，黎总统寝食不安，孤危得很。适安徽督军张勋，递入呈文，历陈时局危险，劝黎总统勿再固执，危及国家，言下并有自出斡旋的意思。黎总统还道他是个好人，巴不得他出来调停，急来抱佛脚，哪知他是个牛魔王。再电问李经羲，经羲亦主张召勋，因决计下令道：

> 据安徽督军张勋来电，历陈时局，情词恳挚，本大总统德薄能鲜，诚信未孚，致为国家御侮之官，竟有藩镇联兵之祸，事与心左，慨歉交深。安徽督军张勋功高望重，公诚爱国，盼即迅速来京，共商国是，必能匡济时艰，挽回大局，跂予望之！此令。

张勋接到此令，喜如所望，即复电到京，克日启程。别有肺肠，明眼人当能窥测。众议院议长汤化龙，蒿目时艰，料知前途必有大变，不如见机远祸，乃向院中陈请辞职。各议员表决许可，因即改选，另举吴景濂为议长。副议长陈国祥亦情愿去职，偏不得大众允许，只好仍然留任。此外如参众两院议员，有心趋避，联翩告辞，乐得离开烦恼场，回去享福。最惊人耳目的事情，乃是副总统冯国璋，亦电达参众两院，请辞中华民国副总统一职，并派员将原受证书，具文送缴两院；且通电中央及各省，声明时局险巇，无术救济，不能靦颜尸位等情。黎总统越觉焦急，慌忙复电慰留，一面敦促安徽督军张勋，及国务总理李经羲入都，挽救危局。江西督军李纯，却是有些热诚，意欲出为调停，特由赣省入京，窥探两造意见，竭力周旋。偏黎总统的心目中，专望那辫子大帅；天津的各省总参谋处，又是倚势作威，不容进言。李督军徒讨了一回没趣，只好扫兴自归。那辫帅张勋，于六月七日起行，随身带着精兵五千，乘车就道，越宿即至天津，与李经羲晤商。彼此密谈多时，定了密计，遂先派兵入京，作为先声，又电陈调停条件，第一项宜解散国会，第二项是撤销京津警备。意欲何为？黎总统接电后，明知这两项是都不可行，但事在燃眉，不得不依他一条，把王士珍、江朝宗、陈光远的警备总副司令，先行撤销，然后再复电张勋，商榷解散国会一事，似乎有不便依议的情形。偏张勋坚执己见，谓："国会若不解散，断无调停余地，自己亦未便晋京，拟即回任去了。"黎总统接到此电，又大吃了一惊。可巧驻京美公使，复来了一角公文，由伍廷芳亲自赍入。黎总统急忙启阅，但见上面写着：

美国政府闻中国内讧，极为忧虑，笃望即复归于和好，政治统一。中国对德宣战，抑或仍守与德绝交之现状，乃次要之事件。在中国最为必要者，乃维持继续其政治之实验，沿已得进步之途径，进求国家之发展。美国所以关心于中国政体、及行政人物者，仅以中美友谊之关系，美国不得不助中国。但美国尤深切关心者，在中国之维持中央统一与单独负责之政府。是以美国今表示极诚恳之希望，愿中国为自己利益及世界利益计，立息党争。并愿所有党派与一切人民，共谋统一政府之再建，共保中国在世界各国中所应有之地位。但若内讧不息，而欲占其以应得之地位，则必不可能也。

黎总统览到此处，见下文只有寥寥数字，料不过是起结套话，因此不暇细瞧，便将来文置诸案上。顾语伍廷芳道："这原是友邦的好意，但目前危状，几乎朝不保暮，公可别有良策否？"廷芳踌躇多时，竟想不出什么法子，只得当面敷衍道：

"总统高见，究应如何办法？"黎总统答道："张勋所要求的二大条件，京津警备，已经撤销，只解散国会，事关重大，未便照行。偏他定要照办，如何是好？"廷芳道："民国《约法》，并无解散国会的条件，此事如何行得？就是前日段总理免职，廷芳面奉钧命，勉强副署，那还有《约法》可援，已遭各军长反对，痛责廷芳。倘或解散国会，是要被全国唾骂了。"黎总统道："这便怎么处？"廷芳道："且再派一干员赴津与张勋婉商，宁可改行别种条件罢。"黎总统点首无言，廷芳便即退出。当由黎总统派员往津，才阅一宵，便见该员返报。据言："张勋意见，非解散国会，断不可了。现限定三日以内，必须颁发解散国会的命令。否则通电卸责，南下回任，恕不入谒了。"仿佛哀的美敦书。黎总统听着，直似哑子吃黄连，说不出的苦楚。又召伍廷芳等熟商，廷芳托辞有疾，但呈入一篇辞职书，不愿进见。此外有几位国务员，应召进来，也无非面面相觑，支吾了事。

光阴易过，倏忽三天，张辫帅所说的限期，已经到了。黎总统再召集文武各员，咨商国是，大家亦不肯做主，惟推到总统一人身上。就中有一个步军统领江朝宗，甫卸警备副司令的职衔，想乘此出些风头，竟说解散国会，并非今日创行，尚记得老袁时代么？总统为保全大局起见，何妨毅然决计，暂撤国会，再作计较。黎总统捻须道："伍代揆为了副署一事，不便承认，所以称疾辞职，现有何人肯来担负呢？"朝宗道："为国为民，义所难辞，但教总统另简一人，使他副署，便好解决了。"黎总统委实没法，只好商诸各部总长，请他担任此责。各总长同声推辞，黎总统仍顾江朝宗道："看来此事只好属君了。"朝宗道："此事本非朝宗所宜负责，但事已至此，也不能不为总统分忧。朝宗也不遑后顾，就此一干罢。"毕竟武夫胆大。黎总统也明知不妙，惟除此以外，别无救急的良方，没奈何把头微点。待到大众退出，即命秘书代缮命令，逐条颁发。第一道是准外交总长伍廷芳免代理国务总理职；第二道是特任江朝宗暂行代理国务总理；第三道便是解散国会了。略云：

上年六月，本大总统申令，以宪法之成：专待国会，宪法未定，大本不立，亟应召集国会，速定宪法等因。是本届国会之召集，专以制宪为要义。前据吉林督军孟恩远等呈称："日前宪法会议及审议会通过之宪法数条，内有众议院有不信任国务员之决议时，大总统可免国务员之职，或解散众议院，惟解散时，须得参议院之同意；又大总统任免国务总理，不必经国务员之副署；又两院议决案，与法律有同等效力等语，实属震悚异常。考之各国制宪成例，不应由国会议定，故我国欲得良妥宪法，非从根本改正，实无以善其后。以常事与国会较，固国会重；以国会与国家较，则国家重。今日之国会，既不为国家计，惟有仰恳权宜轻重，毅然独断，将参众两院即日解散，另行组织，俾议宪之局，得以早日改图，庶几共和政体，永得保障"等语。近日全国军政商学各界函电络绎，情词亦复相同。查参众两院，组织宪法会议，时将一载，迄未告成。现在时局艰难，千钧一发，两院议员纷纷辞职，以致迭次开会，均不足法定人数。宪法审议之案，欲修正而无从，自非另筹办法，无以慰国人宪法期成之喁望。本大总统俯顺舆情，深维国本，应即准如该督军等所请，将参众两院即日解散，克期另行选举，以维法治。此次改组国会本旨，原以符速定宪法之成议，并非取消民国立法之机关，邦人君子，咸喻此意！此令。

这道解散国会的命令，当然由江朝宗副署了。朝宗虽已副署，也恐为此招尤，特通电自解道：

现在时艰孔亟，险象环生，大局岌岌，不可终日。总统为救国安民计，于是有本日国会改选之命令。朝宗仰承知遇，权代总理，诚不忍全国疑谤，集于主座之一身，特为依法副署，藉负完全责任。区区之意，欲以维持大局，保卫京畿，使神州不至分崩，生灵不罹涂炭。一俟正式内阁成立，即行引退。违法之责，所不敢辞。知我罪我，听诸舆论而已。

发令以后，黎总统长吁短叹，总觉愤懑不安，意欲再明心迹，方可对己对人。小子有诗为证云：

文人笔舌武夫刀，扰扰中华气量豪。
一体如何左右袒，枉教元首费忧劳。

欲知黎总统如何自明，试看下回续叙。

段总理免职，首先反抗者为张勋，而后来宣告独立，乃让倪嗣冲、张作霖等出头，岂辫帅之先勇后怯耶？彼盖故落人后，可以出作调人，而自遂其生平之愿望。黎总统急不暇择，便引为臂助，一心召请，菩萨待人，全出厚道，安知伏魔大将军反为魔首也。至解散国会一事，伍廷芳不敢副署，因致辞职，独江朝宗毅然入请，愿为效劳。赳赳武夫，胆量固豪，其亦料将来之变幻否耶？而德不胜才之黎总统，则已不堪胁迫矣。

第八十四回

偕老友带兵入京　叩故宫黉夜复辟

却说黎总统解散国会，心中仍然愤闷，不得不表明心迹，因再嘱秘书草就一令，同日缮发。大略说是：

元洪自就任以来，首以尊重民意，谨守《约法》为职志，虽德薄能鲜，未餍舆情，而守法勿渝之素怀，当为国人所共谅。乃者国会再开，成绩尚尠，宪政会议，于行政立法两方权力，畸轻畸重，未剂于平，致滋口实。皖、奉发难，海内骚然，众矢所集，皆在国会。请求解散者呈电络绎，异口同声。元洪以《约法》无解散之明文，未便破坏法律，曲徇众议，而解纷靖难，智勇俱穷，亟思逊位避贤，还我初服。乃各路兵队，逼近京畿，更于天津设立总参谋处，自由号召，并闻有组织临时政府与复辟两说，人心浮动，讹言繁兴。安徽张督军北来，力主调停，首以解散国会为请，迭经派员接洽。

据该员复述："如不即发明令，即行通电卸责，各省军队，自由行动，势难约束"等语，际此危疑震撼之时，诚恐藐躬引退，立启兵端，匪独国家政体，根本推翻，抑且攘夺相寻，生灵涂炭。都门首善之地，受害尤烈，外人为自卫计，势必至始于干涉，终以保护。亡国之祸，即在目前。元洪筹思再四，法律事实，势难兼顾，实不忍为一己博守法之虚名，而使兆民受亡国之惨痛。为保存共和国体，保全京畿人民，保持南北统一计，迫不获已，始有本日国会改选之令，忍辱负重，取济一时，吞声茹痛，内疚神明。所望各省长官，其曾经发难者，各有悔祸厌乱之决心，此外各省，亦皆曲谅苦衷，不生异议。庶几一心一德，同济艰难，一俟秩序回复，大局粗安，定当引咎辞职，以谢国人。天日在上，誓不食言。

这令下后，两院议员无可奈何，相率整装出都。督军团已得如愿，不战屈人，便都电告中央，取消独立。惟黑龙江督军毕桂芳为帮办军务许兰洲所迫，卸职自去。许兰洲亦不待中央命令，但说由毕桂芳移交，居然就职。力大为王，还管什么高下？政府也不暇过问，由他胡行。惟广东督军陈炳焜、广西督军谭浩明，乃是国民党中的健将，素来扶持黎总统，不入督军团中。此次闻黎氏被迫解散国会，已经愤不可遏、跃跃欲动，再经议员等出京抵沪，电致湘、粤、桂、滇、黔、川各省，谓："民国《约法》中，总统无解散国会权，江朝宗为步军统领，非国务员，更不能代理国务总理。且总统受迫武人，亦已自认违法，所有解散国会的命令，当然无效。"这电文传到两督军座前，便双方互约，暂归自主。俟恢复旧国会或重组新国会，依法解决时局，再行听命。两督联名传电，理由颇也充足。但两广僻处岭南，距京最远，就使加倍激烈，亦未足慑服督军团，所以督军团全然不睬，反暗笑他螳斧当车，不自量力。

还有这位张辫帅趾高气扬，竟与李经羲偕行入京，来演一出特别好戏。黎总统派员至车站前，恭迎二人入都。就是都中人士，拭目待着，也总道是两大人物，定有旋天转地的手段，可以易危为安。俟至汽笛鸣鸣，烟尘滚滚，京津火车，辘辘前来，车上悬着花圈，一望便知是伟人座处，不由的瞻仰起来。

寻常时候，火车到站，非常忙乱，此时却格外镇静，车站两旁，统有兵队森列，严肃无声。但见辫子大帅与李老头儿联翩下车，即由总统府特派员上前鞠躬，表明总统诚意。张辫帅满面春风，对他一笑，便改乘马车，由随来的一营兵士，拥护出站，偕李经羲同进都门去了。渲染声势，反跌下文。

看官记着！张、李入都的日子，乃是六月十四日。过了数天，尚未有什么举动，惟见都城内外，遍贴定武将军的告示。大略说是：“此行入都，当力筹治安。”余亦没有意外奇语。有几个聪明伶俐的士人，看到“定武将军”四字已不禁生疑。暗想定武将军虽是张辫帅的勋衔，但他究任安徽督军，如何出示都门敢来越俎？就中必有隐情，不可测度。仔细探听总统府中，但闻张、李二人，与总统晤谈数次，亦无非是“福国利民”的口头禅，没甚表异。大家无从揣摩，只得丢过一边。

到了二十一日，天津总参谋处，由雷震春宣告撤销，倒也是一番佳象。二十四日，国务总理李经羲就职，奉令兼财政总长，亦未尝提出辞呈。不过他通电各省，自称任事期限，只三阅月，过此便要辞职，这是他格外鸣谦，无关轻重。二十五日，复由黎总统下令，任命李经羲兼盐务督办。二十六日，内务部因改选国会，特设办理选举事务局，局长派出杨熊祥。二十九日，准免司法总长张耀曾，及农商总长谷钟秀二人改任江庸署司法总长，李盛铎署农商总长。这条命令，却是有些蹊跷。张、谷皆国民党，忽然免职，另任他人，想总是削夺国民党的面子，划除黎总统的心腹，此外当无甚关系了。逐层反跌。

谁料事起非常，变生不测，六月三十日的夜间，竟演就一场“复辟”的幻戏出来。确是奇闻。复辟二字，本是张辫帅念念不忘的条件。从前徐州会议，第一条即为“尊重优待清室”的成约，暗中已寓有复辟的意思；至第二次徐州会议，表面上仍筹议治安，其实是为了复辟计划重复讨论。倪嗣冲素不赞成

共和，冯国璋模棱两可，余皆奉张辫帅为盟主，莫敢异言。张
辫帅部下，统皆垂辫，原是借辫发为标帜，待时复辟。此次
黎、段龃龉，正是绝好机会，所以连番号召，要结同盟。看得
透，写得出。直隶督军曹锟本列入督军团内，闻着此议，忙去
请教前清元老徐世昌。徐世昌摇首道："这事断不可行，少轩
自谓忠清，我恐他反要害清了。"是极。锟领教后，方知张勋
所议不合。少轩就是张勋表字。惟张勋曾有各守秘密的条约，
故锟与徐说明，各不声张，坐观成败。

及勋既北上，阳作调人，暗中实为复辟起见。天下事若要
不知，除非莫为，所以张勋到津，前国务总理熊希龄，就有反
对复辟的通电。迭称复辟论调，具有五大危险"一关财政，
二关外交，三关军政，四关民生，五关清室"，说得淋漓痛
切，毫无剩词。副总统冯国璋，阅熊电文，亦幡然觉悟，发一
通电，与熊共表同情。实未免首鼠两端。黎总统览到熊、冯两
电，很觉惊心，因此解散国会时，自明心迹，也曾将"复辟"
二字提及，预先示惩。补前文所未详。就是张辫帅的好友亦密
电劝阻，略言："时机未熟，民情未孚，兵力未集，不宜轻举
妄动。"张颇有所悟，复电谓："俟大局粗定，内阁组成，便
当南返徐州，所有复辟一说，自当取消，毋庸再议。"于是远
近安心，不复担忧了。

偏偏张勋参谋长万绳栻，热心富贵，希旨迎合，日夕在辫
帅旁，微词挑拨，怂恿复辟，又去敦促文圣人到京，作一帮
手。文圣人姓甚名谁？就是前清工部主事康有为。有为尝到徐
州，谒见张勋，勋与他谈论时政，语多投机。彼此都是保皇派，
自然契合。康尚文、张尚武两人各诩诩自夸，故时论号为"文
武两圣人"。至此康有为接奉密召，星夜到京，预拟诏书数
纸，持入见张。张勋正往江西会馆中夜宴，时尚未归，当由万
绳栻接着，与有为密议多时，差不多是二更天气了。绳栻急欲

求逞，派人赴江西会馆，探望张勋，好容易才得使人还报，谓："大帅在会馆中听戏，所以迟归。现在戏将演毕，想就可返驾了。"绳枨与有为又眼巴巴的伯候。约过了一二小时，方见辫子大帅，大踏步的进来。有为亟上前请过晚安，由张勋欢颜道谢，引他就座。彼此寒暄数语，绳枨已将左右使开，向有为传示眼色，令他进言。有为即将草拟诏书，从囊中取出一大包，持呈张勋。勋问为何因？有为道："请大帅约略展阅，便见分晓。"勋启视一页，便捻须道："这……这事恐不便速行。"有为尚未及答，绳枨便在旁接入道："大帅志在复辟，已非一日；现在大权在手，一呼百诺，正是千载一时的机会，失此不图，尚待何时？"张勋尚有三分酒意，听了此言，不由的鼓动余兴，奋袂起座道："有理有理，我便干一遭罢。"曲肖莽夫形容。当下唤入心腹侍从，分头往邀几个著名大员，商量起事。

少顷，便有数人到来。一是陆军总长王士珍。一是步军统领江朝宗、一是警察总监吴炳湘、一是第二十师师长陈光远，陆续进见，启问情由。张勋便提出"复辟"两大字，请他数大员帮忙。王士珍老成持重，颇有难色；江朝宗乃是急性人，当即赞成；士珍嗫嚅道："这……这事还应慢慢妥商。"回应张勋前语。笔法入神。张勋瞋目道："要做就做，何必多商。事若不成，由我老张负责，不致累及诸公，否则休怪我不情哩！"士珍见他色厉词狂，不敢再言。张勋复顾吴炳湘道："今夜便当开城，招纳我部下将士，明晨就好复辟了。"炳湘也未敢反对。张勋遂派人据住电报局，不许他人拍电，并放定武军入城。一面召人刘廷琛、沈曾植、劳乃宣、阮忠枢、顾瑗等，审查康有为所拟诏书，有无误点。大家检阅一番，心下各忐忑不定。有几个素主复辟，稍稍注视，但闻是康圣人手笔，当然不能笔削，乐得做个好好先生。

转眼间已是鸡声报晓，天将黎明了。张勋已命厨役办好酒肴，即令搬出，劝大家饱餐一顿。未几，即有侍从入报，定武军统已报到，听候明令。张勋跃起道："我等就同往清宫，去请宣统帝复辟便了。"说着，左右已取过朝衣朝冠，共有数十套。亏他当夜筹备。张勋先自穿戴，并令大众照服，不能如大帅有辫，总觉不象。出门登车，招呼部兵，一齐同行。到了清宫门首，门尚未启，由定武军叩门径入。张勋也即下车，招呼王士珍等徒步偕进。清宫中的人员，不知何因，统吓得一身冷汗，分头乱跑，里面去报知瑾、瑜两太妃，外面去报知清太保世续。两太妃与世续诸人，并皆惊起，出问缘由。张勋朗声道："今日复辟，请少主即刻登殿。"世续战声道："这是何人主张？"张勋狞笑道："由我老张做主，公怕什么！"世续道："复辟原是好事，惟中外人情，曾否愿意？"张勋道："愿意不愿意，请君不必多问，但请少主登殿，便没事了。"世续尚不肯依，只眼睁睁的望着两太妃。两太妃徐语张勋道："事须斟酌，三思后行。"张勋不禁动恼道："老臣受先帝厚恩，不敢忘报，所以乘机复辟，再造清室，难道两太妃反不愿重兴吗？"瑜太妃呜咽道："将军幸勿错怪！万一不成，反恐害我全族了。"张勋道："有老臣在，尽请勿忧！"两太妃仍然迟疑，且至泪下，世续亦踌躇不答。俄而定武军哗噪起来，统请宣统帝登殿。张勋亦忍耐不住，厉声问世续道："究竟愿复辟否？"胁主退位，我所习闻，胁主复辟，却是罕见，这未始非张辫帅之孤忠。世续恐不从张勋，反有意外情事，乃与两太妃熟商，只好请宣统帝出来。两太妃乃返身入内，世续亦即随入，领出十三岁的小皇帝，扶他登座。此番却不哭了。张勋便拜倒殿上，高呼"万岁"。王士珍等也只得跪下，随口欢呼。朝贺已毕，即由康有为赍呈草诏，即刻颁布。诏云：

朕不幸，以四龄继承大业，茕茕在疚，未堪多难。辛亥变起，我孝定景皇后至德深仁，不忍生民涂炭，毅然以祖宗创垂之重，亿兆生灵之命，付托前阁臣袁世凯，设临时政府，推让政权，公诸天下，冀以息争弭乱，民得安居。乃国体自改革共和以来，纷争无已，迭起干戈，强劫暴敛，贿赂公行。岁入增至四万万，而仍患不足；外债增出十余万万，有加无已。海内嚣然，丧其乐生之气，使我孝定景皇后不得已逊政恤民之举，转以重困吾民。此诚我孝定景皇后初衷所不及料，在天之灵，恻痛而难安者。而朕深居宫禁，日夜祷天，彷徨饮泣，不知所出者也。今者复以党争，激成兵祸，天下汹汹，久莫能定，共和解体，补救已穷。据张勋、冯国璋、陆荣廷等以国体动摇，人心思旧，合词奏请复辟，以拯生灵；又据瞿鸿禨等，为国势阽危，人心涣散，合词奏请御极听政，以顺天人；又据黎元洪奏请奉还大政，以惠中国而拯生民各等语。真会捣鬼，大约是康圣人梦中瞧过。览奏情词恳切，实深痛惧。既不敢以天下存亡之大责，轻任于冲人微眇之躬，又不忍以一姓祸福之謇言，遂置生灵于不顾。权衡轻重，天人交迫，不得已允如所奏，于宣统九年五月十三日，是从阴历。临朝听政，收回大权，与民更始。而今以往，以纲常名教，为精神之宪法；以礼义廉耻，收溃决之人心。

上下以至诚相感，不徒恃法守为维系之资；政令以惩毖为心，不得以国本为尝试之具。况当此万象虚耗，元气垂绝，存亡绝续之交，朕临深履薄，固不敢有乐为君，稍自纵逸。尔大小臣工，尤当精白乃心，涤除旧染，息息以民瘼为念。为民生留一分元气，即为国家留一息命脉，庶几危亡可救，感召天庥。所有兴复初政，亟应兴革诸大端，条举如下：

一、钦遵德宗景皇帝谕旨，大权统于朝廷，庶政公诸舆论，定为大清帝国，善法列国君主立宪政体。

——皇室经费，仍照所定每年四百万数目，按年拨用，不得丝毫增加。

——懔遵本朝祖制，亲贵不得干预政事。

——实行融化满汉畛域，所有以前一切满蒙官缺，已经裁撤者，概不复设。至通俗易婚等事，并着所司条议具奏。

——自宣统九年五月本日以前，凡与东西各国正式签定条约，及已付债款各合同，一律继续有效。

——民国所行印花税一事，应即废止，以纾民困。

其余苛细杂捐，并着各省督抚查明，奏请分别裁撤。

——民国刑律，不适国情，应即废除，暂以宣统初年颁定《现行刑律》为准。

——禁除党派恶习，其从前政治罪犯，概予赦免，倘有自弃于民而扰乱治安者，朕不敢赦。

——凡我臣民，无论已否剪发，应遵照宣统三年九月谕旨，悉听其便。凡此九条，誓共遵守，皇天后土，实鉴临之！将此通谕知之！

这谕既发，康有为又取出第二、三道草诏，谕设内阁议政大臣，并设阁丞二员。余如京外各缺，均暂照宣统初年官制办理。又封黎元洪为一等公；授张勋、王士珍、陈宝琛、梁敦彦、刘廷琛、袁大化、张镇芳为内阁议政大臣；万绳栻、胡嗣瑗为内阁阁丞；梁敦彦为外务部尚书；张镇芳为度支部尚书；王士珍为参谋部大臣；雷震春为陆军部尚书；朱家宝为民政部尚书；徐世昌为弼德院院长；康有为为副院长，张勋又兼任直隶总督北洋大臣，留京办事；冯国璋为两江总督南洋大臣；陆荣廷为两广总督。他如直隶督军曹锟以下，统改官巡抚。一时希荣求宠诸徒，无不雀跃，纷纷至热闹市场，购办翎顶蟒服，准备入朝。市侩遂竞搜旧箧，把从前搁落的朝臣服饰，一股脑儿搬取出来，重价出售，倒是一桩绝大利市，得赚了好许多银子。小子也乐得凑趣，胡诌几句歪诗道：

> 轻心一试太粗狂，偌大清宫作戏场。
> 只有数商翻获利，挟奇犹悔不多藏。

复辟已成，兴高采烈的张辫帅，还有若干手续，试看下回便知。

> 张勋以数年之心志，乘黎菩萨危急之余，冒昧求逞，遽尔复辟。此乃所谓行险侥幸之举，宁能有成？况清室已仆，不过为残喘之苟延，欲再出而号令四方，试问如许军阀家，尚肯低首下心，为彼奴隶乎？但观民国诸当局之各私其私，尚不若张辫帅之始终如一，其迹可訾，其心尚堪共谅也。彼康有为亦何为者？前清戊戌之变，操之过激，几陷清德宗于死地，此时仅余一十三龄之遗胤，乃又欲举为孤注，付诸一掷，名为保清，实则害清，是岂不可以已乎？若万绳栻诸人，固不足道焉。

第八十五回

梁鼎芬造府为说客　黎元洪假馆作寓公

却说张勋主张复辟，仓猝办就，诸事统皆草率，所有手续，概不完备。就是草诏中所叙各奏，都是凭空捏造，未曾预办，因此又劳那康圣人费心，先将自己奏折草就，补呈进去，再把瞿鸿禨等奏请听政的折子，亦缮定一分，作为备卷。其实冯国璋、陆荣廷、瞿鸿禨等尚未接洽，全凭文武两圣人，背地告成。这数种奏折原文，小子无暇详录，惟当时张勋有一通电，宣告中外，录述如下：

> 自顷政象诡奇，中原鼎沸，蒙兵未解，南耗旋惊，政府几等赘旒，疲氓讫无安枕。怵内讧之孔亟，虞外务之纷乘，全国漂摇，靡知所届。勋惟治国犹之治病，必先洞其症结，而后攻达易为功；卫国犹之卫身，必先定其心君，而后清宁可长保。既同处厝火积薪之会，当愈励挥戈返日之忠，不敢不掬此血诚，为天下正言以告。
>
> 溯自辛亥武昌兵变，创改共和，纲纪隳颓，老成绝迹；暴民横恣，宵小把持。奖盗魁为伟人，祀死囚为烈士，议会倚乱民为后盾，阁员恃私党为护符，以剥削民脂为裕课，以压抑善良为自治，以摧折耆宿为开通；或广布谣言，而号为"舆论"，或密行输款，而托为"外交"，无非恃卖国为谋国之工，借立法为舞法之具。驯至昌言废

孔，立召神恫，悖礼害群，率由兽行，以故道德沦丧，法度凌夷，匪党纵横，饿莩载道。一农之产，既厄于讹诈，复厄于诛求，一商之资，非耗于官捐，即耗于盗劫。凡在位者，略吞贿赂，交济其奸。名为"民国"，而不知有民，称为"国民"，而不知有国。至今日民穷财尽，而国本亦不免动摇，莫非国体不良，遂至此极。即此次政争伊始，不过中央略失其平，若在纪纲稍振之时，焉有觰辖不解之虑？乃竟兵连方镇，险象环生，一二日间，弥漫大地。乃公亦局中人，何徒责人而不自责。迄今外蒙独立，尚未取消，西南乱机，时虞窃发。国会虽经解散，政府久听虚悬，总理既为内外所不承认，仍即靦然通告就职。政令所及，不出都门，于是退职议员，公诋总统之言为伪令，推原祸始，实以"共和"为之厉阶。且国体既号共和，总统必须选举，权利所在，人怀幸心。而选举之期，又仅以五年为限，五年更一总统，则一大乱；一年或数月更一总理，则一小乱。选举无已时，乱亦无已时。此数语颇亦动听。小民何辜，动罹荼毒，以视君主世及，犹得享数年或数十年之幸福者，相距何啻天渊？利病较然，何能曲讳？或有谓国体既改共和，倘轻予更张，恐滋纷扰，不若拥护现任总统，或另举继任总统之为便者。不知总统违法之说，已为天下诟病之资，声誉既隳，威信亦失，强为拥护，终不自安；倘日后迫以陷险之机，曷若目前完其全身之术？爱人以德，取害从轻，自不必伴予推崇，转伤忠厚。亏他自圆其说。至若另行推选，克期继任，讵敢谓海内魁硕，并世绝无其人？还是请辫帅登台何如？然在位者地丑德齐，莫能相下；在野者资轻力薄，孰愿率从？纵欲别选元良，一时亦难其选。盖总统之职，位高权重，有其才而无其德，往者既时蓄野心；有其德而无其才，继者乃徒供牵鼻。重以南北趋向，不无异同，选在北则南争，选在南则北争，争端相寻，而国已非其国矣。默察时势人情，与其袭共和之虚名，取灭亡之实祸，何如屏除党见，改建一巩固帝国，以竞存于列强之间，此义近为东西各国所主张，全球几无异议。中国本为数千年君主之制，圣贤继踵，代有留贻，制治之方，较各国为尤顺。然则为时势计，莫如规复君主；为名教计，更莫如推戴旧君。此心此理，八表攸同。

伏思大清忠厚开基，救民水火，其得天下之正，远迈汉、唐，二祖七宗，以圣继圣，至我德宗景皇帝，时势多艰，忧勤尤亟，试考史宬载笔，如普免钱粮，叠颁内帑，多为旷古所无，即至辛亥用兵，孝定景皇后宁舍一姓之尊荣，不忍万民之涂炭，仁慈至意，沦浃人心，海内喁喁，讴思不已。前者朝廷逊政，另置临时政府，原谓试行共和之后，足以弭乱绥民，今共和已阅六年，而变乱相寻未已，仍以谕旨收回成柄，实与初旨相符。况我皇上冲龄典学，遵时养晦，国内迭经大难，而深宫匕鬯无惊，近且圣学日昭，德音四被，可知天佑清祚，特畀我皇上以非常睿智，庶应运而施其拨乱反正之功。祖泽灵长，于兹益显。

勋等枕戈励志，六载于兹，横览中原，陆沉滋惧，比乃猝逢时变，来会上京。窃以为暂偷一日之安，自不如速定万年之计，业已熟商内外文武，众议佥同，谨于本日合词奏请皇上复辟，以植国本而固人心，庶几上有以仰慰列圣之灵，下有以俯慰群生之望。风声所树，海内景从。凡我同袍，皆属先朝旧臣，受恩深重，即军民人等，亦皆食毛践土，世沐生成，接电后，应即遵用正朔，悬挂龙旗。国难方殷，时乎不再，及今淬厉，尚有可为。本群下尊王爱国之至心，定大清国阜民康之鸿业。凡百君子，当共鉴之。

是时京城里面，俱经张勋传令，凡署廨局厂及大小商场，一应将龙旗悬起，随风飘扬，仿佛仍是大清世界。总算北京的大清帝国。只总统府中，未曾悬挂龙旗，张勋还顾全黎总统面子，不遽用武力对待，但遣清室旧臣梁鼎芬等，"清室旧臣"四字，加诸梁鼎芬头上，却合身分。先往总统府中，入作说客。鼎芬见了黎总统，即将复辟情形，略述一番，并把一等公的封章，探囊出示。黎总统皱眉道："我召张定武入都，难道叫他来复辟吗？"鼎芬道："天意如此，人心如此，张大师亦不过应天顺人，乃有这番举动，况公曾受过清职，食过清禄，辛亥政变，非公本意，天下共知。前次胁公登台，今番又逼公下场，公也可谓受尽折磨了，今何若就此息肩，安享天禄，既不负清室，亦不负民国，岂非一举两善么？"黎总统道："我并非恋栈不去，不过总统的职位，乃出国民委托，不敢不勉任所难。若复辟一事，乃是张少轩一人主张，恐中外未必承认，我奈何敢私自允诺呢？"鼎芬复絮说片时，黎总统只是不答。再经鼎芬出词吓迫道："先朝旧物，理当归还，公若不肯赞成，恐致后悔。"黎总统仍然无语。鼎芬知不可动，悻悻自去。黎总统暗暗着忙，急命秘书拟定数电，由黎总统亲自过目。因闻电报局被定武把守，料难拍发，乃特派亲吏潜出都城，持稿赴沪，方得电布出来：

（第一电）本日张巡阅使率兵入城，实行复辟，断绝交通，派梁鼎芬等来府游说，元洪严词拒绝，誓不承认。副总统等拥护共和，当必有善后之策。特闻。

（第二电）天不悔祸，复辟实行，闻本日清室上谕，有元洪奏请归政等语，不胜骇异。吾国由专制为共和，实出五族人民之公意，元洪受国民付托之重，自当始终民国，不知其他。特此奉闻，藉免误会。

（第三电）国家不幸，患难相寻，前因宪法争持，恐启兵端，安徽督军张勋愿任调停之责，由国务总理李经羲，主张招致入都，共商国是。甫至天津，首请解散国会，在京各员，屡次声称保全国家统一起见，委曲相从。刻正组织内阁，期速完成，以图补救。不料昨晚十二点钟，突接报告，张勋主张复辟，先将电报局派兵占领。今日梁鼎芬等入府，面称先朝旧物，应即归还等语。当经痛加责斥，逐出府外。风闻彼等已发出通电数道，何人名义，内容如何，概不得知。元洪负国民付托之重，本拟一俟内阁成立，秩序稍复，即行辞职以谢国人。今既枝节横生，张勋胆敢以一人之野心，破坏群力建造之邦基，即世界各国承认之国体，是果何事，敢卸仔肩？时局至此，诸公夙怀爱国，远过元洪，伫望迅即出师，共图讨贼，以期复我共和而救危亡，无任迫切。临电涕泣，不知所云。如有电复，即希由路透公司转交为盼。

黎总统既派人南下，复与府中心腹商量救急的方法，大众齐声道："现在京中势力，全在张勋一人手中，总统既不允所请，他必用激烈手段，对付总统，不如急图自救，暂避凶威，徐待外援到来，再作后图。"黎总统沉吟道："教我到何处去？"大众道："事已万急，只好求助外人了。"黎总统尚未能决，半晌又问道："我若一走，便不成为总统了，这事将怎么处置？"大众听了，还道黎总统尚恋职位，只得出言劝慰道："这有何虑？外援一到，总统自然复位了。"黎总统慨然道："我已决意辞职，不愿再干此事，惟一时无从交卸，徒为避匿方法，将来维持危局，究靠何人主张？罢！罢！我记得《约法》中，总统有故障时，副总统得代行职权，看来只好交与冯副总统罢。"大众又道："冯副总统远在江南，如何交去？"

黎总统也觉为难，为了这条问题，又劳黎总统想了一宵。大众逐渐散出，各去收拾物件，准备逃生。这原是第一要着。可怜这黎总统食不甘味，寝不安席，几乎一夜未能合眼，稍稍困倦，朦胧半刻，又被鸡声催醒，窗隙间已有曙光透入了。当即披衣起床，盥洗已毕，用过早膳，尚没有什么急警，惟闻有人传报，清宫内又有任官的上谕，瞿鸿禨、升允并授大学士；冯国璋、陆荣廷并为参预政务大臣；沈曾植为学部尚书；萨镇冰为海军尚书；劳乃宣为法部尚书；李盛铎为农工商部尚书；詹天佑为邮传部尚书；贡桑诺尔布为理藩部尚书。此外尚有许多侍郎、左右丞，及都统、提督、府尹、厅丞诸名目，不胜枚举。随笔带过，较省笔墨。黎总统也无心细听，但安排交卸的手续，尚苦无人担承。

到了晌午，风声已加紧了，午后竟有定武军持械前来，声势汹汹。强令总统府卫队，一律撤换，并即日交出三海，不得迟延。陆军中将唐仲寅为总统府卫队统领，无法抵推，亟入报黎总统，速请解决。黎总统本疑李经羲与勋同谋，不愿与议，至此急不暇择，便令秘书刘钟秀，往邀经羲。刘奉命欲行，可巧外面递入李经羲辞职呈文，并报称经羲已赴天津。走得好快。黎总统长叹道："我也顾不得许多了，看来只有仍烦老段罢。"便命刘钟秀草定两令，一是准李经羲免职，仍任段祺瑞为国务总理。一是请冯国璋代理职权。所有大总统印信，暂交国务总理段祺瑞摄护，令他设法转呈。两令草就，盖过了印，即将印信封固，派人赍送天津，交给段祺瑞，自己随取了一些银币，带着唐仲寅、刘钟秀二人，及仆从一名，潜出府门，竟往东交民巷，投入法国医院中。

时已天暮，院门虽开，里面只有仆从数人住守，问及院长，答称外出未归，无从见客，那时只好快快退出，折入日本使馆界内。沿途踯躅，穷无所归，好似倦鸟失巢，惶急无主。

亏得唐仲寅记起一人，谓与日本公使武随员斋藤少将，尝相往来，不妨向彼求援，并托保护。当下驰入斋藤少将官舍，投刺请见。幸斋藤少将未曾出门，便即迎入。他本是认识黎元洪，总统印信，已经交出，不能再称总统了。又与唐仲寅交好，当然坦怀相待。仲寅即将避难情形，约略告知，并浼他至日本公使前，善为转达，恳请保护身命。斋藤少将一力担承，遂命役从取出茶点，供饷二人。黎元洪稍稍放心，且因夜膳尚无着落，不得已将东洋茶食，略充饥渴。好在斋藤少将诚心帮忙，叫他两人坐待，自往日使馆中代为请命，少顷即回报道："敝公使已如所请，屈就营房数日，当予以相当保护，尽可无忧。"黎、唐二人当即称谢。斋藤少将便令卫兵腾出营房一间，导引两人栖宿。黎菩萨才得离开地狱，避入天堂了。还算不幸中之幸。越宿即由日本公使，通告驻京各国公使馆，并及清室道：

　　黎大总统带侍卫武官陆军中将唐仲寅、秘书刘钟秀及从者一名，于七月二日午后九时半，不预先通知，突至日本使馆域内之使领武随员斋藤少将官舍，恳其保护身命。日本公使馆认为不得已之事情，并顾及国际通义，决定作相当之保护，即以使馆域内之营房，暂充黎总统居所，特此告知。

　　总统避去，民国垂危。冯国璋远处江南，鞭长莫及，只有段祺瑞留寓天津，闻得京中政变，惹动雄心，即欲出讨张勋。可巧前司法总长梁启超，亦在津门，两下会议，由祺瑞表明己意，启超一力怂恿，决主兴兵。适陈光远在津驻扎，手下兵却有数千，段、梁遂相偕至光远营，商议讨张，光远却也赞同。又值李经羲到津，致书祺瑞，请他挽回大局。就是黎元洪所派遣的亲吏，亦赍送印信到津，交与祺瑞。祺瑞阅过来文，越觉名正言顺，当即嘱托梁启超，草拟通电数道，陆续拍发。梁本当代文豪，先已由自己出名，反对复辟，洋洋洒洒的撰成数千百言，通电全国。不过前时手无寸铁，但凭理想上立论，比张勋为董卓、朱温；好一个正比例。此次由段祺瑞出来兴师，更属理直气壮，乐得借那笔尖儿，横扫千人军。既而冯、段联约，瞿、陆辨诬，祺瑞自任共和军总司令，更靠那煌煌大文，鼓吹义旅，笔伐凶豪。小子有诗咏道：

> 笔锋也可作兵锋，文武兼优快折冲。
> 莫道书生无诣力，一枝斑管足褫凶。

欲知文中如何抒写，请看下回录叙。

康有为外，又有一梁鼎芬，是皆为清末之老生，脑筋中只含有事君以忠数语，而未知通变达权之大义者也。夫必有夏少康之英武，然后可以光夏物，必有周宣王之明哲，然后可以复周宗。彼宣统帝尚在冲年，宁能及此？况种族革命，已成常调，君主政体，不克再燃，即令英辟重生，亦未能违反民意，侈然自尊，更何论逊清之余裔乎？康有为出佐张勋，已同笨伯，而梁鼎芬复往说黎元洪，其愚尤甚。惟黎元洪引虎自卫，卒为虎噬，仓猝出走，日暮途穷，幸有日本使馆之营房，及斋藤少将之友谊，尚得借庇一枝，自全身命，否则不为所害者，亦几希矣。虽然，知人则哲，尧舜犹难，吾于黎氏何责焉？

第八十六回

誓马厂受推总司令　战廊坊击退辫子军

却说梁启超草缮电文，凭着那生平抱负，随纸抒写，端的万言立就，一鸣惊人。首数电是分致冯国璋及陆荣廷、瞿鸿機诸人，不过问明真假，无甚闳议。另有一篇通告讨逆的电文，着笔不多，已觉得感慨淋漓。文云：

天祸中国，变乱相寻。张勋怀抱野心，假调停时局为名，阻兵京国，至七月一日，遂有推翻国体之奇变。窃惟国体者，国之所以与立也，定之匪易。既定后而复图变置，其害之中于国家者，实不可胜言。且以今日民智日开，民权日昌之世，而欲以一姓威严，驯伏亿兆，尤为事理所万不能致。民国肇建，前清明察世界大势，推诚逊让。民怀旧德，优待条件，勒为成宪，使永避政治上之怨府，而长保名义上之尊荣，宗庙享之，子孙保之。历考有史以来廿余姓帝王之结局，其安善未有能逮前清者也。今张勋等以个人权利欲望之私，悍然犯大不韪，以倡此逆谋，思欲效法莽、卓，挟幼主以制天下，竟捏黎元洪奏称改建共和，诸多弊害，恳复御大统，以拯生灵等语，擅发伪谕。横逆至此，中外震骇。若曰为国家耶，夫安有君主专制之政，而尚能生存于今之世者？其必酿成四海鼎沸，盖可断言。而各友邦之承认民国，于兹五年，今覆雨翻云，我国人虽不惜以国为戏，在友邦则岂能与吾同戏者？内部纷争之结局，势非召外人干涉不止，国运真从兹斩矣。若曰为清室耶，清帝冲龄高拱，绝无利天下之心，其保傅大臣，方日以居高履危为大戒，今兹之举，出于迫胁，天下共闻，历考史乘，自古安有不亡之朝代？前清得以优待终古，既为旷古所无，岂可更置诸岩墙，使其为再度之倾覆以至于尽？祺瑞罢斥以来，本不敢复与闻国事，惟念辛亥缔造伊始，祺瑞不敏，实从领军诸君子后，共促其成。既已服劳于民国，不能坐视民国之颠覆分裂，而不一援。且亦曾受恩于前朝，更不忍听前朝为匪人所利用，以陷自灭。情义所在，守死不渝。诸公皆国之干城，各膺重寄，际兹奇变，义愤当同。为国家计，自必矢有死无贰之诚；为清室计，当久明爱人以德之义。复望戮力同心，戡兹大难。祺瑞虽衰，亦当执鞭以从其后也。敢布腹心，伏维鉴察。

自数电发出后，冯国璋的讨逆电、陆荣廷的辨证捏名电、及瞿鸿禨的表明心迹电，陆续布闻。还有岑春煊也来凑兴，声请讨逆，并致电与清太保世续，及陈宝琛、梁鼎芬两人，讽劝清室毋堕奸谋。此外如浙江、江西、湖南、湖北等省，一致反对复辟，声讨张勋。段祺瑞见众心愤激，料必有成，遂自称共和军总司令，亲临马厂，慷慨誓师，随即把梁任公第二道草檄，电告天下。任公系启超表字。大致说是：

    共和军总司令段祺瑞，谨痛哭流涕，申大义于天下曰：呜呼！天降鞠凶，国生奇变，逆贼张勋，以凶狡之资，乘时盗柄，竟有本月一日之事，颠覆国命，震扰京师，天宇晦霾，神人同愤。该逆出身灶养，行秽性顽，便佞希荣，渐跻显位，自入民国，阻兵要津，显抗国定之服章，婪索法外之饷糈；军焰凶横，行旅裹足，诛求无艺，私囊充盈，凡兹稔恶，天下共闻，值时多艰，久稽显戮。比以世变洊迫，政局小纷，阳托调停之名，阴为篡窃之备，要挟总统，明令敦召，遂率其丑类，直犯京师。自其启行伊始，及驻京以来，屡次驰电宣言，犹以拥护共和为口实，逮国会既散，各军既退，忽背信誓，横造逆谋，据其所发表文件，一切托以上谕。一若出自幼主之本怀，再三胪举奏折，一若由于群情之拥戴，夷考其实，悉属謷言。当是日夜十二时，该逆张勋，忽集其凶党，勒召都中军警长官二十余人，列载会议。勋叱咤命令，迫众雷同，旋即挈康有为闯入宫禁，强为拥戴。世中堂续叩头力争，血流灭鼻。瑾、瑜两太妃，痛哭求免，几不欲生。**与实情未必全符，但为清室解免，亦不得不如是说法。**

清帝子身冲龄，岂能御此强暴？竟遭诬胁，实可哀怜。该伪谕中横捏我黎大总统冯副总统，及陆巡阅使之奏词，尤为可骇。我大总统手创共和，誓与终始，两日以来，虽在樊笼，犹叠以电话手书，密达祺瑞，谓虽见幽，决不从命，责以速图光复，勿庸顾忌。我副总统一见伪谕，即赐驰电，谓为诬捏，有死不承。由此例推，则陆巡阅使联奏之虚构，亦不烦言而决。所谓奏折，所谓上谕，皆张勋及其凶党数人，密室籌灯，构此空中楼阁，而公然腾诸官书，欺罔天下。自昔神奸巨蠹，劝进之表，九锡之文，其优孟儿戏，未有若今日之甚者也。该逆勋以不忘故主，谬托于忠爱，夫我辈今固服劳民国，强半皆曾任先朝，故主之恋，谁则让人？然正惟怀感恩图报之诚，益当守爱人以德之训。昔人有言："长星劝汝一杯酒，世岂有万年天子哉？"旷观史乘，迭兴迭仆者几何代、几何姓矣，帝王之家，岂有一焉能得好结局？前清代有令辟，遗爱在民，天厚其报，使继之者不复家天下而公天下，因得优待条件，勒诸宪章；砺山带河，永永无极。吾辈非臣事他姓，绝无失节之嫌，前清能永享殊荣，即食旧臣之报，仁至义尽，中外共钦，自解处颇费心机。今谓必复辟而始为忠耶？张勋食民国之禄，于兹六年，必今始忠，则前日之不忠孰甚？昔既不忠于先朝，今复不忠于民国，刘牢之一人三反，狗彘将不食矣。谓必复辟而始为爱耶？凡爱人者必不忍陷人于危，以非我族类之嫌，丁一姓不再兴之运，处群治之世，而以一人为众矢之的，危孰甚焉？

张勋虽有天魔之力，岂能翻历史成案，建设万劫不亡之朝代？既早晚必出于再亡、及其再亡，欲复求有今日之条件，则安可得？岂惟不得，恐幼主不保首领，而清室子孙，且无噍类矣。清室果何负于张勋，而必欲借手殄灭之而后快？岂惟民国之公敌，亦清室之大罪人也。**两项是斩关直入语。**张勋伪谕，谓必建帝号，乃可为国家久安长治之计。张勋何人？乃敢妄谈政治。使帝制而可以得良政治，则辛亥之役，何以生焉？博观万国历史，变迁之迹，由帝制变共和而获治安者，既见之矣，由共和返帝制而获治安者，未之前闻。法兰西三复之而三革之，卒至一千八百七十一年，拥立共和，国乃大定，而既扰攘八十年，国之元气，消耗尽矣。国体者，譬犹树之有根也。植树而屡摇其根，小则萎黄，大则枯死。故凡破坏国体者，皆召乱取亡之道也。防乱不给，救亡不赡，而曰吾将借此以改良政治，将谁欺？欺天乎？复辟之贻害清室也如彼，不利于国家也如此，内之不特非清帝自动，而嫡妃耆傅，且不胜其疾首痛心。外之不特非群公劝进，而比户编氓，各不相谋而划目切齿，逆贼张勋，果何所为何所恃而出此？彼见其辫子军横行徐、兖亦既数年，国人优容而隐忍之，自谓人莫敢谁何，遂乃忽起野心，挟天子以令诸侯，因以次划除异己，广布腹心爪牙于各省。扫荡有教育有纪律之军队，而使之受支配于彼之土匪军之下。然后设文网以抗贤士，箝天下之口。清帝方今玩于彼股掌之上，及其时则取而代之耳，罪浮于董卓，凶甚于朱温，此而不讨，则中国其为无男子矣。

祺瑞罢政旬月，幸获息肩，本思稍事潜修，不复与闻政事，忽遭此变，群情鼎沸，副总统及各督军省长，驰电督责，相属于道，爱国之士夫，望治之商民，好义之军侣，环集责备，义正词严。祺瑞抚躬循省，绕室彷徨，既久奉职于民国，不能视民国之覆亡，且曾筮仕于先朝，亦当救先朝之狼狈。好笔仗。谨于昨日夜分，视师马厂，今晨开军官会议，六师之众，佥然同声，誓与共和并命，不共逆贼戴天。为谋行师指臂之便，谬推祺瑞为总司令，义之所在，不敢或辞，部署略完，克日入卫。查该逆张勋，此次倡逆，既类疯狂，又同儿戏，彼昌言事前与各省各军均已接洽，试问我国同袍僚友，果有曾预逆谋者乎？彼又言已得外交团同意，而使馆中人，见其中风狂走之态，群来相诘。言财政则国库无一钱之蓄，而蛮兵独优其饷，且给现银；言军纪则辫兵横行都门，而国军与之杂居，日受凌轹。数其阁僚，则老朽顽旧，几榻烟霞；问其主谋，则巧语花言，一群鹦鹉。似此而能济大事，天下古今，宁有是理？即微义师，亦当自毙。所不忍者，则京国之民，倒悬待解；所可惧者，则友邦疑骇，将起责言。祺瑞用是剑及屦及，率先勇进，为国民祛此蟊贼，区区愚忠，当蒙共谅。该逆发难，本乘国民之所猝未及防，都中军警各界，突然莫审所由来，在势力无从应付，且当逆焰熏天之际，为保持市面秩序，不能不投鼠忌器，隐忍未讨，理亦宜然。本军伐罪吊民，除逆贼张勋外，一无所问，凡我旧侣，勿用以胁从自疑。其有志切同仇，宜诣本总司令商受方略，事定后酬庸之典，国有成规。若其有意附逆，敢抗义旗，常刑所悬，亦难曲庇。至于清室逊让之德，久而弥彰，今兹构衅，祸由张逆，冲帝既未与闻，师保尤明大义，所有皇帝优待条件，仍当永勒成宪，世世不渝，以著我国民念旧酬功，全始全终之美。祺瑞一俟大难戡定之后，即当迅解兵柄，复归田里，敬候政府重事建设，迅集立法机关，刷新政治现象，则多难兴邦，国家其永赖之。谨此布告天下，咸使闻知。

大文炳炳，振旅阗阗。共和军总司令段祺瑞，已日夜部署，准备出师。会副总统冯国璋，又拍电至津，准与段祺瑞联合讨逆，乃复将两人署名，发一通电，数张勋八大罪状。其电云：

国运多屯，张勋造逆，国璋、祺瑞先后分别通电，声罪致讨，想尘清听。逆勋之罪，罄竹难书，服官民国，已历六年，群力构造之邦基，一人肆行破坏，罪一；置清室于危地，致优待条件，中止效力，辜负先朝，罪二；清室太妃、师傅，誓死不从，勋胁以威，目无故主，罪三；拥幼冲玩诸股掌，袖发中旨，权逾莽、卓，罪四；与同舟坚约，拥护共和，口血未干，卖友自绝，罪五；捏造大总统及国璋等奏折，思以强暴污人，以一手掩天下耳目，罪六；辫兵横行京邑，骚扰闾阎，复广募胡匪游痞，授以枪械，满布四门，陷京师于糜烂，罪七；以列强承认之民国，一旦破碎，致友邦愤怒惊疑，群谋干涉，罪八。凡此八罪，最为昭彰，自余稔恶，擢发难数。国璋忝膺重寄，国存与存，祺瑞虽在林泉，义难袖手。今已整率劲旅，南北策应，肃清畿甸，犁扫贼巢，凡我同袍，谅同义愤。伫盼云会，迅荡霾阴，国命重光，拜嘉何极！冯国璋、段祺瑞同电。

冯、段相联，声威益振，浙江督军杨善德、直隶督军曹锟、第十六混成旅司令冯玉祥等，亦均电告出师，公举段祺瑞为讨逆军总司令。祺瑞乃改称共和军为讨逆军，就在天津造币总厂设立总司令部，并派段芝贵为东路司令，曹锟为西路司令，分道进攻，一面就国务总理职任，设立国务院办公处，也权借津门地点，作为机关。就是副总统冯国璋，因段祺瑞转达黎电，请他代理总统职权，他因特发布告，略言"黎大总统不能执行职务，国璋依《大总统选举法》第五条第二项，谨行代理，即于七月六日就职"云云。还有外交总长伍廷芳亦携带印信至沪，暂寓上海交涉公署办公，即日电告副总统及各省公署，并令驻沪特派交涉员朱兆莘，电致驻洋各埠领事，声明北京伪外务部文电，统作无效，应概置不理为是。

于是除京城外，统是不服张勋的命令，张勋已成孤立，还要乱颁上谕，饬各督抚每省推举三人，来京筹议国会，又授徐世昌为太傅；张人骏、周馥为协办大学士；岑春煊、赵尔巽、陈夔龙、吕海寰、邹嘉来、张英麟、铁良、吴郁生、冯煦、朱祖谋、胡建枢、安维峻、王宝田为弼德院顾问大臣。一班陈年脚色，统去搜罗出来，叫他帮助清室。可赠他一个美号叫做"张古董"。清太保世续等，忧多喜少，屡遣太监至东安门外，采购新闻纸，携入备览，借觇舆情向背。适伪任太傅徐世昌，电告世续，说是变生不测，前途难料，宜自守镇静态度，幸勿妄动，所以宣统帝复辟数日，世续等噤若寒蝉，不出一语。但听张辫帅规划一切，今日任某官，明日放某缺，夹袋中的人物，一股脑儿开单邀请，其实多半在千里百里外面，就使闻知，也未敢贸然进来。

张勋正在忧闷，蓦接军报，乃是曹锟、段芝贵两军，分东西两路杀入。西路的曹锟军，占去芦沟桥；东路的段芝贵军，占去黄村。当下恼动张辫帅，立令部兵出去抵拒。

无如张军只有五千，顾东不能及西，顾西不能及东，此外无兵可派，只好一齐差去，使他冲锋。张军自知不敌，没奈何硬着头皮，前往一试。行至廊坊，刚值段芝贵驱兵杀来，两下交锋，段军所发的枪弹，很是厉害，张军勉强抵挡，伤毙甚多。正在招架不住，又听得西路急报，曹锟及陈光远等，统领兵杀到，张军前后受敌，哪里还能支持？霎时间纷纷溃退，段芝贵等遂进占丰台。越日，即由冯代总统发令，褫夺长江巡阅使安徽督军张勋官职，特任安徽省长倪嗣冲兼署安徽督军，所有张勋未经携带的部兵，统归倪嗣冲节制。且命各省军队，静驻原防，不得藉端号召，自紊秩序。段祺瑞又促东西两司令，赶紧入京，扫除逆氛。

张勋闷坐京城，连接各路警耗，且惊且愤，几乎把他几根黄须儿，一条曲辫子，也向上直竖起来，于是复矫托清帝谕旨，速命徐世昌入都，以太傅大学士辅政，自己开去内阁议政大臣，暨直隶总督兼北洋大臣各差缺，并电告各省，历述前此经过情形，大有恨人反复、不平则鸣的意思。小子有诗咏张辫帅道：

> 莽将无谋想用奇，欺人反致受人欺。
> 须知附和同声日，便是请君入瓮时。

究竟电文如何措词，容待下回再表。

张勋复辟，相传各军阀多半与谋，即冯河间亦不能无嫌，所未曾与闻者，第一段合肥耳。然由府院之冲突，致启督军团之要挟，因督军团之要挟，致召张辫帅之入京，推原祸始，咎有攸归。幸段誓师马厂，决计讨逆，方有以谢我国人，自盖前愆。梁启超出而助段，磨盾作檄，坊间所行之《盾鼻集》，备载讨逆大文，确是梁公一生得意之笔，阅者读之，固无不击节称赏，叹为观止矣。然梁为康有为之高足，康佐张辫帅而复辟，梁佐段总理而誓师，师弟反对，各挟其术以自鸣，意者其所谓青出于蓝钦？夫民国成立已十余稔，同舟如敌国，婚媾若寇仇，师弟一伦，更不暇问，吾读梁文，吾尤不禁忾然叹、泫然悲也。若张勋以区区五千人，遽欲推倒民国，谈何容易。彼方自谓历届会议，已得多数赞成，可以任所欲为，亦安知覆雨翻云者之固比比耶？张辫帅自作曲辫子，夫复谁尤！

第八十七回

张大帅狂奔外使馆　段总理重组国务员

却说张勋辞去议政大臣及各种兼衔，自思从前徐州会议诸多赞成，就是一二著名人物，亦无违言，今乃群起反对，集矢一身，不得不自鸣不平，通告全国，电文有云：

我国自辛亥以还，因政体不良之故，六年四变，迭起战争，海内困穷，人民殄瘁。推原祸始，罔非共和阶之厉也。勋以悲天悯人之怀，而作拯溺救焚之计，度非君主立宪政体，无以顺民心而回末劫，欲行君主立宪政体，则非复子明辟，无以定民志而息纷争，此心耿耿，天日为昭。

所幸气求声应，吾道不孤，凡我同袍各省，多与其谋，东海、河间，尤深赞许，信使往返，俱有可征。特录此电，实是为此数语。前者各省督军聚议徐州，复经商及，列诸计划之一，使他自己直供，令人拍手。嗣以事机牵阻，致有停顿，然根本主义，讵能变更？现以天人会合，幸告成功，民不辍耕，商不易市，龙旗飘漾，遍于都城。单靠都城竖着龙旗，有何用处？万众胪欢，咸歌复旦，使各省本其原议，多数赞同，何难再见太平？

不意二三政客，因处地不同，遂生门户之见。于是主张歧异，各趋极端，或故违本心，率以意气相向；或反持私见，而以专擅见规。遽启兵端，集于畿辅，人心惶恐，辇毂动摇。勋为保持地方治安起见，自不能不发兵抵御，战争既起，胜负难言，设竟以此扰及宫廷，祸延闾里，甚且牵惹交涉，丧失利权，则误国之咎，当有任之者矣。

惟念此次举义之由，本以救国济民为志，决无私毫权利之私，搀于其间，既遂初心，亟当奉身引退。况议政大臣之设，原以兴复伊始，国会未成，内阁无从负责。若循常制，仅以委诸总理一人，未免近于专断，不得已而取合议之制，事属权宜。勋以椎鲁武人，滥膺斯选，辞而后任，方切惭惶。何前倨而后恭？爰于本日请旨，以徐太傅辅政，组织完全内阁，召集国会，议定宪法，以符实行立宪之旨。仔肩既卸，负责有人，当即面陈辞职。其在徐太傅未经莅京以前，所有一切阁务，统交王聘老暂行经管，一俟诸事解决之后，即行率队回徐，可不必费心了。但使邦基永定，渐跻富强，勋亦何求？若夫功罪，惟有听诸公论而已。敢布腹心，谨谢天下！

话虽如此，但雄心究还未死。因复收集溃兵，屯聚天坛，所有天安门、景山、东西华门及南河沿等处，各设炮位，严行扼守，将与讨逆军背城一战，赌决雌雄。驻京各国公使团，目睹京城危急，恐未免池鱼遭殃，遂相率照会清室，请劝令张勋解除武装，取消复辟。清宫上下全无政柄，只得将各使公牒交给张勋。张辫帅怎肯遵允？定要决一死战，于是京城大震。名为首善要区，简直是要做大战场了。

张镇芳、雷震春两人，见时局不稳，情愿弃去度支、陆军两部尚书，出京逃生；行至丰台，被讨逆军截住，把他拿下。还有一个冯德麟，本在奉天任事，他也来赶闹热场，想做个复辟功臣，不幸事机失败，求福得祸，所以潜逃出都，拟返入新民屯，途次亦为讨逆军所阻，截拿去了。当由冯代总统下令，褫去张镇芳、雷震春、冯德麟官职，暨前时所授勋位勋章，分交法庭依法严惩。余如康有为、万绳栻一流人物，统已准备逃走，背勋自去。早知今日，何必当初？独张勋未肯下台，自在天坛督兵，决最后的胜负。

好容易到了七月十二日，讨逆军分三路进攻，直入各城，旅长冯玉祥、吴佩孚、张纪祥等攻击天坛。张军虽然负嵎，究竟寡不敌众，更兼枪弹未曾备足，怎能坚持到底？自从午前开战，两边枪声陆续不绝。到了午后，讨逆军勇气未衰，张军已不能再支，枪声也中断了。张勋自知不妙，匹马遁入城中。部将失去主帅，除投降外无别策，只好竖起白旗，崩角输诚。讨逆军勒令缴械，方准免死，张军无奈，尽将手中枪交付讨逆军，然后得着生路，一齐出围。

惟张勋私宅，向在南河沿居住，勋妻本不赞成复辟，前时曾痛詈万绳栻道："汝无故掀风作浪，将来使我张氏子孙，没有啖饭的地方，都是汝一人闯祸哩。"万绳栻置诸不睬。张勋且蓄志有年，怎肯听那床头人，幡然早悟？况张勋姬妾甚多，平时本与正室不和，所以留居京第，未尝随从。此次张勋败还，勋妻恨不得向勋诘责，借出胸中恶气。但见勋非常狼狈，气喘吁吁，也不好火上添薪、自寻祸祟，唯问勋如何保身？如何保家？勋不遑答说，招集家中卫士及留京守卒，尚有五百余人，又领将出去，据住中央公园，还想一战。辫帅到底不弱。讨逆军一拥进攻，就使五百人铜头铁额，也是不能求胜。再加讨逆军内的旅长王承斌，就南河沿附近择一隙地，摆起机关炮来，对准张勋私宅，开放过去。张勋家内的眷属，统吓得魂不附体，慌忙外走。凑巧张勋亦顾家心切，由中央公园走归，急引妻子乘摩托车，开足汽机，驰往东交民巷，奔入荷兰公使馆中去了。

那南河沿私宅已被炮火焚毁，张军悉数投降。遂于七月十二日傍晚，由讨逆军收复京城，当即驰电天津，向段祺瑞处告捷。祺瑞便拟乘车入都，适值徐世昌过访，密语祺瑞道："此次复辟，本非清室本心，幸勿借此加罪清室。张勋甘为祸首，原是一个莽夫，但须念同袍旧谊，不为已甚。穷寇莫追，请君注意！"阅此语可知张勋前电，谓东海亦深赞许，并非虚诬。祺瑞答道："优待清室条件，理应尽力保存。若少轩亦未必就逮，即无公言，我也不忍加害哩。"世昌乃拱手与别。越日，祺瑞入都，都中已定，因即到院视事，表面上不得不发一命令，缉拿张勋。一面派步军统领江朝宗，诣日本公使馆营舍中，迎黎元洪回府。这也是未免虚文。黎元洪已受过艰辛，当然不肯再来；惟寓居他人篱下，终非久计，乃谢过日本公使及斋藤少将，迁回东厂胡同旧宅，即日通电全国，宣告去职。第一电是：

　　天相民国，赖冯总统、段总理及前敌将士之力，奠定京畿，元洪已于本日移居东厂胡同，拟即赴津宅养疴。此次因故去职，负疚孔多，以后息影家园，不闻政治，恐劳远系，特此奉闻。

越日，又发出第二电，详述去职情由。文云：

　　昨电计达。顷闻道路流言，颇有于总统复职之说，穷加揣拟者，惊骇何极！元洪引咎退职，久有成言，皎日悬盟，长河表誓。此次因故去职，付托有人，按法既无复位之文，揆情岂有还辕之理？伏念元洪凤阙裁成，叨逢际会，求治太急，而踬于康庄；用人过宽，而蔽于舆儿，追思罪戾，每疚神明。

　　国会内阁，立国兼资，制宪之难，集思尤贵。当稷下高谈之日，正沙中忿语之时，纵殚虑以求平，尚触机而即发。而元洪扬汤弭沸，胶柱调音，既无疏浚之方，竟激横流之祸。一也。解散国会，政出非常，纵谓法无明条，邻有先例，然而谨守绳墨，昭示山河，顾以惧民国之中殇，竟至咈初心而改选，格芦缩水，莫遂微忱；寡草随风，卒隳持操。二也。张勋久蓄野心，自为盟主，屡以国家多故，曲予优容，遂至乘瑕隙以激群藩，结要津以徼明令。元洪虽持异议，卒惑群言，既为城下之盟，复召夺门之变，弉蜂螫指，引虎糜躯。三也。大盗移国，都市震惊，撤侍卫于东堂，屯重兵于北阙，元洪久经骇浪，何惮狞飙？顾忧大厦之焚，欲择长城之寄，含垢忍辱，贮痛停辛。进不能登台授仗，以殄凶渠；退不能阖室自焚，以殉民国。纵中兴之有托，犹内省而滋惭。四也。轻骑宵征，拟居医院，暂脱身于塞库，欲奋翼于渑池，乃者阍人不通，侦骑交错，遄臻使馆，得免危机。自承复壁之藏，特懔坚冰之惧，亦既宣言公使，早伍平民。虽于国似无锱黍之伤，而此身究受羽毛之庇。五也。凡此愆尤，皆难解免。

一人丛脞，万姓流离，睹锋镝而痛伤兵，闻鼓鼙而惭宿将，合九州而莫铸，投四裔以何辞？万一矜其本心，还我初服，惟有杜门思过，扫地焚香，磨濯余生，忏除夙孽。宁有辞条之叶，仍返林柯；堕溷之花，再登茵席？心肝倘在，面目何施？且夫谋国必忠，爱人以德，琴弛则弦改，车覆则轨迁，若必使负疚之身，仍尸高位，腾嘲裨海，播笑编氓，将何以整饬纪纲，折冲樽俎？稀瓜不堪四摘，僵柳不可三眠。亡国败军，又焉用此？

抑元洪尚有进者，国定于一，师克在和，当兴亡继绝之交，为排难解纷之计，正宜恪守法律，蠲弃猜嫌。况冯总统江淮坐镇，夙得军心；段总理钟簴不惊，再安国本，果能举左挈右提之实，宁复有南强北胜之虞？至于从前兵谏，各省风从，虽言爱国之诚，究有溃防之虑。此次兴师讨贼，心迹已昭，何忍执越轨之微瑕，掩回天之伟绩，两年护国，八表齐功，公忠既已同孚，法治尤当共勉。若复絜短衡长，党同伐异，员峤可到，而使之返风；宣房欲成，而为之决水，茫茫惨黩，岂有宁期？

鼎革以还，政争迭起，凡兹兄弟阋墙之事，皆为奸雄窃国之资。倘诸夏之皆亡，讵一成之能借？殷鉴不远，天命难谌，此尤元洪待罪之躯所为垂涕而道者也。勉戴河间，莫我民国，惭魂虽化，枯骨犹生。否则荒山穴黳，纵熏穴以无归，穷海田横，当投荒而不返，摅诚感听，维以告哀。

黎元洪虽连电辞职，冯国璋总须带着三分客气，未便骤然登台，当时有一篇通电，谓"现在京师收复，应即迎归黎大总统入居旧府，照前统理。国璋即将代理职权，奉还黎大总统，方为名正言顺"等语。黎元洪如何再肯接受，仍然固辞。段祺瑞再组织内阁，拟定相当人员，将任汪大燮为外交总长；汤化龙为内务总长；梁启超为财政总长；林长民为司法总长；张国淦为农商总长；曹汝霖为交通总长；范源濂为教育总长；刘冠雄为海军总长；祺瑞自兼陆军总长。只因冯、黎两人彼此推让，总统尚为虚位，究归何人颁发任命，因此祺瑞未免踌躇。

祺瑞有一高足弟子，姓徐名树铮，乃是铜山人氏，曾赴东洋游学，在日本士官学校中毕业。归国以后，仍投段氏门下。洪宪前无甚表见，袁氏称帝，徐劝段极力反对，段乃下野。及蔡锷举义，云南独立，黔、粤等省，依次响应。袁氏派遣曹锟、张敬尧等出兵南下，特设海陆军统率办事处，调度军机。

徐又劝段从旁牵掣，阴嘱逗留。段为北洋军系领袖，如曹锟、张敬尧等素来倾向祺瑞。祺瑞虽手无寸铁，一封书足敌千军，所以曹、张两人不肯为袁效死. 张敬尧且顿兵泸州，始终不进，任他统率办事处。如何催迫，全然不理。陕西将军陆建章尽忠袁氏，徐又嗾动汉南镇守使陈树藩，兴兵独立，围攻长安，竟将建章逐去，代为陕督。为后文枪毙陆建章伏线。陕西一变，晋、豫动摇，四川将军陈宧、湖南将军汤芗铭，又皆宣告独立，坐令袁皇帝完全失败，活活气死。黎元洪依法继任，起段祺瑞为国务总理。段因徐树铮献策有功，格外亲信，便命他为国务院秘书长兼领陆军次长，事必与商，乃演出府院冲突，种种变端。当时谓徐树铮势力不亚徐世昌，世昌以资望见推，树铮以谋略见重，故特称树铮为小徐。成也萧何，败也萧何，我为段氏一叹。

　　至此段祺瑞复来组阁，为了元首问题，尚在绝续时候，未得命令为疑。树铮欲解主忧，便至黎元洪私第中，面谒元洪道："张、康谋逆，国体动摇，今幸段合肥在野兴师，入京讨逆，摧枯拉朽，再造民国，未知公将如何相待？"元洪愀然道："我不能事前弭患，乃至变生肘腋，震动京畿，尸位素餐，咎已难辞。今已通电辞职，继任当属冯河间，不日就可入都。信赏必罚，应归河间主张，我已身伍齐民，尚有何权处置国事哩？"树铮方才退出，转告段祺瑞。祺瑞即电告冯国璋，旋得国璋复电，组阁事悉凭裁夺。祺瑞遂将选定阁员，如数提出，好在国会已经解散，不必另费手续，咨求国会同意，因即称冯总统令，特任各部总长，复通缉复辟要犯康有为、刘廷琛、万绳栻、梁敦彦、胡嗣瑗等，着京内外各军警长官，留意侦拿。康有为等早已避至六国饭店，俟军事粗定，溜出都门，鸿飞冥冥，弋人何篡，眼见是无从缉获了。毕竟圣人多智。首犯张勋安居荷兰使馆中，有人奉令探查，勋左手挟着快枪，右手持着书函一大包，哓哓与语道："徐州会议时，赞成复辟，相率签名，此等笔迹，俱在我掌握中。他好卖友，我将宣示国人，与他同死，休怪我老张无情呢。"于是探查的人员，料知此事难办，乐得退出了事，不愿再闻。

只徐州留驻的定武军，闻报张勋失败，蠢然思动，如四十四营、五十五营的兵队并皆勾结匪徒，突然哗变，四出焚掠。余如当涂、宿迁、南通及沭阳等处所驻张军，亦相继为乱。幸经徐州镇守使张文生、海州镇守使白宝山率部剿伐，逐渐扫平。转风使舵，两镇守使总算聪明。段总理接报后，便传电宣慰道：

> 奉大总统令，徐州镇守使张文生、海州镇守使白宝山，当张勋倡乱之始，即经通电声明，未预逆谋，并约束军队，力维秩序。此次土匪新兵裹胁为变，又复亲督所部，立予歼除。淮、徐一带，得以保持安宁，实属深明大义，克当职守。张文生、白宝山着照旧供职，并责成将所部军队，声明纪律，切实整顿，以卫地方。此令。

还有清宫上下，经此剧变，十三龄的冲人，被张辫帅强迫登台，又做了十一二日的北京皇帝，险些儿把饭碗都掷碎了。张勋一逃，段氏入京，急忙由内务府出名，函致段总理，历诉张勋强迫等情。段即命内务部电告冯国璋，主张优待条件，仍然如前。冯国璋自然同意，便托段总理传令道：

> 据清室内务府函称：本日内务府奉谕，前于宣统三年十二月二十五日，钦奉隆裕皇太后懿旨，因全国人民倾心共和，特率皇帝将统治权公诸全国，定为民主共和，并议定优待皇室条件，永资遵守等因。六载以来，备极优待，

本无私政之心，岂有食言之理。不意七月一号，张勋率领军队，入宫蟠踞，矫发谕旨，擅更国体，违背先朝懿训，冲入深居宫禁，莫可如何，此中情形，当为天下所共谅。着内务府咨请民国政府宣布中外，一体闻知等因。查此次张勋叛国，矫挟肇乱，天下本共有见闻，兹据清室咨达各情，合亟明白布告，咸使闻知。此令。

侥幸侥幸，清室的优待条件，总算保住，不致撤销。小子有诗咏道：

亡国无如清室安，悲中尚觉有余欢。
如何平地风波起，险把遗宗一扫残？

欲知后事如何，且看下回分解。

张勋之妻，尚知复辟之不易成功，而勋独如病狂易，卒至孤军败走，入荷兰使馆以寄身，微特无以对民国，对清室，即对诸床头人，亦应有愧色矣。彼意以为各省军阀，赞成者已居多数，可以任所欲为，曾亦思人心难料，仲由、季布当今尚有几人耶？勋一走而段氏入京，复为总理，是张勋之一番狂热，不啻代段氏作成位望。勋负大罪，段居大功，蚕丝作茧，自缚其身，何其愚也？而爱新觉罗氏之犹得苟延，抑亦仅矣。

第八十八回

代总统启节入都　投照会决谋宣战

却说国务总理段祺瑞，勘定乱祸，重造民国，中外已多数赞同，惟国民党中人物，仍拟扶持黎元洪。黎既去职，党人失主，势不能无所觖望。于是唐绍仪、汪兆铭等同诣上海运动海军总司令程璧光、第一舰队司令林葆怿，否认国会解散后的政府，即于七月二十一日，宣告独立，电文如下：

> 中华民国海军总长程璧光、第一舰队司令林葆怿，谨率各舰队暨各将士，布告天下曰：自倪嗣冲首揭叛旗，毁弃《约法》，蹂躏国会，而中华民国之实亡；自张勋拥兵入京，公然僭窃，而中华民国之名亦亡。今张勋覆灭，中华民国之名已亡而复存矣。然《约法》毁弃，国会蹂躏，国家纲纪，荡然已尽，岂中华民国仅以存其名为已足，而其实乃可置之于不问耶？夫纲纪陵夷，则奸宄横行，故一切假托名义者，乃得悍然无所顾忌，竟至罪恶贯盈之倪嗣冲，亦复当安徽督军之大任，益以南路司令之特权，颐指气使，叱咤四省，天下皆指为首祸，而顾以首义自居，天下皆指为元凶，而顾以元勋自居，循是以往，中华民国不复为国民之公器，特为权奸之面具而已。应加指摘。长此隐忍，何以为国？鱼烂之兆已见，陆沉之祸安逃？所为中夜斫剑，临流击楫者也。

夫我海军将士，既以铁血构造共和，即以铁血拥护之，未免过夸。当丙辰之际，帝制已消，国命未续，我海军将士，以三事自矢，一曰拥护将士，二曰恢复国会，三曰惩办祸首。盖所求者，共和之实际，非共和之虚名。耿耿此心，可质天日。今者以言《约法》，则已灭裂矣；以言国会，则已破散矣；以言祸首，则鸱张者凌厉而无前、蛰伏者呼啸而竞起矣。国基颠簸，人心震撼，愕眙相顾，莫敢谁何！

呜呼！我海军将士，岂惟初心之已戾，亦惟责任之未尽也。用是援枹而起，仗义而言，必使已僵之《约法》，回其效力，已散之国会，复其原状，元恶大憝，为国蟊贼者无所逃罪，然后解甲。自《约法》失效，国会解散之日起，一切命令无所根据，当然无效；发此命令之政府，当然否认。谨此布告，咸使闻知。

自发表电文后，便率同舰队开往广东，唐绍仪、汪兆铭相偕同行。广东督军陈炳焜，早与中央脱离关系，见八十四回。当然欢迎海军，无庸细表。惟段祺瑞闻海军独立，急电告冯国璋，请褫夺程璧光职。国璋也即允行。免璧光官，另派海军总长刘冠雄，暂行兼领，一面使人慰谕海军第二舰队司令饶怀文及练习舰队司令曾兆麟，还算笼络得住，由饶、曾通电中外，谓："此次沪上海军宣言，我等绝不与闻。现在海军第二队暨练习队一切行动，惟有禀承冯大总统意旨，以服从中央、保卫地方为职志。"段祺瑞稍稍放心，暗思海军宣言文中，未尝无理。惟第一条是惩办倪嗣冲等，这项是不便照行的。嗣冲为安徽颍州人，与祺瑞籍隶同省，本来是互通声气。及张勋得势，嗣冲乃与他联络，徐州会议，首表同情，勋既失败，又复向段输情，卖张助段。段意本不甚恨勋，自然不致恨倪，若非他一场复辟，段亦安得重任总理？其无憾也固宜。况系多年的同乡朋友，应该推诚相与，引为臂助。倪既攫得张勋遗缺，格外感激，服从段氏。段正要赖作外援，如何肯加罪示惩？只第二条大意谓《约法》宜循，国会宜复，这乃是应行条件；但从前国会议员与段反对，此时若仍然召集，必致照旧牵掣，许多为难，乃特想出一法，说是："国会已经解散，宪法尚未成立，今日仍为适用《约法》时代。《约法》上只有参议院，应该仍召集前时参议院各员，制定宪法，并修正'国会组织法'等，然后宪法可得施行，国会再当成立。"这番言语，明明是弄乖使巧，别有会心。

当下通电各省，征集意见，除岭南反抗外，皆复电赞成。段祺瑞又故示大度，并未责及两粤，但任刘承恩为广东省长，朱庆澜为广西省长，且云："刘承恩未到任时，令陈炳焜暂行兼署。"独四川兵乱未靖，特派周道刚代理四川督军，率兵平乱。

原来戴戡兼署四川督军后，刘存厚暂时退出成都，应八十二回。至复辟事起，戴戡所部黔军与刘存厚所部川军，复因争议北伐事，大起冲突，连日在成都激战，开放枪炮，焚毁民居。前总统黎元洪，尚主张和平办理，叫他双方息争，静候中央查办，未几元洪去职，京城且闹得一塌糊涂，还有何人去顾四川？戴、刘总相持不下，徒苦生灵。至此段总理已有余暇，所以特派周道刚就近代任，勒令刘存厚撤围成都，又免海军第一舰队司令林葆怿职，命林颂庄署第一舰队司令，升第二舰队饶怀文为海军总司令，另派杜锡珪署海军第二舰队司令，旋复任鲍贵卿为黑龙江督军，暂兼省长。他如陕西督军陈树藩亦令暂兼省长；回应上文，故特别提叙。撤去讨逆军总司令部，所有未尽事宜，统归陆军部接办。并令张敬尧督办苏、皖、鲁、豫四省剿匪事宜。此外政令，犹难悉举，统由段祺瑞遥商冯国璋，公同议决。

转眼间已是七月将尽了，祺瑞屡促冯国璋入都，冯却迟迟吾行，心下含着许多疑虑。冯为直隶人，段为安徽人，冯有冯派，段有段系，本来是各分门户，自悬一帜。此次携手同登，无非为除去张勋，讨逆有名，一个可代任总统，一个可复任总理，以利相联，并非以诚相与。冯恐段系复盛，一或入都，仍不免蹈黎覆辙，为所牵制，因此欲前又却，备极踌躇，暗思江西督军李纯，前时常从征汉阳，隐相投契，辛亥革命，冯尝受清命攻汉阳，纯为北洋第六镇统制，随冯同行。现不若调令督苏，踵接后任，庶几长江下游，仍占势力，且可联络沿江诸省为己后盾。计划已定，乃着心腹将弁，潜往江西，与李纯商量就绪，然后安排启行，随身带着十五师为拱卫军，渡江登车，北行入都。

是时，已是七月三十一日了，提要钩玄，为下文冯、段交恶张本。越日即已抵京。京中大小官吏，共至车站迎候，由冯下车接见，偕入都门。便至黎元洪寓邸中，面请复职。虚循故事。黎当然辞谢，决意让冯。冯乃至国务院，与段祺瑞商议，言下犹有谦辞。段提出"当仁不让"四字，敦勉国璋，国璋才入总统府治事，由国务院电告各省，声明冯大总统莅府任职。各省统驰电称贺，惟两粤不肯附和，仍主独立，还有云南督军唐继尧，亦电致各省，拥护《约法》，不愿服从冯政府。略云：

> 民主政治，其运用在总统、国会、内阁，其植基在法律。自段氏免职以来，疆吏称兵，国会解散，元首引退，清帝复辟。数月之间，迭遘奇变，法纪荡然，国已不国。顾念大局阽危，不忍操之过蹙，冀其后悔，犹可徐图补救。乃日复一日，祸首趁势弄权，行动自由，奸邪并进，主器虚悬，民意闭塞，律以共和原则，不惟精神全失，亦

已形式都非，来日悠悠，曷其有极？窃谓今欲民国之不亡，宜亟阐明数义：

（一）总统有故不能执行职务时，当以副总统代行职权，惟故障既去，总统仍行复职，否则应向国会解职，照《大总统选举法》第九条第二项办理；

（二）国会非法解散，不能认为有效，应即召集国会；

（三）国务员非得国会同意，由总统任命，不能认为适法；

（四）称兵抗命之祸首，应照内乱罪，按律惩办，以彰国法。

凡此四义，一以《约法》为依据，不能意为出入。继尧以为国家不可无法，在宪法未成立以前，《约法》为民国惟一之根本法，本实先拨，则变本加厉，何所不至！自今以往，愿悉索敝赋，勉从诸公之后，以拥护国法者，保持民国之初基于不坠；有非法觊觎，横来相干，道不相谋，惟力是视而已。忧危念乱，敢布区区，邦人诸友，实图利之！

冯政府甫经成立，大势粗定，也无暇顾及西南，并且滇、粤僻处南偏，与大局无甚关碍，所以暂时搁置，付作缓图。惟冯与李纯既有密约，一经入京，便提及江苏督军一缺，商诸段祺瑞，要将李纯调任；又因陈光远亦属故交，拟令为江西督军。段祺瑞也知冯有意树援，心下不甚赞成，但因冯方任总统，彼此联为同气，究不便遽与相争，只好勉强承认。独提出一个傅良佐来，请冯任为湖南督军。良佐为段氏弟子，曾任陆军次长，与小徐为刎颈交，互相标榜。段祺瑞既信任小徐，因亦信任良佐，良佐且诩诩自矜，谓："征服南方，当用迅雷飞电的手段，出它不意，然后能制它死命。"小徐击节称赏，尝在段氏面前，夸美良佐，几不绝口。段祺瑞牢记心中。适值冯国璋欲任李、陈，遂引荐良佐，使他督湘，一是好据住长江中权，抵制李、陈，二是好控御岭南一带，抵制滇、粤，这正是双面顾到的良谋。好似弈棋一样，你下一子，我亦下一子。冯亦不好忤段，因将李纯督苏、陈光远督赣、傅良佐督湘，同日任命，颁发出来。

段又欲贯彻初衷，定要与德宣战，回应八十二回。因特开国务会议上解决此事。国务员统由段氏组织，自然与段氏融合。段倡议宣战，哪个敢出来反对？当下随声附和，似乎有摩拳擦掌、气吞德意志帝国的形状。可笑。段祺瑞既得国务员同情，便以为众志成城，正可一战，遂即入告冯总统，请即下令。冯总统对着宣战问题，本无什么成见，前次入京调停，也未尝反对段议，应八十一回。明知中德辽远，彼此不能越境争锋，段要宣战，无非是虚张声势，何妨随口应允，免伤感情。比黎菩萨较为聪明。于是嘱秘书员撰就布告，与德宣战。文云：

> 我中华民国政府，前以德国施行潜水艇计划，违背国际公法，危害中立国人民生命财产，曾于本年二月九日，向德政府提出抗议，并声明万一抗议无效，不得已将与德国断绝外交关系等语。不意抗议之后，其潜水艇计划曾不少变，中立国之船只，交战国之商船，横被轰毁，日增其数，我国人民之被害者亦复甚众。我国政府不能不视抗议之无效，虽欲忍痛偷安，非惟无以对尚义知耻之国人，亦且无以谢当仁不让之与国。中外共愤，询谋佥同，遂于三月十四日，向德政府宣告断绝外交关系，并将经过情形，宣示中外。我中华民国政府，所希冀者和平，所尊重者公法，所保护者我本国人民之生命财产，初非有仇于德国。设令德政府有悔祸之心，怵于公愤，改为战略，实我政府

之所祷企，不忍遽视为公敌者也。乃自绝交之后，已历五月，潜艇之攻击如故。非特德国而已，即与德国取同一政策之奥亦始终未改其度。既背公法，复伤害吾人民，我政府责善之深心，至是实已绝望。爰自中华民国六年八月十四日上午十时起，对德、奥国宣告立于战争地位，所有以前我国与德奥两国订立之条约及其他国际条款、国际协议，属于中德、中奥之关系者，悉依据国际公法及惯例，一律废止。

我中华民国政府，仍遵守海牙和平会条约及其他国际协约，关于战时文明行动之条款，罔敢逾越。宣战主旨，在乎阻遏战祸，促进和局，凡我国民，宜喻此意。当此国变初平，疮痍未复，遭逢不幸，有此衅端，本大总统眷念民生，能无心恻，非当万无苟免之机，决不为是一息争存之举。公法之庄严，不能自我失之；国际之地位，不能自我圮之；世界友邦之平和幸福，更不能自我而迟误之。所愿举国人民，奋发淬厉，同履艰贞，为我中华民国保此悠久无疆之国命而光大之，以立于国际团体之中，共享其乐利也。布告遐迩，咸使闻知！

此令既下，又由外交部照会驻京各国公使，声明对德宣战及对奥宣战，并令内外各官署，查照现行国际公法惯例，妥速办理宣战事宜。德使已早归国，独奥使尚在都中，因特致照会云：

为照会事。中国政府前以中欧列强，施行潜水艇计划，违背国际公法，危害中国人民生命财产，曾于本年二月九日，向德政府提出抗议，嗣以抗议无效，于三月十四日向德政府宣告断绝外交关系，并经照达贵公使在案。现因中欧列强此项违背公法伤害人道之计划，毫无变更，中国政府为尊重公法、保护人民生命财产起见，不能久置不顾。贵国现与德国既为同一之行动，则中国政府对于德、奥两国，不能有所区分。兹向贵国政府声明，自中华民国六年八月十四日上午十时起，本国与贵国入于战争之状态，所有中奥两国于一八六九年九月二日所订中奥条约及现在有效之其他条约合同或协约，无论关于何种事项者，均一律废止。至一九零一年九月七日所订之条款，及其他同类之国际协议，有涉及中奥间之关系者，并从废止。又中国政府对于海牙和平会条约及其他国际条约，一切关于战时文明行动之条款，仍遵守不渝，合并声明。

除电本国驻奥公使转达贵政府并请发给出境护照外，相应备具贵公使并贵馆馆员，暨各眷属，离去中国领土，所需沿途保护之护照一件照送贵公使，请烦查收为荷。至贵国驻中国各领事，已由本部令知各交涉员，一律发给出境护照矣。须至照会者。

奥使接到照会，亦有公文照复外交部，语多批驳。略云：

所来照会内容，本公使阅悉，应候本国政府训令。至公文所提宣战之各缘由，姑不具论，惟不得不声明此项宣战，本公使以为违背宪法，当视为无效。盖按前黎大总统之高明意见，此项宣战之举，应由国会两院，同意赞成，方可施行。特此照复。

这照会递到外交部，外交部将原文退回，意谓中、奥已成敌国，还要什么辩论，因此奥使亦卸旗回国去了。粤省督军"省长"虽经宣告独立但对着国际交涉，却取同一态度。中央

与德、奥宣战，粤省亦钞录大总统布告，出示晓喻，并照会驻
粤各国领事知照。正是：

> 虚语终嫌无实力，外强反使笑中干。

宣战以后，尚有一切手续，容至下回表明。

冯、段携手讨逆，甫经成功，即互生意见，暗启
猜嫌，是欲其一德一心，保邦致治，宁可得乎？海军
独立，与滇、粤反抗，尚非冯、段腹心之疾，所患者
在冯、段之貌合神离，仍不免有冲突之祸耳。冯选李
纯督苏，陈光远督赣，段选傅良佐督湘，即生出日后
许多波折。民国之杌陧不安，何莫非争权夺利之军阀
家，有以阶之厉也。至若与德宣战一事，已见八十一
回总评中，而此时段之主战，尤有不得不然之势，主
战则见好强邻，可作外援，借外债、平内患，自此无
阻，段其可踌躇满志乎！然观于后来之专欲难成，而
吾更不能不为段氏慨矣！

第八十九回

筹军饷借资东国　遣师旅出击南湘

却说中国政府，既与德、奥宣战，遂由内务部具呈冯总统，谓前时与德绝交，曾将天津、汉口的德国租界，收回自管，设立特别区临时管理局，后改特别区市政管理局，现既明令宣战，与前情势又属不同，应将"临时"二字除去；且管理事务类属市政范围，可将特别区临时管理局，改名特别区市政管理局，当奉指令照准。又天津奥租界，亦由内务部咨照直隶省长，饬该局一并接收管理。直隶督军兼省长曹锟即照部咨施行，不在话下。

前总统黎元洪，自日使馆营舍还第，住居东厂胡同，屋旁向有卫队，驻扎花园中。嗣因队兵王德禄，发生疯疾，持刀砍入，斫死护卫马占成、正目王凤鸣、连长宾世礼等三人，并伤伍长李保甲、卫兵张洪品等二人，其余卫士一拥齐上，方将王德禄戮毙。元洪恐尚有他变，复移居法国医院。至冯、段已组定政府，局势少定，乃偕眷属出京。好在天津尚有私宅，借此栖身，不再与闻国事，这也是逍遥自在的良法。后来何故再为冯妇？

惟岭南各省，总未肯服从中央。再加四川乱事亦尚未靖，代理督军周道刚，留驻重庆，自奉中央命令后，就在重庆就职。正拟调集兵士，西赴成都，忽闻四川省长戴戡，被川军击毙，当即派人前往，探查确耗。原来刘存厚部下，尽是川军，不愿外兵入境，故前时罗佩金所带的滇军与刘不协，致生冲突，后来戴戡所部的黔军亦当然为刘所恨，力加排斥。毕竟黔军势孤，川军力厚，两下里争战多日，黔军卒不能支，退出成都，由刘存厚入城据住。戴戡又联络前督军罗佩金及云南督军唐继尧，会师进击，复得夺还成都，驱出存厚。存厚怎肯甘休？收拾败兵，再攻戴戡，戡又向滇军乞援，与川军对敌。川军败退，戡拟夹攻川军，自督黔军出城，行抵秦皇寺附近，突与败退的川军相遇，彼此见了仇人，便即开枪相击。也是戴省长命已该绝，竟被流弹射来，伤及要害，连忙返身入城。医治无效，当即毕命。

周道刚既悉详情，据实呈报中央，当由冯总统下令，追赠戴戡陆军上将衔，照阵亡例赐恤。着财政部拨银一万元治丧，并命周道刚查明川军统帅，谓"如由刘存厚主使，应该坐罪，不能曲贷"云云。此种命令，亦未免掩耳盗铃。试思川军统帅，除刘外尚有何人？旋复查闻四川财政厅长黄大暹、督军署参谋长张承礼亦因川、黔两军交哄时，仓猝出走，饮弹身亡，中央政府，又复从优议恤。后来周道刚又与滇军相争，政府再行申令，饬在川军队，无论客主，统归周道刚管辖，且实授周道刚为四川督军、刘存厚会办四川军务，总算暂时维持，敷衍过去。

至若新近解散的国会议员，曾列国民党名籍中，都不赞成段总理。且段复任后，又不肯将议员一律召回，反提起从前组织《约法》的参议员，拟为召集，所以一班解散的议员，陆续赴粤，在粤东自行集会，称为非常会议。特借广州城外的省议会议场，会议时事，否认中央政府，另组出一个军政府来。当下投票公决，选举民国第一任总统孙文为大元帅。孙文闲居无事，就趁那选举的机会再出就职。就职以后，免不得有一篇通告，无非指斥段祺瑞、倪嗣冲、梁启超、汤化龙等，违法党私，背叛民国，应该兴师北讨，伐罪吊民等语。

段祺瑞闻到此信，恐怕别省闻声响应，引入漩涡，将来东一省、西一省依次发难，岂不是酿成大患，不可收拾么？左思右想，除用武力解决外，苦无良策。但欲用武力，必须先筹军饷，国库早一空如洗，各省赋税，又不能源源进来。就使有些报解，平常尚不够应用，怎能腾挪巨款接济军需？当下与小徐等商量。小徐等主张借款，暂救眉急。段祺瑞到了此时，也顾不得国家担负，便邀入财政总长梁启超，密商借债事宜。梁也知借债行军，利少弊多，无如段总理决意用武，自己方依段氏肘下，不好有违，惟将这副借债的担子，卸与财政次长李思浩，叫他出去张罗。李思浩素善筹款，接到密令，即与英、法、俄、日四国银行团商借一千万元，名目上不便提出"军需"二字，只好仍称善后借款。银行团含糊答应，但英、法、俄三国与德、奥连年交兵，耗费不可胜计，也未能舍己芸人。独日本远居亚东，虽是列入协约国内，反对德、奥，究不曾出发多少兵船，用过多少兵费。所以四国银行团中，只日本肯认借款。日本正金银行理事小田切万寿，出作日本银行团代表，愿借一千万元，与财政部订定契约。约中要点如下：

（一）名目。垫款。（二）金额。一千万元。（三）利息。七厘。（四）年限。一年。（五）折扣。百分之七。（六）担保。中国盐税余款。（七）用途。行政费。（八）用途稽核。依民国第一次善后借款条目办理。见第二十四回。（九）承借者。日本银行团。

契约既成，一千万元稳稳借到，折扣由两边经手分肥，毋庸多说。山东督军张怀芝，因逐年垫付军需，总数颇巨，中央无力归还，乐得乘政府借款的时候，加添一些零头，可以拨充本省的用费。当下商明中央，代向中日实业银行，借到日金一百五十万元，议定年息一分，还期一年，以中央专税为担保。这好似穷民贷钱，但顾目前，不管日后如何清偿呢。

段祺瑞既得借款，正要筹办军事，制服南方，不料部署尚未定绪，那湘南又突出一支独立军，与督军傅良佐抗衡，惹得长江中线也致摇动起来。当良佐赴湘以前，湖南督军本由省长谭延闿兼任，延闿是国民党中人，段祺瑞恐他联络滇、粤，所以特命良佐为督军，前往监制。良佐到了湖南，谭延闿不便抗拒，就将督军印信交与良佐。"一朝权在手，就把令来行"，竟将署理零陵镇守使刘建藩，勒令撤任。这便是迅雷飞电的手段！刘建藩以无辜被斥，心下不甘，遂与湖南第一师第二旅旅长林修梅，暨零陵各区司令等商定独立，通电中央及各省，宣告自主，脱离现政府关系；一面联络滇、粤及海军总司令程璧光等反抗良佐。良佐岂肯坐视，当即电达中央，详陈刘建藩罪状，特派第二师第三旅旅长李右文率兵往攻零陵。

段知戎机一发，势难中止，前次借到日款，只有一千万元，不过数月可持。欲达到平南目的，计非多借款项，不能成事，乃复暗嘱交通银行，令他出面借款，再向日本国的台湾、朝鲜、兴业三银行，商借日金二千万元。又经过许多磋磨，方得三银行允诺，订定契约七条：（一）为金额。计日金二千万元。（二）为期限。准定三年。（三）为利息。按年七厘半。（四）为折扣。总算免去。（五）为担保。即把中国国库证券一千五百万元，作为征信。（六）为用途。系是整理交通银行业务。仍是欺人。（七）为中国政府保证偿还本利；且在借款期限内向他国借款时，须先向三银行商议。此外并定由交通银行聘请台湾、朝鲜、兴业三银行各一人为顾问。外人借了债，便着着进逼，段政府反视为得计，难道不可以已么？这番借款复得告成，连前共得三千万元。段总理可以指挥如意，乃请冯总统连下二令，一令是通缉广东军政府大元帅孙文及非常国会的议长吴景濂；一令是通缉陆军中将蓝天蔚，说他受孙文伪令，勾结刘景双、顾鸿宾、马海龙、金鼎臣等分途四扰，贻害西北，应即褫夺原官，着各省督军省长，务获严惩等语。复召集各省参议员到京，组织临时参议院，免人訾议。令文有云：

> 《国会组织法》，暨《两院议员选举法》，民国元年，系经参议院议决，咨由袁前大总统公布。历年以来，累经政变，多因立法未善所致，现在亟应修改，着各行省蒙、藏、青海各长官仍依法选派参议员，于一个月内到京，组织参议院，将所有应改之组织选举各法，开会议决。此外职权，应俟正式国会成立后，按法执行，以示尊重立法机关之至意。此令。

又有一令同下，系著内务部筹备国会选举。略云：

> 依《约法》第五十三条，本有召集国会之规定，此次国体再奠，所有《约法》上机关，亟应完全设立，着内务部按照民国元年筹备国会事务局办理事宜，迅速筹办，预备选举。此令。

以上各种命令，统是段祺瑞一人主张，代任总统冯国璋，无非依言传令、签名盖印罢了。当时冯总统尚有一段悲情，乃是总统夫人周氏，得病甚重，竟于九月十日晚间，在总统府中逝世。周夫人就是周道如女士，前在袁总统府充当女教员，由袁总统作撮合山，配与冯河间为继室。见三十七回。五旬左右的武夫，得了四旬左右的淑女，正是伉俪言欢，非常恩爱。无如昙花命薄，晚菊香消，自从民国三年一月结婚，至民国六年九月病殁，先后只阅三年有奇。老头儿还有这般克星么？看官试想！这一再悼亡的冯河间，能不悲从中来，泣涕涟涟么？当下备极厚仪，为周夫人饰终。总统府中未便久殡，乃择日发丧，回籍安葬。临丧时所有仪仗，当然繁盛，毋庸细表。周夫人死后有知，也不枉出嫁三年。

　　且说冯总统国璋，自悼亡后，免不得见物怀人，犹留余痛。偏这位好大喜功的段总理，时来絮聒。今日借款，明日调兵，说得天花乱坠，俨然有踏平南方的状态。冯总统本无心主战，不过碍着情面，未便龃龉，所以段说一件，冯依他一件，段说两件，冯依他两件，表面上似乎融洽，其实冯忌段，段亦忌冯，彼此各怀意见，暗地生嫌；再加近畿一带水灾迭见，永定河决口，南运河又决口，天津、保定低洼等处尽成泽国；津浦铁路北段，被水冲毁，火车不能通行；还有山东、山西，亦均报水溢，索款赈济。冯总统阅过来电，但委段总理筹办赈给，不复多言。段祺瑞锐意平南，正虑军饷未敷，偏老天不肯作美，又闹出许多灾荒案件，随在需赈。没奈何嘱托财政部，腾出数万元银钱，拨济灾区，某区拨若干，某区畀若干，多约万金，少约数千。可怜灾地甚广，灾民甚众，单靠着数千一万的赈款，济什么事？段总理也管不得许多，但教噢咻示惠，便算了案，惟一心一意的对待南方。

　　哪知军情万变，不可预料。湖南督军傅良佐，所派遣的李右文一军，本要他去征服零陵，偏右文到了衡山，反全部投入零陵军，与刘建藩串同一气，向傅倒戈。傅良佐气得发昏，亟改派北军第八师师长王汝贤、第二十师师长范国璋及湘军第二师师长陈复初会师前进，再攻零陵。段总理接报，暗中运款接济，严促傅良佐即平湘南。复虑谭延闿从中作梗，密嘱良佐讽示延闿，使他退位。延闿明知冯、段猜疑，偏不肯提出辞职，但向政府请假。段准给延闿假期，另派周肇祥暂署湖南省长。

周亦段氏心腹，与傅同事，应该沆瀣相投，同心协力，傅良佐且得京款接济，便运往前军，犒师作气，果然军心一奋，踊跃直前。北军旅长王汝勤、朱泽黄等行至衡山、永丰境内，与零陵军队交锋，连得胜仗，拔衡山、下宝庆，直逼零陵。安徽督军倪嗣冲，又密承段氏意旨，出军援湘，也得攻克攸县。

　　湘、皖更迭报捷，段祺瑞欣慰异常，且拟向日本订购军械借款，可以军械济军，乘胜平南。当时风闻中外，竞起谣传，共谓"我国军械，将归日本主持，所有各省兵工厂、煤铁矿，亦归日本管理"云云。于是江苏督军李纯，江西督军陈光远交章拍电，请政府声明真伪，免启群疑。冯派亦发作了。就是鄂、皖等省，亦有电向中央质问，要求政府明白宣示。是不过随声附和。旋由段总理复电，略谓"谣传全属子虚，不可妄信。现惟因与德、奥宣战，拟派兵赴助协约国，自制军械，不敷应用，势不得不购自外洋。现在惟西洋英国、东洋日本，尚有余械出售。我国与美迭商，迄无成议，急事不能缓办，始就近向日本购置军械一批，需款若干，购械若干，款未交清以前，量加利息，所订合同，仅限一次为止，纯是自由购办，毫无意外牵涉。中国历来所购外国军械，具有成案可稽，本届照前办理，与主权并不少损"云云。李、陈两督军接得复电，见他理由充足，也不好再加诘问，只看他所购军械，是否给兵赴欧，再作计较。小子有诗叹道：

　　　　主战何如且主和，同居一室忍操戈。
　　　　况经国库中枵甚，借债兴兵祸更多。

　　段总理驳倒李、陈等电文，乐得放心做去。忽湖南又有急电传达进来，由段总理取过一阅，又未免出了一惊。究竟为着何事，待小子下回叙明。

多一分外债，即增一分担负、失一分主权，甚矣外债之不可轻借也。袁政府专务借债，图逞私欲，所贷之款，尽付挥霍，而私愿亦终于无成。不意段总理亦尤而效之。财政部借日本款一千万元，交通银行又借款二千万元，名为善后之需，实为图南之用。夫南方各省之宣告独立，原有碍于中央统一之谋，然自来惟无瑕者可以戮人，段总理试抚躬自问，其胡为启南方之龃龉耶？不能推诚相与，徒欲以力服人，军需不足，贷诸强邻，即使南方果得告平，而所失已不赀矣。况平南之师未发，而湘省已起争端，用一傅良佐以控驭岭南，反挑动零陵之恶感，不能怀近，安能图远？徒酿成无谓之兵争而已，可慨孰甚！

第九十回

傅良佐弃城避敌　段祺瑞卸职出都

却说刘建藩据住零陵，与北军相持多日，寡不敌众，多败少胜，不得不向两粤乞援。段总理也恐两粤援刘，暗着人运动粤吏，使他反抗省政府，作为牵制。适值粤属惠州清乡总办张天骥，为省政府所黜，改任刘志陆为总办。天骥心怀怨望，遂对省政府宣告独立。已而刘志陆带兵进攻，惠州帮办洪兆麟、统领罗兆昌、帮统刘达庆等联合陆军，共攻天骥。天骥独力难支，只好窜去。偏潮州镇守使莫擎宇，又复向省政府脱离关系，自言军政当直隶中央，民政仍商承李省长办理。好一个骑墙法子。旋又联结钦廉道冯相荣及镇守使隆世储，气势颇盛。张天骥亦奔投潮州，与莫相依。莫擎宇遂电达中央，自述情状。段总理乐得请令，褫夺广东督军陈炳焜职衔，特任省长李耀汉兼署督军，即命莫擎宇会办军务。

看官试想！民国纪元以来，各省虽号称军民分治，实际上全是军阀专权。自黎政府成立以来，虽改换名目，治军称督军，治民称省长，毕竟省长势力，敌不过督军，督军挟兵自重，对着一省范围，差不多是万能主义。段总理将陈炳焜褫职，即用李耀汉兼职，也是一条反间计。但陈炳焜怎肯依令？仍任督军如故，李耀汉势难代任，依然照前办事。陈炳焜且与广西联兵援湘，与刘建藩等并力作战，所向无前，夺回宝庆、衡山，复拔衡阳、湘潭，累得傅良佐日夕不安，又向段总理请援。段总理未免一惊，因恐远水难救近火，只好责成王汝贤、范国璋两人，令他效力图功，特派汝贤为湘南总司令，国璋为副司令，满望他感激思奋，扫平湘南自主军队。不意两人逗留不进，反通电中外及自主诸省，商请双方停战。略云：

> 天祸中国，同室操戈，政府利用军人，各执己见，互走极端。不惜以百万生灵，为孤注一掷，挑南北之恶感，竞权利之私图，借口为民，何有于民？侈言为国，适以误国。果系爱国有心，为民造福，则牺牲个人主张，俯顺舆论，尚不背共和本旨。汝贤等一介军人，鲜识政治，天良尚在，煮豆同心。自零陵发生事变，力主和平解决，为息事宁人计，此次湘南自主，以护法为名，否认内阁，但现内阁虽非依法成立，实为事实上临时不得已之办法，即有不合，亦未始无磋商之余地。在西南举事诸公，既称爱国，何忍甘为戎首，涂炭生灵？自应双方停战。恳请大总统下令，征求南北各省意见，持平协议，组织立法机关，议决根本大法，以垂永久而免纷争，是所至盼！特此电闻。

自王、范两人宣布此电，当然置身事外，引兵退归。那零陵自主军队及两粤各军，未肯遽罢，仍旧扬旗击鼓，进逼长沙。湖南督军傅良佐，麾下亲兵寥寥无几，专靠王、范两师出去御敌，偏他两人宣告停战，且有倒戈消息，急得傅督军不知所为，只好与代理省长周肇祥，想出一条逃命的上策，黾夜同走，潜登兵舰出省，奔往岳州。这也好算得迅雷飞电的计策么？长沙失去主帅，亟由省城各团体，自组湖南军民两政办公处，暂时维持，适值王汝贤领兵回省，乃公推汝贤为主任，担任维持秩序。

傅良佐等退至岳州，不得不电达中央。段祺瑞接到此电，忍不住惭愤交并，慌忙驰入总统府，报明冯国璋，痛责王、范两人叛命的罪状。冯总统却默然不答。段始窥透隐情，料知王、范两人的行为，是由老冯暗中授意，遂作色与语道："总统主和，祺瑞主战，两不相谋，应有此变，祺瑞情愿免职，请总统另任他人。"冯总统才淡淡的答道："傅良佐所任何职，乃弃省潜逃，不为无罪。"祺瑞道："王、范两师无故倒戈，良佐势成孤立，自然只好出走了。"冯总统又道："我何尝绝对主和？如果能戡定南方，就是我也自愿赴敌，请总理不必误会！"祺瑞起座道："祺瑞已不敢再干了。或战或和，请总统自主便了。"言毕即去。未几，即递入辞职呈文，又未几，复递入国务员辞职呈文。冯总统不便遽允，派人一一挽留，复通电各省云：

国事濒危，人心浮动，一隅生隙，全国动摇。兹将数日经历情形，暨失机可惜之点，通告于左：自复辟打消，共和再造，军人实为功首，此后军人团体，即为全国之中心点，生死存亡，有莫大之关系，此不但本国人所共知，亦外交团所共认。此次政府成立，所行政策，以改良民国根本大法为宗旨，故不急召集新国会，而为先设参议院之举，在法律上虽微有不同，而用心实无私意存于其内。西南二三省，起而反对，无理要求，中央屡为迁就，愈就愈远，不得已而用兵，只为达到宗旨而已，初非有武力压迫之野心也。兵事既起，胜负虽未大分，而川事则中央颇为得手，滇、黔在川之兵，不日可期退出川界。广东方面，陆、陈、谭虽有援湘之兵，因龙、李、莫倾向中央，暗中牵制，以是不能大举。是时也，湘南战事，我北军将士，稍为振奋，保持固有之势力，中央即可达完善之结果。

不意我北军九死一生，最有名誉之健儿，误听人言，壮志消沮，虽系一部分之自弃，而撃动新胜，暨相持未败之众，于是合谋罢战，要求长官通电乞和，不顾羞耻，虽曰其中有不得已之苦衷，而中央完全将成之计划，尽行打消矣。诸君闻之，能不惜哉！能不痛哉！特是通电求和，主持人道，欲达宗旨，亦必能战而后能和。假如占住势力，战胜一步，宣布调停，再进一程，征求同意，为中央留余地，保政府之威严，吾辈军人之名誉大张，国家人民之幸福是赖，乐何如之？乃不出此而为摇尾乞求，纵能达到和平目的，我军人面皮丧尽矣。国璋亦军人之一份子也，如此行为万无下场余地，不为羞死，亦将气死。

诸君皆爱国丈夫，有何高见，如何挽救，能否贾勇救国，振奋部下士卒精神，筹兵筹饷，以谋胜利。则大错虽已铸成，尚可同心补救。国璋代行权位，惶愧奚如！国将不存，身将焉附？如有同心，国璋愿自督一旅之师，亲身督战，先我士卒，以雪此羞。宣布事实，渴望答复！

这篇通电，辞旨隐闪，又主和，又主战，看似斥责王、范两人，却未曾提出姓名，不过含糊影响，但为段总理顾全面子，所以有此电文。湘军第二师师长陈复初方，改编为陆军第十七师，驻扎常德，他闻王汝贤入主长沙，居然代行督军职务，心下很是不服，竟在常德宣布独立，要来攻夺长沙。就是两粤援湘各军，也不肯听命汝贤，纷纷入扰，长沙很是危急。到了十月十七日夜间，城中忽然火起，烟雾漫天，秩序大乱。汝贤也只好弃城出走，潜赴岳州。是时傅良佐、周肇祥两人已由京中召入，传令免官候惩，令云：

湖南督军傅良佐，代理省长周肇祥，擅离职守，着先行免职，听候查办！此令。

同时又有一令云：

> 据王汝贤等电称：傅督军于十四日夜，携印乘轮，不知去向，省长亦去，省城震动，人心惶恐。汝贤等为保护地方安全起见，会同在城文武，极力维持，现在秩序，幸保安宁等语。并据自请处分前来。傅良佐、周肇祥擅离职守，本日另有明令免职查办，长沙地方重要，不可主持无人，即派王汝贤以总司令代行督军职务，所有长沙地方治安，均由王汝贤督同范国璋完全负责。查王汝贤等，身任司令重寄，统驭无方，以致前敌败退，并擅发通电，妄言议和，本属咎有应得，姑念悔悟尚早，自请处分，心迹不无可原。此次维持长沙省城，尚能顾全大局，暂免置议。王汝贤等当深体中央弃瑕录用之意，严申约束，激励将士，将在湘逆军，迅予驱除，以赎前愆。倘再退缩畏葸，贻误戎机，军法俱在，懔之慎之！此令。

这令颁发，乃是十月十八日，与王汝贤弃城出走的时候只隔一宵。京、湘相隔太远，汝贤又仓皇出奔，无暇拍电至京。所以京中尚未闻知，还令汝贤及范国璋，担任长沙治安职务。那段祺瑞自有意辞职后，虽非极端决裂，但对着湖南问题，不再入商，冯总统因得自由下令，轻轻将王、范二人罪状豁免了事。惟段祺瑞览此令文，愈加不悦，自思老冯前电，已是态度不明，此次又仅罪及傅、周，不及王、范，明明是阿私所好、党同伐异的行为，因复决计辞去，不愿与冯共事。正拟二次递呈，复接得直、鄂、苏、赣四省通电，并请撤兵停战，这又是冯派联络，推倒段内阁的先锋。电文署名，一是直隶督军曹锟，一是湖北督军王占元，一是江苏督军李纯，一是江西督军陈光远，文中说是：

慨自政变发生，共和复活。当百政待理之际，忽起操戈同室之争，溯厥原因，固由各方政见参差，情形隔阂，以致初生龃龉，继积猜嫌；亦由二三私利之徒，意在窃社凭城，遂乃乘机构衅。而党派争树，因得以利用之术，为挑拨之谋，逞攘夺之野心，泄报复之私忿。名为政见，实为意见，名为救国，实为祸国，于是阋墙煮豆，一发难收。

锟等数月以来，中夜徬徨，焦思达旦，窃虑覆亡无日，破卵同悲，热血填膺，忧痛并集。盖我国外交地位，无可讳言，欧战将终，我祸方始，及今补救，尚恐后时。至财政困难，尤达极点，鸩酒止渴，漏脯疗饥，比于自戕，奚堪终日？东北灾祲，西南兵争，人民流离，商业停滞，凡诸险状，更仆难志。大厦将倾，而内哄不已，亡在眉睫，而罔肯牺牲，每一思维，不寒而栗，中心愤激，无泪可挥。夫兵犹火也，不戢自焚矣，如项城覆辙可鉴，矧同种相残，宁足为勇？鹬蚌相持，庸足为智？即使累战克捷，已足腾笑邻邦；若复两败俱伤，势且同归于尽。今者北倚湘而湘不可倚，南图蜀而蜀未可图，仁人君子，忍复驱父老兄弟于冰天雪地枪林弹雨之中？且战局延长一日，即多伤一日元气；展伸一处，即多贻一处痛苦。公等诚心卫国，伟略匡时，其于利害祸福所关，固已洞若观火。况争点起于政治，知悲悯本有同情。锟等不才，抱宁人息事之心，存排难解纷之志，奔走啼泣，惨切叫号，而诚信未孚，终鲜寸效，俯仰愧怍，无地自容，惟希望之殷，始终未懈。故自政争以来，默察真正之民意，仰体元首不忍人之心，委曲求全，千回百折，必求达于和平目的，以拯国家之危难，而固统一之宏基。区区愚忱，当邀共谅。现在时势危迫，万难再缓，不得不重申前说，为四百兆人民，请命于公等之前。

伏愿念亡国之惨哀，生灵之痛苦，即日先行停战，各守区域，毋再冲突，俾得熟商大计，迅释纠纷。鲁仲连之职锟等愿担任之。更祈开诚布公，披示一切，既属家人骨肉，但以国家为前提，无事不可相商，无事不能解决。若彼此之隐，未克尽宣，则和平之局，讵复可冀？公等位望，中外具瞻，舆论一时，信史万世，是非功过，自有专归，而旋乾转坤，亦唯公等是赖，反手之间，利害立判，举足之际，轻重攸分，救国救民，千钧一发。临电迫切，不知所云。

停战停战，这种声浪，与段总理的心理，绝对是不能两容。偏长江三督军，一气贯穿，又推那直隶督军曹三爷为首，曹锟排行第三，时人号为曹三爷。同来反对段总理，叫老段如何不烦？如何不恼？当下递入二次辞呈，不但辞去总理，且把陆军总长的兼职一并辞去。冯总统还阳为挽留，但准他辞去兼职，仍为总理如初。

看官！你想这位段合肥，还肯留着么？段为国务总理，又兼陆军总长，所以有权有势，莫与比伦，若军权一卸，还要这国务总理头衔，有何用处？自然一概不受，出都下野去了。恐未必真肯下野。冯总统乐得准他免职，另任王士珍为陆军总长，所有国务总理一缺，且命外交总长汪大燮暂代。汪大燮是段内阁中人物，本有连带辞职的故例，怎好代任总理？因此决意不为，一再告辞。冯乃商诸王士珍邀他组阁。士珍系直系正定人，资格最老，出段氏上，情性素来和平，没有什么党派，不

过时人因他籍属直隶，共推为直派领袖，前时袁、黎两总统
时，亦尝邀他为过渡总理，见前文。旋进旋退，无刺无非。老
年人血气已衰，不堪再任烦剧，独冯意以为籍贯从同，派系无
别，正好引为己助，抵制皖系，调和南方。王士珍固辞不获，
乃承认暂署，于是段内阁遂倒，要改组王内阁了。小子有诗
叹道：

　　携手登台谊似深，同袍何故忽离心？
　　堪嗟宦海漂摇甚，得失升沉两不禁。

　　王士珍既代署总理，旧有国务员，一并辞职，另换他人入
阁。欲知所易何人，待至下回发表。

　　　观于冯、段之倾轧，表面上似为和战之龃龉，实
　　际上即为直、皖两派之纷争。傅良佐之督湘，冯意固
　　未尝赞同，不过为李、陈两督军之交换条件而已。王
　　汝贤、范国璋与良佐相反对，其阴承冯意可知，拒良
　　佐，即所以拒段氏也。良佐自命不凡，而实无干略，
　　楚歌四逼，仓猝夜逃，名为党段，实则负段，段犹欲
　　袒护之，得毋亦自信过深，而未知其用人之失当欤？
　　迨直、鄂、苏、赣四督军通电停战，而段氏之平南政
　　策复遭一大打击，势不能不辞职出都，此冯、段倾轧
　　之第一幕也。而直、皖两派之恶，遂自是日深矣。

第九十一回

会津门哗传主战声　阻蚌埠折回总统驾

却说王士珍既代署总理，当然要改组内阁，所有从前阁员，多半换去，另任陆征祥为外交总长，钱能训为内务总长，王克敏为财政总长，江庸为司法总长，田文烈为农商总长，曹汝霖为交通总长，傅增湘为教育总长，海军总长仍用刘冠雄，士珍自兼陆军总长，已见前文。冯代总统撤去段总理，改用王士珍，明明是无意主战，特借王士珍为调人笼络南方，使得和平统一。无如南军未肯退步，趁着王汝贤退出长沙，即乘隙直入，竟将长沙占住。汝贤退走岳州，见前回。俄而荆州有右星川，随县有王安澜，黄州有谢超，纷纷宣告自主，又与冯政府脱离关系。看官试想！前时段总理主战，南方各军阀不服段总理，乃起冲突，明明反对段氏，毋庸疑议；此次冯总统主和，南方各军阀，应该体谅冯总统苦心，休兵息战，为什么反加出石、王、谢三人来与冯氏做对呢？说将起来，南方军阀家所主张，并不是专拒段合肥，实是并抗冯河间，冯总统的谋和政策，岂不是暗遭打击么？

还有一个前陆军次长徐树铮，为段氏暗中设法，奔走南北，仆仆道途。看官道为何因？原来他先至蚌埠，与安徽督军倪嗣冲，晤商机密。嗣冲方竭力助段，对着小徐的谋划，很表赞成，小徐既邀得一个帮手，还嫌未足，再向东北出山海关，竟去联络奉天张作霖。张作霖字雨亭，系辽阳人，向系绿林豪客，投入清故督张锡銮麾下，历年捕盗，积功至师长，袁氏欲引为羽翼，特擢为奉天督军。他本独立塞外，自张一帜，与冯、段不生关系，无甚好恶。小徐以为东南健将，莫如老倪，东北健将，莫如老张，能将两健将融成一片，为段帮忙，还怕什么冯河间？计策诚佳。于是间关跋涉，趋往奉天，凭着那三寸舌，说动那张雨帅。张本豪健绝俗，勇敢有为，不论谁曲谁直，但教片辞合意，臭味相投，便即慨然许诺，愿为护符；且留小徐在幕府中参决军务，贯彻军谋。

会安徽督军倪嗣冲，邀同山东督军张怀芝等共至天津，与直隶督军曹锟，会议时局，恢复段氏政策，对着西南，仍用武力解决。怀芝前为北洋武备学生，原是北洋系中一分子，与段祺瑞素来莫逆，且平时最嫉国民党，当然欲荡平西南，为段后盾。且曹锟镇守直隶，曾与长江三督军即李纯、陈光远、王占元。联名通电，主张停战。见前回。此次倪、张两督至津，距前时电请停战的日期不过旬月，为什么反复无常，忽然主和、忽然主战呢？就中也有一段情由，当时清室元老徐世昌，久驻天津，各军阀素相契重，遇有大策大疑，必向徐氏谘询。曹锟驻节天津，更与徐氏常相往来，情谊款洽。徐闻冯、段龃龉，政局未定，免不得从旁扼腕。一夕，与曹锟会叙，密语锟道："芝泉祺瑞字。原太觉自信，华甫国璋字。亦不应阴嗾范、王，倒戈失湘，两人并皆失策，不知将闹到如何地步，方能结束呢？"曹锟无词可答，只应了一个"是"字。徐世昌复掀髯笑道："君等若迎若拒，不为冯、段两人调和政见，恐从此以后，北洋团体越致分裂，眼见是民党得势，将乘隙篡入了。"锟不禁失色道："这也可虑，公意以为何如？"世昌复进逼一句道："君为北洋弁冕，若听令北洋团体四分五裂，君亦不能辞责呢！"徐也是为段帮忙。锟随口应声道："得公指教，锟似梦初醒了。"两人一笑而别。

　　嗣是锟变易初心，背了长江三督军的盟约，又欲联段，可巧倪、张两督前来相邀，乐得敲着顺风锣，翕然同声。倪、张两督复致书张作霖，请求同意。作霖正与小徐静待机缘，一经得书，立即答复，无不如命。吉林督军孟恩远、黑龙江督军鲍贵卿，本奉张作霖为领袖，作霖愿加入天津会议，孟、鲍自无异言，亦皆参入。再加山西督军阎锡山、陕西督军陈树藩、河南督军赵倜、福建督军李厚基、浙江督军杨善德、上海护军使卢永祥，及苏、皖、鲁、豫四省剿匪督办张敬尧等，均系段氏支派，各遣代表至天津，共同会议。就是热河、察哈尔、绥远三区，也各派代表来，到津列席。济济群英，会集一堂，曹锟为东道主，与倪、张两督表明意见，无非是"并力平南，反对和议"八字。各代表联袂入会，早已禀承各主帅命令与结同盟，曹锟等一声倡起，各代表等齐声附和，接连是劈劈拍拍的手掌声，陆续相应。当下议决开战，誓绝调停，且分派同盟各省出师数目，由曹锟、张怀芝、倪嗣冲首先认定，次由各代表一一承认，复缮就一篇呈文，要求中央明令征南，然后散席。当时有人嘲讽曹锟，说他大人"虎变"，因他凤领虎威军，又善变动，所以引援古典，赠他一个佳号。其实那时将帅，原与墙头草相似，忽东忽西，没有定向呢。言不必信，也是大人行径。

　　惟冯总统本欲主和，竭力笼络南方，偏偏事不从心，迭遭冲突。石星川等擅谋自主，还是下级军官的瞎闹，无甚关碍；最恼人的是南倪北张，无端牵动诸军阀，会议天津，联名请战，明知个中主动仍由老段授意，欲将他来呈批驳，又恐倪、张等与己翻脸，又似前黎总统在任时，纷纷宣告独立，与中央脱离关系，转害得不可收拾。左思右想，无术自全，不得不邀入国务总理王士珍，商决国是。王士珍全是暮气，不肯担任一些肩仔，遇着艰险时候，但知牺牲官职，浩然思归，所以叙议多时，并没有什么救急的良方，只有自称老朽，不堪胜任，情愿将国务总理及陆军总长的兼衔，让与贤能。自知干不下去，尚能牺牲禄位，还算自好之士。

冯总统付诸一叹，俟士珍退出后，又与几个心腹人商量，大家说是段派势力，尚难骤削，压制过急，反恐生变，不如再请老段出山，畀他一个闲散位置，稍平彼愤，免得种种作梗，牵制中央。冯总统又复为难起来，暗思段非常人可比，除国务总理外，还有何职可授？如或授他别职，段亦断不肯受，反致弄巧成拙，越觉不佳。乃再经数人讨论，毕竟人多智众，想出一个新名目，叫做"参战督办"。参战是对外国立名，不是对着本国的南军，从前与德、奥宣战，全是段氏一人主张，此次叫他参入协约国，督办战务，也是一个无上的头衔；且与段氏本意不悖，当不至有推让情形。商议既定，因特派员至津门，先与段氏说明原委。段先辞后受，愿当此任。独言下表明微意，乃是"做了参战督办，总须陆军总长联合方可调度一切，若彼此不协，如何督率，如何办理"云云。这番言论，明是不悦王士珍，要他离开陆军总长的位置，然后受命登台。特派员依言复报，再由冯总统着人询段，段又谓请总统自酌。

可巧合肥嫡派段芝贵，自助段覆张后，但博了一个勋位，未列要职，在京闲居。他是有名的揣摩能手，雅善逢迎，不但与段祺瑞有关乡谊，情好密切，就是冯国璋入任总统，府中亦常见有段芝贵名刺，往来周旋。冯、段交恶，芝贵又曾为调停，只因双方各尚意气，不能从旁调洽，所以中止。此次冯意中忽想着了他，乃召入与商，并有委任陆军总长的表示。芝贵喜出望外，就自愿邀段入都，即日启行，往谒老段，见面时谈及冯意，段亦当然心慰，即与芝贵同车至京，复入见冯总统。两人虽未能尽去夙嫌，表面上似尚欢洽，再加段芝贵在旁凑趣，便各喜笑颜开，尽欢而散。越日，即有参战督办的特任及陆军总长的改任，一并颁发。惟国务总理一职，仍归属王士珍，不过免去陆军总长兼衔罢了。王聘老可以去矣，何必为此赘疣？

段既入京，仍然坚持一平南政策，不肯少改。却是个硬头子。段芝贵原是皖派，不能不与表同情。两下里朝夕叙谈，无非商议平南事宜。拟派曹锟为第一军总司令，张怀芝为第二军总司令，统兵入湘。当由参陆办公处，密电二督，赶先部署，克期出发。于是主战宣战的声浪，复传达中外，时有所闻。独冯总统尚未肯下令，不是说军饷无着，就是说阳历已将残年，容俟开年办理。段派亦无可如何，只好展缓兵期，俟至开正以后再行催逼。

光阴易过，转眼间已是民国七年了。岁阳肇始，总有一番俗例，彼此拜贺，忙碌数天。各机关统休假一星期，停止办公。至假期已过，又有许多隔年案件须要办清，一日过一日，又是二十多天，主战派迫不及待，跃跃欲试，遂竟向总统府质问，请冯总统即日发兵。偏府中发出二十五日的布告，尚饬各省保境安民，共维大局。顿时主战派大哗。才阅一宵，冯总统带着卫队百名，突出正阳门外，乘着专车，竟往天津去了。段祺瑞等俱未预闻，就是各部总长，亦有一半儿在睡梦中，不知他为着何事，匆匆启行？但由国务院颁发一谕，通电中外道：

奉大总统谕：近年以来，军事屡兴，灾患叠告，士卒暴露于外，商民流离失业，本大总统盍焉心伤，不敢宁处，兹于本月二十六日，亲往各处检阅军队以振士气。车行所至，视民疾苦，数日以内，即可还京。所有京外各官署日行文电，仍呈由国务院照常办理。其机要军情，电呈行次核办，并分报所管部长处接洽。凡百有位，其各靖共乃职，慎重将事，毋怠毋忽等因！特此转达。

奇哉！怪哉！是何主因，乃有此举？事前毫无表白，直至登程以后，方令国务院传达略情，难道总统出巡，不宜明目张胆，只好作此鬼鬼祟祟的举动么？句中有刺。当时中外人士纷纷推测，各执一词，直到后来冯氏还京，方知他潜自出京，却有一种特别政策，如国务院代达论调，不过粉饰耳目，自炫美名，其实他何曾劳民？何曾阅兵呢？原来段主战，冯主和，主战是谋武力统一，主和是谋和平统一，似乎段好黩武，冯尚怀仁，实际上乃冯、段两派互相抵抗，段要主战，冯定要主和；冯要主和，段越要主战。武夫得志，管什么海内苍生，但教折倒反对派，便算是扬眉吐气、予智自雄。怎奈两派势力相持不下，段派去而复来，气焰膨胀，冯不得不虚与周旋。且又想出别法，欲去羁縻段派，合直、皖两系为一气，使他共卫自身，巩固权位，然后好不致受制，免得许多防备。就使段派不肯为所羁勒，也不如借出巡为名，亲赴长江流域，与李、陈、王三督军面商良法，抵制段派，可以维持势力。为此两种计策，急欲一行，又恐风声一泄，老段必来阻挠，所以除二三心腹外俱未通知，竟出人不意，乘车南下。想法亦奇，但强中更有强中手，奈何？

一月二十六日启行，当晚即至天津，会晤那虎变将军曹锟，谈了半夜的机密。曹锟虽已与段派联络，合谋宣战，但究竟是个直系，对冯未免留情，他的主张，是欲要主和，必先主战，能将湘省收复，使南军稍惮声威，方可再申和议，冯也点头称善。不愧为"虎变"将军。就在天津督署中借寓一宵。越宿起床，食过早膳，复与曹锟申定密约，为后文征湘伏案。便即启程再往济南。他想山东督军张怀芝与倪嗣冲互为党援，不如直趋蚌埠，说服嗣冲，不怕怀芝不为我用，所以济南未曾下车，竟直抵徐州，转赴蚌埠。

火车原甚快便，但尚不如电报的迅速，自从冯氏出都，段祺瑞诧为怪事，料知冯必有隐情，便即电达张、倪两督，叫他阻住冯踪，不使他再行南下。这叫狼防虎，虎防狼。张怀芝得电后，忙派员至车站伫候，适冯已至济南，不肯停车，竟尔过去。独倪嗣冲接到段电，距冯至蚌埠尚有数小时，他好从容布置，带着卫兵，赴车站迎接老冯。

待至火车到站，由冯下车相见，倪即指挥卫队拥冯入署。彼此寒暄未毕，倪嗣冲即掀髯笑语道："总统为何微行至此？"冯总统道："我也并不是微行，无非因公等为国宣劳，军队亦服役有年，所以特来慰问呢。"嗣冲道："总统出巡，理应预先布告，为何内外各员，多未闻知。想总统必有高见，敢请明示。"冯答道："我若预示出巡，沿途必多供张，反多烦扰，故不如潜行为是。"嗣冲冷笑道："总统轸念民瘼，原是仁至义尽，但突然出京，反骇听闻，倘中途遇有不测，岂非大误？"冯总统道："这且不必说了。惟我在京都闻见有限，究竟各省军队是否可用？若再如傅良佐辈贻误戎机，岂不是多添笑话么？"嗣冲作色道："总统也不要徒咎良佐，试想王、范两人何故倒戈？又复平白地让去长沙，两相比较，王、范罪恶且过良佐，为什么不革职治罪呢？"冯总统被他一诘，好似寒天吃煨姜，热辣辣的引上脸来，勉强按定了神，再与他论及和战利害。嗣冲道："南方猖獗至此，怎可再与言和？今日只有一战罢。"冯总统还想虚词笼络，偏倪坚执己意，随你口吐莲花，始终不肯承受。

既而山东督军张怀芝、四省剿匪督办张敬尧，亦皆到来，想是由嗣冲邀来。两人论调与倪嗣冲一致从同，累得冯总统无词可答，即欲辞行，再往江南。倘嗣冲阻住道："总统何必亲往，但教致一电信，叫李秀山来此会议，便好了。"秀山即李纯字。冯至此也觉没法，只好由倪拍电去召李纯。隔了一宿，来了一个李纯的代表莅席会议。李秀山却也乖巧，故不愿亲至。看官！你想一代表有何能力？只得随众同声。倪嗣冲且拍案道："欲要与南方谋和，除非将总统位置让与了他，若总统不欲去位，只有主战一法，主战必须仍用段合肥。如段合肥出为总理，军心一致，西南自可荡平，何论湘省？否则嗣冲愿牺牲身命，与南方一决雌雄。"说至此，声色俱厉，张怀芝、张敬尧两人更鼓掌不已。冯总统乃随口敷衍道："诸君同心，战必有功，我就回京下令罢。"倪嗣冲也不再挽留，便送冯上车。张怀芝偕冯同至济南，中途告别。冯总统乘兴而来，败兴而返，自回北京去了。正是：

　　　　不如意事常八九，可与言人无二三。

欲知冯总统回京后，如何举动，且看下回再表。

　　观当时之军阀家，好似博弈一般。列席之时，见甲顺手，则与甲合股，而与乙为仇；见乙顺手，又与乙合股，而与甲为仇。不论曲直，但争利益，虎变将军，即其明证也。冯河间欲并合甲、乙两派，尽为己用，谈何容易。甲自甲，乙自乙，彼此立于反对地位，就使暂时允洽，亦必决裂而后已。况如蚌埠之跋扈将军乎？潜行出京，索然而返，冯亦自悔多事哉！

第九十二回

遣军队冯河间宣战　劫兵械徐树铮逞谋

却说冯总统国璋，白费了一番心思，空劳了一回跋涉，没情没趣的折回北京，趋入总统府中，闷闷坐着。有几个心腹人士，进来探问消息，他惟有相对唏嘘，长叹数声罢了。旋由陆军部呈入军报，多半是湖南不靖消息。到了二月初旬，复接到湖北督军王占元急电，报称"湘、粤、桂三省南军攻陷岳州，驻岳总司令王金镜退保临湘，南军据岳州后，连扰郧阳、通城、蒲圻等处，声势甚盛，亟待援师"等语。冯看了此电，也不禁奋髯动怒道："真正了不得，看来只好决裂了。"乃实授曹锟、张怀芝、张敬尧为各军总司令，陆续出兵，由鄂赴湘，同日发出二令道：

上月二十五日布告，原期保境安民，共维大局，故不惮谆谆劝谕，曲予优容。中央爱护和平之苦衷，宜为全国所共谅。乃叠据王占元等电称："谭浩明、程潜所部军队，乘此时机，节节进逼。"石星川、黎天才等复以现役军官，倡言自主，勾结土匪，扰害商民，而谭浩明等竟引为友军，借援助为名，四出滋扰；甚且枪击外舰，牵及交涉，兹复进逼岳州，窥伺武汉，拥众恣横，残民以逞。是前此布告，期弭战祸，为民请命者，反令吾民益陷于水深火热。本大总统抚衷内疚，隐痛实深。各督军、都统等叠电沥陈，金以衅自彼开，应即视为公敌，忠勇奋发，不可遏抑。本大总统深惟立国之道，纲纪为先，若皆行动自由，弁髦法令，将致纷纷效尤，何以率下？何以立国？用特明令申讨，着总司令曹锟、张怀芝、张敬尧等，即行统率所部，分路进兵，痛予惩办。师行所至，务须严申纪律，无犯秋毫，用副除暴安良、拯民水火之至意！此令。

自军兴以来，在湘各路军队，动辄托故溃逃，长官督率无方，以致有治军守土之责者，效尤叛国，军纪久焉不张。本大总统殊深内疚，若再因循宽纵，必致酿成无政府之现象，其何以饬纲纪而奠民生？嗣后各路统兵长官于所属官兵，遇有不遵节制、无故退却等情，着即以军法便宜从事，毋稍姑息，其各凛遵！此令。

两令既下，又特派曹锟为两湖宣抚使，张敬尧为攻岳前敌总司令，所有防鄂各项军队统，归节制调遣。于是虎变将军曹锟，首先出发，即于二月七日由津启程，张敬尧亦于十二日出发徐州，浩浩荡荡，率军赴鄂去了。未几，复由总统府发出数令，褫夺各军长官职，由小子汇述如下：

查湖北襄、郧镇守使兼陆军第九师师长黎天才，暨湖北陆军第一师师长石星川，分膺重寄，久领师干，宜如何激发忠诚，服从命令。乃石星川于上年十二月宣布独立，黎天才自称靖国联军总司令，相继宣告自主，迭次抗拒国军，勾结土匪，攻陷城镇，并经各路派出军队，奋力痛剿，将荆、襄一带地方，次第克复。而该两逆甘心叛国，扰害闾阎，实属罪无可逭。黎天才、石星川，所有官职勋位勋章，应即一并褫夺，仍着各路派出军队严密追缉。务获惩办，以肃军纪而彰国法！此令。

谭浩明等，拥众恣横，甘为戎首，前已有令声罪致讨。谭浩明以现任督军，不思绥辑封圻、恪尽军寄之责，乃竟自称联军总司令，率领所部，侵扰邻疆，若再滥厕军职，何以申明纪律，警戒来兹？署广西督军陆军中将谭浩明，着即行褫夺官职暨勋位勋章，由前路总司令一体拿办。其他附乱军官，并着陆军部查明惩处，以彰国法而警效尤！此令。

这两令是声明挞伐，罪及自主军长，有讨叛惩逆的意思。还有二令，乃是惩办失律的长官，令云：

前因湖南督军傅良佐，代理省长周肇祥，擅离职守，曾令免职查办。两月以来，荆、襄叛变，岳州失守，士卒伤亡之众，人民流离之惨，深怆予怀，追论前愆，该前督等实难辞失律偾事之咎。傅良佐一案，着即组织军法会审，严行审办。周肇祥职司守土，遇变轻逃，并着交文官高等惩戒委员会依法惩戒，以肃纲纪而儆方来！此令。

陆军第八师师长王汝贤，前令以总司令代行湘督职权，督同第二十师师长范国璋保守长沙，立功自赎，乃竟相继挫败，省垣不守。此次岳州防务，范国璋所部，又复先行溃退，总司令王金镜身任军寄，调度乖方，以致岳城失陷，均属咎有应得。王汝贤、范国璋，均着褫夺军官勋位勋章，交曹锟严行察看，留营效力赎罪。王金镜着褫夺勋位勋章，撤销上将衔总司令，以示惩儆！此令。

看官阅此两令，便可窥透冯总统的本心，傅良佐与周肇祥，乃是段派中人，所以主张严办，王汝贤与范国璋，乃是自己叫他倒戈，所以让长沙、失岳州，失律偾事，不加重惩。但恐段派啧有烦言，乃不得不褫夺官阶，叫他留营效力，图功赎罪。后来傅良佐终不到案，且与冯氏反唇相讥，这明明是由段氏袒护，说他罪轻罚重，不服冯氏裁判。老冯的掩耳盗铃计策，终被段派看穿，仍归没效。还有江西督军陈光远，是密承冯氏意旨，主和不主战，赣、湘密迩，他却拥兵坐视，不去援湘，总统府中，虽已有令促援，光远料非冯总统本意，所以始终不动，此次由段派弹劾，至再至三，冯总统不得已下令道：

> 江西督军陈光远，于湖南战役，叠有电令进援，乃该督军托故延缓，致误湘局，殊难辞咎。陈光远着褫上将衔陆军中将，仍留督军本职，俾其奋勉图功，以策后效！此令。

投袂请缨的张怀芝，已受任第二军总司令，应该率军速发，不让人先。偏他徘徊观望，甘听曹锟、张敬尧二军接连就道。自己故落人后，实尚欲要求一席，方肯前驱。都是利己主义。既而湘、赣检阅使的任命，果然颁下，怀芝乃欣然受任，带兵进行，先命第一师师长施从滨，取道九江，径往湖北，自乘津浦铁路火车南下，经过南京，会晤江苏督军李纯，谈了一番战策，然后西趋南昌，检阅赣省军队，援应曹、张两军去了。迂道苏、赣，无非自出风头。惟冯总统此次主战，纯然为段派所迫，没奈何出此一着，心中总不免芥蒂，且自觉和战反复，无以对人，因复仿古时罪己文，颁发布告一通，略云：

> 立国之道，纲纪为先，果顽梗不易强驯，则征讨自非得已。上年湖南事起，阁议主张用兵，国璋独轸念时艰，欲民小息，虽于内阁政策，亦复一致赞同，但冀以武装促进和平，而未尝以力征誓于有众，坚冰之渐，固有由来。

迫前湖南督军傅良佐弃职轻逃，前援湘总司令王汝贤、副司令范国璋接踵溃退，长江陷落，大损国威。前国务总理段祺瑞暨各国务员等，以军事失败，政策挠屈，引为己责，先后呈准辞职。国璋于此，正宜申明纪律，激厉戎行，奋一鼓之威，作三军之气，乃因湘有停止进兵之电，粤有取消自主之言，信让步为输诚，认甘言为悔祸。大约是片面思想。方谓干戈浩劫，犹可万一挽回，固料其非尽真诚，而终思要一信义，于是布告息争，以冀共维大局。孰意谭浩明等反复恣肆，攻破岳州，今则攘夺权利之私，实已昭然若揭，不得不大张挞伐，一剿凶残。然苦我商民，劳我师旅，追溯既往，咎果谁归？

傅良佐等偾事失机，固各有应得之罪，而举措之柄，操之中央，循省葥躬，殊多惭德。兵先论将，往哲有言，泛驾之材，讵可轻敌。国璋不审傅良佐等之躁率而轻用之，是无知人之明也。念念不忘傅良佐。叛军幸胜，反议弭兵，内讧始凶，言之成理。国璋欲慰大多数人之希望而轻许之，是无料事之智也。思拯生灵于涂炭，而结果乃扰闾阎；思措大局于安全，而现状乃愈趋棼乱。委曲迁就，事与愿违，是国璋之小信，未能感孚，而薄德不堪负荷也。耳目争属，责备难宽。既丛罪戾于一身，敢辱高位以速谤？惟摄职本属约法，讵容轻卸仔肩？

鄂疆再起兵端，尤应勉纾筹策。所望临敌之将领军队，取鉴前车，各行省区域长官，共图后盾。总期大勋用集，我武维扬，俾秩序渐复旧观，苍赤稍苏喘息。国璋即当返我初服，以谢国人。耿耿寸心，愿盟息壤，凡百君子，其敬听之！特此布告。

看官听说，这种罪己布告，乃是说出不得已的苦衷，暗中仍有归咎段祺瑞的伏笔。段派虽已达到主战目的，但必欲拥段复位，使他战胜南方，得雪前耻，方不致贻老冯口实，各享荣名。当时段氏第一功臣，要算徐树铮，他既奔走南北，运动倪、张，能使失败的段祺瑞仆而复兴，主战政策又得复活，真是段幕中首出人物，巧为斡旋。惟见那老师段祺瑞，只出任参战督办，尚未复国务总理要职，总不免余恨未平。况目前宣战，乃是冯氏出头，将来若得顺手，收复湘省，再平两粤，岂不是统一威名全归老冯？反显得从前段氏实无能力，一战致败，马上倒阁，可羞不可羞呢？将小徐心事揭出，明若观火。想来想去，只有再怂恿那张雨帅，演出一出拿手戏，威吓冯河间，叫他不能不起用段氏，方得规复那老师威名，贯彻那平南政策。好在张雨帅已经信任，言听计从，乐得再献秘谋，从速进行。果然片言上达，即蒙雨帅首肯，决计照办。当下颁动员令，调遣军队东入山海关，声言为援湘起见，派兵南下。前队到了秦皇岛。却逗留不行，镇日里逍遥海上，伺察往来各舰，几不知他探何秘密。

　　会由日本运到大批军械，经过秦皇岛，奉军从旁觑着，问明舟子，乃是中国政府向日本购办，装运东来。奉军哗然道："我军正少军械，今适凑巧，有这批枪弹运来，何妨借我一用呢。"说着，便一齐登舰，七手八脚，把军械搬运岸上。舟子如何阻挠？只好眼睁睁的由他劫取，约莫有一两小时，已将全船枪弹悉数搬空，奉军也不称谢，竟将军械携至京奉铁路间，载上火车，派了弁目数名，运往奉天去了。这是民国七年二月二十五日间事。越日，即由张作霖电告中央，略谓"奉省派往南下各军已开往滦州，惟枪械缺乏，事机紧迫，不得不变通办理，现已将中央所购军械运奉，除将军械开单呈请备案外，谨先奉电请领"云云。犹是绿林故智。

　　冯总统得了此电，简直是莫名其妙，欲向张雨帅问罪，又恐他倔强不服，只得暂时容忍，且看他如何做作，再作计较。哪知这位张雨帅，真是敢作敢为，既将军械截取，遂分给部下各军，陆续遣入山海关，分驻京奉铁路沿线一带。就是秦皇岛、滦州、丰台、独流、廊坊等处，统皆分扎军队，布置得层层密密。且在军粮城设起总司令部，张雨帅自任总司令，惟因京奉隔省，呼应尚恐未灵，特派徐树铮为副司令，代行总司令职权。所有军粮城旧存军粮三千石，本属陆军部掌管，小徐也未曾电请中央，竟拨充军食，居然有士饱马腾、踊跃待命的情状。

冯总统本忌老段，尤忌小徐，前次府院冲突，多半为小徐骄横，靠着那推倒张勋的功劳、拥护合肥的威力，凌轹政府，睥睨一切，为冯总统所难堪，所以用釜底抽薪的计策，撤销段内阁，改易王内阁。偏偏小徐寻出一条捷径，竟去邀请东北的张大帅，做了护身符，来与中央作难。冯总统当然忧烦，不得不派人婉问，他却口口声声的是要援湘、是要平南。及问他屯兵各隘、不遽南下的原因，他竟张目厉声道："我只知有段总理，但教段总理令我南下，我立即南下了。"俗语说得好："欲知言外意，尽在不言中。"小徐此语，明明是要段祺瑞复职，特地用着武装，胁迫冯河间。冯得报后，不由的满腹踌躇，欲再任段为总理，未免自失面子；欲不任段为总理，奈背后伏着小徐，仗那雨帅威风，前来胁迫，满怀抑郁，不堪言状。国务员虽有数人，大都庸庸碌碌，莫展一筹。王士珍屡次称疾，给假休养，寻常国务还要内务总长钱能训代理。钱又是个圆通人物，与他商议，无非敬谢不敏，自愿去职，累得冯总统仓皇四顾，自觉孤危，没奈何再令秘书员，缮就一篇通电，咨询各省，筹商办法，解决种种困难问题。小子有诗叹道：

　　一波未了一波生，肘腋危机又暗呈。

莫怪人心多险诈，须知元首少推诚。

究竟通电中如何措词，容至下回录叙。

　　本回为段派复盛，冯派复挫之时期。主战固段派之本志也，冯之主战，原为段派所迫而成，但主战之初，尚未肯使段氏复职，是其心仍不欲用段氏；战而胜，则坐自张威，可收统一之效，战而不胜，仍可归咎段派，而再与南军谋和可耳。罪己布告，所以作军人壮往之气，而期达战胜之目的也。何物小徐，偏窥透冯氏之心腹，运动张大帅以扼其背，是真冯氏所不料，骤遭此意外之一击，而不得不声声叫苦者也。但冯、段之争点，实自南北纷裂而起，北派固自起纷争，南军亦何为不顾生灵，徒贻人民以战祸乎哉？

第九十三回

下岳州前军克敌　复长沙迭次奏功

却说徐树铮挟兵称雄，胁迫冯总统。冯总统无法自解，只好通电各省，咨询办法。电文不下一二千言，由小子录述如下：

各省督军、省长，武鸣陆上将军，广东龙巡阅使，汉口曹宣抚使、张总司令，九江张检阅使，承德、归化、张家口各都统，龙华、宁夏护军使暨各省镇守使鉴：国步屯遭，日甚一日，内则蜩螗羹沸，干戈之劫难回；外则渗淡风云，边境之防日亟。剥肤可痛，措手无从。国璋代行职权已逾半载，凡所设施，力与愿违，清夜扪心，能无愧汗？然国璋受国民付托，使国家竟至于此，负罪引慝，亦何必哓哓申诉，求谅国人。但揆其所以致此之由，与夫平日之用心，为事实所扞格，屡投而不得一当者，缘因复杂，困难万端。欲避贤求去，苦无法律之可循；欲忍辱求全，又乏津梁之可济。长此悠忽，必召沦胥。诸君子为国干城，同负责任，用特披肝沥胆，为一言之：

溯自京畿变生，国祚半斩，元首播越，举国骚然，于是黄陂委托于前，段总理敦促于后，皆援副总统代职之规定，强国璋以北来，明知祸乱方殷，菲材绝难负荷，惟冀黄陂复职，主持有人，则不佞捍卫南疆，尚可分担艰巨。

乃商请无效，各省区督军、省长及文武官吏分驰电牍，敦促入都。猥以藐躬，过承督责，汤火之蹈，且不容辞，矧安危不仅系个人，匡助可取资群力乎？惊涛共济，全恃同舟，初不料玺绶方承，而内部转愈趋纷扰也。国璋抵京，首先奉政黄陂，不获许可，而后受职。其时国会早经解散，政府尚在权舆，继绝布新，有同草创。段前总理投艰遗大，独任贤劳，正宜共济时艰，中外一致，而西南诸省，忘再奠共和之绩，以非法内阁相攻，别挑衅端，遂开战祸。迨内阁改组，宜可息争，国会问题，又生枝节。对于中央之任命官吏，则啧有烦言；对于石、黎之扰乱荆、襄，则引为同志。是非乖忤，真相莫明。譬解百端，欲促返省，初不料唇舌俱敝，而结果仍诉诸兵戎也。

民国元、二之交，风雨飘摇，几毁家室，项城运其雄才大略，曾不数月，而七省同时戡定，大权集于中央。国璋能力固不逮项城，然事前之师不妨相袭，徒以观念所在，元气之凋残，民生之疾痛，实过元、二年。佳兵不祥，古有明训，内讧宜息，人具同情。本无厉行专制之心，何取经营力征之举？以故军事初起，第望促进和平，不因败绩而求伸，反示包容而停战，无非欲融洽南北，尽释猜嫌。耿耿寸衷，可质天日。乃北则疑其寡断，兵气几为之不扬；南则信其易欺，骄蹇益难于就范。湘省各军乘机陷岳，意在示威，予政府以难堪，激同胞之宿愤。中央纵无统驭，亦何至听命于地方，必背公德而矜强权，不留余地，以相让步，则最后解决，惟战乃成。因事制宜，绝非矛盾。更不料干城之寄，心膂之司，或竟观望不前而损声威，行动自由而滋谣诼也。凡此种种，皆事实上随时发生之障碍，足使国璋维持大局之希望悉消灭而无余，而逆计未来应付之难，事变之巨，则更有甚于此者。

国会机关，虚悬日久，颇闻旧议员麋集粤省，有自行开会之说。姑无论前此解散是否合法，既经命令公布，已不能行使其职权，即各省区人民，亦断无承认之理。至于正式选举总统之期，转瞬即届，根本无着，国何以存？此大可忧者一。财政艰窘，年复一年，曩者政府每值难关，亦尝特外债以为生活，然能合全国之财力，通盘筹划，犹得设法挹注，勉强撑持。乃者萧墙哄争，外省内解之款大半截留，来源渐绝，而军政费之支出，复倍蓰于平时。罗掘久穷，诛求鲜应，主藏作仰屋之叹，乞邻有破产之虞，桑孔再生，亦将束手。此大可忧者二。内阁负责，取法最善，段前总理为国戮力，横被口语，托词政策挠屈，与各国务员相率引退，而总理一职，后来者遂视为畏途。聘卿王士珍字。暨今诸阁员，皆国璋平昔至契，迫于大义，碍于感情，暂允助勋，初非本愿，满拟时局渐臻纯一，再行组织以符法治，心力相左，刺激尤深。今聘卿业已殷忧成疾而在假矣，钱代总理诸人复谓事不可为，褰裳而去。强留则妨友谊，觅替则恨才难，推测其终，将陷于无政府之地位。此大可忧者三。至目前外交之情形，尤应发起吾人之警觉，个中利害，另电详闻。

国璋一武夫耳，因缘时会，谬握政权，德不足以感人，智不足以烛物，抱救民之念，而民之入水火也益深，廑爱国之忱，而国之不颠覆者亦仅。澄清无术，空挥三舍之戈；和平误人，错铸六州之铁。驯至四郊多垒，群盗如毛，秦、豫之匪警频闻，畿辅之流言不息，虽名义同于守府，而号令不出国门。瞻望前途，莫知所届，何敢久居高位，自误以误国家？自应求卸仔肩，归还政柄。惟民国既无国会，而总理现属暂摄，又不能援《约法》条例交其代行。追原入京受职所由来，实出诸君子之公意。国璋既备尝艰阻，竟不获补救于万一，坐视既有所不能，辞职又无从取决，只有向各省区督军、省长暨文武官吏详述危殆情形，应请筹商办法，为国璋释重负，为民国求安全，宁使国璋负误国之咎于一身，而不使民国纪年随国璋以俱去，不胜至愿。

　　特此飞电布达，务希于旬日内见复。至统治权所寄，国璋在职一日，仍当引为己责，决不肯萌怠驰之心而自丛罪戾也。敢布诚悃，伫盼嗣音！

　　这种通电，实不过是纸上具文，世无诸葛，国少鲁连，何人能出奇斗智，排难解纷？那段派却同声鼓噪，坚请段祺瑞再为总理，冯总统到此时，也只好虚心忍辱，重用段氏了。当时曹锟、张敬尧两军先后到鄂，还有张怀芝亦拨军相助，差不多有数万雄师一心对敌。王汝贤、范国璋等，由曹锟密授意旨，也觉得勇气勃勃，与从前退缩情形大不相同。更有第三师旅长吴佩孚由曹锟荐为师长，做前敌总司令，感激驰驱，身先士卒。任他湘、粤、桂三省联军如何果敢，也惟有退避三舍，不敢争锋。因此湘、鄂各处激战了好几次，自主军队，统皆败溃。再加海军第二舰队司令杜锡珪亦来助战，水陆夹攻，节节进逼，如月塘嘴、羊楼市、通城、临湘、古米山、九岭、白葛岭、天岳关等处并得胜仗，扫清南军。乃由曹、张两大帅下总攻击令规取岳州。岳州乃湖南要隘，南方联军得据此地，不啻管领全湘的门户，怎肯得而复失、骤然退去？于是彼攻此守，你来我拒，相持了两三日。枪林弹雨，血肉纷飞，城内外的百姓，早已逃避一空，单剩得两军角逐，互相残杀。何苦何苦。结果是北胜南败，南军不能再支，纷纷出城，奔往长沙去了。北军得进踞岳州，便向中央报捷，当由冯政府下令道：

据第一路总司令两湖宣抚使曹锟、攻岳总司令张敬尧、海军第二舰队司令杜锡珪迭次电呈,分路规复岳州,水陆兼进,所向有功,先后于月塘嘴、羊楼市、通城、临湘、古米山、九岭、白葛岭、天岳关等处连次激战,迭获胜利,节节进逼。三月十七日,攻破岳州。逆军顽强抗拒,相持不退,经我军奋力攻击,并由舰队掩护,业于十八日将岳州克复各等语。此次出师攻岳,自开始攻击以来,为期不过旬日,屡夺要隘,遂克名城,实由该总司令等调度有方,各将士勇忠用命,用能迅奏肤功,拯民水火,览电殊深嘉慰。仍着该总司令等,遵照电令计划,督率所部,奋勇进取,并先查明此次在事出力各将士,分别等差,呈请优奖。其阵亡被伤官兵,并准优予议恤,以昭激劝而慰英魂。第念岳州、临湘一带,人民重罹兵燹,流离颠沛,弗安厥居,损失赀财,危及身命。哀我湘民,叠被荼毒,兴言及此,惨怛良深!应由宣抚使曹锟迅派妥员,各路查明,加意抚恤,安集劳徕,各安生业,用副吊民伐罪之至意。此令。

岳州既下,主战派当然得势,无不兴高采烈,得意扬扬。独徐树铮在军粮城,电迫政府,速起用段祺瑞为总理,调度军事,一致平南,否则将引兵入京,仿佛有兴甲晋阳、入清君侧的气象。署国务总理王士珍,已早呈请辞职,此时复为环境所迫,苦口坚辞。冯总统乃准他辞去,再用段祺瑞为国务总理。段方组织参战事务处,就将军府特设机关,派靳云鹏为参谋处处长,张志潭为机要处处长,罗开榜为军备处处长,陈箓为外交处处长,并聘定各部总长为参赞,各部次长为参议,于三月一日始告成立,实任那督办事务。醉翁之意不在酒,故不妨迟迟办理。到了三月二十五日,国务总理的任命,又复发表,他亦并不多辞，便即受任。凡王内阁中的人员多半仍旧，惟换去财政总长王克敏，由交通总长曹汝霖兼代；江庸亦已辞去，改任朱深为司法总长，这是段祺瑞第三次组阁了。

段氏前二次组阁均自兼陆军总长，至此因段芝贵方长陆军既属同乡，又且同系，乐得令他原任。芝贵亦遇事禀承，不敢擅断，所以段祺瑞虽不兼陆军，也与兼职无异。内总百揆，外对列强，段合肥不惮烦剧，躬自指挥，真所谓能人多劳，一时无两了。

徐树铮闻段任总理，志愿已遂，乃将滦州、丰台、独流、廊坊等处所扎的奉军陆续开拔，由津浦铁路南下，运往湘、鄂一带，协助曹、张各军进攻南军。隐示解围微意。曹、张等军势益盛，遂复自岳州出发，分道进兵，连下平江、湘阴各城。湘、粤、桂三省联军逐路分堵，总敌不过北军的厉害，只好步步退让。北军乘胜进逼，到了同山口，与南军鏖战一次，南军又败，都奔往长沙，婴城拒守。曹锟、张敬尧见前军得利，便饬后队，一齐向前，并攻长沙。南军连遭败衄，统不免胆战心惊，蓦闻北军大至，已觉得未战先慌，待至强敌压境，勉强出拒，哪里还能坚持到底？你也走，我也逃，大家弃枪抛械，向南窜去。好好一座长沙城，弄得空空洞洞，毫无人影。得之易，失之亦易。北军自然放胆入城，打起得胜鼓，鸣起行军乐，喜气洋洋，不消细说。冯政府已任张敬尧为湖南督军，至此敬尧驰入长沙，不待犒兵安民，即会同宣抚使曹锟露布告捷。因复由中央下令道：

据第一路总司令两湖宣抚使曹锟，总司令湖南督军张敬尧等，迭次电称："各军自三月十八日克复岳州后，节节进攻，分途收复平江、湘阴两城。二十五日，由同山口进规长沙，逆军处处死抗，经我军协力痛击，星夜追逐，逆势不支,遂于二十六日将长沙省城完全克复"等语。此次各军激于义愤,忠勇奋发,由岳州取长沙,曾不数日,力下坚城。该总司令等督率有方,各将士忍饥转战,嘉慰之余,尤深轸念。所有在事出力官兵,着先行呈明,分别呈请优奖,仍即督饬各军,乘胜收复县邑,以奠全湘。所有地方被难人民,流离荡析,并着查明,妥为抚恤,用副国家绥辑劳徕之至意。此令。

古诗有云:"一将功成万骨枯。"这次下岳州、克长沙,总算由曹、张两大帅的功劳,其实这样的劳绩,统是由腥血制成、脂膏造就。

看官试想民国肇基,公定《约法》,称为五族共和,彼满、蒙、回、藏,从前统当作外夷看待,说他是什么犬种,什么羊种。及共和政体宣告成立,居然翻去老调,视若同胞,这原是大同的雏形,不比那专制时代,贱人贵己,为什么迁延数年,战云扰扰,连汉族与汉族还弄得一塌糊涂,不可收拾呢?大约开战一次,总要费若干饷糈,伤若干军士,还有一大班可怜的人民,走投无路,流离死亡。好好的田庐,做了炮灰;好好的妻女,供他淫掠,害到求生不得,求死不能,即如此次岳州一役,据宣抚使曹锟查报"岳州自罹兵劫,十室九空,逆军败退时,复焚掠残杀,搜劫靡遗,近城一带地方,人烟阒寂,现虽设法招集流亡,商民渐聚,而啼号之惨,实不忍闻"云云。

至长沙一役,又由曹锟报称"逆军在湘,勒捐敲诈,搜索一空;败退后复纵兵焚杀,惨无人道,土匪又乘间劫夺,以致民舍荡然"等语。在曹锟主见,当然归罪南军,不及北军。试问北军果能纪律严明、秋毫无犯吗?就使秋毫无犯,确似虎变将军的口吻,湘民已经痛苦得够了。慨乎言之。政府施行小惠，先着财政部拨银洋四万元，赈济岳州难民，继拨银洋六万元，赈济长沙难民。实则湘民被难，何止十万？果以十万计算，每人只得银洋一元，济什么事？又况放赈的人员，未必能自矢清廉，一介不取，暗中克扣，饱入私囊，小民百姓，所得有几？徒落得倾家荡产、财尽人空罢了。

国务总理兼参战督办段祺瑞，连接捷电，喜溢眉宇，以为湘省得手，先声已播，此后可迎刃而解，就好把平南政策达到最终目的。惟尚有数种可虑的事情，一是恐前敌将士，既有朝气，必有暮气；二是恐国库空虚，只能暂济，不能久持；三是恐河间牵掣，乍虽宣战，终复言和。积此三因，尚未遽决。小徐等竭力撺掇，把段总理的三虑一一疏解，俱说有策可使，不烦焦劳。再加安徽督军倪嗣冲，接得小徐等书报，立从蚌埠启行，驰入京都，谒见段总理，申请再接再厉，期在速成。约住了一个星期，把政治军事诸问题统皆商决，然后辞行返皖。过了三五日，国务总理段祺瑞，即带了交通次长叶恭绰、财政次长吴鼎昌等出都南行，竟驰往鄂省去了。正是：

> 人生胡事竞奔波，百岁光阴一刹那。
> 堪叹武夫终不悟，劳劳战役效如何？

毕竟段总理何故赴鄂，试看下回说明。

自曹、张两军至鄂后，但阅旬月，即下岳州。复长沙，似乎主战政策，确有效益，以此平南，宜绰有余裕，不烦踌躇者也。然观于后来之事变，则又出人意料，盖徒挟一时之锐气，以博旦夕之功，未始不尽快意，患在可暂不可久耳。本回最后一段，历叙人民之痛苦，见得民国战事，俱属无谓之举动。军阀求逞于一朝，小民受苦于毕世，民也何辜，遭此荼毒乎？子舆氏有言，春秋无义战，又曰：我善为陈，我善为战，大罪也。彼时列强争雄，先贤犹有疾首痛心之语，今何时乎？今非称"为民国共和时代"乎？而奈何一战再战，且连战不已也。

第九十四回

为虎作伥再借外债　困龙失势自乞内援

却说段祺瑞南行赴鄂，借着犒师为名，到了武昌，与第一路总司令两湖宣抚使曹锟、湖北督军王占元，会商军务，共策进行。又召集河南督军赵倜及奉、苏、赣、鲁、皖、湘、陕、晋各省代表等同至汉口，列席聚议，大致以"长沙已下，正好乘胜平南，企图统一，但必须取资群力，方可观成，所以特地南来，当面商决，还望诸君一致图功，毋亏一篑"等语。大众虽各执己见，有再主战的，有不再主战的，但表面上只好唯唯从命，独曹锟捻须微笑道："欲平南方，亦并非真是难事，但用兵必先筹饷，总教兵饷有了着落，将士不致枵腹，才能效命戎行、不虑艰阻了。"已有寓意。段祺瑞答道："这原是必要的条件。如果军士用命，怎可无饷？我回京后，便去设法筹备，源源接济。总之外面督兵，责在诸公，里面筹饷，责在祺瑞，得能征服南方，同过太平日子，岂不是一劳永逸么？"难矣哉！曹锟不便再言，淡淡的答了一个"是"字。

会议既毕，一住数日，段乃偕豫督赵倜，由汉口启行，乘着兵轮沿江东下。到了九江，会晤江西督军陈光远，又谈了许多兵机，光远也没有什么对付，只敷衍了一两天。段再由九江至江宁，与江苏督军李纯、安徽督军倪嗣冲、上海护军使卢永祥，叙谈半日。倪与段心心相印，何庸多嘱。卢亦段派中的一分子，当然惟命是从。李纯是冯氏心腹，到此亦虚与周旋，未尝抗议。段即北旋，与赵倜乘车至豫，倜下车自去，段顺道回京，不复他往。

看官可知段氏南下，无非欲固结军阀，指挥大计，一心一力，与南军决一最后的胜负，大有不平南军、不肯罢休的意思。既已回京，即日夕筹划军饷。怎奈司农仰屋，无术点金，不得已只好告贷邻邦，饮鸩止渴。东邻日本，素怀大志，专用老氏欲取姑与的政策，慷慨解囊，贷助中国。徐树铮等又为段氏划策，总教南北统一，区区借款自可取偿诸百姓身上，无足深忧。就中尚有交通部长曹汝霖，乃是亲日派首领，与小徐为刎颈交，他却一口担承，愿为乞贷东邻的媒介。看官欲知他生平履历，及所以亲日的原因，待小子约略叙来：

曹系上海人氏，前清时游学东洋，肄业日本帝国大学，与日人日夕交游，免不得习俗移人，脑筋里面常含着东瀛色彩，其时前司法总长章宗祥段氏第一次组阁时，章曾为司法总长。亦在日本留学，与曹最相契合。清贝子载振奉命出洋，考察法政，道经日本，曹、章极诚欢迎。载振尝面许道："尔二人学成归国，有我在内，不怕不腾达飞黄，愿努力自爱！"二人闻言，非常感谢。已而曹先毕业归来，赴京运动，得受清相奕劻、那桐等知遇，厕职部僚。或谓他曾暗嘱闱中人，结欢那桐，因得通显，这语出自谣传，未可尽信。但不到数年，即由外务部额外司员超任至右侍郎，可见他是个做官能手、干禄专家。中日间岛交涉，尝由曹出为调停，虽得将间岛索还，终把安奉安东至奉天。巡警权，吉长吉林至长春。铁路权让给日本，人言啧啧，已说他为虎作伥，讨好东邻。革命以后，复迎合袁项城，得蒙信任，所有五月九日的密约、二十一条的酷律，曹亦预谋。五·九条约，俱见前文。不料段氏三番组阁，那曹汝霖又得两长交通部，处段门下，简直与段氏子弟相似，往来甚密，事必与商。

　　他见段氏筹备军饷，急需巨款，遂出向日商中华汇业银行贷洋二千万元，约款上不便说明充饷，但说是扩充西北电信及修理旧有电台与添设无线电的应用，议定利息八厘，偿还期计五个月，即将旧设电信收入金，作为担保，并预许将来关系电信事业，或需借款，该银行得有优先权。两下认定，彼此签约，段总理又得了二千万金，好酌量挪移，暂充军费了。

　　只是电信收入，前已作为丹、法两国的借款担保品，乃此番一物两押，岂不是失信外人？于是驻京丹麦公使及法兰西公使查悉情形，即提出抗议，并投照会，质问中国政府。政府不能不分别答复，但言"电信收入金，除抵偿丹、法两国外，饶有余裕，况现在是短期借款，阅五月即当还清，更与两国原约不相抵触"等语。总有抵完的日子。两公使接到复文，见所言尚属有理，乃暂作罢议，且待他至五个月后，是否中日践约，再作计较。

　　惟段氏得了借款二千万元，究不能全数移作军费，只好随时酌拨，接济各军。偏各路军电纷纷索饷，第一路军总司令曹锟，催索尤迫，比讨债还要厉害，今朝拨去若干，尚嫌不足；明朝拨去若干，仍云未敷。有限金钱填不满无穷欲壑，段总理无可如何，只得再要曹总长费心，续向日本政府借款二千万元。日政府问作何用？曹汝霖设词答复，谓："将建筑顺济铁路所以需款。"顺济铁路，是由直隶前顺德府至山东前济南府的路线，前已勘定，无资筑造，故久成为悬案。曹遂借此立说，不管他践言与否，且贷了二千万元，救济眉急，徐作后图。惟日政府的贷与条约格外苛严，不比那日商汇业银行尚是贸易性质，但顾普通利息，不致例外苛求。曹汝霖要想借款，不能不暗吃大亏。商议了好几日，才得双方订约，年息七厘，实收只有八七扣，还要分四期交付，就以该路为抵押品，折扣虽巨，经手人总有好处。段总理也明知契约过苛，受损不少，但除此没有他法，一听汝霖所为。曹总长借债功劳，又好从优录叙了。

无如筹饷人员办得十分吃力，前敌军官却不肯十分起劲。自从长沙克复以后，曹锟、张敬尧等俱按兵不动，变成一不和不战的局面。段总理致书催促，曹锟动以饷绌为辞，未几即引兵北归，坐索饷需。段总理方思诘责，不意冯总统反下一特命，加任曹锟为四川、广东、湖南、江西四省经略使，使镇保定，相机进止，惹得段总理气愤填胸，入问冯总统。冯却振振有词，谓："川、粤、湘、赣四省叛党未靖，因特任曹锟为经略，俾专责成。古人说的'重赏之下，必有勇夫'，我意正要他感激思奋、扫清南方呢！"段总理也无词可驳，愤然退出。从此冯、段两人的恶感，日积日深了。

看官阅此，应记得曹锟前言，原拟收复湘省，再申和议，见九十一回中。南下攻湘，外似为段氏帮忙，内仍为冯氏效命。既将长沙收复，是已得了湖南省会，后事但付张敬尧处置，自己乐得北返，安闲过日了。冯河间喜他践约，因擢他为四省经略，看似仍为平南起见，实叫他坐镇保定，拥卫京畿。独段总理奔走指挥，还道是元首受制，三军听命，得能借款有着，饷源不绝，总可廓清南服，如愿以偿，谁知又堕入冯河间的计中，叫他如何不怒？如何不恼？但段氏素性坚忍，终不肯为些须拂意，变易初心。暗想两广巡阅使龙济光，现在琼州，可扼粤背，福建督军李厚基与粤毗连，可掎粤右，南军以粤省为尾闾，能将粤东占住，滇、桂等省自无能为力。所以前此登台，已早致电龙、李，嘱令出兵，此次重复电促，允拨巨饷，托令攻粤，不再迟延。再令署浙江督军杨善德发兵助闽，合力攻粤。

龙济光本与南军有嫌，袁氏失败，龙被撵逐，寓居琼州。段祺瑞执政，授龙为矿务督办，龙素乏矿学，如何办矿，况僻处琼崖，更难任事。至南北交讧，龙在南海特树一帜，依附段氏，断绝南军交通，段因撤去两广巡阅使陆荣廷职衔，转给济光。但济光部下，统皆疲兵羸卒，不能耐战，济光虽志在助段，终嫌力不从心，嗣因段氏一再催促，没奈何带领旧部渡过琼州海峡，往攻阳江。阳江驻守的粤军，蓦见龙军攻入，未免慌张失措，仓卒抵敌，各无固志，更兼寡不抵众，情现势绌，没奈何弃去阳江，各自逃生。济光得入阳江城，又命司令李嘉白分略高、雷二州境内。粤军方四处分防，一时不能召集，控御龙军，所以龙军得东冲西突，侵扰粤边。旋由粤军司令李烈钧引众堵截，麾下都是锐卒，骁勇善战，非龙军所能与敌。龙军司令李嘉白，连战连败，逃得不知去向。或谓已被李军捕去，虚实未明。嗣经龙济光自往抵敌，至雷州境内，与李烈钧鏖战两次，毕竟李军厉害，龙军败衄。济光尚抵死不退，竟为所围。

　　龙军势成孤立，并没有什么外援，眼见是受困垓心，无从脱险。济光也焦急万状，苦守数日，尚望闽、浙联军攻入粤境，或可牵掣李烈钧，使他分兵往堵。偏偏闽督李厚基，也是个庸碌无能的人物，部下皆淮、徐人，为厚基故乡子弟，但知剽掠，不守纪律。厚基虽然附段，满口主战，但平时无甚机谋，调度又未合法，徒借"主战"二字为口头禅，反致南军嫉视，预先动手。<u>虚骄者辄犯此病。</u>闽军尚未入粤，粤军先已入闽，闽右泉、汀、漳三州属邑多遭蹂躏，经厚基发兵出御，多败少胜，不得已致书浙江，大声呼救。幸亏浙江派兵赴援，才将粤军驱出，保全境土。厚基尚欲进攻，粤军亦未肯甘休，两下里各添将士，再行角逐，汀、潮交界，彼来此往，激战多日。潮州本是粤属，汀州乃虽闽属，粤军守潮攻汀，与闽、浙联军相持，闽、浙联军攻潮甚烈，粤军兀自守住，那汀州一方面，却被粤军侵入，又失去了好几县。累得闽、浙两军奔走不遑，哪里能越境西行去救龙王。袁氏欲为帝时，曾封龙济光为郡王。老龙陷入涸辙，展不出什么伎俩，没奈何硬着头皮，激厉亲卒数千人，冒险突围。总算天不绝命，得钻出一条生路，向南急奔。余众尚有数千，留驻雷州，叫他苦守待援，自己驰向广州湾，检点随兵，或死或逃，只剩了千余人。

惟广州湾在雷州南面，地濒南海，前清光绪二十四年间，被法人据作租借地，地方政治，全归法人主持。龙军如欲过境，必须先向法领事假道，待他允准，方可通过。当下备了文书，咨商法领事。法领事还算有情，允他假道，惟应照国际公法通例，外人入境不能携带武装，须将军械先行缴出，然后放行。龙济光进退两难，只得俯首依令，嘱咐部下，悉数缴械，由法领事查明属实，乃许通过。蛟龙失水遭虾戏。龙军虽得生路，奔还琼州，但欲卷土重来，再出攻粤，实已乏此能力。济光无法可施，因欲亲自入京，向段总理面议军情，请他拨兵给械；为恢复计，乃将所有残军，交弟裕光管领，守着琼崖，自乘海道轮船，径往北京去了。

济光一走，雷州所留的孤军镇日待援，杳无影响。粤军极力围攻，叫他如何支持？终落得援尽力竭，出降粤军。粤军遂逾海进攻琼州。龙裕光方安排守备，鼓众效力，哪知琼州警卫军第三十七营营长杨锦堂，忽然反变，竟对龙裕光宣告独立，且与粤军联络，引敌入境。先据琼东乐会县城，继占万宁、陵水各县，并分攻文昌、定安，直逼琼山。龙裕光虽尽力抵拒，怎奈粤军势大，实难招架，琼州只一孤岛，守兵又属寥寥，五日失一县，十日失两县，能经得几多失陷？乃兄济光北去无音，地角天涯，望援不至，老龙的巢穴，就定要从此覆没了。虾兵蟹将已皆离散，龙王如何得安？

究竟龙济光赴京乞援，难道段总理坐视不救，竟听他巢穴仳离、欲归无路么？说来亦有许多难处。段总理只有一身，既要做国务总理，又要做参战督办，对内对外，日无暇晷，济光入京相见，非不当面许援，但琼崖是在极南，距北京路逾万里、鞭长莫及，一时如何达到？并且曹锟回京以后，前敌将士，统已观望不前。湘省扼长江中坚，比琼州加倍紧要，省会虽然收复，湘南一带尚多南军踪迹，无人肯出去扫除，何况区区琼崖。所以济光一再催逼，段总理只好逐日敷衍，等到延宕日久，难以为情，乃檄令山东督军张怀芝，为援粤总司令，克日出发。怀芝自长沙已下，曹锟返京，也引兵退还山东，仍守督军本任，待至援粤总司令的任命自京发表，免不得要部署将士运集兵械，方好起程，临行时已是阳历六月下旬了。

当时参战督办事务处，又有一种军事协定条件，为中、日两国双方密订，内有密约十二条，中国政府并不宣示，就是日本政府亦守秘密。约文上载有“中日两国，均不公布，按照军事上秘密事项办理”等语。偏日本新闻纸上。漏泄内容，公然将此项条件揭载出来。于是北京大学校学生与高等师范学校、工业专门学校、法政专门学校诸学生全体至总统府中，请愿废约，并求宣布条文，俾众共知。冯总统无可推诿，乃令学生举出代表，始准传见，当面与他解释，谓此系对外条约，并非对内事件。众学生方才无言，散归各校。旋由天津、上海、福州各处学生亦各联结团体，谒见地方长官，请求代向政府力争废约。正是：

> 屡向东邻求臂助，应教内部起疑猜。

究竟密约中有何关系，俟至下回发表。

外债有可借者，有不可借者。所借之债，用于实业上之经营，则将来可收巨效，足以偿人而有余，此则固尚可借也。若无后来之收入，但顾目前之急需，是与饮鸩止渴，漏脯救饥，亦何以异？一利百害，如何可借？况段合肥之借外债，全为平南起见，南方未必可平，而债台百级，何物清偿？徒受债权之压迫，增国民之担负，是岂真不可已乎？可已不已，而亲日派之曹汝霖适承其乏，谓为虎伥，谁曰不宜？龙济光本非段系，乃以仇视民党之故，迫而赴段，高雷败绩，琼崖孤危，数年巢穴，覆于一旦，龙王龙王，其亦事后知悔否耶？

第九十五回

闻俄乱筹备国防　集日员会商军约

却说中日互订约章，为了军事协定，各守秘密，嗣经日报揭露，方俾国人知晓，内容底细，却是为对外问题，说将起来，实受外界刺激，因发生这种条约。自从欧战开始，连年不休，俄皇尼古拉二世本与英、法诸国订就协约，反抗德、奥，起初兵锋颇锐，突入普鲁士境内，略地甚广，后来屡战屡败，不但将占有普地悉数失去，甚至属部波兰亦为德所夺，就是对奥战争，胜败不一，也没有什么得手。就中更有一位俄国皇后，乃是德国非都西邦的王女，德系联邦组成，故非都西邦为德国之一部分。名叫亚尼都古司，颇有雌威，干预政治，德人侨寓俄都，往往恃为后援，愿入俄籍，得辗转充列贵官。俄、德两国素来专制，合两派人士掌握政柄，百姓还有何幸？众怒难犯，酝酿已深。会欧战事起，俄皇主战，俄后怀念祖国，未表同情，所以一切军机，暗遭牵掣；再加士心不一，民志益离，所以转战数年，迭遭败挫。俄后又屡次怂恿俄皇，停战言和。俄皇受英、法诸国的束缚，不能独宣和议，因此踌躇未决；惟议会人员完全主战，免不得訾议俄皇，俄皇怎肯受责，勒令停会，舆论大哗。议员乘势号召，奋起革命。

时俄皇身兼总司令，方出次京南的朴次可地方，筹划军事，突闻京内暴变，急召前敌将士返戈勤王。偏革命党气焰嚣张，云集影从，差不多有二十万众，一夕发难，全局推翻，凡俄京里面的各部院、各机关所有重要人员，一股脑儿被他拘禁。他如邮局、电局及铁路要塞等处悉被占领。就是俄后亚尼都古司立后后，曾改名亚历山大扶约多罗妮娜。亦坐致幽囚，禁居兹亚鲁司古鸦西罗离宫。都城统为革命党蟠踞，遂蜂拥至俄皇行次，把他围住，迫令逊位。从古到今，最难做的就是"皇帝"，做得好时，人人尊敬，做得不好时，个个叛离，所以皇帝二字的反面，叫做"独夫"。想做皇帝者其听之。俄皇到了此时，已与独夫相似，没人听他号令，不得已宣布诏旨，让位于皇弟米哈尔大公。

米氏尝恋一女优，私下结婚，同奔奥都维也纳，嗣复徙往伦敦，甘作田舍生涯。及闻俄、德宣战，却激起一腔忠愤，归国请缨，自陈悔过。俄皇也不念旧恶，擢任陆军最高等官，即令赴敌。果然骁勇无前，屡得战绩，威名大振，遐迩倾心，故一经俄皇诏下，全国兵民，欢声雷动。独米氏自知皇位难居，不愿就任，愿将国体问题，听从民意解决。于是下议院议决，下议院即中国之众议院。组织临时政府，建设新内阁，力反旧制。凡从前政治、宗教各人犯一概赦免，人民集会结社均准自由办理。普及选举，削除一切阶级。旧有宪兵，统改为通常陆军，调赴战地。警察改为民团，团长由国民选举，隶属自治会。不到旬日，居然造成了一个共和政府，厘定秩序；不但前敌将士连电赞成，即如英、法、美、意、日等国亦皆投与公文，正式承认。惟俄皇尼古拉二世与俄后俱被驱出，徙至西伯利亚，幽锢穷荒，不得自由行动。余若亲德派大臣，或杀或逐，扫尽无遗，比诸中国革命时，难易相去，几判天渊。新政府且发表政见，声言作战方针，举国一致，决不与德、奥单独讲和，似乎俄国人士，一德一心，可以从此大定了。

哪知国家革命，断没有这种容易的事情，试看我国辛亥革命，各省人民哪一个不欢欣舞蹈，极力鼓吹，统说是革命告成，大家可享共和幸福，就是内外官吏，无论文武，亦皆翊赞共和，推倒君主。为什么清室逊位、民国成立，扰扰多年，反害得七乱八糟，不可究诘？难道俄国人民，果皆高尚，绝无争权夺利、党同伐异的思想么？向来俄国分二党派，除旧政府外，一为下层阶级的急进派，系劳兵团、农民团所组成；一为中等阶级的保守派，乃立宪党系及武人军官所组就。此次俄国革命，全是急进派倡起，保守派不过随势附和，略表同情。首任内阁总理尔伏夫，视事不过数旬，即受各界刺激，辞职自去。继任为克伦斯基，是急进派翘楚，当革命时，被举为司法总长，曾决议废止死刑；嗣改任陆军总长，进掌首揆，所有设施，纯主急进。陆军总长萨微柯甫及将军柯尼洛甫，与彼不合，萨氏辞去，柯尼洛甫独与克氏竞争，致用武力解决，俄京复起战事。后虽柯氏失败，党争终未消灭，就中又有一派过激党，比克氏还要维新，竟将克氏推翻，另组新政府新国会。所以俄京大乱，迭起争端。

内部不靖，外部当然懈体，德军得乘隙深入，步步进逼，俄国原是吃紧，还有我国的中央政府，更禁不住慌张起来。如此怯弱，奈何参战？中国西北一带与俄接壤，万一俄人不能制德，被德人穿过俄境，由欧入亚，必且仇恨中国，乘势报复。中国加入参战团，本是徒慕虚名，怎可弄巧成拙，反遭实祸？参战督办段总理为主战的发起人，并且亲操政柄，内外处置，丛集一身，哪得不暗暗着急，加添了一桩心事？亏得小徐等代为设法，想出了借助他山的政策，预备不虞。环顾列强，只有东邻日本地处同洲，依为唇齿，况迭蒙贷款，情好正深，乐得援共同防敌的美名，与他结约。好在驻日公使章宗祥素来亲日，必能出与协商，不致无效。当下电告章氏，令他速办。章公使不敢怠慢，即致书日本外务大臣，请他共同防敌。公文有云：

敬启者：中国政府鉴于目下时局，依下列纲领，与贵国政府协同处置，为贵我两国之必要。兹依本国政府之训令，特向贵国提议，本使深为荣幸。

（一）中国政府及日本政府，因敌国实力之日见蔓延于俄国境内，其结果将使远东之平和安宁，受侵迫之危险。为适应此项情势，及实行两国参加此次战争之义务，不能不及早协同考量应行之处置。

（二）依前项所述，经两国政府合意后，因实行决定之事，凡两国陆海军，对于此次共同防敌战略之范围，应行协力之方法及其条件，由两国当局官宪协定之。该当局官宪，对于互相利害问题，互相慎重诚实，随时协议。并由两国政府核定，俟时机实行以上提议。相应函达，敬请见复为荷！兹本使对于阁下，特表敬意。敬具。

中华民国七年三月二十五日

中华民国特命全权公使章宗祥　印

外务大臣法学博士子爵本野一郎阁下

公文去后，即日接复，愿同办理。何其亲善乃尔？除公文外，又由日本外务大臣本野一郎另附一函云：

敬启者：三月二十五日，贵我两国政府因共同防敌，业经互换公文。帝国政府，以为该公文之有效期间，应由两国军事当局商定。再因共同防敌，日本军队在中国境内者俟战事终了后，应一律由中国境内撤退。帝国政府特此声明，相应函达。兹本大臣对于阁下，特表敬意。敬具。真好交情。

章宗祥得了这种文牍，不胜喜慰，便即电达政府，备述梗概。段总理即咨照驻京日使，彼此各派委员，在北京组织委员会，协议共同防敌的条件。日使自然照允，即日互派委员会议。所有两国派定的委员，姓名列下：

（中国委员长）上将衔参谋处处长靳云鹏

（中国委员）陆军中将曲同丰司长丁锦　海军中将沈寿堃陆军少将田书年　陆军少将刘嗣荣陆军少将江寿祺陆军少将童焕文奉天督军代表秦华　吉林督军代表陈鸿达黑龙江督军代表张济光　海军少将吴振南海军少将陈恩焘外交部参事刘崇杰

（日本委员长）陆军少将斋藤

（日本委员）陆军少将宇桓海军少将增田　海军大伊集院海军大佐桦山　陆军中佐本庄

各委员到了会场，列席公议，议出了十二条约章，约文如下：

第一条　中、日两国陆军，因敌国势力之日见蔓延于俄国境内，其结果将使远东全局之和平及安宁，受侵迫之危险，为适应此项情势，及实行两国参加此次战争之义务起见，取共同防敌之行动。

第二条　关于协同军事行动，彼此两国所处之地位与利害，互相尊重其平等。

第三条　中、日两国，基届于本协定开始行动之时，对于各自本国军队及官民，在军事行动区域之内，当命令或训告，使彼此推诚亲善，同心协力，以期达到共同防敌之目的。凡在军事行动区域之内，中国地方官吏，对于该区域内之日本军队，须尽力协助，使不生军事上之窒碍。

日本军队须尊重中国主权及地方习惯，使人民不感受不便。

第四条　为共同防敌，在中国境内之日本军队，俟战事终了时，即由中国境内，一律撤退。

第五条　中国境外派遣军队时，若有必要，两国协同派遣之。

第六条　作战区域及作战上之任务，适应于共同防敌之目的，由两国军事当局，量各自本国之兵力，另协定之。

第七条　中、日两国军事当局，在协同作战期间，为图谋协同动作之便利起见，应行下列事项：

（一）关于直隶作战上之机关，彼此互相派遣职员，充当往来联络之任。

（二）为图谋军事运动及运输补充敏活确实起见，陆海运输通信事宜，须彼此共谋便利。

（三）关于作战上必要之建设，例如行军铁路、电信、电话等项，应如何设备，由两国总司令官临时协定之。俟战事终了，凡临时之建设工程均撤废之。

（四）关于共同防敌所需之兵器，及军需品，并其原料，两国应互相供给。其数量应各自不害本国所需要之范围为限。

（五）在作战区域之内，关于军事卫生事项，应互相辅助，使无遗憾。

（六）关于直接作战上之军事技术人员，如有辅助之必要时，经一方之请求，应由他方辅助之，以供任使。

（七）军事行动区域之内，设置谍报机关，并互相交换军事所要之地图及情报。关于谍报机关之通情联络，彼此互相辅助，图其便利。

（八）协定共用之军事暗号。

第八条　为军事输送使用东清铁路之时，关于该铁路之指挥管理保护等，应尊重原来之条约。其输送方法临时协定之。

第九条　本协定实行上所要详细事项，由中、日两国军事当局，指定各当事者协定之。

第十条　本协定及附属协定之详细事项，中、日两国均不公布，按照军事之秘密事项办理。

第十一条　本协定由中、日两国陆军代表者签名盖印，经各自本国政府之承认，发生效力。其作战行动适当之时机，经两国最高统率部商定开始之。

第十二条　本协定以汉文及日文各缮二份，彼此对照，签名盖印，各保有一份为证据。

上列各条，但关系陆军部分，再就海军一方面，议定条文，大约与陆军部分相同。两国委员俱表明满意，因即散席。日本委员长斋藤，自去递交日使，由日使电达本国政府请示办理。中国委员长靳云鹏，亦将约文入呈国务院，国务总理段祺瑞提出草约，交国务员会议可否。国务员当然赞许，再报明冯总统，即交参战督办处签字。那日本政府电复中国驻京日使，允准签定，彼此各守秘密。乃经日本报揭露以后，遂由中国京内外学生，纷纷异议。其实德军尚在俄国西境，距中国约千万里，所订中日军事协定条约，始终不闻履行，杯影蛇弓，徒添出一段疑论呢。小子有诗叹道：

> 预定边防费协商，焦思熟虑亦周详。
> 如何中外多疑议，只为条文太秘藏。

还有南方独立军队，亦由数首领署名，电致冯总统，诘问中日军事协定的约章，欲知详细，待至下回表明。

"革命"二字，传播全球。于是彼国革命此国亦革命。经一次变革，即增一次危乱。愈革命而其国愈危，此系近今之一种传染症，不得医国手，鲜有能治安者也。俄国革命，亦蹈此病。惟此为外史上之事实，于本书尚无暇详叙。本回但因俄之内乱，叙及中日军事协定之原因，中国之加入参战团，全为环境所迫而成，有名无实，毋庸讳言。段总理恐敌军入境，乃欲借助东邻，此尤不得已之苦衷，应为国人所共谅。而议者蜂起，互相诘责，盖由他事未满人意，无惑乎举一例百，疑议纷滋也。然观诸十二条约章，尚无损权之举，而必互守秘密，果属何意？明眼人其必有所鉴别乎？

第九十六回

任大使专工取媚　订合同屡次贷金

却说南方独立军队，本推伍廷芳、陆荣廷、唐继尧、林葆怿、刘显世、谭浩明等为领袖，与北方争论不休，至用武力相待。及闻中日有军事协定的密约，唯恐段祺瑞借口边防，借着日本军人，来图南方。所以电致中央，详叩约章内容；政府置诸不答，因复严电诘问。电文有云：

北京冯代总统鉴：

　　闻段祺瑞与其左右二三武人，有与日本订立密约之说，中外喧腾，举国惊疑，奔走呼号，一致反对。廷芳等前已电请钧座，如有其事，应请严行拒绝；如确无之，则请明白宣布，以祛群疑。区区息事御侮之苦衷，谅邀洞鉴。窃以西南义旅，志在护法，但求有裨于国，断非意气之争。今段祺瑞及其私人，因坏法而用兵，因用兵而借款购械，因借款购械而有亡国条约，务求逞于国内，宁屈伏于外人。无论双方胜负若何，而国家主权已陷于外人掌握之中。叱咤鞭笞，唯命是听，奴隶牛马，万劫不复。

　　虽卖国之罪，责有攸归，而覆巢之下，宁冀完卵？国且将亡，法乎何有？皮之不存，毛将焉附？今与中央约：中央果开诚布公，声明不签亡国之约，而对于南北争持之法律、政治诸问题，组织和平会议，解决一切，则我即当

· 813 ·

停战息兵，听我国人最后之裁判。倘忠言不纳，务逞其穷兵黩武之心，而甘以国家为孤注，则我国民宁与偕亡，断不忍为人鱼肉也。迫切陈词，伫候明教！

这种电文，本为段氏所不愿入目，冯总统一经阅过，偏把电文移送国务院显示老段，激动段氏怒意，恨不得将南方军队，立即扫平。他想一不做，二不休，索性大借外债，筹足饷械，派遣十万雄师，与南方猛斗一场，如能就此荡平，方出胸中恶气。主见已定，遂授意曹、陆两人再行借款。曹氏就是汝霖，现任交通总长兼财政总长。陆氏名叫宗舆，为浙江海宁人，前清尝领乡荐，游学日本，速成法政学校，归国后纳资为郎中，辗转迁擢，累居显要。民国成立，更得美差，历任国务院秘书及驻日公使、币制局总裁等职，宦囊充裕，多财善贾，遂与日商品设中华汇业银行，做了该行中总理先生。这两人同是亲日派，为段帮忙。不曾为日本帮忙。在外又有驻日公使章宗祥与曹总长一鼻孔出气，小子于九十四回中，已约略叙及，惟未曾表明详情。他既是个皇华专使、法学大家，应该把他详述履历，方不抹煞这民国通材。数语耐人寻味。他家住吴兴荻港镇，乃兄叫做章宗元，也曾向美国游学，归参政务，寻为唐山路矿学校校长，注重实业教育，与宗祥性情行迹，迥不相同，所以西洋毕业的兄长反不及东洋毕业的阿弟较为阔绰。当宗祥学成归国时，曹汝霖已通显籍，为宗祥所垂涎，特上时务条陈万余言，作为进阶。偏清政府留中不报，急得宗祥抚髀兴嗟，非常侘傺。继思前时载振嘱语，允为援引，见九十四回。何勿就此营谋，寻条进路？当下浼一知友，先向振贝子处代为先容，然后执刺往谒，好容易才得进见。振贝子虽与晤谈，却淡淡的问了数声，并未提及前言，推诚相示。毕竟贵人善忘。章宗祥不便相诘，只好说了几句套话，怅然回寓。

可巧有个床头人，见乃夫潦倒情状，询明大略，遂即放出手段，为夫求荣。又是一个曹夫人。相传章妻陈氏，芳名彦安，曾在沪上女学校肄业，籍隶姑苏，彼时宗祥亦为南洋公学学生，邂逅相遇，一见倾心，遂成为儿女交。后来陈氏亦游历日本，与宗祥订定婚约。至宗祥归国，就借沪上旅舍为青庐，行合婚礼。卿卿我我，相得益欢。未几相偕北上，满抱一夫荣妻贵的希望，挈艳同行，乃寓京多日，未遂雄飞，倒不如牝鸡振翼，还望高升。于是打通内线，入谒振贝子夫人，凭着那莺声百啭，博得贝子夫人的欢心，时常召入，青眼相待。陈氏知情识趣，竟拜贝子夫人为干娘。未知年纪相差几何？贝子夫人越加宠爱，遂向振贝子说项，邀同振贝子至乃翁前，极言陈氏夫妇的才能。乃翁便是庆亲王奕劻，便延陈氏入邸教授孙儿孙女，并调宗祥入民政部当差，远大鹏程，从此发轫。巧值民政部尚书肃亲王善耆，自负知人，收揽名士，宗祥遂屡上条陈，大蒙鉴赏，当由肃王专摺力保，得赐进士。俄而派至参丞上行走，俄而充任宪政编查馆委员，俄而超补右丞，俄而调授内城巡警总厅厅丞。武汉兴兵，南北议和，宗祥亦列入清室议和代表赴沪参议。至袁项城任民国总统，令宗祥为大理院院长，嗣且改长司法，兼署农商。袁氏筹办帝制，宗祥亦奔走效劳，寻见帝制无成，改投段氏门下。段二次组阁，仍使他为司法总长。旋即遣赴东洋，继陆宗舆为驻日公使。真是官运亨通。

看官试想！他的法政学问是从日本国造成的；大使头衔，是从段总理派与的，所以他心目中，只知日本国，只知段总理，所以段氏有命，无不遵从。此次曹、陆两人奉命借债，当然电告宗祥与同协力，内外张罗，多多益善。东邻日本，却是慷慨得很，但教曹、陆、章与他筹商，无不允诺，惟抵押品须要稳固，信贷契须要严密，两事办就，便一千万、二千万、三千万的银元，源源接济，如水沃流。究竟扶桑三岛，能有若干铜山金穴，可以取用不尽，挹注中国？大约也是效微生高的故智，乞邻而与。试问日本人的用意果为何事，肯这般替我腾挪，苦心经营呢？不烦明言。总计民国七年六月为始，到了九月，共借日本款五次，由小子一一叙出，分作甲乙丙丁戊五项，胪列如下：

（甲）订借吉、黑林矿三千万元。财政总长曹汝霖、农商总长田文烈，商同中华汇业银行经理陆宗舆，向日本兴业、朝鲜、台湾三银行借定此款，以吉林、黑龙江两省全境森林、矿产为抵押。订定约文共十条：（一）借款为日金三千万元。（二）限期十年，期满后，得由双方协议续借。（三）经过五年后，无论如何，得于六个月前，预先知照偿还本借款金之一部分。（四）年息七厘五毫。若实行第二条续借时，利率当按时协定。（五）每届付息须每个月前先付，限定每年一月十五日及七月十五日。但第一次及最末次，不满六个月，可按日计算，先行付清。（六）十足交款，并无回扣。（七）本借款之交付偿还付息，及其他一切授受，均在日本东京办理。（八）吉、黑两省金矿与国有森林以及林矿所生之政府收入，作为担保品。（九）本合同有效期内，关于前条林矿及其收入，拟向他人借款，须先与本债权人商议，俟本债权人认可，方得另借。（十）俟本利偿清时，本合同作废。十条以外，尚有附约四条：（一）中国设立吉、黑两省采木开矿股份公司时，此次承受借款各银行，得投资达资本总额之半。（二）中日合资办法由两国委员协定。（三）中国政府如届时不能还款时，该借款即作为日本出借各银行在中国设立之林矿公司内股份。（四）中国政府因募集该股份公司之股份券时，日本出借各银行，得代理发行该券全部或一部。

（乙）订借善后垫款一千万元。民国六年八月间，财政部曾向日本银行团借第二次善后借款垫款日金一千万元，以盐税余款为抵押。兹复由财政部总长曹汝霖，向日本正金银行代表武内金平氏商恳，由武内金平氏绍介日本银行团再借日金一千万元，仍作为该借款垫款，为整理中国、交通两银行纸币之用，利息七厘，一年为限，仍以盐税余款为抵押，条约与前次相同。见八十九回。又因上年所借三千万元，期限将满，由财政部商妥日本银行团，展期一年，内容悉如前约办理。

（丙）订借吉会铁路款一千万元。自吉林达延吉南境及图们江以至会宁一带，勘定路线，前曾与日本约定，中国政府开办时，款项不敷，应向日本协同筹办。交通总长兼财政总长曹汝霖乘隙入手，因与日本兴业银行及台湾银行、朝鲜银行，商订吉会铁路借款预备合同，共十四条：（一）由中国政府速拟定本铁路建筑费及其他必需费用，征求该三银行同意，由三银行议定金额，代为发行中国政府五厘金币公债。（二）本公债期限为四十年，自公债发行日起算，第十一年开始还本，依分年摊还方法办理。（三）中国政府，俟吉会铁路正式借款合同成立，即着手建造铁路，期在速成。（四）中国政府应与日本帝国朝鲜总督府铁路局，共同建造图们江铁桥，负担建造费半额。（五）中国政府为本公债付还本息之担保，即为现在及将来本铁路所属之一切财产及其收入。（六）本公债之实收额，按照从前中、日所订之铁路借款合同折衷规定。（七）以上各条所未规定之条项，准照清光绪三十三年订定之津浦铁路合同，双方协议决定之。（八）吉会铁路正式借款合同，以本预备合同为基础，限期六个月内，订定正式合同。（九）预备合同成立，即由日本三银行垫借日金一千万元，十足交款，并无回扣。（十）本垫款应交利息，为年息七厘半。（十一）本垫款依中国所发行国库证券贴现之方法交付。（十二）前项国库证券，每六个月换给一次，每次以六个月份之息金，支付该三银行。（十三）中国政府于吉会铁路正式借款合同成立后，当以本公债募得之资金，优先付还本垫款。（十四）本垫款交付偿还付息及其他一切授受，均在日本东京履行。

（丁）订借满蒙四铁路款二千万元。中华民国驻日公使章宗祥与日本兴业银行副总裁并代表台湾、朝鲜二银行小野英二郎，订定满蒙四铁路借款预备合同，拟定四路路线：（一）由洮南至热河。（二）由长春至洮南。（三）由吉林经海龙至开原。（四）由洮南热河间，通至海港。俟双方勘定路线后，标明地点，作为起讫。共长一千余里，借款二千万元，预定合同十四条，即以四铁路所属之财产及其收入为担保品。年息八厘。余如吉会铁路借款预备合同，约略相同。

（戊）订借顺徐铁路款二千万元。由山东济南至直隶顺德间，及由山东高密至江苏徐州间之铁路，应需建筑各款，向日本兴业银行、台湾银行、朝鲜银行商借垫款二千万元，亦由驻日公使章宗祥一手经理。日本三银行代表，就是兴业银行副总裁小野英二郎，订定预备合同十四条，与满蒙四铁路借款条约相似。惟首条中有该路路线，倘于铁路经营上，认为不利益时，得由双方协议，酌量变更是为该合同中特别声明的条文。一说与顺济铁路借款条约，同时协定。顺济铁路见九十四回。

以上各种借款契约，各备中、日文各二份，政府、银行互执各一份。若至将来双方解释、发生疑义时，应取准日文条约，不适用中文条约。还称什么中日合同。曹、章、陆三人但教借款到手，不管他后来隐患，所以日人如何说，他便如何依。此外闻尚有制铁借款、参战借款等，大约数十万至一二百万，或向日本借就，或向英、美诸国借来，还有少数借款，无从查明。实际开支，无非供给武人及所有政党的需索。什么森林，什么金矿，什么铁路，简直是搁过一边，毫不提起。指东话西，影戤过去，难道外人果肯受绐么？总教土地奉献，亦可了局。段总理急不暇择，且把那借款移用，自逞那平南政策。

偏南军坚持到底，誓与北方抗拒。一班军阀议员联合拢来，先由议员择定会所，组织非常国会，与军阀构通意见，订定军政府组织纲目，即按大纲第三条云："军政府应由非常国会中选出政务总裁七人，组织军政会议，行使职权。"于是实行选举，投票取决，便有七人当选，姓名列后：

唐绍仪　唐继尧　孙文　伍廷芳　林葆怿　陆荣廷
岑春煊

自经政务总裁选出七人，孙文辞去大元帅职任，办理交代，即离去粤东，自赴日本，不愿为政务总裁。唐绍仪亦有事他往，未曾就职，当由岑春煊、伍廷芳等规定政务会议条例及政务会议内部附属机关条例，免不得有一番手续。自民国七年五月二十日选出政务总裁，直至七月五日，始宣告军政府成立。从此南北两方，势成对峙，段总理越想统一，越致决裂了。小子有诗叹道：

欲求统一在开诚，但恃权威终不平。
我欲制人人制我，纷争忍尔苦苍生。

欲知南北冲突情形，且至下回再叙。

    曹、章、陆三人同为唯一之亲日派，即同为唯一之借债家，而章为驻日公使，其通信也尤便，故其效力也尤甚，特详履历，所以表其行迹之由来也。作者本无仇于曹、章、陆，但据报章之揭载，撮叙大略而已。然观五项借款合同，无一非授权日人之渐，即果为林矿、铁路及中国、交通两银行整理纸币之需，而日人垄断其间，已不足振兴实业、清理财政，况其为供给武人、政党之需要耶？大书而特书之，孰得孰失，固自有能辨之后。著书者应不忍下笔，阅书者亦不忍寓目矣。

第九十七回

逞辣手擅毙陆建章　颁电文隐斥段祺瑞

却说广东军政府已经组成，即借广东城外的士敏土厂，作为暂住机关，当由政务总裁唐继尧、伍廷芳、林葆怿、陆荣廷、岑春煊联名，发出通电云：

> 查本军政府组织大纲，以由国会非常会议选出之政务总裁七人，组织政务会议，行使其职权。现除唐少川、孙中山两总裁，因交通阻碍，未接有就职通告，经派员敦促外，计就职总裁，已居过半数。当此北庭狡谋愈肆，暴力横施，大局阽危，民命无托，护法进行，刻不容缓，谨于本月五日，宣布中华民国军政府依法成立，即开政务会议，特此通告。

自军政府成立后，更促将士进行，或攻闽、或攻湘、或攻琼崖、相继不绝。北方援粤总司令张怀芝，方统率炮步兵二十营，由鲁入鄂，由鄂赴赣，驻扎江西樟树镇，力图攻粤。粤军先发制人，进攻赣边，占去虔南县城。嗣被赣军克复，怀芝即拟鼓众入粤，偏偏二竖为灾，日相缠扰，没奈何停止进兵，自还汉口养疴。

当时有个炳威将军陆建章，就是前镇陕西、被陈树藩赶走的逃将军，他恨段派左祖树藩，将己撵出，以致地盘失据，随俗浮沉，及见冯、段交恶，乐得联冯拒段，奔走赣、鄂，运动和议，隐为冯氏效劳，牵制段派。冯总统也喜得一助，故特任他为炳威将军。但段派亦嫉视建章，积不相容。徐树铮挟嫌尤甚，屡思扑灭此獠。是时树铮尚为奉军副司令，往来京、津，闻得建章寓驻津门，嗾动奉军驻津司令部，停战言和，遂即往津调查。果属事出有因，越觉怒冲牛斗，无名火高起三丈。当下缮就一书，饬投建章寓内，只说是候谈军情，诱令到来，暗中却埋伏武弁，秘密布置，专待建章入阱，好结果他的性命。忍心辣手。建章虽亦知树铮恨己，但想他总不敢擅自杀人，就昂然径往，趋入奉军司令部内。树铮还欢颜出迎，邀入营中，开筵相待。座中陪客，统是奉军军官以及树铮左右私人，席间也未曾提及时事，只是猜拳行令，备极欢娱。至酒阑席撤，树铮乃起语建章道："此间内有花园，风景颇佳，请入内游玩一番，聊快胸襟。"建章尚不知有诈，随他进去。既入内园，树铮即目顾左右，掩住园门，当即翻过了脸，厉声语建章道："汝可知罪否？"建章失色道："我有何罪？"树铮道："汝为南方作走狗，东奔西跑，运动和议，破坏内阁政策，还得说是无罪么？"建章道："海内苦战，主和亦非失计，且今日主和，亦不止我一人，怎得归罪于我？"却还倔强。树铮怒目道："汝不必多说了。"说着，即令左右拿下建章，绑住园中树上。建章始软口乞免，愿为小徐帮忙。小徐置诸不理，自从囊中取出手枪，扳动机簧，扑通一响，已把这位陆将军送到冥府去了。当下草就电文，设词架罪，拍致国务院及陆军部道：

　　迭据本军各将领先后面陈，屡有自称陆将军名建章者，诡秘勾结，出言煽惑等情，历经树铮剀切指示，勿为所动。昨前两日，该员又复面访本军驻津司令部各处人员，肆意簧鼓，摇惑军心。经各员即向树铮陈明一切，树铮犹以为或系不肖党徒，蓄意勾煽之所为，陆将军未必谬妄至此。讵该员又函致树铮，谓树铮曾有电话约到彼寓握谈。查其函中所指时限，树铮尚未出京，深堪诧异。

今午姑复函请其来晤，坐甫定，满口痛骂，皆破坏大局之言。树铮婉转劝告，并晓以国家危难，务敦同胞气谊，不可自操同室之戈。彼则云我已抱定宗旨，国家存亡在所不顾，非联合军队推倒现在内阁，不足消胸中之气。树铮即又厉声正告，以彼在军资格，正应为国家出力，何故倒行逆施如此？纵不为国家计，宁不为自身子孙计乎？彼见树铮变颜相戒，又言："若然，即请台端听信鄙计，联合军队，拥段推冯，鄙人当为效力奔走。鄙人不敏，现在鲁、皖、陕、豫境内尚有部众两万余人，即令受公节制如何"云云。

树铮窃念该员勾煽军队，联结土匪，扰害鲁、皖、陕、豫诸省秩序，久有所闻，今竟公然大言，颠倒播弄，宁倾覆国家而不悟，殊属军中蟊贼，不早消除，必贻后戚，当令就地枪决，冀为国家去一害群之马，免滋隐患。除将该员尸身验明棺殓，妥予掩埋，听候该家属领葬外，谨此陈报，请予褫夺该员军职，用昭法典。伏候鉴核施行。

咄咄小徐，放胆横行，擅将陆建章枪毙，且并未自请处分，但声明建章情罪，一若杀了建章，尚有余功，真是权焰熏天，为民国时代所仅见。国务总理段祺瑞、陆军总长段芝贵，得着小徐报闻，且惊且喜，便替他设法回护，检查从前文牍，如张怀芝、倪嗣冲、陈树藩、卢永祥等，俱有弹劾陆建章的成案，遂汇成档册，并将徐树铮电陈详情，一并缴入总统府，请令办理。冯总统长叹数声，暗思建章已死，不可复生，欲责小徐擅杀，又恐得罪段氏，益启争端，没奈何下一指令道：

> 前据张怀芝、倪嗣冲、陈树藩、卢永祥等先后报称陆建章送在山东、安徽、陕西等处，勾结土匪，煽惑军队，希图倡乱，近复在沪勾结乱党，当由国务院电饬拿办。兹据国务总理转呈，据奉军副司令徐树铮电称，陆建章由沪到津，复来营煽惑，当经拿获枪决等语。陆建章身为军官，竟敢到处煽惑军队，勾结土匪，按照《惩治盗匪条例》，均应立即正法。现既拿获枪决，着即褫夺军职勋位勋章，以昭法典。此令。

令文虽如此云云，心下越仇视段派，势不两立了。惟陆建章也非善类，专好杀人，从前袁总统时，曾委建章为军警执法处处长，他承袁氏意旨，派遣私人，一味侦察反对党，捉一个，杀一个，捉两个，杀一双，往往有挟嫌谎报；谓某人有通敌阴谋，便即信为真情，妄加捕戮。后来复经他人入告，说是侦报未确，诛及无辜，他又召到原谍，邀他同食，食时尚谈笑甚欢，及食毕后，忽提前事，不容分辩，即命推出处死；或且并不提及，欢送出门，突从他背后，发一手枪，击毙了事。所居院落，辄陈尸累累，故都人见他请客红柬，多有戒心，号为"阎王票子"，且因他杀人甚众，如屠犬豕一般，因复赠一绰号，叫做"屠夫"。此次为小徐所诱，突遭枪决，虽似未免屈死，终究是天道好还、报施不爽呢。<small>好杀者其鉴之！</small>

但小徐诱杀建章，得快私忿，自以为一条好计，哪知也有得有失，徒多了一个仇家。陆妻冯氏乃是旅长冯玉祥的姑母，<small>或谓冯系陆甥，未知是否，待考。</small>猝闻乃夫被杀，当然悲从中来，恸哭了好几场，且与玉祥商量，要玉祥代报夫仇。

玉祥本皖中望族，乃父在前清时为直隶候补知府，挈眷寓津，产下一男，就是玉祥。少长时曾至教会学堂读书，故投入基督教籍。嗣入保定军官学校，由该校保送至武卫右军，充当差遣，故浙江督军杨善德见了玉祥，即许为大器，荐入段祺瑞幕中。段以为碌碌无奇，不加重用，玉祥乃与段相离，自寻门路。<small>冯系皖人，其所以不入皖派者此。</small>后为第三镇步兵第五标第十团第三营管带，统率百人驻扎房山县。未几，由陆建章代为谋划，改编为京畿宪兵营，扩充至兵士二千名。民国二年，第二师、三师、四师、六师、七师移镇鄂、湘、苏、皖等地，北洋防务空虚，袁项城饬募新兵，编练混成旅十余部。冯营为陆军第十六混成旅，玉祥遂任旅长。越年拔营南下，驻扎武穴，及段氏三次组阁，一意主战，令冯玉祥率军援闽，旋复改命援鄂。玉祥本不附段派，观望不前，且有意服从冯总统，曾发出通告，请速罢兵，并有"元首力主和平，讨伐各令，俱出自胁迫"等语。段氏因他拥兵自大，也不便急切相待，只好付作缓图。

哪知霹雳一声，建章毙命，玉祥顾念戚谊，当然惊心，再加姑母冯氏泣令报仇，玉祥亦不禁呜咽道："姑父平日所为，我亦尝极端反对，屡劝他缓狱恤刑，哀矜勿喜，偏姑父习以为常，遂致怨家挟恨，陷害姑父，但今乃屈死小徐手中，殊不甘心。小徐靠了老段势力，横行不法，暴戾恣睢，我若不为姑父复仇，如何对得住姻戚？但目前尚难轻动，我部下不过数千人，势不能一举成功，我死也不足惜，死且无益，不如从缓为是。"他姑母听了此言，也觉没法，只有挥泪自去罢了。

惟玉祥经过此变，遂与段内阁决裂，自告独立。部下副官李铭钟，团长杨贵堂、何乃中等亦愿为效力，累得段总理多一敌手，不得不格外加防。<small>详叙冯玉祥事，俱为后文伏案。</small>并且失意事层叠而来，大与前谋相左。湘南未平，闽军又败，龙裕光孤守琼崖，属地已失去大半，专望援粤总司令张怀芝一军入粤牵制，或可解围。哪知张怀芝病倒汉口，连日未痊，留驻江西的张军方移次醴陵，逍遥江上，偏被南方间谍，侦悉情形，竟潜从攸县进兵，猛向醴陵扑入。张军十数营，猝不及防，仓皇奔溃，吓得养疴汉口的张司令出了一身冷汗，力疾起床，乘车北返。自问未免怀惭，情愿抛弃权利，辞去山东督军。是所谓张脉偾兴，外强中干。琼州失援，龙军保守不住，只好弃去巢穴，向北逃生。看官试想！这岂非段氏的平南政策，一齐失败么？

还有段氏背后的小徐，格外担忧，他本思推倒冯河间，奉段祺瑞为总统，举张作霖为副座，所以请张帮忙，合力同谋。惟段氏以为南方不平，威望未著，也不愿骤任元首，故小徐对着平南政策非常注重。如何借债，如何调兵，多半由小徐献策，怂恿段氏进行。偏偏事不从心，谋多未遂，怎得不五内俱焚？踌躇四顾，愤不可遏，自思平南政策，不能贯彻，总由那冯派横生阻力，以致种种窒碍。今欲釜底抽薪，必须将老冯捽去，改拥段氏为总统，然后令出必行，军心一致，方得戮力平南。于是另生他计，即拟组成新国会，为选举总统的预备。好在各项借款尚未用罄，不若移缓就急，将军事暂且搁置，一意运动议员，组合政党。

当有帝制余孽梁财神士诒、王包办揖唐乘机出头，来做小徐帮手，渐渐的三五成群，四五结队，凑齐了数十百人，迎合小徐，拥戴老段，复取了一个私党的美名，乃是"安福"两字。"安"是安邦，"福"是福国。名目却是动听，但一班安福系中的人物，究竟是为国家思想，是为自己思想，看官总应明了呢。

民国七年七月十三日召集新国会，约期开议。第一件问题，就是选举新总统。原来冯总统本是代任，期限不过一年。他自六年八月一日入京就职，到了七年八月任期已满，理应卸职另选，所以召集新国会的命令，当然由冯总统颁发。冯氏非不思续任，但有段派的对头，自知续选无望，惟欲与老段同时下野。前次联袂同来，此次亦要他塞裳同去。若自己退位以后，反令段氏继任，这是梦寐中也不甘心。乃暗中嘱使同党，设法阻段。江南督军李纯、第三师师长吴佩孚，隐承冯意，一再通电，主和斥战。就是直隶督军兼四省巡阅使曹锟，亦屡开督军会议，不愿拥段。至若张雨帅为副总统，各督军都不赞成，就是段派中人，除小徐外，也多与雨帅反对，所以雨帅亦为夺气，不肯十分出力，替段效劳。转眼间已是八月，新国会议员，同集都下，不日就要开会了。冯总统独预先加防，颁一通电云：

　　国璋服务民国，于兹七年，变故迭更，饱尝艰苦。去岁邦基摇动，幸赖总理与各督军群策群力，恢复共和。

　　其时黎大总统辞让再三，元首职权，无所寄托，各方面以《约法》有代行职权之规定，大总统选举法有代理之明文，责备敦促，无可逃避。国璋明知凉德，不足以辱大位，但以尊重法律之故，不得不忝颜庖代。

　　顾念《约法》精神所在，一曰"中华民国之统一"；一曰"中华民国之和平"，国璋挟此两大希望而来，以求与根本大法之精神相贯彻，非有一毫利己之私，惟期不背于法律，以自免于罪戾耳。今距就职代理之日，已逾一年，而求所谓统一和平，乃如梦幻泡影之杳无把握。推原其故，则国璋一人，实尸其咎。古人云："徒善不足以为政，徒法不能以自行。"又曰："苟非其人，道不虚行。"国璋虽自认《约法》精神，无有错误，而诚不足以动人，信不足以服众，德不足以驭世，惠不见以及民，致将士暴露于外，闾阎愁苦于下，举耳目所接触者，无往而可具乐观，虽有贤能之阁僚，忠勇之同袍，而以国璋一人不足表率之故，无由发展其利国福民之愿力。所足以自白于天下者，惟是自知之明，自责之切，速避高位，以待能者而已。

今者摄职之期，业将届满，国会开议，即在目前，所冀国会议员，各本一良心上之主张，公举一德望兼备，足以复统一和平者，以副《约法》精神之所在，数语最为扼要。则国本以固，隐患以消。国璋方日夜为国祈福，为民请命，以自忏一年来之罪戾。皇天后土，实鉴此心。若谓国璋有意恋栈，且以竞争选举相疑，此乃局外之流言，岂知局中之负疚？盖国璋渴望国会之速成，以求时局之大定，则有之，其他丝毫权利之心，固已洗涤净尽矣。至若国之存亡，匹夫有责，国璋虽在田野，苟有可以达统一和平之目的，而尽国民一分子者，惟力是视，不敢辞也。敢布腹心，以谂贤哲。

这篇电文，看似引咎自责的谦词，实是阻挠段氏当选的压力。段主战，冯主和，战乃一般人民所痛嫉，和实一般人民所欢迎，试看电文中屡言统一，屡言和平，无非声明自己本意；素不愿战，所有此次调兵遣将，借债济师，种种挑拨恶惑、毒害生灵的举动，都推到段氏身上，好教新国会人员不便大拂民情，选举段氏。且复郑重提及，叫各议员存些良心，公举一统一和平的总统，这不是反对段氏，敢问是反对何人呢？看得真，说得透。小子有诗叹道：

党派纷争国是淆，但矜意气互相嘲。
同袍尚且分门户，天地何由叶泰交。

冯电既发，过了数日，南方也续发电告，好似与冯电相应。欲知文中底细，俟至下回录明。

　　刑人于市，与众弃之，是为中古之成制。彼时为君主政体，犹有与众共诛之意，况明明为革新政体之民国，昌言共和，宁有对一官高爵重之炳威将军，可以擅加枪毙乎？微特小徐无此权力，即令大总统处此，亦必审慎周详，不能擅杀。就使建章煽乱，应该由军法处决，不关司法，而小徐总不能背地杀人。共和共和，乃有此敢作敢为之小徐，吾未始不服其胆力，而对诸我中华民国，殊不禁蠹焉心伤矣。然未几而有冯玉祥之独立，又未几而有冯河间之通电，弄巧反拙，欲立转仆，小徐其奈何尚不知返乎？

第九十八回

举总统徐东海当选　申别言冯河间下台

却说南方自主军队，组成广东军政府，反抗北方，本来是各执己见，不相通融，但对着冯氏代理总统，原是依法承认，只与段氏的解散国会，主张武力，始终视若仇雠。所以冯总统颁一通电，广东军政府也续发一通电云：

> 溯自西南兴师，以至本军政府成立以来，于护法屡经表示，除认副总统代理大总统执行职务外，其余北京非法政府一切行为，军政府万无容认之余地。乃者大总统法定任期无几，大选在即，北京自构机关，号称国会，竟将从事于选举。夫军政府所重者法耳，于人无容心焉，故其候补为何人，无所用其赞否，赞否之所得施，亦视其人之所从举为合法与否而已。苟北京非法国会，竟尔窃用大权，贸然投匦，无论所选为谁，决不承认，谨此布告，咸使闻知。

南北两方，一呼一应，都是反对段氏，预先阻挠。段氏连番接阅，未免皱眉，暗想人众我寡，何苦硬行出头，还是与冯河间同去较为得计。乃宣告大众，愿与冯氏一同下野。<small>究竟老成持重。</small>小徐等方此推彼挽，要将段氏扛抬上去。偏段氏思深虑远，不愿冒险一试，任他小徐如何怂恿，却是打定主意，决计不干。小徐等也觉扫兴。但冯氏下野，段氏又下野，将来究应属诸何人，难道中华民国就从此没有总统吗？于是小徐邀同梁士诒、王揖唐诸人秘密会议，除冯河间、段合肥外，只有一位资深望重的大老官寓居津门，足配首选。看官道是何人？原来就是前清内阁协理大臣，为袁项城的国务卿徐世昌。久仰久仰。

世昌从词苑出身，本非军阀，不过他在前清时，外任总督，内握军机，与军阀家往来已久，为武人所倾心。此次久寓津门，名为闲散，实则中央政事，无不预闻。自元首以至军阀，统因他老成重望，随时咨询，片言作答，奉若准绳，所以一介衰翁，居然为北方泰斗。小徐等主张举徐，无非因南北纷争，形势日恶，河间、合肥既愿同去，不如拥戴老徐，或可制服异类，保持本派势力，因此决定计议，立派妥员向津劝驾。徐世昌素来圆滑，怎肯一请便来？免不得逊谢未遑，做一个谦谦君子。乐得如此。

那小徐等尽管进行，促令新国会开议，选定王揖唐为众议院议长，组织总统选举会，克期举行。到了九月四日，即在议会中选举新总统。到会议员共四百三十六人，午前十时，举行投票，午后开匦。徐世昌得四百二十五票，应即当选。当由议会备文，咨照国务院，国务院亦即通电各省，并通告全国。越日，又开副总统选举会，等到日中，两院议员，一大半不到会场。莫非逛胡同去了。议长当场计算，所有到会议员不足法定人数，就使投票，也属无效，只好延期选举，徐作后图。嗣是逐日延宕，竟将副总统问题，搁置一边，简直是不复提议了。一班傀儡议员。徐世昌闻自己当选，尚未便承认下去，因复通电中外，自鸣让意道：

　　国会成立，适值选举总统之期，乃以世昌克膺斯选。

世昌爱民爱国，岂后于人，初非沽高蹈之名，并不存畏难之见。惟眷念国家杌陧之形，默察商民颠连之状，质诸当世，返诸藐躬，实有非衰老之躯，所能称职者。并非谦让，实本真诚，谨为我国会暨全国之军民长官并林下诸先生一言，幸垂听焉！

民国递嬗，变乱屡经，想望承平，徒存虚愿，但艰危状况，有十百于当时者。道德不立，威信不行，纪纲不肃，人心不定，国防日亟，边陲之扰乱堪虞；欧战将终，世局之变迁宜审。其他凡事实所发现，情势所抵牾，当局诸公，目击身膺，宁俟昌之喋喋？是即才能学识，十倍于昌，处此时艰，殆将束手，此爱国而无补于国，不能不审顾踌躇者也。国之本在民，乃者烽火之警，水潦之灾，商业之停滞，金融之停滞，土匪劫掠，村落为墟，哀哀穷民，无可告诉。吏无抚治之方，人鲜来苏之望，固无暇为教养之计划，并不能苏喘息于须臾，忝居民上，其谓之何？睹此流离困苦之国民，无术以善其后，复何忍侈谈政策，愚我编氓？此爱民而无以保民，更悚惕而不自安者也。然使假昌以壮盛之年，亦未尝无澄清之志，今则衰病侵寻，习于闲散，偶及国事，辄废眠食，若以暮齿，更忝高位，将徒抱爱国爱民之愿，必至心有余而力不足。精神不注，丛脞堪虞，智虑不充，疏漏立见，既恐以救国者转贻国羞，更恐以救民者适为民病，彼时无以对我全国之民，更何以对诸君子乎？

吾斯未信，不敢率尔以从；心所谓危，谨用掬诚以告。惟我国会暨我全国之军民长官，盱衡时局，日切隐忧，所望各勉责任，共济艰难。起垂罄之民生，登诸衽席；挽濒危之国运，系于苞桑。昌虽在野，祷祀求之矣。邦基之重，非所敢承，于济艰屯，必有贤俊，幸全尘翮，俾遂初服。除致函参众两院恳辞，并函达冯大总统国务院外，特此电达。

是时国会仍照旧制，组成参众两院，既已由小徐等暗中运动，王揖唐竭力鼓吹，产出新总统徐东海，哪肯再畀他辞去？当下却还来函，仍由两院主名，坚请徐世昌出山。就是代任终期的冯河间，也恐东海不来，或致改选合肥，因即函复老徐，格外敦劝，词意备极诚挚。文云：

顷奉大函，以国会成立，选举我公为中华民国大总统，虞梦丝之难理，辞高位而不居。谦德深光，孤标独峻，即兹举动，具仰仪型。惟审察现在国家之情形，与夫国民感受之痛苦，倒悬待解，及溺须援。天下事尚有可为，大君子何遽出此？略抒胸臆，幸垂察焉！比年以来，迭更事变，魁柄既无所专属，法律几成为具文。内则斧斤相寻，外则风云日恶，以云险象，莫过今兹。然危厦倘易栋梁，或可免于倾圮；洪波但得舟楫，又何畏夫风涛？不患无位，而患无才，亦有治人，乃有治法。

我公渊襟睿略，杰出冠时，具世界之眼光，蕴经纶于怀抱。与国记枢密之名姓，方镇多幕府之偏裨，一殿岿然，万流奔赴。天眷中国，重任加遗，所望握统驭之大权，建安攘之伟业，公虽卑以自牧，逊谢不遑，而欲延共和垂绝之纪年，当此固舍公莫属也。邦本在民，诚如明示。属者兵连祸结，所至为墟，士持千里之粮，民失一椽之庇。疮痍满目，饥馑洊臻，岂人谋之不臧，抑天心之未厌？我公仁言利溥，感人自深，纵博济犹病圣人，恩泽难遍于枯朽，而至诚可格天地，戾气或化为祥禨，况旋转之功，匪异人任，恻隐之念，有动于中，必能嘘沟瘠以阳春，挽沉冥之浩劫。公谓教养匪易，虑远心长，实则彼呼号待尽之子黎，此日已望公如岁也。夫以我公之忧国爱民也如彼，而国与民之相须于我公者又如此，既系安危之重，忍占肥遁之贞，平日以道义相期，不能不希我公之变计矣。至若虑蹉跎于晚岁，益足征冲淡之虚怀。但公本神明强固之身，群以整顿乾坤相属，虽诸葛素持谨慎，而卫武讵至倦勤，亦惟有企祝老成，发挥绪余，以资矜式耳。

国璋行能无似，谬摄政权，历一稔之期间，贻百端之丛脞，清夜内讼，良用惭惶。瓜代及时，负担获弛。徒抱和平之虚愿，私冀收效于将来。我公为群帅所归心、小民所托命，切盼依期就职，早释纠纷，庶望治者得心慰延颈跂足之劳，而承乏者不至有接替无人之惧。耳目争属，心理皆同，谨布区区，愿言凤驾，尚肃奉复。

还有国务总理段祺瑞，已愿牺牲职位，同冯下野，乐得卖个人情，向东海致劝驾书。此外如黄河、长江两大流域，所有督军、省长等，俱已一致拥徐，电音络绎，相属道中，无非请他如期就职，保我黎民等语。恐也是一个画饼。独广东军政府中，如岑春煊、伍廷芳两总裁拍电致徐，劝勿就职。大略说是：

读歌日通电，歌字系是号码，借韵母以代五字。藉悉非法国会选公为总统。公既惕世变，复自谦抑，窃为公能周察民意，不欲冒居大位，至可钦佩。惟公之立言，虽咨嗟太息于国事之败坏，而所以致败坏之原则，公未尝言之，此春煊、廷芳所不能默尔而息者。致乱之故，虽非一端，救国之方，理或无二，一言以决之曰："奉法守度而已。"

《约法》为国命所托，有悍然不顾而为法外之行动者，有托名守法而行坏法之实者，均足以召乱。自国会被非法解散，《约法》精神，横遭斫丧，既无以杜奸人觊觎之心，更无以平国民义愤之气。护法军兴，志在荡乱，北庭怙恶，视若寇仇，诪张为幻，与日俱积。以为民国不可无国会，而竟以私意构成之，总统不可无继人，而可以非法选举之。自公被选，国人深慨北庭无悔祸之诚，更无以测公意之所在。使公能毅然表示于众曰："非法之举，不能就也，助乱之举，不可从也。"如此国人必高公义，即仇视国会者，或感公一言而知所变计。戢乱止暴，国人敢忘其功？惜乎公虽辞职，而于非法国会之选举，竟无一词以正之也。窃虑公未细察，受奸人蛊惑，不能坚持不就职之旨，此后国事，益难收拾，天下后世，将谓公何？如有谓公若将就职，而某某等省可以单独媾和者，国会可以取消，重新组织者，护法各省，如不服从，仍可以武力压制之者，此等莠言皆欲踞公于炉火之上，而陷民国于万劫不复耳。愿公坚塞两耳，切勿妄听。公从政有年，富于阅历，思保令闻，宜由正轨。煊、廷忝列旧交，爱国爱公，用特忠告。幸留意焉！

古人有言，"一傅众咻，终归无效"。时徐东海当选总统，中国行省，几有十八九处，同表赞成，独粤东数省，劝勿就职，是明明叫做"一傅众咻"了。况中华民国大总统的职衔，系人人所欣羡，徐东海犹是人心，难道觍来富贵，不愿接受？实是好看不中吃的物件。不过临时手续，总有一番谦逊话头，敷衍人目。差不多三揖三让。及经各电到津，由老徐检阅一番，只有粤东军政府与他反对，默思寡不敌众，远难图近，岑、伍虽硬来拦阻，究竟人寡地远，怎能达得到北方？且待自己登台以后，可和即与言和，不可和，何妨再作计较？为人在世，能就此出些风头，也好作一生纪念。于是怦然心动，有意就职，惟一时尚未入京，且待各方面再来敦促，方可动身。是谓之"老滑头"。果然不到数日，京内外的促驾电，连番拍来，他乃提出"息事宁人"四字作为话柄，允即赴京就职。好容易又捱过一二旬，已届民国第七周国庆日，方才束装赴都。冯国璋闻徐将至，特于十月七日，发出通电，陈述一年中经过情形及时局现象，由小子录述如下：

督军、省长、各省议会、各商会、教育会、各报馆暨林下诸先生公鉴：

国璋代理期满，按法定任期，即日交代。为个人计，法理尚属无亏，为国家计，寸心不能无愧。兹将代理一年中经过情形及时局现象，通告国人，以期最后和平之解决。

查兵祸之如何酝酿？实起于国璋摄职以前，而兵事之不能结束，则在国璋退职以后。其中曲折情形，虽有不得已之苦衷，要皆国璋无德无能之所致。兵连祸结，于斯已极。地方则数省糜烂，军队则偏野伤亡。糜烂者国家之元气；伤亡者国家之劲旅。而且军纪不振，土匪横行，商民何辜，遭此荼毒？人非木石，宁不痛心？以此言之，国璋固不能无罪于苍生。而南北诸大要人，皆以意见争持，亦难逃世之公论。吾辈争持意见，国民实受其殃。现在全国人民厌乱，将士灰心，财政根本空虚，军实家储罄尽，长此因循不决，办不过彼此相持，纷扰日甚。譬诸兄弟诉讼，倾家荡产，结果毫无。即参战以后，吾国人工物产之足以协助友邦者，亦因内乱故而无暇及此。欧战终局，我国之地位如何？双方如不及早回头，推诚让步，恐以后争无可争，微特言战而无战可言，护法而亦无法可护。国璋仔肩虽卸，神明不安；法律之职权已解，国民之义务仍存。各省区文武长官、前敌诸将领暨各界诸大君子，如以国璋之言为不谬，群起建议，挽救危亡，趁此全国人心希望统一之时，前敌军队观望停顿之候，应天顺人，一唱百和。国璋不死，誓必始终如一，维持公道。

且明知所言无益，意外堪虞，但个人事小，国家事大，国璋只知有国，不计身家，不患我谋之不臧，但患吾诚之未至，亦明知继任者虽极贤智，撑拄为难，不得不通告全国人民，各本天良，以图善后。国家幸甚，人民幸甚。在此电表明心迹，绝非有意争论短长，临去之躬，决无势力，一心为国，不知其他。倘天意人心尚可挽回，大局不久底定，国璋一生愿望，早已过量，绝无希望出山之意。天日在上，祈诸公鉴！

话虽如此，但对着总统府中值钱的物件，却是样样欢喜，一股脑儿搜括拢来，移出外府，据为己有。相传冯氏素性爱财，从前为江督时，已是贩运烟土，官商并营，此次总统卸任，所有公家贵重各物，乐得取去，何必客气，甚至南北海中的禁鱼亦被卖罄，只剩下历年档册移交后任罢了。小子有诗叹道：

> 满纸牢骚力辩护，谁知心口不相符。
> 试看载宝还乡去，可问身家计有无？

过了两宵，徐氏已至，冯国璋即就此卸职。欲知徐氏接任后事，且至下回再详。

民国成立以来，强有力之大总统，惟一袁项城，然彼以豢养武人，而自殖势力，旋且失败于武人之手。袁氏固自贻伊戚，而武人之势力，不肯随袁氏而俱逝，可胜慨哉！黎失之庸儒，冯失之贪狡，徐东海以文武相兼之资望，宜若胜任而无惭。然徐究非武人，妙手空空，讵能与武人相敌？况其为城府深沉，未肯坦然相与乎？岑、伍一电，已为南北不能统一之兆朕，且内有安福派之环集其旁，将视徐为奇货可居，充作傀儡，此座固未易居也。老翁多智，何亦薰心禄位，遽尔登台耶？

第九十九回

应首选发表宣言书　借外债劝告军政府

却说民国七年十月十日，正是第七周国庆纪念，都下人士，争迎新总统莅任。午前十时，来了皤皤黄发的老成人，制服登堂，行就职礼，一切仪注，统照历届总统就职的成例，所有誓词，亦蹈袭旧文，不少更改。文武百僚，群来谒贺，当由新总统派委秘书长代读莅任宣言书，全文如下：

世昌不敏，从政数十年矣。忧患余生，备经世变，近年闭户养拙，不复与闻时政，而当国是纠纷，群情隔阂之际，犹将竭其忠告，思所以匡持之。盖平日忧国之抱，不异时贤，惟不愿以衰老之年，再居政柄，耿耿此衷，当能共见。乃值改选总统之期，为国会一致推选，屡贡悃忱，固辞不获；念国人付托之重，责望之殷，已于本日依法就职。惟是事变纷纭，趋于极轨，我国民之所企望者，亦冀能解决时局，促进治平耳。而昌之所虑，不在弭乱之近功，而在经邦之本计，不仅囿于国家自身之计划，而必具有将来世界之眼光。敢以至诚极恳之意，为我国民正告之：

今我国民心目之所注意，佥曰南北统一。求统一之方法，固宜尊重和平，和平所不能达，则不得不诉诸武力。乃溯其已往之迹，两者皆有困难。当日国人果能一心一德，以赴时机，亦何至扰攘频年，重伤国脉？世昌以救民救国为前提，窃愿以诚心谋统一之进行，以毅力达和平之主旨。果使阋墙知悟，休养可期，民国前途，庶几有豸。否则息争弭乱，徒托空言，或虞诈之相寻，致兵戎之再见，邦人既有苦兵之叹，友邦且生厌乱之心。推原事变，必有尸其咎者，此不能不先为全国告也。虽然，此第解决一时之大局耳，非根本立国之图也。

立于世界而成国，必有特殊之性质，与其运用之机能。我国户口繁殖，而生计日即凋残；物产蕃滋，而工商仍居幼稚。是必适用民生主义，悉力扩张实业，乃为目前根本之计。盖欲使国家之长治，必先使人人有以资生，而欲国家渐跻富强，以与列邦相提挈，尤必使全国实业，日以发展。况地沃宜农，原料无虞不给，果能懋集财力，佐以外资，垦政普兴，工厂林立，课其优劣，加之牖导；更以国力所及，振兴教育，使国人渐有国家之观念，与夫科学之知能，则利用厚生，事半功倍，十年之后，必有可观。此立国要计，凡百有司，暨全国商民所应出全力以图之者。

立国之主要既如上述，但揆诸目前之状，土匪滋扰，户口流亡，商业凋零，财源枯竭，匪惟骤难语此，抑且适得其反，是必先去其障碍，以严剿盗匪，慎选有司，为入手之办法。然后调剂计政，振导金融，次第而整理之。障碍既去，而后可为，此又必经之阶级，当先事筹措者也。内政之设施，尚可视国内之能力，以为缓急之序。其最有重要关系，而为世界所注目者，则为欧战后国际上之问题。自欧战发生以来，我国已成合纵之势，参战义务所在，唯力是视，讵可因循？

而战备边防，同时并举，兵力财力，实有未敷，因应稍疏，动关大局，然此犹第就目前情势言之也。欧战已将结束，世界大势，当有变迁。姑无论他人之对我何如，而当此漩涡，要当求所以自立之道。逆料兵争既终，商战方始，东西片壤，殆必为企业者集目之地。我则民业未振，内政不修，长此因仍，势成坐困，其为危险，什百于今。故必有统治之实力，而后国家之权利，乃能发展，国际之地位，乃能保持。否则委蛇其间，一筹莫展，国基且殆，又安有外交之可言乎？此国家存亡之关键，我全国之官吏商民，不可不深长思也。至于民德堕落，国纪凌夷，风气所趋，匪伊朝夕，欲挽回而振励之，当自昌始。是必以安敬律己，以诚信待人，以克俭克勤，为立身之则，以去贪去伪，为制事之方。凡有损于国，有害于民者，必竭力驱除之。能使社会稍息颓风，即为国家默培元气。而尤要在尊重法律，扶持道德，一切权利之见，意气之争，皆无所用其纷扰。赏罚必信，是非乃公。昌一日在职，必本此以为推行，硁硁之性，始终以之。冀以刷新国政，振拔末俗，凡我国民，亟应共勉。昌之所以告国民者，此其大略也。

盖今日之国家，譬彼久病之人，善医者须审其正气之所在，而调护之。庶几正气之亏，由渐而复，假令培补未终，继以损伐，是自戕也，医者何预焉？爱国犹如爱身，昌敢以最诚挚亲爱之意，申告于国民！

宣言书读毕，就职礼成，大众皆陆续散去，于是冯政府告终，徐政府开始了。老徐既以"息事宁人"为口头禅，当然是主张和平，不愿再战，与段合肥的政策，绝对不同。段因主战无功，也有倦意，更兼前时曾宣告大众，与冯一同下野。冯已去位，自己若再恋栈，岂不是食言无信，坐失人格？合肥犹知信义。乃即提出辞职书，呈入总统府。徐总统虽无意留段，但表面上只好虚与周旋，派员慰留。旋经段祺瑞决意告辞，乃下令允准，改命内务总长钱能训暂行兼代，惟参战督办一职仍属老段，段亦不再鸣谦，专顾参战事务罢了。

徐总统与钱代总理，方互相筹商，设法息争，欲为南北统一的筹划，忽由北方递入军报，乃是俄国过激派新政府见九十五回。与俄国远东总司令谢米诺夫相争不已。谢是旧党，不服新政府命令，所以双方交战，已将两月，偏谢军连战连败，退至大乌里，拟退入蒙古境内。俄新政府的讨谢军也随势追逼，势且轶入外蒙。所以驻扎库伦办事大员陈毅，电达中央，请兵防堵。徐政府乃命黑龙江、吉林两省军队，并察哈尔特别区域戍兵，分道防边。先是俄领西伯利亚境内有捷克斯洛伐克军，自组团体，举军官盖达为总司令，独立自治。闻他自主的原因，实由俄国与德、奥交战，已历四年，此四年中所得的俘虏，统充锢西伯利亚境内。会俄国内乱，不遑顾及囚犯，德、奥俘虏，如鸟脱笼，索性四处骚扰，大肆猖狂。捷克民族本来是反对德、奥，及为德、奥俘虏所迫害，不得不设法加防，西顾俄京，已无出援的余力，只好自集兵民，独当一面，并且移文协约各国，请他援助。协约国闻报，多半派兵赴海参崴，声援捷克。中国居参战地位，亦得捷克军来文，前由参战事务处，拟派兵二千人往海参崴，与协约国一致进行，但须假道日本南满铁路，未得日人许可，因此迁延过去。及徐氏为总统时，已与日政府商妥，慨允借道，乃遣陆军第九师部下四营，作为先驱，余亦陆续出发，一面承认捷克军队为交战团体，特发出宣言书云：

捷克民族欲组织独立国家，其志甚坚，经久勿懈，中国政府素表同情。查该民族素以反对德、奥为宗旨，中国政府因其举动与联盟各国一致，是以对于该民族军队之西进，曾经允其假道中东铁路，为种种之协助。现该民族军事局势，日益发展，中国政府，深冀该民族能以武力，达到抵御德、奥之能力，故特承认在西伯利亚作战之捷克军队，为对于德、奥正式从事之联盟交战团，并与各联盟国军队为同等之待遇。中国政府并承认捷克国民委员会，具有统御之能力，遇有必需事件，甚愿与该委员会交际。特此宣告！

这种对外处置，统是外交部与参战处会同办理的条件，且尚是无关重要，不必大加计议，但教随时制宜，自不至有意外变端。只是南方军队自组成军政府后，与北方对垒分峙，变做两头政治，却有些不易融和。徐总统乃先令钱代总理及各部总长，联名通电，传达南方，商量休兵息战的办法。电文有云：

比者四方不靖，兵祸相寻，苦我人民，劳我将士，追溯用兵之始，各有不得已之苦衷，而国力既殚，纷争未息，政治搁滞，百业凋零，仅就对内而言，已岌岌不可终日。况欧战现将结束，行及东亚问题，苟内政长此纠纷，大局何堪设想？夫欧西战祸，谊切同仇，犹复尊重和平，致其劝告，矧均属邦人，奚分南北？安危所系，休戚与同，岂忍以是非意见之争，贻离析分崩之患？试念战祸蔓延，穷年累月，凋残者皆我之国土，耗散者皆我之脂膏，伤亡者皆我之同胞，同室操戈，有识所痛。推其所至，适足以摧伤国脉，自戕生机。当兹国步艰难，一发千钧，再事迁延，噬脐何及？

迩者东海膺运，首倡和平，能训等谬忝政席，俱同斯旨，用掬诚悃，敬告群公。倘念民困已深，国家为重，不遗愚陋，相与筹维，各该省一切军政财政及用人诸端，无妨开诚布公，从容商榷。

善后办法，更仆难详，大要在收束军队，励行民治，以劳来安集之政，收清净宁一之功，俾国脉渐苏，民生自厚。若法律问题，虽为当日争端所系，第是丹非素，剖决綦难。以今日外交吃紧，若舍事实而争言法理，势必旷日持久，治丝益棼，陆沉之忧，悬于眉睫。谓宜先就事实，设法解纷，而法律问题，俟之公议。凡兹愚虑，悉出真诚。诸公爱国凤殷，审时犹切，虑难匡济，当有同心，尚冀示我周行，俾资商洽。引领南望，翘伫德音！

看官阅过上文徐氏宣言书及此次钱代总理等通电，应知徐氏心理，无非企望和平。但两文中统言欧洲战事已将结束，这事厓略，小子未曾叙过，应该补叙出来：欧战详情，应归专史，不属本书范围，因事有牵涉，不得不表明大略，此即文法绵密处。自从奥、塞两国，启衅开战，已见前文。遂致全球各国陆续牵入战潮。德皇威廉第二，素欲争霸欧洲，想乘势削平各国，因此极力助奥，决计用兵。初出兵时，原是锐气百倍，荡破比利时，直入法国北部，复分兵占夺俄属波兰，侵略俄罗斯西部等地。奥亦破灭塞尔维亚，甚至英、法、俄三大国，合力抵抗，尚挡不住德国凶锋。嗣经英、法、俄四面联络，招集世界中二三十国同抗德、奥，于是德、奥势孤，反胜为败。当时英国外交大臣巴尔福曾把历年加入战团，反抗德、奥诸国名及宣战日月，列为一表，送交下议院备案。小子当将原表抄来，加注民国年计，载入本编如下：

俄罗斯　　西历一千九百十四年八月一日宣战。即中华民国三年

法兰西　　　西历一千九百十四年八月三日宣战。
　　　　　　同上

比利时　　　西历一千九百十四年八月三日宣战。
　　　　　　同上

英吉利　　　西历一千九百十四年八月四日宣战。
　　　　　　同上

塞尔维亚　　西历一千九百十四年八月六日宣战。
　　　　　　同上

门的内哥罗　西历一千九百十四年八月九日宣战。
　　　　　　同上

日本　　　　西历一千九百十四年八月二十三日宣
　　　　　　战。同上

葡萄牙　　　西历一千九百十六年三月九日宣战。
　　　　　　即中华民国五年

意大利　　　西历一千九百十六年八月二十八日宣
　　　　　　战。同上

罗马尼亚　　西历一千九百十六年八月二十八日宣
　　　　　　战。同上

美利坚　　　西历一千九百十七年四月六日宣战。
　　　　　　即中华民国六年

古巴　　　　西历一千九百十七年四月七日宣战。
　　　　　　同上

巴拿马　　　西历一千九百十七年四月十日宣战。
　　　　　　同上

希腊　　　　西历一千九百十七年六月二十九日宣
　　　　　　战。同上

暹罗　　　　西历一千九百十七年七月二十二日宣
　　　　　　战。同上

利比里亚　　西历一千九百十七年八月四日宣战。

	同上
中华民国	西历一千九百十七年八月十四日宣战。
	同上
巴西	西历一千九百十七年十月二十六日宣战。
	同上
海地	西历一千九百十八年四月二十二日宣战。
	即中华民国七年
危地马拉	西历一千九百十八年四月二十三日宣战。
	同上

　　此外尚有玻利维亚、尼加拉瓜、散多明各、哥斯德黎加、秘鲁、乌拉圭、厄瓜多诸国亦与德、奥宣告断绝邦交，几乎五洲列国统与德、奥反对。惟巴尔干半岛中有二属国，一是土耳其，一是保加利亚，向在德人势力圈内，不能不听德人指挥，与众宣战。两属国有何大力？简直是不足齿数。那奥国也自顾不遑，全仗德人帮助，勉力支持。照此看来，实是一个德意志帝国抵当全球二十余邦，相持至四年有奇，德皇威廉第二真好算是个欧洲霸王呢。却是罕有。但古人有言："佳兵不祥，过刚必折。"难道威廉第二果能持久不敝战胜群雄吗？当美国未曾宣战时，大总统威尔逊屡思出作调人，劝双方休战言和，辗转通问，终归无效。嗣因德国潜艇政策，妨碍海上交通，美乃提出质问书向德抗议。德仍操强硬手段，却还美牒，因激起美人公愤，加入战团，与德宣战。德之失策在此。德人与各国交哄，已将三年，正是兵疲粮尽的时候，怎堪加入一财厚兵雄的大国，与他争雄？而且美政府商决军情，派遣百数十万大军直入欧洲，与联合国军队并力进行，又输送军械食品分助各国，使之再接再厉。联合国当然益奋，德意志当然益怯。更经过一年有余，保、土两国境内，已被联合军冲入，相继降服。奥亦一败涂地，

只好向联合国请和。德皇威廉第二还想倔强到底，偏国内社会党勃发，昌言革命，推倒政府，竟将威廉第二父子逐出国外，亡命荷兰，于是空前绝后的大战争，至此始止。当由联合国推举美总统威尔逊为世界牛耳，开会议和，时正中华民国七年十月中，为徐东海当选就职的时期。小子有诗讥德皇道：

　　善败不亡善战亡，楚歌四面总难当。

　　要知中外原同辙，好向西欧鉴德皇。

欧战将了，徐氏因有此言论，欲借欧洲和局，劝示南方。欲知南方果否愿和，待至下回再叙。

　　历届新总统登台，必有一种政见颂告大众。无论其言之匪艰，行之维艰，但观其发言之时，已别具一难言之希望，不过借普通论调，笼络舆情。"始吾于人也，听其言而信其行"，今吾于人也，听其言而观其行，圣言岂欺我哉？欧洲战史，于本编无甚关系，第有时牵及中国，如绝交参战，以及俄乱影响、侵入蒙古等情，不能不撮举大要，以晓阅者。故本编依次插叙，而本回于德、奥战败原因，尤简而不漏，作者固具有苦心也。

第一百回

呼奥援南北谋统一　庆战胜中外并胪欢

却说广东非常国会，闻北方新选总统，当然反对，曾于双十节前一日，特开两院联合会议决定方针，暂委广东军政府代行国务院职权，所有总统选举，从缓举行，当下宣布议案道：

选举大总统，为国会议员之职责。依《大总统选举法》第三条第二项，"大总统任满前三个月，国会议员，须自行集会，组织总统选举会，行次任大总统之选举。"惟现值国内非常政变，次任大总统之选举，应暂缓举行。自民国七年十月十日起，委托军政府代行国务院职权，依《大总统选举法》第六条之规定，摄行大总统职权，至次任大总统选出就职之日为止。特此宣言，咸使闻知！

议案既定，复咨照广东军政府。军政府即开政务会议，承认国会议决案。当日通电布告，代行国务院职权，并摄行大总统职权，越日又发一通电云：

军兴以来，军政府及护法各省各军，对内对外，迭经宣言，其护法之职志，唯在完全恢复《约法》之效力，取消解散国会之乱令，以求真正之共和，为根本之解决，庶使奸人知所警惕，此后以暴力蹂躏法律之事自不发生，民国国基乃臻巩固。至具希望和平一切依法办理之心，尤为国人所共闻共见。军府及前敌将领屡次通电，可复按也。及北京非法伪国会选举伪总统，本军政府于事前既通电声明非法选举，无论选出何人，均不承认，事后又致电徐世昌，劝其遵守《约法》，勿为人愚。

乃闻徐氏已就伪总统，事果属实，何殊破坏国宪？以徐氏之明，甚盼及早觉悟，勿摇国本，而自陷于危。本军政府代行国务院职权，依法摄行大总统职务，护法戡乱，固责无旁贷也。特此布告，咸使闻知！

看官阅此两电，可想见南北论调是绝对不能相容。就使北方的徐总统与钱代总理如何劝告，也属枉然，徒落得舌敝唇焦，不见成功。徐总统未肯罢休，想从外交上着手，联络美、英、法、日、意各国从中调停，力谋南北统一；也算苦心孤诣。且美大总统威尔逊尝一再演说，力劝世界和平，中国为世界中一部分，理应如美总统所云，列入和会，唯南北自相争扰，内部尚且未和，怎好对外？所以穷思极想，呼求外援。外人却也赞成，愿效臂助，乃再由徐氏分饬前敌军队，一体罢战，且申颁一令云：

欧战以来，兵祸至烈，影响政治，震动全球。而立国久远之图，究未可悉凭武力，故欲保障人类之幸福，必先维持国际之和平。美大总统有鉴于斯，迭次宣言，咸以尊重和平为主旨。吾国政府，以逮士庶，莫不佩其悯世之诚，而大势所趋，即列邦亦多赞进行，以为世界和平之先导。吾国此次加入欧战，对德、奥宣战，原为维持人道，拥护公法，俾世界永保和平。苟一日未达此的，必当合国人全力，勷助协商诸邦，期收完全之效果。本大总统适以斯时，谬膺众选，亟当详审世局，用定设施。

夫以欧西战祸，扰攘累年，所对敌者视若同仇，所争持者胥关公议，犹且佳兵为戒，倡议息争。况吾国二十余省，同隶于统治之权，虽西南数省，政见偶有异同，而休戚相关，奚能自外？本无南北之判，安有畛域之分？试数上年以来，几经战伐，罹锋镝者敦非胞与？糜饷械者皆我脂膏，无补时艰，转伤国脉，则何不释小嫌而共匡大计，蠲私忿而同励公诚？俾国本系于苞桑，生民免于涂炭。平情衡虑，得失昭然。惟是中央必以公心对待国人，而诚意所施，或难尽喻。长、岳前事，可为借鉴。故虞诈要当两泯，防范未可遽疏。苟其妨及秩序，仍当力图绥定。兹值列强偃武之初，正属吾国肇新之会，欲以民生主义，与协商诸邦相提挈，尤必粹国人之心思才力，刷新文治，恢张实业，以应时势而赴时机，以兹黾勉干济，尤虑后时，岂容以是丹非素之微，贻破斧缺斨之痛？况兵事纠纷，四方耗斁，庶政搁滞，百业凋残。任举一端，已有不可终日之势，即无国外关系，讵能长此搘持？

所望邦人君子，戮力同心，幡然改图，共销兵革。先以图国家之元气，次以图政策之推行，民国前途，庶几有豸。以言政策，莫要于促进民智，普兴民业，而二者皆当具有世界之眼光。我国文教早辟，而民智蔀塞，进步转晚，是宜旁采列邦之文化以灌输之。吾国物力素丰，而兴业之资，母财尤乏，是宜兼集中外资力以辅助之。以国家为根本，以世界为步趋，务使人民智识，跂及于大同，社会经济，日臻于敏活。民智进则国权自振，民生厚则国力益充，夫如是乃可保文物之旧邦，乃可语共和之真谛。

本大总统不惮晓音瘏口，以尊重和平之主旨告我国人，固渴望我东亚一隅，与世界同其乐利。此时大局未定，保养为先，军民长官，各有捍卫地方之责，仍应遵照前令，力除匪患，用保公安。民瘼攸关，勿稍玩忽。惟兹有位，其共念之！此令。

令文云云，虽似明白剀切，语语皆真，但终是纸上空谈，怎能感动南方军队，使他幡然变计，愿息战争？嗣经美国公使出来帮忙，电告驻粤美领事，向广东军政府提出说帖，劝他速息内争，自谋统一。于是广东军政府乃通令前敌各军，一体休战。政务总裁岑春煊等方有电文传达北京，寄与徐总统道：

徐菊人先生鉴：护法军兴年余，双方相持，国是莫由解决。比者欧战告终，强权消灭，吾国亦有顺世界潮流，而回复和平之必要。美总统威尔逊，于本年九月二十九号为开募第四次自由公债之演说，实为国际及国内解决一切政争之本据，无论何国，均可赖之以为保证。世界各国方将崇正义而永息兵争，岂吾国独不可舍兵争而求和平之解决？执事既令所部停战，本军政府亦令前敌将士止攻，惟彼此犹未实行接近和平谈判，玩日废时，殊属无谓。煊等特开诚心，表示真正和平之希望，认上海租界为适中之中立地点，宜仿辛亥前例，由双方各派相等人数之代表，委以全权，克日开议。一切法律政治问题，不难据理而谈，依法公决，庶可富民利国，永保和平。特电表意，即希速复！

徐总统接到电文，喜如所望，因即致电作复：

广州岑云阶先生、春煊字云阶。伍秩庸先生、廷芳字秩庸。林悦卿先生、葆怿字悦卿。武鸣陆干卿先生、荣廷字干卿。毕节唐蓂赓先生、继尧字蓂赓。上海唐少川先生、绍仪字少川。孙中山先生即孙文。鉴：来电敬悉。生民不幸，遭此扰攘，兵革所经之地，膏血盈野，井里为墟，溯其由来，可深悯恻。欧战告终，此国彼国，均将偃戈以造和平；我以一国之人，犹复纷争不已，势必不能与世界各国处于同等之地位。沦堕之苦，万劫不复。世昌同是国民，颠覆是惧。况南北一家人也，本无畛域可分，故迭次宣言，期以苦心谋和平，以毅力致统一。今读美总统威尔逊今年九月间之演说，所主张国际同盟，用知世界欲跻和平，必先自求国内息争，然后国际和平，乃有坚确之保证。爰即明令停战退兵，表其至诚，冀垂公听。固知诸君亦是国民之一分子，困心横虑，冒百艰以求一当，决无不可解决之端。令果同声相应，是我全国垂尽生机，得有挽救之一日也。世昌忧患余生，专以救世而出，但求我国依然比数于人，芸芸众生，得以安其食息，营其生业，此外一无成见。所有派员会议诸办法，已由国务院另电奉答，敢竭此衷，唯希明察！

又由国务院附致一电云：

读诸公致元首电，敬谂开诚表示，共导和平，至深佩慰。欧战告终，潮流方迫，元首鉴于世界大势，早经屡颁明令，申正义而弭兵争，当为国人所共见。近于通令停战之后，继以筹议撤防，积极进行，实出渴望和平之旨。会议办法，前已详细匦划，向李督秀山转商，兹承示双方各派代表克日开议，筹谋所及，实获我心。所云代表人数，论省区版籍，不能无多寡之殊，惟为迅释纠纷，固可不拘成见，似可由双方各派同等代表十人，临时推定首席，公同协议。至会议地点，原定南京，本属适中之地，宁、沪同属国土，焉有中立可言？且会议商决内政，不宜在行政区域之外，鄙意仍在南京，最为适宜。至来电所举辛亥前例，辛亥系因国事问题，不幸同时而有两种国体，今则双方一体，论对内则同系国人，协商国政，固无畛域之分。论对外国交，只能有唯一政府，尤非辛亥之比。值此时局急迫，促进和平之意，彼此所同。亟当于会议办法，切实商决进行，其他枝节之论，宜从蠲弃，以免旷废时日。此间现在酌选代表，为先事之筹备。尊处遴派有人，即希电示，以便双方派定，克期组织，俾法律政治各问题，日趋接近，速图解决，民国幸甚。

如上电文，乃是北方和议，拟委任江苏督军李纯主持。李纯本服从河间，素来主和，联同赣督陈光远、鄂督王占元，称为长江三督，与主战派相龃龉。此次徐政府鼓吹和平，李纯当然同意，所以与中央往来文件除例行公事外，多是筹商和平办法。惟一方欲在江宁议和，一方欲在上海议和，两方交争地点，尚未决定。不过和平空气，总算有些鼓动起来。中外人士统以为和平在即，喁喁望治，再加欧战终了，协约国得了战胜的结果，中国亦居参战地位，虽未曾发兵临敌，亲获胜仗，也觉得借光他族，与有荣施。

自民国七年十一月二十八日为始，至三十日为止，举行庆贺协约国战胜大会，居然有古时大酺三日的遗意。无非是张皇粉饰。大总统亲至太和殿前，行阅兵礼，凡京师所有军队都排成队伍，各执枪械，鹄立东西两旁，听候总统命令。徐总统带同国务总理、陆军部长等，序立殿阶，检校军队。又有外国公使及使馆中卫兵，亦由徐政府先期通知，彼此关系协约国，不能不请他参加，所以碧眼虬须的将弁也来会集。端的是鹳鹅耀采，貔虎扬镳。约计有四五小时，各军队左入右出，纷纷告退，外兵亦皆散去，惟各公使同至总统府，相率留宴。宾主交错，中外一堂，大家欢饮至晚，兴尽始归。是日黄昏，商学界各发起提灯会，游行都市，金吾不禁，仿佛元宵，银火齐辉，依稀白昼，红男绿女，空巷来观，白叟黄童，胪欢踊集，几疑是太和翔洽，寰宇升平。就是各省奉到中央命令，亦如期庆贺，绿酒笙歌，唱彻太平曲子，红灯灿烂，胜逢熙世良辰。还有北京的克林德碑，乃是清季拳匪作乱，德使被戕，特约竖碑，垂为永远纪念。至此亦皆毁平，不留遗迹。惟是胜会不常，盛筵难再。小子叙到此处，转不禁忧从中来，随笔凑成一诗道：

> 自家面目自家知，粉饰徒能炫一时。
> 漫说邻家西子色，效颦总不掩东施。

三日大庆，忽成过去。各协约国将开议和大会，择定法国巴黎即法京。凡尔赛宫为和会地点。中国当然要派遣专使赴会修和。欲知所派何人，容至下回报明。

　　以本国之内讧，而乞援外人，出为调停，不可谓非徐东海之苦心。然中政府失权之渐，实自兹始。属在同种，谊本同袍，乃连岁战争，自相哗扰，东海登台，不能以诚相感，徒欲为将伯之呼，乞灵外族，其心可悯，其迹实可愧也。至若协约国之战胜，实由彼数年血薄而成，中国徒有参战之名，而无参战之实。外人之胜，于中国似无预焉？乃以各国之举行庆典，遂亦开庆贺大会，政府倡于前，各省踵于后，慷他人之慨，以为一己之光荣，得毋为外人所窃笑耶？虚骄之态，只可自欺，欺人云乎哉？

第一百零一回

集灵囿再开会议　上海滩悉毁存烟

却说欧战已毕，各国将开议和大会，中国政府不得不派遣专使赴会议和，当下由徐总统择定一人，就是外交总长陆征祥。企祥曾因事请假，部务委次长陈篆暂行代理，此次奉使赴洋，不便逗留，便即束装起行，乘轮赴欧去了。是时英、美、法、日、意五国公使统奉五国政府训令，愿为中国南北调停和议，先提出劝告书，递交北京政府。徐总统本是请他帮忙，当然心心相印，不烦琐复。五国公使，又电令驻粤领事，各向广东军政府，致书劝和，大略说是：

　　法、英、意、日本、美诸国政府，因见此二年内，中国内乱，已久不停，大有分崩景象，甚为悬系。此项纷乱情形，不特与外国利益有损，且致中国治安之惨祸，因此所生不靖之情，反足鼓励敌人之气，而与大战紧急之转机，妨碍中国与协和诸国实行会办之举。今该转机已成过时黄花，各国人民正盼组织环球，以达各处人民平安公允之时，中国未能统一，则各国民应为之事更属难为。兹法、英、意、日本、美诸国政府对于中国大总统解决内乱之所设施，深滋冀望之怀；且对于南方各要人之态度，亦乐观其有欲和平了结，同等趋向。是以各该政府就此声明，对于北京政府及南方各要人，愿与废除个人私怀及泥守法律之意见，一面谨慎从事，免除障碍议和之行为，一面迅以慷慨会商之行，而以法律暨顾及中国国民利益之热心为根据，寻一两造和息之路，始克使华境以内，平安统一，此各国政府同心暨殷盼之忱也。此时法、英、意、日本、美诸国政府，声明其切实赞同双方，欲解决向日分裂之争端。惟拟欲使知毫无最后干涉之策，亦无指挥或谏劝此次议和条件之意，故此项条件，必须由中国国人，自行规定所欲者。只系尽其所能，鼓励双方于所望所行各事上，达议和统一之目的。俾中国国民对于各国，冀望重建之功所肩之责，于中国历史上更为扩充矣。特此劝告。

这篇劝告书，已经将西文译作华文，广东军政府即用华文答复云：

两年以来，中国因内争而致国内治安及外国利益俱受损失，并使中国不能切实协助联盟国为公道正义之竞争，军政府对此殊深痛惜。军政府对于此项协助尤为关切者，盖以其战争之主义，与法、英、意、日、美各联盟政府之主义若合符节。护法者非为个人意见、或法律细节而动干戈，实为反对武力主义，并求民主主义之得安全于中国也。国会被非法之解散（今幸仍正式开会于广州），宪法视为具文，武力派之横暴乱政，皆所以使护法者迫不得已，而以兵戎相见，伸张直道。今各友邦觉悟，欲缩短中国内争，回复和平之唯一善法，在停止供给款项于武力派，本政府极为感佩。本政府信武力派现有意言和，已经令所部各军停止进攻；且告知武力派所选出之首领；在适合地点，直接开和平会议矣。此种和平不能苟且从事，无相当之保障，遗留势力，使将来随时复可扰乱国内和平。

英、法、意、日、美各联合政府之意见，谓须根据法律及注重全国人民利益，以为调和之主旨，各政务总裁深表同情。然则此次和平，必为公正的和平，及永久的和平，庶几中国得以设立一适任及进步之政府，发展真正共和民主之政治，在国际会议上占应得之地位。各政务总裁感谢法、英、意、日、美各联合政府关切中国之幸福，而对于各政府希望中国在筹议世界善后，亦应列入。关注盛意，尤为深感。谨此布复。

先是徐总统与钱代总理已得外人承认，许为调人，因即通电各省，召集督军等至京会议办法。于是奉天督军张作霖、安徽督军倪嗣冲、直隶督军曹锟、吉林督军孟恩远、湖南督军赵倜、湖北督军王占元、江西督军陈光远、山西督军阎锡山、淞沪护军使卢永祥、绥远都统蔡成勋等，均先后到京。徐总统特在集灵囿四照堂中，作为会议场，带同全体国务员暨参战督办段祺瑞，入堂开会。各督军联翩趋至，列席讨论，本来是党派不同，有主战的，有主和的，此番因内外交迫，主战派亦不便坚持前议，只好见风使帆，同声呼和。就是倡议平南的段督办，也以为久战无益，与徐总统表示同情。非服徐东海，实为外议所迫，不得不然。当时议定政策五条：（一）便是停战撤兵；（二）乃是应付外交；（三）是被兵各省的善后；（四）是收束军队的办法；（五）整理财政的用途。彼此讨论了大半日，即在四照堂开宴，饮酬乃散。

越宿，便将议决各节通电各省。各督军亦陆续出京，各回原任。嗣是禁募军队，饬守官方，各种弭乱求治的通令，蝉联而下。徒托空言。还有熊希龄、汪大燮等为联络协约国感情起见，特在京中发起协约国国民协会，组织就绪，推定熊希龄为会长，汪大燮及法人铁士兰为副会长。又由总统府中特设外交委员会，令汪大燮为会长，熊希龄等为委员，调查审议对外事项，凡各部署亦得派遣事务员，入会与议。此外如全国省议会、商会、教育会，亦皆推举代表，就京师组织全国和平联合会，于民国七年十二月十八日成立，宣告大众，略云：

　　本会联合全国省议会、商会、教育会，业于十八日开成立大会。各法团推定代表到会者，已逾过半数，本会实为完全成立，用特宣布本会进行宗旨，以告我国民。

　　本会由全国法定团体组织而成，为真正民意机关，故对于南北和平会议，应实行共和国民应尽之职务，遇有双方冲突之点及与大多数利益关系之处，实行发表国民真正意见，以立于第三者仲裁地位，此其一；本会对于南北双方，本无偏袒之见，惟此次南北会议，凡关于种种善后问题，均待解决，兹拟于本会内附设各种研究部，于事前预先讨论，以便将来发表民意，主张公道，不居国民会议之名，实行我第三者仲裁之本旨，此其二；本会既立于第三者仲裁地位，我国民责任之重可知，兹后计划进行，尤关重大。本会自当推出对内对外最负重望之人主持一切，为会中之砥柱，并将本会一部分事务，移至南北会议地点，实相结合与贯彻我国民正大之主张，非达到南北真正根本和平之目的不止，此其三。凡此三大宗旨，均经本会评议部议决实行，用特宣布，深望于全国同胞，赞成本会，协同进行，除通告南北当局外，谨此宣言。

　　朝野上下，一致言和，饶有转危为安、悔祸求存的希望。差不多望梅止渴。但中国人往往有口无心！口中虽说得天花乱坠，心中却未必真能践言。又况各省军阀统是意气自豪，不顾国家，专顾自己，所有逐月赋税，除拨作军饷外，多半纳入私囊。所以一做督军，便成富翁，多则千万，少即百万，百姓原不能过问，就是中央的财政部，也未敢彻底清查，只好听他一塌糊涂，迁延过去。此外如关卡征榷，局厂征收，又皆抵充外债，无从支取。看官试想，这中央政府，只有支出，没有收入，叫他如何支持？所以徐总统就职以后，仍然是借债度日，什么电话借款，什么纸币借款，表面上俱为整顿实业起见，由财政、交通两总长出面，告贷东邻，暗中实多是指东话西，救济眉急。还有各种公债名义向人民借贷，不一而足。当时虽有一种定例，按期抽签，逐次还本，但也未能确昭信用。故民间所受的公债票，平时若有急需，转向他人抵押，不过三折四折，最多至五六折为止；而且中国人多不愿转受，有时反由外人出为承揽，吸收中国各种公债券，视为投机生意，以十易百，以千易万，将来好执券坐索，不怕中国政府不将全数偿还。为渊殴鱼，总是中国人民晦气。但自中国加入欧战，外人格外帮忙，协约各国，许将庚子赔款延期五年，然后交付。即清季拳匪时之赔款。独俄国只允延交三分之一，共计五年延交总数约六千余万元，政府稍得暂纾困难。

但自民国成立以后，历年借债，除外款不计外，如积欠中国银行及交通银行款项，多至八千万元以上，遂致该两银行转运不灵，钞价日跌，市面动摇。到了民国七年的残冬，简直是支撑不住。财政部无法可施，没奈何再向国民借贷，发行短期公债券，称为民国七年发交国家银行短期公债，额定四千八百万元，票面定为一万元，一千元两种，利息六厘，每年付息两次，仍用抽签法，分五年偿还，每年分作两度抽签，每届抽还总额十分之一。此项公债券全数发给中、交两银行，令他经募，募集诸款，即归还两行垫欠各账。所有公债本息，即指定每月延期赔款为基金，就中八成还本，二成付息；并援照三、四两年公债办法，即将此项公债基金，按月拨交总税务司安格联存储备付。当下草定章程，提交国务会议，国务员当然通过，但教私囊无损，安往而不赞成？再呈与总统察阅。徐总统为救急计，也即指令照准。无如国库既空，民财亦尽，一国中有限脂膏，半被外人盘剥，半遭军阀搜括，穷民已不聊生，就使有几个豪绅富贾，亦怎肯毁家纾难，效那楚子文、汉卜式故事？坐是公债券无人过问，免不得硬行指派，骚扰民间，或且搭付官吏薪金。官吏统有父母妻孥，日需事畜，再加百物日昂、米珠薪桂的时候，哪堪承受这种公债券？有名无实，不能抵用，于是吏民俱困，都累得扼腕兴嗟，愁眉百结了。只有军阀各家，还算财星照临。

当时尚有一种鸦片烟，本在前清宣统三年间，由清政府与外人订约，限期戒绝，转眼间已有七八年，期限已届。上海洋商所储鸦片，数尚不少，民国七年一月间，苏省督军、省长与英商公司妥商，立约收买，约中载明条件，乃是专供制药，并不转行销售。洋商已经允认，且愿把每箱定价减短英洋二千元，悉数归苏省承买，统计得一千五六百箱。过了数月，驻京英美公使向外交部致书抗议，略云："苏省收买存土，不免有私下贩售、赚钱欺人等情。"又被外人查出瘢点。外交部看到来文，应归财政部理处，即将原书移交财政部。财政部调查苏省公文，已早备案，因即据实答复，具陈理由，内称"近年以来，政府对着烟禁，未尝不积极进行，只因沪滨洋商积存关栈的印药，为数甚多，不能令他过受损害，所以上年一月，由苏省督军、省长与英商立约收买，专供药品，严杜吸售。今来文谓有转销等情，未免误会。查烟土制药，各国皆然，此次苏省收买存土，与宣统三年禁烟条约，并无违反情事，请即查照"云云。这项复文仍须先递外交部，然后由外交部转交英、美公使。英、美公使始终不甚相信，尚有微言。再经中国政府特开国务会议，决定将所买存土，一并销毁，当由徐总统核准，下一指令道：

> 政府前次收买存土，专为制药之用，原为体恤商艰起见。顾虽慎加考订，限制綦严，而留此根株，诚恐易滋流弊，转于禁烟前途，不无影响。着内务、财政两部，转饬查明此项存土现存确数，除已经领售者不计外，其余均由部派员督视，一律收回，汇集海关，定期悉数销毁。并候特派专员会同地方官及海关、税务同等，公同监视，以昭慎重。此令。

越日，又复严申禁令道：

> 鸦片为害最烈，迭经明颁禁令，严定专条，各省实力奉行，已著成效。惟是国家挽回积习，备极艰难，设禁令之稍疏，愚民即怀侥幸，在稽察所不及，遗害仍恐潜滋。此次厉行烟禁，在国人固具毅力，在友邦并致热诚，倘复阳奉阴违，始勤终怠，将何以策内政之修明，而树国家之威信？兹当政治刷新，亟望荡秽涤瑕，共臻仁寿，所有前次收买存土，业经特令汇集上海地方，克期悉数销毁。国家不惜捐弃巨金，委诸一烬，凡以注重烟禁，力策进行者，当为中外所共喻。嗣后我中华人民当益知鸦片流毒之酷，中于民生；政府禁令之严，不容尝试。凡曾犯吸食者，既经戒除，自应振作精神，力祛习染，至私种私运私售，均干厉禁，并当各懔刑章，勿贻伊戚。各地方长官，有督察之责，务各分饬所司，认真稽察，期在有犯必惩。其办理不力者，着随时纠劾，依法惩戒。本大总统以保民为重，不惮为谆谆之告诫，先哲有言："除恶务尽"，又曰："旧染污俗，咸与维新"，凡兹有众，其共勖之！

此令。

两令既下，特派专员张一鹏赴沪监视焚土，一面再由外交部出名通告英、美公使。英、美公使得悉后，即电令沪上海关监督税务司会同中国专员，督视存土焚毁。至张一鹏到沪与江苏长官，调查买储烟土一千六百余箱，除已售出三百余箱外，尚剩一千二百余箱，悉数运至浦东，邀同海关监督税务司到场，并及地方各团体代表，统皆会齐，当场开箱查验，果非假冒，于是架薪纵火，陆续焚毁，共阅三日有奇，方将一千二百余箱的鸦片，尽付劫灰。沪上不乏烟鬼，到此可尽量一吸了。上海各国领事团及地方长官、绅商军学各团体，更组织万国禁烟会，主张限制烟土、吗啡，务使除医药用途外，不得种销。乃即就销毁烟土的第一日，在沪北开会，严订条约，总道是中外同心，朝野合力，好把那数十年的毒蛊，从此永除。但究竟除绝与否，想看官具有见闻，自能察知隐情呢。只小子却有一首俚词，作为焚土的余慨，诗云：

> 欲除烟毒愿捐金，一炬成灰示决心。
> 可奈莠民偏不谅，私销私吸总难禁。

禁烟禁烟，仍旧有名无实，或包运，或偷销，时有所闻，政府不得不再行查缉，从严办理。欲知如何设法，待至下回表明。

议和足以安民，禁烟足以祛毒，两事俱为美政，徐东海上台之初，首先注意，着手进行，宜乎为中外所属望，交口赞同也。况集灵囿之会议，主战派亦有悔祸之心，上海滩之焚烟，领事团且有开会之助，祝南北之统一者在此，起斯民之膏肓者亦在此，岂非中华民国之一大转机，饶有革新之望乎？乃观于后来之结果，俱乏成效，屡次议和，而冲突如故，屡次禁烟，而吸售如故，徒见长官之忙碌而已，徒见存土之焚销而已，天岂未欲平治民国耶？何事与愿违若此？至若债务之日增，吏民之两困，元气已楛，如何持久？有心人固杞忧无已矣。

第一百零二回

赞和局李督军致疾　示战电唐代表生瞋

却说徐总统有志禁烟，特命将上海存土，悉数毁去，再加万国禁烟会严禁种销，也算是竭诚办理。偏包运偷销的奸民，专知牟利，不顾大局，事为徐总统所闻，因复饬令严查道：

> 近今烟禁綦严，乃以厚利所在，莠民奸商，多方尝试，甚至有假冒军人，由各路包运销售情事。似此违禁营私，肆无忌惮，若不严行查缉，则禁烟要政，直同虚设，于国家前途，影响至巨。本大总统治军有年，凡隶军符，夙知国纪，岂容仝壬影射，玷我戎行？嗣后应责成各省督军、省长，遴派专员，会同各税关严密查禁，无论是否假冒军人，但遇有包运烟土，亟应切实拿办，勿任漏网！其京奉、京汉、京绥、津浦各路，为近畿缩毂之地，尤应切实侦缉，着京师军警督察长马龙标，督饬所属干员，随时梭巡稽察，一面由交通部通饬各路警员襄同认真办理。一经查获，即予尽法惩罚，查出烟土，悉数焚毁，仍当侦查明确，勿得扰累行旅。经此次通令之后，凡我邦人，当知令出惟行，除恶务尽，其各涤瑕荡秽，力祛旧染，用副保民除害之至意！此令。

未几，复有禁运吗啡的严令，大致与禁烟相同。但天下事，往往法立弊生，立法时均欲求效，偏效力未睹，弊已百出。各处铁路的站旁，环列警察，调查来往客商，镇日里翻箱倒箧，闹个不休，或且搜检身上，视客商如盗贼一般。客商稍有忤意，便即狐假虎威，任情凌轹。甚至私出鸦片烟，掷入旅客行箧，硬指他为偷带禁物，拘入警署，威逼苛罚，取财人私。可怜遭害的客商不能与抗，只好忍气吞声，倾囊相赠，还要索得保人，方准释出。这真是行路艰难，荆天棘地，较诸前清时代，交通无阻，任从客便，试问是谁利谁不利呢？尤可恨的，是真带鸦片、吗啡的人犯，反得贿通警察，由他过去。又有军队过境，借军阀作靠山，虽满身藏着鸦片、吗啡，警察亦不敢过问。有几处乃是军警串通，联络一气，所赚厚利，彼此分肥。再加各省军官，多半染着盘龙癖，以芙蓉膏为性命，半榻横陈，吞云吐雾，虽经中央政府，禁令煌煌，彼且视若弁髦，毫不少悛。又或借此取利，暗中授意左右，包运包销。俗语说得好："袖大好做贼。"威灵显赫的军阀家，作奸舞弊，何人敢来侦查？试看徐总统所下禁令，尚说是金壬影射，未敢显斥军官，如此军阀滔天，横行无忌，还要问什么烟禁有效无效呢？慨乎言之！这且搁过不提。

且说钱代总理能训，摄职两月，当由徐总统提出咨文，交与参众两院征求同意。两院照例投票，钱得多数，因即复咨总统府。徐总统便下明令，特任钱为国务总理。钱既正式秉政，当然要重组内阁，自将内务总长的兼职递呈告辞，此外一班国务员连带辞职。旋经徐、钱两人，商定后任国务员，再向参众两院咨问，是否同意，竟得相继通过，乃再经下令，仍使国务总理钱能训兼任内务总长。外交总长一缺，亦令陆征祥原任。惟因陆赴欧议和，未到任时，由次长陈箓代理部务。司法总长朱深、教育总长傅增湘、海军总长刘冠雄亦均继任。交通总长曹汝霖，本兼财政总长，此时免去兼职，但令曹主交通部，另授龚心湛为财政总长，独撤去陆军总长段芝贵，改用了一个靳云鹏。新内阁既皆任定，乃再从事内外和议，添派外交委员顾维钧、王正廷、施肇基、魏宸组四人赴欧，与前遣的外交总长陆征祥，同为巴黎和会见前回。全权委员。一面令朱启钤南下江宁，作为南北会议全权代表，会同江苏督军李纯等开始议和。广东军政府也推选政务总裁唐绍仪，做了南方总代表，行次上海，不肯过往江宁。两下争执和会地点，又费了一番笔舌，复经江苏督军李纯曲为调停，请朱启钤移往上海，允从南方所请。朱为速和起见，因亦许诺，时已为民国八年二月间了。李督军因再发一通电，宣告中外道：

> 时局纠纷，垂及二稔，幸赖内外上下，一德一心，舍己从人，共谋宁息。护国者知法坏而国无由立，护法者知国坏而法亦罔存，遂以和平之公理，共谋善后之解决。
>
> 纯与湖北王督军、江西陈督军，内承中央政府之指挥，外荷西林、即岑春煊。武鸣即陆荣廷。诸公之启迪，黄陂、河间、合肥暨在位英俊，在野名贤，随时指导维持，经迭次之洽商，得各方之同意，议定开一会议，双方各派总代表，解决法律事实等项问题。比由朱桂莘、唐少川两总代表商定于本年二月二十日在上海开会。是纯与王、陈两督军二年以来千回百折，所希望于护国、护法两方面有两全而无两伤者，幸已达其目的，遂其请求，凡所担任，已可告一结束。嗣后解决各项问题，总代表与各代表诸公皆一时人望，必有可以慰吾侪之具瞻，副人民之心理者。纯惟当与居间诸君子，洗耳听之，拭目俟之。
>
> 鲁仲连有云："所贵于天下之士者，为人排患释难，解纷乱而无所取也。"窃愿会议诸公本良心上主张，从根本上救济，为国家谋长久，为人民谋福利，期有以善其后

而已。浮图七级，重在合尖，为山九仞，功亏一篑。纯仔肩虽卸，愿望正殿，苟其义不容辞，力所当尽，敢不从诸君子之后。更愿当代弘达，布所蕴蓄，同力匡扶，弼成郅治，则尤纯所馨香祷祝也。谨布悃忱，伏惟鉴照！

看此一电，李督军的苦心孤诣亦可想见。当下派定会议办事处干事数十人，充当朱总代表的差遣。各干事均来谢委，正由李纯出来接见。坐谈未竟，那朱总代表亦来拜会。复经李纯迎入别厅，略谈数语，复出与干事接洽。各干事并出厅站班，李纯向他摇手，似叫他不必客气，且口中方说出"各位"二字，不防脚下一绊，竟从第一层台阶跌至第四层台阶，直挺挺的仰卧台阶面上，背骨被第一层台阶所硌，忍不住疼痛起来，一时不便呼号，只好闭目熬住。嗣经从役将他扶起，勉强在廊下缓行数十步，舒动筋骨。各干事见此情形，只得告辞。李纯复慢慢儿回入别厅，再与朱总代表谈话片时，朱始别去。

纯素性坚忍，尚以为稍稍痛苦，不必多虑，又往签押房批览文件。到了午刻，背骨越觉加痛，乃趋入内室，取饮舒筋和血的药酒，大约数杯，继以午膳，然后睡息了两三钟点。至起食夜餐，仍照午膳办法，是夕尚得安睡。越宿醒来，觉得腰背酸疼得很，再加两胁气痛，以致不能起床。麾下僚属闻知督军有恙，自然前来请安。适警察厅中有张医官，素精按摩各术，大众统交口保荐，请李纯召入医治。纯乃将张医官召至军署，先令亲吏传述病状，与他讨论，嗣闻他确有心得，乃引入上房，嘱用手术疗治。张医官问及事前种种情状并倾跌后种种感觉，纯历述无遗，即由张医官诊视脉象，并替他前后按摩，果然胁间气痛较前舒快。张医官方说道："失足跌倒，七日内必发酸痛，这乃当然的事情。而且仓猝跌倒，因痛闷气，害得两胁气痛，亦是寻常病患，毋庸深忧。"纯不待说毕，便诘问道："此外果无别症吗？"张医官答道："此乃失足致跌，与风、火、痰三种症候，毫无关系，但教用止痛和血的药料按穴敷治，再施运舒筋顺气的手术逐日抚摩，待阅一星期，自然痊可了。"张医官颇有经验。李纯点首称善，遂命张医官如法施治，一面乞假静养。过了七日，疼痛虽已减轻，举动还未能复原。直延至旬月余，始得告痊，这也是翊赞和议中一段轶闻。恐即是不祥之兆。

惟当李纯告假时，朱总代表启钤等已赴上海，履行开会期约，借上海旧德国总会为会场。二月二十日上午，南北总代表各引分代表等同莅会所，衣冠跄济，秩序雍容，相见无非旧识，两派并聚一堂，差不多与辛亥会议相似。彼时唐为北方代表，此次却易北为南。少川少川，可曾回忆七年前情事否？当时列席诸公，姓氏如下：

（北方总代表）　朱启钤　（分代表）吴鼎昌　王克敏　施　愚　方　枢

汪有龄　刘恩格　李国珍　江绍杰　徐佛苏

（南方总代表）　唐绍仪　（分代表）章士钊　胡汉民　缪嘉寿　曾　彦

郭椿森　刘光烈　王伯群　彭允彝

开会伊始，不及议款，但两总代表依次表明宗旨，先由南总代表宣言云：

国内战争，至今日告一结束，但推厥祸源，外力实有以助长之。盖武人派苟不借助外力，则金钱无自来，军械无从购，兄弟阋墙，早言归于好矣。何至兵连祸结，延至今日，使人民痛苦，至于此极？今北方已经觉悟，开诚言和，舍旧谋新，请自今始！

南总代表宣言甫止，北总代表也即宣言道：

> 民国成立以来，国家政权，多提于武力派之手，故战争纷乱，迄无宁岁。迩者时势所趋，潮流所迫，将化干戈为玉帛，换刀剑以犊牛，一切干羽戈矛，皆应视为过去陈旧之骨董，后此战争，当无从再起，和平统一，请视诸斯。

宣言俱毕，两总代表与各代表均起座，向着国旗，欢呼"中华民国万岁！和平统一万岁！"极力为下文反射。嗣复闲谈数语，各随意取食茶点，便即散席。

越日，始开正式会议。南方总代表唐绍仪，首先提出陕西问题，要求撤换陕督陈树藩。原来南方民党于右任曾入陕西境内，纠合党徒，与陈树藩互相争论，致起战争。树藩本段派健将，不肯容留民党，占据片土，因此屡攻于军。于军亦不甘退让，相持未下。徐政府虽已通令停战，但于陕西一方面不甚注意。且陈树藩靠着段氏势力，玩视中央命令，自由行兵，所以唐总代表首先质问，迫令将陕督撤换。此外尚有闽、鄂冲突等情亦曾连类谈及，但尚未及陕西的紧要。北方总代表朱启钤愿转达中央，即席草就电稿，着人拍发，请政府速令陕督陈树藩停战。此外所议各件，如八年公债，参战借款以及湘督张敬尧仇视民党等情，尚没有极大辨难。或拟电京问明，或拟电湘阻止，否则交付审查，决诸后议。

越日，得徐政府复电，谓已特派妥员张瑞玑赴陕监视实行停战。于是两总代表又复会议，彼此商榷，决用和会名义，致函张瑞玑，催他即日赴陕，监束两方军队，以便和议早日结束。当下函电并发，约俟陕战实停，再申余议。两下便又散归。

又越两日，再行开会，两总代表相见后，南方总代表唐绍仪取出陕西于右任来电，声言陈树藩部下刘世珑仍率众进攻于军，如此情形，显背和议，应归北方担负责任。朱总代表只好申电陈请，权词相答。又越二日，唐绍仪又邀朱启钤赴会，取示于军失去螯屋的警电，累得朱总代表无可容喙，但言政府如不速停陕战，自当辞职以谢。再越二日，已是二月二十八日了，唐总代表至会议席上，竟向朱总代表抗议陕西战事，限期四十八小时答复，也是一篇哀的美敦书。说毕即去。朱总代表自觉中央理屈，未便议和，特与各分代表，全体电京，请即辞职，徐政府复电慰留，并令陕西一体停战。令文有云：

> 陕西兵燹频年，疮痍满目，眷言民瘼，轸念殊深。亟应促进和平，早谋安集。前由国务院依照协定办法，通饬停战划防。已派张瑞玑驰往监视区分，务在一律实行，克期竣事。各该将领，自应共体斯意，恪遵办理。倘或奉行不力，职责所在，不得辞其咎也。此令。

徐政府虽决意停战，始终谋和，但陈树藩仍未遵令，备战不休。南方总代表唐绍仪，且得于右任亲笔书函，谓"陈树藩密奉参陆处电文，促令进攻，故北京运陕军械，或由参陆处，或由汉阳兵工厂，次第出发，络绎不绝"云云。唐总代表乃复提出宣言书，归咎北方，中止和议，是为第一次和议停顿。江苏督军李纯得知消息，很是愤闷，因力疾起床，特拟定办法五条，电陈中央请行。徐总统原无他意，不过为安福系所牵掣，未能贯彻主张，既得李纯电请，自然照准。李纯又电达广东军政府，请求同意，随即通告全国云：

> 万急。北京国务院、各部院，广州军府各总裁，保定曹经略使，各省巡阅使、督军、省长、都统，护军使，海陆军各司令，南京朱总代表暨代表诸公，上海唐总代表暨代表诸公，永州谭月波、组庵两先生，衡州吴将军均鉴：
>
> 近月以来，和平空气布满全国，因善后之解决，有会议之盛举。既经中央复准，各方赞同，双方各推总代表、代表亦均先后分莅宁、沪。惟以中央颁布停战罢兵令，广东军府亦通令停战罢兵，各省虽皆奉行，而陕、闽、鄂西等处尚有纠葛，经多次之协商，定简捷之办法：（一）陕、闽、鄂西双方，一律严令实行停战。（二）援闽援陕军队，即停住前进，担任后方剿匪任务，嗣后不再增援。（三）闽省、鄂西、陕南由双方将领，直接商定停战区域办法。签字后，各呈报备案。（四）陕省内部，由双方总代表，公推德望夙著人员，前往监视区分。（五）划定区域，各担任剿匪卫民，毋相侵越。反是者国人共弃之。此上五条，均陈奉中央允准，电得广州军府同意，即日双方通令，按照实行。所有陕、闽等问题，指日解决，会议即可进行。知关廑念，特此布闻！

自经李督军通电后，上海和会又有复活的趋向。再经朱总代表启钤，函致陕西陈树藩并及于右任，竭诚劝解，为赓续和议地步。就是中外舆情，也多方敦促，催令速议。只南方总代表唐绍仪，因未得陕省停战确闻，尚未便与北方议和，连日托词称疾，杜门不出。冤冤相凑，又有一种外交刺激，从海外传入中华，遂致群情大愤，竞起诋诽，东也噪，西也闹，反把上海和会视为缓图。正是：

内地榄枪犹未靖，外洋波浪又重生。

究竟外交刺激，从何而生，容待下回再详。

督军如李秀山，尚为军阀中之有心人，故本回具述其求和之苦心并及当时致仆情状，为世间之凉血动物作一龟鉴。朱启钤之平时行谊，虽不甚卓著，然观其赴沪议和，犹非悍然不顾公议，自做主张。陕战未停，曲在陈树藩，陈无大过人之才力，乃敢违背中央命令，备战不休，此非有人煽使，谁其信之？天下方日望和平，而主战派乃好为播弄，必欲破碎河山，涂炭生灵而后快。甚矣其惑也！鸡鹜相争，终无了期，虽有文治派之徐世昌，亦奚补乎？而李督军则更枉费苦心矣。

第一百零三回

集巴黎欣逢盛会　争胶澳勉抗强权

却说外交总长陆征祥，奉命赴欧，参与和会，嗣又有顾维钧、王正廷、施肇基、魏宸组依次续发，同充巴黎和议全权委员。陆征祥到法国时，各协约国所派专使，先后驰集。既而顾、王、施、魏各委员亦皆踵至，共计列席会议得二十七国使人。全权大使约有数十，代表及秘书等不下数百，好算是五大洲中，空前绝后的盛会。当时会中议定各国列席委员多寡不一。中国指定两人，除陆总长外，余四人得轮流出席。小子闻得和会组织的大略，开列如下：

美国专使列席得五人。英国同上。法国同上。意国同上。日本同上。比国三人。波利维亚一人。巴西三人。中国二人。古巴一人。厄瓜多尔一人。希腊二人。危地马拉一人。海地一人。汉志国二人。即阿剌伯国。哄都拉斯一人。里卑利亚一人。巴拿马一人。秘鲁一人。波兰一人。葡萄牙二人。罗马尼亚二人。塞尔维亚三人。暹罗二人。捷克斯洛伐克二人。乌拉圭一人。

和会中正副会长

会长　法人克勒孟沙

副会长　美人蓝辛　英人劳合乔治　意人欧兰都　日

本人西园寺侯爵

协约国最高议会中会长会员

会长　法人克勒孟沙

会员　美总统威尔逊　蓝辛　英人劳合乔治　贝尔福

法人克勒孟沙　毕勋　意人欧兰都　沙尼诺　日本人西

园寺侯爵　牧野男爵

据上所列，已见得和会大权，实为美、法、英、意、日本五大国所把持。中国专使虽得列席，已等诸自郐以下，无足重轻。就中对于德、奥两国如何赔偿损失，如何割让土地，如何放弃权利，如何撤除兵备，统归五大国主张，中国专使，几无容喙余地。堂堂古国，如此倒霉，岂不可耻？惟关系中、德事件，始准中国与议，但也须由五大国决定，大致如下：

（一）德国对华放弃由一九〇一年拳匪条约而得之各种特别权利与赔款，与其在天津、汉口德租界及其他中国境内，除胶州外，所有之房屋、码头、营房、炮台、军火、船只、无线电台及其他产业，惟使署领署不在其内，并允将一九〇〇年与一九〇一年所夺取之所有天文仪器一律归还中国。

（二）中国未经署名于拳乱条约之各国同意，不得施行处分北京使馆界内德人产业之计划。

（三）德国承认放弃汉口与天津之租界，中国允准两处租界，辟为万国公用。

（四）德国对于中国，或对于任何与国之政府，不得因在华德人被幽禁或被遣回，及因德人利益于一九一七年八月十四日被没收或被清理之故，而有所要求。

（五）德国放弃其在广州英租界内之国有产业，让与英国。并放弃上海法租界内德人学校之产业，让与中、法两国。

这五项条约，讲到"平允"二字，已不甚合。德国既放弃在华权利，为什么除开胶州？北京使馆内德人产业，例应归中国处分，为什么应得署约各国同意？汉口与天津租界，为什么要辟作万国公用？广州英租界及上海法租界内的德国产业，为什么让与英、法？这岂不是鹬蚌相争、渔翁得利的明证吗？大声疾呼。又有一种关系山东条件，由日本专使西园寺侯爵等提出和会，硬要占利。美、法、英、意诸国明知日本恃强欺弱，但与自己无损，哪个肯替中国帮忙，代鸣不平？弱国无公法。当由日使拟定约文道：

（一）德国以胶州各项权利所有权特别权利，与因一八九八年三月六日与中国立约及其他关于山东条约而得之铁路矿、产、海底电线，让与日本。

（二）属于青岛至济南铁路之德国各项权利，连同器用矿权开掘权，一并让与日本。

（三）自青岛至沪及烟台之海底电线，亦让与日本，免偿其值。

（四）胶州德国国有之一切动产与不动产，亦归日本所有，免偿其值。

胶州是我中国的胶州，青岛是我中国的青岛，从前清光绪二十四年间，为了一个德国教士，在山东曹州地方，为华民所害，德国政府即派兵来华，占据胶澳，清政府无法拒绝，不得已将胶澳租与德国，定期九十九年。嗣是德人筑路开矿，竭力经营，至欧战开手，中国宣告中立，日本独不顾公法，破坏我中立国章程，竟出兵攻夺胶澳，且将德国所有路权、矿权悉数占领。彼时日人曾向中国声明，谓将胶澳租借地移交日本，以备日后交还中国云云。木屐儿专使此等伎俩。中政府一再抗议，均归无效。后来袁项城热心帝制，乞援东邻，驻京日使，遂提出二十一款的要求，包含胶澳全境在内。袁项城自讨苦吃，没奈何与他签约，但约文中尚有"交还胶州湾，待诸战后解决"字样。此次战事已了，各协约国为公道主义，组织和平大会，理应将德国租占地归还中国，方算得公正无私，为何日使眈眈，竟视胶澳为囊中物？曩时尚声言交还，到此竟说出"让与"二字，不但有违公理，并且自食前言。美、法、英、意诸国作壁上观。那时中国专使陆征祥等忍无可忍，只好当场抗议，先提出山东问题说帖，缴入和会，凭诸公判。说帖中文字甚繁，小子不便直录，但撮举大要，胪列如下：

（甲）德国租借权，暨其他关于山东省权利之缘起及范围。

（一）租借之缘起。（二）租借地之范围。（三）德国之路矿权利。（四）中国之铁路警察权。（五）德国对于铁路借款之优先权。

（乙）日本在山东军事占领之缘起及范围。

（一）日本之对德宣战。（二）日本军队在租借地，及百里环界以外之龙口地方登岸。（三）中国宣言划出特别行军区域。（四）日本收管青岛之中国海关。（五）日本对中国二十一条之要求，暨一九一五年五月二十五日关于山东省之条约。（六）沿铁路之日本民政权。（七）一九一八年九月二十四日之铁路借款草合同及换文。即济顺及高徐两路草合同。

（丙）中国何以要求归还？

（一）胶澳租借地，素为中国领土中不可分拆之一部分。从前中德租借条约中，本有主权仍归中国之明文，今德国既放弃权利，当然归还中国，以彰公道。（二）胶澳居民，种族、语言、宗教，均完全属于中国，既得脱离德国关系，自不愿再属他国。（三）山东为中国文化所肇始，孔、孟两圣贤，诞生此地，人民称为圣域。胶澳为山东属境，既得由德国收回，何能辗转让人？（四）山东居民稠密，不能再容纳他国人民。前时德国逞横暴势力，据有胶澳，今彼既遭天忌，自弃权利，山东百姓，方庆其苏，不堪再受他国胺削。（五）山东一省，备具中国北部经济集权之要则。胶澳地居海口，尤关重要，将来必成为中国北部外货输入土货输出之要路。若植立外国势力范围，适与门户开放主义互相背驰，中外通商，必交感不便。（六）胶澳为中国北部门户之一，胶济铁路至济南接津浦，可以直达北京，即自旅顺、大连至奉天，直达北京之铁路，亦与胶澳相近。中国政府为固围计，久欲杜绝德人之蟠踞青岛今经德人放弃，中国深愿收回此地，自巩国防。（七）和平大会中，以该租借地及附属权利之问题，悉还中国，不特德国肆意横行之罪恶，借以矫正，且各国在远东之公共利益，亦借以维护。否则山东人民，前拒后迎，势必不乐，或致激成剧烈之行动。即他国亦必与将来移转权利之国，互相龃龉，是与日本攻击青岛时，宣言巩固东亚长久稳固和局之用意，难以相容。亦与英日同盟之宗旨，所谓护中国之独立完整，守各国在华商工业机会之原则，亦不相符合。何以彰中外之大信？何以保远东之永久和平？

（丁）何以应直接归还？

（一）程序简单，不致滋生枝节。且中国参战以后，得向德国直接收回青岛，及山东权利，既足以增我国家之光荣，复足以彰友邦维持正义公道之原则。（二）中国政府，非不知日攻青岛所损失之生命帑款，为数亦巨。但日本固宣言战争之目的，在使远东和局，不为德人所危害，目的既完全达到，则虽有所牺牲，亦必不惜，宁有加惠中国反自取怨之理？（三）日本以军事占领青岛及所有权利，不过暂时办法，究不能因此而终得所占土地或产业之主权，以与共在战事中之中国权利相抗。（四）一九一五年五月二十五日，中国与日本订立关于山东省之条约，中政府本所不愿。经日本送递最后通牒，勉强承认，以待和平会议为最后之修正。况所订条文，日本并未获得关于山东租借地与铁路暨他项德国权利。不过得有保证，谓"所有关于德国权利利益让与之处分，倘经日本与德国协定，中国即当承认"云云。彼时中国尚为中立国，日本系设想中国始终中立，不能参与最后之和平会议而言。今中国早加入战局，有列席和议之权，则该约设想之情形，固已根本改变，不得视为有效。（五）中国宣言布告，曾声明从前中德所订之条约，一律废止，是德国所有租借地与一切权利，当然在废止之列。既已废止，领土权即回复于中国。且与德人订约租借时，本有不准转租之明文。即一九〇〇年之中德胶州铁路章程，亦有中国国家可以收回之规定，依约办理，德国无转让第三国之权。中国既得收回领土，亦当然不能让与他国。

最后又有一段总结云：

中国鉴于上列各理由，深信和平会议，对于中国要求胶澳租借地、胶济铁路，暨关于山东省之他项德国权利之直接归还，必能认为合于法律公道之举。苟完全承认此项要求，则中国政府人民对于诸国秉公好义之精神，必永感激于无涯，而对于日本必且加甚。此一举也，不特日本与诸友邦所愿维持之中国政治之独立与领土之完整，借以巩固，而远东之长久和局，亦借此新保而益坚矣。

此项说帖，递入和会，会长克勒孟沙，方将说帖出示，日本专使西园寺侯爵等，怎肯退让，自述从前攻取青岛，如何损失，并讥评中国参战，并没有什么助力，不过办运些须粮食，派遣几个工役，便算了事。今日所得利益，不啻百倍，还想与我争回青岛，这真叫做不度德，不量力，妄事请求，不值一睬云云。在会诸人，见日使很是忿激，也不便参入异议。惟美总统威尔逊略加劝解，援照德国前约，谓领土权应属中国。日使遂接口道："我国并不欲长据胶澳，自愿将胶澳领土权归还中国，惟行军所受损失，中国可能悉数偿还吗？中国既不能偿还，便应该将从前德人所有的权利，归与我国享受，这乃是公允办法，我国并没有意外要求哩。"英法各国专使，多随口赞成。以强护强，应有此态。美总统亦不便与争，付诸一笑罢了。

是时意国代表欧兰都等，为了亚得里亚海沿岸问题，与美总统意见不合，致有违言。亚得里亚海，在意大利东北，海口有阜姆一埠，为通商出入要枢，意国欲据为己有。惟美总统威尔逊以为匈牙利、波希米亚、罗马尼亚、南斯拉夫诸国均与阜姆相近，应该享有出入权利，不应专归意国。意使极力反对，甚至欧兰都等宣告退出和会。所以和会中主持，只有法、美、英、日本四国主持各议。日本与中国互争胶澳，中国不能敌日，法、英又皆左袒日人，美总统虽略存公道，也因口众我寡，未便坚持，因此逐日延宕，竟把中国专使的说帖，置诸高阁。嗣经中国专使陆征祥入会敦促，乃由会长克勒孟沙与美总统威尔逊、英专使劳合乔治作为领袖，再集议胶澳问题。日使西园寺侯爵等坚执前议，一些儿不肯让步。法、美、英三国乐得袖手旁观，任从日本自由处置。中国专使陆征祥等智尽能索，不得已再向和会中提出抗议，申明意见。小子有诗叹道：

徒将笔舌抗凶锋，力薄如何望折冲。
益信外交惟铁血，一强一弱总难容。

欲知陆专使等如何说法，且至下回录叙。

巴黎会议，列席者得二十七国，而俄罗斯不在其列，良由俄国内乱，政府屡易，各国或承认于其前，未尝承认于其后，故遂为之阙席耳。胶澳之争，日本代表借口于前日军事之损失，必欲承受德人之旧有权利而后快。然德国既已战败，屈服于和议之下，则从前即无日人之行军，亦当放弃固有之权利，将胶济归还中国，宁必待日人之占领乎？况日人固尝破坏我国之中立，乘机攫取，显违国际公法之惯例，所有牺牲，莫非自取，公法家固不应袒日也。中国专使之抗议，义所当然，而日人乃恃强而凌弱，英法亦欺弱而袒强，持公如威尔逊，尚不欲为不平之争，谁谓世界中尚有公理耶？国不竞亦陵，何国之为？我国人盍亟起反省，毋徒怨外人为也。

第一百零四回

两代表沪渎续议 众学生都下争哗

却说胶澳问题已由中国专使提出说帖，经法、美、英三国申议，仍不能使日本让步，反教日本自由处置，中国专使陆征祥等不得不再行抗议，词意如下：

按德人之占据山东权利，始于一八九七年。当时普鲁士武人，借口小故，强迫中国让与，显系一种侵犯手段，华人至今不忘此耻。今三大国若以此项权利移让于日，是承认侵犯手段为正当矣。况日本在南满与蒙古东部，业已十分猖獗，今若加以山东为日所有，则日本可在北京出口之水道，即直隶海湾之两岸，巩固其地位。且得霸据直达北京之三大路线，从此北京将为日本势力所环绕，不亦大可惧乎？

中国于一九一七年向德、奥宣战，加入协约，所有中国与德、奥前订各约一律取消，然则德国权利当然归还中国。且中国之宣战，曾经协约及公同作战各国政府正式承认。及今三国大会议解决胶州与山东问题，反将前属于德人之权利让给日本，由此可见大会议所让给与日本之权利，在今日已非德人所有，乃纯粹之中国权利。且中国亦协约之一，并非一敌国；中国在协约中，固较懦弱，但总不能以敌国待之。抑有进者，山东为中国之圣地，孔、孟之教深入人心，我中国人视山东为文化之发祥地，焉肯轻让于外人？至于三大国会议，既有归还中国之意，何以第一步必将该地移让与一外国，然后由该外国自愿，再将该地归还原主？此种重叠手续，不知何所根据？代表等早知日本之要求，系根据一九一五年之中日条约及一九一八年之交换文件。但一九一五年时，中国所以签约者，实为强权所迫，世人常忆日本提出哀的美敦书，强迫中国承认二十一条要求，否则大战立见于东亚。再一九一八年之交换文件，乃因日本允许撤退山东内地之日兵，并取销各民政署。代表等亦知三大国所以议定如此解决者，实以英法曾于一九一五年二月三日，允许日本在和会席上，助其夺得德人在山东之权利。然当时此等密约，双方订结，中国并未加入。其后协约国劝中国参战，亦未曾将密约内容预先通告。及中国于加入协约之后，直至今日战争了结，和约告成，中国反为各大国之商议品与抵偿品，其何以堪？

或曰：大会议之认可日本要求，乃所以保全国际同盟也。中国岂不知为此而有所牺牲？但中有不能已于言者，大会何以不令一强固之日本放弃其要求，（其要求之起点，乃为侵犯土地。）而反令一软弱之中国牺牲其主权？代表等敢言曰：此种解决方法，不论何方面提出，中国人民闻之，必大失望，大愤怒。当意大利为阜姆决裂，大会议且为之坚持到底，然则中国之提出山东问题，各大国反不表同情乎？要知山东问题，关于四万万人民未来之幸福，而远东之和平与利益皆系于是也。

这一篇抗议书，比前次较为激烈，也是由中国专使陆征祥等情不能忍，不得已有此文牒，为声明公理起见。无如世界中只论强弱，不论公道，任你舌敝唇焦，总敌不过强邻气焰，日本专使只付诸不睬，英、法、美各国也袖手旁观，怎能如意国专使，为了阜姆问题退出和会，几至决裂？后来仍由英、法、美三国代表请意国代表再入和会，曲为调停，可见得中华积弱，事事逊人，为什么军阀政客，不思协力图强，尽管争权夺利，内讧不休哩？虽有晨钟，唤不醒军人痴梦，奈何？

即如上海南北和议，自从南方代表唐绍仪宣言中止，停顿至一月有余。江苏督军李纯苦心调护，提出办法五条，请令双方允准。见前回。唐代表尚因未得陕省确闻，逐日延宕。嗣经张瑞玑入陕报告，谓已确实停战，江督李纯又邀同鄂、赣二省，迭电敦促。甚至上海五十三公团联成一气，催迫南北总代表等，赶紧议定和局，方可一致对外。于是南方诸代表也为环境所逼，未便再行停顿，乃于四月四日间，在唐总代表寓宅内自开紧急会议，决定和议再开，函告北方总代表朱启钤等，约七日起继续开谈。朱总代表当然照允。

到了四月七日，两总代表及各代表又复齐集，先开谈话会，核定会议程序，至晚未毕。越日，又复续核，大致粗了。代表中或主张扃门会议，免得人多语庞，徒滋纷扰，北代表多数赞成，惟南代表却多数反对。结果是双方协议，虽不必定要扃门，但除代表以外，闲人不得擅入。门外委警察严加逻守，慎重关防。自四月九日正式开议，南北代表均将全部议题提出，互相讨论。当时各守秘密，未曾宣布。嗣逐日审查，集议了好几日，惹得上海一般社会，统想探听会议消息是否就绪，怎奈会中讳莫如深，无从察悉。但据各通信社特别传闻，只说南代表所提，计十三项，另附悬案六项，北代表所提计大纲两项，节目八项，讨论结局，双方议题，并作国会、军政、财政、政治、善后、未决等六项。究竟一切底细，无人能详，所有谣传，无非捕风捉影，想象模糊呢。

延至五月初上，尚没有什么确闻，大众诧为异事。公事不妨公言，何必守此秘密。忽由都中传出警电，乃是各校学生，为了巴黎和会中的山东问题大起喧哗，演成一种愤激手段，对付那亲日派曹、章、陆三人。就中详情，应该表白一番。从前中日各种合同多经曹、章、陆三人署名，海内人士已共目他为汉奸。就是留学日本诸学生亦极力反对章宗祥。此次巴黎会议，中国专使陆徵祥等赴欧，道过日本，日人即向章问明陆意，章曾夸口道："陆与我素来莫逆，谅不至有何梗议哩。"日人满意而去。哪知徵祥去后，政府又续遣委员数人，如王正廷、顾维钧等轮流出席，在巴黎会议中，极力反抗山东问题，且致章与日本所订之山东两路合同，即济顺及高徐两路。亦遭打击。章恐无词对日，乃暗与曹汝霖通信，拟运动政府，召回顾、王，自去代充委员。曹得信后，即力为设法，并召章回国，章便拟起程西归。偏被上海《时事新报》，及东京《时事新闻》探悉密情，骤然登出。留日诸中国学生激起公愤，即欲发电攻章。因日本电报局不肯代拍，乃邮致上海各报馆、各机关、各团体，请他宣布，略云：

　　顷据上海《时事新报》，及东京《时事新闻》载，章宗祥此次回国，入长外交，出席巴黎和平会议，改善中日和会关系，同人闻之，不胜骇异。章宗祥自使日以来，种种卖国行为，罄竹难书。幸今日暴德已倒，强权屈服，正义人道，风靡全球，吾大中华民国全体国民，方期于欧洲和平大会，战胜恶魔，一雪国耻。苟两报所载不虚，则是我政府受日奴运动，倒行逆施，以卖国专家充外交总长兼欧洲和平会议代表，势非卖尽中国不止。同人一息尚存，极力反对，并将颈血溅之。贵报、贵机关、贵团体素来仗义敢言，众所共仰，伏乞唤起舆论，一致反对，庶么么小丑，不容于光天化日之下，俾东方德意志，亦得受最后之裁判。中华民国幸甚，世界和平幸甚。

上海各报馆依电照登，曹、章两人的密谋，越致揭露。章经此一阻，又欲逗留。适政府已传电促归，暂命参事官庄景珂代理，章不得不行。且默思到了京都，总有良法可图，乃收拾行李启程归国。至东京中央新桥车站，将挈爱妻陈氏登车，突有留学生数十人跟跄前来，趋近章前伴为送行，随口质问，历数章在任时，经手若干借款，订立若干密约，究有多少卖国钱带了回去？章宗祥连忙摇首，极口抵赖。无如留学生不肯容情，竟起而攻，好似鸣鼓一般。章虽脸皮老厚，也不禁面红颈赤无词可答。*难免天良发现。*幸亏日警从旁排解，方将一对好夫妇送入车中。留学生尚在后大呼道："章公使！章宗祥，汝欲卖国，何不卖妻？"*妙语。*

章妻陈氏听了此言，更不觉愧愤交并，粉脸上现出红云，盈盈欲泪，只因车中行客甚多，未便发作，没奈何隐忍不发。及车至神户，舍陆乘船，官舱内分门别户，彼此相隔。陈氏彦安怀着满腔郁愤，不由的发泄出来，口口声声怨及乃夫。章宗祥任她吵闹，置诸不答。陈氏且泣且詈道："我父母生了我身，本是一个清白女子，不幸嫁与了汝，受人污辱，汝想是该不该呢？"*欲免人污，何如不嫁。*章至此亦忍耐不住，反唇相讥道："人家同我瞎闹，还无足怪，难道汝为我妻，也来同我胡闹么？"陈氏道："汝究竟卖国不卖国？"宗祥道："汝不必问我。就使我是卖国，所得回扣，汝亦享用不少，何必多言。"*不啻自招。*陈氏尚唠唠叨叨的说了半夜，方才无声，但已为同船客人约略听闻。及船已抵岸，陈氏面上尚有愠色，悻悻上车去了。

章既入京，遂与曹汝霖、陆宗舆等私下商议，还想调动顾、王，一意联日。相传曹汝霖计划尤良，竟欲施用美人计，往饵顾维钧。顾元配唐氏，即南方总代表唐绍仪女，适已病殁，尚未续娶，曹家有妹待字，汝霖因思许嫁维钧，借妹力笼络。或云系曹女。可巧梁启超出洋游历，即由曹浼梁作伐，与顾说合。梁依言，至法急晤顾氏，极言："曹家小妹，貌可倾城，才更山积，如肯与缔姻，愿出五十万金作为妆奁。"顾本来与曹异趋，听到"美人金钱"四字，也觉得情为所迷，愿从婚约。当时中外哗传，谓顾已加入亲日派，与曹女订婚。究竟后来是否如梁所言得谐好事，小子也无从探悉，不过照有闻必录的通例，直书所闻罢了。

已而留日学生界中，复有一篇声讨卖国贼电文，传达海内，原电如下：

欧洲议和大会，为我国生死存亡所关，凡我国人，应如何同心协力，共挽国权，乃专使方争胜于域外，而权奸作祟于国中，旬日以来，卖国之谋，进行益力。曹汝霖、陆宗舆、章宗祥、徐树铮、靳云鹏等狼狈为奸，甘心媚日，迹其迩来所为罪状，足以制国家之死命，约有二端，而以往之借款借械，卖路卖矿不计焉。略陈如下，冀共声讨。

一曰掣专使之肘以媚日也。此次我国所派专使，尚能不辱国命力争，日本因之大怀疑忌，始则用威吓手段，冀制顾、王之发言，继则行利诱主义，贿通曹、陆之内应。且使章宗祥回国运动，入长外交，以掣专使之肘。并预先商议改窜已订之中日秘约，以掩中外耳目，而彼诸贼，甘为虎伥。章氏既奉命西归，曹、陆更效忠维谨，日前竟请当局电饬专使，对日让步。夫中日之利害，极端相反，世所共知。吾国往日所被夺于日本之权利，方期挽救于坛坫。而乃遇事退让，自甘屈服，岂非承认日本之霸权、而欲自侪于朝鲜乎？卖国之罪，夫岂容诛？此其罪状一。

二曰借边防之名以亲日也。年来北方军阀之跋扈横行，皆由徐树铮、靳云鹏等亲日政策之所致，举国权以易外款，杀同胞几如草芥。全国父老，疾首痛心，而若辈迄无悔祸之意。近且大肆阴谋，借边防为名，欲将参战军扩为九师十六混成旅，而与日人实行军械同盟，将各省铁路及兵工厂抵借日款，并聘日人为教练官及技师。种种企图，无非欲达其武力统一之目的。无论世界潮流趋向和平，此等背逆时势之举，有百害而无一利。即使果如诸贼计划，有万一之效，而军队训练之权已操诸日人，兵器制造之厂已属于敌国，我国家尚能保其独立耶？恐德人利用土耳其之故事，将复见于远东。二次大战，此其导火。既恣恶于现在，复贻祸于将来，诸贼之肉，其足食乎？此其罪状二。

凡兹二事，仅举大端，其他违法不轨之行，谅为国人所共睹。

同人等游学以来，鲜问内政，惟事涉对外，有损国权，则笔伐口诛，不遗余力。矧诸贼近日卖国之罪，彰明较著，良心所逼，安敢缄默。用特举其事实，诉诸国人，所望全国父老昆季，速筹对待国贼之法，安内攘外，咸系乎此。盖共和国家，民为主体，朝有奸人，而野无志士，将见国家遂即沦亡，而国民无力之讥，永蒙羞于历史矣。

为这一电，激起北京学生的公愤，纷纷聚议，计在严拒卖国贼，并保全青岛领土权。当由北京大学发起，即于五月三日下午召集本校学生全体会议。先是北京各学校已互相商议，定期在五月七日国耻纪念，会集天安门为人示威的运动，旋接得留学生通电，并闻青岛问题将让归日本，乃急不暇待，就由北京大学为首倡，群集法科大礼堂，会议进行办法四条：（一）是联合各界，一致力争。（二）是通电巴黎专使，坚持不签字。（三）是通电各省，于五月七日国耻纪念，举行游街示威运动。（四）是决定星期日即四日，齐集天安门，举行学界之大示威。当下有几个资格较深的学生，登台演说，慷慨激昂，声泪俱下。就中有法科学生谢绍敏悲愤填胸，竟勃然登台，用中指放入口内，将牙一咬，指破血流，当即扯碎衣襟，取指血书成四大字，揭示大众。众目睽睽，望将过去，乃是"还我青岛"一语。彼此越加感动，鼓掌声、万岁声相继迭起，表现一种凄凉悲壮的气象。

嗣又遍发传单，知照各校，与约翌日上午，邀请各校代表借法政专门学校为会议场，集议进行办法。各校接着传单，无不赞成。转眼间已隔一宵，法政专门学校已腾出临时会所，专候各校代表到来。霎时间各校代表联翩趋至，共计得数十人。学校亦约十数，校名列后：

　　　北京大学　法政专门学校　高等师范学校　中国大学
　　朝阳大学　工业专门学校　警官学校　农业学校　汇文大学　铁路管理学校　医学专门学校　税务学校　民国大学

数校代表齐集，当场会议，如何演说，如何散布旗帜，如何经过各使馆表示请求，如何到曹汝霖住宅与他力争。一面预定秩序，各守纪律。至日将晌午，已经议毕，随即分头散去，赶制小白旗，且约下午二时，至天安门会齐。未几已是午后，天安门桥南，先竖起一张大白旗来，上书一联语云：

卖国求荣，早知曹瞒遗种碑无字。

倾心媚外，不期章惇余孽死有头。

末行又写着一二十字，乃是"北京学界挽卖国贼曹汝霖、章宗祥遗臭千古"。这一张大旗下面，又有小白旗数十面，旗上写着或为"取消二十一款"，或为"誓死力争"，或为"保我主权"，或为"勿作五分钟爱国心"，或为"争回青岛方罢休"，或为"宁为玉碎，勿为瓦全"，或为"头可断，青岛不可失"。种种字样，不可胜纪。就是谢绍敏的"还我青岛"的血书，也悬挂在内。还有一班小学生站立道旁，手中都高执白旗，大小不一，有用布质，有用纸质。旗上所书，无非是"卖国贼曹汝霖""卖国贼章宗祥"，小子有诗为证道：

甘将领土赠东邻，卖国奸徒太不仁。

莫怪青年多越俎，兴亡原系匹夫身。

各校学生，陆续驰集，差不多有三千人。欲知众学生行止如何，待至下回再表。

内地有上海之和议，外洋有巴黎之和会，全球人士，各有厌战求和之思想。而我国武夫，乃多以挑衅为得计，不愿言和，是何肺肠，甘令兵民之送死乎？上海和议，停顿至一月有余，重以环境之敦促，勉强续议。所有议案，各守秘密，识者已虑其不足示诚，无能为役矣。至若章、曹之一意亲日，为虎作伥，虽未必如传闻之甚，而作奸牟利，见好强邻，要不得谓其真无此事也。留日诸学界及北京各校学生，或传电，或集会，奔走呼号，代鸣不平，人心未死，民气

犹存，吾国之所以不亡者，赖有此耳。然徒争一时之
意气，未能为最后之维持，宁非即五分钟之爱国心
耶？学生勉乎哉！

第一百零五回

遭旁殴章宗祥受伤　逾后垣曹汝霖奔命

却说各学生齐集天安门，总数不下三千人，当由学生界推出代表，对众宣言，主张青岛问题坚持到底，决不忍为汉奸所卖。文云：

嗚呼国民！我最亲爱最敬佩最有血性之同胞！我等含冤受辱，忍痛被垢于日本人之密约危条，以及朝夕企祷之山东问题、青岛归还问题，今日已由五国共管，降而为中日直接交涉之提议矣。噩耗传来，天暗无色。夫和议正开，我等之所希冀所庆祝者，岂不曰世界中有正义、有人道、有公理、归还青岛，取消中日密约，军事协定，以及其他不平等之条约。公理也，即正义也。背公理而逞强权，将我之土地由五国共管，侪我于战败国如德、奥之列，非公理，非正义也。今又显然背弃山东问题，由我与日本直接交涉。夫日本，虎狼也，既能以一纸空文，窃掠我二十一条之美利，则我与之交涉，简言之是断送耳，是亡青岛耳，是亡山东耳。夫山东北扼燕、晋，南控鄂、宁，当京汉、津浦两路之冲，实南北之咽喉关键。山东亡，是中国亡矣。我同胞处此大地，有此山河，岂能目睹此强暴之欺凌我，压迫我，奴隶我，牛马我，而不作万死一生之呼救乎？

法之于亚鲁撒、劳连两州也，曰："不得之，毋宁死。"意之于亚得利亚海峡之小地也，曰："不得之，毋宁死。"朝鲜之谋独立也，曰："不得之，毋宁死。"夫至于国家存亡，土地割裂，问题吃紧之时，而其民犹不能下一大决心，作最后之愤救者，则是二十世纪之贱种，无可语于人类者矣。我同胞有不忍于奴隶牛马之痛苦，亟欲奔救之者乎？则开国民大会，露天演说，通电坚持，为今日之要着。至有甘心卖国，肆意通奸者，则最后之对付，手枪炸弹是赖矣。危机一发，幸共图之！

宣言书既经晓示，复有学生部干事数人，分发传单，见人辄给。传单上面写着：

现在日本在万国和会，要求并吞青岛，管理山东一切权利，就要成功了，他们的外交大胜利了，我们的外交大失败了。山东大势一去，就是破坏中国的领土，中国的领土破坏，中国就亡了。所以我们学界，今天排队到各公使馆去，要求各国出来维持公理，务望全国工商各界，一律起来，设法开国民大会，外争主权，内除国贼。中国存亡，就在此一举了。今与全国同胞立两个信条道：中国的土地，可以征服，而不可以断送。中国的人民，可以杀戮，而不可以低头。国亡了，同胞起来呀！

这项传单多至数万张，一半被沿途巡警拦截了去，口中说是代为散布，其实是到手即扯，撕毁了事。京师警察总监吴炳湘，得着学生暴动消息，急忙调派警队，到场弹压。就是教育部亦派出司员劝阻学生，嘱勿轻举，诸事有部中主张，当代众学生办理等语。如骗小儿。众学生哪里肯信，尽管照上午议案，自由行动。当下整顿队伍，拟赴东交民巷，往见各国驻京公使，请求协助中国，争还青岛。这也是无聊之极思。教育部代表又向学生劝解，谓："事先未曾通知使馆，恐不能在使馆界内通行，尔等不如暂先归校，举出代表数人，方可往见外使。"学生团听了，又不肯认可，仍然向东前进。嗣由警察总监吴炳湘坐了一部摩托车，亲来拦阻，口中所说，不外老生常谈，各学生全然不睬，反且踊跃前进，直向东交民巷。炳湘见他人多势盛，也不便自犯众怒，只好眼睁睁的由他过去。

学生团拥入东交民巷，至美国使馆前排队伫立，特举罗家伦等四人为代表，进谒美使。适美使不在馆中，当有通事出来，问明意见，罗家伦略述情由，通事答称"今日礼拜，各公使俱不在馆，诸君爱国热诚当代向美公使转陈"云云。罗家伦等鞠躬道谢，并取出意见书交给了他，然后退出，转往英、法各使馆。果然各公使均已他出，无由进见，惟将意见书递交，随即行过日本使馆，突遇日本卫役前来索取中政府护照，方准通行。偏是他来出头。学生团无可对付，又不便违法径行，乃由东向北改道他往，穿过了长安街及崇文门大街，竟赴东城赵家楼。

走至曹汝霖住宅，将抵门前，学生团全体大呼，统称"卖国贼曹汝霖，速来见我！"这声浪传入门中，司阍人当然惊惶，立将双扉掩住。附近警士不得不为曹部长帮忙，奔集数十名，环门代守。学生团既已踵门，当然上前叩击。警士当场拦阻，哪里压得住学生锐气，两语不合，便起冲突。警士寡不敌众，也属无能为力。各学生绕屋环行，见屋后有窗数扇，统用玻璃遮住，当即拾起地上砖石，飞掷进去。砰砰硼硼，响了好几声，已将玻璃尽行击碎，留出窗隙，趁势抛入卖国旗，或把白旗纷投屋上，变成一片白色。惟叩门各学生，尚在门前乱敲乱呼，好多时不见开门。

　　学生正拟另想别法，蓦听一声响亮，门竟大启。这是曹氏心计，请看下文便知。学生团乘势直入，鱼贯而进，到了前面大厅，呼曹出见。待了片刻，并没有一人出来，环顾左右，也不见有曹氏仆役，惟厅上摆设整齐，所陈桌椅，多是红木紫檀制成，学生兔不得动怒，一齐喧声道："这都是卖国贼的回扣，得了若干昧心钱，制成这般物件，看汝卖国贼能享受几时！"道言未绝，已有数学生搬动桌椅，抛掷出外，一动百动，顿将厅上陈设，毁坏多件。厅旁有一甬道，学生即循道再进，里面乃是曹家花园，时正初夏，日暖风和，园内花木争荣，红绿相间，却似一座小洞天；并有汽车两辆摆着，益触众怒，七手八脚，打毁汽车，又将花木折损数株，再向里面闯入。

　　里面系是内厅，有几个东洋人士与一面团团的东洋装的中国人，怡然坐着，好像没事一般。学生皆趋前审视，有几个指着面团团的人物，顾语同侪道："他就是章宗祥。"到此尚靠着日人么？一语甫毕，即由众学生拥入，向章理论道："你就是章公使吗？久仰久仰。但问你是东洋人还是中国人，为什么甘心卖国，愿作日奴？"章宗祥尚未及答，旁座的日本人，已起视学生，现出一副愤怒的面孔，非常难看。学生俱勃然道："章宗祥，你敢是请他来保驾么？你不要外人保驾，究竟是我中国官长，我等学生只好向你起敬；你今要仰仗外人，明明是个卖国贼了，我等不好犯中国官，只不肯容你卖国贼。"章宗祥到了此时，尚自恃有日人保护，奋然起座道："你等读书明理，为何纠众作乱？"说到"乱"字，便听得众声嘈杂，起初是一片卖国贼骂声，入后只熔成一个"打"字，"打打打"，竟由几个手快的学生，举起拳头，攒击过去。章宗祥无法挣脱，饱受了一顿老拳。数日人慌忙遮拦，左拥右护，始得将章扶往后面，寻门出奔。究竟是靠着外人得逃性命。众学生因有外人在侧，究不好任人殴击，惹起外交，因即放章走脱，自去寻觅曹汝霖。四处找到，并无曹汝霖踪迹，只有曹妾一人，躲在内房，此外不过妇女数名，统已吓得浑身发颤，面如土色。学生见纯是女流，不便相逼，唯见有宝贵什物，统说他是民脂民膏，不容卖国贼享受，乃随意毁坏几具。俄而吴炳湘进来，指挥警官，接出曹妾并妇女数人，上了摩托车，由巡警武装卫护，奔向陆宗舆家。

陆为汇业银行经理，该行与日人品股同开，本在东交民巷使馆界内，所以陆氏家眷，亦住居东交民巷，学生不能往闹，陆得逍遥自在，置身事外。曹家妾已饱受虚惊，幸得吴总监将她救出，登车避难，玉貌花容，已是委顿得很。不意行至半途，将入东交民巷，突被外国巡警拦住，叫她卸装，惹得曹家妾又吃了一惊，还道要她褪去衣饰，半晌答不出话来。外人并不姓曹，叫你褪去什么衣饰？及见护卫的巡士卸除武装，外国巡警才让她过去，得至陆家。看官听着！外国使馆界内，向由外人定例，汽车行驶，不许过快，又不许军警武装，百忙中的吴炳湘忘记嘱咐，巡士亦恃有主命，以为无妨，哪知外人不肯少容，徒剥去吴总监的面子，更把那曹家宠姬惊上加惊，这都由曹汝霖一人惹出这番孽障呢。

学生寻不出曹汝霖，便拟整队退出，忽见曹宅里面，烟雾迷蒙，火光迸射，也不知为何因，但顾着自己同侪，陆续出外。外面已是军警麇集，扑入救火，并对着学生发放空枪，学生也觉着忙，冲出曹氏大门，分头归校。就中有年尚幼弱、不能速走的学生，如易克嶷、曹允、许德珩等十九人，竟被巡警抓去，拘入警察厅。及各学生回校后，自行检点，北京大学失去最多，十九人中竟居大半，于是同侪愤激，又至法科大礼堂续开会议，要去保那数人出来。校长蔡元培亦到。当由学生报告经过情形，略谓"学生虽感动义愤，举止未免卤莽，若云犯法，学生实不甘承受，警察擅自捕人，殊属无礼。况曹、章两人受此挫折，未必干休，既与日本人勾结，又与军阀派有密切关系，必要借着外人压迫，与军队蛮横，罪我无辜学生，纳入刑网，恐被捕去的同学将遭毒手，务请校长设法保全"云云。蔡校长亦不免踌躇。各学生或从旁计议，谓："不若齐赴警察厅，与他交涉。"蔡校长摇首道："这却不必。学生既非无礼，警察厅亦不能盲从权阀，违背公理，汝等且少安毋躁，待我往警察厅探明确信，极力转圜便了。"言毕，便出门自去。

　　小子叙到此处，应该将曹汝霖的踪迹交代明白。阅者亦极待问明。汝霖本在家中与章宗祥等密室叙谈，骤闻学生到来，呼喊声震动内外，料知来势不佳，难以排解，先令门役将大门阖住，暂堵凶锋，一面入探后门，拟从屋后逸出。偏后面已环绕学生，掷碎玻璃窗，投入小白旗，势更汹汹，势难轻出。他不禁暗暗着急，眉头一皱，计上心来，索性开了前门！放入学生，免得他管住后门，以便乘机逃逸。且内客厅有章宗祥及日人数名坐着，乐得借他做了挡牌，自己好从容出走。计划已定，如法办理。及学生团已入前门，陆续闯进，随意捣毁，风头很是凶猛，遂欲挈着家眷，越出后门，又恐后门外，尚有学生阻住，不得已择一短墙，为逾垣计。可奈生平未习武技，不善跳墙，此次顾命要紧，勉强一试，毕竟跳法不妙，把腿摔伤，幸由家人依次越出，忙为扶掖，始得忍痛跛行。踯躅数十步，得着骡车一辆，奔往六国饭店中去了。曹姜不能跳墙，只好返入房中暂时躲避。至学生殴伤章宗祥，章由日人保护，逃出曹宅后门送往日华医院疗治。惟曹宅起火原因，言人人殊，或说是由学生放火，或说是学生击碎电灯溜电所致，或说是曹宅家人自行放火，希图抢掠财物，或说由曹汝霖出走时授意家人，令他择地纵火，既可架诬学生罪名，复可借此号召军警赶散学生。究竟如何详情，小子也无从臆断。但自起火以后，曹宅附近的东堂子胡同及石大人胡同一带，人山人海，拥挤不堪，一时保安警察队、步军游击队、消防队、各救火会等纷纷驰往保卫，不到片时，火即停息。可知非由学生所为。学生团不得不走，巡警乘他解散，捕去了十九人，这也好算是一场大风潮了。此段说明，万不能省。

且说章宗祥到了医院，又气又痛，又愧又悔，好似哑子吃黄连，说不出的苦楚。他自日本归来，既受留学生的揶揄，复遭乃妻陈氏的吵闹，心中已很是不乐；抵天津时，陈氏尚与翻脸，不愿随入京师，故将家属安顿津门，乃妻不遭人殴，幸有此着。独自至京，暂寓总布胡同魏某住宅。连日忙碌得很，既要与曹、陆等密商隐情，复要应酬一班老朋友，正是往来不停，几无暇晷。五月四日，适应故人董康的邀请，作赏花会，因赴法源寺董家，与同午宴，宴毕作别。日长未暮，途次又得传闻，谓各校学生有大会等情，因即顺道至赵家楼进见曹汝霖，商议抵制学潮方法。适有日本人在座，与曹互谈，彼此很是心照，正好加入席间共同讨论，不意冤冤相凑，偏来了许多学生团，饷给老拳，竟代曹汝霖受罪。汝霖潜逸，自己替晦，害得头青面肿，腰酸背痛，白吃了一种眼前亏，教他如何不恨？如何不悔？旁人见他神志昏迷，不省人事，还道是身负重伤，已经晕厥，实在是满怀委屈，气到发昏第十二章，因致肝阳上升，痰迷心窍，好医案。好一歇才见活动；又经医生施用药物，外敷内服，渐渐的回复原状，清醒起来。当下有许多友人，入院探疾，宗祥对着几个好友，托他将被殴情节，呈报中央，且抚榻叹息道："中国近年以来累借外债，岂止我章姓一人经手？而且主张借债，自有总统、总理负责，我不过代为帮忙，怎得遂指我为卖国？但我平心自问，亦略有过处。我以为段合肥等挟着武力政策，定能统一全国，所以热心借债，甘任劳怨，哪知一班武夫拿钱不做事，除正饷外，今日要求开拔费若干,明日要求特别费若干,外款随借随尽,国家仍不能统一,遂至酿成今日的祸祟。讲到远因,实是武人所赐。若欲据事定罪,亦应由武人居首,为何各校学生,不去寻着浪用金钱的武夫,反来寻着手无寸铁的章某?岂非一大冤枉吗?"说到此句,两眼中含着泪痕,几乎堕下。诸好友连忙劝慰,宗祥又徐说道:"这乃是我料事不明,误认武夫为有为,致遭此报。现在我已决意隐退了,是非曲直,待诸公论罢!"语亦近是,但不去经手借款,如何得着回扣,恐一念知悔,转念又不如是了。诸好友仍劝他静养,俟呈报政府外,自当严惩学生,代为泄忿。彼此解劝多时才各退出,替他呈诉去了。

还有奔往六国饭店的曹汝霖亦因腿伤待医,移居日本同仁医院。当时即令部中僚属将学生毁家纵火、殴人伤捕等情叙述了一大篇,缮作两份,分递总统府及国务院。就是警察总监吴炳湘亦早已呈报内务部,由内务部转达总统府中。这一番有分教:

才知众怒原难犯,到底汉奸应受灾。

欲看徐政府办法如何,待至下回续叙。

观北京学生团之暴动,不可谓其无理取闹。章、曹诸人之专借外款,自丧主权,安得诿为非罪?微学团之群起而攻之,则媚外者且踵起未已,既得见好于武人,复得自肥其私橐,何所惮而不为乎?惟毁物殴人,迹近卤莽,几致为曹、章所借口,砌词架诬;起火一节,未得确音,但必谓学生所为,实未足信。学生第执小白旗,并未随带火具,何有纵火情事?溜电一说,较为近理耳。曹汝霖得以潜逃,章宗祥独至遭殴，而陆宗舆且逍遥无事，我亦当为章仲和代呼晦气。然章固一局中人，受殴亦不枉也，哓哓自讼，亦何益哉？

第一百零六回

春申江激动诸团体　日本国殴辱留学生

却说徐总统迭接呈文，也知舆情愤激，罪有攸归。但曹宅被毁、章氏受伤，似觉学生所为未免过甚，一时不便为左右祖，独想出一条绝妙的通令来，便即颁发出去。令云：

> 北京大学等校学生纠众集会、纵火伤人一事，方事之始，曾传令京师警察厅调派警队妥为防护，乃未能即时制止，以致酿成纵火伤人情事。迨经警察总监吴炳湘，亲往指挥，始行逮捕解散。该总监事前调度失宜，殊属疏误，所派出之警察人员防范无方，有负职守，着即由该总监查取职名，呈候惩戒。首都重地，中外具瞻，秩序安宁，至关重要。该总监职责所在，务当督率所属，切实防弭，以保公安。倘再有借名纠众，扰乱秩序，不服弹压者，着即依法逮捕惩办，勿稍疏弛！此令。

这道命令，既不为曹、章伸冤，又不向学生加责，反把那警察总监吴炳湘训斥数语，更要惩戒几个警察人员。徐总统实是使乖，故意下此命令，诿过到警察身上，免得双方更增恶感。哪知吴炳湘不肯任咎，又将学生如何滋扰，不服警察拦阻，明明是咎在学生，不在警察，申请内务部转达总统，严办学生云云。再经曹、章等一班好友也替曹、章历陈冤情，请政府依法惩办学生，逼得徐总统无乖可使，只得再下一令道：

> 据内务总长钱能训，转据京师警察厅总监吴炳湘呈
> 称："本月四日，有北京大学等十三校学生约三千余名，
> 手持白旗，陆续到天安门前齐集，议定列队游行，先至东
> 交民巷西口，经使馆巡捕拦阻，遂至交通总长曹汝霖住
> 宅，持砖掷瓦，执木殴人。兵警拦阻，均置不理。嗣将临
> 街后窗击破，蜂拥而入，砸毁什物，燃烧房屋，驻日公使
> 章宗祥，被其攒殴，伤势甚重；并殴击保安队兵，亦受有
> 重伤。经当场拿获滋事学生多名，由厅预审，送交法庭讯
> 办"等语。
>
> 学校之设，所以培养人材，为国家异日之用。在校各
> 生，方在青年，质性未定，自当专心学业，岂宜干涉政
> 治，扰及公安？所有当场逮捕滋事之学生，即由该厅送交
> 法庭，依法办理。至京师为首善之区，各校学风，亟应力
> 求整饬，着该部查明此次滋事确情，呈候核办。并随时认
> 真督察，切实牖导，务使各率训诫，勉为成材，毋负国家
> 作育英髦之意！此令。

为这一令，又惹起学界风潮，不肯就此罢休。先是北京大
学校长蔡元培自往警察厅中保释学生。总监吴炳湘出见，却是
婉言相告"决不虐待学生，俟章公使病有起色，便当释出，
尽请放心"云云。蔡校长因即辞归，慰谕学生，宽心待着。及
炳湘受责，情有未甘，乃不得不加罪学生，为自己卸责地步。
既而通令颁下，着将逮捕学生，送交法庭惩办。北京大学诸学
生，当然要求蔡校长再向警察厅交涉。蔡校长又亲赴警察厅，
往复数次，俱由吴总监挡驾。于是蔡校长亦发起愤来，即提出
辞职书，离校出京。教育总长傅增湘亦因职任关系，呈请辞

职。曹汝霖得知消息，还道是傅、蔡两人袒护学生，也愤然提出辞呈，自愿去职。汇业银行经理陆宗舆，时正受任币制局总裁，与曹、章等通同一气，学生概目为卖国贼，所以彼亦连带辞职。各呈文俱递入总统府，徐总统不得不着人慰留。曹汝霖尚一再做作，欲提出二次辞呈，就是章宗祥伤势略痊，也愿辞归。甚至钱内阁俱被动摇，相继提出总辞职呈文。徐总统倒也失惊，尽把呈文却还，教他勉持大局。国务员始全体留住，姑作缓图。且住且住，莫使权位失去。

当时交通次长曾毓隽等本属段派范围，与曹、章共同携手，一闻学生闹事，即与陆宗舆联名，电邀徐树铮入京商量严惩的方法。小徐应召入都，察看政府及各方面形势，多半主张缓办，并亲见章氏伤势已经渐痊，所以不愿出头，免拂舆情。内阁总理钱能训，恐得罪段氏，独去拜访段祺瑞，请他出来组阁，段亦当面谢绝。他见徐东海主张和平，乐得让他去演做一台，看他能否达到目的，再作计较，因此置身局外，做一个冷眼旁观罢了。却是聪明。

五月七日，为民国四年日本强索二十一款的纪念日，国民或称"五九纪念"，便是此事。五七系日使递交最后通牒之日，五九乃袁政府签字之期。海内志士，吞声饮恨，此次青岛问题，又将被日人占据过去，再经北京学界风潮，相激相荡，传达各省，各省国民越加动愤，或开大会，或布传单，口讲笔书，无非说是外交失败情形，应该由国民一致奋兴，争回青岛。就中要算上海滩上尤为热闹，各团体、各学校、各商帮借上海县西门外公共体育场作为会址，特开国民大会。下午一时，但见赴会诸人奔集如蚁，会场可容万人，还是不够站立。场外南至斜桥，北至西门肇周路、民国路，统皆摩肩击毂，拥挤不堪。当场人数约有二万以上，学生最多，次为各团体，次为各商帮。会中干事员各手执白布旗一面，上书大字，字迹不同，意皆痛切，大约以"争还青岛""挽回国权""国民自决""讨卖国贼""誓死力争"诸语为最多。江苏省立第二师范学校本科学生钱翰柱,年甫十九,也仿北京学生谢绍敏成例,截破右手两指,沥血成书,就布旗上写明"还我青岛"四字,揭示会场。又有某校学生近百人,自成一队,人各一旗,旗上写着,统用成语,如:"时日曷丧"及"国人皆曰可杀"等类。又有一人胸前悬一白布,自颈至踵,大书"我是中国人"五字,手中高持国耻一册。种种形色,不能尽举。可惜中国人专务外观。开会时,众推江苏教育会副会长黄炎培为主席,登台演说,最紧要的数语,乃是:

> 今日何日,非吾国之国耻日乎?凡我国民,应尽吾雪耻之天职,并望勿为五分钟之热度,时过境迁,又复忘怀,则吾国真不救矣。望吾国民坚忍勿懈,为国努力!

说毕下台,再由留日学生救国团干事长王宏实报告开会宗旨,次由叶刚久、汪宪章、朱隐青、光明甫等相继演说,均极激昂。光明甫更谓:"目前要旨,在惩办卖国贼。"这语提出,台下拍掌声响彻屋瓦。时报名演说共有二十七人,有几人尚未及演说,主席因时间不早,报告演说中止,特宣示办法四条:

(一)电达欧洲和会我国专使,对于青岛问题,无论如何,必须力争,万不获已,则决不签字。

(二)电告英、美、法、意四国代表,陈述青岛不能为日有之理由,以我国对德宣战,本为划除武力主义,若以青岛付之日本,无异又在东方树一德国,非独中国受其祸,即世界各国之后患,亦正未有已。

(三)电致各省会、教育会、商会,请其一致电京,力争外交问题，营救被捕学生。

（四）由本日国民大会推代表赴南北和会，要求两总代表电京，请从速严惩卖国贼，释放学生。

预会诸人，听这四条办法，无不鼓掌赞成，且多愿全体整队，前往和会。主席乃对众宣告，全体出发。路过英、法租界，洋巡捕出来干涉，援照租界章程，谓"人数过多，必先通知捕房，领给牌照，方许通行，否则不能违章"云云。全体会员，被他一阻，不得不改推代表，赴和会请求两代表。惟有数校学生，必欲前往，与洋巡捕辩论再三，洋巡捕乃令收去旗帜，听他过去。直至和会门首，全数尚有四百余人，即由代表光明甫、彭介石、黄界民、郑浩然等入见，可巧南北两代表尚未散归，因即问明来意，随口与语道："我等已有急电，传达中央了。"说着，即各取出电稿一页，递示光明甫等，但见唐总代表电文云：

北京徐菊人先生鉴：顷得京耗，学生为山东问题，对于曹、陆、章诸人，示威运动，章仲和受伤特重，政府将拟学生死刑，解散大学。果尔，恐中国大乱从此始矣。窃意学生纯本爱国热诚，胸无党见，手无寸铁，即有过举，亦可原情。况今兹所争问题，当局能否严惩学生，了无愧怍？年来国事败坏，无论对内对外，纯为三五人之所把持，此天下之所积怨蕴怒，譬之堤水，必有大决之一日。自古刑赏失当，则游侠之风起，故欲罪人民之以武犯禁，必惩官吏之以文卖国，执事若不能以天下之心为心，分别泾渭，严行黜陟，更于学生示威之举，措置有所失当，星星之火，必且燎原，窃为此惧，不敢不告，幸熟裁之！

尚有朱总代表一电，乃是拍交国务院，文云：

> 钱总理鉴：北京大学等各校学生，闻因青岛问题，致有意外举动，为维持地方秩序计，自无可代为解说。惟青岛问题，现已动全国公愤，昨接山东省议会代表王者塾等来函请愿，今日和平会议，开正式会，已由双方总代表联名电致巴黎陆专使，暨各专使，代陈国民公意，请向和会力争，非达目的，不可签字，已将原电奉达。各校学生，本系青年，忽为爱国思潮所鼓荡，致有逾越常轨之行为，血气戾事，其情可悯。公本雅尚和平，还请将被捕之人，迅速分别从宽办理，以保持其爱国之精神，而告戒其过分之行动。为国家计，为该生计，实为两得之策。迫切陈词，伏惟采纳，不胜企祷之至！

光明甫等看罢，即向两总代表道："两公电旨，正与众意相同，足见爱国爱民的苦心。但鄙人等尚有一种要求，请两公特别注意！就是惩办卖国贼，最为目前要着。"朱总代表道："待转告北京政府便了。"光明甫复接入道："北京卖国党，国民断不承认他为政府，今国民所可承认，惟本处和议机关，所望出力帮助，就在和会诸公。况事关国家存亡，何能再分南北？愿诸公勿存南北意见！"唐总代表听了亦插口道："'卖国'两字，国人可言，如负有政治责任，却不便如此云云。试想有卖必有买，岂不多生纠葛？唐君亦畏木展儿么？光明甫又道："我等国民，但清内乱，并未牵涉外交。总之卖国贼不去，世界和会决无办法。"唐绍仪踌躇半晌，方徐徐道："这也不必拘牵文义，但说是行政人员，办法不当，即令去位，便足了事。"光明甫等齐答道："唐公谓不必拘名，未始不可，总教除去国贼便了。惟请两公从速办理！"朱唐两代表方各点首。光明甫等乃告别而退，出示大众，全体拍手，始各散会。

是晚国民大会筹备处，续开会议，召集各公团各学校代表，讨论日间未尽事宜，及将来对付方法。大众都说是："北京被捕学生，存亡难卜，应急设法营救，不如往见护军使卢永祥，要求电请释放学生。"各学校更存兔死狐悲的观念，主张尤力，统云："目的不达，即一律罢课。"此外，如改国民大会筹备处，为国民大会事务所，并推起草员，速拟宣言书，传示国民大会的宗旨。议决以后，时已夜半，共拟明日依议进行，定约而散。

古人有言："铜山西崩，洛钟东应。"这原是声响相感的原因，物且如此，人岂不如？内地各省，为了国耻纪念及青岛问题，集众开会，不甘默视。就是我国留学日本的学生，系怀故国，未忍沦胥，也迫成一腔公愤，应声如响。五月初上，留学生议择地开会，四觅会场，均被日本警察阻止。众情倍加愤激，改拟在我驻日使馆内开会，免得日人干涉。当时选派代表，往谒代理公使庄景珂，说明意见。庄颇有难色，惟当面不便驳斥，只好支吾对付。待代表去后，即通知日本报馆，否认留学生开会。

到了五月六日晚间，使馆内外，巡警宪兵，层层密布，仿佛如临大敌。留学生前往侦视，但听得使馆里面，笙箫激越，弦管悠扬，又复度出一种娇声，脆生生的动人耳鼓，是何情由？快乐至此。及问明究竟，乃是燕京名伶梅兰芳赴日卖艺，即由使馆中人延聘，令唱《天女散花》，侑酒娱宾，所以这般热闹。中国官吏，尚得谓有人心么？留学生得此报闻，无不叹恨，料知使馆开会一节，定难如愿，乃当夜改议，决定分队游行，向各国驻日公使馆中递送公理书。

待至天晓，留学生约集二千余人，析为二组，一从葵桥下车，一从三宅坂下车，整队进行。三宅坂一路，遇着日本巡警，胁令解散，各学生与他辩论，谓无碍治安举动，奈何见阻？当即举起白布大旗，上书"打破军国主义""维持永久和平""直接收回青岛""五七国耻纪念"等字样。日警欲上前夺旗，因留学生不肯照给，竟去会同马队截住去路，甚且拔剑狂挥，横加陵践。留学生冒死突出百余人，竟至英国使馆，进谒英代理大使。英使倒也温颜相见，且云"诸君热心国事，颇堪钦佩，我当代达敝国政府及巴黎讲和委员。惟诸君欲往见他国公使，当举代表前往，倘或人数过多，徒受日警干涉，有损无益"等语。留学生即将陈述书交出，别了英使，再往法国使馆。法使所言与英使略同。外人都尚优待，偏是同种同族，不肯相容。各学生又复辞出，时已为下午四时，因尚未知葵桥一路情形如何，特往日比谷公园相候。不意行至半途，又有日本军警杂沓前来，所有留学生的白布旗帜尽被夺取。龚姓学生持一国旗前行，亦为日警所夺，抵死不放。旁有学生吴英朗声语日警道："这是中华民国国旗，汝等怎得妄犯？"日警瞋目呵叱道："什么中华民国！"中国人听着！说着，复召同日警数十名攒击吴生，把他打倒，拳殴足踢，更用绳捆住两手，狂拖而去。还亏后队留学生，拼死赴救，猛力夺回。日警尚未肯干休，沿路殴逐，又被捕去数名。余众奔入中国青年会内，暂免陵轹，但已是不堪困惫了。

同时葵桥一路，先至美国使馆求见美使，美使适因抱病，未能面会，特令书记官出与接洽，亦许电达美国政府暨巴黎会议委员。学生辞退，转至瑞士公使馆，为日警所阻，不得入内，因即举出代表，入递意见书。复循行至俄使馆，俄使出语学生道："现在我国内乱方张，连巴黎和会中且未闻代表出席，本使对着诸君举动，也表同情，可惜力不从心，势难相助，但仍当就正义人道上极力主张，仰副诸君热望。"说罢，为之欷歔不已。彼亦得毋有同慨么？学生慨然辞退。到了馆外，统说是外国使馆尚许我等出入，同声赞成，独我国使馆，反闭门不纳，太没情理，我等非再至使馆一行不可。乃各向中国使馆折回，将至使馆前面，忽来了无数军警，马步蹀躞，刀剑森横，恶狠狠地奔向留学生前队，夺取国旗。执旗前导的是著名留学生山东人杜中，死力坚持，不肯放手。偏军警凶横得很，用十数人围住杜中，一面指挥众士蹂躏学生，把全队冲作数段。可怜杜中势孤力竭，被他击仆，不但国旗被夺，并且身受重伤，被他拘去。此外各学生不持寸铁，赤手空拳，怎能禁得住马蹄？受得起剑械？徒落得伤痕累累，气息奄奄。有一湖南小学生李敬安，年才十龄左右，身遭毒手，倒地垂危，虽经众力救出，已是九死一生。各学生遭此凶焰，不得不各自奔回，陆续趋入中国青年会馆，当由青年会干事马伯援代开一临时职员会，筹议办法，即派人赴代理公使庄景珂及留学生监督江庸处，请他提出此事，与日本政府交涉。哪知使人返报，统受了一碗闭门羹。小子有诗叹道：

> 闭门不顾国颠危，宦迹无非效诡随。
> 笑骂由他笑骂去，眼前容我好官为。

毕竟留学生如何自救，待至下回表明。

　　青岛问题，纯为弱肉强食之见端，各界奋起，求还青岛，虽未能执戈前驱，与东邻争一胜负，然有此人心，犹足为一发千钧之系。假令有良政府起，教之养之，使其配义与道，至大至刚，则他日干城之选，胥在于是。越王勾践之所以卒能沼吴者，由是道也。乃北京各校倡于前，上海各界踵于后，留学生复同时响应，为国家力争领土，而麻木不仁之政府，与夫行尸走肉之官吏，不能因势利导，曲为养成，反且漠视之，摧抑之，坐致有用之材，被人凌辱，窃恐志士灰心，英雄短气，大好河山，将随之而俱去也。读是回，殊不禁有深慨云。

第一百零七回

停会议拒绝苛条　徇外情颁行禁令

却说留学生遭了凌辱，欲诸驻日公使及留学生监督，出为维持，借泄众忿，偏庄、江两人置诸不理，好似胡越相视、无关痛痒一般，实恐得罪强邻。惹得众学生满腔怨愤，无处可泄。嗣由青年会干事马伯援，亲往日警署探问，共计学生被捕为三十六人，拘入麴町区警察署约二十三人，拘入日比谷警察署，约十一人，尚有二人受锢表町警察署。于是设法运动，得于次日午后六时，放还麴町区警署中二十三人，尚有十三人，未曾释出。日本各报反言留学生胡俊，用刀砍伤日警，不能无罪，所以日比谷警署中，拘有胡俊在内，应该移入东京监狱，照律定刑。留学生看着报语，当然大哗，一面登报辩护，一面再函诘庄公使及江监督，词极迫切。庄景珂、江庸方电达北京政府，自称制驭无方，有辞职意。假惺惺的做什么。

这消息传到上海，上海总会中，便复电慰勉，且决计不买日货，作为抵制。一经鼓吹，八方响应，就是广州人民，亦组织国民外交后援会，号召各界，于五月十一日大开会议，到会人数几至十万，比上海尤为踊跃，演说达数十万言，传单约数十万纸，结果是张旗列队，至军政府递请愿书，要求岑春煊、伍廷芳等力起与争。请愿书分三大纲：（一）宜取销二十一条件及国际一切不平等条件，直接收还青岛。（二）应循法严惩卖国贼。（三）请北方释放痛击卖国贼因此被逮的志士。岑、伍等极口应许，大众才各散归。既有了这番要请，遂山岑春煊等致电上海，使总代表唐绍仪提出和会严重交涉。上海和会中正彼此争论，凡各种条件审查，统有双方龃龉情事，相持已一月有余，再加入青岛问题，致生冲突，哪里还能融洽？唐绍仪即拟定八大条件，通告北方总代表朱启钤，作为议和纲要，条件列下：

（一）对于欧洲和会所拟山东问题条件，表示不承认。

（二）中日一切密约，宣布无效，并严惩当日订立密约关系之人，以谢国民。

（三）参战军、国防军、边防军，立即一律撤销。

（四）恶迹昭著，不协民情之督军省长，即予撤换。

（五）由和会宣布前总统黎元洪六年六月十三日解散国会令，完全无效。

（六）设政务会议，由和平会议推出全国负重望者组织之，议和条件之履行，由其监督，统一内阁之组织，由其同意。

（七）所有和会议决审查案，由政务会议审定之。

（八）北方果承认以上七条约款，悉数履行，则由和会承认徐世昌为大总统，执行职权，至国会选举正式总统之日为止。

看官试想！这八条要约与北方都有关碍，就使末条中有承认老徐字样，也只得为短期大总统，不能正式承受，多约半年，少约数月，还要受政务会议的节制，这等无名无望的总统，何人愿为？显见是南方作梗、强人所难哩。朱总代表启钤，不待电问政府，便即复绝，然后报告中央，声言辞职。就是唐总代表绍仪，亦向广东军政府辞职。广东军政府尚有复电留唐，独北京政府竟准朱启钤辞职，不再慰留，明令如下：

> 国步多艰，民生为重，和平统一，实今日救国之要
> 图。本大总统就任以来，屡经殚心商洽，始有上海会议之
> 举。其间群言淆杂，而政府持以毅力，喻以肫诚，所期早
> 日观成，稍慰海内喁喁之望。近据总代表朱启钤等电称：
> "唐绍仪等于十日提出条件八项，经正式会议，据理否认。
> 唐绍仪等即声明辞职，启钤力陈国家危迫情形，敦劝其从
> 容协商，未能容纳，会议已成停顿，无从应付进行，实负
> 委任，谨引咎辞职"等语。所提条件，外则牵涉邦交，内
> 则动摇国本，法理既多抵触，事实徒益纠纷，显失国人想
> 望统一之同情，殊非彼此促进和平之本旨。除由政府剀切
> 电商，撤回条议，续开会议外，因思沪议成立之初，几经
> 挫折，哓音瘏口，前事未忘，既由艰难擘划而来，各有黾
> 勉维持之责。在彼务为一偏之论，罔恤世棼，而政府毅力
> 肫诚，始终如一，断不欲和平曙光，由兹中绝，尤不使兵
> 争惨黩，再见国中。用以至诚恻怛之意，昭示于我国人。
> 　　须知均属中华，本无畛域，艰危夙共，休戚与同。苟
> 一日未底和平，则政治无自推行，人民益滋耗斁。甚至横
> 流不息，坐召沦胥，责有攸归，悔将奚及？所望周行群
> 彦，戮力同心，振导和平，促成统一。若一方所持成见，
> 终戾事情，则舆论自有至公，非当局不能容纳。若彼此同
> 以国家为重，凡筹虑所及，务期于法理有合，事实可行，
> 则政府自必一秉夙诚，力图斡济，来轸方遒，泯棼何极！
> 凡我国人，其共喻斯旨，勉策厥成焉！此令。

相传徐总统派遣朱启钤时，曾与启钤密约，除总统不再易
人外，余事俱有转圜余地，就使牺牲国会亦可磋商。玩这语

意，可知徐东海上台，虽由安福派拥他上去，但心中却暗忌安福，意欲借南方势力隐为牵制。朱氏受命至沪，果然南方总代表等有反对北京国会的论调，经朱氏传达徐意，许为通融，所以二次周旋，未闻将国会问题，互生争论。唯北方分代表方枢、汪有龄、江绍杰、刘恩格等统是安福系中人物，探知朱氏词旨，即电致北京本部，报告机密。安福派顿时大哗，众议院中的议员，几全受安福部卵翼，便即招请内阁总理钱能训出席质问。谓："朱虽受命为总代表，究竟是一行政委员资格，不能有解释法律的特权。国会系立法最高机关，总统且由此产出，内阁须由此通过，若没有国会，何有总统？何有内阁？今朱在上海，居然敢议及国会问题，真是怪事，莫非有人畀他特权不成？"这一席话，说得钱总理无言可答，只好把未曾预闻的套话，敷衍数句，便即退还，报知老徐。老徐已是焦烦，偏偏变端迭出，内外不宁，南方提出八项条件，又是严酷得很，简直无一可行。自知统一希望，万难办到，不如召还朱总代表等，另作后图。为下文派遣王揖唐张本。一面令国务院出面，召集参众两议院议员，商及青岛问题，应该如何办法。各议员当然说出不宜承认，应仍电令陆使力争，决勿签字。国务院俟议员别去，即有电文遍致各省云：

青岛问题，迭经电饬专使，坚持直接归还，并于欧美方面多方设法。嗣因日人一再抗议，协商方面，极力调停，先决议由五国暂收，又改为由日本以完全主权归还中国，但得继续一部分之经济权及特别居留地。政府以本旨未达，正在踌躇审议，近得陆使来电，谓："美国以日人抗争，英、法瞻顾，恐和会因之破裂，劝我审察；交还中国一语，亦未能加入条文。"但和约正文，陆使亦未阅及，尚俟续电。此事国人甚为注重，既未达最初目的，乃并无交还中国之规定，吾国断难承认。但若竟不签字，则于协商及国际联盟，种种关系，亦不无影响，故签字与否，颇难决定。

本日召集两院议员，开谈话会，佥以权衡利害，断难签字为辞。并谓："未经签字，尚可谋一事后之补救。否则铸成定案，即前此由日交还之宣言，亦恐因此摇动。"讨论结果，众论一致，现拟以此问题，正式提交国会，一面电嘱陆使暂缓签字。事关外交重要问题，务希卓见所及，速赐教益，不胜祷企。近日外交艰棘，因之风潮震荡，群情厖杂，政府采纳民意，坚持拒绝，固已表示态度，对我国人，在国人亦当共体斯意，勿再借口外交，有所激动。台端公诚体国，并希于晤各界时，切实晓导，共维大局为要。

原来欧洲和会中，本有国际同盟的规定，为协约国和议草约第一条件。列席诸国委员统入同盟会，应该签字。惟同盟虽另订约章，却与和约有连带关系，和约中若不签字，便是同盟会不得加入。所以中国专使陆徵祥等，为了日人恃强，不肯将青岛交还，列入和约，更生出许多困难，屡与政府电文往还，政府也想不出完全方法。国民但为意气的主张，东哗西噪，闹成一片，惹得政府越昏头磕脑，无从解决。再加南北和议，又复决裂，安福派且横梗中间，这真是徐政府建设以后第一个难关。做总统与做总理的趣味，不过尔尔，奈何豪强还想争此一席？

但中国到了这个地位，还亏有奔走呼号的士人不甘屈辱，所以外人还有一点敬意，就是东邻日本也未免忌惮三分。自从我国排日风潮迭起不已，欧洲和会颇受影响，日本代表牧野男爵，方发表山东主权归还陈述书，因此青岛始有交还的传闻。但日代表虽有此语，终未肯加入和约，故陆专使亦终未便签字。此次国务院通电各省，各省督军省长多数麻木不仁，有几个稍具天良，也无非寄一复电，反对签约。独安福派中人物，还要替曹、章二人出气，硬迫徐政府惩办学生。教育总长傅增湘本为段氏所引重，恂恂儒雅，无甚党见，但为了京师学潮，满怀郁愤，无法排解，自递出辞呈后，不待批准，便匆匆离京，莫知所往。自好者应该如此。部务宽宕了半月，徐总统只好准令辞职，暂使次长袁希涛代理部务。

于是北京各学校学生公议罢课，发布意见书，大致分作三层，首言外交紧急，政府不予力争；次言国贼未除，反将教育总长解职，且连下训戒学生的命令，禁止集会自由；末言日本逮捕我国留学生，政府至今毫无办法，所以提出请求，向政府要求照办，特先罢课候令，非达到目的不止。一面布告同学，无论何人，不得擅自上课。又组织十人团，研究救鲁义勇队办法；并四出演说，促进国民对外的觉悟。既而京外各中学校纷纷继起，先后宣告罢课。此外各界人士排斥日货，力行不懈。日商各肆，无人过问，甚且华商预定各日货，都要退还，累得日人多受损失，当然去请求本国政府，设法挽回。日人素来乖巧，先由外务大臣通告中国驻日代理公使庄景珂，说出一派友善的虚词，笼络中国，略云：

观日本与中国之关系，中国官民中，往往对于日本之真意深怀疑虑，且有误信日本此次于交还胶州湾德国租借地于中国之既定方针，将有变更之图。余闻之甚出意外，且深为遗憾。近如牧野男爵，为关于山东问题，说明日本之地位，曾发表其声明于新闻纸上，余于此确认此项之声明，即日本于所口约者，严正确守山东青岛连同中国主权均须交还中国。而中日两国，为增进相互利益所缔结之一切协定，亦当然诚实遵行。其中国因参战结果，由联合国商得之团匪赔偿金之停付，关税切实值百抽五之加增，并根据讲和条约由德国取回之有利条件，日本对于此等事项，无不欣然维持中国正当之希望。且帝国政府仍拟照余在前期议会所声明者，以公正协和之精神为根据，而确定对华之方针，以期实行，中国官民固不必多滋疑虑也。

代理公使庄景珂，得了此信，立即电达政府。仿佛小儿得饼情形。政府也道他是改变风头，可望软化。哪知过了八九日，即由驻京日使送达公文至外交部，略言："近来北京多散布传单，不是说胶州亡，就是说山东亡，此种论调，传播各省，煽动四处人民，实行排斥日货，应请注意！"并指外交委员林长民，有故意煽惑人民的嫌疑，亦与邦交有碍等语。林长民闻知消息，不得不呈请辞职，就是政府亦只好勉徇所请，特下令示禁道：

> 近日京师及外省各处，辄有集众游行演说，散布传单情事，始因青岛问题，发为激切言论，继则群言泛滥，多轶范围，而不逞之徒，复借端构煽，淆惑人心，于地方治安，关系至巨。值此时局艰屯，国家为重，政府责任所在，对内则应悉心保卫，以期维持公共安宁，对外尤宜先事预防，不使发生意外纷扰。着责成京外该管文武长官，剀切晓谕，严密稽察。如再有前项情事，务当悉力制止。其不服制止者，应即依法逮办，以遏乱萌。京师为首善之区，尤应注重，前已令饬该管长官等认真防弭，着即恪遵办理。倘奉行不力，或有疏虞，职责攸归，不能曲为宽假也！此令。

越数日，又有一令，宣示青岛案情，并为曹、章、陆三人，洗刷前愆。文云：

> 国步艰难，外交至重，一切国际待遇，当悉准于公法，京外各处，散布传单，集众演说，前经明令申禁。此等举动，悉由青岛问题而起，而群情激切，乃有嫉视日人、抵制日货之宣言，外损邦交，内隳威信，殊堪慨喟。

> 抑知青岛问题，固肇始于前清光绪年间。德国借口曹州教案，始而强力占据，继乃订约租借。欧战开始，英、日军队攻占青岛，其时我国尚未加入战团，犹赖多方磋议，得以缩小战区，声明还付。迨民国四年，发生中日交涉，我政府悉力坚持，至最后通牒，始与订立新约，于是有交还胶澳之换文。至济顺、高徐借款合同，与青岛交涉截然两事，该合同规定线路，得以协议变更，又有撤退日军，撤废民政署之互换条件，其非认许继续德国权利，显然可见。曹汝霖迭任外交财政，陆宗舆、章宗祥等先后任驻日公使，各能尽维持补救之力，案牍具在，无难复按，在国人不明真相，致滋误会，无足深责。

> 惟值人心浮动，不逞之徒，易于煽惑，自应剀切宣示，俾释群疑。凡我国人，须知外交繁重，责在当局，政府于此中利害，熟思审处，视国人为尤切，在国人惟当持以镇静，勿事惊疑。倘举动稍涉矜张，转恐贻患国家，适乖本旨。所有关于保卫治安事项，京外各该长官自应遵照迭次明令，切实办理，仍着随时晓导，咸使周知！此令。

这令一下，更与全国人士的心理大相反背，国民怎肯服从命令，统做了仗马寒蝉？政府却还要三令五申，促使各校学生，即日上课。正是：

民气宁堪常受抑？学潮从此又生波。

欲知政府谕令学生诸词，且至下回录述。

　　自"政党"二字，出现于前清之季，于是世人反以朋党为美谈。甲有党，乙亦有党，丙丁戊无不有党，党愈多而意见愈歧，语言愈杂，欲其互相通融，各泯猜忌，岂不难哉？观南北两派之会议，俱各挟一党见以来，朱代表虽有求和之意，而安福党人，从旁牵掣，乌足语和？南方之所以痛嫉者，即为安福派，安福不去，和必无望，此八条苛约之所以出现也。夫和议既归无效，则鲁案当然不能解决。曹、章、陆三人固安福派之旁系也，彼既亲日，日人亦何惮而不恃强？借交还之美名，迫中央之谕禁，毋乃更巧为侮弄乎？家必自毁而后人毁之，国必自伐而后人伐之，信然！

第一百零八回

迫公愤沪商全罢市　留总统国会却咨文

却说学生罢课，已阅旬余，徐政府外迫日使，内顾曹章，不能不促令上课，令文有云：

国家设置学校，慎定学程，固将造就人才，储为异日之用。在校各生，惟当以殚精学业，为唯一之天职，内政外交，各有专责，越俎而代，则必治丝而棼。譬一家然，使在塾子弟，咸操家政，未有能理者也。前者北京大学等校学生聚众游行，酿成纵火伤人之举，政府以青年学子激于意气，多方启导，冀其感悟，直至举动逾轨，构成非法行为，不能不听诸法律之裁制，而政府咎其暴行，悯其蒙昧，固犹是爱惜诸生意也。在诸生日言青岛问题，多所误会，业经另令详切宣示，俾释群疑。诸生为爱国计，当求其有利国家者，若徒公开演说，嫉视外交，既损邻交，何裨国计？况值邦家多难，群情纷扰，甚有挟过激之见，为骇俗之资，虽凌蔑法纪，破坏国家而不恤，潮流所激，必至举国骚然，无所托命；神州奥区，坐召陆沉，以爱国始，以祸国终，彼时蒿目颠危，虽追悔始谋之不臧，嗟何及矣！诸生奔走负笈，亦为求学耳，一时血气之偏，至以罢课为要挟之具。抑知学业良窳，为毕生事业所基，虚废居诸，适成自误。况在校各生，类多勤勉向学，以少数

· 920 ·

学生之懂扰，致使失时废业，其痛心疾首，又将何如？国家为储才计，务在范围曲成，用宏作育，兹以大义，正告诸生：

于学校则当守规程，于国家则当循法律。学校规程之设，未尝因人而异；国家法律之设，亦惟依罪科罚，不容枉法徇人。政府虽重爱诸生，何能恫弃法规，以相容隐？诸生劬业有年，不乏洞明律学之士，诚为权衡事理，内返良知，其将何以自解？在京着责成教育部，在外责成省长暨教育厅，督饬各校职员，约束诸生，即日一律上课，毋得借端旷废，致荒本业。其联合会、义勇队等项名目尤应切实查禁。纠众滋事扰及公安者，仍依前令办理。政府于诸生期许之重，凡兹再三申谕，固期有所鉴戒，勉为成材。其各砥砺濯磨，毋负谆谆诰诫之意！此令。

各校学生，闻悉此令，当然不愿受命，罢课如故。并由学生联合会中派遣演讲团，分头至京城内外，举行露天演讲，数约千余人。这边说得慷慨激昂，那边说得淋漓感奋，甚至声泪俱下，引起一班行人的感情，统是倾耳静听。东一簇，西一团，好像听文明戏一般，越来越众。警察厅又出来干涉，特派保安马队若干人，到处弹压，先劝学生不得演讲，学生置诸不理，仍然侃侃而谈。嗣由警队动怒，拍动马头，竟向人多处冲突进去，听讲诸人，恐遭蹂躏，陆续奔散，只剩了演讲学生被警队强加驱迫，押入北京大学，闭置法科理科各室，不准自由出入。且由警士环守学校大门，再从步军统领署内，派出兵士数百，竟在门前扎营，视学生如俘虏，日夜监束。还想加用压力。各校教职诸员均向政府递呈，要求释放学生，撤退军警，政府并不批答。教育次长袁希涛见学校风潮愈紧，未免左右为难，因亦慨然告辞，政府准令免职，另命傅岳棻为教育次长摄行部务。北京各学校，不得不通电外省，声明曲直。上海滩头学校最多，消息最灵，听得北京各学生一再被拘，自然愤气填胸，立即号召各界，续开大会，时已为六月初旬了。会场决议，以学界为首倡，以商界为后继，务要罢斥曹、章、陆三人及释放北京被拘学生，然后了事。当下缮成一篇宣言书，分布如下：

呜呼！事变纷乘，外侮日亟，正国民同心戮力之时，而事与愿违，吾人日夕之所呼吁，终于无毫发之效，前途瞻望，实用痛心。本会同人，谨再披肝沥胆，以危苦之词，求国人之听。

自外交警信传来，北京学生，适当先觉之任，士气一振，奸佞寒心，义声所播，咸知奋发，而政府横加罪戾，是已失吾人之望，乃以此咎及教育负责之人，致傅、蔡诸公纷纷引去。夫段祺瑞、徐树铮、曹汝霖、陆宗舆、章宗祥等，迭与日本借债订约，辱国丧权，凭假外援，营植私利，逆迹昭著，中外共瞻，全国国民，皆有欲得甘心之意。政府于人民之所恶，则必百计保全；于人民之所欲，则且一网打尽。更屡颁文告，严惩学生，并集会演说刊布文字，公民所有之自由，亦加剥削，是政府不欲国民有一分觉悟，国势有一分进步也。

爱国者科罪，而卖国者称功，诚不知公理良心之安在？争乱频年，民日劳止，政府犹不从事于根本之改革，肃清武人势力，建设永久和平，反借口于枝叶细故，以求人之见谅。继此纷争，国于何有？此皆最近之事实，足以令人恐惧危疑，不知死所者。政府既受吾民之付托，当使政治与民意相符，若一意孤行，以国家为孤注，吾民何罪？当从为奴隶。

呜呼国人！幸垂听焉。共和国家之事，人民当负其责，方今时机迫切，非独强邻乘机谋我，即素怀亲善之邦，亦无不切齿愤恨，以吾内政之昏乱，我纵甘心，人将不忍，生死存亡，近在眉睫，岂可再蹈故习常，依违容忍，慕稳健之虚名，速沦胥之实祸？夫政府之与人民，譬犹兄弟骨肉，兄弟有过，危及国家，固尝知无不言，言无不尽，终不见听，虽奋臂与斗，亦所不辞。何则？切肤之痛在身，有所不暇计也。吾人求学，将以致用，若使吾人明知祸机之迫不及待，而曰姑俟吾学业既毕，徐以远者大者，贡献于国家，非独失近世教育之精神，即国家亦何贵有此学子？吾人幸得读书问道，不敢自弃责任，谨自五月二十六日始，一致罢课，期全国国民，闻而兴起，以要求政府惩办国贼为唯一之职志。

政治肃清，然后国基强固，转危为安，庶几在此。同人虽出重大之代价，心实甘之。所冀政府彻底觉悟，幡然改图，全国同胞，亦各奋公诚，同匡危难，中国前途，实利赖之。同人不敏，请任前驱，戮力同心，还期继起。

上海商民为了学界宣言，都不知不觉的流露一种热诚，与学生共表同情。六月四日，南商会开会集议，各商人闻风前往，不下千余。偏警兵无理取闹，硬要把他拦阻，遂致众情大愤，以为如此压迫，非罢市不足对待，越宿便即实行。南市各商肆先行罢市，法租界各商家照样闭门，公共租界一律照办。又俄而英租界中，如永安、先施两大公司亦皆杜门谢客。到了午后，无论华租各界，所有大小商店统已关门闭户，不纳主顾，街上只有学生奔走，分发传单，巡警往来，防备闹事，余外无非是各处行旅侦探消息，好好一个大商埠，弄得烟云失色，箫鼓无声。

　　过了一宵，商店仍旧闭市，华界一带，由警官挨户晓示，勒令开门，照常交易。商人早已将答语预备，说是卖买自由，不劳警官过问。好一个回话手本。警官倒也无词可驳，悻悻自去。租界中的洋巡捕，不过沿路巡查，维持秩序，却未曾硬行干涉。惟商肆各悬挂白旗，上面写着无非是"万众一心，同声呼吁，力抗汉奸，唤醒政府"等语。全市旗布飘飏，做了一种特别的招牌。又越一日，华界租界，只有几家吃食店半开半掩，略卖些饼饵糕粽，惠顾行人，此外依然抱着关门主义。警察署不能漠视，又派出武装警察，游行华市，用了一派威吓的厉词逼令开市。商民或怕他凶焰，勉强除去排门，及警察去后，复将排门关好，拒绝买卖。再过两天，闭市如故。

　　看官你想，上海一隅是中外各国交通的埠头，行人似蚁，比户如鳞，怎能好几日不做买卖？华人为反对政府起见，就使受些困难，尚是甘心，那洋商岂肯无端受累，听他过去？当下由中外官吏迭电中央，报明情状。政府至此，也不得不改变方针，就是安福派亦无法摆布，只好听令政府自行处置。政府乃拟将曹、陆、章三人一并免职，并释放先后拘禁的学生。这消息传到上海，闭市已经六日了。商会因遍发通告，传知各业，"所有要求各事，目的已达，应即于次日开市交易"等语。到了翌晨，各商人购阅新闻纸，尚未载有免除曹、陆、章三人命令，恐京中所传未确，仍然闭市，直到晚间，方得驻沪总领事法磊斯，转奉驻京英公使朱尔典氏来电，证明曹、章、陆三人免职命令，已由徐政府颁布，确凿无讹。电文由英公使寄沪，可知曹、陆、章之免职，还是假手外人。且由总领事劝告商学两界，开市上课。商界已有一星期停止交易，既已得遂一部分的请求，乃全体开市，照常营业，并在门首各挂五色国旗，作为民意胜利的庆贺。学生团又拍电至京，问明被拘学生情状，旋得京中各学校复电，已经一律释放。于是学生团选出代表，向大小商号道谢，自归各校上课去了。

是时，南京、杭州、武昌、汉口、天津、九江、山东、厦门各处，因闻沪上罢市，亦皆先后相继，一致要求，或五日，或三日，连工界亦相约罢工，群起抵制，所以安福派不能坚持，徐政府方得行使命令，这也好算得众志成城，有此效果哩。惟曹汝霖既已罢职，交通总长一缺，暂任次长曾毓隽代理。徐总统尚恐得罪安福，且虑国民为了青岛问题再有要求，因提出辞职咨文，送交参众两议院，一面通电各省，自述咨文内容。略云：

> 国步艰难，百度纠纷，世昌力绌能鲜，谨于昨日咨行参众两院辞职。其文曰："本大总统猥以衰年，谬膺众选，硁硁之性，本不承任。惟以邦人责望之殷，督以大义，固辞不获。其时欧会肇始，关系綦巨，而国内和平之望，亦甫在萌芽，一线曙光，万流跂瞩。私衷窃揣，以为此时对内对外，皆为贞元绝续之交，不乘兹着手，迅图挽救，后将无及，所以踌躇再四，不得不勉膺巨任者，固期有所匡救也。欧会成立以来，经过详情，业经咨达国会在案，原拟全约签字，惟提出关于胶澳各条，声明保留此项，原属不得已办法。但体察现情，保留一层，已难办到，即使保留办到，于日、德间应有效力，并不变更，而日人于交还一举，转可借端变计，是否于我有利，此中尚待考量。若因保留不能办到，而并不签字，不特日、德关系不受牵制，而吾国对于草约全案，先已明示放弃，一切有利条件及国际地位，均有妨碍，故为两害从轻之计，仍以签字为宜。前此因胶澳交还未有确证，政府亦深为顾虑。近日迭接全权委员等报告，日代表在三国会议中已有宣言可证，英外部亦正式来函，声明日本将胶澳连同完全主权，交还

中国一层，系属切实。

日外部对于还付胶澳问题，亦已有半公式之声明，由驻京日使送达外部。凡兹各节，虽未列在草约，固已足资证明。即美总统前于保留办法极表赞助，近亦谓须与公法家详慎考酌。此时内审国情外观大势，惟有重视英、美、法、日各国之意见，毅然全约签字，以维持我国际之地位。惟我国内舆论，坚拒签字如出一辙，在人民昧于外交情形，固亦在意计之中。而共和国家，民为主体，总统以下同属公仆，欲径情措理，既非服从民意之初衷，欲以民意为从违，而熟筹利害，又不忍坐视国步之颠踬，此自对外言之，不能不引咎者一也。

至于和平计划，不外法律事实诸端，曩在就任之初，目睹兵氛未销，时局危迫，窃以为非促进统一，无以谋政治之进行，即无以图对外之发展，迭经往返商榷，信使交驰，始有会议之举。果其诚意言和，互谋让步，则数月以来，从容筹议，何难早图结束。乃沪议中辍，群情失望，在南方徒言接近，而未有完全解决之方，在中央欲进和平而终乏积极进行之效，执成不悟，事势多歧，筑室道谋，蹉跎时日。循此以推，即使会议重开，而双方隔阂尚多，必至仍前决裂，一摘再摘，国事何堪？此皆本大总统德薄才疏、无统治国家收拾时局之智能，知难而退，窃慕哲人，此就对内言之，不能不引咎者一也。

抑且民为邦本，古训昭然，本大总统来自间阎，深知疾苦，亦冀厉行民治，加惠群生，稍尽藐躬之责，乃以统一未成之故，阛阓凋零，萑苻四起，士卒暴露，老弱流离，每念小民痛苦之情，恻然难安寝馈，心余力绌，愧疚滋深。自维澹定本怀，原无名位之见，经岁以来，既竭疏庸，无裨国计，虽阁制推行，责任有属，国人或能相谅，而揆诸平昔律己之切，既未能挈领提纲，转移元会，犹冀以难进易退之义，率我国人。谨咨达贵院声请辞职，幸早日提议公决，另行选举，以重国政。至此项选举，手续纷繁，在未经选举新任大总统以前，本大总统一日在职，仍当尽一日之责，相应咨达贵院查照办理"等语。各该地方长官务当督饬所属，保卫地方，毋稍疏虞，是为至要！

各省督军省长得了徐电，正想复电挽留，旋接参议院议长李盛铎及众议院议长王揖唐通电各省云：

> 本日大总统咨送盖用大总统印文一件到院，声明辞职。查现行《约法》，行政之组织，系责任内阁制，一切外交内政由国务院负其责任，大总统无引咎辞职之规定。且来文未经国务总理副署，在法律不生效力，当由盛铎、揖唐即日躬赍缴还，吁请大总统照常任职。恐有讹传，驰电奉闻，敬希鉴察！

自两议院有此电文，各省督军、省长越加向徐巴结，纷纷电达中央，挽留徐驾。徐东海原是虚与周旋，并非真欲去位，既得内外慰留，自然不生另议。惟国务总理钱能训不得不呈请辞职。总理一辞，全体阁员，当然连带关系，一并告退。原来此时为责任内阁，一切政治，当由内阁负责，总统尚可推诿，所以老徐通电，也有阁制推行、责任有属的明文。钱总理无可诿咎，还是卸职自去，离开此烦恼场。总计钱内阁成立半年有余，至此似山穷水尽，不可复延了。小子有诗道：

> 揆席原来不易居，况经世变迫沦胥。
> 何如卸职归休去，好向家园赋遂初。

钱内阁既倒，徐总统亦许令归休，欲知继任为谁，下回再行表明。

古人有言："众怒难犯，专欲难成"，沪上罢市，即其见端也。夫曹、陆、章三人之亲日，非真欲卖国也，但欲见好于武夫，为之借资运械，竭尽机谋，顾目前而忘大局，误国适同卖国耳。老徐亦何尝爱此三人，无非因安福派之掣肘，不得不下禁令以顾邻谊，促上课以抑学潮，迨致激动公愤，全沪罢市，而各省又相继响应，于是安福派之计穷，而曹、陆、章免职之令乃下，此未始非武夫专擅之反动力，而亦由老徐欲擒故纵之谋有以致之也。然三人虽去，而安福系之势力犹张，徐乃复提出辞职咨文以免安福派之非议，此中之煞费苦心不足为外人道，然徐虽留而钱则已倒矣。

第一百零九回

乘俄乱徐树铮筹边　拒德约陆征祥通电

却说钱能训辞去总理，当由徐总统下令照准，其余阁员亦曾连带辞职，徐总统却不加批答，且令财政总长龚心湛代任国务总理。所有内务总长一职，本由钱能训兼职，此时钱亦辞免，因特使司法总长朱深兼署，此外俱仍旧贯。惟币制局总裁陆宗舆既已免去，后任乃是李思浩。大学校长蔡元培不愿回京，改任胡仁源署理。内外风潮总算少平。驻京英、法、日、意、美五国公使，以为风潮少靖，正当把上海的和会继续进行，特由英使朱尔典氏作为五国总代表，向徐政府提出说帖云：

　　兹由英、法、日本、意、美五国公使，对于上海和会停顿，致生中国国内纠葛，迟缓解决之情，深系不平之念，故拟声明其所希望，重行开会，以使会议之举，可以尽前妥为了结之意。查双方之目的，现既彼此说明，则似可早达于与各方公平及与中国并国民共同利益相宜解决之方法，此时未及其时，而各本公使望无论何方面，必不以何方法而允重开战事。各国公使陈述此意时，并欲向中国国民及政府，声明其各本国政府与各本国国民存友睦良好之忱，且对于中国能恢复统一国内和好之状。并中国政府能完全施行其欲达国民普遍幸福所组织之权。届时各本国政府及国民，当必满意欢迎也。

徐总统接着说帖，免不得长叹数声。看官须知徐总统本意，原是极端求和，不过因总代表朱启钤赴沪数月，毫无头绪，虽由南方不肯让步，终致无成，就中亦为安福派作梗，阴受牵制，所以老徐闻到"议和"二字，不能不一再唏嘘。安福作梗，已见一百七回中。安福派中的首领，名目上为段合肥，实是小徐背后捉刀，独力造成。故一个徐树铮，实足概括安福全部。徐树铮的意见，欲派选本系中人，作为议和总代表，故当和议停顿后，即密嘱心腹向总统府中进言，老徐含糊答应。及五国公使说帖，递入总统府，遂使老徐踌躇再四，默思派一别员，仍归无效，不若将计就计，使安福系中推举一人，叫他前去一试，如能妥协和议，原是不必说了，否则亦使他亲尝艰苦，免得横生枝节，多来饶舌。当下授意段派，即令推荐妥员。偏有一位众议院议长王揖唐愿当此任，徐总统毫不迟疑，即派令南下。

徐树铮又因南北停战，无从逞威，段合肥又不得秉政，内乏奥援，必且失职，乃更想出一条大名目来，居然欲效汉终军请缨故事。自从民国二年，俄人唆使外蒙独立，迫我承认，中国政府因内乱未平，不遑兼顾，只好放弃一部分主权，听令自治，事见前文。蹉跎至四五年，虽尚有驻库办事员住着，但已徒有虚名，不能监制外蒙。外蒙惟借俄人为援，抵抗中国。至俄国革命，已失保护外蒙的能力，西伯利亚一带，乱党蜂起，且屡与外蒙为难。外蒙王公，颇悔从前错误，复思内向。小徐得了此信，乐得趁这机会，博取功劳，乃即呈入条陈，自请防边。徐总统以小徐好事，在内多患，还是调他出去较为安静，因即准如所请，特令为西北筹边使。这"西北筹边使"的官名，乃是民国以来所创见，当时议定筹边使职权，颁行如下：

（一）政府因规划西北边务，并振兴各地方事业，特设西北筹边使。

（二）西北筹边使，由大总统特任，筹办西北各地方交通、垦牧、林矿、硝盐、商业、教育、兵卫事宜。所有派驻该地各军队，统归节制指挥。

关于前项事宜，都护使应商承筹边使襄助一切，其边事长官佐理员等应并受节制。

（三）西北筹边使办理前条事宜，其有境地毗连，关涉奉天、黑龙江、甘肃、新疆各省及其在热河、察哈尔、绥远各特别行政区域内者，应与各该省军政民政最高长官及各都统妥商办理。

（四）西北筹边使施行第二条各项事宜时，应与各盟旗盟长札萨克妥商办理。

（五）西北筹边使设置公署，其地址由西北筹边使选定呈报。

（六）西北筹边使公署之编制，由西北筹边使拟定呈报。

（七）本官制自公布日施行。

小徐既任筹边使，尚以为权力未足，再向中央要求，欲兼充西北边防总司令。徐总统拗他不过，索性也下一任命，使他如愿以偿。予取予求的徐树铮，方握虎符、拥兽旄，威风凛凛，驰往塞外去了。慕写有致。

且说青岛交涉终未定夺，签约、不签约两问题，各执一词，亦难解决。山东绅民前曾在省城演武厅中，特开国民请愿大会，要求省长代电中央，请将青岛及路矿等由和会公判，直接交还，并请惩办祸首，撤除非法密约。当经省长代为转电政府，政府搁置不答。嗣因日本恃强欺弱，陆专使等不能争回主权，乃再由山东省议会、省教育会、省商会、农会、报界联合会、学生联合会、济南商会等七团体，公举代表八十五人，入京呈递请愿书。书中总旨分三大纲：（一）系巴黎和约，关于山东三条，必须拒绝签字。（二）系高徐、顺济铁路草约，必须废除。（三）系卖国奸人，必须一律严惩。

六月二十日，各代表亦皆到京，即至总统府中，要求谒见大总统。徐总统未允接见，各代表待至傍晚，方才散去。次日，又往总统府，坚求面谒。乃由龚代总理心湛、朱总长深出来相见。各代表振振有词，定要亲见总统。龚代总理等谓既有请愿书，且俟总统阅后，再行定夺。各代表始递交请愿书，由龚代总理转递进去。既而徐总统也亲莅居仁堂，传见各代表，各代表才得面陈民意，迫请总统代为主张。徐总统慰谕数语，教他出外候批，各代表乃一并退出。及国务院发出请愿书批示，语带游移，未见切实，各代表因复诣国务院，谒见龚代总理，声称奉阅批语，尚涉含糊，公民等名为代表，实不能归见父老，应请将原批收回，确实示明。龚代总理无语可驳，当允于二日内另行批复，各代表乃再出外守候。过了两日，国务院总算践言，发出批语如下：

据来呈均悉。该代表等关怀桑梓，注重国权，所述特为痛切。此次欧会和约，政府以关于山东问题各条最为重要，迭经电饬专使，悉力争持，近据专使等电述保留一节，尚在多方进行，所有各代表等陈请，不能保留即拒绝签字等情，昨亦经电达专使，遵照在案。国家领土主权断难丝毫放弃，政府与国民主张初无二致。无论如何，必将胶澳设法收回，此则凤具决心，可为国民正告者也。所称高徐、顺济路约一节，查该路原系草约，自必多方磋议，力图收回，断不续订正约，以慰群望。至中日二十一条密约及高徐、顺济路约，经过情形，案牍具在，前经择要宣布。共和国家，一切措施悉当准诸法律，必有确实证据，乃受法律制裁。政府与国家利益，人民疾苦，无日不在注念之中，乃以国家多艰，致该代表等远涉京师，有妨本业，殊深轸念。其各归告父老子弟，俾晓然于外交真相，及政府维持国权之苦心，各持镇静，勿滋疑虑！此批。

　　各代表见了批示，比前批较为切实，虽未能尽如所求，也算得了三分之二，因各陆续出都，还乡去讫。未几，复由北京各团体公推代表五百余人，排队举旗，亦赴总统府请愿，备有公呈，要求三款：（一）不保留山东和约，决不应签字。（二）决定废除高徐、顺济两路草约。（三）立即恢复南北和会。徐总统闻报，又遣龚代总理及教育次长傅岳棻接见北京各代表。各代表求见总统，到晚未出，大众不肯散归，并在新华门外露宿一宵。翌日，始由徐总统召见，并即由国务院发出批词，略云"所陈三事，政府具有决心，亟应竭力进行，慰从众望。艰难困苦，当与国人共勉"等语。于是众代表不复多言，相率退归，静候解决。

　　到了七月二日，政府接到巴黎来电，乃是协约国对德和约已经议决，即在凡尔赛宫正式签字。独中国专使因山东问题，未得和约保留，只好拒绝签字，所以来电声明。

　　先是各国代表共至巴黎，开议对德条约，德亦派出代表议和，总代表为蓝超伯爵，余为内阁阁员蓝斯堡、吉斯白资，暨国会议长莱勒特、华白公司经理美尔恰、国际法学家休克金等并至巴黎，共同谈判。协约国叠经磋磨，公定对德议和草约十余件，统计得八千字，大致可分为数纲：（一）割让和约指定的土地；（二）放弃欧洲以外一切殖民地及权利；（三）承认波兰、捷克斯洛伐克、南斯拉夫各国独立；（四）减少常备兵额，与所有军舰，不得沿用征兵制，及潜水艇、军用飞机；
（五）惩罚前德皇威廉第二；（六）赔偿各国损失全数为墨银
五百万万元；（七）协约国商货，得自由通过德国境内，尚有
著名铁道、运河、水道等归协约国管辖；（八）德国承认国际
同盟，但一时不能加入，所有一切代管地，与国际公有地，均
由国际同盟掌管。此外尚有细件，不及备载。此属西史范围，故
从略叙。德国代表当然不肯承认，提出抗议。旋经协约国再加
修改，不过就割让土地部分间稍从变换，余皆不肯更动。会长
克勒孟沙且严词语德国代表道："今无庸再来哓哓，大小各
国，因汝德人违背公道，非常酷待，所以结成团体，各派代表
到此。汝国若再不从，恐要与汝国大决算了。"可怜德国代表
蓝超伯爵等无由申说，不得已电告本国，请示定夺。战败国原
是如此，但亦统由德人自取。德国新大总统爱培尔德及内阁总理
施特曼，俱不愿允此和约。施特曼内阁遂全体辞职，就是议和
总代表蓝超伯爵亦连同告辞，乃由巴浮氏重组内阁，另派外交
总长慕勒氏、殖民总长贝尔氏，继为议和代表。终因势孤力
屈，抗不过协约国的威棱，且将协约国议案，付诸国会表决，
投票结果，愿签字的二百二十八票，不愿签字的只一百三十八
票，大多数通过和约，电致议和总代表，勉强签约。德既签
字，与会诸国代表，皆相继签字。惟中国代表陆征祥等均不出
席，声明为山东问题的障碍，碍难签约，一面报告中央。
文云：

　　和约签字，我国对于山东问题，自五月二十六日正式
通知大会，依据五月六日，祥在会中所宣言维持保留去
后，迭向各方竭力进行，迭经电呈在案。此事我国节节退
让，最初主张注入约内，不允；改附约后，又不允；改在
约外，又不允；改为仅用声明，不用保留字样，又不允；

不得已改为临时分函声明，不能因签字而有妨将来提请重议云云。岂知直至今日午时，完全被拒。此事于我国领土完全及前途安危，关系至巨，祥等所以始终不敢放松者，固欲使此问题，留一线生机，亦免使所提他项希望条件，生不祥影响。不料大会专断至此，竟不稍顾我国纤微体面，易胜愤慨！弱国交涉，始争终让，几成惯例，此次若再隐忍签字，我国前途将更无外交之可言。内省既觉不安，即征诸外人论调，亦群谓中国决无可以签字之理，详审商榷，不得已当时不往签字，当即备函通知会长，声明保存我政府对于德约最后决定之权等语，姑留余地。

窃惟祥等猥以菲材，谬膺重任，来欧半载，事与愿违，内疚神明，外惭清议，自此以往，利害得失，尚难逆睹，要皆由祥等之奉职无状，致贻我政府主座及全国之忧。乞即明令开去祥外交总长委员长及廷、钧等差缺，一并交付惩戒。并一面迅即另简大员，筹办对于德奥和约补救事宜，不胜待罪之至！

这电自六月二十八日，由巴黎发出，是日即协约国对德和约共同签字的期间，途中不知何故淹留，至七月二日方才接到。政府正在着忙会议善后办法，忽又接到陆专使续电云："德约我国既未签字，中德战事状态，法律上可认为继续有效，拟请迅咨国会建议，宣告中德战事告终，通过后即用明令发表，逾速逾妙，幸勿迟延！"政府因即复电云：

事势变迁，并声明亦不能办到，政府同深愤慨。德约既未签字，所谓保存我政府最后决定之权，保存后究应如何办理？此事于国家利害，关系至为巨要。该全权委员等责职所在，不能不熟思审处别求补救，未便以引咎虚文，遽行卸职。至所拟咨由国会建议，宣告中德战争状态告终，俟通过后，明令发表一节，片面宣布，究竟有无效力？抑或外交有此先例？所有对德种种关系，将来如何结束，统望熟筹详复。再奥约必须签字，务即照办。

重洋遥隔，一电往还，未能朝发夕至，免不得有稽迟情形。政府恐国民因此愤激，再起风潮，故不待陆专使等答复，便即由徐总统下令道：

> 巴黎会议对德和约，关系至巨，迭经电饬各全权委员审慎从事，顷据全权委员陆征祥等六月二十八日电称："我国对于山东问题，自通知大会宣言维持保留后，最初主张，注入约内，不允；改附约后，又不允；改在约外，又不允；改为仅用声明，不用保留字样，又不允；改为临时分函声明，不能因签字而有妨将来提请重议，又复完全被拒。不得已当时不往签字，备函通知会长，声明保存我政府对于德约最后决定之权"等语。披览之余，良深慨惋。此次胶澳问题，以我国与日、德间三国之关系，提出和会，数月以来，乃以种种关系，不克达我最初希望，旷览友邦之大势，反省我国之内情，言之痛心，至为危惧。惟究此项问题之由来，诚非一朝一夕之故，亦非今日决定签字与不签字，即可作为终结。现在对德和约，既未签字，而和会折冲，势不能诎然中止，此后对外问题，益增繁重，尤不能不重视协约各友邦之善意。国家利害所在，如何而谋挽济；国际地位所系，如何而策安全。亟待熟思审处，妥筹解决。凡我国人，须知圜海大同，国交至重，不能遗世以独立，要在因时以制宜，各当秉爱国之诚，率循正轨，持以镇静，勿事嚣张，俾政府与各全权委员等得

以悉心筹划，竭力进行。庶几上下一体，共济艰危，我国家前途无穷之望，实系于此。用告有众，咸使周知！此令。

这令下后，嗣接陆专使复电，除奥约应该签字外，仍执前议，政府乃照来电进行。小子有诗叹道：

对外全凭后盾多，徒持公理漫言和。
试看炎日天骄甚，瘏口无成恨若何？

欲知后来对日情事，容至下回续叙。

小徐才识，未尝不卓绝一时，惜乎其心术之不堪告人也。彼欲效战国策士之行，为纵横捭阖之谋，不知彼时七国分峙，各私其私，策士犹得乘势而操纵之，今岂犹是战国时耶？明明为共和政体，而乃专事破坏，不愿和平，至南北停战以后，即起攫西北边防使一席，名曰"防边"，实仍欲把持军权耳。民国有小徐，欲求安宁难矣。陆征祥等之出使巴黎，参入和会，始终欲保留胶澳，不肯签字，较诸曹、章、陆诸人较为得体。然至于舌敝唇焦，卒不能挽回万一，岂不可叹！优胜劣败，已成公例，奈何军阀家犹专知内哄，不顾大局耶？

第一百一十回

罢参战改设机关　撤自治收回藩属

却说山东问题未曾解决，国民当然不服，屡有排日举动。山东齐鲁大学生常在通商要港，调查日货出入，不许华商贩售。一日，见有车夫运粮，输往海口，学生疑他私济日人，趋往过问。偏被日人瞧见，号召日警，竟将学生拘去。事为学、商各界闻知，即聚集数千人，共至省长公署，请向日本领事交涉。当由省长派员劝慰，许即转告日领，索回学生。大众待至晚间，未见释归，又向省长署中要求，直至次日始得将学生放归，众始散去。嗣又有乡民数千人，因日人在胶济铁路桥洞旁，抽收人畜经过税，亦至省长公署，要请与日人理论。经省长婉言劝导，教他少安毋躁，待政府解决青岛问题，自不至有此等情事。乡民无可奈何，只好退归。

惟排斥日货，始终未懈。不但山东如是，各省亦皆如是。驻京日使专用强力压迫我国政府，严行禁止，政府不得不通电各省，但说是"陆专使拒绝签字，正当统筹全局，亟谋补救，各省排斥日货，徒然意气用事，反损友邦感情，务希责成军警，实力制止"等语。各省长官虽亦照式晓示，惟国民不买日货乃是交易自由，并非犯法，所以禁令屡申，也是徒然。政府也不过虚循故事。既而上海租界内，有悬挂日皇形像，当众指詈等情。四川重庆境内，日本领事宴请中国官绅，轿夫马弁群集领事署门，用泥土涂抹门首的菊花徽章。两事又经日使提出，请中国政府设法消弭，并查办犯人，严行惩罚云云。政府也只好通电各省，申谕人民，毋得再犯友邦国徽及君主肖像。此外尚有各种交涉，不胜枚举。

惟巴黎和会中陆专使等对德条约已不签字。接连是对奥条约，亦由协约国与奥使议定，迫令承认。奥使伦纳尔等起初也极力抗辩，终因兵败国危，无能为力，没奈何忍辱签字。协约国当然签约，陆专使等对着奥国，没甚关碍，也即签字。奥约与德约略同，无非是割让土地，裁损军队，放弃欧洲以外一切权利，承认匈牙利独立，奥、匈本联邦国，至此匈始独立。及捷克斯洛伐克、南斯拉夫新建诸国，并赔偿各国战争损失等情。中国专使既经签字，便即电达中央，时已为九月中旬了。徐总统乃连下二令道：

我中华民国于六年八月十四日，宣告对德国立于战争地位，主旨在乎拥护公法，维持人道，阻遏战祸，促进和平。自加入战团以来，一切均与协约各国，取同一之态度。现在欧战告终，对德和约，业经协约各国全权委员，于本年六月二十八日，在巴黎签字，各国对德战事状态，即于是日告终。我国因约内关于山东三款未能赞同，故拒绝签字，但其余各款，我国固与协约各国始终一致承认。协约各国对德战事状态既已终了，我国为协约国之一，对德地位当然相同。兹经提交国会议决，应即宣告我中华民国对于德国战事状态一律终止。凡我有众，咸使闻知！此令。

对德战事状态终止，业于九月十五日布告在案，兹据专使陆征祥电称，奥约已于九月十日经我国签字等语，是对德、奥战争状态，业已完全解除。惟宣战后对德、奥人民所订各项章程，非有废止或修改之明文，仍应继续有效。此令。

还有广东军政府，比徐总统占先一着，也对德宣告和平，文云：

> 自欧战发生，德人以潜艇封锁战略，加危害于中立国，我国对德警告无效，继以绝交，终与美国一致宣战，当即声明所有中、德两国从前所订一切条约合同协约，皆因两国立于战争地位，一律废止。去年十一月十一日我协约国与德国订休战条约，随开和平会议于巴黎，我国亦派专员出席与会，惟对于和约中关系山东问题三款外，其他条款及中、德关系各款，我国均悉表示赞成。今因我专使提出保留山东无效，未签字于和约，此系我国保全主权，万不获已之举。对于协约各国实非常抱歉。而对于德国恢复和平之意，则亦与协约各国相同，并不因未签字而有所变易。我中华民国希望各友邦对于山东问题三款，再加考量，为公道正义之主张，而为东亚和平永久的保障，实所馨香祷祝者也。特此通告！

看官阅过上文，应知中国与德、奥宣战本由段祺瑞首先主张，所以段祺瑞辞去总理，名为下野，实是仍任参战督办。德、奥约定易战为和，参战处应该撤销，所有参战处办事人员统皆叙功，段祺瑞得受勋一位殊荣。惟段派不愿就此闲散，当然预先筹划，以便改设机关。徐树铮出任边防，就是保持权力的先声，好在俄、蒙交涉屡次发生，中国不能不积极筹备，小徐已做了前驱，中央应特任一督办大员，作为小徐的援应。督办大员的资格当然非老段莫属了。于是由政府下令道：

现在欧战告竣，所有督办参战事务处，应即裁撤。惟沿边一带，地方不靖，时虞激党滋扰，绥疆固围，极关重要，着即改设督办边防事务处，特置大员，居中策应，以资控驭而赴事机。其参战处未尽各事，并归该处继续办理，借资收束。此令。

这令后面，便是特任段祺瑞督办边防事务。好一篇改头换面的大文章，仍由段老一手做去。倚段奉段的人物，也得联蝉办事，权力依然，可喜可贺。语语生芒。

先是俄国内乱，不遑外顾，西伯利亚一带新旧各党，互生抵触，乱匪亦乘势蜂起，随处滋扰。我国除蒙古外，如吉林、黑龙江、新疆各界均与俄境毗连，免不得为彼所逼，时有戒心。吉、黑两省督军省长屡次致电中央，请派海军舰队，驰往松花江为驻防计。当经海军部提出议案，咨交国务会议，国务员一体赞成，并援前清咸丰八年《瑷珲条约》作为证据。查《瑷珲条约》，为中、俄两国所协定，内载"黑龙江、松花江左岸，由额尔古纳河至松花江口为俄罗斯国属地；右岸顺江流至乌苏里河为大清国属地。由乌苏里河往彼至海所有之地，此地如同接连两国交界明定其间地方，为大清国、俄罗斯国共管之地。由黑龙江、松花江、乌苏里河，此后只准大清国、俄罗斯国行船，各别外国船只不准由此江、河行走"等语。据此约文，既称由乌苏里河往彼至海，如同连接，是我船由海溯江，在黑龙江、松花江流域中，虽经过俄属江流，也是依据条约行事。况条约载明，只准中、俄两国行船，不准各别外国船只行走，是中国船只，显然可行。现在俄乱方亟，不暇顾及边境治安，我国若筹办黑龙江防，正是目前急务。且党匪所至，中、俄商民并皆罹殃，如果我国江防成立，不但华民免祸，就是俄民也受益不浅。俄政府应该欢迎，不至抗议。

国务员执此理由，因即决议进行，由海军部派出王崇文为吉黑江防筹办处处长并饬海军总司令，调驶利绥、利捷、利通、利川、江亨、靖安等六舰由沪北往松、黑二江驻防。各舰驶至海参崴，俄人提出抗议，不容中国舰队上驶，经海军代表林建章与外交委员刘镜人等一再理论，始得放行前进。将抵松花江口，暂泊达达岛，又为俄官所阻，不能径入。达达岛地旷人稀，无从购取煤粮，俄人且截断各舰的运输，几至坐困。林建章等一面与俄人交涉，一面自由驶入庙街，拟寻一避冷港内寄泊御寒。不料西伯利亚俄军竟不分皂白放起炮来，连声轰响，向中国舰队激射。舰队慌忙退避，已有弁目三人受伤，当即拍电到京，一再告急。政府先已照会俄使，依照《瑷珲条约》，与他辩论。

俄使倒也说不出理由，但言："本使只能随本国政潮从权办理，中国若据《瑷珲条约》，亦可自行上驶，各行其是。"照此口吻，也是由俄国内乱，故从柔软。政府得了此信，却放心了一半，至是接到告急电文，复向俄使严重责问，书面写着：

> 查《瑷珲条约》第一条第二项，载明中、俄船只得以驶入松花江等，不受限制。中、俄在松、黑权利原属平等，今俄舰炮击吾舰，殊出意外，应请从速允许我舰江亨、利捷、利绥、利川四艘安全通过，否则吾国不得不执相当之对付，将以同样手段，加之贵国松、黑两江之舰艇。亦希速电海参崴当事者，以短小之时间，为满意之答复，是所至盼。不意中国亦有此强硬之公文！

除此责问书外，又电驻海参崴高等委员与俄新政府直接交涉。其实俄政府尚徒拥虚名，未能统驭全国，就是驻京俄使传电通告，也没有确实表示。中国驶往松花江的舰队，只能暂避兵锋，退驻下流，静待解决便了。

　　会驻库办事大员都护使陈毅，报称外蒙古王公，情愿取消自治，归附中华，这真算是民国难得的机会。政府自然去电奖励，并饬外交部，蒙藏院等机关会同商酌办理。陈毅复派属员王仁诩到京，面陈一切情形。原来外蒙自受俄人唆使后，名为自治，实不啻为俄人保护国，俄人屡给借款，盘剥外蒙，外蒙已不堪凌逼，自知为俄所欺，苦难悔约。及俄国革命乱党又屡次入境，骚扰益甚。外蒙自治官府乃复向中国乞援，当由外蒙亲王巴特玛多尔济领衔，呈请取消自治，凡历年所借款项归俄、蒙双方交涉，应由中央逐年归还若干。余如各王公等年俸亦请中央承认等语。陈毅以为所损有限，所得实多，便替他殷勤呈报。还有西北筹边使徐树铮正欲借此图功，可巧得了这个消息，乃是天上飞来的幸事，急忙电呈中央，说是"外蒙归化，怀德畏威，应速加慰抚"等语。明明是自己吹牛。徐总统连接呈文，因即颁发明令道：

　　据都护使驻扎库伦办事大员陈毅，电呈外蒙官府、王公、喇嘛等合词请愿呈文，内称："外蒙自前清康熙以来，即隶属于中国，喁喁向化二百余年，上自王公，下至庶民，均各安居无事。自道光年间，变更旧制，有拂蒙情，遂生嫌怨。迨至前清末年，行政官吏秽污，众心益滋怨怼。当斯之时，外人乘隙煽惑，遂肇独立之举。嗣经协定条约，外蒙自治告成，中国空获宗主权之名，而外蒙官府丧失利权，迄今自治数载，未见完全效果，追念既往之事，令人诚有可叹者也。近来俄国内乱无秩，乱党侵境，俄人既无统一之政府，自无保护条约之能力，现已不能管辖其属地，而布里雅特等任意勾通土匪，结党纠伙，迭次派人到库，催逼归从，拟行统一全蒙，独立为国。种种煽感，形甚迫切。攘夺中国宗主权，破坏外蒙自治权，于本外蒙有害无利。本官府洞悉此情，该布匪等以为我不服从之故，将行出兵侵疆，有恐吓强从之势。且唐努乌梁海向系中国所属区域，始则俄之白党强行侵占，拒击我中蒙官军，既而红党复进，以致无法办理。

外蒙人民生计，向来最称薄弱，财款支绌，无力整顿，枪乏兵弱，极为困难。中央政府虽经担任种种困难，兼负保护之责，乃振兴事业，尚未实行。现值内政外交，处于危险，已达极点，以故本官府窥知现时局况，召集王公喇嘛等屡开会议，讨论前途利害安危问题，冀期进行。咸谓近来中、蒙感情敦笃，日益亲密，嫌怨悉泯，同心同德，计图人民久安之途，均各情愿取消自治，仍复前清旧制。凡于扎萨克之权，仍行直接中央，权限划一。所有平治内政，防御外患，均赖中央竭力扶救。当将议决情形转报博克多哲布尊丹巴呼图克图汗时业经赞成。惟期中国关于外蒙内部权限，均照蒙地情形，持平议定，则于将来振兴事务及一切规则，并于中央政府统一权，两无抵触，自与蒙情相合。人民万世庆安，于外蒙有益，即为国家之福。五族共和，共享幸福，是我外蒙官民共所祈祷者也。

再前订中、蒙、俄三方条约，及俄、蒙商务专条，并中、俄声明文件，原为外蒙而订也。今既自己情愿取消自治，前订条件，当然概无效力。其俄人在蒙营商事宜，将来俄新政府成立后，应由中央政府负责，另行议订，以笃邦谊而挽回利权"等语。

并据西北筹边使徐树铮，呈同前情。核阅来呈，情词恳挚，具见博克多哲布尊丹巴呼图克图汗及王公、喇嘛等声明五族一家之谊。同心爱国，出自至诚，应即俯如所请，以顺蒙情。所有外蒙博克多哲布尊丹巴呼图克图汗应受之尊崇，与四盟应享之利益，一如旧制。中央应当优为待遇，俾同享共和幸福，垂于无穷，本大总统有厚望焉！

同日又加封外蒙古呼图克图汗，令文有云：

> 外蒙古博克多哲布尊丹巴呼图克图汗，赞助取消自治，为外蒙谋永久治安，仁心哲术，深堪嘉尚，着加封为外蒙古翊善辅化博克多哲布尊丹巴呼图克图汗，以昭殊勋。此令！

两令既下，又由外交部照会驻京俄使，通报外蒙取消自治，凡前订中、俄、蒙条约及俄、蒙商约并中、俄声明文件，一概停止效力，且将外蒙取消自治，仍复旧制各情形通告驻京各国公使。各国公使与外蒙均无甚关系，当无异言。俄使虽不各愿赞成，但因本国内情非常扰乱，实不能顾及外蒙，自己侨寓中国，赤手空拳，徒靠着三寸舌根，究有什么用处，所以暂从容忍，俟新政府稳固后再与中国交涉。那西北筹边使徐树铮尚在内蒙驻节，至此且受命为册封专使，得与副使恩华、李垣睥睨自若，驰往库伦去了。小子有诗咏道：

> 本是无功冀有功，一麾出使竟称雄。
> 此君惯使刁钻计，如此机心亦太工。

欲知小徐赴库情形，且至下回叙明。

参战处成立以后，将及二年，未闻有如何大举，故外人时有不满意之论调。然使当时无段氏之主张，列入参战地位，则巴黎和议，中国当然不能列席，此后之外交困难，固不仅青岛问题已也。即斯以观，段氏不得谓无功，但段氏生平之误，在信任一小徐。小徐因参战之将罢，亟倡议边防，彼若为段氏效忠，而不知其处心积虑，无非为自己之权力起见。陈毅之取消外蒙自治，功已垂成，而小徐即起而乘之，欲夺陈毅之功为己有，巧固巧矣，亦知"人有千算，天教一算"之俚谚否耶？试观俄罗斯历来猖獗，谋攫外蒙，迫我认约，曾几何时，而国乱如糜，不遑兼顾，国且如是，况一人一身乎？小徐，小徐，汝谓己智，果何智之足云？